福州大学哲学社会科学文库

福州大学跨文化话语研究系列一

哈葛德小说在晚清
话语意义与西方认知

潘红 著

復旦大學出版社

国家社科基金项目优秀成果(结题证书号20182719)
福州大学哲学社会科学学术专著出版资助计划项目

总　序

福州大学跨文化话语研究第一系列八部专著即将由复旦大学出版社出版,我们为此感到由衷的欢欣。

福州大学跨文化话语研究中心是依托福州大学外国语学院建设的福建省高校人文社科研究基地,设"文体与批评话语研究""翻译与文化传播研究"及"比较文学与跨文化研究"三大研究方向。自2014年成立以来,以跨学科研究的视界搭建学术创新平台,融合不同学术背景的研究者为目标,致力于话语研究,关注社会问题,推动社会进步。

话语作为社会实践,参与社会活动,再现社会事实,建构社会关系及社会身份,在社会发展变革中发挥着重要作用。当"话语"作为关键词进入研究视野,其焦点在于话语在社会和文化变迁中的影响力,从社会变化的语言痕迹切入社会文化批评,关注话语的意识形态功能、话语隐含的权力关系、话语的历史性、话语对社会文化的建构等,展现学术研究对社会问题的深切关怀。跨文化话语研究立足于跨语言、跨文化的视野,探讨不同社会历史语境下文化主体的话语特征及其与思想意识、社会变化的互动关系。

此次由复旦大学出版社出版的第一系列专著汇集了福州大学跨文化话语研究中心近年来的主要研究成果:潘红《哈葛德小说在晚清:话语意义与西方认知》、钟晓文《近代西方认知中的"中国形象":〈教务杂志〉

关键词之广义修辞学阐释》、林继红《严复译介的文化空间研究》、王建丰《上海沦陷时期报刊翻译文学研究》、沈杏轩《隐喻修辞——〈红楼梦〉语言新视野》、李金云《泰戈尔思想和文学创作中的宗教元素》、殷贝《多丽丝·莱辛"太空小说"中的概念隐喻与新型乌托邦寓言》和叶颖《戏剧主义修辞观之于互联网对外新闻翻译——以"中国上海"门户网站为个案》。这八部专著融合了理论层面的思考和实践层面的分析,展示出各具特色的研究面向,记载着"福州大学跨文化话语研究中心"的不懈努力和学术成长。

在此,我们对复旦大学出版社的大力支持表示诚挚的感谢,对这八部专著的编辑团队表示由衷的感谢!

潘 红
福州大学跨文化话语研究中心主任
2019年5月11日于榕城

序　文学翻译的修辞空间
——潘红《哈葛德小说在晚清：话语意义与西方认知》

2016年夏天，一代翻译大家陆谷孙病逝的消息发布，潘红在微信群里流露了美丽的感伤。我想，潘红一定在陆老先生的翻译文本中凝望过这位仙人。凝望，是致敬心中不曾褪色的经典的情绪表达，也是沉湎于纸上的译文链接现实关怀的理性思考。这也许可以理解为潘红对翻译，尤其对文学翻译长期关注的原因——在我接触潘红的不算短的时间里，她"入乎其内，出乎其外"的话语场，始终是文学翻译。

报考博士研究生的时候，潘红已经做了七年教授，也许因为与契合自己的对话方式的迟到邂逅，她竭尽所能地用好被"占有"之外的时间。读博以来，潘红先后十余年参与和主持福州大学外国语学院管理工作。她在行政思维和学术思维之间切换的生物钟，定格在凌晨。

潘红的"一天"，是从闻鸡读写开始的。梦醒时分，徜徉在翻译理论和翻译文本呈现的世界，游走于翻译主体和译本受众的想象空间与认知通道，是《哈葛德小说在晚清：话语意义与西方认知》的读写现场——学术研究是同一研究主体读写身份共同在场的游戏。①

---

① 谭学纯：《学术文本读写身份转换：理论阐释及样本分析》，《当代修辞学》2017年第3期。

一

本书研究对象包括：

——哈葛德小说两种：*Joan Haste* 和 *She*。

——译者组合和译者身份：林纾、魏易；蟠溪子（杨紫驎、包天笑）；林纾、曾宗巩；曾广铨。译者身份各不相同，例如坚守儒家传统的文人林纾，思想观念新旧杂陈的青年知识分子包天笑，驻外使节、作为新思想知识分子代表的曾广铨。

——不同的译本：*Joan Haste* 中译有林纾、魏易译本《迦茵小传》和杨紫驎、包天笑译本《迦因小传》①；*She* 的中译《三千年艳尸记》《长生术》，分别为林纾、曾宗巩译本和曾广铨译本。

为使自己的研究言之有据、持之有故，潘红多次到上海查询搜集文献。国际化的动感魔都，属于潘红的空间，是静谧的图书馆。美国访学为她搜集域外文献和购置国外图书提供了便利。网络上的文献搜索依托中国知网、大成老旧数据库和多种国外学术数据库等网络资源，最大化地搜寻原著作者哈葛德生平、哈氏创作思想和小说创作特点、英国对哈氏小说的评价及其缘由。书中文献征引广泛，涉及译者生平、翻译思想诸方面的考证，以及与这些译者相关的晚清期刊、出版商等资料。将这些碎片化的信息资源纳入晚清"救亡启蒙"的宏大叙事背景，作者大量阅读晚清史、晚清文学史、晚清翻译史、晚清思想史；以及英国非洲殖民史、英国维多利亚时代社会史、英国19世纪文学史、英国19世纪思想史等。

---

① 潘红区分了不同译本的"迦茵"和"迦因"。本文只在直接引述原文时，还原为不同译本的"迦茵"和"迦因"，自述文字统一为"迦茵"。

本书文献搜集和阅读十分充分,这是学术研究的坚实基础,但不等于学术研究本身。文献钩沉和梳理,也不同于理论解释型的知识生产。文献阅读提取的信息碎片是无序的,如何转化为学术叙述的有序编码①,是关键并且是差异性的。如同面对风景,谁在观看?如何观看?决定"心中之景"是否以及多大程度上溢出"眼中之景"的边框。一次旅游观景,导游小姐引导教授团队观看山峰,并引导游客对女人身体的局部想象。同在一个旅游团体,夫人朱玲观看到的,是仰卧少女献祭上苍的大场面和大悲壮。天地人三界,人的非理性生存以献祭少女的生命承担,与苍天进行没有承诺的交换。这种风景观看与对"大波妹"的想象,分属不同场域。面对同一景观,置身同样的娱乐语境,接受同样的话语诱导,"眼中之景"转化为"心中之景"的修辞加工在瞬间体现的差异,不能说与观看主体和观看方式没有关系。而同在一个观看群体的我,索性拒绝定向引导的观看,拒绝解释外部信息的"我性"弃权。《广义修辞学》探讨"谁在言说/向谁言说/如何言说"以及话语权和解释权,同出此理。

就本书而言,创新性的知识生产,取决于如何立足文献而又超越(但不是背离)文献,如何为原译著对勘及不同译本对勘确立19世纪末至20世纪初中西文明交流互动的价值坐标,观察译本修辞的意识形态规约、译本修辞对现实的表征,剖析作为个人叙述的译本和社会集体叙述之间的关系;如何在微观分析和宏观审视中解释译本修辞的思想启蒙和现代性意义、异域文学输入与本土意识形态建构的文化资本博弈;如何从文本内外系统阐释外国文学译介对本土意识形态的影响,进而阐释译本话语作为修辞重构,在中国近代社会文化转型过程中的思想能量。对这些问题的学理回应,是本项研究的创新价值,也是难点。

---

① 谭学纯:《学术文本读写转换之二:碎片信息管理及再叙述》,《当代修辞学》2018年第2期。

国内现有文学翻译研究比较频繁的学术亮相,是运用西方翻译学理论,解析非汉语文学的汉语译本,据此主导的文学翻译研讨一定程度上提供了国人相对陌生的观察点,部分研究提供了较新颖的结论,对该领域较流行的公共认知产生了一定的冲击。但也不乏质疑和诘难,毕竟,西方翻译学理论不可能构建文学翻译的全球秩序,跨文化视野中的文学传播不宜导向理论殖民;不宜照着西方图纸批量显性的"中国制造";不宜助推西方话语隐形操控本土知识生产和消费;不宜自觉不自觉地默认国际学术话语权不对等的思想对话。如何在承认中西民族思维方式、概念范畴、阐释思路差异的前提下,构建中国理论体系和话语体系,为文学翻译研究的思想资源开拓国际对话空间,伴随着不甘于搬用西方理论注释本土文献的自觉探索。运用本土的广义修辞学理论研究文学翻译,是这一背景下的理论应用。

当代中国修辞学科史的学术表达中,学者们相对趋同地将21世纪初出版的《广义修辞学》看作学术体系和研究范式意义上广义修辞学代表性著作[1]。作为《广义修辞学》作者之一,我一方面在理论与实践中观察与检验广义修辞学解释框架的解释力,另一方面关注学术同行运用广义修辞学解释框架"解释了什么""怎样解释""为什么这样解释"。

运用广义修辞学解释框架分析中国文学输出,讨论以英语为元话语呈现汉语文学文本的相关问题,如《广义修辞学视域下〈红楼梦〉英译研究》,作者冯全功素未谋面,从该书内容和结构,以及作者在南开大学的博士生导师所写书序、博士论文评审专家评语,约略可见广义修辞学之

---

[1] 《谭学纯的广义修辞学》,《20世纪中国修辞学》,宗廷虎主编,中国人民大学出版社,2007年,第609—618页;罗渊:《从狭义修辞学到广义修辞学转型的学术价值》,《中国修辞学研究转型论纲》,中国社会科学出版社,2008年,第213—218页;高万云:《广义修辞学研究范式:本体论、认识论、方法论》,《当代修辞学》2014年第2期。

于《红楼梦》英译"解释了什么""怎样解释""为什么这样解释"的一些理据和文献事实。书中第二章"修辞观的历时演变与广义修辞学",似可见出作者理论选择的考量。

运用广义修辞学解释框架研究外国文学输入,讨论以汉语为元话语呈现英语文学文本的相关问题,如本书。书中专论"广义修辞学视野下的文学翻译研究",阐述了本项研究的理论资源。全书绪论和正文共十章,均有标记鲜明的副文本①:每章独立于正文的叙述起始位置,摘引一段不同理论著作的语录,同时每章各摘引一段出自《广义修辞学》的文字,这种类似"题记"的形式,似可见出作者融合包括广义修辞学在内的多种理论的考量。

二

"翻译作为一种修辞行为,是在本土意识形态框架下对原著的一种修辞重构。"②这是潘红博士论文的主要观点,也是本书的前期研究基础。某种程度上,或许可以看作潘红在关于翻译定义的众声喧哗中加入的一种自己的声音。始于语言观察、而不终于语言解释,在"纯语言学"和巴赫金所论"超语言学"之间寻找平衡点,是广义修辞学区别于狭义修辞学的学术面貌,也是本书的学术面貌。

书中分析《迦茵小传》(*Joan Haste*)林、魏译本中"孝""义""恩""礼"

---

① 副文本是与正文本形成互文性关系的辅类,热奈特认为副文本包括标题、副标题、前言、序跋、告读者、插图、插页、出版说明、磁带、护封以及作者留下的或他人留下的标志等。见热拉尔·热奈特:《隐迹稿本》,《热奈特论文集》,史忠义译,天津:百花文艺出版社,2000年,第71页。

② 潘红:《林译〈迦茵小传〉:意识形态规约下的修辞重构》,《语言文字应用》2011年第3期。

"夫纲"等体现中国传统文化的核心概念,并不限于解释译本对原著在词汇层面的修辞改造;"贫女""薄命人""君家人""女公子"等称谓,也不仅仅是译本局部的本土表达,而是一个修辞话语系统,表征中国封建社会意识形态的话语秩序,凸显原译著在不同语境下对社会及权势关系的不同认知方式。译本修辞重构的本土化道德话语场,在中国人文精神框架内,演绎既尊崇又僭越儒家礼教的爱情故事。如果说在修辞话语层面,"孝""义""恩""礼""夫纲"传递了尊崇儒家道德伦理的文化信息,那么在修辞诗学层面,林、魏足本译介原著,则僭越了儒家正统思想。书中对勘《迦茵小传》林、魏译本和杨、包译本,分析译者的修辞意图:杨、包译本先于林、魏译本于1901年译入中国,只译介了原著下半部,删除了迦茵和亨利恋爱、迦茵失贞、产下私生女的情节,让迦茵形象符合当时读者的道德尺度。比对杨、包译本在修辞诗学层面对原著的重构:原著的"怀孕焦虑"重构为译著的"思念成疾";原著"告知怀孕"重构为译著的"为君祈福";原著"私生女"为译著隐匿;原著西方女性的开放改妆为译著的"腼腆""羞涩";尤其是译著以"迦因一缕香魂遂入离恨之天界也"中止全篇叙述,改变原著残酷结局的修辞设计:卸载男女主人公的肉体之爱,凸显女主角的纯情和奉献。"香魂""离恨天"等中国传统爱情悲剧常用的修辞话语,构筑的是封建礼教下相爱男女在愁恨悲戚中终老一生的修辞幻象。虽然译者杨、包组合中的包天笑思想新旧杂陈,但在译本的修辞处理上,还是迎合中国传统文化。而1905年出版的林、魏全译本则基本保留了原著全貌,译本中迦茵未婚先孕、产下私生女等情节引发的道德争议,成为晚清文坛著名公案。林译似以礼教"失贞"译介了迦茵身体失贞。本书在晚清新旧交替、中西冲突的思想震荡中,解释林、魏译本的修辞处理:一方面在小说展现的异域生命体验中植入"孝""义""恩""礼""夫纲"等儒家思想,另一方面接纳儒家伦理所不容的未婚先孕、私生女等情节,译著以话语的"旧",演绎原著观念的"新",修辞化地建构了一个符合儒家道德思想的话语秩序,为中国读者营造了一个可接受的西方世界。这种翻译策略,可以从人际修辞向跨文化语境位移:从人际修辞说,让他人以"他"的方式理解"我"的原则;从国际交流说,让中国用中国理解的话语和方式认知西方,让西方用西方理解的话语和方式认知中国。毕竟,人类命运共同体的构筑,依托不同的语言共同体;而民粹主义抬头,也依托各自的语言共同体,这里存在可作为并有所为的修辞空间。

书中分析哈葛德《她》(She)描述的异域历险,解释维多利亚时代英国殖民扩张、欧洲中心主义视野下的种族冲突、社会进化过程中的生存竞争、世界秩序的重构以及由此引发的道德焦虑。原著在发行量超过《泰晤士报》的英国《插图杂志》分15期连载,在大众娱乐的表象下隐藏着社会意义。《插图杂志》由热衷社会改革的刻印家威廉·卢森·托马斯(William Luson Thomas)创办,具有政治抱负的《插图杂志》连载《她》(She),既是文学传播的媒介,也参与了文学生产,并隐藏了大众娱乐之外的社会信息。译本的修辞处理及传播媒介浮现了原著隐匿的信息:曾广铨译本《长生术》,译入"个人""国家""民权""民主""自由"等概念,不仅仅是词汇层面的文化接触,更是表现国家概念、民主政治体制等方面的西方新词彰显的现代性特征,译本包含了建构国家概念、依靠国家力量的政治期许,以新的治国理念和政治体制,为晚清寻求改良社会的思想动能。这是曾译的初衷,也是戊戌维新时期站在变法前沿的文化志士的政治诉求,更是维新派机关报《时务报》连载译本的文化目的。晚清时期,《时务报》曾是"亡国史"译介的主要传播媒介,从华夏"陆沉"的悲怆呐喊,到国家自强的激越呼号,是维新精英的集体表达。本书据此分析《时务报》连载《长生术》,挖掘译著背后的政治期盼。对勘12年后商务印书馆出版,林纾、曾宗巩合译的《三千年艳尸记》,可以观察到,《三千年艳尸记》复制了林、魏译本《迦茵小传》的修辞处理:话语新旧混杂,"旧",沉淀一代人赖以生存的历史记忆和文化智慧;"新",包含着对"旧"的反思和批判,在文化坚守中融入新秩序的理想。通晓西学的曾广铨和留恋中国传统文化的林纾,将《她》(She)译作《长生术》和《三千年艳尸记》的话语转换过程,同时也是修辞重构过程。完成译本修辞重构的同时,也完成了一种观念新变的价值建构。

三

Joan Haste 和 She 的中译,都有林译本——由林纾及其口述合作者共同完成,这在晚清翻译群体中有些特殊,也导致原著中心主义的翻译研究范式视林译为经不起推敲的"改写",排斥原著和林译对勘研究的方法。在翻译研究从原著中心主义转向译著中心主义的背景下,对林译小说的研究又聚焦于政治权力、翻译赞助人对翻译的操控等,同样疏于原译著的对勘研究。

本书在原著中心主义和译著中心主义的虚空之地,以忠于文本的对勘,提炼出了同类研究疏于解释的信息。《哈葛德小说在晚清:话语意义与西方认知》的研究忠于文本,但不是单纯的文本中心主义。书中绪论"本研究的方法:基于广义修辞学的阐释路径"表明:本书选择"话语世界(修辞技巧)—文本世界(修辞诗学)—人的精神世界(修辞哲学)"以及修辞表达与修辞接受互动的解释框架,解释原著作者的修辞表达和译者作为读者对原著的接受和二度表达,译者对原著的修辞重构和译本读者对译本的接受。加上同一原著的不同译著,构成了更为复杂的主体间性,以及多层面的意识形态蕴含。正是这种复杂性,丰富了解释的维度。

这在书中分析《三千年艳尸记》的非洲风景叙述章节中,体现得深入而细致。从非洲"荒野"及旷野深处的疆土远眺,分析空间修辞幻象及殖民意识;从非洲地标"黑人头",分析种族身份的隐性修辞。据此分析殖民与被殖民的关系、族群和族性认知及主体身份认同。白人殖民主义者对非洲风景的审视,表征了风景观看主体的意识形态和特定历史语境下的风景政治。经过本书再阐释的非洲风景叙述,成为帝国扩张的文化寓言。

从修辞表达说,文学叙述包括由话语生产的风景;从修辞接受说,文学阅读包括从话语消费的风景。这是作者希望读者观看的,它不同于自然形态的物象风景,而是从话语涌向读者视野的语象风景。现实物象稍纵即逝的风景,可能借助话语的权力延伸;现实物象纷至沓来的风景,可能借助话语的权力定格;现实物象难得一见的风景,可能借助话语的权力显影;现实物象习焉不察的风景,可能借助话语的权力出新;现实物象铺展的广袤沙漠,可能因话语的权力而层层叠映;现实物象轻轻飘落的树叶,可能因话语的权力而沉淀为生命的重量——如同《这里的黎明静悄悄》电影主题曲《飘落》重现的画面。至于没有进入话语叙述的风景,尽管真实"存在",但在话语叙述的假定性"存在"中却似"虚无";进入话语叙述的风景,即便"虚无",也因为话语的权力而成为假定性"存在"。

受话语权力操控的风景,在跨文化文本中增加了修辞重构的复杂性:原著的叙述框架剪裁了作者向读者提供的风景影像,译作的叙述结构修辞化地重建这种影像。一种风景被原著的叙述接纳,即参与编码了一种意义秩序,而一种风景被转译,也即参与了忠于原著基础上的修辞重建。这种重建不是将星空译作海洋,而是将源语结构中的星空呈现为目标语结构中的读者习惯观看的方式。就此而言,译著不仅仅翻译了一种意义,更重建了一种意义秩序,以及意义秩序的呈现方式。

四

广义修辞学立足修辞学的交叉学科性质,跨学科出牌,面向多学科构建的学科生态和多学科共享的学术空间①,研究成果向所交叉学科的传播平台流动,这是《广义修辞学》作者和广义修辞学团队共同的策略。为什么倾向于研究成果向所交叉学科的传播平台流动,而不倾向于本学科自产自销?是关联交叉学科性质的学术生产链的自我设计——交叉于学科A和学科B的研究,成果流向有三种可能性:

(1)研究成果分别被学科A和学科B的传播平台拒绝。原因也许很复杂,但不排除研究主体邯郸学步,没有学会,又丢失了自己的步态。

(2)研究成果流向学科A或学科B的传播平台,接受学科A或学科B的学术审视。

(3)研究成果流向学科A和学科B的传播平台,接受学科A和学科B的学术审视。

我理解(1),尊重(2),选择(3)。从本学科熟悉的话语场,进入他学科话语场,可能因为"知识的权利"被接受或被拦截,研究成果流向学科A和学科B的传播平台,同时接受学科A和学科B的学术审视,意味着学术文本从提问方式到学术目标、理论资源、概念术语、研究方法、技术路线及整体的学术面貌,都需要与学科A和学科B的接受系统达成元话语意义上的默契。这种默契是影响学术表达系统和接受系统对接的隐蔽能量。

本书作为语言学及应用语言学科、文学语言学专业博士论文基础上深化、拓展的延伸性研究,部分章节曾在语言学类和文学类主流学术刊物发表②;部分内容以"哈葛德小说在晚清的译介"为题在美国南阿拉巴

---

① 交叉学科/跨学科/多学科,在很多学科的学术表达中均有概念纠缠,依据语义分析,可以区分,也不难区分:"交叉学科"指向学科性质;"跨学科"指向研究视野;"多学科"指向学术生态和学术空间。详见谭学纯:《问题驱动的广义修辞论》,北京:人民出版社,2016年,第11—21页。

② 潘红:《哈葛德〈三千年艳尸记〉中的非洲风景与帝国意识》,《外国文学评论》2017年第1期;《跨越疆界的求索:〈时务报〉和哈葛德小说 She》,《外国文学研究》2015年第1期;《哈葛德小说在中国:历史吊诡和话语意义》,《中国比较文学》2012年第3期;《林译〈迦茵小传〉:意识形态规约下的修辞重构》,《语言文字应用》2011年第3期。

马大学演讲,受国外同行好评,书稿作为国家社科基金项目结项成果也受国内同行好评(结项等级为优秀)。作者没有因此自得,自我定义的获得感,多源自视界封闭。而视野拓展的同时,则会发现认知的灰色区域。视野打开之后的学术行走,且行且珍惜,重要的是走出更高段位的困扰。

已知世界伸张,必有未知世界延展。电脑软件补丁和技术升级的动能,不是已知,而是未知。未知催生了新的已知,也预留了新的未知空间。一如广义修辞学"解释了什么"是已知,"不能解释或不能充分解释什么"是未知,未知驱动新一轮思考,激发下一站假说和验证,包括证实和证伪。理论建构的相对完成,不过是未完成的开放性建构的阶段栖息;理论创新的彼岸,是永远的最后一公里。

本书将由复旦大学出版社出版,作者希望我写序。序文好写也难写。

好写的序文,可以批量生产。从所序文本的目录和摘要,将原文本作者、研究对象、关键词进行"空符号"置换,按模式化流程,实现低生产成本的序文高产。

难写的序文,需要个人定制。与所序之文和所序之人的近距离对话,需要审视文的自觉和人的自觉如何互为镜像,以及对这种镜像的认知力,如何逻辑化地交付执行力。可认知和可执行并不对等,认知层面的我所思,定义不了执行层面的我所为。执行力兑现认知力,会遭遇诸多干扰,执行成本和执行经验不同程度地影响认知的信息加工。自己认为问题想清楚了,不一定真清楚;真想清楚或接近清楚了,不一定找到了有章法、合逻辑的表达;自己认为表达有章法、合逻辑,读者不一定看得明白;大体上看得明白,不一定能破译文本隐藏的信息。虽然文本编码和解码很难信息等值,但是排除教科书和学位论文等文本类型(两类作者的语用身份相对强势或弱势),一般文本作者通常预设了能够与自己同层次交流的读者,当不在现场的认知力转化为执行力,在话语运作中呈现为可见的文本在场形式,并且让同层次读者可以感知,才是认知力和执行力的优化组合。否则,无从判断不在现场的认知在执行过程中延伸到了什么地界。

  好写的序文是相同的,难写的序文各有各的不同。草拟自序和他序,大抵选择难写的路径。曾有此前不相识的朋友在一次学术会议上提问,话题是我的序文写作。很高兴我的读者中有人关注序跋修辞,序跋是话语和思想的馈赠,话语以及话语参与建构的话语主体,是广义修辞学有待继续填充的理论空框,也是不拘于"书房技巧"[①]的修辞实践。

谭学纯

---

① 巴赫金将限于遣词造句的修辞称作"书房技巧",并有言辞激烈的批评。见巴赫金:《长篇小说的话语》,钱中文主编《巴赫金全集》第三卷,白春仁、晓河译,石家庄:河北教育出版社,1998年,第37页。按:巴赫金的批评有道理、也有问题,因此广义修辞学的"三个层面"包括但不限于修辞技巧。参谭学纯为董瑞兰《〈文艺学习〉的广义修辞学研究》所写序文,南京:南京大学出版社,2018年,第6页。

目录 Contents

绪论 / 1

第一节　哈葛德译介研究:追寻失落的现代意识启蒙足迹 / 1

第二节　哈葛德译介研究概述 / 24

第三节　本研究目的、意义和理论方法 / 38

本章小结 / 49

第一章　作为话语实践的文学和文学翻译 / 51

第一节　文学作为话语的言说性和建构性 / 51

第二节　文学翻译研究新视野:广义修辞学的阐释路径 / 61

本章小结 / 75

第二章　哈葛德小说:大英帝国扩张的文化寓言 / 78

第一节　哈葛德:一个时代的缩影 / 78

第二节　哈葛德传奇小说的话语意义 / 97

第三节　西方的哈葛德研究 / 111

本章小结 / 128

第三章　哈葛德小说《她》:追寻母题下的世界文明秩序探寻 / 131
第一节　哈葛德小说《她》:帝国扩张困惑中的文化寓言 / 131
第二节　哈葛德小说《她》:风景的修辞设计及其话语意义 / 144
第三节　哈葛德小说《她》:修辞关键词的性别话语意义 / 166
第四节　哈葛德小说《她》:生死母题下的生命寓言 / 177
本章小结 / 185

第四章　哈葛德小说走入中国:《时务报》译介《长生术》的意义 / 188
第一节　晚清"陆沉"恐惧中的维新抗争 / 188
第二节　曾广铨:晚清新知识分子群体的代表 / 203
第三节　曾广铨译《长生术》:现代性追求中的话语意义 / 214
本章小结 / 237

第五章　林译小说:林纾的救国之道 / 241
第一节　林纾的西洋小说译介:救国保种 / 241
第二节　林译小说:借"译"而"言"的话语实践 / 264
本章小结 / 276

第六章　《三千年艳尸记》:林译哈葛德小说 *She* 的话语意义 / 278
第一节　《三千年艳尸记》:林纾笔下的哈葛德小说 *She* / 278
第二节　《三千年艳尸记》的修辞话语设计及其社会意义 / 282
本章小结 / 306

第七章　世纪末的价值追寻:哈葛德小说 *Joan Haste* 与女性生命意义言说 / 310
第一节　19世纪英国社会与"新女性" / 310

第二节　迦茵"新女性"形象建构的关键词："石楠" / 321
本章小结 / 326

第八章　包天笑与《迦因小传》：新旧之间的现代性追求 / 328
第一节　半部《迦因小传》：意识形态引发的历史公案 / 328
第二节　《迦因小传》：译本修辞重构的诗学研究 / 344
第三节　《迦因小传》新话语：新词的异质性与话语建构 / 369
本章小结 / 381

第九章　林译《迦茵小传》：封建礼教下的西式浪漫 / 384
第一节　林译《迦茵小传》：一个世纪的话语争纷 / 384
第二节　修辞幻象下的林译"迦茵"形象 / 392
第三节　《迦茵小传》人物身份建构：中西称谓的修辞对抗 / 407
第四节　《迦茵小传》：儒家道德伦理统摄下的译本修辞话语重构 / 417
本章小结 / 438

结语 / 442

附录 / 454

附录一　哈葛德创作的小说一览表 / 454
附录二　马泰来统计的林译哈葛德小说书名表 / 457
附录三　樽本照雄统计的清末民初哈葛德小说译作 / 459
附录四　阿英列出的晚清 24 种哈葛德小说译本 / 463
附录五　基于哈葛德小说 *She* 拍摄的电影一览表 / 466
附录六　哈葛德传记及生平研究书籍一览表 / 468
附录七　哈葛德 1905 年渥太华演讲英文原稿及中译文 / 470

后记 / 490

绪　论

我们正在穿越语言的丛林,抓住历史洪流中变迁的思想。

——金观涛、刘青峰[①]

人类认知的世界,是一个语言化了的世界。

——谭学纯、朱玲[②]

第一节　哈葛德译介研究:追寻失落的现代意识启蒙足迹

一、哈葛德在中国:一颗陨落的现代意识启明星

亨利·赖德·哈葛德(Henry Rider Haggard,1856—1925)为19世纪末著名的英国通俗小说家,一生著有68部作品,其中有小说58部。[③]

[①] 金观涛、刘青峰:《观念史研究:中国现代主要政治术语的形成》,北京:法律出版社,2009年,第1页。
[②] 谭学纯、朱玲:《广义修辞学》,合肥:安徽教育出版社,2008年,第274页。
[③] 关于哈葛德创作小说的总数,国内多数学者认为哈葛德小说总数为57部,如:韩洪举:《林译小说研究——兼论林纾自撰小说与传奇》,北京:中国社会科学出版社,2005年;郝岚:《林译小说论稿》,天津:天津社会科学出版社,2005年。(转下页)

(详见本书"附录一　哈葛德创作的小说一览表")哈葛德小说的题材以远征探险、爱情传奇、鬼怪传说为主,展示了19世纪维多利亚时代后期大英帝国海外殖民背景下,英国社会伦理危机、价值观念及思想意识剧变的社会特征,涵盖了西方现代文学中复现的多个母题,包括:异域探险、征服未知、英雄主义、自我发现、爱情至上,等等,展示了以英国为代表的西方现代意识。哈葛德小说所蕴含的历史观、文明观、种族观、英雄观、爱情观和自由观,表征了西方关于种族竞争、文明秩序、权力关系、历史走向、生命价值追寻等不同方面的观念,折射出19世纪殖民扩张鼎盛时期大英帝国的思想意识。在19世纪英帝国殖民扩张的语境下,哈葛德小说既蕴含了以西方为中心建构世界观念新秩序的社会思潮,也展现了他对殖民扩张语境下人类文明走向的担忧、对社会达尔文主义意识主导下的人伦道德的质疑。哈葛德小说虽然通俗,但却影响深远,19世纪至今,西方对哈葛德及其小说的研究经久不衰。

在晚清中国遭受西方列强欺凌、民族生存岌岌可危的历史时刻,一代爱国志士以西学译介开启了寻求现代性的历史征程。晚清西学翻译

(接上页)郭丽莎:"现代西方俗文学的引介——论林纾翻译的哈葛德小说",《思想战线》,1999年第3期;邹振环:《接受环境对翻译原本选择的影响——林译哈葛德小说的一个分析》,《复旦学报》1991年第3期;《影响中国近代社会的一百种译作》,北京:中国对外翻译出版公司,1994年,第186页,等。查证史料,"哈葛德小说57部"一说最早可追溯至1939年毕树棠的"科南道尔与哈葛德"一文:"哈葛德只是个历史和传奇小说的多产者,以写非洲的故事得名,……从一八八二年开始,一直到一九二五年去世,四十余年间,著作不辍,总共作了五十七部小说,十部杂著,每年总有一两部书出版,量委实可观。"(毕树棠:《科南道尔与哈葛德》,《人世间》创刊号1939年8月)本书作者也曾以此为据,在所发表的论文中引作57部,见:《跨越疆界的求索:〈时务报〉和哈葛德小说 She》,《外国文学研究》2015年第1期;《哈葛德小说在中国:历史吊诡和话语意义》,《中国比较文学》2012年第3期。后通过查找国外资料考证,确认哈葛德创作的小说数量实为58部,参见本书后"附录一　哈葛德创作的小说一览表"。

浪潮以启蒙民众、救国保种为目的,西洋通俗小说备受推崇,哈葛德①作为当时译介最多的域外作家之一,深受读者追捧,成为晚清译介西方、推动社会变革的宏大叙事的一个重要部分。风靡一时的哈葛德小说,在晚清中国遭受列强压迫、民族濒临灭亡的黑暗历史中,曾以瞬间的闪耀,点亮晚清学人以西学探求民族生存之道的启蒙理想之光。然而,从晚清到五四,哈葛德经历了先誉后毁的历史吊诡:曾经热心推崇哈葛德小说的一代新文化运动学人将哈葛德贬为"写作技巧平庸的二三流作家",哈葛德就此逐渐淡出人们的视野,学界对哈葛德及其小说鲜有关注。直至今日,历史和思维的惯性使国内学界承袭前代学人的观点,依然将哈葛德置于主流文学之外,以是否文学经典的单一标准衡量哈葛德小说,在此仅举几例说明:

《茶花女》并不是伟大的作品,小仲马也不是一流的伟大作家。《迦茵小传》更是在英国文学史上不值一提,它的作者哈葛德甚至算不上二流作家。②

哈葛德小说,"质量均非上乘,故在英国文学史中没有多大地位。我国出版的多种英国文学史方面的著作,都没有提及哈葛德其人其作。按时下流行的说法,可以把哈葛德归入通俗小说家之列。哈葛德小说大多是19世纪末、20世纪初创作的,问世不久,便漂洋过海来到东方文明古国——中国。哈葛德被译为中文的作品甚多,种数仅次于其同胞英国侦探小说家柯南道尔(柯南道尔的小说多为短篇,哈葛德的小说则以中长篇为主)。这些作品虽然文学价值不高,但在清末民初的中国却很流行了一阵子。"③

---

① "哈葛德"在晚清亦被译为"哈葛得""哈葛特""哈格德""解佳"等,但最常见的译文是"哈葛德"。
② 郝岚:《林译小说论稿》,天津:天津社会科学出版社,2005年,第124页。
③ 郭丽莎:《现代西方俗文学的引介——论林纾翻译的哈葛德小说》,《思想战线》1999年第3期。

因此,囿于以是否文学经典为评价标准的研究取舍局限,哈葛德这位启蒙过晚清一代学人的通俗小说家,未能引起当今学者的足够关注。然而,哈葛德作为晚清译介至重的西方小说家之一,与晚清社会对西方的认知,对西方价值观念的认同或者排斥,对自我文化的反思,以及对本土现代性的建构之间,有着不可忽视的内在关联。哈葛德小说在晚清的译介,作为一种记录社会思潮、文学思想的历史存在,在一定程度上展现了译者的思辨理路、言说逻辑及其与社会历史发展的互动关系。哈葛德小说译本,作为特定历史时期的一个话语标本,为发掘晚清社会认知西方、启引现代性思想意识的发生提供了一条可供追溯的路径。在晚清中西文化相互体认的历史时刻,由谁、为什么将哈葛德小说译入中国?哈葛德这个"写作技巧平庸的二三流作家"何以在清末民初被反复译介,成为晚清一代读者追捧的对象?哈葛德小说译介与晚清社会意识有什么功用关系?哈葛德小说与晚清文人的世界意识、现代意识萌发有着怎样的联系?从晚清到五四这一历史时期,哈葛德小说何以遭遇先誉后毁的历史吊诡?关注当下,需要对历史进行回顾与反思,晚清的小说翻译大潮,对晚清的西方认知、现代性发生,在思想文化内涵上有着什么关联?晚清这一段"开眼望世界"的文学译介话语方式,对当今中国有着什么样的启示?这些值得追问的问题是本研究的逻辑起点,解答这些问题,既是一种学术追问,更是一种学术担当。

二、晚清血雨腥风下开启的现代性征程

哈葛德小说在晚清的译介,与当时的历史语境密切相关。1840 年至 1842 年间的鸦片战争是中英之间的第一场战争,以清军的惨败告终,随后腐败昏聩的清政府被迫签订了中英《南京条约》、中英《虎门条约》、中美《望厦条约》、中法《黄埔条约》等一系列不平等条约,割地赔款,导致中国领土主权沦丧,人民深受奴役,自给自足的经济体系遭到破坏,逐步沦

为西方资本主义的商品市场和原料供给地,中国开始沦为半殖民地半封建社会。鸦片战争粉碎了中国自封的"天朝上国"的文化幻象,面对万国林立、列强纷争、弱肉强食的世界秩序,传统的政治社会结构开始瓦解,曾经牢不可破的华夏文明秩序、社会文化意识、儒家生存哲学和世界观念彻底动摇,天朝帝国濒临崩溃:"英国的大炮破坏了皇帝的权威,迫使天朝帝国与地上的世界接触。与外界完全隔绝曾是保存旧中国的首要条件,而当这种隔绝状态通过英国而为暴力所打破的时候,接踵而来的必然是解体的过程,正如小心保存在密闭棺材里的木乃伊一接触新鲜空气便必然要解体一样。"①

西方列强的强势侵入,也使西方的政治霸权、文明意识、世界秩序观念裹挟而至,深深冲击着晚清一代爱国志士的文化心理。在这生死存亡的转折关头,一代爱国人士在屈辱中奋起,自强救国,以洋务运动开启了寻求现代性的历史征程。洋务运动本着"师夷制夷""中体西用"的原则,以引进西方现代军事装备、机器生产和科学技术为主要手段,实现"自强""求富"的最终目的,开启了晚清现代性追求的序幕。1894年,中国在中日甲午战争中再遭惨败,1895年签订的《马关条约》标志着历时三十余年的洋务运动以失败告终。鸦片战争以来一系列的不平等条约使中国主权备受凌辱,清政府被迫举借外债,中国的经济命脉遭受西方列强控制,加深了中国的半殖民地化。甲午战争更激发了中国人民反抗侵略、救民族于危亡的爱国情绪:"吾国四千余年大梦之唤醒,实自甲午战败割台湾偿二百兆以后始也。"②"吾国四千年大梦之唤醒"的时刻,正是中华民族主体意识觉醒的时刻。面对民族劫难、国道衰败,觉醒的晚清爱国

---

① 马克思:《中国革命和欧洲革命》,《马克思恩格斯文集》,第二卷,中共中央马克思恩格斯列宁斯大林著作编译局编译,北京:人民出版社,2009年,第609页。
② 梁启超:《戊戌政变记》,《饮冰室合集》专集之一,北京:中华书局,1989年,第1页。

志士一改前代社会改良先驱"何敢自矜医国手,药方只贩古时丹"①的传统,转而向西方借鉴强国之道,以新思想、新制度救民族于危亡,在寻求现代性的历史征途上迈出了坚实的一步。

"中国的现代性主要是指中国社会1840年鸦片战争以来,在古典性文化衰败而自身在新的世界格局中的地位急需重建的情势下,参照西方现代性指标而建立的一整套行为制度与模式。……从鸦片战争至1900年庚子事变和辛亥革命之间的整整60、70年都视为中国古典性至现代性之间的总体转型期。""这种转变……甚至完全可以说是一场总体转型,这场总体转型集中表现在:面对西方现代性文化的强势切入,中国古典性文化竟然不堪一击,急剧走向衰败,这就迫使中国人起来参照西方现代性文化,重建自身新的世界格局中的地位。"②在甲午战争后的这一社会总体转型阶段,一代爱国志士向西方借鉴民族生存、国家富强之道,他们不只是停留在军事、科学技术和器物层面的西学,而是在政治和社会制度、思想意识层面借鉴西方经验,以现代视野重审历史文化,重构社会秩序,重振文明意识,谋求社会变革、国家富强。"1840年以来,坚船利炮、声光化电、西艺西政曾依次成为中国人概括外来之物的用语。这个次序反映了认识的逐层深化。"③这种认识上的深化意味着:在沉痛的历史教训面前,中华民族需要以新的视界来理解世界秩序、认知西方文明;需要反思传统的经世思想,在现代世界中寻求新的身份认同和生存哲学;需要建构新的价值体系以从根本上拯救日益衰败的中国社会。因此,一代仁人志士从对西方器物文明的关注转向对制度文明、思想文明的关注,通过大量译介西方社会科学文献、西方文学,获取对西方知识体

---

① 龚自珍:《己亥杂诗》,《龚自珍全集》,上海:上海人民出版社,1975年,第513页。
② 王一川:《中国现代性体验的发生——清末民初文化转型与文学》,北京:北京师范大学出版社,2001年,第19页。
③ 陈旭麓:《近代中国社会的新陈代谢》,上海:上海人民出版社,1992年,第215页。

系框架的认知,借西学之力进行一场中华文明价值体系的现代重构,促使传统的思想意识形态发生根本性的变化,目的是将中国连接到现代世界的网络之上,使中国以新的姿态立于万国之林。

旧有的世界观念秩序已遭打破,一代爱国志士在纷乱无序中,在严峻的历史现实与传统文化羁绊的矛盾和张力中,以译介西学为途径,探寻救国保种、重建民族文化身份、重构社会文明秩序的可能;而对秩序的追求正是现代性的主要特征:"我们可以说,只要存在分为秩序和混乱,它便具有了现代性,只要存在包含了秩序和混乱之抉择,它便具有了现代性。……只要存在是通过设计、操纵、管理、建造而成并因此而持续,它便具有了现代性。只要存在是由资源充裕的(即占有知识、技能和技术)、主权和机构所监管,它便具有了现代性。"①

晚清西学译介所传输的,不只是新知识新技术,而是认知世界的新视野,表征现代文明的新观念,使中国人在认知西方的同时反观自我,借鉴西学这面镜子,重新定义自我;凭借西学提供的现代性体验,使中国人获得新的世界体验和生命感悟,这种全新的体验和感悟与中国传统价值体系所提供的世界认知和生命感悟迥然不同。这是一场伴随着痛苦和焦虑的文化转型,是中国社会从封建走向现代的过程中,新旧人文价值体系、道德观念体系、生命认知与感受发生根本性变化的历史转折,是一代中国人在矛盾冲突中寻找支点,在中国价值与西方观念、传统与现代中做出痛苦抉择的历史时刻。这一历史转折的瞬间留下了一部又一部译介西学的文献,让今天的我们看到了一代爱国志士忍辱负重的文化抗争,看到了他们为民族生存挣扎前行的历史脚印;在他们爱

---

① 齐格蒙特·鲍曼:《对秩序的追求》,邵迎生译,周宪:《文化现代性精粹读本》,北京:商务印书馆,2006年,第100—101页。

国激情迸发的译本叙述中,听到了中国与世界、传统与现代沟通对话时,相互摩擦碰撞、彼此协调共存的叙述声音。在历史的长河中,这一段追求现代性的历史转型期稍纵即逝,但这一代中国人的努力却并没有被历史的波涛所湮没,因为他们的努力与当今中华文化的状况休戚相关。

三、晚清现代性译介中的哈葛德

正是在这样的历史语境下,哈葛德小说被译入中国。时任大清驻英使署三等参赞的曾广铨是第一位译介哈葛德小说的译者。1898年,曾广铨以《长生术》为书名编译了哈葛德小说 *She: A History of Adventure*,在《时务报》第60册至第69册"附编"连续刊载,最后一集刊载在《昌言报》第1册"附编"栏目。《时务报》为戊戌维新派的机关报,1896年8月在上海创刊,为石印旬报。1898年7月,康有为欲借光绪皇帝诏令,将《时务报》改为官报,但《时务报》主要创办人汪康年在孙家鼐、张之洞等人的支持下,以该报为民间集资所办为由予以拒绝。因此,《时务报》于1898年8月停刊,前后共出版了69期;随后,汪康年将《时务报》改为《昌言报》继续出版,册次另起。正因为此,《长生术》的最后一集发表在《昌言报》第1册的"附编"栏目上。

晚清对哈葛德小说的译介主要由林纾和他的口译者们合作完成。林纾对西洋小说的译介,从1898年与王寿昌合译第一部小说《巴黎茶花女遗事》①开始,于1924年出版最后一部译著——托尔斯泰的《三种死法》(这部小说发表于1924年1月的《小说世界》,但口译合作者不详)结

---

① 对于林纾译介西洋小说的开始,一般均以《巴黎茶花女遗事》为起始,但张俊才通过史料考证,认为林纾在此之前已尝试与他人合作翻译过西洋小说。参见:张俊才、王勇:《顽固非尽守旧也:晚年林纾的困惑与坚守》,太原:山西人民出版社,2012年,第9页。

束,先后持续达27年之久,翻译了180多种西洋文学作品。①林纾译介最多的是哈葛德小说,他译介的第一部哈葛德小说是《埃司兰情侠传》(*Eric Birghteyes*),口译合作者为魏易,但目前对该译本的版本考证观点不一:阿英的考证为:"《埃司兰情侠传》,英哈葛特著,林纾、魏易合译,严复题。光绪甲辰(1904)木刻,又涛园居士叙。末附如皋冒广生《仿竹枝体八首题情侠传》。二册。"②日本学者樽本照雄考录了两个版本:(1)所录信息与阿英记载的相同,只是对原作者姓名的写法用词不同:"《埃司兰情侠传》2册,(英)哈葛德著,林纾、魏易译,严复题,光绪甲辰(1904年)木刻,又涛园居士叙,末附如皋冒广生《仿竹枝体八首题情侠传》。"(2)"《埃司兰情侠传》,哈葛得著,林纾、魏易译,广智书局,光绪三十年(1904年),小说集新。"③张俊才的考证是:"《埃司兰情侠传》,哈葛德(Henry Rider Haggard,1856—1925)原著。魏易口译。光绪三十年(1904)秋以严复题署之木刻本印行"(或云此即上海广智书局之"小说集新"本)。④

值得关注的是,1904年秋以木刻本印行的《埃司兰情侠传》有林纾所作序文一篇,序文末署"光绪癸卯嘉平之月,闽县林纾序"。"光绪癸卯嘉平之月"为"1903年腊月"之义,据此推断,尽管《埃司兰情侠传》的出版时间为1904年,但林纾对这部小说的翻译应该是在1903年完成的。

---

① 关于林译作品的统计数字,学界尚未达成一致:阿英统计为171部,未收集的短篇15种(阿英:《晚清小说史》,南京:江苏文艺出版社,2009年,第186页)。张静庐采纳阿英的观点,也统计为171部(张静庐:《中国近现代出版史料初编》,上海:上海书店出版社,2003年,第194页)。根据马泰来的统计,林纾的译著可知者为184种,其中单行本137种,未刊23种,8种存稿本(马泰来:《林纾翻译作品全目》,钱锺书《林纾的翻译》,钱锺书等著,商务印书馆,1981年;马泰来:《关于〈林纾翻译作品全目〉》,《读书》1982年第10期)。日本学者樽本照雄则认为林纾在1899—1931年间翻译的数量有213种(樽本照雄:《林纾冤案事件簿》,李艳丽译,北京:商务印书馆,2018年,第2页)。
② 阿英:《晚清戏曲小说目》,上海:上海文艺联合出版社,1954年,第140页。
③ 樽本照雄:《新编清末民初小说目录》,贺伟译,济南:齐鲁书社,2002年,第5页。
④ 张俊才:《林纾评传》,北京:中华书局,2007年,第268页。

林纾译介的最后一部哈葛德小说是《炸鬼记》(Queen Sheba's Ring)，1921年出版，口译合作者为陈家麟。从1903年林纾首次译介哈葛德小说到1921年最后译介哈葛德小说《炸鬼记》，近20年间，林纾及其口译合作者们共译介出版了哈葛德小说23种，未刊小说2种。① 见本书"附录二　马泰来统计的林译哈葛德小说书名表"。

在林纾及其合作者译介的哈葛德作品中，最为知名的小说包括：《埃司兰情侠传》(Eric Birghteyes)、《迦茵小传》(Joan Haste)、《埃及金塔剖尸记》(Cleopatra)、《英孝子火山报仇录》(Montezuma's Daughter)、《斐洲烟水愁城录》(Allan Quatermain)、《鬼山狼侠传》(Nada The Lily)、《洪罕女郎传》(Colonel Quarich, V.C.)、《红礁画桨录》(Beatrice)、《雾中人》(People of the Mist)、《钟乳髑髅》(King Solomon's Mines)、《三千年艳尸记》(She：A History of Adventure)等。

除林纾及其口译合作者外，周树人、周作人兄弟，以及包天笑、周瘦鹃、周桂笙等人也译介过哈葛德小说（参见"附录三　樽本照雄统计的清末民初哈葛德小说译作"）。

对哈葛德小说的译介，从1898年《时务报》刊载曾广铨翻译的《长生术》(She：A History of Adventure)，直到最后一本哈葛德小说的译出——1921年林纾与陈家麟合译的《炸鬼记》(Queen Sheba's Ring)，前

---

① 这一统计得到学界的普遍认同，分别见：马泰来：《林纾翻译作品全目》，钱锺书《林纾的翻译》，钱锺书等著，北京：商务印书馆，1981年，第61—65页。俞久洪："林纾翻译作品考索"，《林纾研究资料》，薛绥之、张俊才，福州：福建人民出版社，1982年，第409—411页。张俊才：《林纾评传》，北京：中华书局，2007年，第269—270页。邹振环："接受环境对翻译原本选择的影响——林译哈葛德小说的一个分析"，《复旦学报》1991年第3期。杨义等著：《中国新文学图志》（上册），北京：人民文学出版社，1996年，第36—37页。陈平原：《20世纪中国小说史》，北京：北京大学出版社，1997年，第52页。张旭、车树昇编著：《林纾年谱长编》，福州：福建教育出版社，2014年，第101页。樽本照雄：《新编清末民初小说目录》，贺伟译，济南：齐鲁书社，2002年，第5页。李欧梵："林纾与哈葛德——翻译的文化政治"，《东岳论丛》2013年第10期。

后共持续了 20 多年,且大部分译本多次重版。清末民初商务印书馆出版的 100 种《说部丛书》中,哈葛德小说就占了 12 种。①

尽管哈葛德小说的译介从晚清到民国持续了 20 多年,但由于对哈葛德译介的研究较为有限,对哈葛德小说译介数量的统计,学界至今尚未有明确的定论,目前主要有以下 4 种不同的看法:

(1) 阿英在《晚清戏曲小说目》中,详细罗列了晚清的各类翻译小说,并提供了译者、原作者及版本信息,其中所列哈葛德小说共有 24 种。②具体参见本书"附录四　阿英列出的晚清 24 种哈葛德小说译本"。

(2) 马泰来在考订林纾翻译作品全目时,提供了林纾译介的哈葛德小说详细书目 23 种(2 种未刊未计入内),③邹振环基于马泰来的考证,

---

① 商务印书馆发行的《图书汇报》(1910 年 7 月出版第 1 期,已知最后一期为 1939 年新 8 号第 5 分册),不定期介绍商务印书馆出版的书刊目录,为近期出版的书籍作广告。《图书汇报》1913 年第 27 期刊登的"商务印书馆出版图书总目录"中,列 100 种《说部丛书》,其中哈葛德小说 12 种,均为林译:
1. 言情小说迦茵小传林纾译二册一元
2. 神怪小说埃及金塔剖尸记林纾译三册一元
3. 伦理小说英孝子火山报仇录林纾译二册九角
4. 神怪小说鬼山狼侠传林纾译二册一元
5. 冒险小说斐洲烟水愁城录林纾译二册八角
6. 言情小说玉雪留痕林纾译四角五分
7. 言情小说洪罕女郎传林纾译二册七角
8. 神怪小说蛮荒志异林纾译六角
9. 言情小说红礁画桨录林纾译二册八角
10. 冒险小说雾中人林纾译三册一元
11. 社会小说橡湖仙影林纾译三册一元二
12. 神怪小说红星佚史五角
该期所列 34 种欧美名家小说中,有 4 种哈葛德小说:
1. 冒险小说钟乳髑髅六角
2. 言情小说血泊鸳鸯三角半
3. 言情小说玑司刺虎记林纾译二册六角半
4. 神怪小说三千年艳尸记林纾译二册七角半
② 阿英:《晚清戏曲小说目》,上海:上海文艺联合出版社,1954 年,第 112—172 页。
③ 马泰来:《林纾翻译作品全目》,钱锺书《林纾的翻译》,钱锺书等著,北京:商务印书馆,1981 年,第 61—65 页。

在林译 23 种哈葛德小说的基础上,增列出了 10 种由其他人译介的哈葛德小说,统计出晚清至民国的哈葛德小说译作为 33 种。①

（3）根据陈平原的统计,晚清至民国时期译介的哈葛德小说为 31 种:"在 1896 年至 1916 年出版的翻译小说中,数量第一的是柯南道尔,32 种;第二是哈葛德,25 种;并列第三的是凡尔纳和大仲马,都是 17 种;第五是押川春浪,10 种。这种域外小说的排列组合,在五四时代翻了个个,柯南道尔只出了 5 种新译本,哈葛德的 6 种新译本全是林纾、陈家麟合译的,凡尔纳则干脆'断种',一种新译本也没出。"②因此,陈平原将这一时期译介的哈葛德小说统计为 31 种,但没有列出这 31 种译作的具体书名。

（4）根据日本学者樽本照雄对晚清和民国初期（1840—1919 年前后）译入中国的哈葛德小说数量的统计,共计林纾及其合作者的译作 23 种,其他译者所译 14 种,其中有 3 种是不同译者对同一部小说的译介,因此这一时期译介的哈葛德小说总数为 34 种;并提供了这 34 种哈葛德小说译本的具体信息。③具体参见本书"附录三　樽本照雄统计的清末民初哈葛德小说译作"。

随着哈葛德译介研究的不断推进,新的史料将不断被挖掘,对哈葛德小说在清末民初译介确切数量的考证也指日可待。

四、从晚清到五四:哈葛德小说的先誉后毁

从晚清到五四,哈葛德小说经历了从风行一时到沉寂无声,从推崇赞誉到冷落毁誉的历史吊诡过程,其间隐含的思想意识和文化信息变化值得深究。

---

① 邹振环:《接受环境对翻译原本选择的影响——林译哈葛德小说的一个分析》,《复旦学报》,1991 年第 3 期。
② 陈平原:《二十世纪中国小说史》,北京:北京大学出版社,1997 年,第 52 页。
③ 樽本照雄:《新编增补清末民初小说目录》,贺伟译,济南:齐鲁书社,2002 年。

绪 论

哈葛德在晚清译入中国时，当时的媒体对哈葛德作了广泛宣传，哈葛德是作为西方名小说家、"小说泰斗"介绍给读者的。

1898年，《时务报》连载刊出曾广铨译介的首部哈葛德小说《长生术》之后，素腾书屋又出版了该小说的单行本，《中外日报》①将《长生术》与林译《巴黎茶花女遗事》及1898年素隐书屋出版的《新译包探案》三种译著合印出售的信息，连续在1899年6月出版的各号《中外日报》上广而告之："译印巴黎茶花女遗事：此书为法国著名小说家所撰，书中叙茶花女遗事，历历如绘，其文法之妙，情迹之奇尤出人意表，加以译笔甚佳，阅之非悦人心目，且于国俗尚亦可略见一斑，询为小说中出色当行之品，非寻常小说可同日而语也。现与新译包探案、长生术二种合印出售，每部白纸价洋三角，洋竹纸价二角五分，不折不扣，如欲购者，请同昌言报馆、中外日报馆及各书坊购取可也。"②

晚清最有影响力的四大小说杂志《新小说》《绣像小说》《小说林》《月月小说》，有3本在各自的创刊号上刊登西方文学家肖像：《小说林》刊载了雨果画像，《新小说》刊载了托尔斯泰画像，而《月月小说》创刊号刊载的则是哈葛德头像。民国初期的鸳鸯蝴蝶派重要刊物《礼拜六》对哈葛德的介绍更为突出：在1914年第20期以"书室中之哈葛德，英国小说名家"为题刊登了哈葛德的照片，并与"书室中之托尔斯泰，俄国第一小说家"的照片并置于同一页中。《礼拜六》1915年第38期又刊登了4位西方"大小说家"头像，分别是：哈葛德、大仲马、毛柏霜（今译莫泊桑）和柯南道尔。《礼拜六》1919年第39期刊载周瘦鹃译介的哈葛德短篇小说

---

① 《中外日报》创刊于1898年8月17日，前身是汪康年、曾广铨、汪大钧于同年5月创立的《时务日报》，由汪康年、汪诒年兄弟独立经营。《中外日报》是上海新闻界影响力最大的报纸之一，其销售量可与《申报》《新闻报》相当。1908年8月被上海道台蔡乃煌高价收购，改为官报，后更名为《中外报》，1911年因经营不当停刊。

② 《中外日报》1899年6月2日起至6月29日各号连续刊登"昌言报馆代白"的《长生术》等翻译小说广告，见上海图书馆藏《中外日报》胶片缩影资料。

《红楼翠幙》,译文前有译者周瘦鹃对哈葛德的简介:"英国哈葛德氏为近世小说界之泰斗,其所作言情神怪罔不工,然多长篇巨制蔚然成帙,若短篇则未见也。近于《新杂志》中得此一篇,原名 The Blue Curtains,因译之曰红楼翠幙。余目中所见哈葛德之短篇小说,惟此而已,是宁不可贵也耶。"①由此可见,清末民初文学界对哈葛德的认知是定位于西方名小说家的地位。

哈葛德小说的译介主要由林纾及其口译合作者承担,林纾别具一格的文言译笔在晚清风靡一时,以"林译小说"广为人知:"琴南林先生,以文学名当世,其所为小说尤众,凡百五十种,尽外国名笔,清丽缠绵。而论轶事者,骀荡奇诡,言不可穷,自武夫、贵官、妇女以及学校之士,皆爱诵其书。书行天下,称曰林译。"②林译小说以一个个生动感人、充满异国想象的故事,在思想禁锢、意识封闭的晚清,触发了一代读者对西方的现代想象和新的文化期待,催发了现代性追求的萌芽。随后,一代读者又借鉴小说蕴含的西方知识体系和思想意识,与晚清陈旧衰败的封建传统相抗衡,以新的视野看世界,以新的思想建构本土文化新秩序。

在林纾及其合作者译介出版的180多种西洋小说中,哈葛德小说占了23种,深受读者喜爱。晚清时期哈葛德小说的影响力超过了西方经典名著:"……哈葛德的小说,以史太公笔法就能'说其妙',以普通读者就能'识其趣'。这就难怪在'新小说'家及其读者看了,写'人心'的托尔斯泰似乎还不如讲'故事'的哈葛德带劲。"③哈葛德小说对晚清社会认知西方的影响由此可见一斑。

林纾弟子朱羲胄编撰的《贞文先生学行记》记录了晚清及后代名流

---

① 哈葛德氏:《红楼翠幙》,瘦鹃译,《礼拜六》1915年第39期,第1页。
② 朱羲胄:《贞文先生学行记卷二》,《民国丛书》(第四编94)(影印本),上海:上海书店出版社,1992年,第3页。
③ 陈平原:《中国小说叙事模式的转变》,北京:北京大学出版社,2003年,第107页。

对林纾为人为学的评点,其中对林纾译介西洋小说之功效作了很高的评价,称道林译对晚清读者认知哈葛德等西洋作家所起的引导作用:"与其三十余年勠力成功之伟,邦人向漠于西方风土民性,或且骇疑其俗之多异,自先生传译众籍,于是士大夫撩然于欧美之有家庭伦理,犹吾也,其社会风土民性皆与吾相近似,初非绝异也。自先生介输名著无数,而后邦人始识欧美作家司各德、迭更司、欧文、仲马、哈葛德之名。自先生称司各德迭更司之文不下于太史公,然后乃知西方之有文学。由是而曩之鄙视稗官小说为小道者,及此乃亦自破期缪囿;属文之士,渐乃敢以小说家自命,而小说之体裁作风因之日变,迻译世界文学之风亦日炽。此皆先生道倡不朽之功国人未之能忘者也。先生文章,又善寓爱国热烈逾恒之情,年虽暮而犹弗稍衰。"①

晚清名士高凤岐(1858—1909)评述林译哈葛德小说《迦茵小传》时说:"此书时时用柳州生峭之笔,又时时有东坡文字之光。其见气节,见神采处,皆以凛凛之笔出之。又曰:吾敢断言此书,自挚甫去后,亦唯我能看澈,能知作者本领之到那许地步。"②

陈寅恪也表达了对林译哈葛德小说的欣赏:"哈葛德者,其文学地位在英文中,并非高品。所著小说传入中国后,当时桐城派古文名家林畏庐深赏其文,至比之史迁。能读英文者,颇怪其拟于不伦。实则琴南深受古义法之熏习,甚知结构之必要,而吾国长篇小说,则此缺点最为显著,历来文学名家轻视小说,亦由于是。……一旦忽见哈葛德小说,结构精密,遂惊叹不已,不觉以其平日所最崇拜之司马子长相比也。"③

---

① 朱羲胄:《贞文先生学行记卷一》,《民国丛书》(第四编94)(影印本),上海:上海书店出版社,1992年,第1—2页。
② 朱羲胄:《贞文先生学行记卷一》,《民国丛书》(第四编94)(影印本),上海:上海书店出版社,1992年,第5页。
③ 陈寅恪:《寒柳堂集》,北京:生活·读书·新知三联书店,2001年,第67—68页。

晚清风靡一时的林译哈葛德小说,深刻地影响了后来一代年轻人对文学理想的追求:周树人、周作人、郭沫若、沈雁冰、胡适、陈寅恪、沈从文、钱锺书、冰心等,这些留名于中国文学史的一代作家和学人都曾是林译小说的热心读者,他们的文学创作都曾受过林译小说的启引,其中哈葛德小说的影响不可否认。

郭沫若曾说:"林译小说对于我后来的文学倾向上有决定影响的,是Scott(司各德)的 *Ivanhoe*,他译成《撒克逊劫后英雄略》。这书后来我读过英文,他的误译和省略处虽很不少,但那种浪漫主义的精神他是具象地提示给我了。我受 Scott 的影响很深,这差不多是我的一个秘密。我的朋友似乎还没有人注意到这一点。我读 Scott 的著作也并不多,实际上怕只有 *Ivanhoe* 一种。我对于他并没有深刻的研究,然而在幼时印入脑海中的铭感,就好像车辙的古道一般,很不容易磨灭。"①

周作人说过:"老实说,我们几乎都因了林译才知道外国有小说,引起一点对于外国文学的兴味,我个人还曾经很模仿过他的译文。……林先生不懂什么文学和主义,只是他这种忠于他的工作的精神,终是我们的师,这个我不惜承认,虽然有时也有爱真理过于爱吾师的时候。"②

沈雁冰(茅盾)谈及曾经读过的外国文学作品时,曾多次提及林纾、魏易合译的英国小说《撒克逊劫后英雄略》。1924 年,他为林译《撒克逊劫后英雄略》作校注,还写了《司各特著作编年录》和《司各特评传》。在他后来的小说创作中,特别是《子夜》,在叙事结构方面深受林译《撒克逊劫后英雄略》的影响。③

---

① 郭沫若:《沫若自传第一卷——少年时代》,《郭沫若全集》,文学编第 11 卷,北京:人民文学出版社,1992 年,第 123 页。
② 周作人:《林琴南与罗振玉》,《周作人散文全集》,第三卷(1923—1924),桂林:广西师范大学出版社,2009 年,第 524—525 页。
③ 邹振环:《影响中国近代社会的一百种译作》,北京:中国对外翻译出版公司,1996 年,第 200 页。

绪 论

沈从文回忆起自己年轻时曾在湘西芷江县的熊希龄公馆逗留生活的那一段时间,在那里他发现了林译小说,并由此获得了新的生活目标:"从楼上那两个大书箱中,发现了一大套林译小说,迭更司的《贼史》《冰雪姻缘》《滑稽外史》《块肉余生述》等等,就都是在那个大院中花架边台阶上看完的。这些小说对我仿佛是良师而兼益友,给了我充分教育也给了我许多鼓励,因为故事上半部所叙人事一切艰难挣扎,和我自己生活情况就极相似,至于下半部是否如书中顺利发展,就全看我自己如何了。……我却用熊府那几十本林译小说作桥梁,走入一崭新的世界,伟大烈士的功名,乡村儿女的恩怨,都将从我笔下重现,得到更新的生命。"①

冰心的文学创作也深受林译小说的影响:"我所看过的书,给我影响最深的是清袁枚(子才)的笔记小说《子不语》,还有我祖父的老友林纾(琴南)老先生翻译的线装的法国名著《茶花女遗事》。这是我以后竭力搜求'林译小说'的开始,也可以说是我追求阅读西方文学作品的开始。"②

钱锺书也阐述了林译小说对自己的影响:"商务印书馆发行的那两小箱《林译小说丛书》是我十一二岁时的大发现,带领我进了一个新天地,一个在《水浒》《西游记》《聊斋志异》以外另辟的世界。我事先也看过梁启超译的《十五小豪杰》、周桂笙译的侦探小说等,都觉得沉闷乏味。接触了林译,我才知道西洋小说会那么迷人。我把林译里哈葛德、迭更司、欧文、司各特、斯威佛特的作品反复不厌地阅览。"③

中国早期的话剧创作与哈葛德小说密不可分:1908年,林译哈葛德小说《迦茵小传》被改编为剧本,在上海春仙茶园上演五幕同名话剧,男

---

① 沈从文:《芷江县的熊公馆》,《沈从文全集》第12卷·散文,太原:北岳文艺出版社,2002年,第292、295页。
② 冰心著,陈恕编:《东方赤子·大家丛书·冰心卷》,北京:华文出版社,1998年,第9页。
③ 钱锺书:《林纾的翻译》,北京:商务印书馆,1981年,第22页。

女主人公分别由我国话剧先驱王钟声和任天知饰演。这次演出被认为是中国本土"真正话剧"的发端。随后,中国早期戏剧艺术家欧阳予倩等又将林纾译介的哈葛德小说《红礁画桨录》改编为剧本并搬上话剧舞台,感动了晚清一代观众。

在晚清社会转型期、在现代与传统的断裂中,哈葛德小说话语所表征的西方现代观念和世界秩序认知启引了一代文人对民族身份认同、现代意识追寻以及对思想革新的迫切追求。哈葛德小说的叙述话语和晚清社会救国保种的主流意识形态叙述话语相互映现,成为输入西学、传播新知识、教化民众的重要载体,对晚清现代价值观念、新的文化心理的萌发起着积极的作用。以林译为主的哈葛德小说,以新观念、新知识和新情感,启引了后来五四一代人的现代性变革:"林纾不仅是中国翻译史上的开拓者,同时也是中国资产阶级革命的一位先驱。他的翻译实际上推进了中国的文化现代性和中国现代文学话语建构的进程。"①

然而,自五四起,哈葛德的命运便急转直下,遭到了一代学人的冷酷贬抑。哈葛德被归为写作技巧平庸的二、三流作家,这些早年曾经的林译哈葛德小说追随者,不再认同哈葛德小说的文学价值,郑振铎对林译小说的评价是:"他介绍了这许多重要的世界名著给我们,但一方面却不免可惜他的劳力之大半归于虚耗,因为在他所译的一百五十六种的作品中,仅有这六七十种是著名的(其中尚杂有哈葛德及科南·道尔二人的第二等的小说二十七种,所以在一百五十六种中,重要的作品尚占不到三分之一),其他的书却都是第二三流的作品,可以不必译的。这大概不能十分归咎于林先生,因为他是不懂得任何外国文字的,选择原本之权全操于与他合作的口译者之身上,如果口译者是具有较好的文学常识呢,他所选择的书便为较重要的,如果口译者没有什么知识呢,他所选择

---

① 王宁:《现代性、翻译文学与中国现代文学经典重构》,《文艺研究》2002年第6期。

的书便为第二三流的毫无价值的书了。"①

梁启超在《清代学术概论》(1925年)中谈到林纾的翻译时,也几乎未作任何肯定:"亦有林纾者,译小说百数十种,颇风行于时,然所译本率皆欧洲第二、三流作者。纾治桐城派古文,每译一书,辄'因文见道',于新思想无与焉。"②

鲁迅早年曾热衷于林译哈葛德小说,但后来对林纾大量译介哈葛德通俗小说很是不满,不无嘲讽地写道:"我们曾在梁启超所办的《时务报》上,看见了《福尔摩斯包探案》的变幻,又在《新小说》上,看见了焦土威奴所做的号称科学小说的《海底旅行》之类的新奇。后来林琴南大译英国哈葛德的小说了,我们又看见了伦敦小姐之缠绵和非洲野蛮之古怪。……包探、冒险家、英国姑娘、非洲野蛮的故事,是只能当醉饱之后,在发胀的身上搔搔痒的,然而我们的一部分的青年却已经觉得压迫,只有痛楚,他要挣扎,用不着痒痒的抚摩,只在寻切实的指示了。"③

曾朴对哈葛德的评述也是贬抑有加:"畏庐先生那古文笔法来译欧美小说的古装新剧出幕了。我看见初出的几本英国司各脱的作品,都是数十万言的局制,不到几个月,联翩的译成,非常的喜欢,以为从此吾道不孤,中国有统系的翻译事业,定可在他身上实现了。每出一种,我总去买来看看,慢慢觉得他还是没标准,即如哈葛德的作品,实在译得太多了,并且有些毫无文学价值作家的作品,也一样在那里勾心斗角的做,我很替他可惜。"④

---

① 郑振铎:《林琴南先生》,薛绥之、张俊才:《林纾研究资料》,福州:福建人民出版社,1982年,第159页。
② 梁启超:《清代学术概论》,上海:上海古籍出版社,1998年,第98页。
③ 鲁迅:《祝中俄文字之交》,《鲁迅全集第四卷》,北京:人民文学出版社,1982年,第472—473页。
④ 曾朴:《复胡适的信》,《胡适文集》第四册,北京:北京大学出版社,1998年,第619页。

曾朴之子曾虚白在编撰《汉译东西洋文学作品编目（1929年）》时，在"编例"第三条中特别说明对哈葛德小说不予录入："译本取舍之标准，以原作之价值为准，故如哈葛德，科南·道尔，勒白朗等三四流作家之作品一概不录……"然而，该书中却收录了周树人、周作人兄弟合译的哈葛德小说《红星佚史》。①《红星佚史》这部小说的原著为 The World's Desire，实际上是由哈葛德与其好友安德鲁·兰（Andrew Lang，1844—1912）合著的，曾虚白收录这部译作时，在原著者一栏中仅写出 Andrew Lang 一个人的名字，删除了哈葛德的名字，对哈葛德的偏见由此可见一斑。②

教育家、清华大学首任校长罗家伦（字志希）借美国学者之口，也对林纾做出了负面评价："中国人译外国小说的，首推林琴南先生。林先生是我们前辈，我不便攻击他。而且林先生自己承认他不懂西文，往往上当，并且劝别人学西文，免蹈他的覆辙，所以按照'恕'字的道理，我也不愿意攻击他。但是美国芮恩施博士却抱定'责备贤者'之义，对于林先生稍有微词。芮恩施博士所着的《远东思想政治潮流》一书中说：'中国人中有一位严复的同乡，名叫林琴南，他译了许多西洋的小说如 Scott，Dumas，Hugo 诸人的著作却是最多的。……中国虽自维新以来，对于文学一项，尚无确实有效的新动机，新标准。旧文学的遗传丝毫没有打破，故新文学的潮流也无从发生。现在西洋文在中国虽然很有势力，但是观察中国人所翻译的西洋小说，中国人还没有领略西洋文学的真价值呢。中国近来一班文人所译的都是 Harrict Beecher Stowe, Rider Haggard, Dumas, Hugo, Scott, Bulwer Lytton, Cannan Doyle, Julds Verne, Gaboriau, Zola 诸人的小说，多半是冒险的故事及荒诞主义的矫揉造作品。'……芮

---

① 虚白原编，蒲梢修订：《汉译东西洋文学作品编目》，上海：真美善书店，1929年，第1页。
② 虚白原编，蒲梢修订：《汉译东西洋文学作品编目》，上海：真美善书店，1929年，第92页。

绪 论

恩施博士的话如此。我望林先生及中国一般译小说的人想一想。"①

1926年《新月》杂志刊载沈苏约的文章《小说杂谈》,其中对哈葛德小说的评价不乏贬抑:"林译小说生平所阅至多,然求如茶花女遗事之能百读而辄赚人眼泪者,未有第二本也。迦茵小传,洪罕女郎传,虽亦或为人称道,其实平平无足观,亦以哈葛德之原著写三角恋爱,千篇一律,未曾有新颖之意。虽悲欢离合,备极变化,实则所陈述之肤浅,偶阅则可,多玩自易生厌,故哈葛德在英本国小说界之地位,仅列于三等作家,作品虽多,强半无文学上崇高之价值。林氏误以哈葛德为西方第一名家,凡其著作无不多译,林译小说之终至于浅陋不足观者,或在此乎。"②

1937年1月,上海中华书局出版由 Michael West 重述的哈葛德小说 *King Solomon's Mines* 英文简写本,以《所罗门王的宝藏》为书名,编入当时专为英文学习者编写的"韦氏英文辅助读本"系列。时为上海中华书局编辑的张梦麟在序言中否认哈葛德作品的文艺价值:"哈葛德这个名字,在现在听去虽觉生疏,可是在几十年前,是曾在中国的翻译小说里,出过很大风头的。林琴南译的说部丛书中,有三十余种都是他的原作。就是本书,以前也曾被收在林译丛书之中以'钟乳髑髅'之名而问过世的。可是一因林译的误译太多,二因林译的不合时代口味,因此这部很有趣的冒险小说,也就随着其他林译说部一块儿淹没,而哈葛德的名字,也就久不在世人的记忆中了。其时,就在当时,林琴南译他的书的时候,也并没有留意他是个什么人,在现在更用不着说。……讲到他的小说,都是通俗作品,在纯文艺方面并无贡献。所以我们看它时,也不要拿文艺的眼光来批评。他的作品在通俗小说里,是很有它的价值的。"③

---

① 志希:《今日中国之小说界》,《新潮》1919年1月第1卷第1号,第110—111页。
② 沈苏约:《小说杂谈》,《新月》1926年第2卷第4期,第1—2页。
③ 《所罗门王的宝藏》,原著者 H.Rider Haggard,重述者 Michael West,发行者上海中华书局,1937年,i—ii。

钱锺书虽然认可林译小说对他的影响,但对哈葛德的评价也不无贬抑:"林译除迭更司、欧文之外,前期是那几种哈葛德的小说也颇有他们的特色。我这一次发现宁可读林纾的译文,不乐意读哈葛德的原文。理由很简单:林纾的中文文笔比哈葛德的英文文笔高明得多。哈葛德的原文很笨重,对话更呆蠢板滞,尤其是冒险小说里的对话,把古代英语和近代英语杂拌一起。……近年来,哈葛德在西方文坛的地位渐渐上升,主要是由于一位有世界影响的心理学家对《三千年艳尸记》的称道;一九六〇年英国还出版了一本哈葛德评传。水涨船高,也许林译可以沾点儿光,至少我们在评论林译时,不必礼节性地把'哈葛德在外国是个毫不足道的作家'那句老话重说一遍了。"尽管如此,钱锺书对哈葛德作为通俗作家的成功还是予以了肯定:"哈葛德在他的同辈通俗小说家里比较经得起时间的考验,一直没有丧失他的读众。"①

陈源(笔名陈西滢)对哈葛德小说更不认同:"《迦茵小传》我只读过原文,我觉得情节的结构,人物的描写,一无可取,比《茶花女》还低几格,简直想不懂为什么这本书特别邀中国人的赏识。"②

从以上史料引文可以看到,1919年五四运动以后,学界对哈葛德的评价一落千丈,认为林纾不懂外语、缺乏对西方文学的鉴赏力,选择译介哈葛德这样不入流的小说家;他们认为哈葛德小说缺乏文学价值,仅仅为以小市民为主的读者群提供了消遣阅读,于时政、社会无补。正是囿于这一代学人对哈葛德小说的负面定位,致使学界后代对哈葛德及其小说的译介关注不足,仅在对林译小说的评述中一笔带过,如钱锺书《林纾的翻译》(1964年)、郭延礼《中国近代翻译文学概论》(1997年)等。因此,哈葛德,这个曾经轰轰烈烈启蒙了一代青年读者的小说家,就此悄然陨落。

---

① 钱锺书:《林纾的翻译》,北京:商务印书馆,1981年,第45—46页,第52页。
② 陈西滢:《妙论》,《西滢闲话》,石家庄:河北教育出版社,1994年,第45页。

然而,哈葛德及其小说先誉后毁的命运起落,有其文化逻辑:五四一代学人立意推翻旧传统、倡导新思想,以全新的革命思想重构文学经典,建构起一套新的文学批评标准,在新文化运动"启蒙—救亡"的思想主导下,痛批旧小说旧意识、建立起一套对立的小说分类标准:"新—旧"、"雅—俗",以新的思想意识、审美标准重新衡量文学作品的价值,重新定义了主流文学的范畴。主流文学批评话语标准的确立,决定了通俗小说的不入流地位。因此,曾经通过林译哈葛德小说接触西方文学、认知西方世界的一代年轻学人,以经典文学的审美立场,排斥通俗文学,否定了哈葛德的通俗小说。五四一代青年立足于以审美为导向的新文学经典标准,对以救国保种为译介宗旨、注重小说所承载的西学内涵的哈葛德小说,从根本上产生了认知背离:"随着新文学运动的来临,小说界逐渐全盘接受西方文学建制里的经典规范,因此晚清翻译小说受到排斥和歧视就在所难免了。以五四运动所奉行的文学规范来看,大多数晚清小说不论是题材、语言和翻译目标都没有什么可取之处。"①

哈葛德及其小说先誉后毁的命运起落,也从一个侧面说明了当今学术界未能对哈葛德小说译介展开深入研究的缘由。但如果承袭前代学人对哈葛德及其小说的认知定位,忽略对晚清哈葛德通俗小说译介在思想启蒙、社会变革及现代性建构层面上的意义探讨,那么,也就忽略了晚清现代性进程中,衰败的"大清帝国"与鼎盛的"大英帝国"相互体认、对话互动的一个重要个案;也就忽略了面对西方列强欺凌,晚清一代爱国志士借鉴西方话语建构新的社会秩序、拯救民族的一条重要话语线索。基于此,哈葛德小说在晚清的译介研究有着重要的意义。

---

① 孔慧怡:《还以背景,还以公道——论清末民初英语侦探小说中译》,《翻译与创作——中国近代翻译小说论》,王宏志,北京:北京大学出版社,2000年,第91页,第107页。

第二节　哈葛德译介研究概述

一、中国大陆学者的哈葛德研究

1901年,由杨紫驎、包天笑译介的哈葛德小说《迦因小传》(*Joan Haste*)下半部出版。1904年林纾、魏易合作译出该小说的足本,以《迦茵小传》为书名在商务印书馆出版。晚清中国在道德伦理、价值观念等方面与西方存在着巨大的差异,林译足本激起了当时文坛对译本伦理的质疑和激烈论争(详见本书第九章)。这是清末民初对哈葛德小说最为关注的一次聚焦性评价。此后对哈葛德及其小说的评论,主要以章节形式见诸对林纾、林译小说及主流文学史研究的专著中,主要有:胡适的《五十年来中国之文学》,郑振铎的《林琴南先生》(1924年),陈子展的《中国近代文学之变迁》(1929年),钱基博的《现代中国文学史》(1933年),苏雪林撰写的《林琴南先生》,寒光的《林琴南》(1935年),吴文祺撰写的《林纾翻译小说应该给予怎样的估价》(1935),阿英的《晚清小说史》(1937年),等等。①这一历史时期针对哈葛德小说的译介,除了围绕《迦因小传》与《迦茵小传》这两部译本引发的道德争议,以及在对林译小说评价中涉及的哈葛德小说介绍,目前尚未发现专门针对哈葛德小说及其译本的专题研究。

1949年至20世纪60年代,针对哈葛德的研究成果几乎空白,仅在

---

① 分别见:胡适:《五十年来中国之文学》,《申报》1923年2月。郑振铎:《林琴南先生》,《小说月报》,1924年11月第15卷第11号。陈子展:《中国近代文学之变迁》,上海:中华书局,1929年。钱基博:《现代中国文学史》,上海:世界书局,1933年。苏雪林:《林琴南先生》,《人间世》1934年第10期。寒光:《林琴南》,上海:中华书局,1935年。吴文祺:《林纾翻译小说应该给予怎样的估价》,《文学百题》,上海:生活书店,1935年。阿英:《晚清小说史》,北京:商务印书馆,1937年。

绪 论

相关的文学史料考证中出现过哈葛德小说,如:1953年出版了张静庐辑注的《中国近代出版史料》,对林译小说的出版考证中涉及了哈葛德小说主要译本的出版情况。①阿英1960年出版的《晚清文学丛钞·小说戏曲研究卷》收录了哈葛德小说的译介情况及相关出版信息。②1964年6月《文学研究集刊》第1册发表了钱锺书的《林纾的翻译》,③文章涉及对林译哈葛德小说《三千年艳尸记》《迦茵小传》语言特征的概述;然而,在当时政治统帅的历史语境下,钱锺书的这篇学术论文未能引起广泛关注,直到20世纪80年代后,才在学界产生重大影响。这一时期的哈葛德小说译介研究,虽然十分有限,但聚焦于史料梳理的研究特色清晰可辨。

随后,文革动乱,学术研究被彻底抛弃。直到20世纪80年代改革开放后,林译小说研究开始引起学界关注,对哈葛德小说及其译介的研究也随之得到关注,但聚焦的基本是林译小说研究,未见对哈葛德小说译介的专题研究。1981年,商务印书馆重新排印出版《林译小说丛书》10部,④其中含哈葛德小说《迦茵小传》,重新引发了人们对林译哈葛德小说的关注。但这一阶段的研究重点主要是对林纾的文学观、翻译目的和翻译思想的探讨,其中两篇论文引发了非凡的社会影响:一篇是1987年发表的林薇的研究论文《论林纾对近代小说立论的贡献》,⑤另一篇是郭延礼的研究论文《"林译小说"的总体评价及其影响》。⑥林薇的论文分析了林纾及其主要译著与五四新文化运动在思想上的关联性,肯定了

---

① 该史料共有七编八册,其中近代部分共二编二册,初编1953年由上海上杂出版社出版,二编1954年由上海群联出版社出版。全套史料2003年由上海书店出版社重版。
② 阿英:《晚清文学丛钞·小说戏曲研究卷》,上海:中华书局,1960年。
③ 钱锺书:《林纾的翻译》,《文学研究集刊》第一册,北京:人民文学出版社,1964年。
④ 《离恨天》《吟边燕语》《撒克逊劫后英雄略》《拊掌录》《黑奴吁天录》《块肉余生述》《巴黎茶花女遗事》《现身说法》《迦茵小传》《不如归》。
⑤ 林薇:《论林纾对近代小说立论的贡献》,《中国社会科学》1987年第6期。
⑥ 郭延礼:《"林译小说"的总体评价及其影响》,《社会科学战线》1991年第3期。

林译小说在思想启蒙方面的历史意义,称林纾为"引进西方近代批判现实主义的第一人"。郭延礼的论文基于对林纾文学观的探析,阐述了林译小说具有的批判现实主义特色。这两篇论文对林译哈葛德小说均有涉及。

这一时期涌现出的众多林纾研究成果,以史料钩沉和史实勾勒为重,其中亦涉及林纾对哈葛德小说的译介,主要成果有:朱碧森撰写的《女国男儿泪:林琴南传》,张俊才撰写的《林纾评传》,曾宪辉编著的《林纾》,孔庆茂编著的《林纾传》,冯奇编写的《林纾·评传·作品选》,以及王旸编著的《帘卷西风——林琴南别传》,等等。①这些传记基于对相关史料的细致爬梳和考证,廓清了林纾的生平史实以及林纾翻译活动等方面的虚虚实实,其中多有对林译哈葛德小说的简要介绍和评述。

对哈葛德小说的译介研究还包含在这一时期出版的相关文学研究资料中,主要有:薛绥之、张俊才编写的《林纾研究资料》,林薇的《百年沉浮——林纾研究综述》,陈平原、夏晓虹整理的《二十世纪中国小说理论资料第一卷》等,②这些编著都是哈葛德小说译介研究不可或缺的历史资料。

特别值得关注的是,20世纪90年代重新翻译出版了几部哈葛德小说:1990年,吉林人民出版社以《女神之爱火》为书名,出版了哈葛德小说 She: A History of Adventure 的中译本。③1998年,四川人民出版社出

---

① 朱碧森:《女国男儿泪:林琴南传》,北京:中国文联出版公司,1989年。张俊才:《林纾评传》,天津:南开大学出版社,1992年;该书2007再次修订,由中华书局出版。曾宪辉:《林纾》,福州:福建教育出版社,1998年。孔庆茂:《林纾传》,北京:团结出版社,1998年。冯奇:《林纾·评传·作品选》,北京:中国文史出版社,1998年。王旸:《帘卷西风——林琴南别传》,北京:华夏出版社,1999年。
② 薛绥之、张俊才:《林纾研究资料》,福州:福建人民出版社,1982年。林薇:《百年沉浮——林纾研究综述》,天津:天津教育出版社,1990年。陈平原、夏晓虹:《二十世纪中国小说理论资料》(第一卷),北京:北京大学出版社,1997年。
③ 哈格德:《女神之爱火》,王金栋译,长春:吉林人民出版社,1990年。

版了由杨佑方翻译的《哈葛德传奇作品精选》系列图书,其中含《所罗门大道》(King Solomon's Mines)、《烟火马》(The Brethren)和《白女王和夜女王》(Allan Quatermain)等三部哈葛德小说。这些小说的出版,展现了对哈葛德小说的重新关注。

通过搜索中国知网(CNKI.net)获得的20世纪后期哈葛德研究的最早一篇论文是发表于1983年的《中西文学题材处理的异同——从〈迦茵小传〉二译本及其评论所看到的》,该文由南昌师范学院中文系教授董星南所撰,从比较文学的视角,以中西对爱情题材故事的细节处理异同入手,对林译哈葛德爱情小说《迦茵小传》与蟠溪子所译《迦因小传》进行了比较。①稍后,邹振环的论文《接受环境对翻译原本选择的影响——林译哈葛德小说的一个分析》(1991年)从接受语境视角对哈葛德小说在晚清的风靡作了解读;1996年,邹振环的另一部专著《影响中国近代社会的一百种译作》将林译哈葛德小说《迦茵小传》列入其中,肯定了这部小说的历史影响。②同一时期的哈葛德专题研究论文还有:顾智敏的"《迦茵小传》先译本及其他——鲁迅《上海文艺之一瞥》有关论述和注释正误",郭丽莎的"现代西方俗文学的引介—论林纾翻译的哈葛德小说"及"林纾与哈葛德小说的关系"。③这些论著的发表,标志着对哈葛德译介专题研究的开始,研究的焦点在于对译介史实的考证及对哈葛德小说译本接受的初步探讨。

---

① 董星南:《中西文学题材处理的异同——从〈迦茵小传〉二译本及其评论所看到的》,《外国文学研究》,1983年第4期。
② 邹振环:《接受环境对翻译原本选择的影响——林译哈葛德小说的一个分析》,《复旦学报》1991年第3期;邹振环:《影响中国近代社会的一百种译作》,北京:中国对外翻译出版公司,1996年。
③ 顾智敏:《〈迦茵小传〉先译本及其他——鲁迅〈上海文艺之一瞥〉有关论述和注释正误》,《上海师范大学学报》1993年第4期。郭丽莎:《现代西方俗文学的引介——论林纾翻译的哈葛德小说》,《思想战线》1999年第3期;《林纾与哈葛德小说的关系》,《贵州社会科学》1999年第3期。

20世纪末,围绕中国翻译史、中西文学关系史、中西文化交流史等相关专题的研究取得了丰厚的成果,也推进了林译小说的研究,其中对哈葛德小说的译介多有涉及,主要成果包括:1989年出版的《中国翻译文学史稿》(陈玉刚主编),1990年的《中国现代文学大系·翻译文学集》(施蛰存编著),1992年的《中国译学理论史稿》(陈福康编著),1993年的《1898—1949中外文学比较史》(范伯群、朱栋霖主编),1996年的《影响中国近代社会的一百种译作》(邹振环编著),1997年的《翻译文化史论》(王克非编著),1998年的《中国翻译简史》(马祖毅编著),《中国近代翻译文学概论》,《中西文化碰撞与近代文学》(郭延礼编著),以及1999年的《中国翻译小说史论》(赵光育编著),等等。[1]

进入21世纪,晚清翻译、林译小说成为学界的研究热点。可是,哈葛德这位在中国现代性理想追求起始阶段起过积极启蒙作用的英国通俗小说家,虽然也引发了学界的兴趣,但囿于前代学人对其二三流作家的定位,学界对哈葛德及其小说译介的专题研究依然较为淡漠,对此,李欧梵作了专门的评述:"研究林译哈葛德作品的学者似乎绝无仅有。我想原因之一就是哈葛德一向被视为二流的通俗作家,研究起来吃力而不讨好,况且他的作品内容'政治不正确',似乎在宣扬大英帝国主义,所以近来被英美的后殖民主义学者批评得体无完肤。"[2]

---

[1] 陈玉刚主编:《中国翻译文学史稿》,北京:中国对外翻译出版公司,1989年。施蛰存:《中国现代文学大系·翻译文学集》,上海:上海书店出版社,1990年。陈福康:《中国译学理论史稿》,上海:上海外语教育出版社,1992年。范伯群、朱栋霖主编:《1898—1949中外文学比较史》,南京:江苏教育出版社,1993年。邹振环:《影响中国近代社会的一百种译作》,北京:中国对外翻译出版公司,1997年。王克非:《翻译文化史论》,上海:上海外语教育出版社,1996年。马祖毅:《中国翻译简史》,北京:中国对外翻译出版公司,1998年。郭延礼:《中国近代翻译文学概论》,武汉:湖北教育出版社,1998年;《中西文化碰撞与近代文学》,济南:山东教育出版社,1999年。赵光育:《中国翻译小说史论》,天津:天津人民出版社,1999年。

[2] 李欧梵:《林纾与哈葛德——翻译的文化政治》,《东岳论丛》2013第10期。

绪 论

以主题词"哈葛德"查询中国知网(CNKI.net)期刊论文,①共获47条搜索结果(1985年12月—2019月4月),扣除系统内重复统计的信息,实际发表的相关论文为46篇(含本书作者发表的4篇相关论文)。因晚清时期"哈葛德"亦被译作"哈格德""哈葛得""解佳"等,又以这些译名为主题词查询,在"哈格德"主题词下另获19条搜索结果,扣除非相关学科的同名主题词结果,实际获14篇相关论文;"哈葛得""解佳"主题词下未搜寻到相关论文。以哈葛德译作书名《迦茵小传》《迦因小传》《所罗门王的宝藏》《三千年艳尸记》《她》《百合娜达》等为主题词查询,共获34篇期刊论文(已扣除与主题词"哈葛德""哈格德"查询结果中重复的论文篇目),其中本书作者论文3篇;至此,正式发表的关于哈葛德研究的相关专题论文可统计为94篇(含本书作者发表的专题研究论文7篇)。

同时,以"哈葛德""哈格德""哈葛得"以及哈葛德译作书名《迦茵小传》《迦因小传》《所罗门王的宝藏》《三千年艳尸记》《她》《百合娜达》等为主题词查询中国知网硕博论文数据库,获2篇针对哈葛德小说专题研究的博士论文,另有2篇博士论文分别为林译小说研究和包天笑研究中涉及哈葛德小说的译介研究;获得9篇哈葛德专题研究的硕士论文,因此哈葛德研究学位论文可计为13篇。

知网搜索发现,针对哈葛德小说的晚清译介,研究最多的文本是《迦茵小传》:以"迦茵小传""迦因小传"为主题词,查找期刊论文,分别获得28条和4条结果,扣除重复的论文,合计30篇《迦茵小传》专题研究论文。以"迦茵小传"为主题词,查找学位论文,显示专门针对《迦茵小传》的博士论文1篇,硕士论文5篇。

从哈葛德研究论文发表的密度来看,通过知网数据获得的每5年哈葛德研究期刊论文发表数和学位论文数均不断增加,说明进入21世纪以

---

① 本书查询知网所得数据的所有截止时间为2019年4月15日,以下不一一标注。

来国内学界对哈葛德研究的兴趣日趋浓厚。

2000 年以来每 5 年哈葛德研究期刊论文数量统计表

每 5 年研究分期	论文篇数	备　　注
2000—2004	5	以"哈葛德""哈格德"《迦茵小传》《所罗门王的宝藏》《三千年艳尸记》《她》《百合娜达》等为主题词搜索 CNKI 所得结果。
2005—2009	15	同上
2010—2014	32	同上
2015—2019（截至 4 月 15 日）	31	同上
合　　计	83	

2000 年以来每 5 年哈葛德研究学位论文数量统计表

每 5 年研究分期	论文篇数	备　　注
2000—2004	无	
2005—2009	3	硕士论文 2 篇,博士论文 1 篇(非专题研究,涉及哈葛德小说翻译)
2010—2014	4	硕士论文 3 篇,博士论文 1 篇
2015—2019（截至 4 月 15 日）	9	硕士论文 8 篇,博士论文 1 篇 这一阶段还有 3 篇翻译专业硕士学位论文是对哈葛德自传的片段选译,因不属于研究性论文,不作统计。
合　　计	16	

　　查证 2006—2018 年间的国家社会科学基金项目和教育部人文社会科学基金项目立项,有 2 项专门针对哈葛德译介研究的课题:2010 年教育部人文社会科学研究基金规划项目"H.R.哈葛德在近代中国的译介"(主持人郝岚,项目编号 10YJA751022),2013 年国家社会科学基金项目"哈葛德小说在晚清:话语意义和西方认知"(为本书作者所主持,项目编号 13BWW010,本书为这一项目成果)。另有 2 项林纾翻译研究课题:

2008年国家社会科学基金项目"晚年林纾研究"(主持人张俊才,项目编号08BZW048),2009年教育部人文社会科学研究基金规划项目"文化视野中的林纾翻译研究"(主持人高万隆,项目编号09YJA740083);从这两项林纾研究课题已经发表的研究成果看,对哈葛德小说的译介论及颇多。①哈葛德小说及其在晚清的译介研究,正逐步走出学术研究的边缘,不断引发学界的研究兴趣。

针对哈葛德的专题研究成果虽然十分有限,但却已呈现出了多元的状态。郝岚是近年专门研究哈葛德小说的一位富有影响力的学者,也是国内较早研究哈葛德小说的一位学者。她先后发表了《被道德僭越的爱情——林译言情小说〈巴黎茶花女遗事〉和〈迦茵小传〉的接受》《林纾对哈葛德冒险与神怪小说的解读》《从〈长生术〉到〈三千年艳尸记〉——H.R.哈葛德小说 She：A History of Adventure 的中译及其最初的冷遇》等一系列专论,并在专著《林译小说论稿》中劈专章(第三章)从文化及文学语言层面,对林译哈葛德言情小说和哈葛德的部分冒险小说的特点进行了独到的分析。②

2005年出版的另一部林译小说研究专著,韩洪举的《林译小说研究——兼论林纾自撰小说与传奇》③对林纾文学翻译活动史实进行了考证,对林纾的翻译思想进行了研究,对林译哈葛德小说也有所论及。

---

① 分别见:张俊才、王勇《顽固非尽守旧也:晚年林纾的困惑与坚守》,太原:山西人民出版社,2012年。高万隆《文化语境中的林纾翻译研究》,杭州:浙江工商大学出版社,2012年。

② 分别见:郝岚《被道德僭越的爱情——林译言情小说〈巴黎茶花女遗事〉和〈迦茵小传〉的接受》,《天津师范大学学报》2003年第6期;《林纾对哈葛德冒险与神怪小说的解读》,《东方论坛》2004年第1期;《从〈长生术〉到〈三千年艳尸记〉——H.R.哈葛德小说 She：A History of Adventure 的中译及其最初的冷遇》,《外国文学研究》,2011年第4期;专著《林译小说论稿》,天津:天津社会科学出版社,2005年。

③ 韩洪举《林译小说研究——兼论林纾自撰小说与传奇》,北京:中国社会科学出版社,2005年。

罗列的专著《女性形象与女权话语:20世纪初叶中国西方文学女性形象译介研究》虽然并非哈葛德研究专著,但其中从女性形象建构视角对林译《迦茵小传》的分析富有十分独到的见解。①

2013年,李欧梵的论文《林纾与哈葛德——翻译的文化政治》②,基于细致的文本阅读与史料考辨,从翻译政治与语言审美的视角,发掘林译哈葛德小说的现代性意义和叙事文体特征,进而从深层次分析了"大清帝国"与"维多利亚"时代的大英帝国之间的文化关系。

2016年陆建德的论文《文化交流中"二三流者"的非凡意义——略说林译小说中的通俗作品》,以林译的几部哈葛德小说为例,分析了通俗小说在中国社会文化语境中的非凡意义:哈葛德小说不仅促进了东西方文化交流,而且催生了中国读者的比较意识,正是这些所谓的"二三流者"成了晚清民众认识世界、认识自我从而移风易俗的工具,呼吁研究者走出狭隘的"名著"观念和"纯文学"误区:"'名著'不是绝对的,'第二三流的毫无价值的书'也不是绝对的。评价清末民初的文学翻译事业,不妨从这些观念中走出来。"③陆建德的这一论文对哈葛德小说译介研究将起到积极的推进作用。

笔者近年发表的本课题研究阶段性系列论文,④从广义修辞学、批评

---

① 罗列:《女性形象与女权话语:20世纪初叶中国西方文学女性形象译介研究》,成都:四川辞书出版社,2008年。
② 李欧梵:《林纾与哈葛德——翻译的文化政治》,《东岳论丛》2013年第10期。
③ 陆建德:《文化交流中"二三流者"的非凡意义——略说林译小说中的通俗作品》,《社会科学战线》2016年第6期。
④ 分别见:《哈葛德〈三千年艳尸记〉中的非洲风景与帝国意识》,《外国文学评论》2017年第1期。《言说与沉默之间:曾广铨译〈长生术〉的增删及其话语意义》,《语言与翻译》2016年第2期。《译介现代性:曾广铨与〈时务报〉译编》,《湖南科技大学学报》2016年第4期。《象征与权力:哈葛德小说 She 的性别话语关键词分析》,《话语研究论丛》,南开大学出版社2015年第1辑。《跨越疆界的求索:〈时务报〉和哈葛德小说 She》,《外国文学研究》2015年第1期,《人大复印报刊资料——外国文学研究》,2015年第6期全文转载。《林译〈迦茵小传〉人物称谓和身(转下页)

话语分析的视角,对哈葛德小说的话语意义及其晚清译本的话语指向进行研究,阐述哈葛德小说译介与晚清现代性启蒙的互动关系。

综上所述,哈葛德研究正逐步引发学界的关注,并开始产出一系列新的研究成果。然而,在对哈葛德研究成果的搜索中,也发现了令人遗憾的现象:2015—2016两年间,由同一位青年作者撰写的5篇哈葛德专题研究论文中,出现了明显的选题雷同和观点同质化倾向,这5篇论文均注明为"××省2014年社科规划青年项目阶段性成果",论文的基本观点、概念表述、论证思路、引证分析、文内小标题等有多处雷同,甚至还出现了与其参考文献所列他人论文观点的"惊人相似"。诚然,研究者如果专注于对同一专题的系列研究,为保持思想观点和学术话语表述方式的连贯性,在不同研究阶段,针对自我观点、自我研究成果进行不断拓展或修正,在系列论文中可能产生话语重合或近似的现象,但上述5篇论文显然并不属于这一范畴。从这几篇论文的标题、内容以及论文所标注的"××项目资助"来看,这些论文均为研究性论文,而非文献综述性论文,可以排除因对已有观点进行评述可能产生的话语表述雷同。此种多篇论文内容雷同、与他人论文观点"惊人相似"的情况,在当今学术界并非个例,值得追索的问题是:如果把"'他性'的思考,通过'克隆'方式,变成'我性'的'论'"界定为"黏贴文本",①那么,学术研究的空间是否允许"自我克隆"文本的存在?是否允许移花接木的"黏贴文本"的存在?如何界定学术研究的规范性和原创性?衡量论文学术含量的标准是什么?进

(接上页)份建构的广义修辞学解读》,《福建师范大学学报》2014年第5期。《哈葛德小说在中国:历史吊诡和话语意义》,《中国比较文学》2012年第3期,《人大复印报刊资料—外国文学研究》2013年第1期全文转载。《林译〈迦茵小传〉道德话语的修辞建构》,《福建师范大学学报》2011年第2期。《似是而非说迦茵:林译〈迦茵小传〉中迦茵形象的修辞解读》,《西安外国语大学学报》2010年第3期。本书融入了这些论文的相关内容和观点,本书作者在此对这些期刊表示感谢。

① 谭学纯:《一个粘贴文本的还原分析及学术质疑》,《学术界》2000年第6期。

而需要拷问的是:作为学人,在当今科研量化考评机制风行的趋势下,是遵循学术成长的基本规律、坚守"慢工细活"的信念进行自我历练,还是巧取立竿见影的捷径,以投机取利混迹于学界?是维护学术作为"为己之学"的秩序,还是任由学术沦为熙熙攘攘的市场?学术界如何维护学术内在的价值尺度、共同守望良好的学术生态?对学术精神的追问、对学术尊严的追求,是进行学术研究的出发点,是学术研究所要达到的终极目标,也是本人在本课题研究过程中不断思考的问题。学术研究无捷径可循,正如陆游示儿诗所述:"古人学问无遗力,少壮工夫老始成。纸上得来终觉浅,绝知此事要躬行。"只有怀着敬畏之心,以"读万卷书,行万里路"的真功夫,才能走向学问的进步之阶。

二、中国香港台湾及海外华裔学者的哈葛德研究

对于哈葛德及其在中国的译介研究,中国香港台湾学者、海外华裔学者取得了较大的进展,他们或专论哈葛德小说,在林译小说研究中涉及对哈葛德小说的译介特点探讨。

早在20世纪60年代,就有中国香港台湾学者开始对林译小说进行专题研究。香港学者曾锦漳发表长文《林译小说研究》,在香港《新亚学报》第七卷第2期及第八卷第1期连续刊出(刊出时间为1966年8月和1967年2月)。这一长文专门探讨了林纾译介西洋小说的原本选择、题材特点、口译合作者情况、林译小说的主要风格等问题,其中对林译哈葛德小说多有涉及。这篇论文的部分内容被收入薛绥之、张俊才编著的《林纾研究资料》。[①]

---

① 薛绥之、张俊才编:《林纾研究资料》,福州:福建人民出版社,1982年,第324—345页。但近期马泰来对曾锦漳此文中的一些谬误,特别是译本与哈葛德原著书名的考证等方面存在的谬误进行了批评,认为"曾锦漳虽懂英文,但盲从前人,全未置疑。"马泰来:《罗香林教授和我的林纾翻译研究》,《采铜于山:马泰来文史论集》,北京:国家图书馆出版社,2017年,第268页。

绪 论

2001年,香港理工大学的硕士论文《林纾翻译的真真假假:西方及非洲的形象》(作者为罗蔚芹)、2003年香港大学文学院硕士论文《林译小说在晚清引进外来文化上所扮演的角色》(作者为Yip Kit Wand)等,以文化研究的方法,从不同层面对林译小说的特点进行了探讨,其中涉及对林译哈葛德《迦茵小传》等文本的阐述。

中国台湾学者近期对哈葛德小说的研究成果主要有:台湾大学中国文学研究所潘少瑜的博士论文《清末民初翻译言情小说研究——以林纾与周瘦鹃为中心》(2008年),该论文分析了林译哈葛德小说《迦茵小传》和《红礁画桨录》的爱情故事叙事特点及其对中国言情小说的影响。

台湾东海大学刘雪珍的博士论文《依违于古今中外之间——林纾译/著言情小说研究》(2012年),对林译哈葛德言情小说的特点及其影响进行了阐述。

台湾辅仁大学跨文化研究所陈怡安的硕士论文《从 Allan Quatermain 之晚清译本与明治译本看译者的操纵》(2013年),专门针对哈葛德小说 Allan Quatermain 在晚清中国和日本的译介情况做了分析对比。

台北大学中文系张文婷的硕士论文《林纾翻译西方言情小说的接受与影响——以〈巴黎茶花女遗事〉、〈迦茵小传〉为研究对象》(2012年),论及哈葛德小说《迦茵小传》对中国后续言情小说发展的积极影响。

特别值得指出的是,1993年中国台湾出版了《林纾魏易合译小说全集》,魏惟仪——林纾主要口译合作者魏易的女儿,收集了丰富的史料,编著了魏易亲友对魏易生平、魏易参与小说译介的回忆录,为了解魏易、林纾合作翻译情况,特别是哈葛德小说的合作译介情况提供了富有价值的参考。①

---

① 魏惟仪:《林纾魏易合译小说重刊后记》,《传记文学》(中国台湾)1993年第4期。

新加坡南洋理工大学关诗佩教授撰写的《哈葛德少男文学与林纾少年文学:殖民主义与晚清中国国族观念的建立》是针对哈葛德小说的专题研究,从殖民和性别话语的视角阐释了林纾多译哈葛德小说的缘由。① 关诗珮的另外两篇林译小说研究专文:《从林纾看文学翻译规范由晚清中国到五四的转变:西化、现代化和以原著为中心的观念》《现代性与记忆:"五四"对林纾文学翻译的追忆与遗忘》,围绕为什么曾受林译小说启蒙的五四学人反转立场、将林纾作为封建意识守护者进行猛烈抨击这一现象进行阐述,并对这一现象的历史成因进行了分析。②

据可寻查到的资料,海外华裔学者中对哈葛德的研究,美国哈佛大学的李欧梵教授有多种研究成果,除上述专题论文《林纾与哈葛德——翻译的文化政治》外,他的《林纾和他的翻译:中国视野下的西方小说》从思想史和文学影响方面评介林译小说;他的《中国现代作家的浪漫一代》第三章"林纾"专门探讨了林译哈葛德小说的特点和意义。③

美国普林斯顿大学东亚图书馆馆长马泰来先生编著的《林纾翻译作品原著考》《林纾翻译作品全目》等,④对林纾的译著进行了详细的考证,成为哈葛德研究必不可少的资料。2017年3月新出版的马泰来论文集《采铜于山:马泰来文史论集》收入马泰来文史论文44篇,其中8篇专论林译小说的文章中,有5篇论及林译哈葛德小说:《林译闲谈》《林译提要

---

① 关诗珮:《哈葛德少男文学与林纾少年文学:殖民主义与晚清中国国族观念的建立》,王宏志主编《翻译史研究》,上海:复旦大学出版社,2011年第138—169页。
② 分别见:关诗珮:《从林纾看文学翻译规范由晚清中国到五四的转变:西化、现代化和以原著为中心的观念》,香港:香港中文大学中国文化研究所《中国文化研究所学报》,第48期,第343—370页。《现代性与记忆:"五四"对林纾文学翻译的追忆与遗忘》,《现代中国》,陈平原编,第11辑,北京:北京大学出版社,2008年。
③ 李欧梵:《中国现代作家的浪漫一代》,王宏志等译,北京:新星出版社,2005年。
④ 马泰来:《林纾翻译作品全目》,钱锺书:《林纾的翻译》,北京:商务印书馆,1981年;樽本照雄:《林纾翻译作品原著》,《清末小说》1993年第16号。

二十则》《林纾译书序文钩沉》《林译遗稿及〈林纾翻译小说未刊九种〉评介》《罗香林教授和我的林纾研究》。①

综上所述,海外华裔学者和中国港台学者对哈葛德的专题研究,主要的切入视角为史料考订、文化翻译研究以及翻译与中西文学关系互动等。

以上是对哈葛德小说及其在中国译介情况的研究概述,国外学者主要致力于对哈葛德及其作品的研究,这将在本书第二章详介哈葛德时一并阐述。

综上所述,对于哈葛德在晚清的译介研究,虽然近年在林译小说研究不断深入的形势下,已开始受到专题关注,但仍尚未完全展开。研究林译小说特点不能避开他对哈葛德小说的大量译介;研究林译小说对晚清社会的影响,哈葛德小说同样不可或缺。20世纪80年代初,张俊才曾就林纾的翻译与钱锺书进行通信研讨,钱锺书针对自己的《林纾的翻译》,指出了当时林译小说的研究局限性:"我当时写那篇文章,就感觉到一切讲林译的文章,都有两个缺点:(一)对于西文原著缺乏认识(更谈不上研究);(二)对于中国的文言文缺乏认识(也谈不上研究)。希望这几年来在(此)两点上有所改进。……对原文不懂或不很懂而评论翻译,似乎是中国特有的现象。'爱情、风趣'等等都是作者的东西,论翻译者时该指出他对原作能达出多少。"②因此,对晚清哈葛德译介的研究,有待外语界和汉语言文学界学人的共同联手,进入原、译著内外,去探究晚清哈葛德小说译介的动因、特点、意义及其话语影响。

---

① 马泰来:《采铜于山:马泰来文史论集》,北京:国家图书馆出版社,2017年。
② 张俊才、王勇:《顽固非尽守旧也:晚年林纾的困惑与坚守》,太原:山西人民出版社,2012年,第51页。

第三节　本研究目的、意义和理论方法

一、本研究的目的和意义

关于晚清通俗文学对于新思潮传播所起的作用,史学家王尔敏有着敏锐而精辟的论述:"此一论题,需要大气魄的吸收融会,并且要通熟这一时代普遍的流行语词,始足以锻炼出思想精华,把握到通俗文学之影响功能。这是一个极具意义的繁重工作,需要阅读大量过时的浅俗的文学作品。因为它确是一个为人所忽略的近代思想史之宝藏,特别是民国初年学者的若干思想与行为,不仅是从严肃的典型论文中获得动力,颇有一些迹象,可以见出小说戏曲与说唱文学的影响力。……所以在研究思想史来说,仍然是一个开创工作。"[1]本研究的目的就是通过对哈葛德通俗小说在晚清译介和传播的分析,阐述在这一历史时刻,文学与社会历史的互动关系,揭示文学话语所蕴含的权力对晚清社会转型期的思想启蒙和对晚清社会变革的影响及推进。

"翻译以巨大的力量构建对异域文化的再现,同时也构建着本土的主体。"[2]哈葛德小说话语蕴含丰富,展现了19世纪后期以英国为代表的西方意识形态和文明秩序观念,哈葛德小说在西方经久不衰的一个重要因素就在于此。晚清到五四这一历史时期,见证了中国社会意识形态、文学话语方式从传统走向现代的转变,对哈葛德小说的大量译介,也是晚清西学译介"宏大叙事"的一个重要部分。翻译小说依托新的体悟和想象方式,言说西方、认知世界、建构自我,以小说话语启引思想文化现

---

[1]　王尔敏:《中国近代思想史论》,北京:社会科学文献出版社,2003年,第447页。
[2]　韦努蒂:《翻译与文化身份的塑造》,《语言与翻译的政治》,许宝强、袁伟编译,北京:中央编译出版社,2001年,第358页。

代性,对晚清社会产生过不可或缺的影响。哈葛德小说的译本话语,作为一种历史存在,为探究这一转型期的社会思潮提供了丰富的资料,展示了晚清一代文人面对西方强权,现代意识萌发,为重构民族文化身份的不懈抗争,勾勒出晚清社会思潮风云变化的一幅图景。

然而,相对哈葛德在晚清的历史影响而言,正如前文对哈葛德研究的统计显示,对哈葛德小说在晚清译介及其影响的研究尚未全面展开。这与前代学人对哈葛德"写作技巧平庸的二、三流作家"的定位有关,但这一定位本身就体现了后世论者对晚清哈葛德译介意义认知的逻辑错位:"即使我们认识到该时期的译作很多都不是西方文学建制承认的经典,我们也应该同时明白这并不代表晚清民初的译者缺乏文学判断力,更不表示他们的翻译能力不足或翻译态度不佳。我们应该记住:西方文学建制并不是他们最关注的事;后世论者忽视这一点,硬把这个时期的翻译和原作者在原作品文化的地位挂钩,实在有点本末倒置。"①

如前所述,针对清末民初哈葛德小说译介的专题研究成果十分有限。而当我们扩展视域,将视野延伸到整个晚清翻译小说研究时,还发现了另一层面的研究缺憾:现有晚清翻译研究突破了基于语言学单一视角的传统译学研究局限,不再停留在文本语言和翻译技术层面来评判译本;而是已经走出文本,进入文化交流和中外文学关系层面进行研究,这无疑是一种突破,但同时也凸显了一种新的局限——现有针对晚清翻译小说与文学思想现代性发生之关联的研究,是无可指摘的新突破,但研究方法却相对单一,主要通过对译介史实、史料的发掘,寻找证据,从宏观层面阐述翻译小说在中西文化交流史上的作用,论证翻译文本与文学

---

① 孔慧怡:《还以背景,还以公道——论清末民初英语侦探小说中译》,《翻译与创作——中国近代翻译小说论》,王宏志,北京:北京大学出版社,2000年,第91、107页。

现代性发生的关联。诚然,这是了解晚清翻译小说如何与近代文学观念、思想意识互动的必要一步,但脱离文本本身、仅仅徘徊于文本外围的宏观阐述,仅仅对具有普遍文学意义的文本特征进行泛陈概说,难以揭开文学与社会真正互动的具体话语机制。文学作品建构的虚拟世界是通过文本话语来实现的,只有深入文本内部——基于文本微观层面的分析和阐发,以确凿的文本证据阐述当前论断的正当性,才能实质性地推进论断的合理性。将文本作为一种历史存在,从原著及译本话语的深处寻找中西思想互动的发生机制和历史逻辑、探讨西方现代观念与中国传统思想碰撞生成现代意识的话语机理:探究历史语境中作为翻译主体的译者,以何种话语方式建构并认知西方,同时解构传统自我,寻求现代自我;西方文学所蕴含的新观念新思想以怎样的话语方式为晚清读者理解并接受,在传统文化土壤中生成出新的思想内涵,进而推进意识的转变、社会的改良。这既需要走出文本,追溯文本所处的社会历史语境,又需要进入文本,通过对文本修辞话语特征及其思想内涵的挖掘,在"历史文化语境—译者主体—译本修辞特征—读者接受—话语对社会的建构"等不同层面,建立起相互关联的释义网络,阐述译本与本土文化意识启蒙的关联性,发掘译介现象背后的文化理据和历史逻辑,以及译介背后的思想驱动、时代情感、社会思潮和人类生存哲学。

二、本研究的方法:基于广义修辞学的阐释路径

由本土学者谭学纯、朱玲创建的广义修辞学理论,是一种基于交际语境,融合了意识形态研究和修辞美学的文本阐释方法。这一理论从文本表层的修辞特征切入,深入到文本的思想建构和主体精神建构特征,从三个不同层面阐发文本的话语意义:修辞技巧层面,即文本话语建构的修辞方式特点;修辞诗学层面,即文本修辞审美背后的话语指向;修辞

哲学层面,即文本修辞对话语主体的精神建构特点。①这三个层面的探究,不仅蕴含西方文体学和批评话语分析的研究理念,而且深入至文本修辞表征的哲学思想层面——对文本的阐释,由内到外由点到面,再由面到背面进行解读,超越修辞话语的表层形式,关注话语背后的思想意识、权力关系及其社会力量。广义修辞学理论不只是把文学文本置于社会历史语境之中,而是将文本与社会历史联系起来,打破文学、社会、历史各自封闭的空间及已然的意义界域,脱离固有的思辨范式,走进了一个更为广阔的学术空间:在历史中阐释文本,在文本中解读历史;在文学与社会意识的交界处,在文学话语所绽露的精神世界、生存哲学和生命意义中,剖析文本修辞话语隐含的思想力量及其运作机制;以文本修辞话语中潜藏的思想,阐释文学与现实的关联,阐释文学话语与社会意识的相互作用;以开放的理论体系,为话语意义的阐释提供了新的可能,凸显文学话语与历史现实的关联性。

基于此,本研究把文学翻译作为一种社会实践,认为翻译是连接现实关怀的一种思想文化交流手段,是在不同社会语境下的文本再修辞化过程。历史语境和社会意识形态对文学作品的异域传播和接受有着很大的影响和制约作用,同时,异域文学作品的译介又对本土思想意识产生重塑作用。

哈葛德小说展示了19世纪末20世纪初英国社会转型期的社会意识形态,其异域冒险、生存竞争、爱情至上、追求自由、个体自我价值实现等主题,反映了这一时期以英国为首的西方世界对于殖民与种族竞争、世界文明格局、现代权力观念及人类社会未来走向等不同方面的认知特点,体现了一种以西方为中心建构世界观念秩序的意识形态。以广义修辞学的理论视角对原、译著进行剖析,从一个侧面探究晚清文人对西洋

---

① 谭学纯、朱玲:《广义修辞学》,合肥:安徽教育出版社,2008年。

文明的认知方式。在晚清的中西文学对话中,思想意识激烈冲突又相互调和,哈葛德小说作为这一历史进程中的一个瞬间,对晚清思想意识从传统走向现代、对本土现代意识的建构有着深刻影响。

依托广义修辞学"话语建构→文本建构→人的精神建构"的分析思路,本研究以哈葛德的两部小说为个案:历险小说 *She：A History of Adventure* 及其在晚清的两个中译本——《长生术》(曾广铨译介)与《三千年艳尸记》(林纾、曾宗巩合译);哈葛德爱情小说 *Joan Haste* 及其在晚清的两个译本——杨紫驎、包天笑译的半部《迦因小传》和林纾、魏易合译的足本《迦茵小传》。通过原、译著对勘,以及这两部原著的不同译本的对比研究,分析哈葛德原著及其不同译本的修辞特征,在对原、译著及不同译本话语特点及其思想内涵的阐释中,管窥晚清社会思想意识转型隐而不彰的意识形态线索,以不同的思辨视角审视清末民初中国文人对西方世界的认知特点,分析哈葛德小说对晚清思想意识、价值理念、文学领域的建构性影响,进而阐释晚清语境下中西思想交流的话语互动特点。

因此,本研究遵循以下研究思路:原著语境追溯和文本修辞特征描述→作者主体思想在文本中的体现→译著语境追溯和修辞特征描述→译者主体对译本话语的建构特点→原、译著话语深层内涵及中西意识形态的冲突和调和→哈葛德小说话语的晚清影响→译者所代表的社会群体对西方的认知及由此获得的对本土文明的反思与批评意识→晚清社会对西方的认知特点及话语的社会力量。

本研究从微观层面关注文本中词、句、修辞手法等特征,但修辞审美并非本研究的主要目标,本研究的中心任务是:文本修辞和话语方式是思想文化的表征,也是建构思想文化的途径,依据历史文献资料,透过文学审美话语特征探究原译著深处的人文精神、修辞背后的历史逻辑,在中西文学话语和文化差异的张力中寻求潜在的批判力量,在原译著不同修辞话语的裂缝中探寻深层的思想内涵。深入文本的修辞哲学层面,剖析作为个人叙述的译本话语与作为社会集体叙述的话语之间的关系,以文化的、政治的、社会的思辨视角,解读文本话语意义与社会双向互动、互为建构的特点,尝试以一种基于文本内外的批判性阅读方法,阐释历史中的文本和文本中的历史,揭示文本所赖以存在的社会语境及其展现的生存哲学。

本研究采纳了传统翻译研究中常用的原、译著对勘方法,但对勘的目的与传统的翻译研究迥然不同:不在于形而上学的二元思维和形式分析,不在于指摘译本的词句得失,而在分析原、译著修辞话语特征,分析从原著到译本的修辞话语变化所成就的文本思想内涵变化,通过对原、译著的并置和比照,在文本流动的修辞差异中捕捉其所表征的思想观念差异,探究晚清中西文明相遇时,译者如何译介西方现代价值体系、如何融合意识形态冲突,达到认知西方文明、沟通本土与异域文明的目的。诚然,对勘的本质蕴含着二元对立,本研究借此形成的张力,将两种不同语言所表征的不同文化观念和思想意识并置参照,彰显文本深层的不同话语意义和价值观念,在原、译著不同文化撞击产生的裂缝处勘探文本的深层语义,揭示隐藏其中的思想意识、思辨机理及其历史逻辑,并依此阐发哈葛德小说在晚清思想意识转型期的人文意义、话语力量及对社会思潮的建构。

本研究以广义修辞学理论为指导,借助原、译著对勘的方法,采用由点到面、由面到篇循序渐进的方式,从译本中的具体修辞符码入手分析,然后延伸至译本的整体修辞、语义呼应、修辞连贯和文本建构,对文本进行阐释:基于文本的历史语境,从对文本局部修辞特征的分析延伸到对文本整体修辞布局的探究,同时立足于文本宏观修辞建构特征的视角,反观文本的局部修辞特征,阐述修辞特征的话语意义及其社会建构力量。基于语言学方法的文本细析来揭示文学文本的深层话语意义,正如英国文体学家罗纳尔·卡特所述:"我们对语言系统的运作机制知道得越多、越详细,对文学文本如何产生效果就能达到更好、更深入的了解。"①

文本话语意义不仅产生于阐释者与文本的对话,也产生于阐释者与历史的对话,通过对文本话语特征的剖析、对文本历史语境的追溯及对所引史料言必有据的考证,在新的阐释空间中管窥晚清知识精英的西方认知和历史求索,从文本深处洞见观念如何在话语中体现,思想如何在文本修辞中传递,权力如何在文本中运作,照见不同文化之间相互交流沟通、借鉴融合的过程,进而揭示话语如何引发行动、作用于历史进程。诚然,文学无法决定意识形态,但文学可以通过审美的语言,使思想意识具象化,逐步建构一种新的话语力量,反作用于社会,推进知识的演化、思想的变化。在历史长流中,作为个体的译者转瞬即逝、微不足道,然而,个体是群体的代表,个体的感悟表征了群体的思想,不同个体的认知,汇聚成一股群体的力量,支撑起一个富有社会性的共同认知特点。借个体文本管窥历史语境中的社会群体特征,以此反思一段历史,进而认识当今社会,是本研究试图企及的理想目标。

三、本研究所选哈葛德原、译著文本及其缘由

对研究个案的选择直接影响到思辨的可行性和论证的说服力。如前文所述,哈葛德小说在晚清的译介达 30 多种,本研究仅选择哈葛德的 2 部小说为研究个案:其历险小说 *She:A History of Adventure* 和爱情小说 *Joan Haste*;这主要基于以下几个方面的考虑:

哈葛德的历险小说 *She:A History of Adventure* 为哈葛德的代表作,涵盖的主题包括:19 世纪殖民扩张时期,欧洲白人面对不同生存空

---

① Carter, R. ed. Introduction. *Language and Literature:An Introductory Reader in Stylistics*. London:George Allen & Unwin, 1982:5.

间、不同种族和文明的挑战,建构白人中心主义的道德体系和世界秩序,探讨人类进化过程中强弱之间的秩序、男女性别意识及权力秩序,在殖民语境下反思英国资产阶级的所谓"奋勇开拓"、"冒险进取"精神。

哈葛德小说 *Joan Haste* 是 19 世纪末期英国通俗小说的典型代表,以一个爱情悲剧揭示了维多利亚末期英国社会转型期,英国新女性(New Women)走出闺门自立生活、在爱情婚姻方面实现生命价值自由主宰的主题,体现了以个人自由为本位的人伦观,探究了生命个体的主体人格和人性力量。

哈葛德的这两部小说展现了 19 世纪后期英国社会转型期人们所关注的两个焦点:英帝国对外的殖民主义扩张和英国社会内部的价值观念变化。

哈葛德历险小说 *She*:*A History of Adventure* 在晚清及民国的最早译介,已知的共有 3 个版本:

1. 曾广铨译本《长生术》,《时务报》1898 年第 60 至 69 册"附编"栏目下的连载,最后一集刊登在《昌言报》同年第 1 册的"附编"栏目。

2. 林纾、曾宗巩合译的《三千年艳尸记》,1910 年由商务印书馆出版。

3. 殷雄译述的《三千年艳尸记》,1937 年由上海大通图书社出版。

本研究对曾广铨译本《长生术》及林纾、曾宗巩合译的《三千年艳尸记》进行对比研究,主要是因为:林纾为哈葛德小说的主要译者,1910 年林纾与曾宗巩合译的《三千年艳尸记》由商务印书馆出版,此后多次再版;1914 年以小本小说方式再版,同年又将该书列入"林译小说丛书第二集第 39 编"再版,归类为"神怪小说";1915 年又收入《说部丛书第二集第 21 编》,多次再版。[1] 林译本读者面广,影响力大。而曾广铨编译的哈葛德小说《长生术》,是哈葛德首次被译入中国,刊载《长生术》的《时务报》

---

① 樽本照雄:《新编清末民初小说目录》,贺伟译,济南:齐鲁书社,2002 年,第 609 页。

45

为晚清维新改良派的舆论阵地,它创刊于1896年8月9日,是真正意义上中国人创办的第一份报刊。《长生术》以连载方式出现在这本政论性刊物上,其历史和社会意义值得探究;且译者曾广铨代表了晚清新兴的知识分子群体,这一群体由清政府驻外使领、参赞、出使随员及出使归国人员构成。在戊戌维新时期,他们大量编译西方时文,宣传变法维新思想、推进政治改良。曾广铨译本提供了一个解读这一时期中西思想对话特点的不可多得的宝贵文献。因本研究关注的历史节点是晚清,对殷雄的1937年的译本《三千年艳尸记》暂时不作研究。

对哈葛德爱情小说 Joan Haste 在晚清的译介,分别采用了杨紫麟、包天笑合译的《迦因小传》(1901年)与林纾、魏易合译的《迦茵小传》(1905年)进行对比分析,主要因为:这两部译本曾引发激烈的道德争议,成为晚清文坛上的一段著名公案:林译《迦茵小传》1905年出版,此前就已有蟠溪子(杨紫麟、包天笑)合译的下半部译本《迦因小传》;林译本与蟠溪子译本的书名仅一字之差。受当时中国礼教传统的制约,蟠溪子的下半部译本削删了迦因未婚先孕、生下私生女等相关情节,打造了一个洁身自好、纯洁坚贞的迦因形象,受到读者的热捧。林纾、魏易的全译本则如数保留了这些情节,被守旧的文人斥为道德沦丧的淫书。由译本意识形态引发的争议成为中国近代翻译史上的一段著名案例,充分展现了中西思想意识冲突、晚清读者对西方道德伦理的排斥和认知特点。

从这四部译本的翻译主体——译者身份来看,他们代表着晚清的三个不同群体:林纾是庞大封建体系中守旧文人的代表,虽然他以强国保种的迫切心态译介西洋小说,有其开明维新的一面,但其思想意识植根于传统儒教文化,坚守中国传统文化和道德秩序是他毕生的追求。曾广铨代表了新兴的以驻外使节为核心的知识分子群体,他们以对西方文化的切身体验,感知西方文明,他们试图通过译介西学建构一种新型的国家力量——新的政治体制和治国理念,来为衰败的晚清中国提供一个社会改良方案。包天笑、杨紫驎则代表了晚清具有一定新意识的青年一代,在他们的身上混杂着新思想和旧意识。在晚清中国命运的十字路口,无论是新知识分子代表曾广铨,还是儒家文化守护者林纾,还是向往现代生活的包天笑、杨紫驎,他们都怀着对国运民生的焦虑译介西学,他们的翻译旨在"改变"——改变晚清读者的意识,并以此改变社会、改变中国。在晚清现代性追求的征途上,他们的译著为封闭腐朽的社会注入了一股新的思想力量,凭借这股新的意识,为晚清垂死的社会注入了一丝抗争的生机。倘若没有翻译,西方思想难以进入封闭的晚清,一代爱国志士难以通过对照来反思自我文化的局限、进而推进现代化的思想进程。

四、本研究采用的哈葛德小说原著版本及其译本版本

(1) 哈葛德小说 *She* 的原著

本研究采用的哈葛德小说 *She* 的原著版本为:Haggard, R. *She*:*A History of Adventure*. Daniel Karlin(ed.). Oxford:World's Classics, 1991.

这一版本是1991年英国牛津大学出版社将 *She*:*A History of Adventure* 编入世界经典系列丛书的版本,由英国布里斯托大学英语系教授丹尼尔·卡林(Daniel Karlin)作序编辑。[①]据卡林对哈葛德小说 *She* 不同版本的考证:该小说于 1886—1887 在周刊《插图杂志》(*The Graphic*)上连载(第 34—35 卷,第 879—893 册);1887 年出版单行本,又分别于在1891 年和 1896 年重版,此后一版再版。哈葛德对这部小说做的最大修改是在连载后的单行本,此后的再版本基本未作修改。[②]本研究使用的1991年牛津版是依照 1887 年首版单行本印制出版的。

---

① Daniel Karlin 教授简介可参见网址:http://www.bris.ac.uk/english/staff/karlin.html。
② Daniel Karlin (ed.) Rider Haggard. *She*:*A History of Adventure*, Oxford:World's Classics. 1991:Introduction.

(2) 哈葛德小说 She 的中译本

● "英国解佳撰,湘乡曾广铨译"《长生术》,1898 年《时务报》第 60—69 册,《昌言报》第 1 册;出自顾廷龙等编的影印版,《强学报,时务报》、《昌言报》,北京:中华书局出版,1991 年。

● 英国哈葛德著,闽县林纾、长乐曾宗巩同译,《三千年艳尸记》(上、下卷),商务印书馆《说部丛书》二集第二十一编,上海:商务印书馆,1910 年。

(3) 哈葛德小说 Joan Haste 原著

本研究采用的哈葛德小说 Joan Haste 的原著版本为:Haggard, H.R. Joan Haste (New Edition), London: Longmans, Green, and Co., 1897.

哈葛德原著 Joan Haste 最早由当时英国著名的郎文—格林出版公司出版,首版时间为 1895 年。本研究采用的是同一出版公司出版的新插图版本,出版时间是 1897 年。根据笔者掌握的资料来看,世界数字图书馆——澳大利亚"古登堡计划"(Project Gutenberg)上传的 Joan Haste 电子书籍①即为这一 1897 年版本。

(4) 哈葛德小说 Joan Haste 中译本:

● 哈葛德原著:《迦茵小传》,林纾、魏易合译,北京:商务印书馆,1981 年重印。

● 《迦因小传》,翻译者蟠溪子、参校者天笑生、代表者老骥氏,文明书局,光绪二十九年四月印刷发行。

由于至今尚未考证到这两部哈葛德小说译者翻译时所采用的原著版本,笔者采用了在历史上在英国普遍接受、又接近初译时间出版的原著版本。

---

① 电子书号:A Project Gutenberg of Australia eBook Title: Joan Haste (1895) Author: H. Rider Haggard, eBook No.: 0500311.txt Edition: 1 Language: English Character set encoding: Latin-1 (ISO-8859-1)—8 bit Date first posted: March 2005, Date most recently updated: March 2005.

绪 论

本章小结

对于哈葛德小说在中国的影响,早在1939年,原清华大学图书馆学者、作家毕树棠先生就曾作过这样的评述:"一个外国人的作品有二十几部的中文译本,在过去的译书界里也算稀见,似乎也不应该忽略。"[1]然而,对哈葛德小说的译介研究却未能受到学界的重点关注。20世纪90年代初,复旦大学教授邹振环又提出了一个发人深省的问题:"哈葛德小说,曾被一些论著视为三四流作家的作品。为什么一位欧洲三四流作家的小说会如此受这位大译家及其合作者的青睐;并在中国读者群中风行一时呢?"[2]尽管这一发问振聋发聩,但对哈葛德小说在中国的影响研究,还是未能引发学界的足够重视。2016年,陆建德的论文《文化交流中"二三流者"的非凡意义——略说林译小说中的通俗作品》,更是醍醐灌顶,进一步呼吁研究者走出狭隘的"名著"和"纯文学"误区,客观评价清末民初通俗文学的译介意义。[3]尽管在不同的历史时期,都有学者对哈葛德小说研究进行呼吁,但迄今为止,针对哈葛德小说在清末民初的译介及其与社会思潮的互动关系,尚未见正式出版的专题研究成果,相关联的研究成果也十分有限,为数不多的已有成果主要聚焦于对哈葛德小说译介史实的考证或对哈葛德小说在译介史上的意义肯定。且现有研究成果对林译哈葛德小说的评述,因囿于前代学者的已有观点,贬抑之辞普遍多于客观中肯之辞,这在前文已有阐释,在此不再冗言。因此,哈葛

---

[1] 毕树棠:《科南道尔与哈葛德》,《人世间》创刊号,1939年8月。
[2] 邹振环:《接受环境对翻译原本选择的影响——林译哈葛德小说的一个分析》,《复旦学报》1991年第3期。
[3] 陆建德:《文化交流中"二三流者"的非凡意义——略说林译小说中的通俗作品》,《社会科学战线》2016年第6期。

德小说在晚清的译介是一个值得展开的研究专题。

文本是一座充满财富的矿藏,从文本话语中可以洞见社会历史进程中的思想动因和文化特点。对哈葛德小说译介的研究,原译著不失为第一手的珍贵史料,等待着研究者的挖掘。但如果仅仅以基于语言学视角的传统翻译研究方法探究原、译本,显然无以推进哈葛德小说译介的研究——基于原著展开的规定性翻译研究方法,更多的是语言和翻译技术层面上的价值判断,无以阐释译介现象的文化理据和历史逻辑,无力挖掘译介背后的思想驱动和生存哲学。但如果研究仅仅在文本的外部展开,同样难以深入阐述文本与社会的互动关系,难以真正阐述晚清哈葛德小说译介的动因及社会意义,难以分析文本与社会的话语互动机制。因此,本研究融合文本内外,通过宏观阐述与微观剖析,探讨哈葛德小说在晚清的话语意义,以及与中国社会现代性走向的互动关系。

对于治学,中国传统一贯标举严谨务实、孜孜以求的作风,从刘勰的"振叶以寻根,观澜而索源",到顾炎武"采铜于山"的治学信念,都体现了中国人做学问须先树人格立品德的古典气质。在学术失范时有发生、学术伦理备受挑战的今天,秉承"博学于文,约之以礼"的为学宗旨,守护求真探善的学术精神尤为重要。诚然,"寻根索源""采铜于山"需要更大的勇气、付出、忍耐和坚守,但"君子之为学,以明道也,以救世也。"[①]以敬畏和敬业之心治学,才能避免无根之论、阻止空疏学风的泛起,才能摆脱"废铜铸钱"的学术平庸和学术功利。"礼义廉耻,国之四维,四维不张,国乃灭亡",这是读书人应有的责任和担当,也是本研究努力追求的学术理想。

---

① 顾炎武:《与人书二十五》,《顾亭林诗文集》,北京:中华书局,1959年,第103页。

第一章　作为话语实践的文学和文学翻译

　　语言的意义是社会问题。从某种深刻的意义上说,语言在属于我以前,它属于我的社会。

——特雷·伊格尔顿①

　　修辞以话语的形态介入了人的现实存在。

——谭学纯②

第一节　文学作为话语的言说性和建构性

一、文学话语:社会精神结构的表征

　　文学是一种语言艺术,而文学语言,不仅言说作家,也言说作家所处的现实社会:"语言来源于人的表达的意图,来源于人对世界的思考,而意图与思考就是语言的内容和指向。没有无意图、无指向的语言。语言的意图和指向的表达,形成话语的意义和价值,人的语言指涉人的自我,

---

① 特雷·伊格尔顿:《二十世纪西方文学理论》,伍晓明译,西安:陕西师范大学出版社,1987年,第79页。
② 谭学纯:《问题驱动的广义修辞论》,北京:人民出版社,2016年,第101页。

然而本质上更涉及对象,指向现实生活。……很难设想存在着一种纯粹是为了进行自我表现的语言。语言一旦成为社会性的语言、集团性的语言,它诚然对人具有制约性,甚至出现语言说人的现象,但只是一种假象,因为实际上这不过是隐蔽了的社会、集团的规则、关系的显现而已。"①文学创作是一种个人行为,是作家对现实世界、对人性的诗意探索,是用艺术性的语言表达一种情感、一种思想和一种精神求索,是作家对人类生存哲学的追问、对人类精神家园的向往。然而,文学所展现的思想内涵并不能完全归咎于纯粹的个人特性——文学不是脱离社会现实的精神活动,文学不在真空里产生,不能超然于世外。文学展现一种历史文化记忆,蕴含的远不止是作家个体的审美趣味、生活感悟和思想情感,而是以特殊话语方式展示的一定历史语境下的社会场景,表征了潜隐在生活表层下的社会思潮、人类情感、生存哲学及未来预言和理想。

文学文本作为一种情感和思想的审美记录与交流,对应着它所处时代的社会历史语境,与其所处时代的政治和经济结构、文化思潮有着一定的同构关系。法国哲学家、社会学家吕西安·戈尔德曼(Lucien Goldmann,1901—1970)认为:"伟大的作家恰恰是这样一种特殊的个人,他在某个方面,即文学(或绘画、概念、音乐等)作品里,成功地创造了一个一致的,或几乎严密一致的想象世界,其结构与集团整体所倾向的结构相适应;至于作品,它尤其是随着其结构远离或接近这种严密的一致而显得更为平凡或更为重要的。"②因此,文学作品所体现的与其说是一种个人意识,不如说是某一社会团体的集体意识。"凡是伟大的文学艺术

---

① 钱中文:《钱中文学术文化随笔》,北京:中国青年出版社,2000年,第22页。
② 吕西安·戈尔德曼:《论小说的社会学》,吴岳添译,北京:中国社会科学出版社,1988年,第236页。

作品都是世界观的表现。世界观是集体意识现象,而集体意识在思想家或诗人的意识中能达到概念或感觉上最清晰的高度。"①

从这一层面来说,文学并不是单纯的语言艺术:"语言是文学的材料,就像石头和铜是雕刻的材料,颜色是绘画的材料或声音是音乐的材料一样。但是,我们还须认识到,语言不像石头一样仅仅是惰性的东西,而是人的创造物,故带有某一语种的文化传统。"②语言蕴含着丰富的文化和社会特性,文学是作为主体的作者用语言传递思想、情感和态度,用语言表达主体精神的话语方式。文学话语与文本外部的现实世界、社会文化语境有着深广的关系。福柯关注文本语言生成的各种外部合力因素,认为话语是既蕴含社会权力关系,又对社会具有管控和建构性的言语方式。"话语是由符号构成的,但是,话语所做的,不止是使用这些符号以确指事物。正是这个'不止'使话语成为语言和话语所不可缩减的东西,正是这个'不止'才是我们应该加以显示和描述的。"③福柯所言的"不止"是在语言符号的社会历史语境中考察话语生成的规则和机制,以"话语—权力—主体"为焦点,不限于文本界限之内的阐释,而是认为话语植根于权力关系之中,话语的背后是权力的较量,重要的是"显示和描述"文本中社会权力的渗透和运作,以及话语对主体的规定性和支配性力量,关注话语的生产性和建构性特征。福柯的话语理论赋予文学阐释以新的启示:"在研究文学文本时把福柯的话语概念用在考察现实权力关系和历史权力关系上,在运用的过程中把它们同社会科学理论结合起来。这样一来,福柯在文学科学话语分析力理论中所起到的作用,就是

---

① 吕西安·戈德曼:《隐蔽的上帝》,蔡鸿滨译,天津:百花文艺出版社,1998年,第23页。
② 雷·韦勒克、奥·沃伦:《文学理论》,刘象愚等译,北京:生活·读书·新知三联书店,1984年,第10页。
③ 米歇尔·福柯:《知识考古学》,谢强等译,北京:生活·读书·新知三联书店,2003年,第53页。

帮助我们在历史的回顾中更为广泛地考虑到时间、环境和影响等要素，即考虑到文学文本产生的关系条件。"①

童庆炳对于文学的话语性作了详细的阐述："文学是一种话语。……文学作为具有审美性的语言艺术，是特定社会语境中人与人之间从事沟通的话语行为或话语实践。把文学不是简单地看做语言或言语，而是视为话语，正是要突出文学这种'语言艺术'的具体社会关联性、与社会权力关系的紧密联系。"童庆炳通过对文学作为话语所包含的五要素分析，论证了文学作为"人与人之间的社会话语实践"这个基本属性："文学作为话语，至少包含如下五个要素：(1)说话人，是体现在文本中的叙述者或抒情者角色和作家因素，这是话语活动的主体之一；(2)受话人，是阅读文本的接受者角色和读者因素，这是话语活动的另一主体；(3)文本是供阅读以便达到沟通的特定言语体系(有时也称话语体系)，这是话语活动的符号形式；(4)沟通，是说话人与受话人之间通过文本阅读而达到的相互了解或融合状态，这是话语活动的目的；(5)语境(context，又译上下文)，是说话人和受话人的话语行为所发生于其中的特定社会关联域，包括具体语言环境和更为广泛而根本的社会生存环境。"②同时，童庆炳对文学作品的文体进行了广义的界定，从话语的视角揭示文体所承载的深层社会意义："文体是指一定的话语秩序所形成的文本体式，它折射出作家、批评家独特的精神结构、体验方式、思维方式和其他社会历史、文化精神。上述文体定义实际上可分为两层来理解。从表层看，文体是作品的语言秩序、语言体式，从里层看，文体负载着社会的文化精神和作家、批评家的个体的人格内涵。"③

文学创作，作为一种社会活动，是一定社会历史语境下的话语实践，

---

① 马文·克拉达等编：《福柯的迷宫》，朱毅译，北京：商务印书馆，2007年，第208页。
② 童庆炳：《文学理论教程》，北京：高等教育出版社，2005年，第69—71页。
③ 童庆炳：《文体与文体的创造》，昆明：云南人民出版社，1994年，第1页。

是"复杂、变幻且矛盾重重的文化生产领域内各种话语实践中的一种"①。文学话语,作为对社会生活一种修辞化的言说方式、对人的生存哲学的审美化追问,所建构的虚拟世界,展现出人类千姿百态的生活状态、生存哲学、世界认知特征和精神寄托,赋予文学一种世界认知和知识建构的功能:透过文学话语认知社会心理、认知人的生存理想,认知人类对生存意义、对人性的不懈探索。因此,文学展现各种复杂的社会关系和思想意识,文学话语蕴含了复杂的社会规约和权力关系,再现渗透在现实社会生活中的知识体系和权力运作方式。正如伊格尔顿所述:"文学,就我们所继承的这一词的含义来说,就是一种意识形态。它与社会权力问题有着最密切的关系。"②从广义的层面来理解,"意识形态"是"一切话语、符号系统和意指实践,从电影与电视到小说和自然科学语言,都产生效果,形成各种形式的意识和潜意识,我们现存权力系统的维持或者改变则与此密切相关。……意识形态一词所表明的正是这种关系——即话语与权力之间的关系或联系。"③意识形态与人类的生存息息相关,意识形态是社会的产物,同时也是社会不可分割的一部分,意识形态指向人类与其赖以生存的社会组织结构之间的相互关系。文学叩问人的生命意义,记录人对自身"来"与"去"的生存意义探寻,而这种叩问,依托的是修辞化的言说方式,文学的言说方式难以摆脱现实社会的制约:"文学是一种特殊的语言组织方式,它'扰乱'惯常的表意方式,从而凸显某些表意方式,使我们感觉到它们所依托的意识形态。"④

---

① 查尔斯·伯恩海默编:《多元文化时代的比较文学》,王柏华、查明建等译,北京:北京大学出版社,2015年,第47页。
② 特雷·伊格尔顿:《二十世纪西方文学理论》,伍晓明译,西安:陕西师范大学出版社,1987年,第25页。
③ 同上书,第230页。
④ 马海良:《文化政治美学——伊格尔顿批评理论研究》,北京:中国社会科学出版社,2004年,第161页。

在文学作品中,"意识形态是支配整部或部分作品的体系,它可以是作者的世界观,也可以是人物的世界观。所谓的'作者视角'并非真实作者的世界观,而是支配一部作品叙事组织的世界观"①。文学审美的维度,不只限于文本的形式,而是具有意识形态性的,文学话语中蕴含着审美意识形态。"文学作为审美的意识形态,以情感为中心,但它是感情和思想认识的结合;它是一种自由想象的虚构,但又具有特殊形态的多样的真实性;它是有目的的,但又具有不以实利为目的的无目的性;它具有社会性,但又具有广泛的全人类性的审美意识的形态。"②

殷企平援引英国文化理论家雷蒙·威廉斯(Raymond Williams)对19世纪新型小说意义的论述,阐述作家与时代精神的关系,认为作家以其社会敏感度,往往能够比其他人(包括史学家)更早、更敏锐地捕捉到社会问题,并以文学的方式加以展现:"从狄更斯到劳伦斯,我们得到的是一段可以从中吸取勇气的历史。这一历史不是一连串的先例,而是一组有关人生的意义,一组把人类连接在一起的意义。具有重要意义的是,这段历史并没有用其他方式得到记录:假如这些小说没有写成,一个民族的一部分历史就必然会明显地苍白许多。当我们阅读了这些小说以后,就会对相应的思想史和一般社会史产生不同的认识。小说比其他任何有关人类经验的记载都更深刻、更早地捕捉到了一种问题意识,即对社会群体、人的本质以及可知的人际关系所引起的问题的认识。"③文学,以特殊的审美话语方式,建构出一个虚拟的世界,制造出丰富的思想内涵,导向深层的社会意识,展现文本与社会、与政治的密切关系。

---

① 保尔·利科:《虚构叙事中时间的塑形:时间与叙事》(第二卷),王文融译,北京:生活·读书·新知三联书店,2003年,第167页。
② 钱中文:《新理性精神文学论》,武汉:华中师范大学出版社,2000年,第136页。
③ 殷企平:《推敲"进步"话语:新型小说在19世纪的英国》,北京:商务印书馆,2009年,第11页。

然而,将文学与政治联系起来,并非概念上的混为一谈,正如程巍指出:这"并不意味着作者视文学为一种政治用具,而是文学自身即为某种'政治史文献'或者说'社会史文献'。这里的所谓'政治'不局限于狭隘的党派政治,举凡一切有关'权力'——各种各样的权力,乃至'微权力'——的博弈过程,均可称为'政治'。这丝毫不减损文学作品的'文学性',而且'文学性'的磨砺还有助于政治敏感性的磨砺,但假若我们只是沿着'文学性'的方向探求,把'文学性'非历史化,就一定会从某个时刻起陷入某种有关文学的空洞的'玄学'。……'文学性'必须相对于一个特定的'历史语境'才可被辨识或'建构'出来,它被建构的过程就是各种社会关系和社会力量复杂博弈——各种阶级的、性别的、种族的乃至国际的力量对文化领导权的争夺——的结果,而它不久有可能被同处文化权力场的其他竞争力量所颠覆,另一种有关'文学性'的标准得以确立。……文学研究,哪怕是当代文学研究,也一定是历史研究。我们时时刻刻生活在纠结的历史中,而不是生活在空洞的时间中"①。对文学作品意义系统的探讨,历史化是一个重要前提,只有将其与所处时代的历史语境、社会文化和思想意识结合起来,才能解读文学所展示的真正内涵。

文学文本承载的意识形态信息,并不是以直接的、概念式的解释实现的,而是以蕴藉、隐含的方式潜藏在文本话语的深层,需要挖掘才能得以展现:"文学审美意识形态是文学的特征,那么它就不是完全外在于作品的,它必然隐含在文学文本的话语中,它既是审美的(情感评价的),又是意识形态的(具有思想价值取向的),是这两者的有机统一。……因为是'隐含',是背后的东西,是里层的东西,不是明白地宣讲出来的表面的

---

① 程巍:《文学的政治底稿:英美文学史论集》,上海:复旦大学出版社,2014年,自序第1页。

东西,不是意识形态的本身的直接显现,因此我们必须通过对文本具有统摄力量的意蕴的分析,看这种意蕴如何整合文本所描写的事物,如何加工原本分散的材料,最后我们才能深入到文本的深处,揭示出它的审美意识形态的话语。"①

文学文本不仅展现符号的审美性,也承载符号的思想性和社会性,文学文本成为外在的社会现实、历史特征和意识形态的集合地,体现出一个时代的精神结构。"就文学研究与大众文化分析而言,分析者和批评家应该透过文学和文化文本的表面意思,达到其底层及诸隐喻层上的'背后'意思。"②对文本的阐释只有在文本与其社会历史语境的互动中,在追溯这个时代的精神结构的基础上,才能深入文本的"背后",挖掘出文本话语的深层思想意义。"如果说话语是语言的实际使用或索绪尔所说的'言语',那么'意识形态就是话语问题而不是语言问题……是谁对谁说什么的问题'。显然意识形态是具体语境中的功能和关系现象,语境之外无从谈及意识形态问题,而语境是具体的社会交往空间。"③只有把文本放到更为广阔的社会文化背景之中,通过语境和文本的双向互动,才能揭示文本的话语指向和文本深层的权力关系。这需要借助一定的批评视角,伊格尔顿认为:文学理论与政治信念、与意识形态价值标准是密不可分的,文学批评也就是一种政治批评;因为在他看来,"政治"一词"所指的仅仅是我们组织自己的社会生活的方式,及其所包括的权力"。政治存在于文学理论之中,不必把它"拉进文学理论"。"与其说文学理论本身有权作为知识探究的对象,不如说它是观察我们时代历史的

---

① 童庆炳:《审美意识形态与文学文本批评》,《西南大学学报》2009年第5期。
② 钟晓文:《符号·结构·文本:罗兰·巴尔特文论思想解读》,厦门:厦门大学出版社,2012年,第119页。
③ 马海良:《文化政治美学——伊格尔顿批评理论研究》,北京:中国社会科学出版社,2003年,第133页。

一个特殊角度。……与人的意义、价值、语言、情感和经验有关的任何一种理论都必然与更深广的信念密切相联。这些信念涉及个体与社会的本质,权力问题与性问题,以及对于过去的解释、现在的理解和未来的瞻望。"①

二、文学文本:社会意识的一种建构力量

文学文本不仅蕴含意识形态,也显现出文学与意识形态相互建构的关系:一方面,文学文本受到意识形态的制约,无论是文本的思想内涵还是文本的组织结构和言说方式,均反映出文本所处时代的意识形态特征;另一方面,文学文本又生产新的意识形态,凝聚成一股强大的力量,对社会现实进行新的建构。

文学作为一种话语实践,体现出权力运作的效应,但文学话语的权力运作潜藏在文本审美话语的背后:文学以文本的艺术感染力——富有诗意的语言、激动人心的故事情节、发人深省的思想意识等,震撼读者的心灵,唤起读者的丰富情感,以精神的愉悦带来心灵的启迪,带来对生命意义的思考和对人性真善美的追求。文学建构虚拟的社会现实,但同时,文学以其审美话语所蕴含的力量,支配着读者的情感变化,影响读者的价值取向和思想意识,进而衍生出复杂的社会权力,借此参与了社会实践,参与了对社会价值观念体系的重建,成就一种新的社会秩序。因此,文学,作为社会文化不可分割的一个部分,"不是孤独的沉思性的梦幻,而是一种积极的社会力量"②。对于文学文本的社会建构作用,牛津大学教授乔治·戈登给予了精辟的阐述:"英国正在生病……英国文学

---

① 特雷·伊格尔顿:《二十世纪西方文学理论》,伍晓明译,西安:陕西师范大学出版社,1987年,第214页。
② 特雷·伊格尔顿:《审美意识形态》,王杰等译,桂林:广西师范大学出版社,2006年,第109页。

必须拯救它。由于教会(我所理解的)已经衰落,而社会补救方法见效缓慢,英国文学现在具有三重作用:当然,我认为它仍然要愉悦和教导我们,但是首先它应该拯救我们的灵魂和疗救国家。"①

文学传播蕴含着一定社会和历史语境中的意识形态,文学的消费和接受对社会起着积极的影响和建构作用。"文学消费总是与特定的社会、民族、阶级、阶层以及集团的利益相关,文学消费,作为一种审美意识形态消费,历来起着肯定或批评特定的社会结构的深刻作用。文学消费过程中产生的潜移默化的影响,实质上总是在传播和再生产着特定阶层的意识形态观念。简言之,文学消费与接受就是文学生产者(包括作家、出版家、书商以及文艺管理机构)通过文学产品被读者阅读欣赏,以传播他们所属的那个集团、阶层的意识形态观念。在这种文学阅读欣赏过程中,维系一定社会结构所需要的某种意识形态观念被再生产出来,并转化为接受者的思想意识。"②

较之说教性的政治宣传和抽象的哲学伦理思辨,文学以其艺术感染力,蕴含了更加强大的教育潜力和社会建构性。文学以更为隐蔽的方式,成为推进主流思想意识、建构意识形态和社会权势关系的一种手段。所谓主流思想就是统治这个社会、主导人们意识、规定人们行动的思想意识,占统治地位的阶层为了维持其统治权力和现有社会结构及社会秩序,需要推广符合自身利益的价值体系,建立一种信仰体系、制订一套社会行动指南;而文学,以其"润物细无声"的力量,成为一条行之有效的途径。正如南帆阐述的那样:"……文学作为意识形态生产方式的特性恰恰在于文学的审美形式;其次,文学常常能把真实的关系重新编码、移置,转换为审美想象关系的暗码。……形式是反抗与论战的秘密语言,

---

① 特雷·伊格尔顿:《二十世纪西方文学理论》,伍晓明译,西安:陕西师范大学出版社,1987年,第26页。
② 童庆炳:《文学理论教程》,北京:高等教育出版社,2005年,第315页。

文学形式的变革往往引发人们感知方式的变化,从而对社会意识形态产生不可忽视的影响。所以,与政治、法律、哲学不同,文学是以审美的方式生产意识形态。"①

第二节　文学翻译研究新视野:广义修辞学的阐释路径

一、文学文本研究:从语言到话语

对于文学研究的方法,韦勒克(Rene Wellek)和沃伦(Austin Warren)阐释了两种不同的路径:外部研究和内部研究,尽管他们认可文学的社会实践性,阐述了文学作为社会文献,与社会经济政治的联系及相互影响,但是他们并不认同从文学与社会政治经济关系视角研究文学的方法,认为这是一种"因果性"的"外在因素"研究,对于文学是毫无价值的。因此,他们推崇文学的内部研究,通过对文学作品的符号结构——韵律、意象、隐喻、象征、神话和叙事结构等的分析,揭示文学的特征和本质。②而乔纳森·卡勒的观点则截然不同,他认为文学具有很强的社会实践性和行动性:"文学是一种可以引起某种关注的言语行为,或者叫文本的活动。"文学具有社会建构性:"理论家们认为文学鼓励独自理解思考,以此作为与世界联系的方式。因此文学与社会的和政治的活动不同,后者有可能引起社会的变革,而文学最多不过鼓励超脱于,或者只是体会领悟那个纷繁复杂的世界,最多也只是产生一种被动性,让人们接受现有的一切。但是,从另一方面说,文学在历史上就一直被认为是危险的,因为

---

① 南帆主编:《文学理论新读本》,杭州:浙江文艺出版社,2002年,第183页。
② 雷·韦勒克、奥·沃伦:《文学理论》,刘象愚等译,北京:生活·读书·新知三联书店,1984年。

它促使人们对当权者和社会结构产生怀疑。柏拉图在他的理想国中取缔了诗人,因为他们只能带来危害,而小说早就被冠以鼓动人们不满足现状,而向往新生活的名声——也许是大都市的生活,或者是充满浪漫色彩的生活。作品通过在不同的阶级、性别、种族、国家和年龄的人们中提倡认同感而促进了一种'同伴情感',这种情感不鼓励斗争;但同时作品也可能会产生一种强烈的不公平意识,这种意识又使开展进步斗争成为可能。历史的角度看,文学作品就享有促成变革的名誉,比如哈丽特·比彻·斯托的《汤姆叔叔的小屋》,在那个时代就是一本畅销书,它促成了一场反对奴隶制的革命,这场革命又引发了美国的内战。"①因此,"文学是意识形态的手段,同时文学又是使其崩溃的工具"②。可见:文学,以其特有的话语力量,提供一种新的思想能量,成为改变现状,推进社会变革的一股潜在力量。

伊格尔顿认为,文学是一种富有社会行为力的话语:"文学看起来像是对于世界的描述,并且有时也的确如此,但是它的真正功能是行事的:它在某些规约范围内运用语言,以期在读者身上造成某些结果。它也在语言之内实现某种事情:它本身就是一种作为物质实践的语言,作为社会行为的话语。"③因此,文学研究并不属于纯语言学的范畴,如果仅仅用阐释学的方法聚焦于文学文本的语言形式和结构特征,便难以面对文学研究中意识形态这一不可回避的关键问题,文学研究需要通过寻绎文本之外的社会历史、文化政治等因素,揭示文本背后的思想意识形态及其话语对社会的影响力量。文学批评需要拓展视角,融合可资借鉴的资源,同时立足于文本之内外进行研究:对文学文本的修辞方式及其审美特征进

---

① 乔纳森·卡勒:《文学理论》,李平译,沈阳:辽宁教育出版社,1998年,第28、42页。
② 乔纳森·卡勒:《文学理论》,李平译,沈阳:辽宁教育出版社,1998年,第41页。
③ 特雷·伊格尔顿:《二十世纪西方文学理论》,伍晓明译,西安:陕西师范大学出版社,1987年,第130页。

行分析,离不开对文学生产语境的分析,文学批评不仅需要关注文学赖以生存的文化语境,甚至需要关注文学的生产、出版、发行等因素。①

所谓文学的外部研究和内部研究,实际上指向文学研究的两个核心问题:文本的语言性和文学性,以及文本的文化性和社会性。"文学在语言中生成,……如果文学研究脱离语言性,就等于剥离了文学的存在方式;如果脱离了文学性,就等于回到了普通语言学意义上的语言观察和语言分析。"②文学研究,如果仅仅从文本的内部对文本的审美特征进行阐释,便屏蔽了文本深层的思想意涵,成为脱离社会历史的空洞表述,文学也就失去其生命之美,也就失去其存在的意义。文学研究,如果脱离文学赖以生存的语言审美,便抛弃了文学的生命表征,使文学消融在文化学与政治学之中,沦为社会文化批评的一种佐证。因此,文学研究需要融合不同的学科视野,对文本的内外部进行剖析。对此,弗莱曾用一个生动的类比,十分形象地揭示了文学批评多维视角的优势:"在观赏一幅画时,我们可以站得近一些,对其笔触和调色的细节进行一番分析……如退后一点距离,我们就可更清楚见到整个构图,这时我们是在端详画中表现的内容了;这一距离最适宜于观赏荷兰现实主义之类的绘画,在一定意义上,我们是在解读一幅画。再往后退一点,我们就能更加意识到画面的布局。如我们站在很远处观赏一幅像圣母玛利亚这样的画,那么能见到的仅是圣母的原型,一大片蓝色对比鲜明地环绕着那个引人瞩目的中心。"③对于文学文本内部结构和修辞特征的分析,如果没有退后一步的观赏姿态,以空间距离的优势来加以审视,便看不到丰富的全景,也就

---

① Eagleton, Terry. *Criticism and Ideology*: *A Study in Marxist Literary Theory*. London: Verso, 1976:64.
② 谭学纯:《中国文学修辞研究:学术观察、思考与开发》,《文艺研究》2009年第12期。
③ 诺思罗普·弗莱:《批评的解剖》,陈慧等译,天津:百花文艺出版社,2006年,第198页。

难以真正理解近景,难以看到文本的真正内涵。对于文学文本的解读,不能局限于形而上学的封闭思维,而是需要拓展视野,在文学的历史镜像中发现文本潜在的文化逻辑和思想意识,又通过对文本内部的层层剖析,探讨文学话语中潜在的意识形态内涵,在文学话语与社会意识、时代特征之间的内在联系上突出文学批评的深层内涵,认识历史中的文学与社会思潮的互动关系。

关注文本外部的种种因素,并非徘徊于文本的外围,而是把文学创作看作连接现实关怀的一种社会实践,将文学文本视作一种社会话语。而话语是以语言方式存在的一种社会实践,它"参与社会实践、再现社会事实和构建社会关系的三个社会功能与其实施这些功能的社会语境不可分离"①。当我们超越语言层面,进入话语深层去考察文学文本,对文本的深层意义及其逻辑机理进行分析,实际上是融合了语言审美意义上的文学研究与思想史意义上的文学研究特点,将文学作为蕴含历史的叙事文本,在文学文本中捕捉历史主体发出的声音,把握文本的思想性和社会实践性。通过对文本话语内涵的研究,考察文本话语方式与社会思潮及与社会行动的互动关系,分析文学文本在社会变革和历史进程中的作用。为此,文学研究,需要从语言层面向话语层面延伸,需要融合宏观与微观的研究视角,从近处和远处审视文本,在文学文本的内部和外部建立起有机的关联。

二、文学翻译:"文学作品的一种存在形式"

谢天振指出:"当我们从文学研究、译介学的角度出发去接触文学翻译时,我们就应该看到它所具有的一个十分重要的意义,即它是文学作

---

① 田海龙:《语篇研究:范畴、视角、方法》,上海:上海外语教育出版社,2009年,第127页。

品的一种存在形式。"①译本,作为文学作品在不同文化中的一种存在形式,其话语蕴含着更为复杂的意识形态内容:原著文本话语包蕴了原著语境的社会关系、权力结构和意识形态,而译本中又掺入了译语社会的思想意识形态特征,展现出译语社会历史文化的深层逻辑和哲理。从这一层面看,"翻译不再被看作是一个简单的两种语言之间的转换行为,而是译入语社会中的一种独特的政治行为、文化行为、文学行为,而译本则是译者在译入语社会中的诸多因素作用下的结果,在译入语社会的政治生活、文化生活乃至日常生活中扮演着有时是举足轻重的角色。"②文本话语与人的精神建构有着内在联系:"语言与人类的精神发展深深交织在一起,它伴随着人类精神走过每一个发展阶段,每一次局部的前进或倒退,我们从语言中可以识辨出每一种文化状态。……语言不仅只伴随着精神的发展,而是完全占取了精神的位置。……语言不是活动的产物,而是精神不由自主的流射……"③在翻译中,意识形态以独特的方式操控着整个翻译过程,直接影响译者对文本的取舍和传译方法,决定了译本的最终修辞形态及由此建构的话语意义,进而决定了译本在译入语社会中的接受与否。

就翻译活动而言,"不管采用什么方法,对于一位译者的译作,必须提出如下的问题:他是谁?他翻译了什么?他怎么翻译的?对一种翻译的研究,尤其属于接受文学的历史。"④这实际上是文本的思想意识作用其中:"意识形态"贯穿于翻译目的驱动、翻译操作过程及译本接受等各个环节,且这些环节并非以单一的线性形式呈现,而是呈现出相互缠绕、

---

① 谢天振:《超越文本,超越翻译》,上海:复旦大学出版社,2014年,第4页。
② 谢天振:《译介学导论》,北京:北京大学出版社,2007年,第45页。
③ 威廉·冯·洪堡特:《论人类语言结构的差异及其对人类精神发展的影响》,姚小平译,北京:商务印书馆,1999年,第21页。
④ 布吕奈尔等著:《什么是比较文学?》,葛雷、张连奎译,北京:北京大学出版社,1987年,第60页。

相互作用的形态。意识形态作用于翻译行为的驱动方面,主要体现在翻译动机和目的及对文本的遴选等方面。显然,这实际上指向了译本话语的深层,即:谁,站在谁的立场,维护谁的利益,对谁说话?这涉及文学的话语性,即作为一种审美意识形态,倡导了什么样的价值信仰和体系?建立起什么样的社会行动指南?意识形态对翻译过程的制约体现在翻译规范的制定、实际翻译过程中翻译策略和方法的选择等方面。而意识形态对译本接受的影响,不仅涉及了译本的发行、传播方式,而且还影响译者对译本修辞形态的选择。从反向来看,译本的意识形态又反过来对译语社会产生影响,作用于译语文化的意识形态重塑。

所谓翻译,即是在不同社会文化语境下对文本修辞进行重构,就翻译过程而言,它涉及两个层面的修辞表达和接受:(1)原著作者的修辞表达及作为修辞接受者的译者对原著修辞话语的接受;(2)译者在译本中对原著修辞的重构以及译本读者对译本修辞话语的接受。这其中包含了原著及译著不同社会语境下的不同意识形态、翻译活动所在历史语境下的主流社会意识形态(其中还蕴含了读者个体的意识形态)、译者的思想意识特点、译本呈现的意识形态及其对译语社会的影响等。译者同时为原著话语的接受者与译本修辞的表达者,译者以跨文化的认知方式对原著修辞话语进行诠释,基于译语读者接受这一前提,对原著进行修辞重构形成译本话语。在这一修辞活动中,修辞接受是翻译行为的结果,也是翻译行为的前提。译本修辞话语所展现的并非译者的个体意识,而是由译语社会意识形态、文化传统、思想风尚等众多因素合成的话语力量,约束了译者的思想意识和译本的修辞行为,作用于整个翻译过程。

修辞表达与修辞接受互为因果。翻译中的修辞活动,从表面看似乎只是译者与原著作者之间的二维双向活动,但实际上还涉及译本读者以及原、译著背后不同的意识形态:"特定符号系统和特定社会文化系统的内在关联性,形成一种规约人类认识世界的理性框架。社会文化系统的构成原则、构成方式、意义传递途径等,被接受者自觉不自觉地内化到心理深层,潜在地成为一种解码准则。接受者运用这种解码准则进行的修辞接受,又汇入社会对某种修辞表达的认同之中。"①可以说,译本修辞不仅凝聚了译者个体的文化立场和思想意识,也体现了译本所处社会公共修辞话语特征和集体意识,从某种意义上说,译者是译语社会思想意识的代言人,译本反映出译者所处社会的集体意识。旅美学者欧阳桢曾指出:"翻译正是通过其他民族的文化能更清楚地认识本民族的文化;翻译既揭示了事物的本质,又显示了外来民族的见解。因此,翻译可以作为认识论的工具:翻译提供了其他民族的见解,翻译以别人的观点来看待自己,以自己的观点来看待别人,从而能更深刻地认识自己。翻译成了发现的一种模式,一种发现自己的模式。翻译既显示了原著,也进一步掩盖了原著。"②

三、广义修辞学视野下的文学翻译研究

广义修辞学理论,为文学研究提供了一个沟通文本内外部,从多维视角探寻文本话语意义的理论支撑。首先,"修辞学从古代社会到19世纪一直是批评分析的公认形式,它考察人们为了达到某种效果而建构话语的方式。它并不在乎自己的研究对象是言语或作品、诗歌或哲学、小说或历史;它的视野就是社会整体中的话语实践领域,它的特殊兴趣在于将话语实践作为权力形态和行事方式加以把握。这并非意味着它忽视这些话语的真理价值,因为话语的真理价值总是与话语在其读者和听

---

① 谭学纯、朱玲:《广义修辞学》,合肥:安徽教育出版社,2008年,第307页。
② 欧阳桢(Eugene Chen Eoyang):《透明的眼睛:关于翻译、中国文学和比较诗学的思考》(*The Transparent Eye: Reflections on Translation, Chinese Literature, and Comparative Poetics*),1993年;郭建中:《当代美国翻译理论》,武汉:湖北教育出版社,2000年,第289页。

众身上造成的影响密切相关。……它不把话语和作品仅仅视为进行美学沉思或无限解构的本文对象,却将它们视为与作者和读者、演说者和听众之间的广泛社会关系密不可分的活动形态,脱离其植根的社会目的和状况它们就多半不可理解"①。广义修辞学理论以"三个层面、两个主体"为核心,确立了对文本从词、句、语篇到文本话语意义及其话语力量的多维立体分析方法。广义修辞学研究的"三个层面"包括:(1)修辞技巧层面——修辞作为话语建构方式(修辞化的"说法"或"写法");(2)修辞诗学层面——修辞作为文本建构方式(修辞化的"说法"或"写法"影响,甚至支配了语篇层面的章法);(3)修辞哲学——修辞参与人的精神建构(修辞化的"说法"或"写法"影响,甚至支配了修辞主体的活法)。②广义修辞学关注文本的修辞特征及组织方式,关注文本修辞设计与社会、与意识形态、与人的精神世界的关系,在文本的"语言世界→文本世界→人的精神世界"的多维立体层面,阐述语境中的文本话语意义及话语力量。修辞活动的"两个主体"——表达者与接受者,在完整的话语实践流程中分析和阐释话语行为的发生、理解、接受以及对社会的建构力量。广义修辞学不以封闭的文本为研究对象,而是把视角拓展到修辞语境与接受、拓展到修辞交际双方精神世界表征的维度上,阐述文本修辞特征与社会历史语境的互动关系,将语境作为文本修辞的理据,考察修辞话语力量对人的精神世界的建构。因此,广义修辞学是"基于交叉学科性质和跨学科视野,正视多学科构建的大生态,面向多学科共享的学术空间的一种框架设计"③。

---

① 特雷·伊格尔顿:《二十世纪西方文学理论》,伍晓明译,西安:陕西师范大学出版社,1987年,第225页。
② 谭学纯、朱玲:《广义修辞学》,合肥:安徽教育出版社,2008年;谭学纯:《广义修辞学演讲录》,上海:上海三联书店,2012年。
③ 谭学纯:《问题驱动的广义修辞论》,北京:人民出版社,2016年,第23页。

广义修辞学理论三个层面的文本分析,是把文学放在文本的语言结构和文本的社会历史语境所形成的纵横轴上加以审视,从语言审美观察为起点,以文本体现的人的生存哲学思想为终点,囊括了对文本话语"言说什么"、"怎么言说"、"言说内涵"和"言说结果"的探讨:通过对作为话语建构方式的修辞技巧的分析,探求文本的言说方法、建构其解释模式;通过对作为文本建构方式的修辞诗学的研究,揭示文本的整体修辞学结构,阐释文本结构展示的社会意识和权力结构关系;而从文本参与人的精神建构的修辞哲学层面考察文本,揭示了修辞话语对于人的行为导向,展示了话语的价值取向如何参与了修辞主体的人格建构,以及人的价值观和生命观、人与世界的关系——"修辞活动包含了表达者和接受者的经验体系、认知模式,以及施受双方的精神沟通和心灵对话。""人们参与修辞活动的时候,同时在建立着价值观、伦理观、生命观。"[①]文学语言的话语特性在于它与社会思想的互动性,文学描述人类丰富多彩的生活,文学话语展示出主导人类生存的哲学理念,这是文学批评中易被遮蔽的深层内涵,却是广义修辞学研究方法着意揭示的内容。文学是对人类社会、人类生存经验的表述,文学的存在价值在于对人类生存终极意义的追问。

广义修辞学理论架构的文本研究空间,不止于对文本修辞特征及其体现的意识形态性做出合理的阐释,不止于阐述文本意识形态与社会历史语境的同构和建构关系,而是更进一步,激发读者通过文本对社会语境下人类生活精神内涵的阐述,探及文本深层的哲学内涵——人的主体精神建构,人作为社会主体的生存哲学。对文学文本所展现的思想意识的解析,并非以社会学的批评方式将文学消解为历史文献,而是以不同的视角揭示文学话语的深层内涵。从根本上说,文本的修辞形态不纯粹

---

① 谭学纯、朱玲:《广义修辞学》,合肥:安徽教育出版社,2008年,第7、61页。

是理解他人和表达自我的话语方式,"修辞所反映的从根本上讲是一个人思想和行为的道德面。"①

"文学语言的广义修辞学研究,是通过对作品语言各个层级的考察,看政治、看人生、看社会百态,分析传统的、现实的语境对于文学话语的掌控,分析语言表现出的作家对社会各种意识形态的顺应或叛逆。因而,文学语言的集约型研究,同样可以作用于社会。"②广义修辞学之"广",在于突破了修辞学传统疆界的藩篱,不再囿于文本语言和修辞技巧的技术性分析,而是走进了一个更为广阔的学术空间,转向对话语主体的解析和批判:广义修辞学将文本修辞作为话语活动,关注话语传播的主体:话语生产者和接受者,通过对文本语言现象的微观分析,透视文本话语与社会的复杂关系、话语与人的精神世界、话语秩序与社会文化秩序的宏观关系,揭示修辞话语蕴含的权力和社会关系,进而对修辞话语的运作机制进行探究。以广义修辞学的视野审视文学,文学文本不再是一个自我封闭的体系,而是一定社会语境下话语的社会实践和历史形成,包含了复杂的权力意志和社会关系,充满了"顺应"或"叛逆"意识形态的行为。文学文本中修辞话语所承载的不只是对现实世界的被动反映,而是一种积极的意义生产和思想建构,具有建构现实、形塑世界的功能。

广义修辞学在文学与社会思想意识的交界处关注文学,透过对修辞话语的分析揭示文本隐含的建构人的精神世界的力量,以修辞话语中潜藏的思想观念来阐释文学与现实的关系、阐释文学文本对建构人的思想

---

① 理查德·司各特:《论修辞的认知性:十年之后》,肯尼斯·博克等著:《当代西方修辞学:演讲与话语批评》,常昌富、顾宝桐译,北京:中国社会科学出版社,1998年,第184页。
② 朱玲:《广义修辞学:研究的语言单位、方法和领域》,《福建师范大学学报》2013年第3期。

意识的作用。由此,文学展现出了前所未有的与现实的关联性:意识形态性和权力关联性。这与费尔克劳(Norman Fairclough)等学者提出的批评话语分析的焦点和基本信条有着异曲同工的内涵,因为批评话语分析的基本观点是:(1)社会问题;(2)权力关系是话语关系;(3)话语构成了社会和文化;(4)话语具有意识形态功能;(5)话语是历史的;(6)文本与社会的联系是有中介的;(7)话语分析是阐释性的;(8)话语是一种社会行为方式。①

广义修辞学的研究视野,也拓展了翻译文学研究的学术空间,赋予翻译研究一种批判性阅读和阐释的新方法,其聚焦点不在于对译本形而上学的形式—内容二元思维和分析,而在于以多维的眼光揭示隐藏在文本深层的翻译思辨机理及其历史逻辑,使译本绽露出单一视野所不能及的潜在意义。翻译,作为不同民族文化交流的方式,归根结底是一种思想交流,具有深层的哲学意义,是不同文化主体以不同视野俯视人类世界,在混沌中寻求相互理解、寻求秩序整合、寻求自我身份和生存空间、追问人类生存的终极意义。

历史由无数流动的瞬间构成。一个译本,展示了历史长河中一个节点上不同文化的交流状态。晚清的文学翻译展示了当时社会知识人士对世界、对他国文化形态及其对自我文化身份的反思瞬间。一部部的译本,仿佛是历史瞬间的一个个思想碎片,组合成一幅奇妙的图画,向我们呈示出 19 世纪末 20 世纪初一代爱国人士对中国传统文化的反思,对社会改革的理想追求,对世界未来的展望和对生命意义的追问。通过对译本的批判性阅读,透过文学看社会,透过社会看文学;透过文学看历史,透过历史看文学。借助译本话语所展示的思想及其话语力量,走近

---

① Teun A. van Dijk. Critical Discourse Analysis. In Deorah Schiffrin, et al. (eds.)., *The Handbook of Discourse Analysis*. Oxford: Blackwell, 2003:353.

晚清译者在这个历史节点上的世界认知方式、主体文化建构意识及人生道德信仰,揭示这个时代的文化精神,借此认知过去、认知现在,也认知未来。

就翻译批评而言,传统的研究范式以原著为中心,传统原、译著对勘的目的是通过语言学分析来评判译本的忠实度。王宏志对这一现象作过精辟的剖析:"过去中国的翻译研究,一直以语言分析和文本对照为主要任务,很少涉及翻译活动如何在主体文化里面运作的问题。在这样的研究范畴之内,从事研究的人很难脱离'原文'观念的限制,也因此绝少触及翻译活动所能产生的庞大文化力量,以及翻译活动和主体文化之间的互动作用。"①翻译研究的文化转向使翻译研究跳出了囿于译本表层语义转换得失的窠臼,研究焦点从原著延伸到译著,从文本内部延伸至文本的外部,以翻译政治的视角聚焦政治权力对翻译的操控及制约等相关方面。然而,作为对传统翻译研究方法的反动,这一新的研究范式也导致了翻译研究理论阐述多于对文本本身的深入研究、宏观概说和抽象概念运作多于个案剖析的趋势,疏于通过对文本修辞的解析来对翻译活动产生的文化力量进行具体阐述。

谢天振在构建译介学理论的同时,就翻译研究文化转向导致对传统研究方法的全盘否定进行了指正:"语言学流派只停留在文本以内的研究,又使它的研究受到一定的局限,这样文化学派就应运而生,把研究者的视野拓展到了文本以外。但是有必要强调指出的是,这些理论流派之间的关系并不是后者颠覆前者或者取代前者的关系,而是一种相互补充、同济共生、不断丰富、不断发展的关系。"②实际上,翻译研究着眼于政治文化视角并不意味着脱离研究本体,并不废弃对文本本身的研究,而

---

① 王宏志主编:《翻译与创作——中国近代翻译小说论》,北京:北京大学出版社,2003年,总序第5页。
② 谢天振:《超越文本,超越翻译》,上海:复旦大学出版社,2014年,第161页。

是在更深的层面上发掘文本的话语意义、揭示翻译活动的本质。如果翻译研究仅仅聚焦于宏观层面的阐发和对史实的考证,是远远不够的,没有对文本的微观分析,包括对原著和译本修辞话语的细读剖析,就可能流于主题先行式的空洞之谈,就会出现论证推理环节的缺位,难以把握译本的实质面貌,所得结论往往有失严谨。

当我们以广义修辞学理论审视文学翻译,透过文本的修辞层面,依托话语的哲学层面,捕捉到文学对于社会和人类精神的本质启示:文学话语展示出一个民族的过去,揭示已然的生存状态和心理历程,蕴含着一种文化的思想菁华、一个民族所追求的道德理想及其赖以生存的生命哲学。文学话语又以其寓言性赋予我们一种未然启示:它揭示一种文化潜在的精神力量,以此预言未来的文化趣味、思想潮流、人文精神和文化秩序,指向一个民族的未来社会秩序。从这一层面看,文学话语维系着一个民族的过去、现在和未来。

当我们借鉴广义修辞学理论来审视文学翻译,也是尝试对一个时期以来学术研究过度依赖外国理论资源的一种反驳。进入新时期以来,学习和借鉴西方理论成为热点,但却也由此出现了一味崇洋、拒绝,甚至压制本土学术资源的倾向,进而也产生了一些借西方学术体系建构自我学术身份和学术权威的"运作高手"。这一状况在翻译研究界、在文学界都令人堪忧,也引发了学者们的尖锐批评:"我看到我们的一些研究者一门心思扎在西方翻译理论中间跳不出来,而且有些论述相当武断,我感到很忧心。"[1]王宏志指出:"关键是:理论来了,实践在哪里? 近年来,我们的确看见很多文章是左一个 Andre Lefevere,右一个 Itamar Even-Zohar,然后是后现代、后殖民、女性主义等等各种各样骇人的字眼。我们不禁问,这些理论性文字对于我们理解中国翻译是否真的有帮助? 如果没

---

[1] 刘宓庆、方华文:《中西翻译文化对谈》,《兰州大学学报》2006年第5期。

有,把这些理论引进和介绍又有什么用处?"① 聂珍钊指出:"外国文学理论的引进极大地开阔了我国文学研究者的视野,使我们的研究走向深入。然而,在一阵阵理论热浪的背后,也出现了一些令人担忧的问题,这就是文学批评偏离了对文学的批评。有一些打着文化批评、美学批评、哲学批评等旗号的批评,往往颠倒了理论与文学之间的依存关系,割裂了批评与文学之间的内在联系,出现了某些理论自恋(theoretical complex)、命题自恋(proposition complex)、术语自恋(term complex)的严重倾向。这种批评不重视文学作品(即文本)的阅读与阐释、分析与理解,而只注重批评家自己某个文化、哲学或美学命题的求证,造成文学理论与文学文本的脱节。在这些批评中,文学作品被肢解了(用时髦的话说,被解构了,被消解了),自身的意义消失了,变成了用来建构批评者自己文化思想或某种理论体系或阐释某个理论术语的自我演绎。文学的意义没有了,自然文学的价值也就没有了,其结果必然是文学的消失导致文学批评家的自我消亡。……我们反对'不读而论'的概念式研究,推崇富有情感交流的、个人洞见的对文本的解读式批评,主张批评者要担当起文学批评的伦理道德。"②

诚然,学习和借鉴是学术研究的必要途径,但如果一味依赖或迎合西方学术话语,"不读而论""概念式研究",甚至"削足适履"就会成为一种自然。拒绝创新,学术无以推进,更不可能推进中国学术话语体系的建立。学术研究需要尽快从自觉的学习与借鉴转向自主的学术探索和创新。真诚致力于学术研究的学人,不应该在此缺位,而应该立足于学

---

① 王宏志:《重释"信、达、雅"——20世纪中国翻译研究》,北京:清华大学出版社,2007年,第313页。
② 聂珍钊:《〈"美国艺术与科学院院士文学理论与批评经典"丛书〉总序》,见:盖勒特·斯图尔特:《小说暴力:维多利亚小说的形义叙事学解读》,陈晞等译,上海:上海外语教育出版社,2013年,总序ii—iii。

术研究的本土情怀,尝试用本土理论资源,解决本土的现实问题,以探索和创新引领学术未来,这是学者的使命,也是学者不可推卸的责任,亦是本项目研究者为之努力的方向。

本章小结

文学是人对自身本质的自觉认知,是对人类生存意义的追问,在瞬息万变的历史长河中,文学是一定历史时期社会和文化的备忘录。"文学处在人文学科的中间地段,其一侧是史学,而另一侧是哲学。囿于文学本身并不是一个自成体系的知识结构,所以批评家只好从史学家的观念框架中寻取事件,又从哲学家的观念框架中借用理念。"[①]文学研究,需要结合历史、社会思想和哲学的视角加以审视,需要抓住一定历史时期的时代精神和人文内涵,文学的深层内涵才能不被单纯的审美批评方法所遮蔽,文本与社会历史、意识形态之间隐晦曲折的相互关系、文学所承载的人文精神才能得以展示。

文学文本是一种话语实践,是充满了社会、历史、政治和文化冲突的场域,蕴含了复杂的社会关系和权力。文学话语与社会权力相互建构:一方面,文学与其所处时代的政治经济、文化思潮有着同构关系;另一方面,文学对社会现实具有建构性。文学,以其特有的审美话语诉诸人们的情感,对人们的价值观念、思想意识及行为产生影响,进而参与新的社会价值和权力规范的建构。对文学话语的这一认知方式将文学文本的研究引向跨学科的视野,通过融合广义修辞学与批评话语分析的研究方

---

① 诺思罗普·弗莱:《批评的解剖》,陈慧等译,天津:百花文艺出版社,2006年,第17页。

法,将一定历史语境下的文学文本作为现实和历史表征的话语体系,对文学文本的言说方式和言说主体进行解析,重估文学文本对社会价值体系建构的意义。

文学研究,如果囿于自身的界域和思辨逻辑,既无法看清文学所展示的整体世界,也无法看清文学自身。因此,文学叙述所取,不应该为学术叙述所弃。"既然文学话语是社会文化系统的有机构成,而不是自我孤立的文本;既然文学话语的解读是作者与读者的对话,而不是自我封闭的解码;既然文学话语的自身定位在文学、语言和美学等多学科相关部类的契合点上,而这种契合的最高层次,是主体把握世界的方式问题;因此,文学话语解读在进入语言学、文学、美学—哲学等相关学科的时候,需要一个自身的定位,使自己的解读方法和相关学科的解读方法形成一种整合互动的关系。文学话语的解读路径需要从跨学科的交叉地带去开辟,文学话语的意义在言说的敞开之中生成,在接受学科限定又超越限定的平衡中寻找新的增长点,既不至于封闭在自我设定的模槽中,也避免迷失在他人建构的认知框架中。解读文学话语需要充分调动读者的自身经验,也需要吸纳他者的相关经验,通过不同学科经验的挪移和互渗,通过不同学科经验方式自我表述系统的整合,拓展解读空间。"①

对文学文本的研究,需要依托学术大视野,因为,"从'历史进程的全部复杂关系'研究文学,不是因为文学自身不重要,而是因为文学太重要,以致不能'纯文学地'加以研究。"②

同样,文学翻译研究,如果囿于其自身的界域和思辨逻辑,既无法看清译本所展示的整体世界,也无法看清翻译活动自身。翻译研究需要做

---

① 谭学纯、朱玲:《广义修辞学》,合肥:安徽教育出版社,2008年,第338页。
② 《外国文学评论》,2017年第1期,编后记,第240页。

出跨越疆界的努力,以不同的视角发现译本的深层价值,广义修辞学所力拓的学术研究大视野,也适用于翻译批评研究的大视野。广义修辞学视角下的文学翻译批评,将原、译著置于同一约定之中,即超越文本修辞话语的表层形式,关注话语蕴含的深层意识形态,将文学和社会历史联系起来,打破文学、社会历史各自的空间局限和意义封闭,脱离原有的固定思维和思辨范式,进入一个全新的开放体系,为话语意义的重组和重构提供可能性。在新的阐释空间中重新解读文本,在原著与译本流动的修辞话语差异中捕捉所绽露的思想观念差异,从文本深处中洞见观念如何在话语中体现,思想如何在文本中传递,进而揭示话语引发行动和社会历史的关联,照见不同文化之间相互交流沟通、借鉴融合的过程。

文学文本无法决定意识形态,但可以通过审美的语言,使思想具象化,建构一种新的话语力量,并以此推进思想变化、社会变革。

第二章　哈葛德小说:大英帝国扩张的文化寓言

小说的存在理由是要永恒地照亮"生活世界",保护我们不至于坠入"对存在的遗忘"。

——米兰·昆德拉①

现实借助语言而存在,现实是语言指向的存在。

——谭学纯②

第一节　哈葛德:一个时代的缩影

一、哈葛德一生:非洲经历与帝国情结

亨利·赖德·哈葛德(Henry Rider Haggard,1856—1925)是19世纪末20世纪初英国通俗小说畅销作家。他出生于英格兰东部诺福克郡的布拉登汉(Bradenham,Norfolk),父亲有丹麦血统,不仅拥有土地,还是个收

---

① 米兰·昆德拉:《小说的艺术》,董强译,上海:上海译文出版社,2012年,第19页。
② 谭学纯:《文学和语言:广义修辞学的学术空间》,上海:上海三联书店,2008年,第182页。

入颇丰的律师;母亲出身富商家庭,爱好文学,曾出版过诗集。他们生育了10个孩子(7个儿子和3个女儿),赖德·哈葛德排行第8,他从小身体孱弱,智力平庸,7岁时,母亲就绝望地断言他是个"身心愚笨"的孩子。维多利亚时代的英国,男孩长大后都以在军队、教会和政府机构谋职为荣,而赖德·哈葛德糟糕的学习成绩常常招致父亲的怒骂和同胞兄弟的嘲笑;父亲预言他只是块"水果蔬菜贩子的料",哥哥们也在一旁幸灾乐祸调侃:"老弟,你以后卖橘子给我可要便宜点哦。"①哈葛德家庭的7个男孩中,5个在私立公学(public school)受过贵族教育,毕业后有的还进剑桥大学接受高等教育,其中1个成为英国外交部公职人员,1个当了律师,1个在常驻印度的殖民政府内工作,1个入职英国海军,唯独赖德·哈葛德是个例外。②赖德·哈葛德年幼时,父母就认为不值得在他身上投入太多,只送他到诺福克的伊普斯维奇文法中学(Ipswich Grammar School)读了几年书;③此后又送他到伦敦,在私人教师指导下受了几年教育。随后,赖德·哈葛德报考军校未果,谋求政府公务职位的考试也屡试屡败。1875年,父亲通过私人关系为他谋得一条出路——将19岁的赖德·哈葛德送到南非的英国殖民政府工作。在英国人的眼里,此时的南非不仅意味着有待开发的广袤土地,而且也正是南非发现金矿之时,意味着机会和财富。④

---

① Pocock, Tom. *Rider Haggard and the Lost Empire*. London: Weidenfeld & Nicolson, 1993:8.
② Haggard, Lilias Rider. *The Cloak That I Left: A Biography of the Author Henry Rider Haggard K.B.E.*. London: Hodder and Stoughton, 1951:30.
③ 维多利亚时代是英国教育体制发生重大变革的时期。1868年英国通过《公学法案》(Public Schools Act),确立了伊顿、哈罗等9所公学,拓展了公学的课程设置,为始于14世纪的英国公学体制注入了现代理念。公学成为维多利亚时代贵族和上层社会子女首选的受教育途径,是培养社会精英的摇篮。虽然1840年的《文法学校法案》(The Grammar Schools Act)和1869年的《受捐赠学校法案》(Endowed Schools Act),也促进了文法学校的一系列现代教育改革,但文法学校在社会声誉和学费方面均大大低于公学。
④ Pocock, Tom. *Rider Haggard and the Lost Empire*. London: Weidenfeld & Nicolson, 1993:14.

赖德·哈葛德的南非生活,赋予他不同于其兄弟姐妹的成长历程。他虽然没有能够和他的兄弟一样接受高等教育,但他在帝国的异域疆土上体验了惊心动魄的殖民扩张经历,所受的现实教育赋予他独特的世界观念,成为他日后源源不断的文学创作灵感。

1875年,哈葛德到达南非后,义务担任了英属殖民地纳塔尔省(Natal)副总督亨利·鲍尔爵士(Sir Henry Bulwer)的私人秘书,但这只是个徒有虚名的头衔,实际上他承担的只是后勤杂役,没有工资收入,经济上仍然依靠父亲的资助。①1876年,哈葛德转到南非德兰士瓦省(Transvaal)特别专员谢普斯通爵士(Sir Theophilus Shepstone)的手下工作,其间见证了大英帝国接管布尔德兰士瓦共和国②的历史时刻。这一年,谢普斯通携哈葛德等人一同前往德兰士瓦,成功说服德兰士瓦共和国接受英国的统治。③1877年4月,英国发表声明接管该省,德兰士瓦共和国便成为英国殖民地,谢普斯通爵士被任命为该省行政长官。在接管仪式上,哈葛德替代生病失声的官员宣读了接管宣言并司职升起英国国旗。④1878年,22岁的赖德·哈葛德被提升为德兰士瓦省高等法院主事官(Master and Registrar of the High Court),并获得了300—400英镑的

---

① Pocock, Tom. *Rider Haggard and the Lost Empire*. London: Weidenfeld & Nicolson, 1993:18-19.
② 德兰士瓦共和国(The Boer Republic of the Transvaal)是19世纪布尔人(定居南非的荷兰人、法国人和德国白人后裔形成的混合民族)在现在的南非北部建立的一个国家,首都为比勒陀利亚,以布尔人领袖比勒陀利乌斯(Marthinus Pretorius)的名字命名。德兰士瓦号称是世界第一产金国。
③ Haggard, Lilias Rider. *The Cloak That I Left: A Biography of the Author Henry Rider Haggard K.B.E.* London: Hodder and Stoughton, 1951:47-48.
④ 分别见哈葛德自传:Haggard, Rider. *The Days of My Life*. Web edition published by http://ebooks.adelaide.edu.au/, 2009:99-100.以及哈葛德女儿写的哈葛德传记:Haggard, Lilias Rider. *The Cloak That I Left: A Biography of the Author Henry Rider Haggard K.B.E.*. London: Hodder and Stoughton, 1951:66, 71.

年薪,成为当时英国在南非的殖民政府中最年轻的主事官。① 工作之余,哈葛德怀着对南非祖鲁族文化历史的浓厚兴趣,撰写南非游记,报道南非土著生活状况,并在英国报纸发表,他撰写的《祖鲁舞蹈》一文曾引起当时英国读者的广泛关注。② 同时他还不断撰写当地新闻,报道英国人在南非的殖民进展,成为当时英国杂志《绅士杂志》(The Gentleman's Magazine)和《麦克米兰杂志》(Macmillan's Magazine)的独立撰稿人,他的文章陆续在英国本土发表。③

1880年,哈葛德回到英格兰,和姐姐的好友、富商小姐玛丽安娜(Marianna Louisa Margitson,1859—1943)结婚,婚后两人一起又回到德兰士瓦,经营一家鸵鸟养殖场。1880年12月到1881年3月,第一次布尔战争爆发,英国和德兰士瓦的布尔人之间历时3个月的战争以英军溃败告终,英国被迫承认德兰士瓦的独立。因此,哈葛德不得不携妻子离别德兰士瓦回到伦敦生活。在伦敦,他刻苦攻读法律和拉丁文,并很快取得了律师从业资格。哈葛德夫妇育有1个儿子和3个女儿,小女儿莉莉亚斯(Lilias Rider Haggard)后来也成为一名作家,为哈葛德撰写了传记《我留下的外衣》(The Cloak That I Left,1951)。哈葛德的第一个孩子是他唯一的儿子,幼年出疹子早逝,使哈葛德遭受痛苦打击,一时失去了生活热情,本来就不喜律师职业的他,对律师事务日渐疏淡,不久便离开伦敦,回到妻子家乡——英格兰诺福克郡的迪金汉姆(Ditchingham)乡

---

① Haggard, Rider. *The Days of My Life*. Web edition published by http://ebooks.adelaide.edu.au/, 2009:106.
② Pocock, Tom. *Rider Haggard and the Lost Empire*. London: Weidenfeld & Nicolson, 1993:28.
③ 《绅士杂志》1731年首创于伦敦,被认为是英国的第一本杂志,也是其时极有影响力的杂志,于1731—1922年期间发行,不仅在英国,而且在整个英语国家都有很大的读者群。《麦克米兰杂志》发行于1859—1907年间,主要刊载文学及非文学作品,拥有很大的读者群。

间老宅定居,开始专注于小说创作。1893年,哈葛德被选为地方法院检察官主席(Chairman of the local bench of magistrates);1895年,他竞选东诺福克议员失败,此后便退出政务潜心写作。

赖德·哈葛德对农业和乡村建设一直抱有兴趣,曾以英联邦自治领皇家委员会(Dominions Royal Commission)代表的身份到各地考察,绘制英国乡村地图,并撰写了《农夫年鉴》(1899)、《英格兰乡村》(1902)、《穷人和土地》(1905)等乡村研究专著,他撰写的农村发展提案(*1909 Development Bill*)还获得了英国议会的通过。1905年,作为英国基督教慈善机构救世军专员(Commissioner of the Salvation Army),哈葛德到美国考察土地和人居情况,受到了时任美国总统罗斯福的接见,罗斯福对哈葛德撰写的《乡村英国》大加赞赏。① 同年,哈葛德又受英国殖民地部委派,② 以专员身份考察加拿大自治领的土地与人居关系。为纪念哈葛德沿加拿大太平洋铁路从温哥华到埃德蒙顿的长途考察,加拿大自治领政府于1916年将英属哥伦比亚境内的国家铁路(Canadian National Railway)线上的"诺儿站"(Knole)更名为"赖德"(Rider)站。1912年,鉴于他的社会贡献,哈葛德被英国国王乔治五世加封为爵士,1919年又被晋封为二级爵士。1925年5月14日,哈葛德因病在伦敦逝世,享年69岁。

哈葛德一生有着浓厚的帝国情结:他始终认为,英国文明是世界文明的主力,应该承担起推进世界文明进程的义务。当他从南非回到英国,急于继续从事南非开拓殖民的事业,他在自传中回顾道:"我决意通过不同努力在这个世界上赢得成功,让世界在我身后永远铭记我的名

---

① Haggard, Rider. *The Days of My Life*. Web edition published by http://ebooks.adelaide.edu.au/, 2009:395-396.
② Colonial Office,旧译"藩政院",为英国殖民扩张时期政府部门的一个分支,专管海外殖民事务。1768年专门针对英国在北美的殖民地事务而设,北美13州独立后,殖民地部被取消。但随着英帝国的海外扩张,于1854年再次设立,掌管这一部门的官员被称为"殖民地大臣"(Colonial Secretary)。

字。我面临的困难是采取什么途径达到目标——采用什么最为顺利的方法。为此,我心忍耐、不停不歇地劳作。"①

1914 年,与哈葛德年轻时在南非殖民政府工作相隔 33 年后,他携妻子和小女儿莉莉亚斯重返非洲,从开普敦、德班、约翰内斯堡到罗德西亚(今津巴布韦)一路旧地重访,沉浸在对旧时的回忆之中。面对开普敦街道和匆匆的人流,仰望他年轻时曾为之激动的巍巍群山、津巴布韦广袤的大草原,兴奋中夹杂着伤感:"一切都已时过境迁,唯有阳光依然如故。"偶然发现依然如旧的熟悉景致,令他激动万分;他与在非洲的老友聚会,与曾经伺候过他的祖鲁用人相聚,追忆他们在南非殖民时期的曾经岁月,共同面对经历过的种种艰难和危险,一切恍如隔世。②在罗德西亚,哈葛德还专门去老友罗德斯的墓地扫墓。罗德斯(Cecil John Rhodes, 1853—1902)是英国著名金融家,南非洲殖民地开拓者。19 世纪中期,在南非瓦尔河(Vaal River)流域和金伯利(Kimberley)地区发现了连绵的金刚石和黄金矿藏,引发欧洲各国对这一地区的抢夺。罗德斯 1870 年来到南非,当时俩人还未曾相识,后来他们俩在伦敦相识成为好友。罗德斯通过在南非开挖钻石和黄金一夜暴富,成为世界金矿巨头,以巨额财富迅速开拓殖民,后进入政界,将大片土地和矿藏收入英国政府囊中,他根据自己的名字将他所占领的地区命名为罗德西亚(Rhodesia)。罗德斯以土地开发建设、白人移民等途径推进英国殖民事业的同时,又以骗取采矿权、发动战争等手段推进殖民扩张,致使英国很快攫取地盘并入主南非。1880 年英国将这一地区划入开普殖民地,并用武力威迫一些非洲王

---

① Haggard, Rider. *The Days of My Life*. Web edition published by http://ebooks. adelaide. edu. au/, 2009:93. Pocock, Tom. *Rider Haggard and the Lost Empire*, London: Weidenfeld & Nicolson, 1993:55.出自该书的引文中译文均由本书作者提供,以下不逐一注明。
② Haggard, Rider. *The Cloak That I Left : A Biography of the Author Henry Rider Haggard K.B.E.*. London: Hodder and Stoughton, 1951:219-220.

国放弃主权并入英殖民地,其中最著名的就是1879年的祖鲁战争(Zulu War),这场战争最终使祖鲁王国臣服于英帝国的统治之下。1897年,祖鲁家邦被划入纳塔尔省(Natal),后来哈葛德所撰写的《祖鲁国王塞奇瓦约和他的白人邻居》①即展现了这一系列的历史事件。哈葛德尊重罗德斯对国家的忠诚,感叹于他起落的一生:"矿场山野四处都是他的敌人,垒垒矿石仿佛是他生命旅途上的重重障碍",但他始终对罗德斯"无法遏制的殖民野心、世故的商业精明和种族歧视态度"存有反感,认为他"晚年一定为自己攫取财富的手段深感忏悔"。②哈葛德在日记中写道:"他们通过征服获得,也通过征服失去,这个世界的法则是拥有武力的强者征服一切。征服!征服!征服!这就是历史——在沾满鲜血的整个非洲大地上尤其如此。"③

对于祖鲁人,哈葛德赋予了善意的理解和同情。他的兄弟曾试图说服他一起去南非购买土地和矿场,但他对此并不热衷,他了解非洲土著的强悍,认为如果不是像罗德斯那样动用武力,是不可能从非洲土著那里获得土地的。④哈葛德反对暴力、反对殖民主义者对非洲土著的血腥杀戮,他深知自己在南非的经历赋予了他理解祖鲁人心灵的能力,这是其他白人所不具备的。哈葛德认为祖鲁人虽然默默忍受被殖民奴役的苦难,但他们将把遭受的殖民厄运和民族苦难藏在灵魂深处,代代相传,永不淡忘,而白人"最大的错误就是以为土著不会感知,或者会遗忘他们所遭受的种种虐待"⑤。他坚信,在人类世界,不管是在何处,都逃脱不了

---

① Haggard, Rider. *Cetywayo and His White Neighbours*: *Remarks on Recent Events in Zululand*, *Natal*, *and the Transvaal*. London: Trübner & Co., 1882.
② Haggard, Lilias Rider. *The Cloak That I Left*: *A Biography of the Author Henry Rider Haggard K.B.E.*. London: Hodder and Stoughton, 1951:228.
③ Haggard, Rider. *The Cloak That I Left*: *A Biography of the Author Henry Rider Haggard K.B.E.*. London: Hodder and Stoughton, 1951:233.
④ Haggard, Rider. *The Days of My Life*. Web edition published by http://ebooks.adelaide.edu.au/, 2009:344.
⑤ Haggard, Lilias Rider. *The Cloak That I Left*: *A Biography of the Author Henry Rider Haggard K.B.E.*. London: Hodder and Stoughton, 1951:241.

《圣经·何西阿书》所说的"种一恶,遭十报"的命运。①

当他结束重访南非之行时,哈葛德这样总结自己与南非的关系:"再见了,南非,我生命中的关键词。这一神奇的土地依然以其魅力深深吸引着我的心灵,南非的种种问题比以往任何时候都让我魂牵梦挂。她被操控的命运最终结果将会怎样?当我长眠不起,或是说当我在异处长梦时,无论非洲依然是白人的'家园',抑或已经所属不再,我的名字将永远和她紧密相连。"②

二、维多利亚时期英国文学:新旧社会断裂处的心灵焦虑

19世纪的英国是工业和帝国的时代。工业革命使英国成为"世界工厂",完成了从农业社会向工业社会的转型,新的资本主义生产方式取代了封建落后的生产方式,机械文明给社会带来了前所未有的冲击,随着城市化的加剧,人们的生活方式、思想观念和社会意识形态发生了急剧的变化。工业发展、科技进步赋予英国决定性的竞争优势,以其资本优势及帝国扩张谋求对世界的控制,建构以欧洲为中心、英国为核心的新的世界秩序。在维多利亚女王时代(1837—1901),英国的地理版图、政治经济和社会文化都发生着急剧的变化,大英帝国的殖民触角伸向世界各地。维多利亚后期是大英帝国的鼎盛时期,英国控制着世界上几乎全部的海域,成为世界上殖民地数量最多的国家,领土达到了三千多万平方公里,占世界陆地面积的四分之一,全世界有四亿多人口在维多利亚女王的统治之下。大英帝国的崛起引发了英国民众对海外殖民开拓、冒险征服、异族生活、异域风情的强烈兴趣,也催发了英国民众前所未

---

① Haggard, Lilias Rider. *The Cloak That I Left*:*A Biography of the Author Henry Rider Haggard K.B.E.*. London:Hodder and Stoughton,1951:241-242.
② Haggard, Lilias Rider. *The Cloak That I Left*:*A Biography of the Author Henry Rider Haggard K.B.E.*. London:Hodder and Stoughton,1951:243.

有的帝国意识和随之而来的民族自豪,正如麦考莱(Thomas Macaulay,1800—1859)宣称的那样:"(英格兰已经成为)有史以来最伟大、最高度文明的民族。英格兰人的版图已经遍及全球……他们的海军力量足以在一刻钟内同时消灭来自北欧、雅典、迦太基、威尼斯和热那亚的海军。他们把治病救人的科学、交通和通讯手段、各类机械技术、各门制造业、各种能够给生活带来便利的东西都发展到了尽善尽美的地步——我们的祖先若地下有灵,定会叹为观止。"①

然而,历史巨变、社会转型,也给英国带来了前所未有的危机和挑战。对身处转型期社会的人们来说,现代化的复杂性和矛盾性打破了原有的社会秩序、颠覆了文化传统,导致了思想意识上的迷惘和彷徨,英国社会陷入了一种前所未有的悖谬之中,正如狄更斯在《双城记》开篇所述的那样:"那是最好的年月,那是最坏的岁月,那是智慧的时代,那是愚蠢的时代,那是信仰的新纪元,那是怀疑的新纪元,那是光明的季节,那是黑暗的季节,那是希望的春天,那是绝望的冬天,我们将拥有一切,我们将一无所有,我们直接上天堂,我们直接下地狱……"②在帝国一往无前的冒险进取和激越的民族豪气中,潜藏着一股对维多利亚时代质疑和否定的暗流;在科技进步和海外扩张的迅猛进程中,宗教信仰和传统价值观念日渐式微,人们赖以生存的道德体系和哲学思想被彻底颠覆,原有的社会生活确定性不复存在,一股对国力昌盛背后未知前途的焦虑、对文明进程走向的忧虑油然而生。对于处在新旧社会交替、新旧意识断裂之处的知识分子来说,文明矛盾和社会焦虑并没能在殖民带来的民族自豪中消解,对文明本质的思考、对现代秩序的追求、对生存哲学的探索,成为一代知识分子心灵和思想求索的焦点。

---

① 殷企平:《推敲"进步"话语:新型小说在19世纪的英国》,北京:商务印书馆,2009年,第5页。
② 狄更斯:《双城记》,石永礼、赵文娟译,北京:人民文学出版社,2004年,第1页。

第二章 哈葛德小说:大英帝国扩张的文化寓言

阿诺德(Matthew Arnold,1822—1888)用诗行展示了这种痛苦状态:"彷徨在两个世界之间,一个已经死去,另一个无力诞生。无处安置心神,且在大地孤寂地等待。"① 时代变化的迅猛导致了新旧社会的断裂,旧体制遭到废弃,而新体制却来不及诞生——对秩序的追求成为这个时代关注的焦点,也成为人们焦虑的源头:"现在局势混乱,问题丛生,在很大程度上是因为迄今为止治理社会的阶级或集团——野蛮人或非利士人——缺乏对健全理智的信仰,不认为最优秀的自我才是至高无上的。……没有秩序就没有社会,没有社会也就谈不上人类的完美。"②

卡莱尔(Thomas Carlyle,1795—1881)针对这个"可悲的时代",提出了尖锐的文化批评,认为工业革命后的英国社会,在利益驱动下的金钱崇拜、物欲横流,打破了传统的物质生活和精神生活的平衡:"我们只对一件事极端热心:赚钱。现存的拜金主义用一种滥竽充数的无聊游戏来瓜分世界……事实上,我们目前所信仰的拜金主义,已经导致了一个奇怪的结局。我们称之为社会,并公开表示了其完全的分离状态,即与世隔绝。我们的生活中有的不是互相帮助,而是在战争法、所谓的'公平竞争'及类似法则之下的相互敌视。"③ 拜金主义下的英国社会,道德衰败、危机四伏,"革命巨变之后的年代,是普遍混乱和迷茫困惑的年代。……旧秩序已经崩溃,成为废墟,但充满希望的乌托邦并未实现,取而代之。许多方向的反作用力在起作用。……怀疑和否定,是生活和思索的每一部分使一切瘫痪的力量,而失去信仰的阴影,重重地压在许多人的心头"。④

---

① *Stanzas from the Grande Chartreuse*:"Wandering between two worlds, one dead, the other powerless to be born, with nowhere yet to rest my head, like these, on earth I wait forlorn."
② 马修·阿诺德:《文化与无政府状态:政治与社会批评》,韩敏中译,北京:生活·读书·新知三联书店,2002年,第194—195页。
③ 卡莱尔:《文明的忧思》,宁小银译,北京:中国档案出版社,1999年,第14—15页。
④ 卡莱尔:《拼凑的裁缝》,马秋武等译,桂林:广西师范大学出版社,2004年,导言第4页。

约翰·罗斯金(John Ruskin,1819—1900)呼应阿诺德的文化批评,对当时英国社会弥漫着的金钱崇拜和功利主义思想进行了辛辣的讽刺:"实质上,在目前,'生活的进步'意味着在生活中出人头地,获得众人觉得体面或荣耀的地位。我们把这种进步大致理解为:不仅要赚钱,而且要让别人知道自己赚了钱;不仅要实现某个伟大的目标,而且要让别人看见自己实现了它。一言以蔽之,我们渴求掌声和喝彩,而进步是这种饥渴的满足。"①"财富的本质在于它对人施加的力量……我们处在受钱牵制的想象中;事实上,他们不过像拜占庭式的马具和别的什么华丽的东西,在野蛮的人眼里光彩四射、美丽动人而已。"②阿诺德认为:艺术表现崇高的精神,应该作用于社会,只有通过艺术和教育,才能提高国民道德修养,回归社会良知。

在通俗小说界,维多利亚时代作家以他们的小说创作展示了社会关怀,并通过庞大的民众读者群,生成了显著的社会影响。1883年,奥莉芙·施莱娜(Olive Schreiner,1855—1920)以拉尔夫·艾恩(Ralph Iron)为笔名发表小说《一个非洲农场的故事》(*The Story of an African Farm*),描述了在南非殖民地混居的英国人、德国人、布尔人的生活状况,展示了殖民扩张时期的宗教信仰危机及其恶性后果。1888年,英国社会改革家、小说家玛丽·奥古斯塔·沃德(Mary Augusta Ward,1851—1920)以"汉弗莱·沃德夫人"(Mrs. Humphry Ward)为笔名发表小说《罗伯特·埃尔斯密尔》(*Robert Elsmere*),以一个年轻传教士反对教会正统观念、最终出走的故事,展现了维多利亚时代的宗教信仰危机。小说以三卷本方式出版,成为当时最为畅销的小说之一,时任英国首相的格莱斯顿(William Ewart Gladstone,1809—1898)还专为此小说撰写了评论,

---

① 殷企平:《文化辩护书:19世纪英国文化批评》,上海:上海外语教育出版社,2013年,第161页。
② 拉斯金:《拉斯金读书随笔》,王青松等译,上海:上海三联书店,1999年,第235页。

第二章 哈葛德小说:大英帝国扩张的文化寓言

推进了该小说的传播和热捧,也引发了人们对社会问题的关注。①而哈葛德则以传奇小说(Romance)这一体裁,用寓言方式展示了维多利亚中晚期殖民语境下的人性贪婪和道德沦丧,让读者在异域历险的传奇叙事中,对人性、对所谓的社会进步获得新的洞见。

　　文学作品反映的不仅是作者个人的思想意识,也是一个时代的思想意识、一个社会的整体世界观,文学作品与其所处的时代精神有着同构及互构的关系:文学作品展现作家所处时代和社会共有的价值观念、情感结构和精神风尚,反映出一定历史语境下的意识形态。文学作品讲述一段历史、阐述一个时代,又以其话语的力量,影响人们的思想意识,促进社会的变化。19世纪的英国,小说蓬勃兴起,这正与英国新的资本主义经济体制的兴起有着同步关系:"小说之所以可能出现,劳动分工起了很大作用;部分原因是社会经济结构越特殊,当代生活的特性、观点和经验的主要差异就越大,这是小说家可以描绘的,也是他的读者所感兴趣的;部分原因是由于闲暇时间的增多,经济专门化提供了小说与之相关的大量读者;部分原因是这种专门化产生了小说才能满足的那种特殊的读者需要。"②小说成为这一时期文学创作的核心,成为人们休闲和消遣的一种重要方式。小说的休闲阅读也指向社会生活的世俗化:小说走进人们的生活,体现了一种前所未有的世俗关怀——人的自由发展,突破宗教主导的生存理念,赋予个人心灵更大的自由空间。而大英帝国时期的小说,特别是展现帝国海外扩张的小说,作为其时一种重要的文化形式,成为向大众展示殖民地情况和传播殖民意识的一个主要手段,也成为英帝国实施全球扩张和文化战略的一个重点

---

① Adams, James Ali. *A History of Victorian Literature*. West Sussex: Wiley-Blackwell, 2009:368.
② 伊恩·P.瓦特《小说的兴起——笛福、理查逊、菲尔丁研究》,高原、董红钧译,北京:生活·读书·新知三联书店,1992年,第73—74页。

管控领域。

维多利亚后期,刊载文学作品的期刊突增,1875年英国出版了《报纸发行指南》(*The Newspaper Press Directory*),统计出当时在英国本土发行的各类杂志有643种,含各类旬刊、月刊、周刊。到1903年,这个数字翻了两番,达到了2531种。其时出版发行的小说则达到1 600多种,而在19世纪上半叶,以成人为主要读者的小说的平均出版数量仅约450种。①维多利亚时期的小说以连载方式在各类杂志上发表,并普遍配以插图,以图文并茂的方式展示帝国殖民的最新进展。由此,帝国的海外殖民叙述逐步融入人们的日常生活,帝国殖民成为当时英国民众意识的一个重要部分。这一切最终为的是在意识形态上服务于帝国的最高利益:贸易扩张和称霸世界。因此,文学以其诗意话语反映现实社会,引导现实社会,影响社会意识,也预言社会的未来走向,重塑社会意识形态。作家以文学话语捕捉对历史变化的敏感、记录对人生和人性的探索历程:"从狄更斯到劳伦斯,我们得到的是一段可以从中吸取勇气的历史。这一历史不是一连串的先例,而是一组有关人生的意义,一组把人类连接在一起的意义。具有重要意义的是,这段历史并没有用其他方式得到记录:假如这些小说没有写成,一个民族的一部分历史就必然会明显地苍白许多。当我们阅读了这些小说以后,就会对相应的思想史和一般社会史产生不同的认识。小说比其他任何有关人类经验的记载都更深刻、更早地捕捉到了一种问题意识,即对社会群体、人的本质以及可知的人际关系所引起的问题的认识。"②

---

① Adams, James Ali. *A History of Victorian Literature*. West Sussex: Wiley-Blackwell, 2009:293-294.
② 原文出自:Raymond Williams. *The English Novel: From Dickens to Lawrence*. London: Chatto and Windus, 1973:13,译文引自:殷企平:《推敲"进步"话语:新型小说在19世纪的英国》,北京:商务印书馆,2009年,第11页。

第二章 哈葛德小说:大英帝国扩张的文化寓言

三、帝国扩张文化困惑中的哈葛德

哈葛德的文学创作生涯历时 40 多年,从 1882 年出版第一部书《祖鲁国王塞奇瓦约和他的白人邻居》(*Cetywayo and His White Neighbours: Remarks on Recent Events in Zululand, Natal and the Transvaal*)至 1930 年出版最后一部小说《伯沙撒》(*Belshazzar*),一生共留下了 68 部著作,其中杂著 10 部,小说 58 部(参见"附录一 哈葛德创作的小说一览表")。最为著名的小说有:《所罗门王的宝藏》(*King Solomon's Mines*),《她》(*She*)、《吉斯》(*Jess*)和《艾伦·夸特曼》(*Allan Quatermain*)等。其中,《所罗门王的宝藏》《她》《艾伦·夸特曼》自首版至今从未绝版过。此外,哈葛德还在《泰晤士报》等各种报刊杂志上发表短文信件 180 多篇,以时政评论为主。

从更为广泛的欧洲历史来看,哈葛德以爱情、探险和神怪为主要题材的小说,展现了维多利亚后期英国殖民侵略、社会历史转型期欧洲中心主义视野下的战争梦魇、帝国的侵略野心以及种族冲突下的世界秩序重建和人伦道德焦虑。哈葛德小说中的探险英雄是西方社会现代性主体的象征:19 世纪的工业革命、商业精神、达尔文主义成为一种人性的解放力量,以全新的政治经济观念、思想意识及社会秩序观念,使人们摆脱了压抑的基督教意识形态的束缚,人的自由追求、自我认知、现世欲望成为社会意识的主导。探险和攫取财富的强烈欲望驱动冒险英雄走出已有的秩序世界,在自我放逐中进入未知的异域世界,体验生存危机,发现喜悦和征服的乐趣,依靠在危急中激发出来的应变、自救和创造潜力,以理性、智性和胆识应对考验,征服未知,最后携带财富回归到既定的文明秩序;抑或在异域蛮荒中建立一个新的世界——一个依照西方政治架构、经济和法律制度建构起来的新的自由王国。在异域的历险,不仅是富有英雄主义色彩的个体历险者对异域进行探索,也是个体发现和实现自我价值、重塑自我的艰难历程。

哈葛德的小说创作,有着明确的写作动机和服务社会的意识。1905年,哈葛德应邀在渥太华对加拿大酒业俱乐部(the Canadian Club)——其时富有影响力的加拿大自治领企业作了演讲,演讲听众中有基督教慈善组织救世军统领布斯·塔克(Booth Tucker,1853—1929)和时任加拿大自治领劳工部副部长、后成为加拿大自治领总理的麦肯齐·金(William Lyon Mackenzie King,1874—1950)等人。在这次演讲中,哈葛德对腐蚀英国社会的拜金主义进行了猛烈抨击,阐述自己的写作驱动,指出作家要以健康的价值理念引领社会:"真正的写作动力并非来自华而不实的想象、炫耀闪亮的东西,或奇谈怪想,也非来自其滔滔不绝的口才或所谓的才智。作家探索思考,转而关注世界上无处不在的民众疾苦,他忖思:尽管我渺小卑微,我是否能够做点什么来减少人间的苦难,解救堕落的芸芸众生,为他们自身、为这个世界去鼓舞他们?他知道,生活的动力不是来自那些虚华、刺激的东西。也许,作家要以一己之力与世代的世俗偏见抗争,努力使人们认同自己的思想,努力向人们展示人间万恶的源头并找到补救的方法。可以说,我以寓言的方式对此做出了应答。……我预感并感受到西方世界正在发生的巨变……整个世界疯狂地热衷于贸易,至少整个文明世界认为财富就是一切。"①在哈葛德的这段演讲中,我们仿佛听到了卡莱尔抨击时弊的声音:"我们只对一件事极端热心:赚钱。"②也仿佛听到了拉斯金对其时英国社会的描述:"金钱控制人""人们自己陷入财富——这些金钱的碎片中。"③

---

① Haggard, Rider. *The Days of My Life*. Web edition published by http://ebooks.adelaide.edu.au/,2009:467-468.
② 卡莱尔:《文明的忧思》,宁小银译,北京:中国档案出版社,1999年,第14页。
③ 拉斯金:《拉斯金读书随笔》,王青松等译,上海:上海三联书店,1999年,第235页。

第二章 哈葛德小说:大英帝国扩张的文化寓言

随着英国殖民进程的不断推进,维多利亚时期对殖民地的文学再现往往以探险和获得财富为主题:史蒂文森的《金银岛》(*Treasure Island*,1881—1882),伊迪丝·内斯比特(Edith Nesbit)的《寻宝人的故事》(*The Story of the Treasure Seekers*,1899),亨蒂(G.A.Henty)的《印加宝藏》(*The Treasure of the Incas*,1903)以及哈葛德的《所罗门王的宝藏》(*King Solomon's Mines*,1886)等,均展现了白人殖民主义者永无止境的聚敛财富的欲望。对于财富驱动下的殖民攫取,哈葛德亲历其境,感受尤为深刻,他以小说反思、揭示社会转型中人性贪婪所通向的罪恶之路。他试图让人们在帝国一往无前的冒险进取和激越的民族豪气中,看到殖民背后贪婪和残酷的罪恶,反省生命存在的真正意义。哈葛德的小说借助虚实相间的文本叙述,书写维多利亚时代的生活特点和人们的精神面貌。在渥太华演讲①中,哈葛德陈述自己在小说中之所以反复演绎发现财富的故事,正是要以寓言的方式来警醒人们无度的金钱之梦,敦促人们去探寻生活的真谛:"我反对这种说法,我认为财富一文不值。……我记得我曾经写过这样一个故事:一些人被困在山洞里,四周堆满了钻石和黄金,而他们却要忍饥挨饿。试问,这些钻石和金子对他们有什么用处?……不要相信财富就是一切,在活生生的人面前,在健康的孩子面前,财富一文不值,浮华或其他虚浮之物都一文不值。一个民族的力量,不是在他们的金融街上,而是在他们的农场上、在他们的田野和村庄里。……就我自己而言,我只能说已尽全力完成了这个任务……我相信没有什么比指出这些问题、引发人们思考能够更好地服务于我们的时代了。"②因此,对于哈葛德小说,需要我们透过这一个个惊心动魄的历险传奇故事,去解读、感悟哈葛德作为小说家对社会、对时代的探索,对人性

---

① 参见本书"附录七 哈葛德1905年渥太华演讲英文原稿及中译文"。
② Haggard,Rider. *The Days of My Life*. Web edition published by http://ebooks.adelaide.edu.au/,2009:468.

和对人类历史的思考。

诚然,哈葛德小说是迎合大众阅读口味的通俗作品,但,正是寓言这一写作方式,赋予哈葛德小说超越文本表层的深刻寓意。英文的"allegory"(寓言)一词源自希腊语的"allegoria",意为"被遮盖的""比喻的";而"allegoria"由希腊语中的"allos"和"agoreuo"构成:前者意指"另外的,不同的",后者意指"公开演讲";因此,"allegory"指一种"言此意彼"的表达方式,"寓言"是隐喻的延展,当文本中的隐喻从局部延展至全部,甚至统摄全文时,文本便成为寓言式的写作文本。狭义的寓言仅指一种文学体裁,如伊索寓言等;广义的寓言不仅是一种象征性的表达方式和文体概念,更是一种写作风格,是一种思维方式,也是一种阐释方法:它以延展的隐喻托寓思想,展现了主体经验的思维特征和阐释特征,"寓言"成为寄寓哲学意义的载体。西方自古希腊文学及《圣经》开始的寓言式文学传统,在文本深处托寓了作者的深刻思想,隐含道德训诫的话语意义,载有伦理规范的道德动机。寓言以象征和隐喻的方式,在叙事结构的内面构成一个亚文本,揭示事物的因果和本质关系。

哈葛德小说,正如其自己所言,以寓言特有的隐喻和夸张方式,建立起传奇故事叙事与文本外部——社会和文化形态的联系,将自己对时代问题的思考融入小说创作之中。他批评英国社会,质疑英国的殖民政策,但他视英国的利益高于一切,对此,他以隐喻的方式言说了其中的逻辑:"帝国很大,英国很小,就好比心脏很小,但是如果心脏死了或者病了,肢体也就随之麻木了。"[①]哈葛德小说以"寓言"隐含的道德劝诫探讨处于急剧变化时代中的世界本质真实,质疑维多利亚末期英国社会的"进步"和"现代"话语,揭示隐藏其后的重重社会矛盾和文明危机,阐发

---

① Haggard, Rider. *The Days of My Life*. Web edition published by http://ebooks.adelaide.edu.au/, 2009:339.

第二章　哈葛德小说：大英帝国扩张的文化寓言

人类生存的意义，劝诫困惑中的人们对生命意义、文明价值的追寻。哈葛德小说的语言叙事"事赝理真"，将社会问题文学化，在一个个通俗故事中蕴含了哲学思考的意味，凸显了文学语言的话语性和象征性特质。

哈葛德自我宣称的"寓言"式写作是解读其小说的关键，哈葛德小说的话语意义远不止于小说表层所叙述的奇特故事，而是隐藏于小说叙事话语背后的社会意义和生存哲理，这是哈葛德一生为之努力的目标，正如哈葛德自己所述："就我自己而言，我只能说我已竭尽全力完成了这个任务，我不是指今天的演讲任务，而是指一个更为宏大的任务——我相信这是十分必要的，因为我相信没有什么比指出这些社会问题、引发人们思考更能服务于我们的时代了。先生们，如果我做到了这一点，此生便未曾虚度。当我离世时，我希望人们这样评说我：'他全力以赴了'。"① 1925年，哈葛德去世，被埋葬在迪金汉姆教堂的墓地，墓志铭是他生前为自己撰写的："此处长眠着亨利·赖德·哈葛德爵士，大英帝国的骑士，一生以谦卑之心效力于他的祖国。"② 这是哈葛德对自己一生的评价，也是他对自己作为"帝国的骑士"，一生"全力以赴"为大英帝国效力的总结。在这里，我们看到了哈葛德一生不懈努力的目标，也看到了缠绕他一生的帝国情结。

哈葛德的创作时期正值英国社会的剧变时期：疆土扩张、殖民征服、经济发展激发了人性的贪婪，动摇了人们的宗教信仰，原本坚实牢固的道德理念、崇高信仰备受质疑，传统生活理念赖以依托的生存哲学受到动摇，出现了对普世性公德的质疑和人性的危机。哈葛德以作家特有的

---

① Haggard, Rider. *The Days of My Life*. Web edition published by http://ebooks. adelaide. edu. au/, 2009：468.
② "Here Lies the Ashes of Henry Rider Haggard, Knight Bachelor, Knight of the British Empire, Who with a Humble Heart Strove to Serve His Country." in Haggard, Lilias Rider. *The Cloak That I Left*：*A Biography of the Author Henry Rider Haggard K.B.E.*. London：Hodder and Stoughton, 1951：280.

敏感,看到了历史巨变带来的社会衰败症候,凭借传奇小说这一体裁,"以寓言方式"展示一个时代的问题,探讨帝国殖民语境下人的变异和人性的堕落,探讨人间苦难的源头、人性的弱点和拯救的方法。带着这种人文情怀,哈葛德以一个个引人入胜的传奇故事比拟人类当下面对的种种困境,向人类警示自我膨胀的可能恶果,引导人们领悟小说叙述的主题和训诫,劝谕人们以人性力量自我拯救、改进社会现状,引领民族未来。因此,哈葛德传奇小说虽然通俗,但并非纯粹为娱乐而作,而是蕴含了他毕生的写作追求:他以探寻失落文明的系列故事,表述了自己对当时突飞猛进的文明进程的忧虑,对人性、对人类生存意义的探索。对于文明,哈葛德有着自己的思考:"文明只是镀了一层银子的野蛮,文明如同从野蛮土壤里生长出来的一棵树,迟早会重归泥土,就像埃及文明、希腊文明、罗马文明一样,最终将回归土壤。"①他曾经预言大英帝国终将消亡,但对盎格鲁—撒克逊民族的种族优越和文化优越却深信不疑,他四处游说,希望英国政府在其统治下的各自治领安置英国国民,以延续盎格鲁—撒克逊民族的文明进程。②在他的第一部作品《祖鲁国王塞奇瓦约和他的白人邻居》中,他明确表达了英国应该统治祖鲁王国的愿望。③

在小说《百合娜达》(Nada the Lily,林译《鬼山狼侠传》)的序言中,哈葛德对讲述这个传奇故事的深层目的作了说明:"本作者讲述这一传奇,不是为了叙述一个原始野蛮的生活故事,而是展现主导祖鲁王国全国上下的一种精神,用通俗的叙事方式,转述非洲历史上的一些重要事件,而这些事件现在仅存于极少的历史文献之中……但是,要讲述这样

---

① Pocock, Tom. *Rider Haggard and the Lost Empire*. London: Weidenfeld & Nicolson, 1993:246.
② Pocock, Tom. *Rider Haggard and the Lost Empire*. London: Weidenfeld & Nicolson, 1993:242.
③ Pocock, Tom. *Rider Haggard and the Lost Empire*. London: Weidenfeld & Nicolson, 1993:56.

的故事很难,因为叙述者必须忘却自身所处的文化及其所代表的文明,以古老的祖鲁人的思维方式去思考,以祖鲁人的声音去叙述。"①哈葛德小说创作有着明确的目的驱动,展示出他文化批判的一面。对于身处新旧交替时代的哈葛德来说,小说创作是他追求崇高美德和人性善良的寄托。哈葛德小说的复杂性也由此展露:既充满对殖民帝国的颂扬和推崇,也展现了他对时代思潮的质疑、批判和对人性向善的追求,这一矛盾共存于他的小说之中,这既是哈葛德的悖谬,也是哈葛德所处时代的悖谬。

第二节 哈葛德传奇小说的话语意义

一、传奇小说:异域历险中的人性探索

维多利亚英国势头迅猛的海外殖民扩张和哈葛德在南非生活的6年(1875—1880),给他烙下了浓重的殖民意识,他认为盎格鲁—撒克逊民族对世界的统治可以为人类带来福祉。这种思想从他的第一部作品《祖鲁国王塞奇瓦约和他的白人邻居》到他晚年的渥太华演讲中均表露无余,并贯穿于他小说创作的全部过程之中。1905年3月,哈葛德受英国殖民地部委派到加拿大考察,在渥太华做了一次重要演讲,他把这次演讲稿附在他的自传后,因为他认为这份讲稿充分体现了自己的思想核心——即他一生为之付出的事业:城市使民族堕落,唯有乡村孕育文明,因此需要将英国城市的剩余人口移民到广袤的海外殖民地去。他演讲中表露出对自己在南非的经历及英国南非殖民的留恋:"可以说,我始终

---

① Haggard, H.Rider. *Nada the Lily*. The Project Gutenberg EBook, Release Date: February, 1998, Last Updated: Sept.2016: preface 1.

参与了我们今天正在亲历的历史。正如主席刚才说过,英国占领德兰士瓦时,我正和英国政府特别专员谢普斯通勋爵在一起,我有幸亲手把英国国旗升上德兰士瓦的天空。但是,我也在有生之年又目睹了英国国旗被降下来埋葬入土。我想告知大家的是,你们,和我一样,都是殖民地的开拓者,你们一定与我感同身受——那是我一生中最痛苦的时刻。"①令哈葛德痛苦的"英国国旗被降下来埋葬入土",是指1899年10月至1902年5月的第二次布尔战争(The Second Boer War),英军在马尤巴山战役中失败投降,英国失去了对德兰士瓦的殖民统治权。

哈葛德在南非的6年正是他青年时代成长成熟的时期,南非经历让他感受到了非洲祖鲁人不同的文化、不同的世界观和不同的生活哲学。在南非,他亲历原野狩猎,目睹人与兽的厮杀,感受到了祖鲁人的骁勇和善良:在一次狩猎中,哈葛德在荒野迷路,他的祖鲁仆人彻夜寻找,最终才从野狼出没的荒野上救出了已经昏迷的哈葛德。哈葛德在自传中记录了这一事件,并感慨道:勇敢忠诚的美德仍然留存在野蛮人身上,但在文明的白人身上却早已荡然无存了。②他目睹了南非殖民扩张的血腥:为征服土著、占有土地,英军将士与土著残忍厮杀,鲜血染红非洲原野,秃鹰和野狼争相撕咬战场上的腐尸,他的不少朋友战死沙场。③南非经历使他成熟,激发了他对文明、殖民、生命、死亡和人性的思考,并以传神的小说话语回应了这些困扰他个人、困扰着他所处时代、也困扰着所有人类的问题。

1881年,哈葛德回到伦敦,一边为获得律师资格苦修拉丁文,一边撰

---

① Haggard, Rider. *The Days of My Life*. Web edition published by http://ebooks.adelaide.edu.au/, 2009:461.
② Haggard, Rider. *The Days of My Life*. Web edition published by http://ebooks.adelaide.edu.au/, 2009:126-127.
③ Haggard, Rider. *The Cloak That I Left: A Biography of the Author Henry Rider Haggard K.B.E.*. London: Hodder and Stoughton, 1951:79-80.

第二章 哈葛德小说:大英帝国扩张的文化寓言

写介绍南非风土人情、时政评论的文章,向《南非杂志》(*The South African*)、《标准周刊》(*The Standard*)、《圣詹姆斯公报》(*St. James Gazette*)等杂志投稿。当他投给《泰晤士报》的稿件遭到多次拒绝后,他决定换一种方式——以专著方式来表达自己的思想。他认为南非殖民地状况必将引起英国本土读者的广泛兴趣,于是他购买了最新出版的英国政府"蓝皮书",以此为一手资料,结合自己在南非耳闻目睹的事实,完成了他的第一部书《祖鲁国王塞奇瓦约和他的白人邻居》。这部书引证史实叙述了英国在祖鲁兰、纳塔尔和德兰士瓦等地的殖民情况,展示了第一次布尔战争期间(1880年12月—1881年3月),英国殖民者、布尔人和祖鲁人三方为争夺统治权的残酷斗争。这部书呈示了南非殖民地统治权争斗给人们带来的痛苦和社会矛盾,并预言第二次布尔战争终将爆发。哈葛德认为布尔人不可信赖,而祖鲁领袖塞奇瓦约又是一个暴君,唯有英国吞并祖鲁兰,对其实行殖民统治,才能给这片土地带来福音,才能给祖鲁族带来和平的生活。此书成稿后,他花50英镑自费出版,印制了750本,但仅售出154本,当时购买此书的读者,只是为数不多的关注布尔战争的读者。[①]直到后来哈葛德因小说成名后,这部书才开始吸引读者被广泛阅读;特别是第二次布尔战争(1899—1902)爆发后,哈葛德因他在这部书中对第二次布尔战争的预言而被称为"了不起的预言家",这本书成为后代英国作家阐述大英帝国非洲殖民统治的重要资料来源。[②]

哈葛德的小说创作起点颇具喜剧色彩:1884年的一天,哈葛德与妻子在教堂做礼拜,遇到一位美丽优雅、魅力四溢的女士,夫妻俩便不约而同地生发出要以她为主角写一部小说的灵感,于是他和妻子一起动笔,

---

① Pocock, Tom. *Rider Haggard and the Lost Empire*. London: Weidenfeld & Nicolson, 1993:56.

② Haggard, Rider. *The Days of My Life*. Web edition published by http://ebooks.adelaide.edu.au/, 2009:181-182.

但妻子很快放弃了,而他却很快完成了小说的创作,这就是他的第一部小说 Dawn(林纾译为《橡湖仙影》)。也正因为这一奇特的缘起,1894年该小说再版时,哈葛德在扉页上增补了题词"献给无名女士"。这部小说在1884年以三卷本方式首次出版,但反响平平。不过,这部小说对哈葛德却尤为重要:这是他的第一次商业出版,为他挣来了稿费,也为他日后的小说创作树立了自信。哈葛德晚年在自传中回顾自己的文学创作历程,反思自己的首部小说时,虽然对其结构和情节表示了遗憾,但他还是颇感自豪的,认为这部小说影响深远,甚至宣称:从《泰晤士报》的报道中了解到,中国的北京抑或是在香港,主修英语文学的学生们都十分喜爱他的这部小说。①同年,哈葛德的第二部小说《女巫之头》(The Witch's Head,林纾译为《铁匣头颅》)出版,但为谋生计,他在小说创作之余继续努力修读法律,以争取获得律师从业资质。这头两部小说并不成功,销售量十分有限,只为他赚回了50英镑,正好填补了他1881年自费出版第一本书《祖鲁国王塞奇瓦约和他的白人邻居》的费用。1885年,哈葛德通过司法考试获得律师从业执照,开业当起了律师。②

哈葛德的成名作是他1885年完成的小说《所罗门王的宝藏》。这部小说的写作缘起同样具有喜剧色彩——它缘于哈葛德兄弟间的一次打赌:1881年底至1882年初,苏格兰作家史蒂文森(Robert Louis Stevenson)以 Captain George North 为笔名创作小说《金银岛》(Treasure Island),在当时的少年杂志《年轻人》(Young Folks)上连载,轰动一时,1883年随即出版了单行本。1885年的一天,哈葛德兄弟在去伦敦的火车上谈论这部小说,赖德·哈葛德认为这部小说算不得出色,其兄闻言勃然大怒道:

---

① Haggard, Rider. *The Days of My Life*. Web edition published by http://ebooks.adelaide.edu.au/, 2009:190.
② Pocock, Tom. *Rider Haggard and the Lost Empire*. London: Weidenfeld & Nicolson, 1993:59.

第二章 哈葛德小说:大英帝国扩张的文化寓言

"你只要写出有它一半好的小说,就算你有本事了,我和你赌1先令,料你写不出来!"自尊心深受伤害的赖德·哈葛德回应道:"那我就和你赌定了!"①维多利亚时代的英国,1英镑等于20先令,1先令等于12分(也称作"a bob"),其兄和他只赌1先令,表示了对他的极度蔑视。随后,赖德·哈葛德便埋头日夜写作,用6周时间完成了小说《所罗门王的宝藏》(*King Solomon's Mines*),出版后引起读者追捧,仅两个月便售出5 000本;②小说在出版的第一年就印售了3万多本,赖德·哈葛德由此一夜成名。在维多利亚晚期,商业广告开始走进人们的生活,当时的伦敦街头到处贴满了这部小说的广告——"《所罗门王的宝藏》,史无前例的神奇作品。"③

《所罗门王的宝藏》是当时英国出版的第二部以南非为背景的小说,第一部是1883年出版的《一个非洲农场的故事》(*The Story of an African Farm*),该小说是通俗女作家奥莉芙·施莱娜(Olive Schreiner,1855—1920)以拉尔夫·艾恩(Ralph Iron)为笔名发表的,小说以南非殖民地英国人、德国人、布尔人聚集的农场为背景,展示了白人女性在殖民地的生活状态,但当时的评论家普遍认为与叙述英国本土生活的小说差异不大,因而未能引发人们的特别关注。④直到多年以后,英国女权思潮兴起,施莱娜的这部小说重新引发读者兴趣,小说女主角成为了维多利亚时代新女性(New Women)的原型。⑤哈葛德小说《所罗门王的宝藏》以

---

① Haggard, Lilias Rider. *The Cloak That I Left: A Biography of the Author Henry Rider Haggard K.B.E.*. London: Hodder and Stoughton, 1951:121-122.
② Jordan, Gerald H.S.. Popular Literature and Imperial Sentiment Changing Attitudes 1870-1890. *Historical Papers/Communications historiques*. Vol.2, No.1, 1967:149-166.
③ 广告原文:"*King Solomon's Mines—The most amazing book ever written.*"见:Karlin, Daniel(ed.). Rider Haggard. *She*. Oxford: World's Classics, 1991:ix。
④ Cohen, Morton Norton. *Rider Haggard: His Life and Works*. New York: Walker and Co., 1960:90.
⑤ Adams, James Ali. *A History of Victorian Literature*. West Sussex: Wiley-Blackwell, 2009:368, 370.

南非为背景,以惊心动魄的历险寻宝故事,吸引了迫切需要了解非洲殖民地生活的英国大众。这部小说在当时如此轰动,以至于《金银岛》作者史蒂文森也多次写信给他,赞扬哈葛德小说的成功,甚至还和哈葛德谈及合作创作小说的可能。①

哈葛德的永久文学声誉建立在他的下一部小说《她:一部冒险史》(*She: A History of Adventure*,林纾译为《三千年艳尸记》)之上,这部小说脱稿后,哈葛德自己极为满意,他把手稿交给经纪人时说:"我将以此留名。"②小说《她》于1886年10月2日至1887年1月8日在当时的《插图杂志》(*The Graphic*)上分15期连载(第34—35卷,第879—893册),随后由英国朗氏公司(Messrs Longmans)出版了单卷本。单卷本首印1万本,此后每批印制5 000本,连续印刷多批。小说单卷本一经推出便"洛阳纸贵",仅一周就销售了1 000多本。③维多利亚晚期英国的小说传播,杂志连载多于单卷本出版,这个单卷本销售数字在当时英国的小说销售中是前所未有的。而当《她》开始在《插图杂志》上连载的时候,哈葛德的其他两部小说也正在发行中:《吉斯》(*Jess*)正在伦敦的文学杂志《康西尔杂志》(*The Cornhill Magazine*,1860—1975)上连载,《艾伦·夸特曼》(*Allan Quatermain*)则刚刚由专载小说的《朗文杂志》(*Longman's Magazine*,1882—1905)刊载结束,正准备出版单卷本。④哈葛德的文学地位由此奠定,成为其时读者热捧的小说家。

此后,哈葛德一部接着一部地创作小说,成为英国家喻户晓的通俗小说家。哈葛德小说情节离奇曲折,充满异国情调,是一种融合了历险

---

① Haggard, Rider. *The Days of My Life*. Web edition published by http://ebooks.adelaide.edu.au/, 2009:205.

②④ Pocock, Tom. *Rider Haggard and the Lost Empire*. London: Weidenfeld & Nicolson, 1993:68.

③ Haggard, Rider. *The Cloak That I Left: A Biography of the Author Henry Rider Haggard K.B.E.*. London: Hodder and Stoughton, 1951:134.

叙事、爱情和超自然要素的远征探寻叙事(a quest narrative),被称为"帝国传奇"(imperial romance),也称"帝国哥特式小说"(imperial gothic),这些小说从一个侧面展示了维多利亚中晚期大英帝国南非殖民的方方面面。

哈葛德以他的多产和引人入胜的传奇故事引领了文学成为大众商品的潮流。随着作家的不断职业化,1875 年,出版商亚历山大·波洛克·瓦特(Alexander Pollock Watt)在伦敦创办了第一个文学经纪人事务所"A.P.瓦特父子公司"(A.P.Watt and Son),得到广大作者和出版商的欢迎。哈葛德成为英国第一批签约售稿的作家,他从小说《所罗门王的宝藏》开始便与瓦特公司长期合作。①哈葛德紧跟出版潮流,1887 年哈葛德将小说《她》(*She*)的连载版权出售给《插图杂志》(*The Graphic*),并出售给美国的《哈泼斯周刊》(*Harper's Weekly*),这对哈葛德小说推向市场、红遍整个英语国家提供了契机。②1884 年,英国小说家、历史学家沃特·贝赞特(Walter Besant,1836—1901)组织成立了英国作家学会(Society of Authors),到 19 世纪 90 年代,哈葛德成为该会会长,哈葛德在当时英国的文学影响力和社会地位从中可见一斑。③

二、哈葛德的帝国传奇:叙述一段历史,记录一种思潮

哈葛德从事小说创作的维多利亚晚期,正是文学阅读成为社会时尚的时代。1870 年,英国议会通过了《初等教育法》(Elementary Education

---

① Mary Ann Gillies. *Professional Literary Agent in Britain*,1880-1920. University of Toronto Press,2007:30-37.

② Law,Graham. *Serializing Fiction in the Victorian Press*. Basingstoke:Palgrave,2000:112; Ellis,Peter Berresford. *H.Rider Haggard:A Voice from the Infinite*. London:Routledge,1978:108.

③ Haggard,Rider. *The Days of My Life*. Web edition published by http://ebooks.adelaide.edu.au/,2009:272-274.

Act),这标志着英国现代国家教育制度的确立,随之而来的一系列教育法修正,对实施义务教育做出了种种规定,初等教育逐渐普及,赋予民众受教育的平等权利,阅读成为新的社会风尚。工业革命后的机械时代使纸张生产和印刷术迅猛发展,降低了出版成本,书籍得以大批量地机械复制,推进了文学成为大众精神消费品的可能,新的书籍印刷方式使作家的思想迅速传播,以前所未有的力量影响人们的生活和观念。1851年、1853年和1861年,英国分别废除了广告税、印花税和纸张税,使报业和书刊出版进入了前所未有的繁荣阶段,书刊价格日趋平民化。1850年,英国议会颁布《1850年公共图书馆法》,这是世界上首部国家公共图书馆法,在实施过程中又经过多次修正,现代意义上的公共图书馆在英国各地迅速兴起:1850—1851年建立了4所公共图书馆,1851—1862年建立了23所,1868—1886年建立了98所。到1900年,仅英格兰各地的公共图书馆数量就已达到295所。① 此前的图书馆,如创建于1753年的牛津大学博德利图书馆、大英博物馆图书馆、教区图书馆,以及一些私人图书馆,仅对中上层人士开放,而公共图书馆,作为公益性机构,为广大民众提供服务,体现了普通公众的意愿,推进了大众阅读的兴趣。阅读,不再是贵族的专属,普通民众成为了报刊杂志和各类书籍的主要消费群体。其时,英国的《每日电讯报》(*The Daily Telegraph*)每份售价仅为1便士,价格低廉使其销售量大增,到1890年,这份报纸每天的销售量达到了3 022万份。②

大众阅读的兴起,使文学成为了一种大众消费产品。值得关注的

---

① 华薇娜:《英国公共图书馆产生的背景及其历史意义》,《图书馆杂志》2005年第1期。

② Seaman, L.C.B.. *Victorian England: Aspects of English and Imperial History 1837-1901*. London & New York: Methuen & Co. Ltd 1973, the Taylor & Francis e-Library, 2003:421.

第二章 哈葛德小说：大英帝国扩张的文化寓言

是,在19世纪的英国,"文学"仍然是一个宽泛的概念,它不仅仅指虚构文学作品,还包含了新闻、政治宣传材料、历史文献、科普、传记、宗教等文类。①而这一时期的主导文学体裁发生了很大的变化:自文艺复兴以来一直处于文学核心地位的诗歌日渐式微,小说成为回应时代思潮和情感的文学话语方式,与所处时代构成了有力的互动关系。这一时期的小说,主要以杂志连载的方式出版。其时英国各类期刊杂志盛行,在现代意义上的新闻事业尚未成熟的当时,倍受推崇的小说成为读者获取信息、了解社会、了解帝国本土外殖民进程的重要渠道。对于小说作者,销售量不断增大的期刊杂志既是他们表达心声的主要场所,也是他们维持稳定收入的经济来源。就这样,小说以其虚构的文本话语,描述了当下社会历史场景,生动展现了"文本的历史性",同时又以其众多的读者群体及由此而来的社会影响力,参与了这一时期思想意识形态的形塑,对维多利亚时代英国民族性格的塑造起到了不可忽视的作用。

"从1837年至1900年,大约有六万种供成年人和青少年阅读的小说在英国各地出版。此外,大约有七千个维多利亚时代的人完全有理由称自己为小说家。"②到维多利亚末期,小说已经步入英国普通民众家庭,逐步替代了此前一直占据阅读主导地位的宗教书籍。据统计:1870年出版量最大的仍是宗教书籍,为811部,小说381部,排第五位;到1886年,小说跃居出版量第一位,为969部,相比几乎提高了160%,宗教书籍居第二位,但降为752部。同期,关于英帝国海外殖民的书籍不断受到大众推崇,以麦克米伦出版公司为例:1870年仅出版3部以帝国为题材的书籍,32部宗教书籍;但到1889年,出版的帝国书籍为12部,宗教书籍仅4

---

① Adams, James Ali. *A History of Victorian Literature*. West Sussex: Wiley-Blackwell, 2009:13.
② 侯维瑞、李维屏:《英国小说史》,南京:译林出版社,2006年,导言第4页。

部。19世纪中晚期兴起的公共图书馆中,小说的借阅数据也说明了人们对英国海外殖民事业的关注。据考证,这一时期英国7家最有影响力的公共图书馆——利物浦、伯明翰、纽卡斯尔、布拉德福德、埃克塞特、诺里奇、利兹公共图书馆的借阅情况是:75%为小说,另有8%为游记、探险等书籍;借阅量最大的小说是:哈葛德小说《所罗门王的宝藏》《艾伦·夸特曼》《她》;为保证借阅的周转,哈葛德小说的馆藏书量高于其他小说藏书量的4倍。① 刊载小说的报纸杂志成为一种大众媒介,以日常消费品的方式进入千家万户,阅读成为时尚的文化体验。小说成为人们关注社会、关注帝国扩张的一条重要途径,也成为主导公众舆论的一种重要手段。以殖民为主题的小说拓展了人们的思维方式和世界认知方式,作为英国主流思想意识的载体,以新的文学话语方式,建构起一股社会思潮,形成了一股强势的文化力量,影响社会思想意识的变化,支撑起帝国扩张、文明冲突和殖民存在的合理性。小说阅读不只是一种艺术消费和审美休闲,而是成为了一种文化行为、一种社会实践。

哈葛德小说吸引了广大读者,尤其受到青少年读者的追捧。少年时代的温斯顿·丘吉尔就是哈葛德传奇小说的热忱读者。1888年,年仅14岁的丘吉尔写信给哈葛德,表达他对哈葛德夸特曼系列传奇小说的特别喜爱,并通过他阿姨——哈葛德的一位熟人,请求安排与哈葛德见面。②

其时的英国,涌现出了像萨克雷、狄更斯、哈代、艾略特、勃朗特姐妹这样的经典现实主义作家,同时也造就了一大批迎合大众阅读口味的通俗作家:哈葛德、史蒂文森(Robert Louis Stevenson)、斯托克(Bram Stok-

---

① Jordan, Gerald H.S.. Popular Literature and Imperial Sentiment Changing Attitudes 1870-1890. *Historical Papers/Communications Historiques*. Vol.2, No.1, 1967:149-166.
② Haggard, Rider. *The Days of My Life*. Web edition published by http://ebooks.adelaide.edu.au/, 2009:236-237.

er)、柯南道尔(Arthur Conan Doyle)、奥莉芙·施莱娜(Olive Schreiner)、玛丽·科雷利(Marie Corelli)、威尔斯(H.G.Wells)等。他们的通俗小说多以海外扩张为背景,通过商业化的方式传播,在为大众提供消遣娱乐的同时,也起到了传播海外殖民新闻、引领民众思想意识的作用。虽然英帝国的海外领土与英伦小岛相隔遥远,但英伦读者凭借这些虚构的叙事,想象海外的领土扩张、殖民开发、异族征服和财富获取,分享帝国疆界不断扩张的喜悦,满足了他们的异域好奇和帝国想象,激发了他们对远征英雄的崇拜和对种族优越的自信。在这些跌宕起伏的故事情节、悬念迭出的探险经历、异域迷人的种种风情中,小说所蕴含的殖民思想和征服暴力,所渲染的英雄主义、民族主义和种族优越,掩盖了殖民给异域土著带来的苦难命运和文明毁灭,远征殖民的残忍和血腥被奇异的文学魅力所遮蔽,用文学话语建构出了一个殖民合法的王国、一个日不落的大英帝国。因此,"三卷本小说和畅销冒险故事是维多利亚时代最典型的两大文类,这里面就充满了大英帝国的骄傲和民族自豪感。"文学文本"帮助维持一个殖民想象,使一个本来就已经封闭的殖民世界得到强化。"①三卷本小说(three-volume novel,three-decker novel,the triple-decker)是英国维多利亚时代小说的标准出版方式。为降低出版费用吸引更多读者,出版商将小说分为三卷分阶段出版,第一卷意在引发读者兴趣,销售所得的收入用以支付后两卷的出版费用。三卷本小说多为迎合大众读者的通俗小说。

这些通俗作家的一个共同特点就是对"传奇"(romance)体裁的借用。哈葛德本人对传奇这一体裁有着独到的见解,1887年,在小说《她》大获成功之后,他在《当代评论》杂志上就小说创作撰文,认为:"对传奇

---

① 艾勒克·博埃默:《殖民与后殖民文学》,盛宁、韩敏中译,沈阳:辽宁教育出版社,1998年,第13、50页。

故事的嗜好,就像激情一样,内在于人类的品性之中。"他以"传奇"来抗衡当时流行的现实主义小说,并宣称:传奇可以重振文学雄风,传奇故事吸引的不只是一个社群或者一个国家的读者,也不只是一个时代,传奇故事对整个人类都有恒久的吸引力。①

起源于古希腊史诗的西方传奇文学,经过英雄之歌、中世纪骑士传奇、文艺复兴时期贵族传奇和18世纪资产阶级传奇的浪漫演绎,到了19世纪的维多利亚时代,又以新的面貌重新兴起。传奇故事的主要成分是冒险,以传奇方式叙述英帝国海外殖民进程中的英雄冒险,成为通俗作家首选的表现手法:帝国历险传奇、历史传奇、侦探小说、神怪故事、科幻传奇、乌托邦传奇等均属于这一文类。到维多利亚中晚期,英国传奇小说演绎出新的形式和内涵——叙事主题不再是古代的英雄传说、骑士历险、宗教说教或贵族爱情,而是和当下时代、和普通民众日常生活紧密结合相连的主题。作为对当下社会的回应,哈葛德传奇小说与帝国殖民紧密相连,成为民众了解殖民、了解异域、了解世界变化的一种途径。同时,也可以说,帝国传奇以文学话语参与了大英帝国的建构:帝国辽阔的海外疆域在传奇叙事中变得不再遥不可及,民众通过文本阅读和想象,对帝国及异域疆土有了具象的认识;帝国种族优越、殖民合理和民族主义在阅读中潜移默化地深入人心。以异域探险为题材的传奇作品,也使人的自我欲望得以满足,而这种满足又将自我从现实的平庸和焦虑中暂时解救出来,将读者推入对理想的想象和追寻之中。弗莱(Nothrope Frye,1912—1991)认为,传奇具有社会效应,能够巩固、强化一个社会价值体系和社会理想:"在所有文学形式中,传奇是最接近如愿以偿的梦幻的;正是由于这一原因,从社会的角度来看,传奇起到一种微妙又矛盾的

---

① Haggard, H.Rider. About Fiction. *Contemporary Review* 51, February 1887.转引自: Haggard, H.Rider. *She.* edited by Andrew M.Stauffer, Plymouth: Broadview Editions, 2006:290.

作用。在每个时代,社会的统治阶级或知识界的权威阶层总是用某种传奇的形式来表现自己的理想……"①

文学创作是一种文化行为,是一种社会实践。而社会主流意识形态对某一文类的推崇,赋予文学政治行为的特点。童庆炳认为:"文体是指一定的话语秩序所形成的文本体式,它折射出作家、批评家独特的精神结构、体验方式、思维方式和其他社会历史、文化精神。……从表层看,文体是作品的语言秩序、语言体式,从里层看,文体负载着社会的文化精神和作家、批评家的个体的人格内涵。"②维多利亚时代的英国传奇小说,以通俗的叙事方式演绎帝国语境下的英雄主义、自我和他者文明认知,为阐释社会转型、现代价值体系生成提供理据和反省的空间,也为形塑维多利亚时期英国殖民意识形态起到了推波助澜的作用。面对日益庞大的大众读者群,这些文本以富有诗意的文学话语,传播帝国理想和殖民文化逻辑,成为19世纪英国殖民扩张宏大叙事的一个部分,以独特的话语体系建构出了一个文学化的殖民帝国。正如萨义德所述,西方文化与帝国主义存在着一种共谋关系,作为一种文化形态的维多利亚小说,与这一时期的政治思潮、帝国意识互为成就。③

文学是人对自身的自觉思考,是对生命本质的探索。追溯西方文学史上传奇叙事的传统,作为一种文化寓言,这一体裁本身就蕴含了道德说教和警示劝谕的色彩,具有一定的社会批判和人文关怀意涵:它揭示隐藏在繁华和兴盛底下的文化危机、人性危机,展示出作者的文化批评姿态。哈葛德小说"以寓言方式"展示了一个时代的社会问题,并试图探

---

① 诺思罗普·弗莱:《批评的解剖》,陈慧等译,天津:百花文艺出版社,2006年,第268页。
② 童庆炳:《文体与文体的创造》,昆明:云南人民出版社,1994年,第1页。
③ 萨义德:《文化与帝国主义》,李琨译,北京:生活·读书·新知三联书店,2003年,第79—81页。

寻解救的办法。他所创作的58部小说,一般被分为三个大类:"艾伦·夸特曼系列"(Allan Quatermain romances)、"阿霞系列"(Ayesha sequences)以及"其他小说系列"(other stories)。"艾伦·夸特曼系列"包含了《所罗门王的宝藏》等14部小说,"阿霞系列"包含了《她》等4部小说(参见"附录一 哈葛德创作的小说一览表")。这些传奇故事以哈葛德生活和工作过的南非为背景,爱情、探险和神怪等题材相互渗透。这些传奇小说的叙事要素包括:异域寻宝、遭遇艰险和生存挑战、邂逅爱情、在历险中孤独生存和自我塑造,最后重新回归文明或重建新的生活秩序,涵盖了西方小说的基本母题:人性、生死、英雄、探寻、征服、爱情、自由、财富等。德国学者弗兰采尔(Elesabeth Frenzel)认为:"母题这个字所指明的意思是较小的主题性的(题材性的)单元,它还未能形成一个完整的情节或故事线索,但它本身却构成了属于内容和形势的成分,在内容比较简单的文学作品中,其内容可以通过中心母题(Kernmotiv)概括为一种浓缩的形式。一般说来,在实际的文学体裁中,几个母题可以组成内容。抒情诗没有实际内容,因此没有我们这里所说的题材,但一个或几个母题可以构成它主题性的实质。"①乐黛云对文学母题的界定更为明晰:"主题学研究中的母题,指的是在文学作品中反复出现的人类的基本行为、精神现象以及人类关于周围世界的概念,诸如生、死、离别、爱、时间、空间、季节、海洋、山脉、黑夜,等等。"②哈葛德帝国传奇所叙述的种种远征历险、英雄行为和种族征服,成为当时英国盎格鲁—撒克逊民族主体性的表征,体现了以英国为首的西方认知世界文明等级、种族竞争、权力秩序建构等方面的观念,展现了西方现代主流思想意识和时代精神,成为19世纪英帝国殖民时期意识形态的一个缩影。

---

① 乌尔利希·韦斯坦因:《比较文学与文学理论》,刘象愚译,沈阳:辽宁人民出版社,1987年,第136页。
② 乐黛云:《中西比较文学教程》,北京:高等教育出版社,1988年,第189页。

第二章 哈葛德小说:大英帝国扩张的文化寓言

第三节 西方的哈葛德研究

一、哈葛德的文学影响

1951年,哈葛德的小女儿莉莉亚斯(Lilias Rider Haggard,1892—1968)以《我留下的外衣》为题,为其父撰写了传记。①这部传记的书名借用了《圣经》中使徒保罗的话,隐喻了哈葛德一生坚持不懈的追求和奉献。"留下的外衣"出自《圣经·新约》中的《提摩太后书》,保罗因传教被抓去囚禁时对教徒提摩太(Timothy)作了交代:"我在特罗亚留于加布的那件外衣,你来的时候可以带来,那些书也要带来,更要紧的是那些皮卷。"②保罗是第一个去外邦传播福音的基督徒,他三次远行传教,足迹遍及小亚细亚、马其顿、希腊及地中海各岛,其间他因传教遭囚禁两年,但出狱后仍继续传教,后被罗马皇帝尼禄处死。保罗不顾遭受诽谤迫害、不顾生命安危,将一生奉献给了基督教事业。保罗在个人危难之际仍不忘救赎人性的使命,交代提摩太把传播福音的宗卷带到他的囚牢。哈葛德女儿借这一隐喻将父亲与保罗并置,总结父亲毕生不懈的奉献,与为信仰献身的保罗十分相似:保罗的书信构成了《圣经·新约》的主要内容,成为阐释基督教教义的重要文献,为后人留下了丰富的精神财富;而哈葛德一生勤勉、著作丰厚,留下了珍贵的文学遗产;保罗熟悉律历,哈葛德当过律师和地方检察官;保罗一生在外邦布道传教,而哈葛德早年

---

① Haggard, Lilias Rider. *The Cloak That I Left*: *A Biography of the Author Henry Rider Haggard K.B.E.*. London: Hodder and Stoughton, 1951. 1951年首版,连续出版了三版,并多次重印。

② 中国基督教三自爱国运动委员会/中国基督教协会:《圣经·新约》(和合本),(提摩太后书 4:13),上海中国基督教两会出版部,2007年,第376页。

足迹远涉非洲，晚年穿梭于北美、澳洲、新西兰等地，热心公益事业，为国家无偿服务。最为重要的是，如同保罗一样，哈葛德一生历尽磨难，靠着顽强的信念和毅力完成了自我任命的人生职责：他创作传奇小说，以寓言方式对当时的英国社会进行批判，为的是警醒人们在俗世中寻求生命的真谛；正如保罗以传教救赎人类灵魂，哈葛德以小说拯救人性，一生"全力以赴"，这是他的写作驱动，也是他毕生的追求："当我离世时，我希望人们这样评说我：'他全力以赴了'。"①哈葛德一生的无悔与自豪，可以在殉道保罗的自诉中得到互文解读："我现在被浇奠，我离世的时候到了。那美好的仗我已经打过了，当跑的路我已经跑尽了，所信的道我已经守住了。从此以后，有公义的冠冕为我存留……"②这，就是哈葛德小女儿为其父撰写传记时，用"我留下的外衣"作书名的内涵。

尽管哈葛德并没有被列入经典英国文学的史册，但历史始终没有忘记他。100多年来，哈葛德的58部小说不仅拥有大量读者，而且其中有多部被拍成电影，在世界各地传播。他的成名作《所罗门王的宝藏》先后于1937年、1950年及1985年3次被拍成了电影，1986年，英国还根据这部小说的原著改编拍摄了同名卡通片，播出后依然吸引了各国观众。至今，仅小说《她》(*She*)就已有13个不同版本的电影，从1899年法国拍摄的默片，到2001年意大利发行的最新版电影(参见：附录五　基于哈葛德小说 *She* 拍摄的电影一览表)。至今哈葛德小说还在不断再版，根据世界上第一个数字图书馆"古登堡计划"的数据，③可以查到哈葛德全部作品的电子版本。检索包含世界各大图书馆及其他相关资料的 OCLC 联

---

① Haggard, Rider. *The Days of My Life*. Web edition published by http://ebooks.adelaide.edu.au/, 2009：468.
② 中国基督教三自爱国运动委员会/中国基督教协会：《圣经·新约》(和合本),(《提摩太后书》,4:6—7),上海：中国基督教两会出版部,2007年,第376页。
③ http://www.gutenberg.org.

合编目库 WorldCat,①不难看到,哈葛德小说已被翻译成多种语言,比如:1887 年初版的小说《她》(She),至 1965 年就已销售了 8 300 万册,已被译为 44 种不同的语言;小说《迦茵小传》(Joan Haste)出版后不久即被译为德语、波兰语和荷兰语,至今,这三种语言版本的《迦茵小传》仍可在 WorldCat 编目库中搜索到。1991 年,英国牛津大学出版社将哈葛德小说《她》编入世界经典系列丛书,由英国布里斯托大学英语系教授丹尼尔·卡林(Daniel Karlin)作序编辑出版。②2006 年,英国萨塞克斯大学的彼得·伯克赛尔(Peter Boxall)教授所著的《有生之年必读的 1001 本书》引起广泛关注,其中就列入了 2 部哈葛德小说:《所罗门王的宝藏》和《她》。③

哈葛德小说为后代作家留下了丰富的素材,文学影响迄今绵延不断。英国传记作家格林(Roger Lancelyn Green,1918—1987)高度赞誉哈葛德,称他是"文学写作技艺高超、想象力丰富的作家",认为他对西方通俗小说的创作产生了深远的影响。④《所罗门王的宝藏》被普遍认为是西方"失落世界"探险小说体裁(Lost World genre)的主要源头,对哈葛德同代小说家产生过积极的影响,如:约瑟夫·吉卜林(Joseph Rudyard Kipling,1865—1936)及其 1912 创作的小说《霸王铁金刚》(The Man Who Would Be King),以人猿泰山系列小说著名的美国作家埃德加·赖斯·巴勒斯(Edgar Rice Burroughs,1875—1950),特别是他的小说《时间遗忘之域》(The Land that Time Forgot,1918)。此外,深受哈葛德影响的作家还有:

---

① WorldCat(http://www.worldcat.org/)是一个由近 2 万个 OCLC—Online Computer Library Center 的成员馆参加联合编目的数据库,可搜索世界上 112 个国家的图书馆,包括 400 多种语言的记录,主题范畴覆盖了从公元前 1000 年至今的资料,基本上反映了世界范围内的图书馆所拥有的各类图书和其他资料情况。
② Haggard, R.. She: A History of Adventure. Daniel Karlin (ed.). Oxford: World's Classics, 1991.
③ Peter Boxall. 1001 Books You Must Read Before You Die. London: New Burlington Books, 2006.
④ 参见:http://en.wikipedia.org/wiki/H._Rider_Haggard, 2016-12-1。

美国作家梅里特(Abraham Merritt,1884—1943)及其小说《月池》(*The Moon Pool*,1918),美国作家洛夫克拉夫特(Howard Phillips Lovecraft,1898—1937)及其《在疯狂山上》(*At the Mountains of Madness*,1931)等。

一些学者①认为,约瑟夫·康拉德创作小说《黑暗的心》(*Heart of Darkness*)时,深受哈葛德启发,小说书名即出自哈葛德小说《她》:在小说《她》中②,哈葛德用"黑暗的心"(heart of the darkness)这一表述来描述非洲腹地中层层叠叠的黑暗山峦;白人统治着这块被他们称为"黑暗大陆"(Dark Continent)的富饶之地,"黑"与"白"色彩对比醒目,不言而喻地象征着殖民统治下非洲土著与白人殖民者的政治权力关系。英国作家托尔金(J.R.R.Tolkien,1892—1973)从小喜读哈葛德传奇小说,特别是《她》,一些学者认为,托尔金的小说《指环王》从情节上就可以看到哈葛德小说《她》的影子。③英国小说家格雷厄姆·格林(Graham Greene,1904—1991)认为,哈葛德小说富有很强的历史感,不但吸引了少年读

---

① 分别见:
Tabachnick, E.Stephen. Two Tales of Gothic Adventure: She and Heart of Darkness. *ELT Journal*. 2013, 56:89-200.
Fischer, Pascal. The Graphic She: Text and Image in Rider Haggard's Imperial Romance. *Anglia*, *Journal of English Philology*. 2007, 125(2):266-287.
Ugor, Paul. Demonizing the African Other, Humanizing the Self: Hollywood and the Politics of Post-Imperial Adaptations. *Atenea*. 2006, 26:131-149.
Vivan, Itala. Geography, Literature, and the African Territory: Some Observations on the Western Map and the Representation of Territory in South African Literary Imagination. *Research in African Literature*. 2000, 31:49-70.
② Haggard, Rider. *She*. Karlin, Daniel(ed.) Oxford: World's Classics, 1991:273.
③ 分别见:
Nelson, Dale J. Haggard's *She*: Burke's Sublime in a Popular Romance. *Mythlore*. (Winter-Spring), 2006.
Muir, Edwin. *The Truth of Imagination: Some Uncollected Reviews and Essays*. Aberdeen University Press, 1988:121.
Lobdell, Jared C. *The World of the Rings: Language, Religion, and Adventure in Tolkien*. Open Court, 2004.
Fisher, Jason. *Tolkien and the Study of His Sources: Critical Essays*. McFarland, 2011.

者,对成年人也充满了吸引力。美国作家刘易斯(C.S.Lewis)这样评论哈葛德:"他最好的作品将永存世间,其魅力所处的高位水准,哪怕是时尚的最高潮位也无法将其淹没。只要人类还面临生存困境,他的传奇故事总会对我们有所启示。"英国作家福斯特(E.M.Foster)比喻说:"小说家把水桶投入人们无意识的蓄水池,而小说《她》的作者是把一只水泵投入人的无意识之中——水泵抽干水池,将公众隐秘的欲望显露得一览无余。"①哈葛德小女儿莉莉亚斯这样评述自己的父亲:"和很多维多利亚时期的作家一样,父亲非常认真地对待写作,将一切表现得大于生活。无论从哪个方面看:无论是他的情爱忠诚、胜负得失,还是他个人的悲伤和缺陷,他都登上了巅峰,达到了凡人无法企及的高度……对人对事,他有着十分敏锐甚至令人畏惧的直觉,这种直觉和他在某些方面留存的孩子般的天性很不相称。在他的心理结构中,有着人们猜想不到的成分:对自然充满古老的原始崇拜,对人类无法抗拒的某种魔力的恐惧;他坚信生命不可战胜,坚信只要不离不弃,一种人类无法理解的超然之爱终将解决人世界的一切问题。"②

西方学术界关于哈葛德的研究从未有过间断,研究焦点主要分为生平研究及作品研究两大类别。

二、哈葛德生平研究:追溯哈葛德的历史足迹

哈葛德生平研究③包括传记及作品考证及相关文献的整理,主要有:哈葛德自传《我生命中的日子》(*The Days of My Life*),这部自传成书于1911年至1912年,哈葛德完稿后将书稿交给友人朗文(C.J.Longman)收

---

① ② Pocock, Tom. *Rider Haggard and the Lost Empire*. London: Weidenfeld & Nicolson, 1993:245.
③ 此处所述哈葛德传记等书籍的详细出版信息见"附录六 哈葛德传记及生平研究书籍一览表",在此不再一一注明。

藏,朗文是一位出版商,也是其时《朗文杂志》(1882—1905)的创始人,哈葛德嘱咐朗文要等自己去世后方可出版这部自传。1925年哈葛德谢世,该传记于1926年由朗文出版社在英国首次出版,2008年又再版,到2009年,这部传记又由美国国际商务出版社再次出版。这部自传成为后代哈葛德传记作家的重要参考文献。

1951年,由哈葛德小女儿莉莉亚斯(Lilias Rider Haggard)撰写的哈葛德传记《我留下的外衣》出版,以日记、信件、笔记等翔实的私人资料记载了哈葛德一生中的重要经历和事件,与其他传记不同的是,该传记更多地展示了哈葛德的个人情感、生活经历和生活理想。

1960年,由莫顿·科恩(Morton Norton Cohen)撰写的《哈葛德:生平及其作品》出版,这是哈葛德研究的奠基之作,肯定了哈葛德的文学成就,进一步奠定了哈葛德作为小说家的历史地位。这部传记的作者莫顿·科恩(1921—2017)曾是美国纽约城市大学的教授,这部传记基于其在哥伦比亚大学的博士学位论文撰写出版。①这本传记出版后曾引起远隔重洋的钱锺书的关注:"近年来,哈葛德在西方文坛的地位渐渐上升,主要是由于一位有世界影响的心理学家对《三千年艳尸记》的称道;一九六〇年英国还出版了一本哈葛德评传。水涨船高,也许林译可以沾点儿光,至少我们在评论林译时,不必礼节性地把'哈葛德在外国是个毫不足道的作家'那句老话重说一遍了。"②1965年,科恩还编辑出版了《记录友谊:吉卜林与哈葛德通信录》,成为哈葛德研究的重要史料。

1978年,英国著名历史学家、传记作家、小说家彼得·埃利斯(Peter Berresford Ellis)出版了《哈葛德:来自无垠的声音》,基于传记作者历史

---

① Collins, Harold R.Reviewed Work: H.Rider Haggard: A Voice from the Infinite by Peter Berresford Ellis. *Research in African Literatures*. Vol.11, No.2, Summer, 1980:270-276.
② 钱锺书等:《林纾的翻译》,北京:商务印书馆,1981年,第46页。

学家的身份,这部传记注重对史实的发掘,并将哈葛德的文学声誉提升到了新的高度,在英国受到很高的评价。

1981年,希金斯(D.S.Higgins)编撰出版的《哈葛德:伟大的故事家》,1983年又以《哈葛德传》为书名再版,比较全面地展示了哈葛德的生活和创作情况,特别突出的是呈示了关于哈葛德小说创作的敏感问题:当时对哈葛德小说剽窃嫌疑的指责。这部传记一版再版影响深广,2011年获得电子出版传记银奖(The Silver Medal for Biography in the eLit Awards),2013年又重新出版了修订版。1981年,希金斯还编撰出版了《哈葛德私人日记,1914—1925》。

1993年,英国传记作、战地记者家汤姆·波考克(Thomas Allcot Guy Pocock,1925—2007)撰写了哈葛德传记《哈葛德和失去的帝国》,追溯了哈葛德生活的历史语境,以哈葛德非凡的生活经历,特别是哈葛德在大英帝国殖民事务中承担的角色,突出呈示了哈葛德的殖民思想及社会改革努力,赋予这一传记与众不同的主题。

1996年,英国自由作家维多利亚·曼索普(Victoria Manthorpe)出版了《帝国之子:维多利亚时代哈葛德家族的孩子们》,记载了哈葛德兄弟姐妹10人的生活与成就,也是关于哈葛德的一部富有影响力的传记。曼索普致力于对诺福克郡文学遗产的保护,曾任诺福克郡首府诺里奇历史文化保护协会的负责人。诺福克为哈葛德故乡,曼索普为哈葛德家族撰写了一系列的历史传记:除了这部传记,1993年,她为东安格利亚电视台撰写了记录哈葛德生平的纪录片脚本《传奇之王》(King Romance);2015年,她又出版了哈葛德家族另一作家——哈葛德小女儿莉莉亚斯的传记,是至今唯一一部关于莉莉亚斯的传记。①

---

① Manthorpe, Victoria. *Lilias Rider Haggard: Countrywoman*. Norfolk: Poppyland Publishing, 2015.

此外,对哈葛德生平和创作的研究还包括:1947 年,詹姆斯·爱德华·司格特(James Edward Scot)编辑出版的《哈葛德爵士创作书目:1856—1925》;1987 年 D.E.沃特莫尔编撰的《哈葛德创作书目》;1991 年劳埃德·西门子(Lloyd Siemens)撰写的《哈葛德作品的批评与接受:附说明的书目 1882—1991》;以及 2000 年由史蒂芬·科恩(Stephen Coan)整理编纂出版的哈葛德日记《非洲旅行日记(1914)》等。

三、哈葛德作品研究:不同视角的探究

(1)基于精神分析视角的研究

哈葛德小说对西方心理学产生过影响。1899 年,弗洛伊德的《梦的解析》出版,在第 6 章中解析了自己做的一个梦:他梦见自己正在解剖自己的骨盆和大腿,然后又以重新长出的双腿游走于市镇之间,沿途遭遇各种危险,他走过架在窗台上的一块宽木板,渡过陷坑,在旷野尽头遇到了野蛮的印度人和吉卜赛人。在这个梦中,解剖自己的肢体隐喻一种自我解剖,旷野、宽木板和印第安人形象则出自哈葛德小说《她》和《世界之心》(Heart of the World)。当时的弗洛伊德十分关注哈葛德的这两部小说,认为小说中充满了隐含的无意识,历险故事是人格和心理探索的入口:异域冒险是个体心灵和人格的一种内省式旅途,也是对个体身份的求索。弗洛伊德还向病人推荐阅读哈葛德小说《她》。①

哈葛德的阿霞系列小说对瑞士心理学家荣格(Carl Jung,1875—1961)的心理无意识理论形成也具有启发意义。荣格认为,哈葛德小说描述的外在探险实际上是对人类心理潜意识的探索,荣格基于哈葛德小说《她》提出了"阿尼玛"(anima)和"阿尼姆斯"(animus)这两个重要的心理学术语,他认为在每个人的潜意识里都潜藏着异性的性格特点:"阿尼

---

① 弗洛伊德:《释梦》,孙名之译,北京:商务印书馆,2002 年,第 454—456 页。

玛"是男性集体无意识中关于女性阴柔的一面（即男性性格中的女性潜质），男性通过"阿尼玛"来认知女性，"阿尼玛"聚集了男性心目中理想女性的特点，男人心中的"阿尼玛"各不相同，在遇到与自己的"阿尼玛"相符的女性时，就会产生强烈的吸引力。与之相反，"阿尼姆斯"指女性性格中的男性阳刚成分，每个女人的"阿尼姆斯"不同，女人在遇到与自己的"阿尼姆斯"相似的男性时，会体验到强烈的吸引力。荣格认为阿霞形象是哈葛德意识中的"阿尼玛"投射，在阿霞这一人物形象上体现了哈葛德心中的理想女性魅力：美丽的容貌、永远的青春活力、聪颖的智慧和超人的力量。①

　　基于此，西方对哈葛德小说的研究遵循了心理学的路向，主要研究成果有：瑞士心理分析家布伦纳（Cornelia Brunner）的《命中注定的阿尼玛》，虽然这是一部心理学著作，但该书前半部结合哈葛德小说《她》对"阿尼玛"这一概念进行分析，也是对《她》的女主角阿霞这一人物塑造的心理学分析。②美国麻省理工学院著名历史学家马兹利什教授（Bruce Mazlish）的论文《三幅一联：弗洛伊德的〈梦的解析〉，哈葛德的〈她〉与鲍沃尔·李敦的〈竞赛将临〉》认为，哈葛德小说是现实主义和浪漫主义的结合，分析了哈葛德小说和弗洛伊德心理分析理论的关系。③2015 年美国温斯洛普大学马修·菲克博士发表论文《在非洲遭遇阿尼玛：哈葛德小说〈她〉》，全面归纳了荣格精神分析著作中对阿霞形象的分析，并对哈葛德的"阿尼玛"原型进行了探讨。④

---

① Jung. *The Integration of the Personality*. New York: Farrar and Rinehart Inc., 1939; Cohen, Morton. *Rider Haggard: His Life and Works*. London: Macmillan, 1968:112-113.
② Brunner, Cornelia. *Anima as Fate*. Dallas: Spring Publications, 1986.
③ Mazlish B. A Triptych. Freud's *The Interpretation of Dreams*, Rider Haggard's *She*, and Bulwer-Lytton's *The Coming Year*, Comparative Studies in Society and History. Vol.35, No4, 1993.
④ Fike, Matthew A. Encountering the Anima in Africa: H. Rider Haggard's *She*. *Journal of Jungian Scholarly Studies*, Vol.10, 2015:1-18.

(2) 基于性别分析视角的研究

20世纪60年代末,西方女性主义思潮盛行,处于社会从属地位的女性奋起与男性霸权文化抗争,抨击父权制度,在政治、教育、家庭等方面争取平等,主流话语中出现了女性主义的声音。性别分析(gender analysis)成为文学批评的一个新维度,对哈葛德小说的研究也出现了新的景象:1995年出版的《帝国的皮革:殖民竞争中的种族、性别和性》基于哈葛德、施莱娜等以南非殖民为背景的小说、日记、广告、图片及其他史料,从帝国殖民政治的视角,将种族、社会性别和性等社会权力的不同维度融合起来,分析维多利亚时期大英帝国主义的特征,特别突出对哈葛德男权思想的分析。这部专著在学界富有影响力,后来一版再版,也成为哈葛德研究的一个重要成果。[1]美国学者帕特里夏·墨菲(Patricia Murphy)以女性主义视角分析了哈葛德小说体现的新女性特征及其对维多利亚社会价值体系的冲击。[2]斯多特撰写的《黑暗大陆:哈葛德传奇中作为女性身体的非洲》分析了哈葛德传奇小说中的一系列"蛇蝎美人"(femme fatale)形象,成为哈葛德小说女性主义批评研究的一个典型。[3]论文《欧洲眼中的非洲:从赖德·哈葛德到戴维·莱伯金》融合女性主义、社会达尔文主义的视角,将哈葛德小说与专写南非生活的当代英国作家戴维·莱伯金并置,分析了哈葛德小说《她》蕴含的爱情和暴力主题。[4]以《19

---

[1] McClintock, Anne. *Imperial Leather: Race, Gender & Sexuality in the Colonial Contest*. New Yorl: Routledge, 1995.

[2] Murphy, Patricia. The Gendering of History in *She*. *Studies in English Literature 1500-1900*. Volume 39, No 4, 1999; In "the Sumptuous Rank of the Signifier", The Gendered Tattoo, in Mr. Meeson's Wil. *Victorian Review*. Vol. 35, No. 1, Spring, 2009: 229-251.

[3] Stott, Rebecca. The Dark Continent: Africa as Female Body in Haggard's Adventure Fiction. *Feminist Review*. 1989, 32: 69-89.

[4] Kauer, Ute. European Images of Africa from H Rider Haggard to David Lambkin. *Current Writing: Text and Reception in Southern Africa*. 2000, 12: 2, 85-95.

世纪英国文学中的老夫少妻现象》(*The January-May Marriage in Nineteenth-century British Literature*,2009)引起学界广泛关注的美国南卡来罗纳大学教授埃丝特·戈弗雷(Esther Godfrey)撰写了《维多利亚时代的忘年恋:哈葛德笔下的〈她〉、衰老和婚姻中的性选择》,分析了维多利亚时代女性社会地位的改变,男女性别角色的倒转,以及男性的婚姻观焦虑。①论文《哈葛德小说〈她〉中的色情三角:男权政治,帝国主义和狩猎游戏》,②《成为温柔而敬畏上帝的女人:哈葛德早期非洲传奇中的英国女性》③均为性别视角下的典型研究成果。近年这方面的其他研究论文不断涌现,引发对哈葛德小说的再度关注。④

(3)基于传奇文类批评视角的研究

1991年,美国塔夫斯大学(Tufts University)教授马丁·格林出版了《冒险小说的七种类型:文类的病因学研究》,以司格特、笛福、吉卜林、哈葛德等人的冒险小说为案例,对冒险小说作为一种文类的风格特点进行

---

① Godfrey, Esther. Victorian Cougar: H. Rider Haggard's *She*, Aging and Sexual Selection in Marriage. *Victorian Network*. Volume 4, Number 2, Winter, 2012: 92-86.
② Sinha, Madhudaya. Triangular Erotics: The Politics of Masculinity, Imperialism and Big-Game Hunting in Rider Haggard's *She*. *Critical Survey*. Vol.20, No.3, Victorian Masculinities, 2008:29-43.
③ Steere, Elizabeth Lee. Becoming a Sweet and God-fearing Woman: British Women in Haggard's Early African Romance. *Nineteenth Century Gender Studies*. Issue 6.3(Winter 2010).
④ 分别参见:(1) Heller, Tamar. The Unbearable Hybridity of Female Sexuality: Racial Ambiguity and the Gothic, in Rider Haggard's *She*. in *Horrifying Sex: Essays on Sexual Difference in Gothic Literature*. ed. Ruth Bienstock Anolik. Jefferson, NC: McFarland: 2007:2. Libby, Andrew. "Revisiting the Sublime: Terrible Women and the Aesthetics of Misogyny, in H. Rider Haggard's *King Solomon's Mines* and *She*". *CEA Critic* 67.1, Fall, 2004:1-14(3). Young, Shannon. "Myths of Castration: Freud's 'Eternal Feminine' and Rider Haggard's *She*". *Victorian Newsletter*. Fall, 2005, 108:21-30.

了评析;而他1980年出版的专著《冒险的梦想,帝国的事业》采用后殖民视角对冒险小说的文体特征进行了研究。①对哈葛德传奇文学体裁的研究还融合了人类学与考古学的研究视角,时任剑桥大学英语教授的佛雷泽(Robert Fraser)在其专著《维多利亚探寻传奇:史蒂文森、哈葛德、吉卜林及柯南道尔》中,采用这一视角对维多利亚晚期的传奇小说进行了研究。②近年富有影响力的是2007年出版的《现代性、传奇和蛇蝎女人:通俗小说与英国文化》,这部专著从文化研究视角,阐述"冒险传奇"作为一种文学体裁,以浪漫与现实的结合恰如其分地展示了维多利亚社会现代转型的特征,对现行的高雅文学和通俗文学之分提出了质疑。③特别值得一提的是,奥地利历史学家福格斯贝格(Hartwig A. Vogelsberger, 1959—)怀着对哈葛德的浓厚兴趣,将哈葛德小说《蒙特祖马的女儿》(*Montezuma's Daughter*,林译《英孝子火山报仇记》)译为德语,并对哈葛德小说的传奇体裁进行了研究,他撰写的《传奇之王:哈葛德的成就》在德语国家有很大的影响。④

(4)基于后殖民理论视角的研究

20世纪后期,随着萨义德(Edward W. Saud)、霍米巴巴(Homi K. Bhabha)和斯皮瓦克(Gayatri C. Spivak)等学者的后殖民理论的兴起,西方学术界将这一理论运用于哈葛德小说研究。澳大利亚西澳大学历史

---

① Green, Martin. *Seven Types of Adventure Tale: An Etiology of a Major Genre*. Pennsylvania: The Pennsylvania State University Press; Green, Martin. *Dreams of Adventure, Deeds of Empire*. London: Routledge & Keegan Paul, 1980.

② Fraser, Robert. *Victorian Quest Romance: Stevenson, Haggard, Kipling, Conan Doyle*. Tavistock: Northcote House Publishers Ltd, 1998.

③ Daly, Nicholas. *Modernism, Romance and the Fin de Siècle: Popular Fiction and British Culture*. Cambridge: Cambridge University Press, 2007.

④ Vogelsberger, Hartwig A. "*King Romance*": *Rider Haggard's Achievement*. Salzburg: Institut fur Anglistik und Amerikanistik. Universitat Salzburg, 1984.

第二章 哈葛德小说:大英帝国扩张的文化寓言

系教授诺曼·埃瑟林顿(Norman Etherington)是较早从后殖民视角研究哈葛德小说的学者,1984年他出版了《赖德·哈葛德》一书,从大英帝国殖民历史、政治视角阐释哈葛德及其作品的文学意义。①他1978年发表的论文《赖德·哈葛德:帝国主义和多重人格》②以及在他1991年编注出版的哈葛德小说《她》的绪论和注解中,均凸显这一研究视角的特点。③2009年,埃瑟林顿又发表了《哈葛德与小说〈她〉中的理想之城:传奇小说探讨》,再度引发学界关注。④1988年加拿大圣玛利大学英国文学教授温迪·罗伯特·卡茨(Wendy Robert Katz)撰写的《哈葛德与帝国小说:英帝国小说的批评研究》是一部很有影响力的哈葛德研究专著。该书将哈葛德与史蒂文森、吉卜林等并置,结合大英帝国的殖民语境和哈葛德个人的非洲经历,认为这几位传奇作家都是英帝国主义意识形态的传播者,称哈葛德是殖民主义、男权主义、种族主义的蛊惑家,是殖民帝国的宣传者。⑤2000年,美国华盛顿大学英语系教授劳拉·克利斯曼(Laura Chrisman)的专著《重读帝国传奇:哈葛德、施莱娜和普拉杰小说中的英帝国主义和南非抗拒》将哈葛德与英国女作家奥莉芙·施莱娜(Olive Schreiner)及南非作家、政治活动家所罗门·普拉杰(Solomon T.Plaatje)并置,探讨了他们作品中共有的帝国意识形态;克利斯曼用后殖民理论研究哈葛德传奇小说的另一富有影响力的论文是《帝国无意识? 帝国话

---

① Etherington, Norman. *Rider Haggard*. Boston: Twayne Publishers, 1984.
② Etherington, Norman. Rider Haggard, Imperialism and Layered Personality. *Victorian Studies*. 1978, 22(1):71-78.
③ Etherington, Norman(ed). *The Annotated She: A Critical Edition of H.Rider Haggard's Victorian Romance*. Bloomington: Indiana UP, 1991.
④ Etherington, Norman. *Rider Haggard and the Ideal City in She: Explorations into a Romance*. Aracne Editrice, Rome, Italy.
⑤ Katz, Wendy Robert. *Rider Haggard and the Fiction of Empire: A Critical Study of British Imperial Fiction*. Cambridge: Cambridge University Press, 1987.

语的呈示方式》。①特别值得关注的是,南非夸祖鲁—纳塔尔大学教授林迪·斯蒂贝儿是南非著名的哈葛德研究学者,她撰写了一系列哈葛德研究论文,并于2001年出版了《想象非洲:哈葛德非洲传奇中的风景》,这是首部研究哈葛德小说中非洲地貌描写的专著,认为哈葛德小说呈示的非洲地貌隐含着强烈的性别政治意识,表征了维多利亚晚期对非洲的殖民想象:英帝国眼中的广袤非洲大陆是伊甸园,是等待白人征服的女性身体,是梦幻的未知世界,也象征着远古白人文明的摇篮。该书还通过对哈葛德其他作品的研究,展现了哈葛德所处时代的非洲、殖民和帝国概念及时代主流精神,阐述了哈葛德对后代南非作家的深刻影响。②

2003年,英国文学和科学协会(British Society for Literature and Science)召开学术年会,纽约州立大学格拉福特教授(Leslie Graft)呈示的论文《棕色肉体的白色死亡:哈葛德〈所罗门王的宝藏〉中的时间度量与种族蜕变》,以后殖民视角及种族观念的历史变化,探讨了哈葛德小说《所罗门王的宝藏》所呈现的种族观念。③2006年出版的《站在帝国前锋的哈葛德:非洲传奇的政治和文学语境》,将哈葛德小说置于其时代的政治语境,通过考察哈葛德的南非经历,特别是哈葛德在南非所体验的祖鲁文化及目睹的种族杀戮,阐述了哈葛德帝国传奇的主要特点,并论述了哈葛德对后代作家如托尔金(J.R.R.Tolkien)及约翰·巴肯(John Buchan)

---

① 分别见:Chrisman, Laura. *Rereading the Imperial Romance: British Imperialism and South African Resistance in Haggard, Schreiner, and Plaatje*. Oxford: Clarendon Press, 2000; Chrisman, Laura. The Imperial Unconscious? Representations of Imperial Discourse. *Critical Quarterly* 32, 1990:38-58。

② Stiebel, Lindy. *Imagining Africa: Landscape in H.Rider Haggard's African Romances*. Westport, Conn.: Greenwood.

③ Graft, Leslie. The White Death for Brown Bodies: Time Measurement and Racial Transformation in H.Rider Haggard's *King Solomon's Mines*. Conference paper, 2003.

等人的影响。①2007 年,英国格鲁斯特大学教授彼得·查尔斯(Peter Childs)出版了《现代主义和后殖民:文学和帝国,1885—1930》,以后殖民理论视角考察现代文学的兴起,对康拉德、哈葛德、吉卜林、柯南道尔、劳伦斯等人的传奇小说作了解析。②2008 年,斯奈德在其专著《英国小说和跨文化冲突:从威尔斯到沃尔夫作品中的种族现代性》中,辟章对哈葛德传奇小说《她》蕴含的种族观念进行了分析。③另外,论文《为祖鲁族撰写传奇:哈葛德、百合娜达及抢救民族志》,从人类学视野解读哈葛德传奇小说《百合娜达》的叙事文本结构特点,对哈葛德种族思想的矛盾性进行了分析。④

(5) **其他视角的研究**

对哈葛德小说研究的其他视角还包括从大众传媒的视角研究哈葛德小说与影视及舞台剧的关系:菲利普·雷伯弗雷德的《银幕、舞台和广播电视上的吉卜林和哈葛德》,以及保罗·乌格的《妖魔化的非洲他者与人性化的自我:好莱坞殖民主题电影的政治意识》。⑤

从视觉艺术等多模态视角对哈葛德小说展开的研究:现在美国佐治亚理工学院的凯特·霍尔特霍夫博士近年致力于对哈葛德小说的插图研究,其论文《道德规范与电子档案馆:以哈葛德的视觉化为案例》富

---

① Monsman, Gerald. *H. Rider Haggard on the Imperial Frontier: The Political & Literary Contexts of His African Romances*. University of North Carolina at Greensboro: ELT Press, 2006.
② Childs, Peter. *Modernism and the Post-Colonial: Literature and Empire 1885—1930*. London & New York: Continuum, 2007.
③ Carey J, Snyder. *British Fiction and Cross-Cultural Encounters: Ethnographic Modernism from Wells to Woolf*. New York: Palgrave Macmillan, 2008.
④ Lewis, Spalding. Romancing the Zulu: H. Rider Haggard's *Nada the Lily*. And, Salvage Ethnography. *English in Africa*. Vol.39 Issue No.2, August, 2012:69-84.
⑤ 分别见: Leibfried, P. *Rudyard Kipling and Sir Henry Rider Haggard on Screen, Stage, Radio and Television*. Cambridge: Emerald Group Publishing Limited, 208.以及: Ugor, Paul. Demonizing the African Other, Humanizing the Self: Hollywood and the Politics of Post-Imperial Adaptations. *Atenea*. 26.2, Dec., 2006:131-150。

有影响力①，她还创建了专题研究哈葛德小说插图的动态网站"视觉哈葛德:哈葛德小说插图档案馆"（Visual Haggard: The Illustration Archive，网址为:http://www.visualhaggard.org/），提供了哈葛德50多部小说（除了个别版权尚存的小说外）不同版本的1 364幅插图，为哈葛德小说研究开辟了一个十分独特的维度。②

从19世纪小说连载的出版特点，特别是插图与小说主题、读者接受关系进行研究，如发表在英文研究领域最古老的期刊《英语语言学》（*Anglia—Zeitschrift für Englische Philologie*）上的论文《图像化的〈她〉:哈葛德帝国传奇中的文本和图像》一文，从视觉文本特点的视角，分析了哈葛德小说在《插图杂志》上连载发表时的配套插图与小说理解的互文关系，从杂志连载方式与大众阅读习惯、读者接受的视角，对小说《她》进行了独到的分析。③专著《故事时代:英国通俗小说杂志研究1880—1950》，通过对维多利亚时代英国通俗杂志刊载文学作品的研究，分析了出版方式与作家的关系，以及对英国社会的影响，其中对其时影响力巨大的哈葛德小说给予了较大篇幅的阐述。④此外，这一研究视角富有影响力的论文还有:《旅行提包、狩猎皮靴和老牌火柴:帝国、商业和插图杂志连载的帝国传奇哈葛德小说〈她〉》，⑤《1890—1992英

---

① Holterhoff, Kate. Ethics and the Digital Archive: The Case for Visualizing H. Rider Haggard. *Journal of Victorian Culture Online*. Ed. Lisa Hager. Neo-Victorian Studies & Digital Humanities Week 2013. 21 October, 2013.
② 网址为:http://www.visualhaggard.org/。
③ Fischer, Pascal. The Graphic She: Text and Image in Rider Haggard's Imperial Romance. *Journal of English Philology*, 2007, 125(2):266-287.
④ Ashley, Mike. *The Age of the Storytellers: British Popular Fiction Magazines, 1880-1950*. London: British Library; New Castle, DE: Oak Knoll Press, 2006.
⑤ Reid, Julia. Gladstone Bags, Shooting Boots, and Bryant & May's Matches: Empire, Commerce, and the Imperial Romance in the *Graphic's* Serialization of H. Rider Haggard's She. *Studies in the Novel*, Volume 43, Numbers 2, Summer, 2011:152-178.

国出版物对南非的建构:基于〈帕尔摩晚报〉〈日插图报〉和〈泰晤士报〉的研究》等。①

从19世纪考古热的视角对哈葛德小说进行解读,主要有:2009年出版的专著《〈她〉:对一个传奇故事的研究》,收录了9篇专门针对哈葛德小说《她》的研究论文,从历史考古的视角,阐述这部小说的考古学意义。②此外,还有《时间无力抗衡身份:哈葛德小说〈她〉的历史延续性及考古探险》,③以及《考古与哥特式欲望:哈葛德笔下古埃及陵墓之外的生命力》等论文。④

从哈葛德小说体现的神秘主义(occultism)色彩进行解读,如论文:《传奇故事、转世再生和哈葛德小说》等。⑤

此外,还有从比较文学的视角研究哈葛德小说对其同代作家的影响,特别是将哈葛德小说与康拉德小说的并置对比研究,主要成果有:《两个哥特式冒险故事:〈她〉和〈黑暗的心〉》,⑥《哈葛德笔下的阿霞与康

---

① Helly, Dorothy O. and Helen Callaway. Constructing South Africa in the British Press, 1890-1892: *The Pall Mall Gazette*, *the Daily Graphic*, and *The Times*. in *Imperial Co-Histories: National Identities and the British and Colonial Press*. Ed. Julie F.Codell. Madison: Fairleigh Dickinson UP, 2003:125-146.
② Zulli, Tania, ed. *She: Explorations into a Romance*. Rome: Aracne, 2009.
③ Malley, Shawn. 1997. "Time Has No Power against Identity": Historical Continuity and Archaeological Adventure in H.Rider Haggard's *She*. *English Literature in Transition* 40.3:275-93.
④ Pearson, Richard. Archaeology and Gothic Desire: Vitality beyond the Grave in H.Rider Haggard's Ancient Egypt, in *Victorian Gothic: Literary and Cultural Manifestations in the Nineteenth Century*. Ed. Ruth Robbins and Julian Wolfreys. Houndsmills: Palgrave, 2000:218-244.
⑤ Burdett, Carolyn. Romance, Reincarnation and Rider Haggard. *The Victorian Supernatural*. ed. Nicola Brown, Carolyn Burdett and Pamela Thurschwell. Cambridge: Cambridge UP, 2004:217-235.
⑥ Stephen E.Tabachnick. Two Tales of Gothic Adventure: *She* and *Heart of Darkness*, University of Memphis; Allan Hunter. *Joseph Conrad and the Ethics of Darwinism*. London: Croom Helm, 1983:27-28.

拉德笔下的库尔茨对比研究》,①以及《维多利亚人与非洲人:黑色大陆神话的谱系研究》等。②

从生态批评视角分析维多利亚帝国传奇小说中的动植物描述与帝国殖民语境下的异域生态:《帝国与动物身体:暴力、生态和维多利亚冒险小说中的身份意识》,其中对哈葛德以非洲为背景的多部小说从生态、写作文体、身份建构等视角做了很大篇幅的分析。③

在英国,由热衷于哈葛德作品的民间人士组织的"哈葛德研究会"(Rider Haggard Society)于1985年成立,总部设在兰开夏郡的布莱克本市(Blackburn),对哈葛德及其作品感兴趣的任何人均可参加,协会每年发行会刊3期,定期举办会议。④

本章小结

哈葛德小说魅力独特,至今在西方经久不衰。追溯哈葛德小说的历史语境,回顾19世纪中晚期西方社会结构和思想意识的整体特征,哈葛德所书写的并不只是一个个供人娱乐的纯粹的传奇故事,而是以传奇叙事的方式探讨了一个特殊时代的方方面面,成为这个历史时期社会思潮的一个缩影。哈葛德小说以寓言方式,表征了维多利亚时代英国的殖民

---

① Warodell, Johan. Twinning Rider Haggard's Ayesha and Joseph Conrade's Kurtz. *Yearbook of Conrad Studies*. Cracow: Jagiellonian University Press, Vol. 18, 2011:57-68.
② Brantlinger, Patrick. Victorians and Africans: The Genealogy of the Myth of the Dark Continent. *Critical Inquiry*. 12(Autumn 1985).
③ Miller, John. *Empire and the Animal Body: Violence, Ecology and Identity in Victorian Adventure Fiction*. New York: Anthem Press, 2012.
④ 网址为:http://riderhaggardsociety.org.uk/。

第二章 哈葛德小说:大英帝国扩张的文化寓言

思想、远征冒险叙事中的英雄主义和民族自豪,描绘了一个现代化进程中以英国为核心的西方世界,呈示出一种以西方为中心建构起来的世界观念秩序和意识形态。

基于历史真实的哈葛德小说把殖民主义思想表现为大众文化,其小说的畅销具有大众消费的特点。时至今日,哈葛德小说仍然在英国畅销不败,体现了一种英雄主义式的集体记忆,这种集体记忆成为英国历史文化的一个重要部分,人们仍然愿意回味。

从更深的层面看,西方一个多世纪以来对哈葛德小说持续不断的推崇和研究,指向了西方文学传统的一个特点,即文学蕴含的生命意识和人文精神:文学以虚拟世界及其话语剖析人性,拷问人的灵魂,追寻人的精神。这一源自古希腊文学的人文追问传统,通过对人的外在经历的叙述,以文学话语方式追问人的存在意义,使人由外向内地认知自我。正如徐葆耕所述:"文学,是人类心灵的历史。西方的一些真诚的心灵探险家们,以西西弗斯推石上山的胆略和毅力,在宇宙浩瀚深邃的内心世界里摸索,顽强地向着它的神秘底蕴掘进。他们是情感的受难者,几乎没有一种痛苦与欢欣不被他们品味过,表现过。流动不已的生命现象和变幻无定的精神生态构成了西方文学多姿多彩的河流。"①

正如哈葛德自己在渥太华演讲中所述,他之所以创作传奇小说,是为了以寓言方式展示人类的心灵历程,认识人类的精神世界,剖析人性的本质以及人类社会生存的本质。因此,解读哈葛德小说的一个关键词是"寓言"——寓言式写作赋予哈葛德小说鲜明的劝谕功能和深刻的社会内涵:"由于寓言阐释所关心的并不限于将寓言中的忠告与其叙事相结合;所有寓言都是从主题上来对待阐释的概念。事实上,通过显示如何导致对理想的统一体和秩序的感知,一些寓言叙事的教诲目标可以被

---

① 徐葆耕:《西方文学:心灵的世界》,北京:清华大学出版社,1990年,作者题记。

看成是其试图劝谕读者的道德的和伦理的价值的一部分,看成是在字面上和精神层面正确解读世界的一部分。……寓意解释证实了在文本和同时期现实关系之间所建立起来的隐喻性结构。寓意解释使现实的、理想的和虚构的世界相结合,并达成和解。"① 哈葛德创作的58部小说是对人性、对人类生存的"寓言式"阐述,这是哈葛德小说的魅力所在,也是文学的魅力所在。

---

① 德博拉·L.麦德逊:《20世纪寓言的命运》,罗良清译,《马克思主义美学研究》2006年第6期,第259—275页。

第三章　哈葛德小说《她》:追寻母题下的世界文明秩序探寻

在虚构中也许有历史的存在,但在历史中却不允许有虚构这类东西的存在。……在一位伟大的小说家手上,完美的虚构可能创造出真正的历史。

——彼得·盖伊①

人们通过语言来构筑或者接近现实的时候,不断借助超越逻辑语言的修辞手段,修辞每每成为主体抵达认识彼岸的舟筏。

——谭学纯、朱玲②

第一节　哈葛德小说《她》:帝国扩张困惑中的文化寓言

一、小说《她》:帝国扩张的文化寓言

《她》(She: A History of Adventure,林纾译《三千年艳尸记》)是哈

---

① 彼得·盖伊:《历史学家的三堂小说课》,刘森尧译,北京:北京大学出版社,2006年,第148、153页。
② 谭学纯、朱玲:《广义修辞学》,合肥:安徽教育出版社,2008年,第49页。

葛德本人最为推崇的一部小说,当他把书稿交给经纪人时,曾自信地说:"我将以此留名。"①这部小说于1886年10月2日至1887年1月8日在英国《插图杂志》(The Graphic)上连载15期(第34—35卷,第879—893册)。《插图杂志》是当时英国极富影响力的周刊,发行量超过当时的《泰晤士报》。②小说连载结束后,即由朗曼斯出版公司(Messrs Longmans)出版单卷本,售价为6便士。③在此,有两个信息特别值得关注:(1)当时的英国通俗小说一般采用三卷本(three-decker novel)的方式出版,用第一卷出版销售所得的费用来支付后两卷的出版费用,如果三卷销售均好,再出单卷本。直接以单卷本出版这部小说,既说明小说连载反响好,也体现了出版商对单卷本销售的信心。三卷本的小说出版方式一直持续到1894年为止,此后的小说出版均为单卷本所替代。④(2)当时三卷本的总售价一般为半个基尼,即10先令5便士,哈葛德小说 She 单卷本的售价为6先令,远远低于三卷本的价格,刨除出版成本的不同,可以看到出版商通过调价向读者力荐该小说的意图。即便如此,对当时的普通民众来说,6先令仍然是较为昂贵的价格:1888年,英国普通人一周的生活费用大约为1基尼,即21先令。⑤但小说 She 单卷本出版后却供不应求,一周就售出了1 000本,当年就销售了2.5万本,创当时英国小说销售量新高,

---

① Pocock, Tom. *Rider Haggard and the Lost Empire*. London: Weidenfeld & Nicolson, 1993:68.
② Fischer, Pascal. The Graphic She: Text and Image in Rider Haggard's Imperial Romance. *Journal of English Philology*. 2007, 125:266-287.
③ Haggard, Rider. *The Days of My Life*. Web edition published by http://ebooks.adelaide.edu.au/, 2009:215.
④ Adams, James Eli. *A History of Victorian Literature*. Oxford: Wiley-Blackwell, 2009:295.
⑤ Life on a Guinea a Week, in *The Nineteenth Century*, http://www.victorianweb.org/economics/wages4.html[2016-06-02].

在美国还出现了盗印本。①1887年一年内就连续出版了7个版本,之后又一版再版。此后,哈葛德还为此小说撰写出版了2个续集:1905年的《阿霞转世》(*Ayesha: The Return of She*)以及1923年的《智者之女》(*Wisdom's Daughter*),但影响力远不及《她》(*She*)。

  时至今日,小说《她》仍未绝版,读者遍布世界各地:这部小说已被翻译为44种语言,包括1个世界语版本。②查询互联网电影资料库IMDb(Internet Movie Database),③可找到根据哈葛德原著 *She* 或基于 *She* 改编拍成的电影13部(参见"附录五　基于哈葛德小说 *She* 拍摄的电影一览表"),默片时代对哈葛德小说 *She* 的演绎就有8部,最早的是1899年由法国电影创始人乔治·梅里埃(Georges Méliès)拍摄的《火柱》(*La Colonne de feu*)。1925年版的默片最具影响力,由其时当红美国影星贝蒂·布莱丝(Betty Blythe)出演女主角。此外,小说《她》还被演绎为音乐剧:2007年,英国音乐家克莱夫·诺兰(Clive Nolan,1961—　)将哈葛德的《她》改编为摇滚音乐剧,2008年在波兰上演并录制了DVD版本;此后,该摇滚音乐剧又在玻利维亚、荷兰、德国上演;接着诺兰又把《她》改编为新版音乐剧,于2012年、2015年在英国各地演出。哈葛德小说塑造的阿霞女王——"不可违抗之她"(She-who-must-be-obeyed)至今仍为人们所熟知,成为"霸道及残忍女性"的代名词:上世纪末热播的BBC电视剧《法庭上的鲁波尔》(*Rumpole of the Bailey*)就用"She-who-must-be-

---

① Haggard, Rider. *The Days of My Life*. Web edition published by http://ebooks.adelaide.edu.au/, 2009:218. Pocock, Tom. *Rider Haggard and the Lost Empire*. London: Weidenfeld & Nicolson, 1993:250.

② Etherington, Norman. *The Annotated She, A Critical Edition of H. Rider Haggard's Victorian Romance*. Bloomington: Indiana University Press, 1991:Introduction p.xxxv.

③ 该库创建于1990年,为亚马逊公司旗下网站,汇聚了世界各国的电影资料,包括:剧本资料、影星介绍、电影片花、故事梗概、幕后花絮、摄制配乐、影评、电影分级、电影新闻等各类资讯。现对电影评分参照最多的就是IMDb评分。

obeyed"来喻指代盛气凌人、颐指气使的女人。

小说《她》近年再版的3个版本特别值得关注:(1)1991年,英国牛津大学出版社将《她》编入世界经典系列丛书,由英国布里斯托大学英语系教授丹尼尔·卡林(Daniel Karlin)作序编辑,文本采用的是1887年《她》的首版单卷本版本。①(2)同年,西澳大利亚大学历史系教授诺曼·埃瑟林顿(Norman Etherington)作序并编辑小说《她》,采用的是1888年出版的版本。②(3)2006年美国弗吉尼亚大学安德鲁·史多佛(Andrew Stauffer)教授根据1886—1887年《插图杂志》连载版编辑了插图版《她》并出版,在序言中介绍了该小说历史语境中的帝国主义、考古学、进化论、新女性等思潮,而且还附录了哈葛德针对这些问题所撰写的相关文章,为深入解读该小说提供了宝贵的参照,被称为是哈葛德研究征途上的一个"里程碑"。③

在西方,哈葛德小说《她》对文学界的影响得到了广泛的肯定,小说影响了吉卜林(Rudyard Kipling)、米勒(Henry Miller)、格林(Graham Greene)、托尔金(J.R.R.Tolkien)、阿特伍德(Margaret Atwood)等后代作家。④1894年,吉卜林的《丛林之书》(*The Jungle Books*)出版并引起读者反响,次年,人在旅途的吉卜林从美国写信告知哈葛德:哈葛德小说,特别是《百合娜达》(*Nada the Lily*)对他影响至深,以至于有读者误认为《丛林之书》是哈葛德的作品。⑤

---

① Karlin, Daniel(ed.). Haggard, R. *She*. Oxford: World's Classics, 1991.
② Etherington, Norman. *The Annotated She*, *A Critical Edition of H. Rider Haggard's Victorian Romance*. Bloomington: Indiana University Press, 1991.
③④ Stauffer, Andrew M. (ed.). Haggard, R. *She*. Toronto: Broadview Press, 2006: Introduction p.25.
⑤ Haggard, Lilias Rider. *The Cloak That I Left: A Biography of the Author Henry Rider Haggard K.B.E.*. London: Hodder and Stoughton, 1951:147.

二、小说《她》的灵感来源与写作

小说《她》讲述了一个奇特的历险故事:剑桥大学教授受同事的临终之托,将其遗孤利奥(Leo)抚养成人,并一起去非洲历险,探寻利奥祖上的爱情恩怨。祭师凯利克雷特违反祭师不能结婚的誓约,与埃及公主私奔非洲,途中船只遇难被非洲土著救起,统治这些土著的女王阿霞(Ayesha,即小说题目所指的"她")钟情于凯利克雷特,向他示爱遭拒后将他杀死,公主受魔法保护得以逃脱,将此事记于陶片代代相传,希望后人为她报仇。利奥在非洲见到了浴火永生的阿霞,两千多年来她苦苦守候恋人尸体,等其转世复生,而利奥正是凯利克雷特的转世。为长相厮守,阿霞带着利奥去沐永生之火,但当阿霞踏入火柱时,却迅速萎缩返祖,临死前她让利奥等待她的转世再生。西方文学中的探寻(quest)母题贯穿整部小说:主人公远征海外殖民地探寻家族远祖历史,在历险中探寻生命真谛、人性本质和道德疆界。

阿霞这一人物的原型源自津巴布韦的一个古老传说:在深不可及的丛林中,有一位魔法无边的白人女王,她专拣白人男性为配偶,生下的男孩都会被她杀掉,女孩则留下,由她的哑巴仆人抚养成人,阿霞从中秘密挑选出自己的接班人,接任她当女王并按此习惯代代延续,给外界以"女王"长生不老、永远年轻美丽的错觉。①哈葛德早年在南非期间曾到过这一地区,回英国后,这一记忆赋予了他创作的灵感,他决意要创作一部关于"不朽女性的不朽爱情"的小说,便用6周的时间一气呵成小说《她》。②

---

① Pocock, Tom. *Rider Haggard and the Lost Empire*. London: Weidenfeld & Nicolson, 1993:66.
② 分别见:Haggard, Rider. *The Days of My Life*. Web edition published by http://ebooks.adelaide.edu.au/, 2009:213. Pocock, Tom. *Rider Haggard and the Lost Empire*. London: Weidenfeld & Nicolson, 1993:66. Cohen, M. N. *Rider Haggard: His Life and Works*. London: Hutchinson, 1960:97.

小说中的女王阿霞也被称为"不可违抗之她"(She-who-must-be-obeyed)，这一称号的灵感来自哈葛德儿时的一个布娃娃：这个布娃娃满头黑发，用钉上去的靴子扣充当眼睛，看上去面目狰狞。哈葛德儿时对这个布娃娃极为惧怕，保姆发现这一秘密后就常用它来吓唬、威胁他，简称它为"她"(She)。这个布娃娃有一种令人恐惧的魔力，令哈葛德家族的所有孩子们不寒而栗，对这一布娃娃的恐怖记忆一直缠绕在哈葛德心头。①哈葛德用"她"("*She*")作为小说题目，隐含了多维寓意（具体将在后文分析），其中之一是着意强化女主角阿霞女王令人闻之丧胆的威力。

小说完成后，哈葛德把它献给了好友安德鲁·郎格(Andrew Lang, 1844—1912)。和哈葛德有着40多年友谊的朗格是著名的苏格兰作家、文学批评家，也是著名人类学家泰勒(E.B.Tylor)的学生。苏格兰最古老的大学圣安德鲁斯大学，从1927年起开讲并延续至今的著名讲坛"安德鲁·郎格系列讲座"，即以他命名；做客这一讲坛的有苏格兰历史学家罗伯特·莱特(Sir Robert Rait, 1874—1936)，以《三十九级台阶》著名的苏格兰作家约翰·巴肯(John Buchan, 1875—1940)，《指环王》作者托尔金(J.R.R.Tolkien, 1892—1973)等。郎格曾与哈葛德合写过3部小说：1890年出版的《世界的欲望》(*The World's Desire*，林纾译《金梭神女再生缘》，周作人译《红星佚史》)；1893年出版的《蒙特祖马的女儿》(*Montezuma's Daughter*，林纾译《英孝子火山报仇录》)；以及1903年出版的《斯特拉·弗雷格柳斯：三种命运的故事》(*Stella Fregelius：A Tale of Three Destinies*)。朗格收到哈葛德新作《她》后，一口气读完，兴奋得夜不能寐，当即写信给哈葛德说："我认为《她》是我看过的最令人惊叹的传奇故事。

---

① Haggard, Rider. *The Days of My Life*. Web edition published by http://ebooks.adelaide.edu.au/, 2009：215. Haggard, Rider. *The Cloak that I Left：A Biography of the Author Henry Rider Haggard K.B.E.*. London：Hodder and Stoughton, 1951：28-29.

越是不可思议的故事,你就写得越好,这几乎就像是来自另一个星球的文学作品。"朗格还专为此作诗一首,哈葛德深受感动,20多年后,哈葛德将这部小说的续篇 *Ayesha* 也献给了朗格。① 小说出版后,朗格专此写了评论《现实主义与浪漫传奇》,发表在《学院杂志》(*The Academy*)上。他引入人类学视野评述这部传奇小说,认为传奇这一体裁与原始梦境密切相关,自然有力地表征和探索人类信仰与超自然的关系,揭示人类文明外衣下的野蛮本质。②

小说《她》出版后,哈葛德受到了广泛的赞誉。英国小说家、历史学家沃特·贝赞特(Walter Besant,1836—1901)致信说,"这部小说将置你于同代作家的前锋,如果说小说创作需要在想象力的土壤中培育,那你就是现代小说创作的第一人。"文学批评家、诗人艾得蒙·戈斯(Edmund Gosse,1849—1928)称赞说:"一卷在手,让我无法停歇……从未有任何文学作品让我如此陶醉、如此戒栗。"③《民意杂志》(*Public Opinion*)称赞道:"这部小说构想独特,文笔有力,想象丰富,非一般小说能及,感谢哈葛德先生将我们引入一个令人兴奋的世界,哈葛德想象之丰富,即使是最为老道的读者也无法预料其情节的发展,它使我们远离枯燥乏味的现实生活,而多数年轻作家的作品只是对这个乏味世界和生活的反映。"《旁观者杂志》(*The Spectator*)赋予这部小说很高的评价,认为其叙事技巧非一般传奇故事能及。热心读者们的赞扬信更是如雪片一般从四面八方飞来,其中最打动哈葛德的是来自匈牙利布达佩斯电机公司的一封

---

① Haggard, Rider. *The Days of My Life*. Web edition published by http://ebooks.adelaide.edu.au/, 2009:214. Haggard, Rider. *The Cloak that I Left: A Biography of the Author Henry Rider Haggard K.B.E.*. London: Hodder and Stoughton, 1951:126, 207.

② Adams, James Eli. *A History of Victorian Literature*. Oxford: Wiley-Blackwell, 2009:365.

③ Pocock, Tom. *Rider Haggard and the Lost Empire*. London: Weidenfeld & Nicolson, 1993:68.

读者来信,该信由多位热心读者联名签署,称小说《她》感动了公司中不同国籍的读者,唤起了他们阅读经典的兴趣。①

小说《她》为哈葛德赢得了声誉和金钱,哈葛德兴奋之余撰写了一篇长文《论小说》(About Fiction),发表在《当代评论》(*Contemporary Review*)上(1887年2月刊),旋即遭到猛烈抨击,指责哈葛德有"用传奇小说排斥其他类小说"的野心,有的评论质疑哈葛德的文学想象力,指责他的小说只是抄袭演绎了已有的传统传奇故事而已,更有评论指责这部小说质量低下。②尽管如此,英国读者对哈葛德这部小说的追捧依然如故。

刊载哈葛德小说《她》的《插图杂志》是面向大众的一份畅销周刊,1869年由热衷于社会改革的刻印家威廉·卢森·托马斯(William Luson Thomas)创刊,他认为栩栩如生的插图有助于增加时政文章的感染力,对公众舆论产生积极的影响。19世纪末期英国最大的两份插图杂志是:创刊于1842年的《伦敦新闻画刊》(*The Illustrated London News*)和这份《插图杂志》(*The Graphic*),这两份插图刊物以生动的木刻画展示英国社会的方方面面,其销售量均大于当时的《泰晤士报》,不仅在英国本土发行,而且面向美洲和大英帝国的各个殖民地发行。最高峰时,《插图杂志》的销售量达到50多万册,甚至超过《伦敦新闻画刊》;随着印刷技术的改进,《插图杂志》的发行量不断增加,其工作人员达到了1 000多人。③《插图杂志》既刊载带有插图的虚构文学作品,也刊载图文并茂的游记、

---

① Haggard, Rider. *The Days of My Life*. Web edition published by http://ebooks.adelaide.edu.au/, 2009:219.
② Pocock, Tom. *Rider Haggard and the Lost Empire*. London: Weidenfeld & Nicolson, 1993:74. Karlin, Daniel (ed.). Haggard, R. *She*. Oxford: World's Classics, 1991: Introduction p.xix.
③ Fischer, Pascal. The Graphic She: Text and Image in Rider Haggard's Imperial Romance. *Journal of English Philology*, 2007, 125(2):266-287.

帝国新闻特写、产品广告、最新考古发现等不同文类的文章,以虚构与现实的并置,想象与真实的界限模糊吸引着读者;通过图文互文让读者博览帝国内外的最新进展,感受大英帝国殖民扩张的最新成果。这种新的文化消费方式,对形塑维多利亚时期的社会舆论、思想意识起着十分重要的作用。

小说《她》在这样一份有着政治抱负的插图周刊上连载,本身就赋予了这部小说大众娱乐之外特别的社会意义。伊格尔顿指出:"文学可以是一件人工产品,一种社会意识的产物,一种世界观;但同时也是一种制造业。书籍不止是有意义的结构,也是出版商为了利润销售市场的商品。……一个社会采用什么样的艺术生产方式——是成千本印刷,还是在风雅圈子里流传手稿——对于'生产者'和'消费者'之间的社会关系是一个非常重要的决定性因素,也决定了作品文学形式本身。"① 小说《她》在《插图杂志》上连载15期,除最后一期外,每期都根据情节配上一幅生动的插图,增强了小说的感染力。而《插图杂志》同时刊载的异域游记、非洲纪实等文章,与小说形成了一种奇特的主题互文,使小说以虚构故事言说"现实"时,富有一种"事赝理真"的色彩。

对这部小说的解读,需要我们回溯当时英国的历史和社会语境。19世纪中叶,英国率先完成了工业革命,经济竞争力迅猛提升。1846年,《谷物法》的废除和1849年《航海法》的废除,标志着代表土地贵族利益的保护关税政策被消解,而代表工业资产阶级利益的自由贸易成为英国的国策;1851年首届世界博览会在伦敦举办,展示了英国工业革命的成就,也展示了英国作为世界工业霸主的自豪。资本的富足和自由贸易国策的实施,使英国贸易从欧洲走向全球,国际市场不断扩大,英国由此进入

---

① 特里·伊格尔顿:《马克思主义与文学批评》,文宝译,北京:人民文学出版社,1980年,第65、73页。

自由资本主义的鼎盛时期,在政治上强化了以英国为中心的国际秩序,迈向殖民帝国的巅峰。其时,资本的力量和雄居世界资本主义经济体系中心的英国式傲慢,在狄更斯1848年出版的小说《董贝父子》(Dombey and Son)中,给予了充分的展示:"地球是造来让董贝父子公司在上面做生意的,太阳和月亮是造来给他们光亮的。江河大海是造来供他们的船在上面航行的;彩虹是用来给他们预报好天气的;风是为了帮助或者反对他们的企业而吹的;星辰沿着轨道运转,是为了使以他们为中心的体系永远不受侵犯。普通的缩略语在他眼中有了新的意义,只是与他们有关。A.D.与公元无关,只代表董贝父子纪元。"[①]到19世纪80年代,欧洲经历了几次经济危机以后,市场竞争愈加激烈,生产和资本的集中导致了垄断组织的产生,使英国从自由资本主义走向垄断资本主义。英国以其强大的经济实力不断进行殖民扩张、称霸四海。1876年,维多利亚女王被加冕为印度女皇,这标志着大英帝国殖民鼎盛期的到来,帝国扩张的捷报成为英国民众生活的一个重要部分。1886年,哈葛德小说《她》正是在这样的历史语境之下出版的。

三、"套盒"式叙事结构:叙事节奏的话语意义与小说的"探寻"母题

哈葛德这部传奇小说的叙事凸显西方文学中的一个基本母题——追寻母题(the quest motif):以主人公响应心灵召唤开始对未知的追寻为起点,以愿望的满足和实现结束,以追寻历险路径的线性发展为结构模式展开叙事。小说人物通过逾越本土疆界,远征异域、探索历险,探寻人性的本质、道德的疆界和生命的真理。

哈葛德的这部小说,无论是内容还是从其叙事结构来看,都是一个

[①] 狄更斯:《董贝父子》,祝庆英译,上海:上海译文出版社,1994年,第2页。

内涵丰富的文化寓言。从小说叙事结构看,其核心意象是"套盒"。所谓"套盒",是指像俄罗斯套娃那样层层镶嵌的盒子,要进入内核就需要像剥洋葱一样打开一层又一层的盒子,喻指极其复杂的事物或令人困惑的迷宫。这种层层嵌套的叙事方法在小说的不同层面都得以体现,喻义深刻。

从小说《她》的叙事结构看,采用了套盒式的叙事结构,使小说在故事中套着故事:小说第一层叙事者是一位不知名的杂志编辑,他从当事人手中获得了一部关于非洲历险的故事手稿;小说第二层叙事者是故事手稿的撰写人——即远征非洲历险的男主人公霍利(Holly);小说的第三层叙事,即小说呈示的核心故事——世代相传的陶片所记载的阿霞前世爱情恩怨,并非由这一爱情故事的当事人所叙述,而是嵌入霍利的非洲历险叙事之中。这一"套盒"式的结构安排,以层层推进的叙事方式逐步叙述核心故事,寓言了人生体验的复杂性和揭开真相的艰难,体现了哈葛德自己所宣称的"以寓言方式"思考社会和人生问题的特点。

从小说《她》展现的主题意义来看,"套盒"是一个蕴含丰富的历史隐喻:小说主人公到非洲历险的起因,是一块记载着家族历史故事的陶片,当时英国出版的不同版本的小说《她》中,都附有这一陶片的精致插图。代代相传的陶片由几层不同的盒子层层保护:铁盒→铁盒→木盒→银盒,在最后的银盒中,陶片由羊皮纸层层包裹,卸去了一层又一层的羊皮纸之后才显露出陶片和刻于其上的文字。这块陶片连接着历史和现实,隐喻不同文明阶段的生存方式和价值观念:19世纪中期,西方出现了考古热和对出土文物的展览,赋予人们新的时空想象,拓展了人们对自身历史传统的认识,激发了人们对人类进化、文明进程的思考。陶片记录的爱情故事在代代相传中历经了不同语言的演绎,从古希腊语到中古拉丁语,从古拉丁语翻译为古英语,再从古英语翻译为现代英语,每一种语言都象征了西方文明不同历史阶段的起起落落:古埃及文明→古希腊文明→古罗马文明→现代欧洲文明,隐喻了历史进程中文明的盛衰交替和循环,如同哈葛德自己对文明的阐述:"文明只是镀了一层银子的野蛮,文明如同从野蛮土壤中生长出来的一棵树,迟早都会重归泥土,就像埃及文明、希腊文明、罗马文明一样,将最终回归土壤。"①在哈葛德眼中,文明循环发展,鼎盛的大英帝国必将解体,成为失落的文明,这是哈葛德的寓言方式:在精彩的异域故事中叙述英国殖民扩张的自豪,同时又质疑这种扩张的历史意义及其在人类发展史上的作用。

这部小说展现的另一个主题意义,是关于对"真理"探寻的艰难:小说中霍利等一行在阿霞女王带领下,进入古老的科尔文明遗址,探访"真理女神"之像。科尔文明遗址中的真理神庙、宫廷和庙宇建筑,都呈现出层层嵌套的布局和结构,如同"套盒"一般,既宏伟又神秘,②隐喻了接近真理之艰难。

小说《她》中的"套盒"意象,还有另一层寓意:阿霞女王美艳绝伦,却用柔纱从头到脚把自己层层包裹起来,仿佛是裹尸布下的木乃伊,而当她退去身上的层层包裹,赤身裸体去沐浴永生之火时,却迅速返祖死亡,呼应了科尔遗址上"真理女神"塑像座基上铭文的隐喻:"唯有死亡才能褪去其面纱,揭示真理。""唯有在死亡中才能发现真理。"③

小说一层套一层的叙事设计贯穿全书,"环环相扣",赋予读者"抽丝剥茧"的阅读情趣,在这一过程中小说深刻的文化寓意也由此层层展露。小说的这一叙事特征赋予了文本多个叙述声音:从编辑叙述读者寄来的历险故事手稿,到历险当事人的叙述,再到陶片叙述的爱情故事,消解了维多利亚时代小说单一叙事声音的权威,而小说作者本身也从这一叙事方式中超脱出来,赋予文本超然于作者一己的叙事立场和态度。这种套

---

① Pocock, Tom. *Rider Haggard and the Lost Empire*. London: Weidenfeld & Nicolson, 1993:246.
② Karlin, Daniel(ed.). Haggard, R. *She*. Oxford: World's Classics, 1991:263—264.
③ Karlin, Daniel(ed.). Haggard, R. *She*. Oxford: World's Classics, 1991:265.

第三章 哈葛德小说《她》:追寻母题下的世界文明秩序探寻

盒式的叙事结构在小说情节上层层推进,象征着探索历程的层层推进,读者仿佛可以站在小说作者所处的时空之外来探讨文明、揭示人性。

贯穿这部传奇小说的是西方文学中典型的"探寻"母题:小说主人公一行远征海外殖民地探索历险,在重重危险中劫后余生,重新发现自我,重新获得了对人性的理解和对生命真谛的感悟。小说通过叙事时空的挪移,拉开了虚构与现实的距离,定下了传奇寓言的基调,以传奇话语的表意方式,形成虚构文本与现实之间的张力,在这种张力中凸显小说表现的探寻母题及其象征意义。小说作者对其所处时代的颂扬和批评,也在这层层叠叠的隐喻中得以展示,维多利亚时期兴盛炫华表层下的文化危机、人性危机由此得以揭示,哈葛德小说的寓言性和批评性也由此获得依托。

"传奇文学最基本的要素就是冒险经历。它会把自己局限在一系列次要的冒险经历之中,直到一个主要的或者高潮的经历到来,而这个主要经历一般在小说的开头就已经预示,它的结束使故事圆满。我们将这个赋予传奇文学以形式的主要经历称为'追寻'。"①"探寻"("追寻")是西方文学的一个基本母题模式,以历险—探寻—归宿为叙事逻辑主线,在冒险、探索和征服的过程中,追寻生命的意义和价值。在历险旅程叙述的话语表意中,蕴含文本的隐喻结构:叙事话语的能指语义指向深层的主题倾向和人生哲理,寄寓人类在纷繁世界中对精神家园的探寻。文学所表现的个体主观经验,并不局限于个体的生命感悟,而是具有历史和文化意义的象征性表述,正如弗莱所述:"一首诗还仿佛是全部文学的缩影,是词语秩序的整体的个别表现。那么,从总体释义角度看,象征也就是个单元,而一切象征都统一到一个无限、永恒的言语象征体系中去……"②由

---

① 诺思罗普·弗莱:《批评的解剖》,陈慧等译,天津:百花文艺出版社,2006年,第186—187页。
② 同上书,第172页。

此，文本表层的修辞诗学话语和深层的修辞哲学话语之间实现了语义的链接和融通。哈葛德的非洲历险故事，是传奇化、寓言化的英国殖民体验，以象征结构寓意了英帝国殖民时期的体验、信仰探求和人性探索，以及对世界秩序和生命价值的焦虑。

胡亚敏指出，"母题是主题最基本的成分……对文学的构成来说，母题具有双重性质：一方面，它是主题的最小要素；另一方面，母题又具有强大的生成力。换句话说，可以利用的整个母题库相对而言是比较小的，但这些母题可以变换出大量的故事，就像我们用简单的七巧板可以拼出变化无尽的图案一样。"①

下面从小说《她》所蕴含的生死母题、时空母题和探寻母题切入，分析小说展示的三个主要叙述主题：帝国殖民主题、男女性别秩序主题以及探寻主题，基于文本不同层面的修辞话语特征分析，阐述小说"言说了什么""怎么言说的""言说的内涵"，揭示文本话语的价值取向如何参与了修辞主体的人格建构，建构起价值观、生命观以及人与世界的关系，解析小说叙事话语与社会思潮的互动关系。

首先将聚焦于《她》所描述的非洲风景，对小说的话语意义进行分析，进而对小说进行文化批评。

第二节 哈葛德小说《她》：风景的修辞设计及其话语意义

一、非洲地标"黑人头"：种族身份的隐含建构

对小说中的风景，传统的解读习惯于对其审美性的聚焦，将风景作

---

① 胡亚敏：《比较文学教程》，武汉：华中师范大学出版社，2011年，第131页。

为展现叙事主体感知周围环境的一种手段,认为风景是烘托叙事情节、叙事主题及人物个性的诗意背景,小说中的风景描写与叙事推进相得益彰。然而,超越纯粹的审美层面,以广义修辞学的视角观望小说中的风景描写,风景便不再是叙事进程中的审美性修饰元素,风景成了特定社会语境和历史文化内涵的载体,成了小说叙事主体思想意识的载体,风景作为一种独特的话语方式,参与小说的主题建构,从中折射出小说文本深层的思想内涵。从这一视角来看,小说中的风景描写是一种文化表述的媒介,以富有审美价值的话语方式展示出风景背后的社会政治、文化记忆、民族认同等深层意涵。

与自然存在的风景不同,小说中以语言描述的风景,源自观看主体选择的特定摄取视角,它涉及了"观看主体"与"观看方式"两个要素,由此衍生出来的话语意义不言而喻:此处的"观看"并非指生理意义上的视觉感知,而是蕴含了视觉对事物表象的选择,对图像进行组织的一种主观感知方式,"风景不是观看的对象,而是植根于意识形态的观看方式。"①作为"观看主体"主观意识的视觉表达,风景表征了观看主体与自然、与世界的关系。因为"我们观看的方式受已有知识和信念的影响",②风景成为观看主体的一种自我投射。风景所展示的,与其说是一种自然之景,不如说是一种"社会文化之景"和"观看者的心理之景":小说中一种风景的凸显或消失,对风景的呈示方式,不仅负载着观看主体的情感价值,还蕴含了观看主体的思想意识和隐含其中的社会权力。对风景的观看、摄取、展现、再现、运用及操控,形成了一张丰富的话语网络,构成这一网络的要素包含了思想意识、观念秩序、社会权力及其相互交织的

---

① Cosgrove, Denis E. *Social Formation and Symbolic Landscape*. Madison: University of Wisconsin Press, 1998:35.
② Berger, John. *Ways of Seeing*. London: The British Broadcasting Corporation and Penguin Books Ltd, 1972:8.

运作方式。风景,作为表达思想意识的媒介,如同寓言一般,从一定程度上展现出特定时代的意识形态和社会思潮特征。从这一视角来看,风景还蕴含了存在论的意义:"一旦我们把风景作为一种负载着意义和象征的日常体验及媒介,作为一种可被人为改变的事物,而不是把风景当作可供观看、思考、描述、再现及审美的对象,风景便获得了深厚的存在论的意涵。……风景构成一种潜在的、社会化的知识媒介,认知一隅风景便是认知我们自己的身份、生存的方式以及我们的归属所在。在风景以及构成风景的不同地域中,我们的个体身份以及社会身份均一一得以展现。"①

对哈葛德小说《她》中非洲风景的描写及其蕴含意义,国外已有一些成果,主要从非洲山岳河流景观呈现的女性性征切入,揭示白人殖民主义者的征服欲望。②19 世纪,进化论的传播改变了人们对"大自然"作为滋养万物的善良母亲形象的认知,"大自然"也被认为是滋养各种劣等种族和邪恶力量的发源地。帝国传奇小说的一个特征就是把殖民地风景想象为富有女性身体特征的图景,以其原始神秘性和处女地吸引男性对她的征服,体现了男性为主导的社会文化观念,哈葛德小说《所罗门王的宝藏》中的一座非洲山脉即被命名为"希巴女王的乳房"(Sheba's Breasts)。在此,本书不作同类论述,本书要分析的是,以小说 *She* 主人公踏上非洲土地、开始历险的三段风景描写为例,从风景观看的视角切

---

① Tilley, Christopher. *The Materiality of Stone: Explorations in Landscape Phenomenology*.Oxford: Berg Publishers, 2004:25.
② 参见: Rebecca Stott. Scaping the Body: Of Cannibal Mothers and the Colonial Landscapes. In Angleque Richerson and Chris Willies(eds.). *The New Woman in Fiction and in Fact: Fin-de-Siècle Feminisms*. New York: Palgrave Macmillan Ltd., 2002. Stiebel, Lindy. Imagining Africa: Landscape. In *H.Rider Haggard's African Romances*. Westport: Greenwood, 2001. Stiebel, Lindy. Creating a Landscape of Africa: Baines, Haggard and Great Zimbabwe. *English in Africa*. Vol.28, No.2(Oct., 2001), pp.123-133.

第三章 哈葛德小说《她》:追寻母题下的世界文明秩序探寻

入,揭示小说中的非洲风景与小说主题建构及深层话语意义的关系。

小说《她》的第5章,霍利等人乘船到达非洲,"埃塞俄比亚黑人头"(The Head of the Ethiopian)形状的巨岩是陶片文字记载的进入非洲的地标,也是小说呈示的首幅非洲风景,以空间的置换推进叙事,象征主人公一行已远离英国本土,进入了一个全新的异域世界——而这里所述的世界之新,不仅指涉地理概念之新,还指涉了心理概念、文化概念以及社会道德概念之新:

> 巨岩80英尺高159英尺宽,形似黑人的头型和面相,表情凶残惊悚。在晨曦映红的群山中,那厚厚的嘴唇、肥硕的脸颊和扁塌的鼻子显得格外分明。圆形的脑颅顶上,经过千年的风雕雨蚀,已长出了丛生的杂草和青苔,仿佛是鬼斧神工的一笔,逼真如黑人头上那蓬蓬的卷毛一般。如此怪异之景,让人觉得这并非大自然的神功,而是人为建造的一座巨碑,就像那埃及的狮身人面像,由未知的人种依照自己的构想雕琢而成,或许是为了发出警示、防御接近海港的敌人。……不管是大自然的鬼斧神工,还是人类刻意雕琢的结果,这座巨岩耸立天际,历经世世代代,俯瞰着大海的潮起潮落。①

这"黑人头"地标是小说主人公非洲历险的起点,惊心动魄的异域历险即将由此拉开帷幕;藏匿在这幅非洲地标背后的思想意识也随之展露,建构出一个二元对立的叙事场域:"黑人头"巨岩下的地理空间,不再是读者熟悉的"如画美"的英国田园乡村,而是以奇观化的地标作为种族划分的标志——"黑人头"地标划定了"文明"世界与"野蛮"世界的空间分化、划定了"白人"与"黑人"的种族分界,也划定了征服与被征服、秩序与混乱、道德与非道德的分界,以此奠定了小说的叙事基调,寓言了核心

---

① Daniel Karlin(ed.). Rider Haggard. *She*. Oxford: World's Classics, 1991:58-59. 中译文由本书作者提供。

叙事即将展示的话语意义。

"黑人头"地标的观看主体是初到非洲的英国远征者,哈葛德以小说主人公的观看视角,来展现欧洲白人对非洲以及非洲黑人的视觉感知。"黑人头"巨岩既是自然的地理元素,也是揭示人文心态的文化符号,呈现了白人对黑色非洲的"空间"感知,建构起白人对黑人的认知:"表情凶残惊悚"的面相、"圆形的脑颅"以及"厚厚的嘴唇、肥硕的脸颊和扁塌的鼻子"——这一组描述用词将黑人归为异类,对非洲黑人的贬抑之意溢于言表,指向白人殖民主义者的种族观念。19世纪中后期,正是进化论盛行的时代,基于人类的颅形及体貌特征,达尔文对人类进行了生物学上的种群分类,继而对不同种族进行了文明等级排序——盎格鲁—撒克逊族被划归为最高贵的民族,而非洲黑人则被排序到最末位。①哈葛德所处的维多利亚时代,伪科学"颅相学"(Phrenology)大行其道,这门所谓的"科学"基于人脑颅形判定大脑内部的结构特点,并以此判断人类心智及道德理性的高低。1796年,德国著名解剖学家加尔(Franz Joseph Gall,1758—1828)首次提出了"颅相学"理论,而苏格兰人乔治·库布(George Combe,1788—1858)则是这一理论的主要倡导者。在《颅相学决定论》一书中,库布这样评判非洲黑人:"当我们观察全球各个地区的差异时(库布写道),我们不禁因居住在各地区的不同种族的人类在成就上的显著区别感到惊奇……纵观非洲历史,如果非洲还有所谓历史的话……它无时无刻不展现出一种道德和智慧的缺失……对黑人来说,只要没有痛苦和饥饿,他们便会心满意足。……黑人是人类的另一个种系,介于类人猿与人之间,……黑人臣服于欧洲人之后,将向人类进一步进化。"②热闹一时的颅相学为种族歧视提供了合理的借口,在19世纪欧洲殖民扩张

---

① 达尔文:《人类的由来》,潘光旦、胡寿文译,北京:商务印书馆,1983年,第144、277页。
② 尼尔·弗格森:《帝国》,雨珂译,北京:中信出版社,2012年,第226页。

的鼎盛时期,成为了白人对黑人族性及种族地位的一个重要认知基础。

与黑人形象形成对照的是小说男主角盎格鲁—撒克逊族人利奥(Leo)的英俊形象:"他身材高大魁梧,神情冷峻、高贵优雅,如同牡鹿一般。他的面庞完美无瑕,英俊端庄,当他举帽向过路女士致意时,我看到他满头的金色发卷。'上帝啊,'我对随行的朋友说,'那个小伙子就像是太阳神阿波罗再世。多么气宇不凡!''是啊',朋友说,'他是剑桥大学最帅气的了,人品也无可指摘。大家都称他为希腊男神……'"① 诚然,从叙事结构看,对利奥"希腊男神"般的容貌描述,是为后续揭示他为阿霞前世情人——希腊祭师凯利克雷特的转世先作铺垫。但同时,利奥代表了有希腊古典之美的白人种族特征。这种对"黑"与"白"的对比描述,划定了种族与族性的分界,在文明与野蛮、白人族性与黑人族性的对立中,展现出由种族身份决定的权力关系以及殖民者与被殖民者地位的二分对立。"表情凶残惊悚"的黑人头形象和"冷峻高贵"的白人形象,成为一种表征种族特性的类型化象征符号,指向其背后的种族意识和文明等级认知,折射出英国殖民主义的主流意识形态,借此建构起了一个经验共同体,呈示出白人殖民主义者共有的种族认同和集体记忆。在此,基于种族高低和文明秩序划分的风景描写,成了建构白人"想象共同体"文化政治的一个重要媒介,承担起形塑种族秩序感知的重任。在此,风景蕴含的文化秩序观念和政治权力显露无遗,正如米切尔所述:"我们不是把风景看成一个供观看的物体或者阅读的文本,而是一个过程,社会和主体性身份通过这个过程形成。"②

与"黑人头"描写并置的"埃及狮身人面兽"意味深长,赋予了这一景

---

① Daniel Karlin(ed.). Rider Haggard. *She*. Oxford: World's Classics, 1991:1-2.中文译文由本书作者提供。
② W.J.T.米切尔:《风景与权力》,杨丽、万信琼译,南京:译林出版社,2014年,第1页。

观更为深层的寓意:希腊神话中的狮身人面兽斯芬克斯之谜与俄狄浦斯的悲剧故事,指涉了人类试图解答的千古之谜:何为人?人是否认识自我?俄狄浦斯作为个体所体验的生命悲剧,实则象征了人类整体的悲剧命运,指向古希腊将人作为本体看待的认识论哲学。哈葛德笔下的这一风景联想,启引了殖民扩张语境下对人的主体概念的重新思考:人类的自我认知、人类对生命历程及生命本质的认知,是没有终极答案的,这一追问永无止境;历史语境千变万化,但人类对人性的思考、对自我命运的阐发永无止境,正是这一永恒追问,赋予了小说浓浓的生存哲学意蕴。小说中入画的主题不是令人愉悦的美景,小说所呈示的对风景的视觉感知不再以追求审美为目的,自然风景已转化为一种关系复杂的社会场域,将读者视角引向非洲地标所隐含的政治寓意:对非洲黑人的族性建构、身份建构,以及对观看主体自我身份的投射、对殖民本质的认知。

"埃及狮身人面兽"是小说中复现的一个意象。在小说第3章中,当霍利和利奥一层层地打开那个神秘的祖传套盒时,最后那个支撑银盒的四条腿是模仿"狮身人面兽"的腿而设计的,盒盖上还饰有一个狮身人面兽的雕刻像。盒子里的陶片上饰有古埃及碑上惯有的椭圆形装饰图纹(cartouche),而饰纹正是"狮身人面兽"带着双翼的头和肩膀。在小说第25章"生命之灵"(The Spirit of Life)中,阿霞带霍利和利奥到藏有"永生之火"的山洞沐浴神火以获永生,阿霞讲述了两千多年前她杀死情人凯利克雷特的情形,阿霞立誓要与转世情人利奥永远恩爱,将倾其所有,把王者尊严、生命、智慧和财富都转赐给利奥。阿霞女王把利奥置于崇高无比的位子,并将此比喻为那不朽的"埃及狮身人面兽",世代耸立,威严地阅尽人世间的起起落落,鄙视无力解答自己设下的"斯芬克斯"之谜的人类,以沉默嘲笑人类的愚蠢。"埃及狮身人面兽"这一意象,寓言了小说的一个重要主题:对人类自我、对人性的探求。

二、非洲"荒野":空间修辞幻象与殖民主义召唤

小说主人公霍利等人在"黑人头"地标指引下,踏上了非洲大地,看到了广袤、荒凉的非洲原野,小说采用"全景式"摄取视角来呈示这第一幅非洲原野画:

> 四周是充满死亡威胁的荒凉沼泽,视野所及延绵不断,散落其间的黑黢黢的水塘,在落日余晖的映照下闪烁着红光。远处一条大河缓缓流淌,河的尽头是芦苇丛生的咸水湖,微风掠动光影,夕阳在湖面荡漾。西边的落日如巨大的火球,缓缓沉入雾气蒙蒙的地平线,金光闪耀、残阳如血,仙鹤和水禽在天际飞翔,变换着队形,时而直线、时而方形、时而三角形。我们三个现代英国人,乘坐着英国小船,在这无垠的荒野之上,显得如此突兀、如此格格不入……①

画面的呈示从前景、中景到远景逐步敞开,凸显空间之纵深感。以生动的景深效果传达观看主体独特的视觉感知:深远的视野将可视空间推至透视的极致,延续出疆域的一望无际,描绘出非洲旷野色彩斑斓却人烟寥落的风景,投射出观看主体对非洲疆域的认知特点。此时的"观看",不再是观看主体纯粹的视觉感知,而是一种蕴含权力意识的视觉实践:这是白人殖民主义者对殖民地的凝视。在这一场景中,观看主体与被看疆域之间所蕴含的话语意义清晰可见:对风景的"观看"已经转化为一种认知和一种建构,风景成为一种寓言,权力隐匿其中,在风景所表征的意义中,"观看"主体在对风景的建构中已被同时建构。风景,作为小说文本中重要的言说符号,作用于"风景观看者"的主体身份建构、作用于小说展现的社会意识建构。

---

① Daniel Karlin(ed.). Rider Haggard. *She*.Oxford: World's Classics, 1991:65-66.中译文由本书作者提供。

从修辞诗学层面看,在英国远征者的凝视中,"荒凉"(wild,desolation)是一个引人注目的词,它的反复出现及相关词语的同现,组成了一张有形的修辞话语网络,成为一种指示物,影射了帝国主义的政治理念。小说《她》中出现了多个与"荒野"相关的词语,且出现频率甚高:"沼泽"(swamp)一词共出现了 37 次,名词"荒野"(wilderness)一词出现了 7 次,"荒野"的形容词和副词(wild,wildly)共出现了 29 次,而相关的"荒凉"(desolation,desolate)一词则出现了 11 次——"荒野"一词无可争辩地成为了描述非洲风景的关键词。

"荒野"指尚未被开发或被占有的土地。"1964 年美国的《荒野法案》(Wilderness Act)定义荒野为'土地及生命群落未被人占用(untrammeled)、人们只是过客而不会总在那儿停留的区域'。"① 站在人类生存哲学的视角看,"荒野"并非只是由山川河流构成的单纯的自然客体,而是文明进程中,人类对文化形塑、自我建构、社会关系和历史建构的一种表征,展现了人类生存认知的一种内在体验性。人类对于"荒野"的认知特点,富有鲜明的意识形态性:17 世纪英国哲学家约翰·洛克(John Locke,1632—1704)的《政府论》是一篇重要的政论文,在第 5 章"论财产"中,洛克借土地拥有权来阐释私有财产权与个人自由权利之关系,认为在自然状态下,亦即在没有政府的状态之下,所有土地都可以被认为是无主的,此时,如果个人将自己的劳动作用于无主的土地之上,土地便掺入了他的劳动,无主的土地便由此被占有并成为其个人的私有财产;而私有财产权是人享有"自由"的外在表征,也是人类享有"自由"权利的基础。② 私有财产权不只是单纯的经济权利理念,它是人类政治制度设计的观念基础:私有财产权肯定个人的劳动价值,推翻了由王权世袭财产的传统,这

---

① 戴斯·贾丁斯:《环境伦理学》,林官明、杨爱民译,北京:北京大学出版社,2002 年,第 176 页。
② 详见洛克:《政府论》(下篇),瞿菊农、叶启芳译,北京:商务印书馆,1964 年,第 18—33 页。

为社会契约论的确立提供了重要的条件,这是洛克政治理论积极的一面。然而,基于个人劳动付出而获得土地拥有权这一观念,同时有着很大的不合理性,它漠视了权利平等这个重要价值范畴——"私有财产权—自由"观念为既得利益者的巧取豪夺提供了逻辑性和合法性,排斥了无产者对私有财产的诉求,剥夺了无产者的个人"自由"。

西方"文明"体系是基于"私有财产权—自由"观念而建构起来的,这一体系为殖民扩张提供了意识形态的理据支撑。正是基于这一认知,殖民主义者将非洲土著世代生活的空间视为"荒野"、视为"无主"之地——在白人殖民主义者的视野中,这些"荒野"是上帝赐予他们的福地,因此,他们有理由怀着自诩的种族优越去"发现"、"征服"并"占有"这"蛮荒"之地,顺理成章地剥夺非洲土著世代相传的原初土地拥有权。在殖民主义者的霸权视野下,为维护他们自身的绝对利益,"荒野"是他们扩张掠夺的对象,是他们建设美好生活的丰富资源,由此,"荒野"便成为被殖民者的噩梦,成为非洲土著丧失生命尊严、丧失人身自由的场所。

追溯小说的历史语境,看似单纯的风景描述实际上隐含了存在于观看主体——远征非洲的白人心灵深处的一种集体无意识:"荒野假定了历史的零刻度,那些被推测住在荒野中的土著就被认为是生活在一种原始或者野蛮的状态之中,甚至被视为动物和植物,并且\或者因此被认为根本就不存在。"[①]白人将非洲大陆称为"黑暗大陆"(Dark Continent),将其定义为无序的"荒野",而作为"无主之地"的"荒野",召唤着他们来殖民、征服、来占有:"想当年美国的垦荒者把劳动花在西部未开垦的地区,以此声称拥有了土地权,他们根本没有想到土著人已经利用该土地上万年了。"[②]在19世纪后期的帝国主义话语体系中,"荒野"以其多

---

① 乔纳森·博尔多:《荒野现场的图画与见证》,《风景与权力》,W.J.T.米切尔著,杨丽、万信琼译,南京:译林出版社,2014年,第321页。
② 戴斯·贾丁斯:《环境伦理学》,林官明、杨爱民译,北京:北京大学出版社,2002年,第36页。

重语义指向,对白人发出召唤:首先,"荒野"是殖民地的专属景观,它仅仅存在于殖民宗主国的疆界之外,等待着殖民者来占有;其次,"荒野"意味着蛮荒、蒙昧和未开化,与殖民者所确立的文明、进步、先进等观念形成了鲜明的对立;再者,"荒野"是等待被征服、被占有和被教化的对象,因此是白人以殖民方式传播"文明"的理想场域。

因此,小说《她》中的"荒野"景观蕴含了不同种族身份关系及秩序权力关系,呈示出殖民意识下的空间表征特点。然而,意蕴深刻的是,非洲"荒野"上却遍地都是财富:1867年,在南非探明了钻石矿藏,规模之大前所未见,随后又在德兰士瓦发现了含金量极高的金矿。①当时英国作家笔下的非洲"黑暗大陆",是遍地财富的宝地,这从维多利亚时代的一些非洲题材小说题目便不难看出:史蒂文森的《金银岛》(Treasure Island)、哈葛德的《所罗门王的宝藏》(King Solomon's Mines)、《湖心岛宝藏》(The Treasure of the Lake)等。显然,财富遍地的广袤"荒野"是白人殖民主义者迁徙的理想领地:"一谈到荒野,欧洲部落民族已经有非常强烈的占有欲,并把它作为自己的象征符号,一个象征性地展现本尼迪克特·安德森的民族—国家想象共同体的场所:作为领土乌托邦的荒野、荒野中的理想国、进入荒野的大迁徙。"②但是,"随着维多利亚时期英国探险者、传教士和科学家蜂拥而入给非洲带去'光明',非洲就越发显得黑暗,到19世纪的最后几十年里,是非洲最为黑暗的时期。"③因为,"维多利亚时代的英国人野心更大,他们不仅梦想着统治世界,还要救赎这个世界。他们不满足于剥削其他民族,还要教化他们。当地人民也许不再受掠夺

---

① H.L.韦瑟林:《欧洲殖民帝国 1815—1919》,夏岩等译,北京:中国社会科学出版社,2012年,第170—171页。
② W.J.T.米切尔:《风景与权力》,杨丽、万信琼译,南京:译林出版社,2014年,第315页。
③ Richerson, Angleque & Chris Willies. *The New Woman in Fiction and in Fact: Fin-de-Siècle Feminisms*. New York: Palgrave Macmillan Ltd., 2002:150.

第三章 哈葛德小说《她》:追寻母题下的世界文明秩序探寻

了,但是他们的文化——那些被认为迷信、落后、异教徒的东西——却受到了侵蚀。尤其是维多利亚时代的人,狂热地要将光明带给这些他们称为黑暗大陆的地方。"①

在荒烟野蔓的非洲原野上,哈葛德笔下的"三个现代英国人"显得格外"突兀",与非洲原野风景"格格不入",这隐含了哈葛德对殖民主义的质疑、对人类文明兴衰更迭的悲观认知——贯穿哈葛德非洲系列传奇小说的一个重要主题是对文明与野蛮、殖民与被殖民的伦理探讨,哈葛德对此的阐述显得十分悲观,他认为:"文明只是镀了一层银子的野蛮,文明如同从野蛮土壤里生长出来的一棵树,迟早会重归泥土,就像埃及文明、希腊文明、罗马文明一样,最终将回归土壤。"②在他的非洲传奇故事里,哈葛德以寓言方式探寻人性及人类道德的界限,通过异域历险叙述探寻人类心灵感受及人类生存的终极意义。哈葛德借小说主人公霍利仰望星空的思考,十分明确地呈示出对这一主题的探寻:

> 在这个世界上,大智大慧非人类能够企及,人类总以为自己的智慧无与伦比,但实际却渺小至微。人类的知识容器肤浅至极,与这默默操控满天星光的不可名状的智慧相比,尚不及其千万分之一。斗转星移背后的自然神力,如果硬要纳入人类之容器,只能将其压成碎片。……在这个世界上,血肉身躯的人类注定要忍受辛劳痛苦,追逐命运吹出的所谓人世之乐的泡影,如果泡影破灭之前还能有一刻握于手中,那就应该感激不尽了,而当悲剧开演、退场时刻到来,人类将卑微地走向未知世界。……面对广袤天空的静默,人类微弱的呼喊有何之用?人类暗淡的智慧能否解读这繁星无垠的苍穹奥秘?人类能从中得到答案吗?根本不能!人类能够得到的

---

① 尼尔·弗格森:《帝国》,雨珂译,北京:中信出版社,2012年,第99页。
② Pocock, Tom. *Rider Haggard and the Lost Empire*. London: Weidenfeld & Nicolson, 1993:246.

只有回声和幻影!①

面对非洲苍凉雄壮的"荒野",小说主人公的这段心灵感悟实际上揭示了潜隐在维多利亚英国社会意识深处的矛盾心理和文化焦虑:工业革命使生产力快速发展,海外殖民给英国带来了无尽的财富,"进步"与"文明"等概念遮蔽了财富背后的种种危机。殷企平把 19 世纪英国小说的基调定为对"进步话语"的推敲:"当时的英国似乎比以往任何时期的任何国度都痴迷于一种宏伟的构想,即人类社会因财富的无限增长而无止境地朝着幸福状态进步。"机械文明使社会发展突飞猛进,打破了既有的社会秩序,小说中弥漫着"一种对狂奔逐猎般的'进步'速度的疑虑,一种对豪气冲天的'进步'话语的反感,一种对'进步'所需沉重代价的担忧……"②

在哈葛德的传奇叙事中,同时存在着矛盾对立的思想意识:哈葛德一方面书写殖民帝国的自豪,认为盎格鲁—撒克逊民族应该移民到英国在世界各地的殖民地去,将英国的灿烂文明传播给殖民地;③另一方面,他倡导文明向善的意识,对被殖民奴役的非洲土著充满了同情。哈葛德十分崇尚祖鲁文化,他 1882 年出版的《祖鲁国王塞奇瓦约和他的白人邻居》,基于当时南非殖民政府的"蓝皮书",以一手资料中的事实展示了英国殖民政府与非洲土著祖鲁族、南非波尔人之间的矛盾关系,认为南非只有交给文明的英国人统治,才能免于战乱。在其小说《所罗门王的宝藏》中,哈葛德展示了非洲首领誓死保卫家园的决心:"即使有白人活着越过山岭,也绝不允许他们进入族群的领地",在展示黑人捍卫领土决心

---

① Karlin, Daniel(ed.). Rider Haggard. *She*, Oxford: World's Classics, 1991:118-119. 中译文由本书作者提供。
② 殷企平:《推敲"进步"话语——新型小说在十九世纪的英国》,北京:商务印书馆,2009 年,第 4、12—13 页。
③ Haggard, Rider. *The Days of My Life*. Web edition published by http://ebooks.adelaide.edu.au/, 2009:467.

的同时,在某种程度上也表达了哈葛德自己对非洲领土属于非洲人的认同。①哈葛德1889年出版的小说《艾伦之妻》(*Allan's Wife*)是献给其好友、南非农场合作者马库马扎哈的,②在献词中,哈葛德表达了对南非开挖金矿破坏原始生态的遗憾:"当年夸特曼讲述故事的荒野现在就像诺福克郡一样为人熟知。在我们曾经狩猎、徒步、骑马、看不到文明人的地方,现在淘金者们已经建起了一座座城市。英国国旗此刻已不在德兰士瓦上空飘扬,一切都已结束,晨曦中的神秘迷雾已被午日阳光替代,一切均已改变。"③在现代历史的转型时刻,思想的矛盾复杂性隐晦地蕴含了批判性。哈葛德小说呼应了这一历史时期对人类文明走向的普遍焦虑,展示了英国维多利亚时期那种"尚未进入史书的、压迫在人们心头的复杂体验"。④哈葛德笔下的传奇故事,质疑了殖民主义意识中所谓"文明"和"进步"理念背后的历史逻辑——人性及人类社会秩序是否会按照强者规划的蓝图发展? 这实际上寓言了历史进程中一个严峻但又尚未得到充分关注的问题:人类生存竞争背后那无可超越的自然法则,才是世界的最高秩序;人类终究无法与之抗衡,人类以暴力和所谓"智慧"所获得的统治权力只是昙花一现的幻象,在造物主面前终将灰飞烟灭、归于尘土。

小说对非洲"原野"风景独特的修辞设计,呈现了欧洲白人对"黑暗大陆"的空间想象,创造出一种"修辞幻象"——即用语言建构的幻觉,赋

---

① Haggard, Rider. *King Solomon's Mines*. Oxford: Oxford University Press, 1991: 306.
② 马库马扎哈(Macumazahn)实为英国白人亚瑟·考卡伦(Arthur Cochrane),"马库马扎哈"这个名字是考卡伦模仿土著名字为自己命名的。
③ Haggard, Rider. *Allan's Wife*. London: MacDonald and Co. 1951: v.中译文由本书作者提供。
④ 殷企平:《推敲"进步"话语——新型小说在十九世纪的英国》,北京:商务印书馆,2009年,第12页。

予地理空间一种特殊的人文性:"空间本来只是一个连续系统,并无天然的、不变的疆界,只是各民族在探寻最合适自身的生存方式时,按照特有的结构来划分和译解空间,并建立起自己对于所划分空间的特殊认知方式,这种认知凝固成人们对这些空间的表述;而各民族的不同文体作品在表述世界时,又通过特有的修辞设计,去为空间定性,寻求人物行动和空间之间的关系,形成一些作品人物行动及命运与空间环境的独特对应,文学作品的空间修辞由此显示出文体性和文化性。"①

三、目控疆土的凝视:观看视角的修辞设计与帝国主义影射

小说中主人公一行进入非洲大陆深处后,对风景的呈示采用了垂直透视的摄取视角,以居高临下的视角俯瞰某一局部的全景地貌:

> 太阳升起前半小时,我们到达山丘,美景豁然展现眼前。脚下是茂盛的平原,郁郁葱葱、繁花似锦。远处,约离我们18英里之外,一座奇特的大山拔地而起。山腰绿草繁茂,向上望去,平原之上500英尺高处,是雄伟陡峭的山崖,宛如一幅石墙,足有1 200或1 500英尺之高。大山呈圆形,无疑源自火山,只能望见山体一隅,难以精确估计其大小。后来发现,大山约占方圆50平方英里。大山孤立于平原之上,宛如一座天然城堡,其雄伟壮观、挺拔独秀,为平生所未见,且今后亦难见。山影孤寂,凸显其宏伟,高耸入云的山崖亲吻天空。城堞般宽实的山崖耸入云际,白云朵朵环绕其间。②

此处观看者的俯视视角使眼前的景物一览无余,"观看主体"对地域疆土的目控显然可见:"约离我们18英里之外""平原之上500英尺高处""足有1 200或1 500英尺之高"——对疆域大小和空间距离的精准表述,

---

① 朱玲:《中国古代小说修辞学论稿》,北京:人民出版社,2016年,第143页。
② Karlin, Daniel (ed.). *Rider Haggard. She*. Oxford: World's Classics, 1991:125. 中译文由本书作者提供。

凝聚为一股无形的力量,在观看主体由高向低的扫视中,完成了对异域土地的丈量,显露出隐形的身份意识和权力意识。此处的景观,不再是纯粹自然的物理空间,而成为殖民意识的象征空间,指向殖民主义者将异域疆土纳入自我版图的欲望和权力野心。

在哈葛德小说所表述的历史语境下,观看主体的种族身份赋予其独特的认知权力,当白人征服者的视觉与非洲风景相遇,便隐而不宣地传达出了"白人"对"黑人"、"文明"对"野蛮"、"殖民者"对"被殖民者"的认知特点及其管辖意识。白人对非洲风景的广角俯瞰,更强化了视觉体验带来的想象自由,辽阔的非洲风景成为一种修辞话语,建构了帝国扩张的自然化:非洲原野的广袤空间成为舒解拥挤英伦的最佳答案,尽管哈葛德对帝国殖民的方式反复质疑,但他始终认为,唯有乡野才能孕育文明,但工业化和城市化使高贵的盎格鲁—撒克逊民族日趋堕落,因此他倡导英国人向海外殖民地迁徙,通过散居于广袤的海外领地来传播英国文明:"我预言很快就会有一场争夺移民的竞争,对人口的需求,特别是对盎格鲁—撒克逊民族人的需求已经到来。很快就会有人愿意付出高昂代价来吸引他们移民,有人将采用出价竞购的方法,有人将采用主动邀请的方法,有人将采用支付劳酬的方法,总之,我可以肯定:趁着现在,去吸引他们移民,把他们从英国、从他们的家园里吸引过来。"①

在19世纪的欧洲风景艺术中,鸟瞰视角是深受推崇的一种艺术表现角度,空中俯视的全景场域展现出观看主体的独特感受,隐喻了观看主体对空间的超然把控:"只有从高处俯视才能看到纪念碑的整体,才能看懂其布局、特性及各部分之间的关系。只有借助鸟瞰的视角才能领略阿尔比斯山的雄伟、陆地的如画景致和海洋的浩渺无际。只有当我们超然

---

① Haggard, Rider. *The Days of My Life*. Web edition published by http://ebooks.adelaide.edu.au/, 2009:467.

于城市建筑之上,才能目睹其丑陋,发现其隐藏的问题,欣赏城市排列有序及对称结构所带来的美感。"① 俯瞰视角赋予风景特殊的话语意义,空间距离的落差隐含观看主体对自然风景与人类生存的哲学思考。

风景,作为一种人类生存哲学的心理表征,在欧洲风景画中常常被表现得淋漓尽致。哈葛德笔下的这一俯视画面,与发表于 1818 年的油画《云端的旅行者》(Wanderer above the Sea of Fog)有着浓郁的寓意呼应。《云端的旅行者》是 19 世纪德国画家弗里德里希(Caspar David Friedrich 1774—1840)的作品:一位手执拐杖的绅士背向观众站立山巅,俯瞰群山峻岭,画面前景中茕茕孑立的绅士在重重迷雾和环绕四周的山峦沟壑中显得十分孤独。画面所营造的静谧沉思的氛围,指向人类对自我生存思考中的一个认知悖论:居高临下的观看主体远眺群山,呈现出一种目控疆土的豪迈和掌控世界的自信。然而,群山云海中的孤独行者在广袤的大自然中显得如此渺小卑微,雾霭笼罩的山峦隐射了一种认知的迷茫,大自然以其令人敬畏的神力解构了观看主体自命的权力和霸气。这幅油画就像是对哈葛德笔下的非洲风景俯视图的一个注解:站立山顶的男主人公,俯视山川,对远近地貌作了地图式的勾勒,远处层层叠叠的山峦、近处高耸入云的山崖尽收眼底,折射出观看主体目控疆土的强烈欲望,凸显了隐含于这一观看视角背后的地域管辖意识和权力支配关系。然而,贯穿哈葛德小说的殖民暴力质疑以及对殖民伦理的强烈质问,却对小说中的这一俯视图景的豪迈和种族霸权进行了解构:白人殖民主义者以贪婪目光丈量的山川大地,属于世世代代生活在这片土地上的非洲黑人,那么,谁才是这一疆土的真正主人?

---

① Besse, Jean-Marc. European Cities from a Bird's-eye View: The Case of Alfred Guesdon. In Dorrian, Mark & Pousin, Frederic(eds.). *Seeing from Above: The Aerial View in Visual Culture*. London & New York: I. B. Tauris & Co. Ltd, 2013:72.

从殖民主义者的视角来看,殖民过程本身就是一个疆土不断扩张的过程,是新的疆域版图不断形成的过程。因此,小说中的风景描述成为一种文化表征,凸显帝国叙事的内涵,正如萨义德所述:"地理的观念决定其他观念:想象上的,地貌上的,军事、经济历史上的和大体来讲文化上的观念。它也使各种知识的形成成为可能。这些知识以这种或那种方式依赖于某种地理的和人工的性质与命运。"①

四、"黑暗心脏":非洲"诗意言说"中的"弱弱"秩序

小说《她》的主人公霍利一行踏上非洲土地的第一天,就目睹了宁静月光下狮子和鳄鱼的厮杀场面,预言了非洲旷野上的残忍暴力及其背后的生存逻辑:

> 狮吼声震彻山峦,狮子猛地发出一声凶残的尖吼,转身用利爪扑住鳄鱼的头部。只见鳄鱼猛一松爪,身子微微侧倒一边,狮子趁势压住鳄鱼的喉咙,事后才发现,原来是鳄鱼的一只眼睛被狮爪挖了出来。狮鳄扭作一团,根本无法看清它们的厮杀动作。紧接着,我们清楚地看到了局势的倒转:鳄鱼虽然头部已血肉模糊,但双颌死死咬住狮子的下半身,拖着它来回扭动摔打。狮子苦楚地怒吼着,在鳄鱼布满鳞甲的头上噬咬猛抓,两条后腿紧紧钳住鳄鱼的喉咙,这是鳄鱼身上较为柔软的地方。突然,狮子猛地撕裂了鳄鱼的喉咙,如同撕裂手套一般。厮杀结束了,狮子的头倒在鳄鱼身上,在惨叫声中死去,鳄鱼瞬间一动不动,随即也慢慢倒地,双颌仍然紧咬狮子的躯体,后来我们看到,狮子几乎被咬成了两截。②

---

① 爱德华·W.萨义德:《文化与帝国主义》,李琨译,北京:生活·读书·新知三联书店,2003年,第108页。
② Karlin, Daniel(ed.). Rider Haggard, *She*. Oxford: World's Classics, 1991:68-69. 中译文由本书作者提供。

哈葛德笔下的狮鳄大战这一情节寓意深刻:血腥的厮杀隐含了欲望和征服背后的野性和强者的生存逻辑,表征了一个深刻的生存观念:远征者身后旧的道德价值体系已经过时,取而代之的是新的生存哲学——你死我活的强者逻辑,在这新的异域疆土上,白人正是依托这一逻辑征服黑人土著,以血腥残忍维持自身的竞争优势和殖民帝国。狮鳄大战也隐喻了生存关系的吊诡:狮鳄生为死敌,但死亡后却互拥一起难分难解,展示了非洲原野上生死相依、敌友相依的相对生存观念。

随着小说叙事的展开,非洲原野上的兽性杀戮在不同层面展开:狮鳄的厮杀展示了动物界的血腥生存法则,而土著食人族的残暴与阿霞女王不动声色的杀戮则展现了文明堕落、人性沦丧的残酷。被欧洲白人称为"黑暗大陆"的非洲,在哈葛德笔下被描述为山峦重叠的"黑暗心脏"(heart of the darkness),[①]其多重寓意在小说叙事中层层展开:丛林中的土著黑人野蛮原始,生活在人性的黑暗之中。小说第8章,霍利一行进入土著山洞,土著准备宴请客人,但熊熊燃烧的火堆边并没有食物,只有一个巨大的盘子和几双钳子,陶罐里散发着异味,黑人土著低声吟唱,一个土著女人如蛇一般地扭动着身子,将草绳套在与霍利随行的阿拉伯向导穆罕默德身上,几个壮汉上前扭住穆罕默德,显然想要将他投入沸腾的鼎里烹煮,霍利等白人用枪和匕首与土著厮杀,穆罕默德死于混战,霍利等人最后杀出山洞,正值他们伤痕累累体力不支之时,土著族长及时赶到,喝住了这伙野蛮的食人生番。小说第19章描述的土著篝火晚会同样令人毛骨悚然:土著们用人尸点燃篝火,杀羊喝血,彻夜狂欢。

白人女王阿霞不动声色的意念杀戮同样残忍惊悚:土著姑娘安司德尼(Ustane)爱上了利奥,冒死与阿霞抗辩,坚持按土著习俗选他为夫,阿霞见转世情人将被夺走,妒火中烧,用意念杀死了安司德尼:"忽听一声

---

① Karlin, Daniel(ed.). Rider Haggard. *She*. Oxford: World's Classics, 1991:273.

第三章 哈葛德小说《她》：追寻母题下的世界文明秩序探寻

暴怒、惊悚的巨吼，我转过头去，只见阿霞站起身来，用手指直逼安司德尼，安司德尼顿时闭口，恐惧失色，双眼圆睁，鼻翼翕动不止，双唇煞白。阿霞一言不发，纱袍覆盖着的修长身躯，如树叶般簌簌颤抖，双目直逼安司德尼。突然，安司德尼双手抱头，发出一声尖叫，原地转了两圈便砰然仰天倒地身亡。"①

小说对非洲土著野蛮习性的铺陈，为白人女王阿霞残忍的统治提供了理由："在这个世界上，唯强者生存，弱者必亡，世界属于强者，树之果实同属强者。结果之树终将枯萎，终将被强枝所替代……你说罪恶滋生邪恶，那是因为你缺乏经验，罪恶也会滋生好事，而相反的是：好事却能滋长罪恶。暴君的残忍可能会有益于成千上万的后人，而圣人的慈善却可能让人沦为奴隶。"②阿霞女王的这一论调是对达尔文进化思想的呼应——世界文明进程是一个优胜劣汰剧烈竞争的过程，低级文明终将会被高级文明取代："各个民族国家进行竞争，所由取胜的因素不一，其中最主要的一个似乎就是文明所已达成的等级，越高就越有利。"③欧洲白人以自诩的"高等文明"，视欧洲之外的人种为"野蛮"和"半开化"的种族，将它们排除在文明体系之外："不多几个世纪以前，欧洲还深怕东方半开化人的入侵，如今如果还有人怕，那就成杞人忧天了"，并断言，"在某个不很远的未来的时期里，大概用不了几百年，各个文明的族类几乎可以肯定地会把全世界野蛮人的族类消灭干净而取代他们的地位。"④殖民意识下的社会道德伦理也随之而变："把人沦为奴隶或一般对别人的奴役……是一个重大的犯罪行为，然而，直到不久以前，即便在最称文明

---

① Karlin, Daniel(ed.). Rider Haggard. *She*. Oxford: World's Classics, 1991:227. 中文译文由本书作者提供。
② Karlin, Daniel(ed.). Rider Haggard. *She*. Oxford: World's Classics, 1991:202. 中文译文由本书作者提供。
③ 达尔文：《人类的由来》，潘光旦、胡寿文译，北京：商务印书馆，1983年，第284页。
④ 同上书，第244页。

的民族国家里,人们不是这样看待他的。而由于当奴隶的人一般和奴隶主不属于同一个种族,或不属于人种中的同一个亚种,情况尤其是如此,就是,更不以犯罪行为论。"①因此,阿霞宣告的强权逻辑是:"律法! 你难道不明白'我'高于一切律法!"②在这样的强权政治观念下,独裁者的个人意志就是法律,人性遭受践踏,曾经的文明沦为野蛮。阿霞无所畏惧的独裁逻辑,是对英国殖民主义伦理体系的指涉:19世纪中期,随着达尔文主义的出现和宗教信仰传统的节节败退,植根于宗教虔诚的伦理道德和人性善良观念受到了前所未有的冲击,人们开始以利己的眼光审视善与恶、重审道德伦理准则;世界成为一个巨大的竞技场,"强者必胜"、"弱肉强食"和"适者生存"的观念融入维多利亚时代的深层意识之中。

土著族长比拉利带着霍利去觐见阿霞女王,临近女王的洞穴,族长五体投地爬行而入,而霍利却昂首挺胸阔步而进,他认为,大英帝国的绅士不能在异族面前丧失尊严。比拉利与霍利两人不同的行进姿态实际上象征了不同的种族身份,表征不同的秩序等级。"昂首挺胸"是建构白人男性主体的一个重要身姿,因为"男性气概具体地体现在英国男人那勇敢而又宁折不弯的身体上。这一帝国形象双脚坚定地站立着……"正如这首颂扬英国士兵宁死不低头无畏精神的诗歌所展现的:"……英国小伙子宁愿死亡!眼睛中看不到任何畏惧,男人的双膝不会弯曲。走向那可怕的黑色坟墓,他没有片刻的犹豫。"③

阿霞女王对非洲土著的专制统治逻辑是:"别跟我谈什么我的臣民,

---

① 达尔文:《人类的由来》,潘光旦、胡寿文译,北京:商务印书馆,1983年,第177页。
② Daniel Karlin(ed.). Rider Haggard. *She*. Oxford: World's Classics, 1991:255. 中译文由本书作者提供。
③ 何伟亚(James L. Hevia):《英国的课业:19世纪中国的帝国主义教程》,刘天路等译,北京:社会科学文献出版社,2013年,第56、55页。

这些奴隶不是我的什么臣民,他们只是受我差遣的狗奴才,在我得以解脱之前臣服于我。"①阿霞所表述的这种统治和被统治者的"主奴"关系,反映了强烈的种族主义人伦关系,是19世纪殖民时期盛行的欧洲意识形态,也成为西方殖民扩张合法化的人伦前提。英国历史学家汤因比对欧洲殖民历史进行反思时指出:"当我们西方人把别人唤作'土著'的时候,我们就等于在我们的观念里把他们的文化特色暗中抹杀了。我们把他们看成是充斥当地的野兽,我们只是碰上了他们,如同碰上了当地的动物和植物一样,并没有把他们当作是同我们一样具有感情的人。只要我们把他们当作'土著'来看,我们就可以消灭他们,或是(在今天也许更可能这样)驯化他们……"②

欧洲白人的族裔观念和文明秩序,就是在殖民征服扩张的实践和种族霸权意识中逐渐建立起来的。白人殖民主义者对他们眼中"野蛮"的和"半开化"的族裔进行奴役,建构起了一个与欧洲文明对立的"他者"。然而,"文明"与"野蛮"、"自我"与"他者"这组二元对立的概念却是互为构建的。当欧洲殖民主义者言说"他者"野蛮的同时,也在建构一种"自我"意识,即以欧洲为世界中心的殖民主义的意识形态。如巴柔所述:"'我'注视他者,而他者形象同时也传递了'我'这个注视者、言说者、书写者的某种形象。……这个'我'想说他者(最常见的是出于诸多迫切、复杂的原因),但在言说他者的同时,这个'我'却趋向于否定他者,从而言说了自我。"③在哈葛德所处的时代,英国日益膨胀的海外扩张欲望在社会达尔文主义中找到了理据,认为,"强者之强本身就证明强者有权掠

---

① Daniel Karlin(ed.). Rider Haggard. *She*. Oxford: World's Classics, 1991: 153. 中译文由本书作者提供。
② 汤因比:《历史研究》,曹未风等译,上海:上海人民出版社,1986年,第46页。
③ 达尼埃尔-亨利·巴柔:《形象》,孟华译,孟华编:《比较文学形象学》,北京:北京大学出版社,2001年,第157页。

夺弱者的国土。"①"殖民主义话语包含了一整套对待扩张和对外统治的意识形态手段。有时它又被称为东方主义或非洲主义，……殖民主义话语构成了一个认知体系———一道阐释的筛子，玻璃教堂———欧洲就是依靠它来建立和保证它的殖民权威。"②白人殖民主义者用族裔分类来定义文明和野蛮，把野蛮的殖民扩张说成是文明的传播，对非洲黑人实行文明遮蔽之下的种族暴行。在殖民时期，种族不只是一个生物学上的概念，指有同一血统或祖先的族群；种族已成为一个负载意识形态的词汇，指涉一种社会政治组织方式、文化评价和文明分类方式的概念，族裔的特点被政治力量和形象所构建。

"黑暗非洲"之"黑暗"，也隐喻了人性的黑暗、道德的黑暗，以及人类欲望的黑暗，这是哈葛德的焦虑所在，也是一个时代的焦虑所在。哈葛德所创作的一个个惊心动魄的虚构故事，寓言了历史进程中人类面对的严峻问题：对社会道德价值体系的质疑，对人性的探寻，对文明的定义，以及对历史进程的思考。这为哈葛德传奇小说奠定了基调，也成为哈葛德小说以寓言进行文化批判的一个成因，尽管这种以传奇隐喻的文化批评是含蓄而微妙的。

第三节　哈葛德小说《她》：修辞关键词的性别话语意义

一、哈葛德男女性别秩序观念在小说中的展现

19世纪中晚期的英国，社会巨变，传统价值观念不断受到颠覆，工业

---

① Lloyd, T. O.. *The British Empire, 1558-1983*. New York: Oxford University Press, 1996:197.
② 艾勒克·博埃默著：《殖民与后殖民文学》，盛宁、韩敏中译，沈阳：辽宁教育出版社，1998年，第57页。

第三章 哈葛德小说《她》：追寻母题下的世界文明秩序探寻

化改变了传统的劳动分工方式，使女性逐步走出家庭融入社会，当时一系列新的法律法规推进了女性地位的变化，女性角色从传统的"家庭天使"(angel of the house)转变为人格独立的"新女性"(New Women)，强烈地颠覆了一贯由男性主宰的社会秩序，使女权成为社会关注的一个焦点。哈葛德小说以生动的叙事再现了英国社会的巨变时代，以及因女性社会角色转变引发的男性焦虑。男性通过行使既有的话语权重新为女性定位，以证明自身性别身份的优势和社会话语权力的关系，折射出这一历史时刻男性作者对性别意识、社会秩序的探索。哈葛德所处的时代，也是施莱娜、艾略特、勃朗特姐妹等女性作家撰写的现实主义小说风行的时代，但哈葛德历险传奇的写作目的旨在教化年轻读者，特别是男性少年读者，培养符合帝国扩张需要的男子汉气概。在1885年出版的哈葛德小说《所罗门王的宝藏》(King Solomon's Mines)开头，叙事者就宣称这部小说只为男孩而写，"故事中没有一个穿裙子的"，因为，"女人的亲吻和柔媚的话语诚然甜美，但男人长矛的铿锵之声和血气的味道更富有魅力。"①诚然，非洲草原上的狩猎和征服为男性提供了一个天然的竞技场，赋予他们展现厮杀的胆略和力量的机会，小说《所罗门王的宝藏》排除传统理念中"柔弱"的女性也顺理成章；但是，狩猎和征服隐含了一种竞技规则和秩序、一种性别力量和权力。

小说《她》塑造的男主角霍利有着浓浓的厌女情结(misogyny)。哈葛德倡导的，是符合帝国殖民需要的具有男子汉气概的勇士，旨在教化年轻的读者。"帝国主义文学最热心的读者就是学生。他们一代代人就是读着《英国男孩周报》长大的，这份杂志是1879年由圣教书会创刊的。与姊妹刊物《英国女孩周报》一道，两份杂志的发行量超过50万份。它们不

---

① "I can safely say that there is not a *petticoat* in the whole history." Haggard, H. Rider. *King Solomon's Mines*. Baltimore: Penguin Books, 1973:13, 162.中译文由本书作者提供。

断地用异国的殖民地前线那些离奇的故事来吸引年轻的读者们。"①

下面通过分析哈葛德小说《她》(She)文本中指涉女性力量的一系列关键词——"她""蛇""面纱""母权"等,揭示小说文本的深层话语意义,探究维多利亚晚期英国社会关于男女性别权力、社会意识形态与文本的互动关系。

二、"蛇"与"面纱":女性力量的隐喻

阿霞是个白人女王,她因沐长生之火永生不死,统治非洲土著两千多年。阿霞美艳绝伦、残忍暴戾,她的美貌无人能够抗拒,她的残忍令人闻风丧胆,因此她被土著黑人称为"不可违抗之她"(She-who-must-be-obeyed),简称为"她"(She)。为等待情人的转世再生,阿霞在非洲一座死火山下的墓穴里生活了两千多年,伴随她的除了她精心保存的情人凯利克雷特的僵尸,还有她通过人种生育控制而变为哑巴的黑人女奴。

小说对阿霞女王的出场安排颇耐人寻味:小说《她》一共28章,到第12章时阿霞才蒙着面纱登场,直到第13章,阿霞女王才揭开面纱露出她那令人眩晕的美艳容貌。小说从第3章到第11章,以种种传说对阿霞女王的艳丽容貌进行了渲染、对她残忍无比的手段进行了烘托,营造出对阿霞女王既期待又惧怕的叙事氛围。诚然,女主角阿霞之所以迟迟不出场,与小说连载出版的方式紧密相关,出版者希望通过营造足够的悬念来引发读者对下一段叙事的期待。伴随阿霞登场的,是叙述者刻意渲染的"面纱"和"蛇"的意象:以纱蒙面的阿霞,腰间缠绕着一条用金子打造的双头蛇皮带,阿霞轻盈柔滑的身姿"如毒蛇一般"。小说叙事中先后5次回指了这条装饰着双头蛇的金皮带,令人联想到西方文学中邪恶女性的原始形象——希腊神话中满头蛇发的女妖美杜莎(Medusa)。女妖美

---

① 尼尔·弗格森:《帝国》,雨珂译,北京:中信出版社,2012年,第222—223页。

杜莎以美色引诱海神波塞冬与她在雅典娜神庙交合,羞辱了处女之神雅典娜的贞洁,愤怒的雅典娜为惩罚她,将她的丝丝秀发变成了一条条毒蛇,使美艳的美杜莎变成丑陋邪恶的怪物,任何人只要直视她的双眼,就会立刻变成石像。阿霞的美艳魔力与之如出一辙,男性见到她的艳容便丧失理智、受之控制。从另一方面看,西方文学中"蛇"的意象,也隐喻了缠绕不绝的"情欲",影射了男权社会对美艳女性的认知和定位:女性对男性充满色诱,成为导致男性走向毁灭的致命力量。当霍利首次看到阿霞,她的惊人之艳使他震慑不安,认为这是灾祸和邪恶的化身。阿霞当着前世情人利奥的面,用巫术残忍地杀死了他的土著妻子安司德尼,并在她的尸体旁亲吻利奥,而被阿霞之艳冲昏头脑的利奥则言听计从,顿时失去了尊严和男子血性,当即堕落成不受道德约束的野性动物。

小说中反复回指的"蛇""夏娃"等词语,指向《圣经》中的伊甸园,而当阿霞脱去衣饰步入长生火柱时,就仿佛是赤身裸体的夏娃站在亚当的面前。① 小说中用"蛇"这一意象描述阿霞的打扮举止达14处之多,当阿霞认出利奥正是她的前世情人转世时,她像"蛇"一样发出兴奋的嘶嘶之声。反复出现的"蛇"意象,引发了读者对夏娃——西方文化中原始女性形象的联想:夏娃抵挡不住化身为"蛇"的撒旦的逸言,偷食禁果,违背了上帝的旨意,还引诱亚当食用禁果,使人类世代背负原罪。夏娃成为人类堕落的致命原因。上帝将亚当和夏娃逐出了伊甸园,惩罚他们在人间繁衍生息,为他们界定了男女应该承当的不同角色:亚当须劳作终生、以汗水谋生,而夏娃则须屈从其丈夫的主宰,须承受怀胎生育的种种苦楚。亚当和夏娃被逐出伊甸园,标志着男女各自承担不同职责义务和性别角色的起点,也是《圣经》对传统夫妻关系最原始的界定,隐喻了男性对女性的主宰。上帝用泥土创造亚当,让他成为伊甸园的主宰者;而上帝创

---

① Daniel Karlin(ed.). Rider Haggard. *She*. Oxford: World's Classics, 1991:291.

造夏娃用的是亚当的肋骨,隐含了夏娃附属于亚当的身份角色,上帝赋予男性主宰女性的权柄。

对以纱蒙面的阿霞,"面纱"仿佛是她与生俱来的一个部分。西方文化中的面纱寓意纷杂、充满矛盾:新娘的面纱象征着纯洁、修女的面纱象征了虔诚、贵族的面纱象征着谦逊;但同时,面纱也富含淫荡和欲望的喻义。小说叙事强调阿霞女王有阿拉伯血统,叙述中对阿霞"面纱"的复指有 28 次,阿霞因得不到情人而将其杀死等情节,均指向《圣经》中关于莎乐美(Salome)的经典故事:埃及王希律违背人伦娶其兄之妻希罗底,先知约翰指责这桩不道德的婚姻,希罗底深受羞辱,请求希律王杀死约翰,但未能成功。一天,希律王要求希罗底的女儿莎乐美献舞,承诺到时候可以满足她提出的任何要求;于是莎乐美遵循母亲的意愿,要求希律王杀死约翰。深受莎乐美美艳舞蹈魅惑的希律王,信守了诺言,让人取来了约翰的头颅。① 西方文化中的莎乐美及其"七层纱之舞"(Dance of the Seven Veils),分别成为"妖妇"和"魅惑"的象征。阿霞女王美艳的蛊惑力及其残忍计谋与莎乐美之舞如出一辙:她为自己无法得到牧师凯利克雷特而深感羞耻,宁可将他杀死也不允许别人得到他,阿霞杀死凯利克雷特之后,将他的死尸保存下来等其转世再生、再续情缘。

"面纱"的寓意十分吊诡,在于其遮蔽性与揭示性的同时存在:正是"面纱"的遮蔽性凸显出它试图遮盖的真实性。"面纱"遮蔽了阿霞的真实面貌,使她更加神秘、更富魅惑;一旦揭开"面纱"露出真相,随之而来的可能是毁灭和死亡。小说描述的失落的科尔文明崇拜真理女神,玉石雕塑的真理女神耸立在科尔古城的遗址之上,女神的裸像洁白无瑕、薄纱遮面、双翅半展,塑像座基上刻着古老的铭文,揭示了科尔人对真理的

---

① 中国基督教三自爱国运动委员会/中国基督教协会:《圣经》(和合本),(马可福音 6:14—29),上海:中国基督教两会出版部,2007 年。

认知：人类追寻真理却难识其貌，唯有在死亡中才得以目睹其真正面貌。当阿霞再次步入永生之火以求青春永驻，却即刻返祖枯萎、倒地而亡。火柱中赤身裸体的阿霞，呼应了伊甸园里的夏娃、照应了科尔文明中的真理女神，指向真理女神设下的人生隐喻：唯有死亡方能揭开真理的面纱。

"进入男性话语的女性，是一种双重存在：既可以激发男人的审美情感，又容易引起男人的拒斥心理；既使男人萌生爱恋之心，又使男人产生鄙薄之念。"①通过对希腊神话中的美杜莎、《圣经》里的夏娃及莎乐美的影射，阿霞女王的美艳形象中负载了"灾祸"的寓意，小说话语透露出鲜明的性别偏见，呼应了小说男主人公的"厌女"心理，男权主导的性别意识通过典故互文得以强化，小说叙事承载的强势男权意识跃然纸上，建构了男权中心主义的性别等级秩序。

三、"她"与"白色"：失去亚当的伊甸园与女权意识

哈葛德这部小说的书名《她》，简短奇特却喻义深刻。"她"是对阿霞女王外号"不可抗拒之她"(She-who-must-be-obeyed)的简称，阿霞的美貌和暴戾已经成为非洲的一个传奇，令黑人土著闻名丧胆；书名特指的"她"(She)，既隐含了阿霞女王无处不在的威慑力，也反衬出弥漫在整个土著族群中的恐怖情绪。

哈葛德创作这部小说的初衷是要展示"不朽女性的不朽爱情"，而阿霞女王持续两千多年的奇特爱情故事，正是哈葛德实现这一愿望的载体。两千多年来，尽管阿霞操纵着统治土著的王权，但她始终为缠绵的欲望所困，她在地下墓穴耐心等待前世恋人转世再生；对于阿霞女王而言，"情"要高于"权"。

---

① 谭学纯：《话语权和话语：两性角色的"在场"姿态》，《宁波大学学报》2001年第4期。

阿霞美艳"不可抗拒"。自称有"厌女症"的霍利,对女性怀有强烈的偏见与不屑,他首次去见阿霞时,发誓要拒绝向这个异域女王致礼,可当他面对阿霞时,却为其美艳所震慑,当即拜倒在女王的脚下。当聚希腊男神之美于一身的利奥见到阿霞时,神魂颠倒、顿时丧失善良,心甘情愿地屈服于她的种种邪恶愿望。阿霞女王的魅力不仅源自其无与伦比的美貌,也源自其神通广大的神秘巫术、残忍无比的统治手段,以及她的聪颖睿智和无所不能的神力:她通古识今、智慧过人,不仅懂拉丁语、希腊语、英语及阿拉伯语,还通读心术,有远视千里和预测未来的能力;此外,她会行医疗伤,起死回生,也能通巫术,会用意念杀人。阿霞威严的权力也来自她掌握的先进科学知识:她保存的情人尸体两千多年完好无损,而且,当她确认利奥为前世情人的转世后,便用硫酸化掉了尸体;她还能以优生术控制人种,让一代又一代的黑人女佣成为驯服的哑巴奴隶。正如福柯所述,知识所及之处也即为权力涉足之地:"知识不但能够增强人类的能力和进步,而且也能用来支配他人、限制他人的权力。"[1]阿霞的无所不能表征了女性通过获得知识所赢得的女权力量。

事实上,阿霞(Ayesha)这个名字本身,也是一个意味深长的隐喻:在小说原著中有专门的注释对这一名字的读音做了说明,这个名字应读为"Assha"(阿霞),[2]并说明她有着纯种的阿拉伯血统。这显然与一个历史事实构成了互文:"阿霞"是伊斯兰教创始人穆罕默德众多妻子中一个爱妻的名字。穆罕默德之妻阿霞聪颖过人、知识渊博又美丽动人,被公认为是伊斯兰女性的模范。穆罕默德死后,阿霞便成为传播穆罕默德思想的可靠源头,对伊斯兰教的建立起过非凡作用;阿霞还投身于国家政治、参与立法辩论,亲自创办了第一所穆斯林妇女学校。但哈葛德笔下的女

---

[1] 福柯著:《权力的眼睛——福柯访谈录》,严锋译,上海:上海人民出版社,1997年,第271页。

[2] Daniel Karlin(ed.). Rider Haggard. *She*. Oxford: World's Classics, 1991:149.

王阿霞形象,是美与恶的聚合体:她既美丽聪明又残忍邪恶,她既是一个守望爱情的坚贞女子,也是一个杀人不眨眼的女恶魔。哈葛德塑造的这样一个"她",指向女性人格中善与恶、美与丑的双重存在。

阿霞女王是个有阿拉伯族血统的白种人,"白色"(white)一词在小说中的词频复现率很高,全文一共出现了112次,其中有38处是用来描写阿霞女王的:21处用来强调阿霞肤色之"白",17处用来描写其服饰之"白",另外2处用"雪白"(snowy)一词,7处用"象牙白"(ivory)一词,1处用"乳白"(milky)一词来衬托阿霞的肤色之"白"。欧洲人眼中的非洲是"黑暗大陆",小说叙事中出现了83处的"黑暗"(dark)这一单词,以及21处的"黑色"(black)一词,用来指涉非洲大陆。因此,小说修辞场域中的"白色"显得尤为醒目,隐喻了"黑暗大陆"上白人与黑人、统治者与被统治者之间的对立关系。"白色"在"黑暗大陆"上不言而喻地树立起一种政治权威——"白"与"黑"的对立性与不可调和性:"因为有两个阵营:白人种和黑人种……白人拼命实现人的等级地位。""白人文明、欧洲文化迫使黑人生活偏离。我们还将指出那人们叫作黑人精神的东西常常是个白人的结构。"①小说《她》出版于1887年,正值英国维多利亚女王登基50周年,也正是英帝国殖民扩张的鼎盛期,英国国力强大、文化繁荣,使用一切手段扩张领土,其触角伸向非洲、美洲、亚洲和大洋洲,建立起了一个"日不落"的殖民帝国。统治着非洲腹地的阿霞还有着成为英国女王的野心。在此,读者不难从中捕捉到小说对维多利亚女王及其英帝国的影射,赋予小说性别政治的讽喻。政治体现权力结构及其关系,历史上男女两性的关系,一直是统治与被统治的关系,是男性统治女性的关系,这一稳定的权力结构关系已成为一种广为接受的社会意识。②面对维多利

---

① 弗朗兹·法农:《黑皮肤,白面具》,万冰译,南京:译林出版社,2005年,第2—3、第7页。
② 凯特·米利特:《性的政治》,钟良明译,北京:社会科学文献出版社,1999年。

亚时代勃兴的女权挑战,作为作家的哈葛德感受到了男权统治的危机,以小说叙事的寓言方式探究男女性别秩序关系、以文学话语参与了社会权力的建构。

死火山下墓穴中的阿霞世界,是一个只有僵尸和哑巴女奴陪伴的封闭女性世界,阿霞的孤独世界就像是失去了亚当的伊甸园。阿霞是"不可违抗"的女王,她操纵权柄,建立起一个主奴秩序严格的独立王国,她的喜好就是律法、她的意志就是真理;她残忍暴戾,对黑人土著随意杀戮,以绝对的铁腕统治将其王国推入丧绝人伦的野蛮之中。阿霞女王还幻想着将来有一天能够征服英伦,与其转世情人一起统治英国。阿霞王国失去了男性主宰,成为任由女王为所欲为的"伊甸园";而"伊甸园"中亚当的缺位,隐喻了上帝排就的男女性别秩序遭到了破坏,当女性失去男权主导、约束及管制,世界便失去了应有的秩序。阿霞,这个"不可抗拒的她",表征了获得至高权力的女性威力。小说书名中的女性第三人称单数"她"(She),隐含了多重的寓意:"她",特指阿霞女王,影射了女权力量的可怕威力;"她",泛指维多利亚末期颠覆男权和社会秩序的新女性;"她",还指涉整个女性群体——当女性的自我意识觉醒、颠覆既定的性别秩序,男性赖以生存的秩序观念逻辑受到了挑战,处在社会权力结构中心的男性,带着焦虑寻求自我身份和权力的确认,以重新界定和规约女性的社会角色与存在意义。

四、"厌女"与"母权":性别秩序的霸权

在男权统治的社会里,女性仅仅是"家庭天使",她们的最后归宿只能是婚姻;女性社会地位卑微,只能默默顺从命运的安排,以忍让和自我牺牲来换取丈夫的认可。工业革命的成功帮助女性走出了家庭,让她们成为生产力大军中的一员。维多利亚晚期出现的具有叛逆精神的"新女性",反抗男权压制,追求人格独立,开始为在法律、经济、教育、爱情等方

第三章 哈葛德小说《她》:追寻母题下的世界文明秩序探寻

面争取与男性平等的权利而不懈抗争。但是,女性的抗争反而招致了男权社会对女性更强烈的歧视,在维多利亚后期的英国,"厌女情绪"(misogyny)愈演愈烈。

小说《她》中的两个男主人公——剑桥大学教授霍利和他的养子利奥都宣称自己厌恶女性:利奥儿时,霍利拒绝雇女佣来照料他,而利奥成年后,也对女性避而远之。但当他们面对美艳的阿霞时,却都无法抗拒她的女性魅力。"厌女情绪"成为男权意识的表征,它将男女两性对立起来,肯定男性的社会主宰地位,认为男性是性别规则的制定者、社会的统治者。男权意识中的女性,是激发男性欲望,导致男性走向毁灭的邪恶力量,正如典故中的美杜莎、夏娃和莎乐美。

回顾英国维多利亚时期的历史语境,"厌女情绪"的产生有其深刻的历史诱因:当时的英国社会,女权蓬勃兴起,男性出于自我保护,出于维持自身优越地位的动机,对女权进行排斥和压制。哈葛德小说《她》首发于1887年,其时的英国已制定出一系列新的法律法规,以保障女性的平等地位:1857年的《婚姻法案》及1878年的修正案,保障了女性的离婚自由。随着英国国家教育制度的确立,初等教育开始普及,女性获得了受教育的平等权利。1882年的《已婚女性财产法》,为已婚女性获得、拥有或随意处置不动产及个人财产提供了权利保障。1886年通过的《儿童监护人法》赋予女性在丈夫去世后独立成为儿女监护人的权利。一系列的新立法保障了英国女性在财产继承、婚姻平等、接受教育等方面的权利,大大推进了女性的独立意识,使英国社会出现了一批反抗传统价值、倡导男女平等的"新女性",而女权的挑战使男性倍感焦虑。

哈葛德以小说方式回应了这一时期的社会变化,一个发人深省的细节是:小说中男主人公霍利等人从英国启程到非洲探险的时间设在1881年,这一时间安排有着深刻的历史背景——这一年,牛津大学的地方考试开始向女性开放,标志着作为男性特权的知识领域开始被颠覆。①同时,传统政治权力以男权为核心,阿霞作为女王对非洲腹地的统治,指涉了政治权力的性别转移。传统的男性活动空间受到了女性的侵入,男权独霸的意识受到了前所未有的威胁,致使男性以更加强势的话语来卫护男权。小说的非洲野性书写——狮鳄间的生死搏杀、射杀羚羊、男人彻夜狩猎等血腥场景中,处处潜隐着男性的好斗姿态及强烈的征服欲望,影射了男权意识中隐含的暴力倾向。

阿霞统治的非洲土著族群"阿玛哈格",似乎有着母系社会的特点,族群中的年轻女性被当作"生命之源"受到保护,她们被免除了繁重的劳作,享受主动选择配偶的权利,家庭结构也以女性为中心。然而,族群的各种规约却依然由男性首领来制定,女性只是激发男性情欲、繁衍族群的生育工具。土著"阿玛哈格"族的女人个个美丽非凡,她们对于男性,是难以抗拒的引诱者,但在男性族人的眼中,她们是将男性引入歧途的罪人。因此,族长比拉利失去妻子后倍感幸福,为自己年事已高无需抵抗女性诱惑而感到如释重负。对于"阿玛哈格"土著,女色还是一种可以估价出售的商品。②实际上,"阿玛哈格"族群的组织架构依然是以男权为核心的,女性生命实际上受男性主宰:虽然男性往往以宽容的姿态迁就她们,一旦族群中的年长女性倚老与男权抗衡,她们便会惨遭杀戮,族群中男女权力得以平衡;这从另一方面揭示了男性将女性作为激发情欲和生育根据的男权逻辑。小说借阿霞的杀戮无度和专横暴戾,讽喻了极端女权可能带来的灾难性后果。占统治地位的传统男权与觉醒中的女权抗争角逐,构成了英国维多利亚晚期社会,各种权力关系冲突中一个新的焦点。哈葛德笔下的阿霞隐喻了女权可能带来的社会问题:极端女权带来的最终结果,只能是女性的自我毁灭,就如同阿霞女王在永生之火

---

① Showalter, Elaine. *Sexual Anarchy, Gender and Culture at the Fin de Siècle*. London: Virago Press, 1992:85.
② Daniel Karlin(ed.). Rider Haggard. *She*. Oxford: World's Classics, 1991:202.

中返祖死亡。

小说以生动的叙事回应一个时代的主流思想,以其话语建构力参与对社会意识及社会秩序的重构。小说的虚拟世界中蕴含着历史的真实,呈示了历史学家难以企及的社会内涵,因为小说家以其敏锐的感性,触及深层的社会权力关系和潜在的思想意识,触及社会问题的症结所在:"虚构作品向我们呈现了时代和生活,呈现了社会风俗和社会变迁,呈现了反映社会特征的服装、娱乐和欢笑,以及不同社会时期的荒谬之处……即便是最高产的史学家,恐怕也无法向我呈现那么多吧。"[①]在哈葛德小说《她》中,以"蛇""面纱""白色""女权""厌女""她"等词语,串联起小说修辞网络上的关键节点,指向小说的主题、指向小说叙事蕴含的思想意识和社会权力关系。通过对这些关键词的分析和评述,可以从一个侧面展现文本修辞话语与社会时代的密切关系,引发读者的深入思考,探求人的自我审视,探索人与人、人与世界、人与社会的关系;文学话语对社会的再现与建构功能即在于此。可以说,哈葛德传奇小说为读者提供的,不只是消遣阅读,而是一定语境下的历史事实和社会思潮,是一个民族对社会秩序和生存哲学的深度思考。

第四节　哈葛德小说《她》:生死母题下的生命寓言

一、叙事时间变奏:文明荣枯盛衰的寓言

阿霞女王永生不死,其生命跨越了两千多年,她生活在失落的科尔

[①] 殷企平:《推敲"进步"话语——新型小说在十九世纪的英国》,北京:商务印书馆,2009年,第198页。

文明的地下陵墓之中,等待被自己在两千多年前杀死的情人转世回生。阿霞的世界已丧失了时间的尺度概念,摆脱了现实世界中物理时间的约束。当霍利和利奥与生活了两千多年的阿霞相遇在非洲地下洞穴中时,时间仿佛即刻凝止,过去与现在瞬间交织重合:小说叙述的探险时间是19世纪末,而阿霞的时间认知仍然停留在两千多年前,阿霞的时间是超越永恒和死亡的情感时间、心理时间,历史与现代交叉于探险者与阿霞相遇的这个时间节点上,形成了一个奇幻的世界:现代人仿佛穿越时空,回到了故事的起点;而历史又仿佛在现代失而复得。这一叙事时间的设计拉开了小说叙事时空与现实世界的距离,凸显传奇小说神奇诡异的迷幻色彩,强化了小说的寓言效果。

小说中的叙事时间设计,也蕴含着生死母题。如前所述,小说"套盒"式的叙事结构,形成了故事中套故事的奇特效果,而小说的时间设计,从陶片的代代相传,阿霞的永生和希腊祭师凯利克雷特的死而复生,阿霞爱情的失而复得、得而复失,到科尔文明的兴盛与失落,仿佛是一个又一个永无休止的循环,经历了无数的生命轮回和文明更替;一切都如同阿霞一样,超越生命的局限,超越历史、超越空间。曾经辉煌的科尔文明在历史中灰飞烟灭,仅留下耸立荒野的"真理女神塑像",如同雪莱十四行诗《奥西曼提斯》(*Ozymandias*)所描述的场景:"此外无一物,但见废墟周围,寂寞平沙空莽莽,伸向荒凉的四方。"①

阿霞最后在永生之火中的返祖是对生存的嘲弄:两千多年来,阿霞青春永驻,等待情人的转世再生,而当她得到前世情人时,却失去了生命。阿霞临死前立誓"我将再生",死亡仿佛是生命的不同形态,以不同的尺度衡量着生命,时间之流延绵不断,唯有死亡成为其中一个又一个的转折点。现实世界中的钟表时间概念遭到了消解,时间的一维性和不

---

① 王佐良:《英国诗选》,上海:上海译文出版社,1988年,第342页。

可逆转性已被打破,过去—现在—未来这三个时间维度已突破原有的序列,历史循环往复,人类在追寻中失去,又在失去中得到。这是哈葛德以寓言方式对维多利亚英国社会关于殖民历史、种族竞争的思考,也是对整个人类文明、生存哲学的思考。

二、生与死的轮回:生命意义的追寻

阿霞的世界,是失去时间刻度的世界,阿霞的生命观是循环永恒的生命观。小说第13章,独居洞穴两千多年的阿霞见到霍利后,询问世事变迁,从古希腊文明、希伯来文明问到罗马历史,她对古代历史的熟识和博学令霍利震惊。阿霞告知霍利她已生活了两千多年,对死亡、对时间有着自己的独特理解:"根本就没有什么'死亡',有的只是'变化'。她手指石墙上的雕刻说:'你看,古文明的最后一族把这些图画刻在墙上,瘟疫吞噬毁灭了他们的躯体,六千年流逝,但他们并未死去。他们至今尚存,也许此刻他们的灵魂正关注着我们。'她环顾四周说'我肯定,有时我能看到他们。'我说'是的,但对这个世界而言,他们已经死了。''啊,死是一时的,在这个世界上,他们死而复生,生而复死,生生不息。'……'在生命史上,一万年,两万年或者五万年又算得了什么呢?一万年间,山岳历尽风雨,为何山顶却丝毫未损?两万年过去,山洞依然如故,除了人类和野兽,应该说人类本身也是野兽,一切均未变化。""在时间史上,一万年,十万年都只是一瞬间而已,算得了什么呢?……死为生之黑夜,黑夜终将孕育黎明,黎明过后黑夜再次降临。白与昼、生与死,循环往复,直至终极,我们的最终命运是什么?谁能看到那么遥远?连我都不能!"①

阿霞在对时间的抗拒、对死亡的抗拒和对历史的对峙中存在,遵循主体心灵的秩序,阐释生命的意义。阿霞两千多年的爱情等待在返祖消

---

① Daniel Karlin(ed.). Rider Haggard. *She*. Oxford: World's Classics, 1991:149-151,186-187.中译文由本书作者提供。

亡中结束,然而,生存与死亡,在时间的无限中,仅仅是短暂的瞬间,如同湮灭的科尔文明,仅存难以辨识的遗迹印记。"死"不再是"生"的对立,而是"生"的一个部分,生命永存,人的生存价值、目标和意义在"死"中得以揭示。一个人的生死,与他人的生死息息相关,如同阿霞的死亡与利奥的再生密不可分。

小说叙事虽托名于19世纪的非洲历险,但叙事时间却覆盖了埃及文明前代到19世纪英国在非洲的殖民时期。在"时间循环论""生死循环论"的叙事布局下,使"古"与"今"交汇在时间永恒的长流之中,当叙述者将"古"与"今"置于同一空间进行考量,却发现古今同理、古今同一、古今轮回——"古"亦曾为"今",而"今"终究要成为"古",时间倏忽而逝,千年仅在呼吸之间,生命形态在生与死之间轮回;文明在荣枯盛衰间交替,在历史的滚滚烟尘中,"古"与"今"殊途同归,面对时间的永恒,生命、王权、文化和文明都微不足道。这似乎已经落入了虚无主义的陷阱,但面对19世纪工业革命、科学进步、社会发展和殖民扩张带来的道德伦理困惑和价值观念的剧变,哈葛德用一个持续两千年的爱情生死悲欢故事,寓言了时间、生命、死亡、权力、文明等的内涵本质。小说以新的感知方式体验历史与现时、永恒与瞬间、生命与死亡、文明与野蛮,以一种新的时间意识、历史意识对现时社会进行思考,对"突飞猛进""进步着的"殖民帝国进行质疑和批判,也是对"现代性"的核心观念——线性进步的历史观、理性及主体自由观的质疑,这赋予小说丰富的寓意和鲜明的现实批判意义。因此,小说《她》言古涉今,对人类文明进程做出了寓言式的阐述,正如阿霞所说:"一代又一代的民族,不,应该是一代又一代富庶强悍的民族,学会了生存之道,存在、湮灭、然后被遗忘,不留任何记忆……日光之下并无新事,智慧的希伯来人早已对此有所论述。"[①]根据哈葛德小

[①] Daniel Karlin(ed.). Rider Haggard. *She*. Oxford: World's Classics, 1991:180-181. 中译文由本书作者提供。

第三章　哈葛德小说《她》：追寻母题下的世界文明秩序探寻

说的编辑注解,阿霞的这一阐述呼应了《圣经·旧约》"传道书"中的话语:"已有的事,后必再有。已行的事,后必再行。日光之下,并无新事。"①阿霞这样理解文明更替中人类生命的意义:"一个又一个的宗教兴盛衰亡、一个又一个的文明轮回周替,一切皆为泡影,惟有这个世界和人性亘古不变。啊,但愿人类能够明白:希望源于内在的自身,而非来自身外,人类应该自我拯救!人类生存,生命之源和善恶理念皆从内心而出。因此,人类应该挺直为人,不要跪拜在依照人类自身形象创造出来的未知神圣面前……"②

由此,小说《她》的叙事时间和空间跨越了时代和地域的疆界,这种开放式的时间叙述使过去与当下交错融合,隐喻了人类进化过程中,生命轮回和文明交替过程中,强者生存这一始终不变的逻辑。基于这一观念,社会发展文明进步的反面即蕴含了"倒转"和"回归",这是对现代线性时间观念的质疑,"哈葛德的浪漫传奇小说代表了一种对维多利亚时代逐渐工业化和世俗化的社会的'反动',也暗含对于现代文明的不满。*She* 这本小说,从第1章起就涉及达尔文的进化论,不过是倒转的。故事情节反时序而行,似乎回到远古人类的源头,长生不老的'艳尸'女王最后又退化成像猿猴的老僵尸,她的长生不老之术并非来自'优胜劣败'的进化,而是来自轮回(reincarnation),显然有东方佛教的色彩(甚至续集故事也搬到西藏),这一切都和维多利亚时代的主流思潮不合。"③

阿霞把死亡称作"转变",于是,生与死都成为一种存在方式,但吊诡的是:在两千年时间长流中,阿霞与其情人始终以不同的方式存在,"生"

---

① 中国基督教三自爱国运动委员会/中国基督教协会:《圣经》(和合本)(《传道书》,1:9),上海:中国基督教两会出版部,2007年,第1082页。
② Daniel Karlin(ed.). Rider Haggard. *She*. Oxford: World's Classics,1991:192.中文译文由本书作者提供。
③ 李欧梵:《林纾与哈葛德——翻译的文化政治》,《东岳论丛》2013年第10期。

无法让他们团聚,惟有"死"将他们带到了一起。哈葛德的生死观在他的另一部小说《艾伦·夸特曼》(Allan Quatermain)结尾处也得以体现:"生命的尽头到了——生命,只是一段短暂的烦恼时光,经历了不得安宁、充满痛苦的几年,就要投入死亡天使的怀抱。……我要躺下了,我心里这样想着,曾有千千万万的人以这样的思绪结束生命并被遗忘:在远古的千万年之前,人们怀着这样的思绪终结生命,在他身后的千万年间,他们的子孙也同样如此,随后一一被遗忘。我曾听到一个叫英格诺西的祖鲁人说:'我们的生命如同冬日里牛吐出的一团雾气,如同划过天际的流星,如同暮色中消退的影子——转瞬即逝。'我把自己的灵魂交给万能的上帝。如祖鲁人所说:'该说的话我已经说了。'"①面对生死交替的自然秩序,言说者处之坦然,呈现出一种挽歌式的英雄主义气概。

小说《她》展现生死母题的一个重要意象是"生命火柱"(The Pillar of Life)。火,是人类最原始的生命象征,在西方文学史上,从普罗米修斯为人类盗火到炼狱里洗涤人性罪恶的净化之火,火,成为人类文明生存的必须;成为历练、涤罪、救赎和再生的象征。"火"隐喻人类摆脱罪恶、获得净化、超越自我、生命的涅槃。弗莱诗意地定义了火在人类生命中的位子:"在诗歌的象征中,人生在世间,头顶上是烈火,脚底下是深水。"②

经过两千多年的等待,当阿霞再次踏入永生的火柱,她迅速枯老死亡,白玉无瑕的皮肤皱成枯黄的羊皮纸一般,浓密飘逸的黑发团团脱落,凝脂般的双手变成了干枯的鹰爪,婀娜的身材缩成返祖的猿猴,直至灰飞烟灭。"火"曾经赋予阿霞两千年的青春,而此刻却摧毁了她美艳的身躯、也烧尽了她两千年的爱情期待:"顷刻间,爱、死与火凝为一体。"火,

---

① Haggard, Rider. *Allan Quatermain*. http://www.gutenberg.org/files/711/711-h/711-h.htm,第23章。中译文由本书作者提供。
② 诺思罗普·弗莱:《批评的解剖》,陈慧等译,天津:百花文艺出版社,2006年,第206页。

成为不断循环的生与死的过渡:"真实与非真实之间架起的火之桥,每时每刻都是存在与非存在的共在。"①然而,阿霞坚信自己将会复活,她在火柱中向前世情人发出了期待新生的誓言:"凯利克雷特,不要忘记我,宽恕我的耻辱,我发誓我会转世回生,又会美艳动人,相信我!"②这是阿霞临终留下的生命轮回宣言,哈葛德后来为阿霞的转世写了2个续集:《阿霞转世》(*Ayesha*: *The Return of She*)及《智者之女》(*Wisdom's Daughter*)。

阿霞在火柱中的死亡与她寻求永生的欲望形成了一种辛辣的反讽,阿霞的返祖是对命运的嘲弄,也是对"火"的意象内涵的反向演绎。象征人类文明和神圣生命之"火",在小说中被演绎为文明堕落、人性邪恶的表征:小说第19章,阿霞为霍利和利奥一行召集土著举办篝火晚会,土著们手举用死尸肢体点燃的火炬,黑暗中耀眼的火光是一个个排列有序的燃烧着的人尸,身着豹皮的土著们杀羊献祭神灵、喝血畅饮,围着用木乃伊燃烧的熊熊篝火疯狂舞蹈。两千多年前曾经辉煌的科尔文明,已从鼎盛跌入野蛮,文明失落、人性沦丧,"火",不再是生命和光明的象征,而是人类丧失善良、堕入无可拯救的野蛮黑暗的标记。"阿玛哈格"族是科尔文明的后人,但却退行至食人蛮兽的境地,科尔文明中曾经优雅的餐饮器皿被用来食人,科尔人为死者建设的地下陵墓,成为阿玛哈格人的民居;科尔人用油膏保存的木乃伊,成为他们点火取光的材料;曾经建构了文明城池的聪颖智慧的族人,沦为食人生番;伺候阿霞女王的女奴失去了言说能力,成为任人奴役的沉默羔羊。小说中"野蛮"一词的出现频率甚高:"savage"出现26次,"barbarian"出现6次,而与此相对的"文明"(civilisation,或 civilised)出现了11次。小说修辞话语建构起来的寓言网

---

① 加斯东·巴什拉:《火的精神分析》,杜小真、顾嘉琛译,北京:生活·读书·新知·三联书店,1992年,第20、185页。
② Daniel Karlin(ed.). Rider Haggard. *She*. Oxford: World's Classics, 1991:294.中译文由本书作者提供。

络,指向对"文明"和"野蛮"规律的隐喻:生死轮回、文明周替。

阿霞带领霍利一行来到科尔古城遗址,在真理神庙(The Temple of Truth)前,凝望科尔人曾经崇拜的"真理女神"——一尊立于黑色岩石基座上的白玉塑像:"飞翅半展的女神美丽无比,身姿娇柔,塑像大小合宜,更加衬托其凡俗之躯的灵性之美。女神身躯前倾,与半展的双翅保持平衡,双臂伸展,恰如凡间女子迎抱至亲所爱,意态柔美而恳切。她美丽典雅的身躯赤裸无余,但非同寻常的是,脸部却以薄纱遮盖,只能大致看出其脸庞的轮廓。轻纱遮掩她的脸庞和头部,轻纱一角垂于左胸,显出隐隐的曲线,另一角已经缺损,在她身后的风中飘逸。"塑像底座上清晰地镌刻着大段的象形文字,召唤人们揭开"真理女神"的面纱,却告诫人们惟有死亡才能揭开其面纱,惟有在死亡中才能看清真理女神的真正面目。"真理女神"的面纱,隐喻了真理强烈的荣耀光芒:"真理以面纱遮蔽,因为我们无法直视其光芒,如同我们无法直视太阳一样,否则,我们都将遭到毁灭。"①

对于死亡,哈葛德在儿童时期就有所感悟,在自传中,他描述了自己9岁时对死亡的顿悟:"我清醒地意识到自己也会死去,我的躯体将被埋葬,我的灵魂将飘向一个遥远的陌生之地,那就是人们所说的地狱。……在这糟糕的时刻,我为此颤栗、为此祈祷、为此哭泣。我感觉死亡就在书房门口等我。最终,我在睡梦中梦见自己来到了地狱,所受的惩罚是让老鼠咬死,直到老鼠把我活活咬死。就以这个梦,我走出了童年,开始直面命运的现实。"②哈葛德1875年至1880年在非洲英殖民政府工作,亲历1879年的祖鲁战争,目睹殖民扩张辉煌和荣耀背后的野蛮

---

① Daniel Karlin(ed.). Rider Haggard. *She*. Oxford: World's Classics, 1991:264, 118.中译文由本书作者提供。
② Haggard, Rider. *The Days of My Life*. web edition published by http://ebooks.adelaide.edu.au/, 2009:37.

屠戮,对英国在非洲的殖民既引以为豪,又焦虑重重,质疑殖民带来的道德体系崩溃,探寻文明更替中人类生存的终极意义。哈葛德敏锐地预言:英殖民帝国终将消亡;为了国家的利益,他始终希望在自治领安置英国国民;并预言东亚"黄祸"下的日本,有着以"大东亚共荣圈"在太平洋地区建立帝国的野心。①

  生死轮回是文学作品中一个重要的母题类型,生命循环不息的理念,既有深远的神秘宗教渊源,也展示了强烈的生命意识,在"轮回"理念下观照人的存在意义。小说的时间设计,打破了生与死、历史与当下、不朽与毁灭的界限,在时间的一个节点上体验时间的永恒,以生命的"存在瞬间",回望历史烟尘、展示生命存在的本质和意义,体现了对生命的关怀,对生命意义的追寻,从而具有一种生命哲学的意味。哈葛德笔下的阿霞女王,跨越了遥远的前埃及文明时代——科尔文明,以暴戾和残忍手段统治从科尔人退至野蛮的非洲土著,她在两千年的等待中体验生命、感受历史、感知文明。而霍利等人的非洲探险,在一次次冒险中追寻历史真相和生命意义,在这一寓言式的"追寻"中,将社会现实投射其中,赋予作品丰富的内在寓意;在人类历史的长流中,生命的循环无穷无尽、世界文明此长彼消、历史周而复始,人类以其贪婪争夺攫取,然而,人类生存难以逃避苦难的纠缠,得到的终将失去、人生的命运就是一个接着一个的磨难,人类难以逃脱自己布下的藩篱。

本章小结

米兰·昆德拉说:"小说不研究现实,而是研究存在。存在并不是已

---

① Pocock, Tom. *Rider Haggard and the Lost Empire*. London: Weidenfeld and Nicolson, 1993:244.

经发生的,存在是人的可能的场所。是一切人可能成为的,一切人所能够的。小说家发现人们这种或那种可能,画出'存在的地图'。""小说的深思,就其本质而言,是疑问式的,假定的。"①

哈葛德基于生死、爱情、生命轮回、善恶、追寻、权力专制等母题,以传奇叙事演绎出19世纪末期英国海外扩张语境下人类生存的生命故事,小说主人公的非洲历险追寻之旅、阿霞女王两千年等待的悲壮和荒谬,既展现了虚构个体的生命故事,也表征了某个历史节点上人类群体的生命记忆;从这一意义上看,小说题目《她》这一泛指女性的第三人称代词所表征的,是延绵不断的历史长河中,一代又一代人的生存状况,而非某个个体的生命体验。小说通过寓言这种有意识的文学虚构形式,质疑一个时代的思潮特征:独裁专制的可怕、对文明秩序和历史进步的再思考、对男女性别关系的探析,唤起人的自觉意识,叩问生命存在的终极意义。哈葛德小说叙事以时空穿越实现了对现实的疏离和超越,强化了传奇小说的虚幻和浪漫色彩,增加了小说情节所承载的思想意义容量,拓展了小说主题的意涵。小说描述的奇特非洲历险,是19世纪英国殖民语境下,对社会进化、文明进步、族裔竞争、人性本质、生存哲理进行追问的缩影。在小说的表层叙事与深层寓意之间,深刻地蕴含了人类生存面临的普世性问题:生命意义、道德伦理和文明本质。

小说,以虚构的方式提供了关于一个时代的信息,小说家作为个体的生命体验、文本中潜在的思想意识,在文本修辞话语背后自然展露,形成文本修辞深层的哲学意涵,在文本话语的空隙发出意识形态的声音。

话语蕴含的权力关系,对社会秩序起着规约作用,即对不同群体在社会中的身份、地位和群体认同起着规约作用。"话语意味着一个社会

---

① 米兰·昆德拉:《小说的艺术》,孟湄译,北京:生活·读书·新知三联书店,1992年,第42、75页。

团体依据某些成规将其意义传播于社会之中,以此确立其社会地位,并为其他团体所认识的过程。"①社会意识中对于生与死、文明与野蛮的认知特点,在文学文本中得以展现。话语与社会互为建构,权力关系作用其中,但文本中所蕴含的权力关系是非常隐晦的,文学话语对社会的影响并非以直接的权力运作实现,而是通过引发人们的情感认同和思想变化,间接地对现实世界产生影响——也就是说,文学话语的权力运作潜藏于文本的深处,隐含在文本话语的背后。"语篇参与社会实践、再现社会事实和构建社会关系的三个社会功能与其实施这些功能的社会语境不可分离。"②因此,只有将文学话语回置于文本所述的社会历史语境,通过对文本修辞话语的分析,才能捕捉话语深层的权力关系,才能阐述文学话语与社会规约互为建构的运作机制,揭示文学话语对社会现实潜在的支配力量以及对社会意识形态的建构力量。

---

① 王治柯:《福柯》,长沙:湖南教育出版社,1999年,第159页。
② 田海龙:《语篇研究:范畴、视角、方法》,上海:上海外语教育出版社,2009年,第88、127页。

第四章　哈葛德小说走入中国：《时务报》译介《长生术》的意义

在两次鸦片战争的时代，翻译过程就被理解为一种特殊形式的暴力，一种通过另类手段进行的战争。

——何伟亚①

谁在言说，是话语权的核心问题，确立了言说者的位置，也就确立了行使话语权的主体。

——谭学纯、朱玲②

第一节　晚清"陆沉"恐惧中的维新抗争

一、"陆沉"：晚清生存危机与维新派的抗争求索

晚清政府昏聩腐败，国力荏弱，1840年第一次鸦片战争，英国侵略者用坚船利炮轰开了中国的大门，自1842年《南京条约》后，西方列强接踵

---

① 何伟亚(James L. Hevia)：《英国的课业：19世纪中国的帝国主义教程》，刘天路等译，北京：社会科学文献出版社，2013年，第48页。
② 谭学纯、朱玲：《广义修辞学》，合肥：安徽教育出版社，2008年，第97页。

而来,强迫清政府签订了一系列的不平等条约,中国被列强瓜分:俄国强占旅顺大连,英国占领威海,德国占领胶州湾。特别是1894—1895年的中日甲午战争,晚清政府苦心打造的海军全军覆灭,1895年签订了丧权辱国的《马关条约》,让日本割去了台湾澎湖,泱泱大国败于小邦之手。在传统的思想意识中,中国自封是世界的中心,尽管在中日甲午战争之前,中国已多次遭受西方列强的入侵,但随着战争硝烟退去,又回到了歌舞升平的麻木,内忧外患未能警醒这个封建帝国。《马关条约》的签订改变了这种状态:"吾国四千余年大梦之唤醒,实自甲午战败割台偿二百兆以后始也。"①面对列强凌辱、民族搏杀,晚清中国"天朝中心主义"的集体意识走向解体,知识阶层的忧患意识日益深重,感受到了迫在眉睫的亡国之祸:"俄北瞰,英西睒,法南瞵,日东眈,处四强邻之中而为中国,岌岌哉!况磨牙涎舌,思分其余者,尚十余国。辽台茫茫,回变扰扰,人心皇皇,事势儳儳,不可终日。"②康有为在1898年4月的《京师保国会第一集演说》中开场就说:"吾中国四万万人,无贵无贱,当今一日在履屋之下,漏舟之中,薪火之上,如笼中小鸟,釜底之鱼,牢中之囚,为奴隶,为牛马,为犬羊听人驱使,听人宰割,此四千年中二十朝未有之奇变。加以圣教式微,种族沦亡,奇惨大痛,真有不能言者也。"③对亡国灭种的恐惧溢于言表:"敌国狼争于其境,群雄虎视于其侧,民气全消,国权尽失。一瞬之间,危机立至,譬犹刀俎在前而己为之肉,万矢沓至而己为之的……"④"我黄种国权衰落亦云至矣。四百余州之土,尽在列强之实例范围,四万

---

① 梁启超:《戊戌政变记》,《饮冰室合集》(专集之一),北京:中华书局,1989年,第1页。
② 康有为:《京师强学会序》(1895年9月),《康有为政论集》(上),汤志钧编,北京:中华书局,1987年,第165页。
③ 康有为:《京师保国会第一集演说》,《康有为政论集》上,汤志钧编,北京:中华书局,1987年,第237页。
④ 自新:《日俄战争之结局即中国灭亡之末途》,《觉民》1904年第6期。

万之同胞,已隶白人之努力册籍。"①

面对岌岌可危的国家命运,晚清知识界为"亡国灭种"的恐惧所慑,用"陆沉"这个传达"大陆民族对水和海洋的畏惧"的词语,来表述"国土沦陷于敌手""国家民族沦亡"的灭顶之灾,这一反复演绎的词语,成为晚清阐述中华命运悲剧的关键词,恐惧与悲怆交杂一体,汇聚成对亡国焦虑的一种集体表述。单正平罗列了晚清诗文中"陆沉"一词所反映和建构的亡国焦虑和恐惧心理:②

> 康有为:"陆沉预为中原叹,他日应思鲁二生。""金铁鸣飞,神州陆沉。"
>
> 黄遵宪:"坐视陆沉谁任责?事平敢望救时才。""风轮劫坏天难补,磐石无人陆竟沉。"
>
> 张之洞:"神州陆沉六朝始,疆域碎裂羌戎骄。"
>
> 陈衍:"一卧忽惊天醉甚,万牛欲挽陆沉艰。"
>
> 秋瑾:"痛同胞之醉梦犹昏,悲祖国之陆沉谁挽。""莽莽神州叹陆沉,救时无计愧偷生。"
>
> 邓实:"欧风美雨,驰卷中原,陆沉矣,邱墟矣,亡无日矣。"
>
> 刘师培:"自满洲肇乱,中原陆沉,衣冠化为涂炭,群邑荡为丘墟,呻吟虐政之中,屈服毡腥之壤,盖二百六十年于兹矣。"
>
> 章太炎:"庶几陆沉之痛,不远而复,王道清夷,咸及无外。""摩顶放踵以拯生民之陆沉……百折而无反顾。"
>
> 傅尃:"来日云难患已深,国微更启四夷侵。投梲一误宜天笑,避世无心与陆沉。"
>
> 雷昭性:"谁使神州竟陆沉,北来石羯感偏深。"

---

① 灵石:《读〈黑奴吁天录〉》,《觉民》1904 年第 7 期。
② 单正平:《晚清民族主义与文学转型》,北京:人民出版社,2006 年,第 93—94 页。

少瘦生:"今度陆沉谁任咎? 梦梦天地亦含哀。"

陈冀谋:"老大神州叹陆沉,瓜剖豆分安有艼。"

梁启超:"语曰:知古而不知今,谓之陆沉。夫陆沉我国民之罪,史家实尸之矣。"

李大钊:"吾族男儿,慨中原之陆沉,愤廷之误国,相率乞灵于铁血者,则有吴樾之炸五使……"

"当时'陆沉'的描述与叙述主要见于士大夫或开明知识分子等社会精英,与民众的叙述还有一定距离。"①"陆沉"引发的忧虑和恐惧通过报刊媒介的宣传,演变为一种集体无意识,并由此衍生出亡国灭种之惧、儒家道德沦丧之惧、皇权专制制度淫威之惧等几个方面的恐惧。面对"积弱"之痛和"亡国灭种"之惧,"陆沉"一词展现了晚清历史转折期,一代文人的民族主义情感,也指向一种深刻的内省精神:"对'陆沉'——亡国灭种的表层恐惧之下,包含了丰富而深刻的内省精神——自我怀疑、自我批判和自我否定。"②

面对列强的欺凌、面对西方现代文明观念秩序、政治霸权的威胁,晚清以儒家三纲六纪为准则建构起来的天朝帝国濒临解体,传承千年的华夏传统文明秩序濒临崩溃,一代爱国志士谋求社会变革、救国保种的努力从文化反思开始,谋求社会变革、洗刷耻辱,期盼华夏民族重获尊严。1895年严复撰写的《原强》一文在天津《直报》3月4日至9日(光绪二十一年二月八日至十三日)上连载发表,反思中国积弱不振的现状:"呜呼! 中国至于今日,其积弱不振之势力,不待智者而后明矣。深耻大辱,有无可讳焉者。日本以寥寥数舰之舟师,区区数万人之众,一战而翦我最亲之藩属,再战而陪京戒严,三战而夺我最坚之海口,四战而覆我海军。今

---

① 廖七一:《晚清集体叙述与翻译规范》,《上海翻译》2011年第1期。
② 单正平:《晚清民族主义与文学转型》,北京:人民出版社,2006年,第109、112页。

者款议不成,而畿辅且有旦暮之警矣。"①1897年,梁启超在《时务报》第39期上发表《变法通议二之余》,其中的"记东侠"一段反思了日本的小国之强,甚至不惜赞赏敌国敢与西方列国争雄的豪杰之气:"日本以区区三岛,县琉球,割台湾,助高丽,逼上国,西方之雄者,若俄,若英,若法,若德,若美,咸屏息重足,莫敢藐视。呜呼!真豪杰之国哉,而其始乃不过起于数藩士之议论,一夫倡,百夫和,一夫趋,百夫走,一夫死,百夫继,盖自安政庆应之间,日本举国甚嚣尘上矣。"②谭嗣同在《仁学》一文中倡导变法以拯救自我:"然则中国谋自强,益不容缓矣。名之曰'自强',则其责在己而不在人,故慎毋为复仇雪耻之说,以自乱其本图也。任彼之轻贱我,欺凌我,我当视为兼弱攻昧,取乱侮亡,彼分内可应为,我不变法,即不应不受。反躬自责,发愤为雄,事在人为,怨尤胥泯,然后乃得一意督责,合并其心力,专求自强于一己。则诋毁我者,金玉我也;干戈我者,药石我也。"③

面对"亡国灭种"的恐惧,"亡国史"译介成为这一时期西学译介的一个关注焦点。早在1896年,《时务报》第3期就刊载了梁启超编写的《波兰灭亡记》,借波兰沦亡史实警醒国人。"亡国史翻译是清末中国人担任主译者后独立译出的第一批世界史。"爱国士人广译西方亡国史,描绘国家沦丧、国民沦为奴隶的悲惨,引以为戒、唤醒国民。据统计,20世纪最初的10年(1901—1910年)间,译编的亡国史单行本达32种之多,其中1901—1904年就有28种;④展现了"陆沉"之灾恐惧下译介西学这一宏大

---

① 严复:《原强》,《论世变之亟——严复集》,胡伟希选注,沈阳:辽宁人民出版社,1994年,第10页。
② 梁启超:《记东侠》,《时务报》1897年39册,第3页。
③ 谭嗣同:《仁学——谭嗣同集》,张岱年主编,加润国选注,沈阳:辽宁人民出版社,1994年,第102—103页。
④ 邹振环:《清末亡国史"编译热"与梁启超的朝鲜亡国史研究》,《韩国研究论丛》第二辑,1995年,第325—355页、第326—328页。

第四章 哈葛德小说走入中国:《时务报》译介《长生术》的意义

叙事中的一个特点。国外亡国史的实例甚至还打动了光绪帝:康有为编写的七卷《波兰分灭记》,详述了18世纪的波兰因政治腐败惨遭俄、普、奥等国瓜分灭亡的历史,并上呈光绪帝,以促成其变法决心,光绪读后"垂涕湿纸,于是有七月大变法之举,许天下士民上书,革礼部六堂而大变生亦。"①

在"陆沉"之灾的困局中,晚清一代志士呼吁维新改良,以启蒙民智、发愤图强,拯救国民于亡命涂炭。康有为1888年12月的《上清帝第一书》被认为是资产阶级改良派第一次向清政府明确提出维新变法建议:"窃维国事蹙迫,在危急存亡之间,未有若今日之可忧也。方今中外晏然,上下熙熙,臣独以为忧危必以为非狂则愚也。夫人有大疴恶疾不足为患,惟视若无病,而百脉俱败,病中骨髓,此扁鹊、秦缓所望而大惧也。"②谭嗣同指出,在危机四伏的国势下,惟有维新才能拯救国运:"无如外患深矣,海军燔矣,要害扼矣,堂奥入矣,利权夺矣,财源竭矣,分割兆矣,民倒悬矣,国与教与种偕亡矣。唯变法可以救之,而卒坚持不变,岂不以方将愚民,亦法则民智;方将贫民,变法则民富;方将弱民,变法则民强;方将死民,变法则民生;方将私其智其富其强其生于一己,而以愚贫弱死归诸民,变法则与己争智争富争强争生,故坚持不变也。究之,智与富与强与生,决非独夫之所任为,彼岂不知之?"③

面对严峻的历史事实,追求进步话语、启蒙民众思想成为晚清一代志士的救国理想,译介西学成为追求"现代性"的一条重要途径。早在1842年,面对中英第一次鸦片战争的灾难,魏源在其《海国图志》中就提

---

① 康有为:《进呈波兰分灭记序》,《康有为政论集》上,汤志钧编,北京:中华书局,1987年,第345页。
② 谭嗣同:《上清帝第一书》,《康有为政论集》上,汤志钧编,北京:中华书局,1987年,第53页。
③ 谭嗣同:《仁学——谭嗣同集》,张岱年主编,加润国选注,沈阳:辽宁人民出版社,1994年,第78页。

出了"师夷长技以制夷"的对策;1898年,洋务派思想家张之洞在《劝学篇》中,又进一步提出"旧学为体,新学为用,不使偏废"这一命题,发愤图强、拯救积弱成疾的晚清社会。西学译介成为晚清社会意识建构不可分割的一个重要因素。"旧学"是指以儒学为主体的中国传统文;而"新学"即指"西学"——"近代中国人所说的'西学',其所指就主要是西方的现代文化……"①

"中学为体,西学为用"表明了晚清知识阶层对西方文化的认知立场,用"体"与"用"来界定中国传统文化与西方文明的关系:西方现代文化是可供利用的"器用",本土的儒家文化仍然是拯救民族生存之根本。19世纪60年代,在"师夷长技以制夷"思想的指导下,开始了轰轰烈烈的洋务运动,以自强、求富为宗旨,抵抗西方列强的入侵。1894年,中国在中日甲午战争中惨败,标志着历时30多年的洋务运动强国自救目标的破产。晚清有识之士认识到:之所以受西方列强宰割,根本原因不只是科学技术的落后,更是社会体制的落后,是思想意识的落后,这迫使他们超越器物层面的西学,把视野转向了西方现代思想体系,在制度和思想意识层面向西方借鉴民族生存、富国强民之道。他们试图通过对西方思想文献和西方文学的大量译介,激发知识阶层的民族主义意识,为他们发动社会变革提供可参照的思想文化资源。1898年6月,康有为上书光绪帝,表述翻译西方政治社会书籍以启民智之急需:"臣以为言学堂而不言译书,亦无从收变法之效也。同治时大学士曾国藩,先识远见,开制造局,首译西书,而奉行者不通本原,徒译兵学医学之书,而政治经济之本,乃不得一二。然且泰西文意迥异,译者极难,越月逾岁乃成一种,故开局至今数十年,得书不满百种,以是而言变法,是终不得其法也。……国家虽贫,而岁縻闲款,不知几许,若一铁舰一克虏伯炮之费,动需百数十万

---

① 张俊才:《林纾评传》,北京:中华书局,2007年,第39页。

亦。若能省一炮之费,以举译书之事,而尽智我民,其费至简,其事至微,其效至速,其功之大,未有过于此者。"①据历史学家王尔敏考证:1900年以前,撰著外国国情舆地者有61人,共得大小著作151种,他还列出了这151种著作的详目;其时对西学译介的推崇从中可见一斑。②

译介西学引入现代思想,成为向西方借鉴强国之道的一条有效途径。梁启超认为:"苟其处今日之天下,则必以译西书为强国第一义,昭昭然也。""故及今不速译书,则所谓变法者,尽成空言,而国家将不能收一法之效。"③"要之舍西学而言中学,其中学必为无用;舍中学而言西学,其西学必为无本。无用无本,皆不足以治天下,虽庠序如林,逢掖如鲫,适以蠹国,无救危亡。"④梁启超还对译书的范畴作了规定:"中国官局旧译之书,兵学几居其半。……今将择书而译,当知西人之所强者兵,而所以强者不在兵。"他还列举了当译之书:"当以尽译西国章程之书,为第一义。"他把翻译学校教科书列其二,认为"学校为立国之本,则宜取其学堂定课之书,翻成浅语,以颁以各学,使之依文按日而授之。"其三是当译政法之书:"夫政法者,立国之本也。……必尽取其国律、民律、商律、刑律等书,而广译之。"其四是应译西国史书:"史者,所以通古今,国之鉴也。择要广译,以观西人变法之始,情状若何,亦所谓借他人之阅历而用之也。"⑤

严复也力倡向强者学习强国之道的重要:"驱夷之论,既为天之所废

---

① 康有为:《请开局译日本书折(代杨深秀拟)》,《康有为政论集》上,汤志钧编,北京:中华书局,1987年,第254—255页。
② 王尔敏:《中国近代思想史论》,北京:社会科学文献出版社,2003年,第55—57页。
③ 梁启超:《变法通议·论译书》,《饮冰室合集》(文集之一),林志钧编,北京:中华书局,1989年,第66页。
④ 梁启超:《西学书目后续》,《饮冰室合集》(文集之一),林志钧编辑,北京:中华书局,1989年,第129页。
⑤ 梁启超:《变法通议·论译书》,《饮冰室合集》(文集之一),林志钧编辑,北京:中华书局,1989年,第68—70页。

而不可行,则不容不通知外国事。欲通知外国事,自不容不以西学为要图。此理不明,丧心而已。救亡之道在此,自强之谋亦在此。早一日变计,早一日转机,若尚因循,行将无及。彼日本非不深恶西洋也,而于西学,则痛心疾首、卧薪尝胆求之。知非此不独无以制人,且将无以存国也。而中国以恶其人,遂戒家人勿持寸铁;见仇家积粟,遂禁子弟不复力田。"①他认为,国运危急关头,唯一可以摆脱困境的办法就是维新变法:"世法不变,将有灭种之祸,不仅亡国而已。"②

在晚清濒临亡国灭种的危机中,一代爱国人士通过西学译介,将西方现代意识引入中国,在追求现代性的征程上迈出了坚实的一步:"现代性是现代社会或工业文明的缩略语……它涉及:(1)对世界的一系列态度,关于实现世界向人类干预所造成的转变开放的想法;(2)复杂的经济制度,特别是工业生产和市场经济;(3)一系列政治制度,包括民族国家和民主。"③"'现代性'是一种思想或意识,是一个哲学范畴。……现代性的社会现实正是从现代性意识中导引出来,是'现代性'言说的产物和结果,现代性社会是和现代性言说密不可分的。在这一意义上,'现代性'从根本上是话语建构。"④

大量的西学译介,使晚清中国逐步确立了认知世界的新视角,建构起了启蒙民众的新话语。翻译文本导入的异质文化,以其跨意识形态性,提供了新的知识和认知视野,以其强大的认知功能,为认知西方、认知世界提供了有效的途径,也为反思自我、思想变革提供了动力。西学

---

① 严复:《救亡决论》,《严复集》(第1册),王栻主编,北京:中华书局,1986年,第49—50页。
② 严复:《有如三保》,《严复集》(第1册),王栻主编,北京:中华书局,1986年,第79页。
③ 安东尼·吉登斯、克里斯多弗·皮尔森:《现代性—吉登斯访谈录》,尹宏毅译,北京:新华出版社,2000年,第69页。
④ 高玉:《"话语"视角的文学问题研究》,北京:中国社会科学出版社,2009年,第51页。

译介也成为晚清有识之士抒发爱国情怀、诉说亡国忧虑、探求救国之道的平台。翻译,以其修辞话语的建构潜力,重塑本土社会的意识形态。清末民初的西学译介,在中国历史上是继汉唐时期的佛经翻译、明末清初的科技翻译后的第三次翻译高潮,以西学译介启引现代思潮,以新的视野重审历史文化,重振文明意识,重构社会秩序。

二、《时务报》的现代性译介

"《时务报》是翻译小说的起点。"①哈葛德小说首次译入中国,是以《时务报》为媒介的。因而,要理解哈葛德小说如何进入晚清中国,如何产生积极的社会影响,首先要对《时务报》有所了解。

以改良变革、救亡图存为宗旨的《时务报》是晚清对中国社会产生深远影响的一份报纸。《时务报》由汪康年、黄遵宪等人集资创办,于1896年8月9日首发于上海,为旬报,每月出3册,每册约3万字,用连史纸木刻印制,以线装书的方式发行。《时务报》虽名为"报",但实际上是以"书"的方式出版:"报与书不分,报与书形相同、体相类,在当时报界并非保守落后,相反,有步越时流之处。……与当时书刊生产方式、读者市场和士夫文人凭借能文长才、救国热血、白手创报这三方面的因素有直接的关系。"②《时务报》由汪康年任报社社长,梁启超任主笔,孟麦华、章炳麟(章太炎)、王国维等分任各栏目的编辑。《时务报》是中国人独立创办的第一份报刊,也是戊戌维新派的主要舆论阵地。1898年8月,光绪帝下诏令改《时务报》为官报,遭汪康年等人停刊拒绝,至此,《时务报》一共出版了69册。同年8月17日,汪康年改《时务报》为《昌言报》出版,用拉丁文"Verax"译此报名,意为"说真话者"。《昌言报》册次另起,但其刊

---

① 阚文文:《晚清报刊上的翻译小说》,陈大康序,济南:齐鲁书社,2013年,第6页。
② 李玲、陈春华:《维新报刊的'面目体裁'——以〈时务报〉为中心》,《中国现代文学研究丛刊》2012年12期。

期、栏目等各形式都一概延续了《时务报》的做法;至 1898 年 11 月 19 日停刊,《昌言报》一共出了 10 期。

《时务报》主笔梁启超撰写的《论报馆有益于国事》刊登在创刊号上,文章阐述了报刊作为现代媒介的社会功能,阐明了《时务报》的办刊宗旨:"广译五洲近事,则阅者知全地大局,与其强盛弱亡之故,而不至夜郎自大,坐瞀井以议天地矣。详录各省新政,则阅者知新法之实有利益,及任事人之艰难径画,与其宗旨所在,而阻挠者或希矣。博搜交涉要案,则阅者知国体不立,受人嫚辱;律法不讲,为人愚弄,可以奋厉新学,思洗前耻矣。旁载政治、学艺要书,则阅者知一切实学源流门径与其日新月异之迹,而不至抱八股八韵考据词章之学,枵然而自大矣。"①《时务报》试图通过译编西方时文,探讨"万国强弱之原",以达到启民智兴民权及推进政治变革的最终目的。

"《时务报》是一批要求变法、但具体见解不尽相同的士大夫们在变法维新这一共同的旗帜下所开办的报刊。它的出现意味着汪康年系、康有为系和曾任驻外使节、呼吁变法的清帝国内部官员的联合;意味着变法理论家和实干家的联合;意味着江南、两湖士大夫维新群体和原先在京师活动的维新群体的联合。"②《时务报》以其强大的话语力量将零星的维新思想汇聚成了变革的共识。

《时务报》的主要栏目包括:"论说""京外近事""谕旨奏章""域外报译""西电照译""附录新书"等,"域外报译"后来细分为"英文报译""法文报译""东文报译""俄文报译",后来又更名为:"英文译编""东文译编""法文译编""俄文译编"。《时务报》栏目以针对时事的"论说"开始,之后转录"谕旨奏章"——该报的读者群以士大夫为主,朝政是他们关注的一

---

① 梁启超:《论报馆有益于国事》,《时务报》1896 年第 1 册,第 1 页。
② 廖梅:《汪康年:从民权论到文化保守主义》,上海:上海古籍出版社,2001 年,第 50 页。

第四章 哈葛德小说走入中国:《时务报》译介《长生术》的意义

个焦点,因此,谕旨章奏的载录成为必不可少的一个卖点。《时务报》的重点栏目是域外报译,在上述四种译编中,"英文译编"的容量最大,占据了整个译编文字总量的二分之一,①只要是对中国有借鉴之用的西政时文,均定为译编的重点,目的是"主于使吾华士夫周知中外情事,故于西报之陈说中国利病者则详译之。于西政之事可为吾华法戒者亦兼译之。"②

《时务报》译报来源既有译者自备,也有报馆统一提供的;源刊主要是其时的域外报刊和外国人在中国办的各类外文报刊,"大约采用了近四十种英文报,出版地包括英国、美国、日本、朝鲜和中国本土;三十种左右的日文报,九种法文报、七种俄文报和四种西班牙语报。"③译报主要源刊包括:《泰晤士报》《亚细亚四季报》《伦敦报》《伦敦中国报》《日本报》,以及在上海出版的一些英文报纸,如《字林西报》等 90 余种不同的报纸。根据潘光哲的统计,《时务报》译介的域外讯息来自 42 个不同国家及地区,以英美法俄日德为最多,而这 6 个国家正是 19 世纪中期以来入侵中国的主要帝国主义国家。《时务报》重点译编的各类时文涉及了政治经济、社会文化、军事科技、时局变化等各个方面,以具有现代意义的媒介运作方式,开创了传播"世界知识"的一个窗口,为晚清士人提供了聚群发表政见的公共空间,成为建构现代话语、参与社会变革的一个重要公共平台。《时务报》所"提供的'世界知识',则俨然为大清帝国的变迁前景,在思想层域积蓄了无数的可能潜在动力。"④

---

① 陈一容:《古城贞吉与〈时务报〉"东文报译"论略》,《历史研究》2010 年第 1 期。
② 《时务报》1897 年第 38 册,《近代中国史料丛刊·时务报》,沈云龙主编,台湾:文海出版社,1987 年,第 2621 页。
③ 廖梅:《汪康年:从民权论到文化保守主义》,上海:上海古籍出版社,2001 年,第 85 页。
④ 潘光哲:《开创"世界知识"的公共空间:〈时务报〉译稿研究》,《史林》2006 年第 5 期。

实际上,《时务报》以译编域外时文为主,有着更深一层的原因——晚清政府查禁维新言论,《时务报》只能借助译介域外时文的手段来传播维新思想。1895 年,康有为、麦孟华、陈炽、梁启超等维新派发起组织强学会,创办《万国公报》,该报名因与传教士林乐知创办的报纸同名,便改名为《中外纪闻》。维新派的这些活动遭到了保守势力的反对,他们上书弹劾,称该报为别有用心之人蛊惑人心的手段。1896 年 1 月 20 日,光绪帝下令查封了强学会,仅发行了 5 天的《强学报》和发刊一个月零五天的《中外纪闻》被迫停刊。1896 年 8 月,维新志士创办了《时务报》,他们深知专制"禁言"的力度,懂得慷慨陈词的恶性后果:"轰轰烈烈必有阻之者,甚或招祸,芸阁是也。身且不保,又何有于开风气? 兢兢业业,由小而大,由约而博,必可收黯然日彰之效,怀精卫之心则可,奋螳螂之臂则不必也。"①正是在这样的局势下,维新派"以译代言",借洋人之文传播维新变法的政治主张:以西学形式传播新思想不仅更易受到关注,而且还隐含了一种政治保护:一旦因文获罪,可以托名译述将罪名归咎到西文作者头上。因此,翻译成了维新派政治宣传的有力手段,叛逆的思想可以借助译文向世人言说,且《时务报》刊载的译编之文与原创的论说之文,从思想和内容上都相互呼应、形成互文,借"译"冲破言禁,达到宣传变法思想的目的。因此,《时务报》的译文选材绝非盲目,而是体现了很强的规划性和喻指性,对所译编的西文均有一定的深层考虑。

《时务报》主要读者是"同情变法的官吏,具有资产阶级倾向的地主阶级知识分子和一般的资产阶级和小资产阶级知识分子。……《时务报》初创的时候,每期只销四千份左右,半年后增加至七千份,一年后达到一万三千份,最多时曾经销达一万七千份,创造了当时国内报纸发行

---

① 上海图书馆编:《邹代钧·19 通》,《汪康年师友书札》,上海:上海古籍出版社,1986 年,第 2426 页。

第四章　哈葛德小说走入中国:《时务报》译介《长生术》的意义

数字的最高纪录。"①"《时务报》的出版,对社会造成了极大的冲击,呼求变法的士大夫是报纸的当然读者;商人们感受到了时代的潮流,也购买报纸;就连那些矢志场屋、头脑陈旧的旧士子,受风气所趋,竟然也将《时务报》作为科举考试的参考书,仔细研读起来。来自各个阶层的人们,出于不同目的,都汇到了《时务报》的旗下。"②

《时务报》为民办报纸,没有官方拨款,靠捐款维持,捐助者既有像李鸿章这样的官吏,也有一次捐赠100"英洋"的富豪和零星捐赠银圆的普通读者。报纸每半年公布一次收支清册,详列捐款收入和各项支出。《时务报》在全国各地设立派报处,还在新加坡、日本等国设立销售网点。《时务报》广大的派报区域从一个方面展现了它所打造的公共舆论空间规模之大,其公共话语社会影响力之大。

《时务报》的发行量和影响力均超过了其时传教士林乐知(Young John Allen,1836—1907)创办的《万国公报》(1874 年初创时称 *Chinese Globe Magazine*,后停刊,1889 年复刊时重命名为 *A Review of the Times*)和上海商业报刊《申报》(*Shun Pao*),改变了外报控制报刊舆论的局面,国人报刊的影响力首次超过了外报。③《时务报》发行后,一时成为舆论中心,读者反响强烈,也得到了时任湖广总督的张之洞的高度评价:"识见正大,议论切要,足以增广见闻,激发志气……实为中国创始第一种有益之报。"④他下令以官销方法在湖北推广该报,此后,浙江、安徽、江苏等地也逐渐以官销方法推行该报,使《时务报》"一时风靡海内,数月之

---

① 方汉奇:《中国近代报刊史》,太原:山西人民出版社,1981 年,第 78 页。
② 廖梅:《汪康年:从民权论到文化保守主义》,上海:上海古籍出版社,2001 年,第 66—67 页。
③ 武古江、刘彦莎:《论〈时务报〉在中国近代新闻传播史上的转折性意义》,《河北师范大学学报》2010 年第 6 期。
④ 《鄂督张饬全省官销〈时务报〉札》,《时务报》1896 年第 6 期,《近代中国史料丛刊·时务报》,沈云龙主编,台湾:文海出版社,1987 年,第 356—358 页。

间,销行至万余份,为中国有报以来所未有,举国趋之,如饮狂泉"。①一些学校定购《时务报》给学生阅读,如岳麓书院院长王先谦购买《时务报》供学生阅读。②鲁迅回忆在矿务铁路学堂学习时,记得学堂的新党总办坐在马车上阅读《时务报》、学堂里的阅报处也提供《时务报》的场景。③

《时务报》深受读者赞誉:"自前年日本之役,愤懑诚诧,时发牢愁……自读贵报,事事皆意中之所欲为,语语皆心中之所欲出,而且不抑中以扬外,实借夷以鉴华,敬佩无既。"④《时务报》"每一册出,风行海内,自是谈变法自强者,成为风气。"⑤《时务报》成为凝聚新意识的一个平台,其舆论扩张和思想辐射力度创中国报刊之先。当时远在苏州的包天笑也是《时务报》的热心读者:"这时候,关于文学上,有一事颇足以震动全中国青年学子的,是梁启超的《时务报》在上海出版了。这好像是开了一个大炮,惊醒了许多人的迷梦。那时中国还没有所谓定期刊物的杂志,《时务报》可算是开了破天荒,尤其像我们那样的青年,曾喜欢读梁启超那样通畅的文章。当时最先是杨紫驎的老兄,寄到了一册,他宣布了这件事,大家都向他借阅,争以先睹为快。不但是梁启超的文章写得好,还好像是他所说的话,就是我们蕴藏在心中所欲说的一般。……《时务报》不但是议论政治、经济,对于社会风俗,亦多所讨论,主张变法要从

---

① 梁启超:《清议报一百册祝辞并论报馆之责论及本馆之经历》,《饮冰室合集》(文集之六),北京:中华书局,1989 年,第 52 页。
② 《岳麓院长王益梧祭酒购〈时务报〉发给诸生公阅手论》,《时务报》1898 年第 18 册,《近代中国史料丛刊·时务报》,沈云龙主编,台北:文海出版社,1987 年,第 1194—1195 页。
③ 鲁迅,《琐记》,《鲁迅全集(第二卷,朝花夕拾)》,北京人民文学出版社,1981 年,第 305—305 页。
④ 上海图书馆编:《陶在铭》,《汪康年师友书札(二)》,上海:上海书店出版社,1986 年,第 1920 页。
⑤ 超观:《记梁任公先生轶事》,《追忆梁启超》,夏晓虹编,北京:中国广播电视出版社,1997 年,第 51 页。

民间起。于是兴女学咧、劝人不缠足咧、研究科学咧、筹办实业咧、设立医院咧、大为鼓吹提倡。一班青年学子,对于《时务报》上一言一词,都奉为圭臬。"①《时务报》受到读者如此追捧,甚至在市场上还出现了盗印本,时务报馆为了抵制这些盗印本,只得降价以求。甚至在《时务报》上连载的《华盛顿传》也被大量盗版。②

据王尔敏考证,1895—1898年间,中国人自行创办的报刊至少有22种,在中国土地上创办的有21种,在日本东京创办的1种,并列出了这22种报刊的详目。③创办报刊的行为,体现了一种新的政治意识的觉醒,以这些报刊为媒介建立了舆论平台,为仁人志士提供了一种聚群方式,知识得以传播,思想得以交流,成为晚清现代性追寻中一条重要的途径。《时务报》开创了新的知识传播方式,开拓了晚清一代读者认知世界的视野,使国人认知世界局势及中国在世界的地位。《时务报》译介的西方世界观念、政治意识、国民精神等,强烈地冲击了当时闭关自守的我族中心主义意识,对摆脱封建世界观的桎梏起到了催化作用,有力推进了中国的思想现代性进程。

第二节 曾广铨:晚清新知识分子群体的代表

一、曾广铨:体悟中西文化的维新人士

《时务报》全69册中,"英文报译"栏目名称几经变化:第1册为"域外

---

① 包天笑:《钏影楼回忆录》,香港:大华出版社,1971年,第150—151页。
② 潘光哲:《晚清士人的西学阅读史(1833—1898)》,台北:"中央研究院"近代史研究所,2014年,第278—279页、第304页。
③ 王尔敏:《中国近代思想史论》,北京:社会科学文献出版社,2003年,第31、72页。

报译",第2册改称"西文报译",从第3册起定名为"英文报译",但第47册至第56册改为"西文译编",下设"中国时务"和"外国时务"两个子目录,第57册起又改称"英文译编",直至最后一册停刊。①"英文报译"栏目的翻译由多人承担:第1—30册为张坤德,其后在第31、32册中亦参与翻译;第31—37册由李维格(字一琴)翻译;第33—45册由王史、孙超同译、李维格勘定;第46—69册则由曾广铨承担翻译。1898年3月,《时务报》第46册出版,专门刊登告示,介绍新任主译曾广铨:"本馆英文翻译李一琴先生,已就湖南时务学堂之聘。现成湘乡曾敬怡部郎(广铨)亟愿办理斯事,故特为延请。以后西文书报即归曾君总译,合登报端以告同志。"②从《时务报》第46册至第69册(最后一册)以及后续的10册《昌言报》上的"英文译编",均由曾广铨承担,署"湘乡曾广铨译",是《时务报》"英文译编"时间最长的译者。

曾广铨(1871—1940),字靖彝,号景沂、敬怡,别署筱石,湖南湘乡人,是曾国藩次子曾纪鸿的第四个儿子,幼年时过继给其伯父(曾国藩长子)曾纪泽为嗣子。曾广铨家世显赫:祖父曾国藩为著名的洋务派领袖,他创办的江南制造局是晚清规模最大的兵工厂,该局所设的翻译馆是晚清最大的翻译中心,以译介科技书籍著名。曾广铨的嗣父曾纪泽为1878年至1886年出使英国、法国(兼俄国)的钦差大臣,曾纪泽廉洁务实、智慧过人,在晚清外交史上以收回伊犁等地名垂青史。曾国藩家族严格的育子之方富有盛名,曾广铨自幼受儒家传统教育,7岁时随嗣父曾纪泽在英国、法国和俄国生活了7年,接受了欧洲的中小学教育,对英语、法语和德

---

① 但本书作者考查《时务报》第58—59两册时发现,虽然此两册卷首目录栏上已改称"英文译编",但报内正文栏目却仍为"西文译编",卷首目录与正文栏名称的排版似有矛盾。
② 《时务报》1898年第46册,《近代中国史料丛刊·时务报》,沈云龙主编,台北:文海出版社,1987年,第3180页。

第四章 哈葛德小说走入中国:《时务报》译介《长生术》的意义

语都很精通。①严格的家教、家族长辈的影响和对西方文化的熟识,赋予曾广铨非同一般的优势。1890年,嗣父曾纪泽去世,曾广铨子承父荫,先后出任了正二品荫生特赐主事员外郎、兵部主事、兵部武选司、兵部员外郎等职务。1904年,曾广铨以出使韩国大臣的身份,到韩国任职2年,因光绪卅一年(1905年)日本强行"统监"朝鲜,清廷撤回驻韩使臣曾广铨,另派总领事前往朝鲜驻扎;因这一事变,曾广铨任期未满,于1906年初回国。此后,他分别担任过福建兴泉永兵备道、云南粮储道、云南迤西兵备道、云南盐运使等官职。1906年,朝廷又任命曾广铨为出使德国大臣,但曾广铨因母亲病弱未能赴任。曾广铨青年得志、仕途通达,虽有受惠于父祖余荫和烜赫门第的因素,但他接受过良好的西学教育,其外语能力、西学知识、眼界识见等均高于一般晚清使臣,"在出使韩国期间,他以俭养廉,不失国体,被清廷誉为'良臣'。"②1911年辛亥革命爆发,他辞官归乡,"1937年抗日战争爆发,曾广铨携侄女曾宝荪、儿子曾约农等先至南宁,1939年避居香港,直至1940年去世,再未涉足政界,悉心钻研西方科技及清朝典籍,日以学术自乐。"③

曾广铨性格温和、举止儒雅。1897年底,曾广铨以《时务报》和《时务日报》记者的身份随汪康年到日本进行民间访问,日本《大阪每日新闻》对曾广铨的介绍是:"曾氏为已故曾纪泽侯之子(即著名的曾国藩之孙),曾侯任驻英公使时,随侍留英,一二年前回国,通泰西之学,识见亦超俗。年龄三十二三岁,戴金边近视眼镜,肤色白,风采文雅。"④在曾氏家族内部,曾广铨深受后辈敬重,不仅因为其一生努力报效国家,也因为其宽容

---

① 任云仙:《试析晚清驻外公使群体构成与知识结构》,《历史档案》2007年第4期。
② 成晓军:《曾国藩家族》,重庆:重庆出版社,2006年,第168页。
③ 同上书,第169页。
④ 廖梅:《汪康年:从民权论到文化保守主义》,上海:上海古籍出版社,2001年,第162—163页。

厚道的人品:曾广铨主动放弃继承生父曾纪鸿的遗产,对嗣父曾纪泽的遗产也分文不取,直到其生命中的最后五年,因日本入侵后生活日益拮据,才接受后辈动用分家田产的供奉。其侄女曾宝荪(曾广铨长兄曾广钧之女)等为其所作的挽联,是对他一生为国奉献及晚年为躲避战火颠沛流离生活的总结:"幼继大宗,长承庭训,缟带使重洋,不辱君亲,暮年心痛碎裂河山,荆棘竟能戕永寿;既失庭辉,又燔杏花,寄尘来百粤,更倾诚命,今日目睹飘零屦杖,竹林从此有余哀。"①

戊戌维新时期,曾广铨凭借娴熟的外语功底、开阔的视野和丰富的西学知识,投身西学译介活动,翻译了大量的西文书籍,其翻译活动自1898年出任《时务报》"英文译编"栏目主译开始,直至1903年离开京师大学堂译学馆。1897年11月,汪康年、曾广铨、叶瀚和汪钟霖在上海创办《蒙学报》,②以"连天下新志,使归于群,宣明圣教,开通国蔽。立法广说,新天下之耳目"为宗旨,译介西方通俗儿童作品。《蒙学报周刊》由叶瀚主编,上篇专供5—7岁幼童阅读,下篇则专供8—13岁儿童阅读;1899年出版至72期停刊;《蒙学报》被誉为清末教育改革之先驱。③曾广铨还翻译了专供11—13岁儿童使用的《舆地启蒙》,专门介绍"五洲各国政治、出产、面积、户口言之綦详,所附之图亦精核可观。"同时,他还翻译了《西事略》一卷,"所言皆西国故事,意主箴规,使幼童易解。"④曾广铨翻译的《比类学》(又名《西国教养小孩法》)为晚清译入的一部重要儿童教育

---

① 成晓军:《曾国藩家族》,重庆:重庆出版社,2006年,第169页。
② 梁启超在《时务报》第16册撰文《戒缠足会叙》,强调强国需要人才,而人才培养须从幼儿开始,从女教开始:"欲强国本,必储人才。欲植人才,必开幼学,欲端幼学,必禀母仪。欲正母仪,比由女教。"汪康年、曾广铨、叶瀚和汪钟霖于1897年10月宣布创办蒙学公会,接着便创办了《蒙学报》。
③ 廖梅:《汪康年:从民权论到文化保守主义》,上海:上海古籍出版社,2001年,第149页。
④ 徐维则:《增版东西学书录》,《晚清新学书目提要》,熊月之主编,上海:上海书店出版社,2014年,第120、157页。

第四章 哈葛德小说走入中国:《时务报》译介《长生术》的意义

书籍。1902年12月,以培养翻译、洋务人才为主旨的京师同文馆(1861年创办)并入京师大学堂,同文馆改名为"翻译科",曾广铨应诏出任"翻译科"总办。1903年3月,清政府购地产专设京师译学馆,"翻译科"又被并入京师译学馆,曾广铨出任译学馆首任监督,但不久,因其母亲病弱,曾广铨无法履职,译学馆监督一职便由开州朱启铃接任。①当时的京师大学堂译书局总办和副总办,是由名噪一时的大翻译家严复和林纾承担的,曾广铨被任命为译学馆的首任监督,其在译界的影响力从中可见一斑。

曾广铨承担《时务报》"英文译编"时期,译介了大量域外时文,涵盖国际时事、机构章程、新闻报道等不同文类,其"译文虽然看不到译者飘逸的文采和原创性,却以其简洁流畅的文风,对中国早期新闻语体起到了一定的示范作用。"②

曾广铨是第一位将哈葛德小说译入中国的人,他以《长生术》为书名译介的哈葛德代表作《她》(She),在《时务报》连载。1898年8月17日,《时务报》更名为《昌言报》,由章太炎(章炳麟)担任主笔,曾广铨又承担了《昌言报》的译编工作。此时,原《时务报》主笔梁启超因分歧离开该报,且戊戌维新运动(1898年6月11日—9月21日)进入高潮,政治环境日趋严峻,《昌言报》不再发表政论专文,改用曾广铨口译、章炳麟笔述的《斯宾塞尔文集》替代原《时务报》的"论说"部分,进一步强化了编译内容,采用纯粹的译报方式"不论不议"地进行变法宣传。《昌言报》从第1册起,连载了(分别载第1、2、3、4、6、8册,1898年8月17日—10月30日)由曾广铨口译、章太炎笔述的英国社会学家斯宾塞尔(Herbert Spencer,1820—1903)的两篇社会学论著——选译自《斯宾塞尔文集》(*Essays: Scientific, Political, and Speculative*)的《论进境之理》(*Progress: Its law and Cause*)译文和《论

---

① 黎难秋:《清末译学馆与翻译人才》,《中国翻译》1996年第3期。
② 张旭:《近代湖南翻译史论》,长沙:湖南人民出版社,2014年,第179页。

礼仪》(Manners and Fashion)译文。《昌言报》还为此专发了"本馆告白",大力推介这两篇译文:"斯宾塞尔为英之名儒,生平者述甚夥,专讨求万事万物之根源,每假格致之说,故微妙之理实为考究,新学者不可不读之,书早为欧洲人士所推重。前天津《国闻汇编》译其《劝学篇》,读者莫不心餍意惬,惜未及译全。兹本馆觅得其全集,特按期译登报端,以饷同志。其文新理络绎,妙义环生,当亦诸君所深许也。"①

1895年3月,天津《直报》发表了严复撰写的《原强》一文,文中介绍了达尔文与斯宾塞尔的社会学理论,并将"物竞天择,优胜劣败"的丛林法则理念引入中国,该文还对晚清中国积弱不振、蒙受深耻大辱的原因作了剖析,并呼吁国人从传统哲学懈怠无为的消极中警醒起来,奋发图强、救民族于危难。1897年12月至1898年1月,严复又以《斯宾塞尔劝学篇》为题目译介了斯宾塞尔《社会学研究》中的第1章和第2章,发表在《国闻汇编》上,详细介绍西方的社会进化论思想。严复的译文深深打动了《昌言报》主编汪康年,他为严复未能译出斯宾塞尔全文而深感遗憾,写专函请严复将斯宾塞尔原著寄到上海,以便他请人译全,但严复拒绝寄出原著,理由是他仅有一本原著,同时他提醒汪康年:斯宾塞尔专著涉及甚广,上至天文下至地理,翻译难度很大,提出他自己愿意译完全书,但索要译费50鹰洋。②由此,《昌言报》未聘严复续译该书,而是采用了曾

---

① 《昌言报》第1册第63页,《昌言报》(影印本),顾廷龙等编,北京:中华书局出版,1991年。
② "兹承五月廿六日华缄,以拙译斯宾塞尔氏《劝学篇》中废可惜,属将原书寄沪,当令名手赓续成之,以公海内,具征悲闵宏度。但此书弟处仅有一分(份)难以借人;既承命,当急代觅寄上,不误,至《天下会通论》卷中帙綦繁,迻译之功更巨。公等既发此宏愿,弟谨开书名一单,到上海黄浦滩别发洋书坊随时可购也。抑窃有进者:《劝学篇》不比寻常记论之书,颇为难译,犬(大)抵欲达所见,则其人于算学、格致、天文、地理、动植、官骸诸学,非常所从事者不可。今其书求得时姑寄去;如一时难得译手,则鄙人愿终其业。《时务报》能月筹鹰洋五十元见寄,则当按期寄呈,至少一千五百字也。商之。"引自:《严复:与汪康年书·三》,载王栻主编:《严复集》,北京:中华书局,1986年,第507页。

广铨、章太炎合作翻译的方法将斯宾塞尔的理论译介给读者。戊戌政变发生后,《昌言报》停刊,曾广铨、章太炎对斯宾塞尔文集的译介就此中辍,发表在《昌言报》的译文也未能以单行本方式出版。对斯宾塞尔社会学理论的完整译介未能继续,直到1902年,章太炎将日本学者岸本能太武于1900年出版的《社会学》一书译入中国,才使中国第一部完整的社会学译著得以问世。

斯宾塞尔被称为是"社会达尔文主义之父",早在达尔文1859年发表《物种起源》的前7年,他就提出了社会进化论:斯宾塞尔认为人类社会的进化与生物进化过程无异,都遵循"适者生存"的规律,因此,他把生物界生存竞争的自然法则移植到了人类社会的进化理论之中,认为人类种族及人类个体均有族群优劣、能力高下之分,人类生存竞争受优胜劣汰自然规律的掌控。曾广铨、章太炎合译的《论进境之理》一文,主要介绍了人类社会不断进化演变过程中这一自然规律的作用;而《论礼仪》则主要阐述了人类社会中各种礼仪及礼俗规约的历史由来及发展演变。这两篇文章集合了斯宾塞尔关于社会进化论及社会有机体论的主要观点,为晚清知识界认知西方世界观念秩序、构建新的社会发展观提供了重要的思想资源。中国传统的社会生存秩序观念因袭儒家礼不愈节、贵贱有等、温良恭俭让的中庸原则,一如《礼记·中庸》所述:"中也者,天下之大本也;和也者,天下之达道也。致中和,天地位焉,万物育焉";但晚清中国遭到西方列强的凌辱和宰割,民族到了生死存亡的危急关头,斯宾塞尔所阐述的"物竞天择,优胜劣败"的社会进化理念,彻底颠覆了中国传统的社会发展观,唤醒了一代爱国人士的民族意识,刷新了他们对民族生存竞争的认知,激发他们以新的思想理念重审人类社会发展的残酷规律。

1897年底,曾广铨随汪康年到日本访问,汪康年的身份是《时务报》总理和《时务日报》主笔,曾广铨的身份是两报记者。他们游历了东京、大阪、神户、长崎等地,考察了日本的学校、医院、报社、农会等机构,拜访日本民间人士,感受日本在维新后的社会变化,并向日本友人大力推荐《时务报》及其维新观点,在日本引起了广泛的关注,《大阪每日新闻》对他们的来访给予了持续的跟踪报道。①汪、曾两人的日本之行对拓展《时务报》的影响力、传播维新思想起到了很大的作用。

回溯晚清的历史语境,曾广铨是戊戌维新时期一个新兴群体的典型代表:包括了由晚清驻外使领、参赞、随员以及出使归国人员等组成的新兴知识分子群体。这一新兴知识分子群体从中国传统的士绅精英群体中分化出来,他们有着深厚的西学素养和强烈的世界意识,凭借他们出访西洋获得的对西方民主制度及社会文化的直接体认,反抗封建文化价值观念、传播西方民主精神,以思想启蒙推进维新运动。这一新兴群体在晚清的西学传播中起着十分重要的作用:梁启超的"《西学书目表附》特地收有'中国人所著书'120种,其中晚清外交官撰写的有50部之多,占'中国人所著书'的41.7%,占全书所列书籍的7.8%。"②承担《时务报》各类译编的译者大多数都属于这一群体:承担"法文译编"的郭家骥曾于1890年随薛福成出使英国,后来他又任大清驻葡萄牙使馆代办一职;主持"英文报译""路透电音"翻译的李维格,曾随使英、日等国;曾广铨则为时任大清使英参赞;承担"俄文译编"的李家鳌,是时任大清驻海参崴的商务委员。他们译编的域外时文围绕西方现代思潮这一专题,构筑了一个宣扬现代政治、传播维新思想的强大舆论平台。聚集于这一平台的开明官僚和知识分子,完全不同于愚忠愚孝的封建士人,他们所传递的政治参与意识,已远远摆脱了忠君报国的狭隘思想,萌发了参与历史、推进

---

① 廖梅:《汪康年:从民权论到文化保守主义》,上海:上海古籍出版社,2001年,第160页。
② 王晓秋、尚小明:《戊戌变法与清末新政——晚清改革史研究》,北京:北京大学出版社,1998年,第105页。

社会发展的政治自觉。他们本着"经世致用"的现实关怀,以自己的西学知识和前所未有的世界意识,大量译介西方思想,为晚清国人认知世界、认知自我、走向现代搭建思想桥梁。

晚清中国内忧外患,但"言禁""报禁"依然如故,在顽固的封建专制下,宣扬政治变革思想可能引来灾害,甚至杀身之祸。晚清首任英国公使郭嵩焘,因为在其《使西纪程》中宣称不能以"夷狄"貌视西方,副使刘锡鸿等人借此对他进行恶意诋毁,使郭嵩焘最终遭罢官弃置,其《使西纪程》书版被毁。因此,在晚清险恶的政治语境下,一代新知识分子群体自身政见的表达、以及他们对西方现代民主政体的向往言说,采用了翻译这一迂回的方式来实现。他们借助报刊杂志,书籍承载的大众传播话语,向闭关自守的封建天朝灌输新知识新思想,力图将中国置于世界格局之中去考量,在译述西学的过程中传递出了强烈的公共关怀。尽管他们在政治上势单力薄,但凭借自己的世界知识和新观念,以对社会舆论的引导获得了一种强大的文化权力,凝聚成一股追求现代意识、以政治变革求生存的社会共识,在中国历史上首次建构起了知识分子参与社会意识形态建构的认同意识,在一定程度上占领了社会思想领域的中心位置。戊戌维新运动失败后,这一新兴知识分子群体又以他们丰富的西方社会历史知识及对西方政情的了解,成为推进清末宪政改革的中坚力量。尽管历史未能朝着他们期盼的方向发展,但在晚清内忧外患的紧要历史关头,以曾广铨为代表的一代富有全球意识的新兴知识分子,看到了现代世界发展的走向,他们站在时代的前列,为古老的民族谋求生路,为推进政治变革、社会改良、实现国富民强而身先士卒。

二、曾广铨编译《长生术》:启蒙民众,推进民权

1898年,曾广铨译介哈葛德小说《她》(She),取书名《长生术》,连载于《时务报》第60册至第69册的"附编"栏之下,最后一集刊载于《昌言

报》第 1 册的"附编"栏目下;1901 年由素腾书屋出版了单行本。近代藏书家徐维则 1902 年在其《增版东西学书录》中记录《长生术》译本时说:"《长生术》一卷,《时务报》本:英解佳著,曾广铨译。叙述中亚非利加洲荒古蛮野之形状,托言亲身游历,所述文情离奇怪诞,颇堪悦目。东亚书局译有《长命术》、《催眠术》,均未出。"①

《时务报》设立"附编",是为了能及时将西洋新书传译给中国读者。《时务报》创刊之前,汪康年等人在《申报》(1896 年 6 月 22 日)上刊登了"新开时务报馆"广告,将《时务报》译书目的广而告之:"今风会方开,人思发愤。宜广译录,以资采择。本馆拟专发明政学要理,及翻各国报章,卷末并附新书……"。《时务报》主要编译各国报章时文,但也译介西方文学作品、刊载原创文学作品:《时务报》第 1 册便译介了福尔摩斯侦探小说,第 1—11 册摘译了《华盛顿传》;第 49 册起还连载了林纾创作的白话诗《新乐府·小脚妇》等。

曾广铨译介哈葛德小说《长生术》,有着明确的政治目的和社会关怀意图。《时务报》译者对栏目所译内容可以自由选择,从梁启超发表的对首位"英文译编"张坤德(字少塘)的不满言论中,可以了解到这一事实:"少塘一月以来,专抄《申》、《沪》各报会讯租船案(彼自言不同,其实一毫无异)。而坐领七十元之薪水,数期以来印入报中,外间阅者无不大哗笑,以与《知新报》所附书,减色多矣,如此于情理太不下去。……鄙意欲借董事之力,令其以新来整顿译务。去少塘而专用李、王、孙……"②目前尚未发现曾广铨选择译介哈葛德小说缘由的记载,但从以下几个方面可以看出曾广铨的选择并非偶然:首先,1893 年至 1899 年,曾广铨作为大

---

① 徐维则:《增版东西学书录》,《晚清新学书目提要》,熊月之主编,上海:上海书店出版社,2014 年,第 158 页。
② 上海图书馆编:《梁启超·三十一》,《汪康年师友书札(二)》,上海:上海书店出版社,1986 年,第 1686 页。

第四章 哈葛德小说走入中国:《时务报》译介《长生术》的意义

清驻英公使馆三等书记在英国任职,这一时期正是哈葛德创作的巅峰,其小说风靡欧洲,哈葛德小说引发曾广铨的关注也在情理之中;但更为重要的是,在这位"经世致用"的外使眼中,哈葛德小说《她》负载着特殊的话语内涵:小说《她》涉及对种族、殖民、文明进程、世界秩序、强者生存、民主观念等主题的探讨,这些内容正是晚清维新派关注的焦点。维新派译介西学推进社会改良,对于文学的话语力量深有所识,其时《时务报》创办者之一的黄遵宪就曾说:"诗虽小道,然欧洲诗人出其鼓吹文明之笔,竟有左右世界之力。"①其次,《长生术》的译介时间特别值得关注:首载《长生术》的《时务报》第 60 册于光绪二十四年闰三月二十一日(即 1898 年 5 月 11 日)出版,其时正值戊戌维新运动(1898 年 6 月 11 日—9 月 21 日)的前夜,1898 年 4 月,严复译介的赫胥黎《天演论》(*Evolution and Ethics*)单行本正式出版,②同一年,卢梭的《民约译解》(*The Social Contract*,后译为《社会契约论》))引入中国。③曾广铨在这一时间节点译介哈葛德小说《长生术》,其目的可以从译本中的一些新词中得以捕捉:"民权""君主""国家""共和""律法""议会""女权""世界"等,这些新词体现了西方现代民主思想,是维新派"探讨万国强弱之原"所切入的焦点,也是他们竭力推进"改良群治"的思想依托。"民权""民义""变法""君主"等核心词贯穿于《时务报》各册"译编"和"论说"的主要内容,宣扬了维新变法的核心诉求:"申民权、设议院、变法图存"。

将曾广铨《长生术》译本修辞话语与原著对勘,在不同层面上分析其

---

① 黄遵宪:《致邱菽园函》,《黄遵宪全集》(上),陈铮编,北京:中华书局,2005 年,第 440 页。
② 《天演论》于 1897 年 12 月先在天津出版的《国闻报》增刊《国闻汇编》上刊出。
③ 1882 年日本出版了中江兆民用汉语文言翻译的译本《民约译解》前言至第一卷第六章,1898 年上海同文书局刻印出版中江兆民的《民约译解》第一卷,题为《民约通义》,这是第一次引介卢梭的《社会契约论》。1900 年,留日学生杨廷栋根据《社会契约论》日译本译成中文,于 1900 年 12 月至 1901 年 12 月以《民约论》之名在《译书汇编》第一、二、四、九期上连载,随后,1902 年由上海文明书局出版单行本。

话语意义,不难看到这部译本所承载的维新人士的社会改良政治意图及其话语特点。

第三节　曾广铨译《长生术》:现代性追求中的话语意义

一、《长生术》的删减节略:沉默中的话语言说

哈葛德小说 She 原著一共 28 章,各章均带标题。曾广铨的译本《长生术》保留了原著章数和叙事结构,但删除了各章标题,各章译文均为节略压缩后的内容,各类细节描写均被删除,仅留故事躯干。原、译著对勘研究发现,曾广铨译本的删减节略遵循一定规律,被删除的内容以其不在场凸显为译本话语建构中的一个醒目要素,启发对文本深层话语意义的探讨。

从叙事文体的视角来看,哈葛德原著采纳了典型的框架叙事(frame narrative)模式,小说开头的"引子"与结尾构成了一个大的叙事框架,中间以"套盒式"叙事模式(embedded narrative)嵌入了男主人公一行的非洲历险故事,小说叙事层层推进、悬念迭起。曾广铨《长生术》各章的篇幅,平均大约只占《时务报》当期的 3 页左右,最长的占 6 页半。小说原著的第 1 章至第 4 章是故事的引子,这是译本《长生术》中削删幅度最大的部分,尤其是第 4 章,这是曾译本中最短的一章:译文仅用 6 行多的字数一笔带过,将霍利一行从英国到非洲的种种海上历险削删得一干二净。小说原著从第 5 章开始叙述霍利一行的历险故事,原著所描述的狮鳄大战、狩猎羚羊、与土著食人族搏杀等惊心动魄的场景描写,在曾译本中均被删除,译本叙事直奔故事主干,直接从主人公进入非洲腹地探寻阿霞女王开始。

第四章 哈葛德小说走入中国:《时务报》译介《长生术》的意义

曾译本的删节受到了多种因素的驱动:从客观上说,译介域外时文是《时务报》的主要译编宗旨,小说《长生术》的连载安排在"附编"栏目,受报刊版面限制,《长生术》每期固定连载3—6页,篇幅不随叙事的完整性而作调整,有时一个句子会被拦腰砍断,下半句要等下一册再续完成。从中国小说的叙事传统看,小说的叙事情节性强、细节描写淡,译介西洋小说时往往会对叙事重点做出调整,以迎合读者的鉴赏口味。从主观因素看,《时务报》译介西方小说,注重的是对西洋小说所承载的西方思想和价值理念的传播,文学作品的叙事审美性往往被弱化。

从语用层面看,删减实际上蕴含了一种预设:译者删减的内容往往被认为是可有可无的信息,译本保留的内容则说明了译者关注的焦点。对译本保留的内容和删减的内容进行分析,在言说与沉默间产生的张力中,可以追踪译者的关注焦点,于无声处捕捉话语在场与不在场背后的信息,剖析隐藏于译本话语背后的思想意识及历史逻辑。

《长生术》中的第17章和第18章,是曾广铨译本削删篇幅最少的两章,每章行文占6页到6页半之多。这两章叙述阿霞的惊天发现:原来利奥(Leo,曾广铨译"立我")正是她苦苦等待了两千多年的转世情人,前世爱情恩怨的真相在此章揭开。从叙事结构看,这是小说的高潮,利奥家族中流传千年的爱情之谜得以解开、人物的情感冲突达到了顶点。从思想内容看,这两章围绕善与恶的道德议论最多,在小说所传导的殖民秩序主题中起着重要的作用。阿霞女王站在统治者的立场,对种族强弱、人性道德、文明进程进行了阐述,凸显了弱肉强食、适者生存的丛林法则思想:

> 天下事惟强者得之,强者无敌,弱者必亡。譬如一树结果之后,新长之枝,其力必胜于旧,又如坟墓在地,生人在地面行走,死者无如之何。小孩食物,强者向其口中夺之,虽啼哭不顾也。狠毒本非美德,但云狠毒所为非美事则识见太浅。谈下狠毒人亦有为美事

者,亦有善人行为狠毒者。人生作事,美恶都从心出。譬如两人相争,强者争胜之权何在,弱者不能知也。凡人世之好恶甘苦憎爱饮食男女,天地之日月昼夜,皆世上应有之事,此后若何归结,人不能知也。好恶二字君今且漫分别。天地有时夜气胜于日光,岂能好日光而恶夜气哉。"余见其语不伦,无暇辩论,倘其立意如此,世上五伦道德被其毁灭无遗,人无五伦,与禽兽又何别焉? 当然之理,彼既毫不知觉。①

对勘哈葛德原著发现:尽管曾译对个别句子有所删略,但还是较为全面地传达了这段原文的语义。晚清中国,面对西方列强的强者逻辑,对文明与野蛮观念的思考和质疑成为维新人士译介西学所关注的一个内容,曾广铨译本所展现的,与其时梁启超表述的人伦思想有着互文效果:"然则言博爱者,杀其一身之私以爱一家可也,杀其一家之私以爱一乡族可也,杀其一身、一家、一乡族之私以爱一国可也。国也者,私爱之本位,而博爱之极点,不及焉者野蛮也,过焉者亦野蛮也。"②值得特别关注的是,曾广铨立足于中国传统的伦理道德,在译文中增加了"其语不伦""五伦道德""人无五伦"等词语,来对应西方的道德(morality)理念。

在阿霞眼里,世界上只有两个人群:统治者和被统治者,立法者和被约束者。哈葛德小说 She 出版后,当时英国的《星期六评论》这样评述这部小说的意义:"关于土著阿玛哈格(Amahagger)的命运,小说以艺术夸张的方式描绘了非洲殖民的残忍。"③殖民过程是殖民主义者排就种族等级、重构世界秩序的过程,也是殖民主义者建立霸权的过程。西方认知

---

① 曾广铨:《长生术》,《近代中国史料丛刊·时务报》第 65 册,沈云龙主编,台北:文海出版社,1987 年,第 4410 页。
② 梁启超:《新民说》,《饮冰室专集》(之四),北京:中华书局,1989 年,第 18 页。
③ Review of She by Rider Haggard, Saturday Review. 8 Jan, 1887:44.中译文由本书作者提供。

的族群等级观念和文明观念基于明显的种族优越和霸权意识:西方按照人种分类来定义文明与野蛮,不同种族的特点为政治力量所构建,人类历史进程中的族群竞争以优胜劣汰为原则。西方殖民主义者以自诩的种族优越和文明先进,为殖民扩张找到了充分的理由,人类社会的道德伦理标准也随之变化:"把人沦为奴隶或一般对别人的奴役……是一个重大的犯罪行为,然而,直到不久以前,即便在最称文明的民族国家里,人们不是这样看待他的。而由于当奴隶的人一般和奴隶主不属于同一个种族,或不属于人种中的同一个亚种,情况尤其是如此,就是,更不以犯罪行为论。"①社会达尔文主义的道德伦理观念在阿霞女王的话语中得以展现。

在《长生术》的第17和第18两章,曾广铨用了一倍于其他章节的篇幅,传译原著内容,有其深层的历史逻辑。至19世纪晚期,西方列强通过种种辱国丧权的条约对中国实施侵凌,民族生存岌岌可危,一代维新人士译介西学,警示国人要认清西方列强的侵凌本性,认清西方所倡导的"物竞天择,优胜劣败"原则及其所依附的所谓道德标准。自小受过西方教育的曾广铨,对西方现代思想有着深刻的认识,且他的驻外使节身份更赋予他敏感的政治自觉,因而他对民族生存的忧患意识也更加强烈。继《长生术》后,曾广铨又与章太炎合作译介了斯宾塞尔的社会进化论思想,推进了国人对西方列强的认识,颠覆了中国以礼为核心的社会进化传统观念,为国人以现代观念重新定位自我和世界文明秩序提供了坐标:"数年之间,许多进化名词在当时报章杂志的文字上,就成了口头禅。无数的人,都采来做自己的和儿辈的名号,由是提醒他们国家与个人在生存竞争中消灭的祸害。"②

---

① 达尔文:《人类的由来》,潘光旦、胡寿文译,北京:商务印书馆,1983年,第177页。
② 胡适:《胡适自传》,曹伯言选编,合肥:黄山书社,1986年,第90页。

曾广铨对小说第22章的翻译也值得特别关注。该章讲述霍利和他的佣人约伯(Job)目睹阿霞在确认利奥为她的前世情人凯利克雷特转世后,用药水化掉了他的尸体,霍利深受刺激,夜里死亡噩梦缠身;次日随阿霞一同前往山谷去沐浴永生之火。曾广铨对此章的传译仅存2页内容,所有细节均被删除,仅保留了关于善恶的论争和关于阿霞想统治英国的欲望表述:

> 女主笑曰"汝国大人众,国中之事,能悉对汝言否?汝既思归,自不愿居此地洞,朕当偕尔同归,朕居此已两千年,亦颇厌倦,朕愿同返英国既为女主,可乎?"立我曰"不能。英国已有主,即今印度皇后也。"女主曰"不妨,可以势力驱去。"余与立我向前,斥其不应出此言。女主曰"汝为英民,敬重国后理所当然,惟此为世常有之事。朕居此已久,岂朝章有今昔之殊乎。"余曰"英国君主必须代禅,虽有民权,不得擅易。"女主曰"为君王者不过图拥虚名而已,有何实在?既是虚名,何难消没?即以朕立为国主,有何不可?"余曰"英国律例甚严,不能如此行为。"女主曰"何谓也,如云律例,朕已烂熟胸中,以国之律例,与朕相比,正如风之与山遇,试问风有拔山之力乎?抑山有阻风之势乎?"……将来天下大事,必有一番变动,若由此环球之主,争战尽息,岂非宇宙一大统之时乎?①

在曾译保留的这些内容中,"民权""君主""律例"等词语凸显译者的关注焦点。晚清中国在西方恃强凌弱的压迫中觉醒,新知伴随着屈辱而来——在欧洲殖民者野蛮入侵的行径中获得对西方的认知,对西方所主宰的世界秩序的认识。译本中的这些词语就像是一面镜子,折射出历史进程中文学话语与社会思想意识变化之间的内在逻辑。

---

① 曾广铨:《长生术》,《时务报》第68册,《近代中国史料丛刊·时务报》,沈云龙主编,台北:文海出版社,1987年,第4596—4597页。

第四章　哈葛德小说走入中国:《时务报》译介《长生术》的意义

基于原、译著对勘分析,追索译本中缺席与在场的话语特征,译者作为思想传输者对文本内容的取舍,指向译本言说方式背后的思想倾向:作为戊戌维新派的舆论平台,《时务报》对西学的译介是有目的有组织的,"广译五洲"是为了开启民智、改良社会。译介西学是一代晚清知识分子自觉的启蒙计划,对文本话语的社会力量寄予了希望,曾广铨译本所删删的内容以服务于文学审美的细节为主,而保留的内容则主要是言说西方思想的现代话语。因此,在译本删削的空白处,却明晰展示了译者的话语意图和价值取向,凸显了译者译介西方、认知自我的现代性思考。此时的翻译文学,强化了它在思想史上的意义,对推进社会的变革起到了积极的作用。

二、《长生术》的补注增益:言说中的话语指向

尽管《时务报》连载《长生术》受到版面的限制,但值得关注的是:在有限的版面内,译者曾广铨却以补注和评述增添了不少原著中原本没有的信息。

哈葛德的历险小说主要以遥远的非洲为背景,时间上常常在古代与当下之间反复切换,在小说构筑的时空距中,哈葛德小说常常采用注解方式强化叙事的历史真实感,小说《她》也不例外,在该小说原著的文本后还附加了哈葛德挚友、文化学家及文学批评家朗格(Andrew Lang,184—1912)对小说所涉历史的进一步注释。而作为译者的曾广铨,有时以译者身份对文本内容再作注解,这固然是对晚清读者习惯的关照,但从话语角度观察,有着更为深层的思想意义。

小说原著第1章中有针对相关历史事件的多条注解,曾译第1章的篇幅仅存3页,但行文中的注释却达7处之多。译者以"按语"方式,借题发挥地对相关知识进行增补说明,增补最长的一处"按语"是对西历公元(A.D.)的解释,达109字之多:

● 原著:"Here, too, they remained for another five centuries or more, till about 770 A.D., when Charlemagne invaded Lombardy..."

原著文后注:"about 770 A.D. when Charlemagne invaded Lombardy: Charlemagne(=Carolus Magnus, Charles the Great, 742—814), king of the Franks(786) and Emperor of the West(800)"①

● 曾译:"按:沙勒莽乃法兰西国之王,后为罗马帝,生于耶稣降生后七百四十二年四月二号,即唐天宝元年。八百年即唐贞元十六年,沙勒莽出军至意大利亚为教皇平服罗马之叛,于耶稣降生诞正在敬神之际,教皇将皇冕加于沙勒莽之首,晋尊为罗马皇帝,号为噶罗鲁士俄格斯杜士。"②

曾广铨译本中这条超长按语融合了原著部分行文及其注释。"沙勒莽"今译"查理曼大帝",是古罗马帝国的奠基人,也是法兰克王国加洛林王朝国王。公元800年,罗马教皇加冕"沙勒莽"为"罗马人的皇帝";而"噶罗鲁士俄格斯杜士"是其罗马名字Carolus Magnus的音译。行文中,曾广铨不仅对"沙勒莽"这一历史人物作了增补说明,还分别为西方纪元770 A.D.和800 A.D.作了增补和归化说明——"即唐天宝元年""即唐贞元十六年",这一增补有着深层的话语意义。

晚清中国的纪年方式不同于世界通行的公元纪年法——即耶稣纪年法,依然遵循以皇帝在位名号纪年的传统,每个皇帝的年号不同,纪年从皇帝登基初年开始,如:1875年,四岁的载湉登基,其年号为光绪,这一年便称作"光绪元年"。皇帝纪年方式表征的时间观念,蕴含了以君王为核心的轮回循环的时间意识及历史观念,所谓"无往而不复""周行而不殆"。小说原著中出现的公元纪年(A.D.)方式对小说叙事并无

---

① Karlin, Daniel(ed.). Haggard, R. *She*. Oxford: World's Classics, 1991:11, 318.
② 曾广铨:《长生术》,《时务报》第60册,《近代中国史料丛刊·时务报》,沈云龙主编,台北:文海出版社,1987年,第4081页。

特别作用,但曾译可以添加的按语却内涵丰富:曾广铨以增益方法将西元纪年转换为中国皇帝年号,以中国视角对时间进行了重新表述,但他同时保留了原著中的西元纪年方式——"耶稣降生后七百四十二年",使中、西纪年方式并置出现。中国纪年方式的增补是对读者接受的考虑,但对西元纪年的保留,才是其话语意图的真正所在:这实际上引入了西方的线性时间观念,推进了晚清历史时间观念从传统走向现代的认知转换。因为"现代性概念首先是一种时间意识,或者说是一种直线向前、不可重复的历史时间意识,一种与循环的、轮回的或者神话式的时间框架完全相反的历史观。"①虽然哈葛德原著《她》的时间话语指向了一种循环往复、文明周而复始的历史观,但这与曾广铨借鉴小说原著中一切可能的词汇来传导西方的时间坐标并不相背,曾广铨着意的是通过文本中外显的词汇来引入西方的线性历史时间观念。这与《时务报》对时间的译介理念是一致的:《时务报》译文对稿源时间的说明一概采用了西元纪年的方法:"西××月××号";潘光哲对其历史意义作了阐述:"1896年创刊的《时务报》所传达的世界知识,不仅开启了中国人转换地理/空间概念的可能空间,而且该刊将'大清帝国纪元'与'西历'相比照来排比时事,也让中国人调整了基本的时间坐标,时空坐标认识系统的转换,实亦可视为中国被编织进入'现代性'样态之历史经验的一个面向。"②

晚清戊戌维新时期,知识分子群体围绕纪年方法曾有过激烈的论争:康有为1898年6月上奏光绪皇帝,倡导以孔子纪年。③梁启超则以

---

① 汪晖:《韦伯与中国的现代性问题》,《汪晖自选集》,桂林:广西师范大学出版社,1997年,第2页。
② 潘光哲:《开创"世界知识"的公共空间:〈时务报〉译稿研究》,《史林》2006年第5期。
③ 康有为:《请尊孔圣为国教立教部教会以孔子纪年而废淫祀折》,汤志钧编:《康有为政论集》(上),北京:中华书局,1987年,第278—284页。

《纪年公理》一文支持其师康有为关于孔子纪年的主张;刘师培、高梦旦等人分别主张"黄帝纪年"和"耶稣纪年";还有人提出"帝尧纪年""秦始皇纪年""西周共和元年纪年"等不同的纪年变革方案。①这一时期对纪年体系的论争蕴含了强烈的政治寓意:主张推翻皇帝年号纪年法,以新的标准重新确定历史的"时间坐标",实际上是对皇权的挑战、对传统历史观念的否定。在维新派看来,纪年方式是国家创制的一个重要方面,他们将"纪年"变革与新的国家观念联系起来:"就时间观念的根本变化而言,线性的时间观念最终取代了以循环为主要形式的传统时间观念,人们的时间意识开始从回望'过去'开始指向了展现'未来'。"②引入西方通行的纪年方式,蕴含了对西方线性历史时间观念蕴涵的"现代性"的追求,"中国后来引入和接受进步史观,就是因为有公历线性的时间观念作为一种铺垫。"③在这一历史语境下,曾广铨将中西纪年并置的深层意义昭然若揭:引进西方新的时间观念、改变封建的历史认识论。尽管哈葛德小说原著展现的是文明更替、历史循环的时间观念,但曾广铨译本借西历引入西方对历史时间的概念界定,倡导一种历史进步、肯定现在和将来的思想价值观念。

曾广铨在译本中,常常发挥自己渊博的西学学识为读者增补世界知识。如:译文中涉及古代文物的陈述时,他以译者身份增加了说明"现存英国博物院"。而他在译文中对"格物致知"的评述,更展现了他译介西洋小说的政治目的。

● 原著:I shall use no magic. Have I not told thee that there is no such thing as magic, though there is such a thing as understanding and

---

① 朱文哲:《清末"纪年"论争的历史考察》,《甘肃联合大学学报》2009 年第 6 期。
② 朱文哲:《清末民初的"纪年"变革与国家建构》,《贵州文史丛刊》2011 年第 2 期。
③ 邹振环:《〈四裔编年表〉与晚清中西时间观念的交融》,《近代史研究》2008 年第 5 期。

第四章 哈葛德小说走入中国:《时务报》译介《长生术》的意义

applying the forces which are in Nature?①

● 曾译:"朕并不用法术,朕屡言之矣。天下无法术能得天地之至理,所谓格物致知之学,自然可以做出稀奇效验之事。世间浅识之人,误以为其中有法术,故凡谈法术者,以浅识之辈目之可也。"②

曾广铨用"格物致知"传达原文"理解和运用自然原理"的意思,并进而对"格物致知"作了借题发挥的评述。"格物致知"出自《大学》八条目(分别为"格物""致知""诚意""正心""修身""齐家""治国""平天下")中的前两条,为儒家政治伦理的核心,是数千年以来中国社会赖以生存的道德根基。在晚清,"格物致知"被用来泛指西方现代科学技术。但是,尽管"格物致知"含有"理性认知"的语义,但这一表述承载了浓重的中国传统道德意识,指向中国社会秩序与传统道德理念的关系,即所谓:"物格而后知至,知至而后意诚,意诚而后心正,心正而后身修,身修而后家齐,家齐而后国治,国治而后天下平。"据金观涛、刘青峰基于数据库的研究:"1895年后,'格致'的使用次数迅速增加,1897年、1898年'格致'的使用次数达到最高峰,此后又急剧减少。"③"格物致知"是晚清一代知识分子以西学更新思想观念的一个关键词,是他们带着中国传统道德伦理思想认知西方现代科学体系的结果;虽然"格物致知"最终为"科学"一词所取代,但"格物致知"所表征的是传统知识体系向现代转型的一个重要前奏。曾广铨译文中所增补的关于"格物致知"的评述,在阐述新科学的同时,也是对晚清社会中那些缺乏科学认知、以"法术"曲解科学原理的蒙昧之辈进行抨击。译者本着"经世致用"的现实关怀,以新词语启引新思

---

① Karlin, Daniel(ed.). Haggard, R. *She*. Oxford: World's Classics, 1991:194.
② 曾广铨《长生术》,《时务报》1898年第65册,《近代中国史料丛刊·时务报》,沈云龙主编,台北:文海出版社,1987年,第4460页。
③ 金观涛,刘青峰:《观念史研究:中国现代主要政治术语的形成》,北京:法律出版社,2009年,第586页。

想,谋求思想更新、政治改良和社会变革。

三、《长生术》新词译介:"国家"与"民权"的话语建构

《长生术》对"国家"一词的增补贯穿始终,从第 1 章即可看出曾译文对"国"这一概念的强调:"埃及国王""国君""法兰西国""野人之国""古希腊国都"等。对勘原著中体现"国家"概念的英文单词:"country"一词出现 37 次,"state"出现 1 次,"nation"出现 3 次。但在曾译本中,尽管对原著内容的削删甚多,但汉语的"国"字还出现了 46 次。曾译在国家名后均增加了"国"字,如:"埃及国""古希腊国""法兰西国""英格兰国""葡萄牙国"等。此外,对原文中不含"国"的表述也增加了"国"的概念,如:"the law"译为"国之律例","people"译为"国之民","the South of Europe"译为"各国","King"译为"国君","savage people"译为"野人之国","Court of Chancery"译为"国家","consol"译为"国债",等等。

特别值得关注的是,曾广铨将英语"consol"译为"国债",而到 1910 年林纾以《三千年艳尸记》为书名译介哈葛德的这部小说时,也只是将"consol"译作"债票",译文虽一字之差,但其话语意义完全不同:"国债"一词,将普通商债("债票")与以国家为主体发行的"公债"区分开来了,"国债"蕴含的"国家"概念和国家行为不言而喻。据潘光哲考证,"国债"一词于 19 世纪中期由传教士译入中国,至晚清,"国债"成为爱国士人的议题之一,郑观应在《盛世危言》中有专章专议"国债";此后,一些致力于以改革强国的士人力推"国债"以兴国是。①《时务报》更刊有一系列关于中国、德国、英国"国债"的译稿:除张坤德译介的《中国国债》《德国国债》外,还有曾广铨译介的《英国债票涨价》《中国国债》(2 篇)等。这些译文

---

① 潘光哲:《晚清士人的西学阅读史(1833—1898)》,台北:"中央研究院"近代史研究所,2014 年,第 261—266 页。

第四章 哈葛德小说走入中国:《时务报》译介《长生术》的意义

分别发行于1896年8月29日的《时务报》第3册,1896年11月5日的第11册,发行于1898年2月21日的第52册,1898年3月13日的第54册以及5月20日的第61册等。可见,维新人士在论说国政、探索改革之路径时,"国债"也被视为强国之策的一种可能。"日后梁启超更有《中国国债史》专著行世,议论亦众,为这个词汇的生命力绵延不绝,供应无限动力。"①

曾广铨在《长生术》中对"国"的反复强调,有其深刻的历史原因,据金观涛、刘青峰统计,1895—1899年"国家"一词的使用频率激增,数以千计,1900年后减弱。②这实际上反映了晚清士人"国家意识"的觉醒:"及西力大至,门户洞开,大一统帝国之规模已无法维持,然一般士大夫意识上仍以天朝自居,懵然不觉。而变法家因对西方的认识,以及随时势之审察,首先重估中国在世界之位子,提出新的国家意识。"③

中国传统的世界秩序观念是"天下"概念,而非"国家"理念,蕴含了以中国为中心的地理与文化优越感:中国是世界的中心,华夏就是整个世界,所谓"天下无外",所有其他国家不是藩属,就是未开化的蛮夷。这一"天下"概念,是两千多年来中华帝国治理天朝、认知世界的模式。这一"天下"概念包含了两个层次的内容:"就哲学层次来说,支配中国人世界秩序观的是天下大同的乌托邦理想,正如王阳明所说的天下一家。但就政治层次或一般层次来说,中国人的世界秩序观为中国中心论的意象所支配,在中国中心论的意象中,中国被设想为由无数不同类型的附属国围绕的世界中心。不管这两个层次之间有多大的差异,它们的共同之

---

① 潘光哲:《晚清士人的西学阅读史(1833—1898)》,台北:"中央研究院"近代史研究所,2014年,第266页。
② 金观涛、刘青峰:《观念史研究:中国现代重要政治术语的形成》,北京:法律出版社,2009年,第242页。
③ 汪荣祖:《从传统中求变:晚清思想史研究》,南昌:百花洲文艺出版社,2002年,第22页。

处,即是大一统的理想,在前者为天下一统,在后者为有等级的一统。"①基于中国作为世界中心所建构起来的"大一统理想"的世界秩序观,形成了相应的传统政治观念:"在地理层面上,普遍认为地球是平面的,中国居于中央。这种地理中心感有与之相应的政治观,即在一个安排恰当的世界中,中国将是权威的终极源泉。最后,这一大厦建筑在这样一种信念的基础上,它相信中国的价值观念和文化规范(中国人将其统统归于'道'这一概念之下)是人类永久的合理性。中国的标准就是文明的标准;成为文明人就是成为中国人。"②直至晚清,传统的"天朝上国"的世界秩序观被西方列强击破,梁启超指出了中国人在世界认知和国家观念方面存在的问题,"知有天下而不知有国家""知有一己而不知有国家",进而提出了新的国家思想:"国家者,对外之名词也,使世界而仅有一国,则国家之名不能成立。故身与身相并而有我身,家与家相接而有我家,国与国相峙而有我国。……循物竞天择之公例,则人与人不能不冲突,国与国不能不冲突,国家之名,立之以应他群者也。……夫竞争者,文明之母也。竞争一日停,则文明之进步立停。由一人之竞争而为一家,由一家而为一乡族,由一乡族而为一国。一国者,团体之最大圈,而竞争之最高潮也。"③

同时,晚清西方地理学知识的译介,颠覆了传统的"天下观念",将中国置于万国林立、优胜劣汰的世界生存竞争格局之中,让一代士人看到了人类生存的竞争价值观。④梁启超等维新人士力图通过译介西学,建构

---

① 张灏:《梁启超与中国思想的过渡(1890—1907)》,崔志海、葛夫平译,南京:江苏人民出版社,2005年,第91页。
② 柯文:《在传统与现代性之间——王韬与晚清改革》,雷颐、罗检秋译,南京:江苏人民出版社,2003年,第16页。
③ 梁启超:《新民说》,《饮冰室专集》(之四),北京:中华书局,1989年,第21、17—18页。
④ 可参见:邹振环:《晚清西方地理学在中国:以1815至1911年西方地理学译著的传播与影响为中心》,上海:上海古籍出版社,2000年;郭双林:《西潮激荡下的晚清地理学》,北京:北京大学出版社,2000年。

新的"国家"概念,以使国人认清新的世界秩序:"务使吾国民知我国在世界上之位置,知东西列强待我国之政策,鉴观既往,熟察现在,以图将来,内其国而外诸邦,一以天演学物竞天择优胜劣败之公例,疾呼而棒喝之,以冀同胞之一悟。"① 基于此,启民智、振民气,使天朝民众从"庶民""臣民""子民"转变为现代国家概念下的"国民",理解作为"国民"所拥有的"民权",塑造国家概念下的"新民",建构"国民"的国族想象和民族认同。西方的现代民族国家观念是基于国家等同于主权这一基础上发展起来的,国家观念与立法权紧密相联,与西方基于达尔文主义的价值体系和国际秩序紧密相关。

曾广铨《长生术》译本中反复添加的"国"字,体现的正是晚清士人对国家存亡、民族生存竞争的焦虑。1897年11月,德国强占胶州湾,瓜分危机愈趋严重,以康有为等为首的官僚士大夫为救国保种,于1898年4月12日在北京成立"保国会"(也称"强国会"),拟定《保国会章程》30条,首列开会目的:"本会以国地日割,国权日削,国民日困,思维持振救之,故开斯会以冀保全,名为保国会。"② 提出了"保国""保种""保教"的口号,即"保国家之政权、土地","保人民种类之自立","保圣教之不失";倡导变法改良社会,强国强民。在康有为起草的《保国会章程》中,"国"字尤为突出:"国地""国权""国民""国教""国耻"等词,指向对"国"的观念认知,标示出对中国的认知不同于古旧的传统观念,而是以领土完整、主权独立的观念来体认自己的国家,展示了一代士人国家意识的觉醒。虽然保国会仅活动了一个多月的时间便在守旧派的恫吓和攻击下瓦解了,但它推进了各地爱国学会的设立,并通过演讲等方式传播维新变法思想,为百日维新做了思想宣传准备。曾广铨译本中衍生出的众多"国"字,便

---

① 梁启超:《清议报一百册祝辞并论报馆之责任及本馆之经历》,《饮冰室合集》(文集之六),北京:中华书局,1989年,第54页。
② 中国史学会主编:《保国会章程》,《戊戌变法资料(四)》,上海:上海人民出版社,1957年,第399—401页。

展现了这一时期的思想风潮和历史特征。

"国名、地名虽似简单,但称谓各异的国名足以使中文读者渐渐生发出这样的概念:世界上由林林总总的各个国家组成,而不仅止于中国一家。实际上,国人眼界的开阔,莫不以此为第一块基石;国名以及西国政情都是人们感性上容易认识和理解的部分,穿过这一层面,才谈得上深入西方政制原理这种抽象的意义世界;换言之,惟有立基于此,国人才可能萌生近代主权国家的概念,迈出走向世界的第一步。"①通过译介西学,认知西方,在世界万国之林中重新定位中国,理解中国与世界的关系、认清世界民族生存"物竞天择、适者生存"的政治机制,是戊戌维新人士在晚清混乱和失序的世界中寻求救国之道的路径,也是曾广铨在译本中反复增补"国"字的驱动。

在曾广铨译本《长生术》中,"民权"是另一个引人注目的词语,它是对英语"democracy"(今译"民主""民主国家")的汉译。英语中的"democracy"一词源自古希腊语"demokratia",是由"demos"(人民)与"kratos"(权力、统治)两个词连缀而成的,语义为"人民支配、人民统治"。要将西方"democracy"这一概念译入晚清中国,在尚未建立"国家""权力""民主"等观念的语境下,很难找到确切的词语来传达。汉语言中原有的"民主"一词,早在两千多年前就出现在《尚书》和《左传》中,其原义是"民之主"(人民的主人),完全没有近代意义上的"民主"之义。②据金观涛、刘青峰考证,近代意义上的汉语"民主"一词最早见于丁韪良(W. A. P. Martin)1864年主译的美国人惠顿(Henry Wheaton)的著作《万国公法》(*Elements of International Law*,原著1835年出版),其中"democratic republic"被译为"民主之国"。但汉语"民主"一词中的"民"与"主"可形成

---

① 王健:《沟通两个世界的法律意义——晚清西方法的输入与法律新词初探》,北京:中国政法大学出版社,2001年,第61页。
② 熊月之:《中国近代民主思想史》,上海:上海社会科学院出版社,2002年,第8页。

第四章 哈葛德小说走入中国:《时务报》译介《长生术》的意义

两种不同的构词结构:"一种是偏正结构,其意为民之主;另一种是主谓结构,意为'民为主或民作主'。构词法不同,词意刚好相反。古代文献中的'民主',均是第一种构词法下的意义,即民之主,'民主'是帝王的别称。在儒家伦理规定的等级制度中,皇帝是民之主,而民作主则是有违伦常等级的。显然,《万国公法》用民主指涉 democracy,是翻译和润色者的创造。……实现了民主一词从传统意义向现代意义的转化。其背后的机制一目了然,这就是西方现代政治制度被视为和中国传统政治制度完全相反的事物。"①1880 年,京师同文馆刊印出版法国人毕利干(Anatole Billequin,1837—1894)主持翻译的《法国律例》,其中的法语词"democratie"(即 democracy)被译为"无主国"。②

戊戌维新时期,"democracy"被译作"民权",据熊月之研究:汉语"民权"一词最早见于郭嵩焘于光绪四年四月(1878 年 5 月)所写的日记中:"西洋政教以民为重,故一切取顺民意,即诸君主之国,大政一出之议绅,民权常重于君。"后黄遵宪、薛福成分别于 1879 年、1890 年开始使用这一词语。"民权"一词源自日语对英语"democracy"(民主)的日译,但传到中国后,"民权"与"民主"这一对同义词却并不同义:"改良派大多倡导'民权'而反'民主',陈炽一边讲'民权'要求开议院,一边骂'民主'为犯上作乱之滥觞。康有为、严复、黄遵宪等都提倡'民权',反对'民主'。甚至到戊戌政变以后,梁启超还斤斤分辨'民权'、'民主'之别,指出'民权与民主二者,其训诂绝异。'"③廖梅认为,戊戌维新时期的"民权"一词有着多

---

① 金观涛、刘青峰:《观念史研究:中国现代主要政治术语的形成》,北京:法律出版社,2009 年,第 12—13 页。
② 这是完整保存至今的最早输入中国的西方法典文本,无论在中国法律史或比较法学,以及在中法文化交流史的研究方面,都有其不可忽视的地位和意义。参见:王健:《沟通两个世界的法律意义——晚清西方方法的输入与法律新词初探》,北京:中国政法大学出版社,2001 年,第 187、206 页。
③ 熊月之:《中国近代民主思想史》,上海:上海社会科学院出版社,2002 年,第 9—10 页。

层含义:"戊戌时期改革者鼓吹的兴民权也有两层含义,其中第一层以往的学者已多有论述,即督促君主下放权力,开设议院,让士绅能够直接参与国家决策。也包括开设地方议院,让士绅直接参与地方政治决策。另一层含义则少有学者指出,即兴民权就是呼吁人民不要放弃自己行动的权力,人人动员起来,'举其分所当为,力所能及之事',创办各种新式活动,造成一场全社会的维新运动。"①

就词语的现代意义而言,"民权"被理解为"政治上人民的权力","民主"被理解为"人民作主"——"民主"与"君权"相对立。梁启超、汪康年、麦孟华等承袭了早期维新派关于"民权"与"君权"的认识,他们并不否定君权,而主张在与"君权"并存中伸张"民权","民权"与"君权"共处并存,目的不是推翻君权,而是反对君权专制,希冀"君权"允许民众参与政治,反映了一种温和的政治主张。因此,以"民权"对应西方文化中的"民主"(democracy),尽管在思想观念及其内涵上相去甚远,但却能够体现维新志士希望实现的"君主与人民分享权力"改良理想。封建君主专制下,维新派借此发出了政治权力一定程度上受民众约束的现代诉求,导入了让普通民众参与国家权力的现代政治伦理观念,这一呼声虽然微弱,但在封建专制下,却成为了寻求现代性突围的一个可能的突破口。可以说,以"民权"对应西方的"民主"(democracy)一词,是西方现代"民主"思想与晚清现实妥协的结果:"用民权概念来表达政治诉求比'民主'语汇更具优越性:它能消解'民主'所蕴含的对君权政制进行颠覆的危险,并为表达政治的某种期望创造一个模糊的空间并充分保持语义中的弹性,以便把'统治者'和'被统治者'这两个关键要素都能统合于一个概念中来,以减轻现实政治结构可能对新概念所造成的压力。"②

---

① 廖梅:《汪康年:从民权论到文化保守主义》,上海:上海古籍出版社,2001年,第106页。
② 王人博:《民权词义考论》,《比较法研究》2003年第1期。

第四章 哈葛德小说走入中国:《时务报》译介《长生术》的意义

《时务报》主要撰稿人之一、晚清士人孙宝瑄对西方政治学进行了系统的阅读,并在其《忘山庐日记》中,对"民权"与"君权"作了明确的陈述:"忘山曰:'君治世袭之国,不可不扶民权;共和政体之国,不可不重君权。'""国家之目的,余谓目的有二:一保卫人民之利益幸福,一增长国民之智识才能。凡国家,事之缓者,当从公议,用民权,事之急者,当从专断,用君权。"①在维新人士的理念中,"民权"甚至关涉民族的生死存亡——梁启超在《爱国论三·民权论》中说:"国者何?积民而成也。国政者何?民自治其事也。爱国者何?民自爱其身也。故民权兴则国权立,民权灭则国权亡。为君相者而务压民权,是之谓自弃其国。为民者而不务各伸其权,是之谓自弃其身,故言爱国必自兴民权始……"②

反观《时务报》行文修辞话语的整体特点,围绕"民权"而作的专文不少,形成了一个倡导"民权"的语义场,在《时务报》中编织出了一个声势浩大的政治舆论网络,主要的专论有:梁启超撰写的《变法通议》《民权论》《论君政民政相擅之理》《论中国积弱由于防弊》等文章;汪康年撰写的《论中国参用民权之利益》《中国自强策》《论今日中国当以知惧知耻为本》等文;孟麦华的《论中国宜尊君权抑民权》《民义》等系列论说,以及严复撰写的《辟韩》等文章,他们关注人权和民权,反对封建君主专制与君臣伦理,对传统的君、民关系进行了重新论证。《时务报》"译编"栏目下论及西方"君主"的文章也枚不胜举,如:第13册刊载的《英君主治国论》、第15册刊载的《论英国首相执政之权》、第49册刊载的《论英国首相退位议》等。可见,维新人士从中国传统出发,在不过度僭越传统君臣之纲的道统下,解读西方早期资产阶级启蒙时期"天赋人权"的理论,倡导"民权",希望通过改良来更新当时的政治秩序。因此,"民权"一词成为一种行之有效的修辞表

---
① 孙宝瑄:《忘山庐日记》,上海:上海古籍出版社,1983年,第359、412页。
② 梁启超:《爱国论三·民权论》,《饮冰室合集》(文集之三),北京:中华书局,1989年,第73页。

述,在表达层面叙述了晚清一代志士的兴国愿望和政治改良目标,而在更为深层的修辞哲学层面,则显露出中西思想融合,依托中国传统渊源吸收西方话语精神、在西方强势话语中进行自我文化抗争的努力。

韩愈的《原道》体现了中国传统君权思想的代表,他从"道"这一原则出发,论证了君主专制的合理性,认为君主不仅是统治者,也是给民众带来福祉的救星;而民众不具自治能力,需要等待君主的教化。基于此,韩愈对君、臣、民之间的层级关系做了这样的界定:"是故君者,出令者也;臣者,行君之令而致之民者也;民者,出粟米麻丝、作器皿、通财货,以事其上者也。君不出令,则失其所以为君;臣不行君之令而致之民,则失其所以为臣;民不出粟米麻丝、作器皿、通财货以事其上,则诛。"《原道》强调君君臣臣的等级制度,体现了传统中国君主专制主义的治国逻辑。严复在《辟韩》一文中对韩愈进行了反驳:"且韩子胡不云:民者出粟米麻丝、作器皿、通货财,以相为生养者也,有其相欺相夺而不能自治也,故出什一之赋,而置之君,使之作为刑政、甲兵,以锄其强梗,备其患害。然而君不能独治也,于是为之臣,使之行其令,事其事。是故民不出什一之赋,则莫能为之君;君不能为民锄其强梗,防其患害则废;臣不能行其锄强梗,防患害之令则诛乎?"因此,严复进而提出了改良主义的政治思想:"然则及今而弃吾君臣,可乎? 曰:是大不可。何则? 其时未至,其俗未成,其民不足以自治也。彼西洋之善国且不能,而况中国乎! 今夫西洋者,一国之大公事,民之相与自为者居其七,由朝廷而为之者居其三,而其中之荦荦尤大者,则明刑、治兵两大事而已。何则? 是二者,民之所仰于其国之最急者也。……民之弗能自治者,才未逮,力未长,德未和也。乃今将早夜以孳孳求所以进吾民之才、德、力者,去其所以困吾民之才、德、力者,使其无相欺、相夺而相患害也,吾将悉听其自由。民之自由,天之所畀也,吾又乌得而靳之! 如是,幸而民至于能自治也,吾将悉复而与之矣。唯一国之日进富强,余一人与吾子孙尚亦有利焉,吾曷贵私天下哉!……考西洋各国,又当知富强之易易也,我不可以自馁,道在去其害富害强,而日求其能与民共治而已。"①

在哈葛德小说《她》中,阿霞作为独裁者,其个人的意志就是律法。同样,中国传统"人治"理念下的"君臣之纲",是中国封建王权得以延续的道德伦理体系核心,历经两千多年已发展成皇权绝对专制的体制,维新派希望君主实行开明专制,通过仿效西方议会制度,力图君主能够听取民意、从谏如流。维新派的目的并非要推翻君权,而是号召民众尊重君权但同时行使自己的权力参与政治,实现"君民共主"。薛福成说:"追秦始皇以力征经营而得天下,由是君权益重。秦汉以后,则全乎为君矣。若夫夏、商、周之世,虽君位皆世及,而孟子'民为贵,社稷次之,君为轻'之说,犹行于其间,其犹今之英、义诸国君民共主之政乎?夫君民共主,无君主、民主偏重之弊,最为斟酌得中,所以三代之隆,几及三千年之久,为旷古所未有也。"②西方"民主"的含义,体现了君主立宪制度下,以议会立法权制约君主权力的法制理念,因此,以"民权"对译西方的"democracy"观念,与这一词语的原意是背道而驰的,"民权"的倡导是对晚清历史语境下皇权政治秩序的支持和维护,并没有僭越君臣之纲的道统;然而,中国历史走向共和、走向民主的起步正在于此。

曾广铨译介的《长生术》中包含的"君主""民权""律例""议会""律师"等词语,表征了维新人士以现代政治理念推进中国社会变革的迫切理想。"晚清变法家若无传统学问素养,便难以发挥其言论之效力。新思想若无本国语言词汇,便不能表达;若无本国历史文化的例子作譬,新意思亦不能表达。"③在晚清中国这个特殊的时空里,文学话语成为启蒙

---

① 严复:《严复集》(第一册),王栻主编,北京:中华书局,1986年,第33、34—35页。
② 薛福成:《出使日记续刻(节选)》,《郭嵩焘等使西记六种》,钱锺书、朱维铮主编,北京:生活·读书·新知三联书店,1983年,第12页。
③ 汪荣祖:《从传统中求变:晚清思想史研究》,南昌:百花洲文艺出版社,2002年,第64页。

思想、拯救国运的工具,这是《时务报》译介西洋小说的动因,也是曾广铨译介哈葛德小说的初衷。"当概念从客方语言走向主方语言时,意义与其说是发生了'改变',不如说是在主方语言的本土环境中发明创造出来的。"①《时务报》所刊译稿中的修辞特征,正展现了这种跨语际的话语实践特点。曾广铨译本《长生术》中的一系列政治词语,折射出历史进程中话语与社会观念变革之间的互动逻辑,体现了一代爱国士人在民族生存的危机时刻为拯救民族而提出的一种历史可能,引领了社会政治认知的主导潮流。但是,历史没有赋予这股潮流实现理想的机遇,这一代士人的奋争湮没在历史顽固的长河之中。但从另一个方面来说,正是他们的努力,才开启了晚清开眼望世界、认知西方、认识自我的历史征程。

曾广铨通晓英语和西方文化,其译文也严谨有加。在他的编译文章中,他常常在外国的人名、地名、战舰名等的译文边附上英文原文。然而,曾广铨同代人对哈葛德的小说及曾广铨的译笔多有否定:1898年7月,清末民初政治名人许宝蘅(1875—1961)在其日记中这样评价曾广铨译本《长生术》:"阅《时务报》附译之《长生术》,其事惝恍离奇,疑非人间所有,与中国《封神传》、《西游记》等小说相似,恐亦何礼之游戏笔墨,不必实有其事也。"②近代藏书家徐维则1902年在其《增版东西学书录》中记录《长生术》一书说:"《长生术》一卷,《时务报》本:英解佳著,曾广铨译。叙述中亚非利加洲荒古蛮野之形状,托言亲身游历,所述文情离奇怪诞,颇堪悦目。"③1901年,邱炜萲在《茶花女遗事》一文中称赞林纾优

---

① 刘禾:《跨语际实践——文学,民族文化与被译介的现代性》,宋伟杰等译,北京:生活·读书·新知三联书店,2002年,第36—37页。
② 许宝蘅:《许宝蘅日记》(第一册),许恪儒整理,北京:中华书局,2010年,第29页。
③ 徐维则:《增版东西学书录》,《晚清新学书目提要》,熊月之主编,上海:上海书店出版社,2014年,第158页。

第四章 哈葛德小说走入中国：《时务报》译介《长生术》的意义

美的译笔，对曾广铨译本《长生术》作了负面评价："《时务报》译《滑震笔记》、《长生术》，皆冗沓无味。"①1905 年，周桂笙翻译哈葛德小说 *She* 的续篇 *Ayesha：The Return of She*（周桂笙译本书名为《神女再世奇缘》），在译本自序中对曾广铨翻译的《长生术》也进行了批评："译笔疏略，犹不逮原文之半；其意亦但以寻常小说目之，故国人亦但觉光怪陆离，奇幻悦目而已，鲜有措意于其命意者焉。"②光绪三十一年正月初十、初十一（1905 年 2 月 13 日），《中外日报》刊载《续庄谐选录》（卷一）"西国小说"条目云："近人译西人小说至多，《茶花女》最著名……《长生术》奇而无当……。"在晚清这个特殊的历史时刻，译介西洋小说的目的、文学修辞话语的价值重建均立足于被放大的文本政治功能，因此，"文学根据政治策略确定自己的语调和话语方式，导致了文学自身的失语。"③译本话语过度追求政治概念的表达是曾广铨译本审美缺失的一个重要原因。

然而，在当时的历史语境下，《时务报》译介《长生术》并非为了向读者提供文学审美，而是以西洋小说为媒介，宣传西方现代思想，启蒙民众、改良体制，救民族于危亡之中。正如 1900 年《清议报》"瀛海纵谈"专栏"小说之势力"一文所表述的对西洋小说社会功能的认知："欧美之小说，多系公卿硕儒，察天下之大势，洞人类之赜理，潜推往古，豫揣将来，然后抒一己之见，著而为书，用以醒齐民之耳目，励众庶之心志。或对人群之积弊而下砭，或为国家之危险而立鉴，然其立意，则莫不在益国利民，使勃勃欲腾之生气，常涵养于人间世而已。"④从文学审美的视角看，

---

① 邱炜萲：《茶花女遗事》，载 1901 年刊本《挥麈拾遗》，转引自《二十世纪中国小说理论资料》（第一卷 1897—1916），陈平原、夏晓虹编，北京：北京大学出版社，1997 年，第 48 页。
② 周树奎：《〈神女再世奇缘〉自序》，1905 年《新小说》22 号。
③ 谭学纯、朱玲：《广义修辞学》，合肥：安徽教育出版社，2008 年，第 130 页。
④ （衡南）劫火仙：小说之势力，《清议报》1900 年第 68 册（影印本），北京：中华书局，1991 年，第 4305—4306 页。

曾广铨译介的《长生术》显得捉襟见肘，但《时务报》刊载曾译哈葛德小说的目的显然并非向读者提供审美阅读，而是着意于文本所承载的新思想新观念，借此建立"国家""民权"观念，推进中国从宗法社会进入"政治社会"。而"政治"作为一种科学，需要新的语汇来传达，需要新的话语体系来建构。《时务报》译介各类西洋时文、章程、文学作品等的目的，就在于启蒙国人认知西方不同的政治制度、价值体系、社会秩序和法律制度，并以一套新的话语建构出一种不同于封建意识的思想体系，以促进社会改革。《时务报》中有一个话语现象值得关注：《时务报》定期刊载"中西合璧表"，[①]每次以1至2页的篇幅，梳理《时务报》各类译稿中出现的西洋人名、地名等专有名词及其汉语译文对照表，体现了编者试图统一译文，建立精准的词语场效应的意图；一代《时务报》报人为国家兴旺所作话语准备、思想意识建构的努力由此可见一斑。

国家政治变革、社会改良的思想资源，在西方主要来源于其哲学体系，正如欧洲启蒙时期的社会契约论、三权分立思想，这些哲学思辨对西方社会的观念体系、历史进程起着不可估量的影响。但在晚清中国，承担思想启蒙的，虽有冯桂芬、王韬、薛福成、郑观应、张之洞、林则徐、魏源等人，以及康有为、梁启超等人的强国思想，也有严复、章炳麟等人对西方思想体系的不懈译介；但对广大民众来说，却主要是通过阅读译介的西方文学来获得启蒙。西方文学被当作现代思想的载体，文学话语的社会功能被刻意强化。在功利性的文学观念下，作为启蒙工具的文学翻译，承担着拯救一个濒于崩溃的古老帝国的沉重使命，勉力承载着一代新型知识分子的政治理想。借助翻译文学追求思想意识和社会制度的现代性，其历史逻辑与晚清的民族命运、历史怅惘交错缠绕，虽然曾广铨

---

① 根据本书作者的统计，《时务报》共23次刊载"中西文合璧表"：分别见《时务报》第14—21册，第24、29册，第30—35册，第37、39册，第40—42册，第44、46册。

的译笔显得僵硬无味,但却以充满凝重历史感和理想色彩的现代话语,逐页建构起现代思想观念,以改变民众对政治和社会的认知结构,塑造现代国民精神。

翻译文学作为启蒙思想和社会改革的舆论先导,在一代维新人士的合力推进下,达成了一股社会共识,《时务报》创风气之先,致力于对西洋文学的译介:"近代报刊的出现,是整个晚清文学与文化变革的重要基石。"①当我们今天回看曾广铨译本《长生术》,虽然可以指出它的种种译笔问题,但它富有鲜明思想意义的话语在戊戌维新时期所起的作用是不容置疑的,对此,李欧梵做了精辟的阐述:"如果从文化史的立场来讲,翻译应该回归原来的那个英文和拉丁文的意思,即一种过渡的意思,就是从一种文化过渡到另一种文化。……翻译并不一定要信达雅,信达雅并不能代表翻译的最高标准,它代表的只是一种文学的功能、一种美学的功能,并不能完全代表一种文化的功能。"②

本章小结

"人是观念的囚徒。……真正的革命发生在人们的头脑中,这就是观念的革命。观念革命是对既定价值的一次全面再评判,它把人的精神从旧思想的樊篱中解放出来,引入一个崭新的境界。可以说,是观念革命造就了人的更新。"③然而,观念的更新并不是一蹴而就的,而是通过点滴渗透,潜移默化地侵入人的心灵,直至引发根本性的思想变革。

---

① 陈平原:《文学的周边》,北京:新世界出版社,2004年,第97页。
② 李欧梵:《近代翻译与通俗文学》,《中国现代文学研究丛刊》,2001年第2期。
③ 钱满素:《爱默生和中国:对个人主义的反思》,北京:生活·读书·新知三联书店,1996年,第1页。

晚清时期,西方民主政治学说的传入并不是成系统有规模的,而是零星断续的,就体裁而言,不只是政论时文、公司章程、新闻特写等,小说也成为传递西方政治理念的一种重要媒介,以政治眼光看小说,小说是西方文明的载体,是拯救国家命运的利器。其时热衷于社会变革的一代志士,几乎同时都是文学界举足轻重的人物:较早期的有龚自珍、魏源、冯桂芬、郑观应、王韬等人,中期有曾国藩、郭嵩焘、薛福成、吴汝纶、张之洞等人,后期有康有为、梁启超、谭嗣同、章太炎等人。这一现象背后的逻辑是:社会变革的先导是新的思想观念先导和舆论先导,而文学的教化功能吸引了一代士人的共同关注。中国"诗言志"的传统,孔子"不学诗,无以言"的思想,均指向文学情志并重的教化功能和社会作用。当时社会对文学的这种共识,受到了救国保种的强烈政治驱动:"对域外小说既没有积极介绍,也没有强烈反对,只是漠然置之——这种对域外小说的冷淡,到戊戌变法前后才发生根本性的变化。而转折的契机主要还不是文学,而是政治。"①因此,一定历史语境下的文学,不是一种纯粹的诗学行为,而是一种群体性的话语事件、是一种目的性明确的社会实践。晚清的翻译文学话语承担了社会启蒙的功用,使国人开始以新的视野认知西方的强盛之源、理解世界运作的方式,学会与万国交往的规则;并在此基础上改造中国,重振民族命运。

在晚清社会从封建走向现代的历史转折时刻,文学以其承载的意识形态参与了社会变革的宏大计划。文学译介所提供的现代性思想启蒙,负载着一代志士寄予文本的政治诉求:译介新知、启蒙民众,凝聚社会变革的思想合力,形塑新的政治观念,推进社会发展。美国文化史家彼得·盖伊曾说:小说家"利用文学的想象手法做到了历史学家想做或应

---

① 陈平原:《中国现代小说的起点——清末民初小说的起点》,北京:北京大学出版社,2006年,第29页。

第四章 哈葛德小说走入中国:《时务报》译介《长生术》的意义

该做却做不到的事情……在一位伟大的小说家手上,完美的虚构可能创造出真正的历史。"①

曾广铨译介的《长生术》经过节略削删,从文本修辞和内容看,与原著存在着模糊、错误、扭曲甚至背叛的裂痕,但从广义修辞学视角对文本进行由点到面、再到背面的阐释剖析,从译本中一整套修辞话语的组合进入文本的深层思想层面,可以看到文学成为政治谋划手段的话语力量。一代士人依托文学来建构新的文化秩序,是因为"文学是基于反思所肯定的心灵事件。自然现象仅仅是现象,背后没有思想;文学现象不仅是现象,背后还有思想。"②通晓西学的曾广铨,在《长生术》中呈现了中国现代化进程中的诸多关键词:通过这些新词引入了一套全新的世界认知话语,建构出一种不同于封建意识的思想体系,展示了支撑西方富强的政治制度、价值观念和社会秩序,为晚清寻求有效改良社会的思想动力。译本《长生术》见证了以曾广铨为代表的一代新兴知识分子,在世界已进入的现代体制的洪海里,挣扎求生的努力。现代性蕴含了关于世界秩序的共识和社会整体结构的特征,现代性与传统性相对,现代性话语是对传统的封建社会体系的批判,也是对新的社会结构和文化蓝图的呼唤。

历史沉积于话语之中,晚清一代新知识分子怀着反帝救国的理想译介西方时文和书籍,翻译话语成为他们的聚群方式,达成了借西方观念冲击专制统治、引领中国社会走出封建传统、走向现代的集体共识。他们借助翻译表达政见传达求变意识、传播西方现代民主思想,他们的译文冲击了传统中国天朝至上的封建意识,逐步将晚清中国引入现代世

---

① 彼得·盖伊:《历史学家的三堂小说课》,刘森尧译,北京:北京大学出版社,2006年,第153页。
② 葛桂录:《经典重释与中外文学关系新垦拓》,北京:人民出版社,2015年,第342—343页。

界的话语体系之中,推进了思想的启蒙。曾广铨,是这一新知识分子群体中的重要一员,他鲜明的政治立场和大量的西学译介,在晚清救国保种、追求现代性艰难跋涉的旅途上留下了不可磨灭的足迹,值得后人铭记。

第五章　林译小说：林纾的救国之道

翻译过程本质上包括了人类理解世界和社会交往的全部秘密。
————伽达默尔[1]
语言是思想的直接现实，同时语言也参与建构这思想的现实。
————谭学纯[2]

第一节　林纾的西洋小说译介：救国保种

一、晚清"陆沉"困境中的林纾

继1840年鸦片战争之后，大清帝国在西方列强的炮声舰影下节节溃败，接着又遭遇了1860年英法联军入侵北京，1883年至1885年的中法战争，1894年中日甲午战争，以及1900年八国联军侵华战争中的惨败，孱弱腐败的清政府割地赔款、开商埠让利权，以苟延其专制统治。列强虎视眈眈之下，中国"海禁大开，环球咫尺，强邻窥视，虎视鹰瞵，试一被

---

[1] 伽达默尔：《伽达默尔集》，严平编选，邓安庆等译，上海：上海远东出版社，2003年，第182页。
[2] 谭学纯：《问题驱动的广义修辞论》，北京：人民出版社，2016年，第4页。

中国地图二十一行省,在列强之势力圈中者,已十之八九,而接踵而起者犹未已也,亡国之惨奚待蔡著。……"①面对民族生存的危机,一代仁人志士被裹挟进屈辱的历史洪涛之中,为求济国之舟楫而苦苦挣扎,林纾就是在这凄风苦雨中顽强求索的无数志士中的一个。

林纾1852年出生于福州的一个小商人家庭。②1852的中国,经过鸦片战争的惨败和太平天国运动,已处在风雨飘摇的危难之中。林纾家境贫寒,但家人均仁爱厚德,林纾在祖母"畏天而循分"的教诲下成长,他勤奋苦读,养成了正直本分、自强不屈、同情疾苦,但又狷狂傲气、执拗顽固的性格。

林纾是一个有着强烈爱国热情的正统文人,个性桀骜、尚侠之气凌然,他对自己个性的评价是"木强多怒"。③《清史稿·文苑》对林纾的评述是:"生平任侠尚气节,嫉恶严。见闻有不平,辄愤起,忠恳之诚发于至性。"④林纾弟子朱羲胄追忆其师时说:"独念先生为人,笃伦理,崇节贞,爱世卫道,既殁乃已,其与人也。热情盖系天授,生平好济难厄而勇赴义。于国家忠爱,血性恒流露语文间。"⑤面对西方列强凌辱、民族危难,性格刚烈的林纾和其他爱国文人一样,如"居火屋之中,坐漏水之船",国家、民族遭受的每一次欺辱、国人的麻木不仁甚至奴性意识都深深刺痛了他的爱国之心,他义无反顾,以译笔投身于反帝救国的历史狂潮之中。

---

① 修真:《阅报之有益》,《觉民》,1904年第1至第5期合本,第4页。
② 林纾,1852—1924年,福建闽县(今福州)人,原名群玉、秉辉,字琴南,号畏庐、畏庐居士,别署冷红生。晚称蠡叟、践卓翁、六桥补柳翁、春觉斋主人。室名春觉斋、烟云楼等。
③ 林纾:《冷红生传》,《林纾选集·文诗词卷》,林薇选注,成都:四川人民出版社,1988年,第3页。
④ 赵尔巽等撰:《清史稿》(第44册卷四百八十六),北京:中华书局,1977年,第13446页。
⑤ 朱羲胄:《贞文先生学行记卷一》,《民国丛书》(第四编94),上海:上海书店出版社,1992年影印本,第1页。

第五章 林译小说:林纾的救国之道

正如他自己所宣称的那样:"畏庐者,狂人也,平生倔强不屈人下,尤不甘屈诸虎视眈眈诸强邻之下。"①

林纾是一个有着强烈政治意识和社会责任感的爱国文人。光绪十年,即1884年的8月22日,史称"马江海战"的甲申中法之战在福州马尾爆发。法军的坚船利炮向清水师发起猛烈进攻,但清军主要将领竟弃舰逃生,其时号称拥有"中国吨位最大舰队"的福建水师群龙无首,顷刻间便全军覆没,福州马尾造船厂及两岸炮台遭摧毁,东南沿海与台湾海峡海权遭法军控制。林纾闻讯与挚友林崧祁(字述庵)在街头抱头痛哭,引为奇耻大辱。数月后当钦差大臣左宗棠到福州督办军务时,林纾又与好友周长庚(字莘仲)一起冒死拦截左宗棠之马,力谏军中昏官,哭诉海防大臣张佩纶怯战误国。②1894年中国在中日甲午战争中战败,林纾面对文人的麻木,愤然疾呼道:"吁嗟乎!堂堂中国士如林,犬马宁无报国心?一篇制艺束双手,敌来相顾齐低首。我思此际心骨衰,如何能使蒙瞽开。"③1895年,《马关条约》签订,在京应试的林纾,与同乡陈衍、高凤岐等人参与了康有为等人发起的"公车上书",抗议清政府签订丧权辱国的《马关条约》,敦促朝廷奋起救国。但在晚清昏聩贪腐的政府体制下,爱国文人满腔的报国诉求被拒,报国无门的林纾在愤懑郁恨中回归福州故里。但是,林纾的爱国热忱丝毫未减,他以"天下爱国之道,当争有心无心,不当争有位无位"④自勉,开始了以文救国、教育救国的理想追求。

1897年,林纾用白话创作诗集《闽中新乐府》32首,以救国为宗旨,

---

① ④ 林纾:《爱国二童子传·达旨》,《晚清文学丛钞》(小说戏曲研究卷),阿英编,北京:中华书局,1960年,第246页。
② 张俊才:《林纾评传》,北京:中华书局,2007年,第35页。
③ 林纾:《闽中新乐府·破蓝衫》,《林纾选集·文诗词卷》,林薇选注,成都:四川人民出版社,1988年,第288页。

以取法西方、革新自强为主题,针砭社会时弊陋习、倡导维新救国,发出了"我念国仇泣成血"的悲愤之声,呼应了晚清以"启蒙""保种""图强"为主题的公共话语。《闽中新乐府》是林纾的第一部文学作品,先由其友人邱炜萲出资翻刻,出版时邱炜萲作千字长序记之,并从中抄录多首载入自己的《五百石洞天挥麈》。①随后,《闽中新乐府》又由林纾好友魏瀚②出资在福州刻版印行,引发了很大的社会反响。不久后,一次偶然的经历使林纾开始了对西洋文学的译介,在小说翻译中找到了一条救国之道:他试图通过小说译介引进西学,让民众了解西方社会、了解西方人的骁勇精神及西方人的"贼性",以唤醒国民的尚武精神和爱国热情,拯救危难中的华夏民族。

关于林纾翻译生涯之始,多传其因丧妻心情抑郁,受好友之邀郊游鼓山,路上听友王寿昌(字子仁)③讲述《茶花女》故事,深受感动而动笔译述。但据林纾同乡黄濬④记载,林纾开始译介西洋小说并非因受《茶花女》故事感动而主动翻译,而是被迫无奈的结果:当时主持福建船政业务的魏瀚一再坚持请林纾译介法国小说《茶花女》,林纾再三推托无果,便要求魏瀚安排一次鼓山游为前提答应翻译此书;于是魏瀚买船安排出游,并携王寿昌同往,强迫王寿昌为林纾口译《茶花女》:"世但知畏庐先生,以译《巴黎茶花女遗事》始得名,不知启导之者,魏季渚先生(瀚)也。

---

① 邱炜萲:"《闽中新乐府》一书,养蒙者所宜奉为金科玉律。余已为之翻印,赠贻岛客,复采其专辟乡里陋俗之数题,载入《五百石洞天挥麈》。"见:邱炜萲:《客云庐小说话》,《晚清文学丛钞·小说戏曲研究卷》,阿英编,北京:中华书局,1960年,第408页。
② 魏瀚,1851—1929,字季渚,福州人,曾在福州船政前学堂学习,为著名造舰专家。
③ 王寿昌,1864—1926,字子仁,号晓斋,福建福州人。福州马尾船政学堂制造班毕业后到法国巴黎大学留学,回国后回马尾船政学堂任法文教师,曾在天津洋务局任翻译,后充经理各国事务衙门章京及三省铁路学校校长。其居所"光福山房"是当时福州文人墨客雅集聚会之地。
④ 黄濬,1891—1937,字秋岳,福建福州人。中华民国国民政府行政院主任秘书,后沦为汉奸。著有《壶舟笔记》《花随人圣庵摭忆》等。

第五章　林译小说:林纾的救国之道

季渚先生瑰迹耆年,近人所无,时主马江船政局工程处,与畏庐狎。一日,季渚告以法国小说甚佳,欲使译之,畏庐谢不能,再三强,乃曰:'须请我游石鼓山乃可。'鼓山者,闽江滨海之大山,昔人所艰于一至者也。季渚慨诺,买舟导游,载王子仁先生并往,强使口授,而林笔译之。译成,林署冷红生,子仁署王晓斋,以初问世,不敢用真姓名。书出而众哗悦,畏庐亦欣欣得趣,其后始更译《黑奴吁天录》矣。"①就这样,译本《巴黎茶花女遗事》以王寿昌口译、林纾笔录的方式合作完成后,署王、林两人的笔名"晓斋主人"、"冷红生",1899年2月由魏瀚私人出资交福州著名的"吴玉田刻坊"雕版印刷。小说一发行便不胫而走,供不应求。同年2月,上海《中外日报》经营者汪康年购得该书出版及印售权,在《中外日报》反复做广告,预告《巴黎茶花女遗事》的销售。此外,1899年5月至6月,《昌言报》《游戏报》《新闻报》《字林沪报》《申报》等也同时反复刊载了"译印《巴黎茶花女遗事》"的发售广告。同年6月,上海"素隐书屋"翻印出版《巴黎茶花女遗事》的铅字排印本,随后上海广智书局、文明书局等也翻印出版该小说。这部被誉为"外国《红楼梦》"的小说为"中国人见所未见,不胫走万本"。②《茶花女》出版后"一时纸贵洛阳,风行海内"。后来林纾回忆道:"当日汪穰卿舍人为余刊《茶花女遗事》,即附入《华生包探案》,风行一时;后此续出者至于数易版,以理想之学,足发人神智耳。"③这部被誉为"外国《红楼梦》"的小说深受读者追捧,严复作诗陈述林译的巨大影响:"可怜一卷茶花女,断尽支那荡子肠。"

从话语传播的视角来看,《巴黎茶花女遗事》"洛阳纸贵"的传播效果,向林纾展示了现代媒介传播的威力与翻译小说潜在的社会影响力;

---

① 黄濬:《花随人圣庵摭忆》,李吉奎整理,北京:中华书局,2008年,第370页。
② 陈衍:《林纾传》,《福建通志·文苑传》第9卷,民国十年刊本,1921年,第26页。
③ 林纾:《歇洛克奇案开场》序,《晚清文学丛钞·小说戏曲研究卷》,阿英编,北京:中华书局,1960年,第242页。

也可以说是作为译者主体的林纾获得了对话语力量的认知。自此,林纾以译介西洋文学获得的话语权,为他的维新思想找到了新的表达途径,翻译,成为他实现救国保种理想的一个重要手段。

面对西方列强的入侵和民族生死存亡的紧急关头,林纾感悟到了"他者"文化的强势,也看到了"自我"文化的孱弱。他积极投身于西学译介的大潮,以译笔向西方寻求强国之道,借"他者"话语警醒晚清民众。林纾对西洋文学的译介,前后持续了20余年,他译介的第一部西洋小说是1898年与王寿昌合译的《巴黎茶花女遗事》,译出的最后一部小说是托尔斯泰的《三种死法》,发表于1924年1月的《小说世界》,但口译合作者不详;林纾与友人合作一共译介了180多部西洋文学作品,以小说为主,其译作以其古雅的文言和特有的风格被称为"林译小说"。

林译小说为晚清一代读者提供一个认知西方的窗口,西方的现代思想和人文精神通过小说叙事的方法被引入中国,让读者感受到了不一样的生存哲学,加速了晚清新知识群体的形成,对晚清建构新的思想意识起到了重要的启蒙作用。此外,林译小说对西洋叙事方式的译介,推进了中国小说叙事的现代性,影响了众多的后代作家,如:周树人、周作人兄弟、郑振铎、郭沫若、沈雁冰、钱锺书等,成为中国小说从古典走向现代的重要一环,对此,国内外学者如韩南、王德威、陈平原、杨联芬等均有专述。[①]

二、林纾的翻译:"陆沉"中的救国之道

林译小说的叙述话语与同一时期的社会主流话语形成了相互映现的关系。面对"陆沉"危机,林纾抱着"开启民智"、救国保种的愿望,以文

[①] 韩南:《中国近代小说的兴起》,徐侠译,上海:上海教育出版社,2004年。王德威:《被压抑的现代性——晚清小说新论》,北京:北京大学出版社,2005年。陈平原:《中国小说叙事模式的转变》,北京:北京大学出版社,2003年。杨联芬:《晚清至五四:中国文学现代性的发生》,北京:北京大学出版社,2003年。

第五章　林译小说:林纾的救国之道

言笔法译介西洋小说。1901年,林纾在《译林序》中,借用一系列的比喻阐述了自己译介西洋小说的目的:"今欲与人斗游,将驯习水性而后试之耶?抑摄衣入水,谓波浪之险,可以不学而押试之,冀有万一之胜耶?不善弹而求鸥灵,不设机而思熊白,其愚与此埒耳!亚之不足抗欧,正以欧人日励于学,亚则昏昏沉沉,转以欧之所学为淫奇而不之许,又漫与之角,自以为可胜。此所谓不习水而斗游者尔。吾谓欲开民智,必立学堂;学堂功缓,不如立会演说;演说又不易举,终之唯有译书。"在此,林纾不仅陈述了译介西洋小说的宗旨,还明确说明了针对的读者群:"广译东西之书,以饷士林",并发出了"余老矣,不图十余年莫竟之志,今竟得之于此"的感慨。①

林纾的翻译动机在其《黑奴吁天录》(1901年)译序和跋中清晰可见,也就是说,林纾从步入小说译介一开始,就受到强烈的政治驱动:"华盛顿以大公之心官其国,不为私产,而仍不能弛奴禁,必待林肯,奴籍始幸脱。迩又寝迁其处黑奴者,以处黄人矣!……因之华工受虐,或加甚于黑人。而国力既弱,为使者复馁慑,不敢与争……方今器讼者,已胶固不可譬喻;而倾心彼族者,又误信西人宽待其藩属,跃跃然欲趋而附之。则吾书之足以儆醒之者,宁云少哉?""余与魏君同译是书,非巧于叙悲以博阅者无端之眼泪,特为奴之势逼及吾种,不能不为大众一号。……若吾华有司,又乌知有自己国民无罪,为人囚辱而瘐死耶?上下之情,判若楚越,国威之削,又何待言!今当变政之始,而吾书适成。人人既蠲弃故纸,勤求新学,则吾书虽俚浅,亦足为振作志气,爱国保种之一助。"②

林纾在讲坛上也常常以西学策勉青年学子(1906年):"于讲舍中敦喻诸生,极力策勉其恣肆于西学,以彼新理,助我行文,则异日学界中定

---

① 林纾:《译林序》,《清议报》1900年第69期。
② 林纾:《黑奴吁天录·序》,《晚清文学丛钞·小说戏曲研究卷》,阿英编,北京:中华书局,1960年,第196—197页。

更有光明之一日。"① 林纾认为,小说的教育功能远比迂腐的学究有效。1906年,林译《红礁画桨录》出版,在译余剩语中,林纾陈述道:"委巷子弟为腐龌学究所遏抑,恒颠顿终其身。而清俊者转不得力于学究,而得力于小说。故西人小说,即奇恣荒眇,其中非寓以哲理,即参以阅历,无苟然之作。"② 1907年,在《剑底鸳鸯·序》中,林纾再次强调自己的翻译驱动:"今日之中国,衰耗之中国也。恨余无学,不能著书以勉我国人,则但有多译西产英雄之外传,俾吾种亦去其偨敝之习,追躅于猛敌之后,老怀其以此少慰乎!"③

在国家、民族生死存亡的时刻,林纾怀着"天下兴亡,匹夫有责"的社会责任感,向国人警示西方列强"以吞灭为性"的侵略本质。因此,林纾译介外国小说的选择,并非出自盲目,而是以"名人救世之言"为选择原则,稍作渲染,以"求合于中国之可行者"。④ 林纾的主要口译合作者魏易,⑤ 也有着与林纾同样的政治理想。1901年,魏易与林纾首次合作,他向林纾推荐美国小说《黑奴吁天录》,两人合作完成了译本,该译本付印时,魏易也撰文序,阐述译介此书的动机:"近得美儒斯土活氏所著《黑奴吁天录》,反复披玩,不啻暮鼓晨钟,以告闽县林先生琴南,先生博学能文,许同任翻译之事。易之书塾,与学生相距咫尺,于是日就先生讨论,易口述,先生笔译,酷暑不少间断,阅月儿书竣,遂付剞劂,以示吾支那同族之人。语云:前车之覆,后车之鉴,窃愿读是篇者,勿以小说而忽之,则

---

① 林纾:《洪罕女郎传·跋语》,《晚清文学丛钞·小说戏曲研究卷》,阿英编,北京:中华书局,1960年,第225页。
② 林纾:《红礁画桨录·译余剩语》,《晚清文学丛钞·小说戏曲研究卷》,阿英编,北京:中华书局,1960年,第228页。
③ 林纾:《剑底鸳鸯·序》,《晚清文学丛钞·小说戏曲研究卷》,阿英编,北京:中华书局,1960年,第251页。
④ 袁荻涌:《林纾的文学翻译思想》,《中国翻译》1994年第3期。
⑤ 魏易和林纾合作翻译10余年(1901—1910年),共合译小说30余种,此外还合译了《布匿第二次战纪》《拿破仑本纪》等多种西洋学术著作。

第五章 林译小说:林纾的救国之道

庶乎其知所自处已。"①

林纾致力于译介西洋小说的政治目的,在他翻译的日本近代作家德富芦花(为德富健次郎的笔名)小说《不如归》中表现得更为淋漓尽致:《不如归》原著是1904年在日本出版的一部爱情小说,以中日甲午战争为背景,其中穿插了很多关于甲午海战的场面,赞颂日本将士的武勇,对帝国主义的侵华战争进行了美化。1908年,林纾与魏易合作,在参考日语原著的情况下,从英文转译了这部小说。②这是180多部林译小说中唯一的一部日本小说。林纾在译序中陈述了译介该小说的动因:甲午海战中北洋水师几乎全军覆没,北洋将士被指贪生怕死、临阵脱逃。在海战中与北洋将士一起亡命抗敌、葬身海战的有林纾的亲戚林少谷及林纾的同乡友人,林纾借这部小说叙述的中国海军的骁勇抵抗为北洋将士正名:"其中尚夹叙甲午战事甚详。余译既,若不胜有冤抑之情,必欲附此一伸,而质之海内君子者。……或乃又谓渤海之战,师船望敌而遁,是又蠛言。吾戚林少谷都督战死海上,人人见之。同时殉难者,不可指数。文襄、文肃所教育之人才,至是几一空焉。余向欲著《甲午海军覆盆录》,未及竟其事。然海上之恶战,吾历历知之,顾欲言,而人亦莫信焉。今得是书,则出日本名士之手笔。其言镇、定二舰,当敌如铁山;松岛旗船,死者如积。大战竟日,而吾二舰卒获全,不毁于敌,此尚言其临敌而逃乎!吾国史家,好放言。既胜敌矣,则必言敌之丑敝畏葸;而吾军之杀敌致果,禀若天人,用以为快。……若文明之国则不然,以观战者多,防为所讥,措语不能不出于纪实。既纪实矣,则日本名士所云中国之二舰如是能战,则非决然遁逃可知矣!"③林纾认为小

---

① 魏易:《黑奴吁天录·序》,《晚清文学丛钞·小说戏曲研究卷》,阿英编,北京:中华书局,1960年,第279—280页。
② 邹波:《林纾转译日本近代小说〈不如归〉之底本考证》,《复旦外国语言文学论丛》,2009年秋季号。
③ 林纾:《不如归·叙》,《林纾译著经典第二册:〈迦茵小传〉〈不如归〉〈离恨天〉》,上海:上海辞书出版社,2013年,第219页。

说《不如归》展现了北洋海军的誓死顽抗,证实了"镇远""定远"二舰在甲午海战中奋勇抗敌的事实。

在译本《不如归》中,林纾以译者身份闯入文本,针对甲午海战附加了种种评述,在小说第 18 章"鸭绿之战"中,林纾添加的译者评论竟达 13 条之多,其中最长的一条评注出现在该章末:"林纾曰:甲午战事,人人痛恨闽人水师之不武,望敌而逃。余戚友中殉节者,可数人。死状甚烈,而顾不能胜毁者之口,欲著《甲午海军覆盆》以辨其诬。今译此书,出之日人之口,则知吾闽人非不能战矣!若云林纾译时为乡人铺张,则和文、西文俱在,可考而知。天日在上,何可欺也!即以丁汝昌、刘步蟾言,虽非将才,尚不降敌而死,亦自可悯。唯军机遥制,主将不知兵事,故至于此。吾深恨郎威理之去,已为海军全毁之张本矣,哀哉!"①林纾并非不知小说与历史记载的区别,而是在国难和屈辱面前,急于找到相应的话语来表达爱国心声,甚至不惜借日本作家的小说来批驳当时朝野关于北洋海军将帅临敌逃遁的不实舆论,为英勇捐躯的北洋水师洗刷冤屈。林纾还进而指出,面对战败应该总结原因,必须先培育人才、后积资购制船炮:"知其所以致败,而更革之,仍可自立于不败。……方今朝议,争云立海军矣,然未育人才,但议船炮,以不习站之人,予以精炮坚舰,又何为者?所愿当事诸公,先培育人才,更积资为购船制炮之用,未为晚矣。"在该译序中,林纾还进一步表明自己为警醒国人而奋力译书的诚心:"纾已老,报国无门,故日为叫旦之鸡,冀吾同胞警醒。恒于小说序中,摅其胸臆。非敢妄肆嗥吠,尚祈鉴我血诚。"②

如果说林纾以《巴黎茶花女遗事》步入小说翻译领域是受友人逼迫

---

① 林纾、魏易:《不如归》,《林纾译著经典第二册:〈迦茵小传〉〈不如归〉〈离恨天〉》,上海:上海辞书出版社,2013 年,第 167—168 页。
② 林纾、魏易:《不如归·叙》,《林纾译著经典第二册:〈迦茵小传〉〈不如归〉〈离恨天〉》,上海:上海辞书出版社,2013 年,第 168 页。

而成,但他随后的西洋小说译介并非无谓的消遣,而是他译介西学、启发民智以推进社会改革的一项大业。在维新和救国意识的驱使下,林纾希望小说能够揭举社会积弊,推进社会改良。林纾的努力并未落空,林译小说启引了后代新文学运动彻底的反帝反封建思想,正如蒋锡金所述:"十九世纪末,有两部译书惊醒了当时的知识界,推动了社会历史的向前发展。一部是1898年正式出版的福建闽侯人严复(又陵,几道,1853—1921)译述的英国赫胥黎的《天演论》,它以进化论思想启发了人们要变法图强,从而人们又觉悟了图强必须反帝;另一部是1899年开始刊布的福建福州人林纾(琴南,畏庐,1852—1924)译述的法国小仲马的《巴黎茶花女遗事》,它以发展真性情的思想启发了人们想到婚姻自由,从而人们又觉悟到必须在更广泛的范围内反封建。从当时这两部译书的'不胫走万里'、'一时洛阳纸贵,风行海内'的情况看来,有人说清末革命民主主义的兴起,辛亥革命的得以胜利,应该归功于《天演论》和《茶花女》,虽然不免有些失之夸大;然而从思想启蒙方面说到二书所起的作用,那是并不过分。只要看到我们的文化革命的伟大先行者鲁迅的思想发展脉络,其中就有明显的印迹。其时何止是鲁迅,也可以说是当时一切先进的知识界,都是无法不沐受了二书的影响的。"①在晚清特定的历史语境下,文学的政治功用在此展现得淋漓尽致。

即使在译介西洋小说的后期,林纾仍然反复重申自己的译介目的:"余老矣,羁旅燕京十有四年,译外国史及小说可九十六种,而小说为多。其中皆名人救世言,余稍为渲染,求合于中国之可行者。"②从林译小说的序跋可以看出,林纾欲借助以现代手段传播的小说叙事功能,译介西方思想,以帮助年轻一代认知西方、认知这个由西方人主宰的世界秩序,他

---

① 蒋锡金:《关于林琴南》,《江城》1983年第6期。
② 林纾:《深谷美人·序》,《晚清文学丛钞·小说戏曲研究卷》,阿英编,北京:中华书局,1960年,第269页。

把自己的翻译活动当作是经世济用的一种"实业":

"卫者恃兵乎?然佳兵者非祥。恃语言能外交乎?然国力荏弱,虽子产、端木赐之口,无济也。而存名失实之衣冠礼乐、节义文章,其道均不足以强国。强国者何恃?曰:恃学,恃学生,恃学生之有志于国,尤恃学生人人之精实业。……畏庐,闽海一老学究也,少贱不齿于人,今已老,无他长,但随吾友魏生易、曾生宗巩、陈生杜蘅、李生世中之后,听其朗诵西文,译为华语,畏庐则走笔书之,亦冀以诚告海内至宝至贵、亲如骨肉、尊如圣贤之青年学生,读之以振动爱国之志气,人谓此即畏庐实业也。噫!畏庐焉有业,果能如称我之言,使海内挚爱之青年学生人人归本于实业,则畏庐赤心为国之志,微微得伸,此或可谓实业耳。……吾但留一日之命,即一日泣血以告天下之学生,请治实业以自振。更能不死者,即强支此不死期内,多译有益之书以代弹词,为劝喻之助。"他认为,学生是国家的希望,"学生,基也,国家,墉也。学生先为之基,基已重固,墉何由颠?所愿人人各有'国家'二字戴之脑中,则中兴尚或有冀。"并告诫青年学子:"天下爱国之道,当争有心无心,不当争有位无位。"①

三、林纾救国思想关键词:"尚武"

约翰·鲁布克是社会达尔文主义的积极倡导者,他认为:"人类的全部历史表明:强者、进步者将在数量上增长,并逐出弱者、低等的民族。"②在 19 世纪英国殖民扩张时期,社会达尔文主义为其侵凌弱小民族、建立殖民帝国提供了正义的理论依据:物种进化从低级到高级,高级物种必然消灭低级物种,适者生存,这是残酷的自然规律;而弱小的民族在世界

---

① 林纾:《爱国二童子传·达旨》,《晚清文学丛钞》(小说戏曲研究卷),阿英编,北京:中华书局,1960 年,第 243—246 页。
② 彼得·狄肯斯:《社会达尔文主义:将进化思想和社会理论联系起来》,涂骏译,长春:吉林人民出版社,2005 年,第 12 页。

第五章 林译小说:林纾的救国之道

历史进程中被淘汰被消灭,则是天经地义的。在"物竞天择、适者生存"的丛林法则下,晚清中国被西方建构为"停滞的帝国""衰退的帝国":"正当西方各国投向广阔的世界时,中国却闭关自守起来。当欧洲的革新层出不穷时,中国却在顽固地阻止新事物的出现。""在人类漫长的队列中,……静止不动的国家向下退,不紧不慢地前进的国家停滞不前,只有那些紧跑的国家才会前进。""在看到中国停滞时,他们也更感到自己的运动。英国人在看到中国任何人除了做社会希望他们就地能做的事之外无法从事任何其他事情时就明白了个人积极性的重要。当他们看到中国唯一的人的实体就是整个集体时,就认识到西方人的力量。当他们了解在中国无人能超越规定给他的位置,否则就会影响已定的等级体系时,也就测定了他们国内竞争所起的作用。他们在猜测商人在那里受到何种程度的蔑视时,也就量出商人对他们来说又是何等的重要。当他们发现这种对停滞的崇拜时,就觉察到自己对新鲜事物的何等崇拜。总之,他们更为理解个人主义、竞争与革新就是他们的财富和强盛的动力。"①

按照社会达尔文主义的理论逻辑,中国这一停滞不前的帝国自然不能进入现代"世界文明体系",自然难以"适者"的身份取得生存竞争的胜利。在西方殖民主义者的眼里,他们给被殖民民族带来的是先进的文化,是福祉:"先进文化的入侵使墨守成规的社会失去稳定并最终从内部摧毁这种社会。但是不要在事后回忆时把这些社会理想化。在中国同在非洲、亚洲、美洲或大洋洲的原始社会一样,在西方入侵之前曾发生过可怕的灾害:饥饿、麻风病、疟疾、极高的婴儿死亡率、毁伤妇女肢体,更不用说同类相食了……这些并不是发生在殖民之后,而是在殖民之前。殖民反使这些现象减少了。"②

---

① 佩雷菲特:《停滞的帝国:两个世界的撞击》,毛国卿等译,北京:生活·读书·新知三联书店,2014年,第469、472页。
② 同上书,第476页。

与曾广铨不同的是,林纾代表的是晚清较为开明的旧式文人这一群体。尽管林纾立足于本土文化译介西洋小说,林译小说的修辞话语体现出对传统文化体系的坚守,但林纾的爱国热情以及"我念国仇泣成血"的悲愤,是晚清国家命运转折期所有爱国志士所共有的。1884年发生在福州马尾的中法海战,让林纾目睹了西方的强悍和强权;中日甲午战争的惨败更让他感受了野蛮暴力下的民族屈辱。在译介西洋小说的过程中,西方叙事话语中隐含的霸权、威力和野蛮向他昭示了强权主宰、弱肉强食、优胜劣汰的西方逻辑和世界秩序观念,使他为"陆沉"危机下的民族生存倍感焦虑,感悟到民族生存与竞争的逻辑关系,要生存就要有竞争,而竞争需要有强悍的精神,"尚武"精神成为林纾眼中的民族生存依靠。

　　"欧洲人在建立世界扩张体系的同时,也在建立世界观念体系,这个世界观念体系,既是描述性的,又是规范性的。以殖民主义——帝国主义为主导的现代世界体系,与以进步叙事为主导的现代性世界观念体系之间,存在着某种'共谋'关系。"①曾经认为天朝就是天下,就是世界中心的晚清中国,在西方的坚船利炮下开始幡然醒悟,开始反思自己的文化和寻求认知世界的方式。面对西方的恃强凌弱,通过对西洋小说话语的感悟,林纾看到了西方文明的蛮气和中国文明的孱弱,他从西洋小说话语中读到了西方文明中"征服"和"侵凌"的本质,在哈葛德小说《雾中人·叙》中,林纾这样警示国人:"敬告读吾书者之青年挚爱学生,当知畏庐居士之翻此书,非羡黎恩那之得超瑛尼,正欲吾中国严防行劫及灭种者之盗也。"②林纾在《剑底鸳鸯·序》中的陈述更体现了他对西方文明的警戒之心:"吾华开化早,人人咸以文胜,流极所至,往往出于荏弱。泰西自希

---

① 周宁:《天朝遥远:西方的中国形象研究》(下),北京:北京大学出版社,2006年,第480页。
② 林纾:《雾中人·叙》,《晚清文学丛钞·小说戏曲研究卷》,阿英编,北京:中华书局,1960年,第233页。

腊、罗马后,英、法二国均蛮野,尚杀戮。……究之脑门人,躬被文化而又尚武,遂轶出撒克逊不列颠之上,今日区区三岛凌驾全球者,非此杂种人耶?故究武而暴,则当范之以文;好文而衰,则又振之以武。今日之中国,衰耗之中国也。恨余无学,不能著书以勉我国人,则但有多译西产英雄之外传,俾吾种亦去其倦敝之习,追蹑于猛敌之后,老怀其以此为少慰乎!"①1903年,林纾译介《伊索寓言》,为的是"托草木禽兽之相"揭示西方"以吞灭为性"的野蛮:"畏庐曰:今有强盛之国,以吞灭为性,一旦忽言弭兵,亦王狮之约众耳。弱者国于其旁,果如兔之先见耶?""畏庐曰:以主客之势较,主恒强于客,今乃有以孤客入吾众主之地,气焰慑人,如驴之慑鹿。志士观之,至死莫瞑其目矣。敬告国众,宜各思其角之用。"②

林纾不仅看到了西方列强倚强凌弱的本性,从中国与西方的几次战争中,林纾还感悟到了一个事实:洋枪洋炮并非决定取胜的唯一利器,面对列强的强权野蛮,骁勇的民族精神才是民族生存的保障。实际上,透过面临的亡国灭种危机,林纾意识到了更为深层的文化危机——中国传统文化所倡导的温柔敦厚和礼让忍辱,在武概凌人、赢者通吃的西方人面前显得如此不堪一击:"嗟夫!让为美德,让不中礼,即谓之示弱。吾国家尚武之精神,又事事为有司遏抑,公理不伸,故皆无心于公战。其流为不义而死之市,或临命高歌,未有所慑,使其人衣食稍足,加以教育,宁不可使之制敌,果人人当敌不惧、前殪后踵,国亦未有不强者。……今吾国人之脑力勇气,皆后于彼,顾不能强者,即以让不中礼,若娄师德之唾面,尚有称者,则知荏弱之夫不可与语国也,悲夫!"③他反思自我文化,呼

---

① 林纾:《剑底鸳鸯·序》,《晚清文学丛钞·小说戏曲研究卷》,阿英编,北京:中华书局,1960年,第250页。
② 林纾:《伊索寓言·识语》,《晚清文学丛钞·小说戏曲研究卷》,阿英编,北京:中华书局,1960年,第200页。
③ 林纾:《黑太子南征录·序》,《晚清文学丛钞·小说戏曲研究卷》,阿英编,北京:中华书局,1960年,第267页。

吁民众不要一味忍让,而要通过不断的顽强反抗,养成尚武习气:"西人之崇耻而尚武,宁尽出于其性?亦积习耳。习成则与习偶悖者,众咸斥之。故一人见如弗校众且涕唾而不之齿,势在不能不死。中国不尔,以忍辱为让,以全身为智,故数千年受异族凌践而不愧。此亦谓之性乎?无为之倡,习遂日即于靡,即亦不知其所以可耻者。……设人人存其宁死不辱之心,彼此相虞,其中衡之以公理,又人人自励以诚节,常养其勇概,中国庶几其成尚武之习乎?"①林纾倡导"尚武",体现了他对民族生存危机根本原因的认知,即,亡国危机与中国文化危机的表里关系,文化危机是更为深重的危机,如果不以"武概""尚武"激发中华民族之精神,中国必将陷入万劫不复的"陆沉"之中。

"自宋初以来,中国重文轻武,不仅仅是政府政策,且成社会风气,所谓好男不当兵,好铁不打钉。于是中国之尚武精神既不如东洋,更不如西洋。近人雷海宗指此为'无兵文化',实有感而发。但自门户大开,外力介入之后,朝野无以自卫,乃感到'无兵文化'之危机,现有魏源'师夷长技以制夷'之言论,后有自强运动,即购买坚船利炮之运动。变法家亦赞同师法西洋器械以自卫,然以为自强运动之内容尚有不足。因自强运动之精神虽侧重武备,仍缺乏尚武精神,无此精神则新式船炮器械不能发挥效果。"②一个民族之所以为外力所屈服,很重要的一个因素是因为文弱怯懦、尚武精神的丧失。中国传统重文轻武,儒学所崇尚的中庸礼让扼制了中华民族对武概的发挥,澌灭了骁勇进取、冒险竟死的民族精神。也正是在这一历史时期,梁启超撰写了一系列的尚武雄文:1901年,梁启超在《清议报》上连载

---

① 林纾:《原习》,《畏庐续集》,《民国丛书》(第四编94)影印本,上海:上海书店出版社,1992年,第3页。
② 汪荣祖:《从传统中求变——晚清思想史研究》,南昌:百花洲文艺出版社,2002年,第26页。

第五章 林译小说:林纾的救国之道

发表《中国积弱溯源论》,批判中国文化因崇文抑武而导致国人"奴性"。1902年,梁启超在《新民丛报》上发表《斯巴达小志》,发出了"尚武精神为立国第一基础"的呼声。1903年,他在《新民丛报》上发表《新民说·论尚武》,专述尚武精神与民族生存的关系。1904年,梁启超又以《中国之武士道》一文,大力倡导尚武任侠的精神。梁启超认为,让西方民族立于世界秩序之首的根本原因,是他们的尚武和强悍:"然柔弱之文明,卒不能抵野蛮之武力。然则尚武者国民之元气,国家所恃以成立,而文明所赖以维持者也。卑斯麦之言曰:天下所可恃者非公法,黑铁而已,赤血而已。宁独公法之无足恃,立国者苟无尚武之国民,铁血之主义,则虽有文明,虽有智识,虽有众民,虽有广土,必无以自立于竞争剧烈之舞台。"①

林纾译介《撒克逊劫后英雄略》《十字军英雄记》《滑铁卢战血余腥记》,以及哈葛德的一系列冒险小说,旨在译介西方民族的尚武精神,振奋民族"元气"以抗衡西方列强的侵凌。"故究武而暴,则当范之以文,好文而衰,则又振之以武。""人人尚武,能自立,故国因以强伟。"②在晚清中国遭受劫难之时,"尚武"思潮已成为一种群体意识,藉此重构民族精神、抵御强者侵凌。

林纾的尚武思想不仅贯穿其小说译介之中,而且在他的画作中也有所体现。1921年林纾作画《匹马从戎图》,赠友人谈国桓,画面以塞外大漠空旷、萧疏之气表现远征者威风凛凛的武概。"匹马从戎"指1921年张作霖派遣劲旅开赴外蒙平叛的军事行动,时任东三省巡阅使署秘书处处长的谈国桓亦在征蒙之列,林纾此画为好友谈氏出征前所作,以预祝其凯捷而归。③

---

① 梁启超:《新民说·尚武》,《新民丛报》1903年第29期。
② 林纾:《剑底鸳鸯·序》,《晚清文学丛钞·小说戏曲研究卷》,阿英编,北京:中华书局,1960年,第250—251页。
③ 张英:《两幅特写画,一段友情缘:林琴南、张之汉赠谈国桓画卷史话》,《收藏家》2010年第6期。

四、林纾眼中的哈葛德小说:侠义骁勇的"尚武"之气

对于哈葛德小说,林纾从 1903 年与魏易合译《埃司兰情侠传》(*Eric Birghteyes*)起,到 1921 年与陈家麟合译最后一部哈葛德小说《炸鬼记》(*Queen Sheba's Ring*),18 年间共译介哈葛德小说 25 种(含未刊 2 种),(参见本书"附录二马泰来统计的林译哈葛德小说书名表")是他译介最多的外国作家;也正因为此,林纾备遭后人诟病,曾朴、郑振铎、鲁迅、周作人等人均对此有所批评,认为他虚耗精力译介像哈葛德这样于国人无益的二三流作品,种种言论在本书绪论中已有陈述,在此不再冗言。然而,在本书作者看来,林纾对哈葛德小说如此热忱的译介,并非因为其文学品味的欠缺,而是出于以下三个方面的重要因素:林纾受自己译介西洋小说的目的驱使,他对哈葛德小说话语的情感共鸣,以及他对哈葛德叙事技巧的赞赏。

林纾借哈葛德小说话语的深层意义,实现自己救国保种的理想。哈葛德的神怪、冒险小说,如《三千年艳尸记》《斐洲烟水愁城录》《雾中人》《钟乳髑髅》等,记述了英帝国殖民扩张时期,历险英雄们百险不惮、九死一生、永不言败的胆识,展现了英国资产阶级不断开拓进取,追求生命自由的精神,同时也揭示了殖民主义者倚强凌弱、巧夺豪取的野心和残忍。从哈葛德笔下穿越时空进行异域历险的英雄身上,林纾看到了西方资产阶级冒险进取的强悍精神,从西方民族的尚武和顽强中,看到了民族生存和文明延续依托的力量,同时也认识了西方殖民主义者的"劫掠"本性。

林纾译介的首部哈葛德小说是 1904 年出版的《埃司兰情侠传》(原著题为:*Eric Brighteyes*, 1891)。在译本序中,林纾对未开化的埃司兰之民的武概大加推崇:"吾观其中男女,均洸洸有武概,一言见屈,刀盾并至,迹虽逊于盗侠,然部中各有父兄,为之平亭疑法,固我古中国之宗法。

即未臻于文明极治,而阖户噤口,座受人侮,则未之见也。是书所述,多椎埋攻剽之事,于文明轨辙,相去至远。然其中之言论气概,无一甘屈于人,虽喋血伏尸,匪所甚恤。嗟夫!此足救吾种之疲矣!"哈葛德小说所表现的西方"武概"是林纾用以激发晚清"哀惫"国民的手段:"是书情节奇诡,疑彼小说家之侈言,顾余之取而译之,亦特重其武概,冀以救吾种人之哀惫,而自励于勇敢而已。其命曰情侠传者,以其中有男女之事,姑存其真实,则吾意固但取其侠者也。"面对晚清中国任列强欺凌的惨状,林纾痛心疾首、拍案而起:"自光武欲以柔道理世,于是中国姑息之弊起,累千数百年而不可救。吾哀其极柔而将见饫於人口,思以阳刚振之,又老惫不能任兵,则唯闭户抵几罨。"①

林纾在哈葛德小说历险英雄所表现的骁勇人格、不屈不挠的民族个性中,看到了晚清社会积弱积贫、任人宰割的症结所在,他在哈葛德小说《鬼山狼侠传》(*Nada the Lily*)序言中对国人的奴性进行了深刻的反思:"大凡野蛮之国,不具奴性,即具贼性。奴性者,大酋一斥以死,则顿首俯伏,哀鸣如牛狗,既不得生,始匍匐就刑,至于凌践蹴踏,惨无人理,亦甘受之,此奴性然也。至于贼性,则无论势力不敌,亦必起角,百死无绥,千败无怯,必复其自由而后已。虽贼性至厉,然用以振作积弱之社会,颇足鼓动其死气。故西人说部,余言情外,探险及尚武两门,有曾偏右奴性之人否?明知不驯于法,足以兆乱,然横刀盘马,气概凛然,读之未有不动色。……如今日畏外人而欺压良善者是矣。脱令枭侠之士,学识交臻,知顺逆,明强弱,人人以国耻争,不以私愤争,宁谓具贼性者之无用耶?若夫安于奴、习于奴,恹恹若无气者,吾其何取于是?则谓是书之仍有益于今日之社会可也。"林纾希望通过西洋小说译介,昭示国家沦亡、民族

---

① 林纾:《埃司兰情侠传·序》,《晚清文学丛钞·小说戏曲研究卷》,阿英编,北京:中华书局,1960年,第204—205页。

为奴的危险,借西洋英雄的凛凛武概激发出国人的血性:"西人之崇耻而尚武,宁尽出于其性,亦积习耳。习成,则与习偶悖者,众咸斥之……中国不尔。以忍辱为让,以全身为智,故数千年受异族凌践而不愧。此亦谓之性乎?"①

同时,哈葛德小说也让林纾看到了西方人九死一生勇闯天下背后的强盗本性,看到了帝国主义恃强凌弱的野蛮,林纾将此归结为西洋强大的原因:"林纾发现所有西方历险小说都潜在着'劫'的野心,这种动机可从个别抢劫事件扩大至大规模的掠夺行动:征服其他国家与土地。"②林纾在《雾中人·叙》中陈述了可资国人引以为鉴的历史教训,并重申以翻译唤醒青年学生奋起救国的目的:"古今中外英雄之士,其造端均行劫者也。大者劫人之天下与国,次亦劫产,至无可劫,西人始创为探险之说。先以侦,后仍以劫。独劫弗行,且啸引国众以劫之。自哥伦布出,遂劫美洲,其赃获盖至巨也。……顺西人之称为英雄而实行劫者,亦不自哥伦布始。……美洲之失也,红人无慧,故受劫于白人。今黄人之慧,乃不后于白种,将甘为红人之逊美洲乎?余老矣,无智无勇,而又无学,不能肆力复我国仇,日苞其爱国之泪,告之学生;又不已,则肆其目力,以译小说。其于白人蚕食非洲,累累见之译笔,非好语野蛮也。须知白人可以并吞斐洲,即可以并吞中亚。……敬告读吾书者之青年挚爱学生,当知畏庐居士之翻此书,非羡黎恩那之得超瑛尼,正欲吾中国严防行劫及灭种者之盗也。"③

在《雾中人·叙》中,林纾还阐述了书中主人公为攫取异域财富,不

---

① 林纾:《鬼山狼侠传·叙》,《晚清文学丛钞·小说戏曲研究卷》,阿英编,北京:中华书局,1960年,第217页。
② 李欧梵:《中国作家的浪漫一代》,王宏志等译,北京:新星出版社,2005年,第53页。
③ 林纾:《雾中人·叙》,《晚清文学丛钞·小说戏曲研究卷》,阿英编,北京:中华书局,1960年,第232—234页。

第五章 林译小说:林纾的救国之道

息冒生命之险的贪婪,告诫国人警惕西人对中华财富的觊觎:"三月行瘴疠中,跨千寻之峰,踏万年之雪,冒众矢之丛,犯数百年妖鳄之吻,临百仞之渊,九死一生,一无所悔,志在得玉而后止。然其地犹有瘴也、峰也、雪也、矢也、鳄也、渊也,而西人以得宝之故,一无所惧。今吾支那则金也、银也、丝也、茶也、矿也、路也,不涉一险,不冒一镞,不犯一寒,而大利丛焉。虽西人至愚,亦断断然舍斐洲之窘且危,而即中亚之富且安亦。"他进而引英国海军将领惠灵顿(林纾译"惠灵吞")在滑铁卢战役击败拿破仑的历史案例,阐述知己知彼、百战不殆的重要性:"吾恒语学生曰:彼盗之以劫自鸣,吾不能效也,当求备盗之方。备胠箧之盗,则以刃、以枪;备灭种之盗,则以学。学盗之所学,不为盗而但备盗,而盗力穷矣。试观拿破仑之勇擅天下,迨摩罗卑那度即学拿破仑兵法,以御拿破仑,拿破仑乃立蹶。彼惠灵吞亦正步武其法,不求幸胜,但务严屯,胡得不胜?此即吾所谓学盗之所学,不为盗而但备盗,而盗力穷矣。"①面对晚清中国屡败于外虏的教训,林纾反复陈述对西方文明野蛮之性的警惕,并借西洋小说展现的武概,激发中华民族几近消失的"尚武"和"侠义"之气。

林纾自己对多译哈葛德小说曾作过解释:"哈葛德所遭蹇涩,往往为伤心哀感之词以写其悲。又好言亡国事,令观者无欢!"②哈葛德小说对其所处时代所谓"文明""进步"的质疑以及对人类命运的感伤,与面临亡国危机的林纾的悲愤情绪不谋而合:"是书本叙墨西哥亡国事。墨之亡,亡于君权尊,巫风盛,残民以逞,不恤附庸,恃祝宗以媚神,用人祭淫昏之鬼;又贵族用事,民逾贱而贵族逾贵。外兵一临,属国先叛,以同种攻同种,犹之用爪以伤股,张齿以啮臂,外兵坐而指麾,国泯然亡矣。呜呼!

---

① 林纾:《雾中人·叙》,《晚清文学丛钞·小说戏曲研究卷》,阿英编,北京:中华书局,1960年,第232—234页。
② 林纾:《斐洲烟水愁城录·序》,《晚清文学丛钞·小说戏曲研究卷》,阿英编,北京:中华书局,1960年,第215页。

不教之国,自尊其尊,又宁有弗亡者耶!""书言孝子复仇,百死无惮,其志可哀,其事可传,其行尤可用为子弟之鉴……盖愿世士图雪国耻,一如孝子汤麦司之图报亲仇者,则吾中国人为有志矣!"①由此可见,哈葛德小说中的文明危机叙述以及亡国、文明失落等主题,是吸引林纾的焦点。林纾还从哈葛德小说中看到了可资国人引以为鉴的亡国教训:"畏庐曰:埃及不国久矣。始奴于希腊,再奴于罗马,再奴于亚刺伯,再奴于土耳其,再奴于拿破仑,终乃奴英。人民降伏归仰,无所拂逆,若具奴性。哈葛德者,古之振奇人也,雅不欲人种中有此久奴之种,且悯其亡而不知恤,忽构奇想,为埃及遗老大张其桓。……畏庐笔述书,将及十九种,言情者实居其半。行将披取壮侠之传,足以振吾国民尚武精神者,更译之问世,但恨才力薄耳。"②林纾热衷译介哈葛德小说,特别热衷于译介哈葛德以失落在非洲的古代文明为主题的小说,既有悲悯亡国的情感,也有着以此警醒国人的意图。李欧梵曾这样阐述哈葛德和林纾在思想情感上的共鸣:"哈葛德和林琴南至少有一个共通点:两人都对于他们所处的时代和所看到的本国文明有所不满。哈葛德的非洲小说英雄,不论是白人和黑人,都代表一种他认为同时代英国人所缺乏的一面——冒险犯难的精神。"因为哈葛德认为,"支撑大英帝国的菁英——所谓英国'绅士'阶级(gentlemen)——太过文质彬彬,以至于弱不禁风。……暗含的目的就是批评当时的英国绅士阶层。……在这个比较历史的视野中,哈葛德和林纾显然殊途同归了。"③

　　林纾对哈葛德小说的叙事技巧颇为欣赏,在翻译过程中,他经常把

---

① 林纾:《英孝子火山报仇录·序》,《英孝子火山报仇录·译余剩语》,《晚清文学丛钞·小说戏曲研究卷》,阿英编,北京:中华书局,1960年,第213—214页。
② 林纾:《埃及金塔剖尸记·译余剩语》,《晚清文学丛钞·小说戏曲研究卷》,阿英编,北京:中华书局,1960年,第211页。
③ 李欧梵:《林纾与哈葛德——翻译的文化政治》,《东岳论丛》2013年第10期。

哈葛德的叙事手法与古典的史传笔法进行比较,甚至认为哈葛德笔法可与司马迁的《史记》一比:"……然其文心之细,调度有方,非出诸空中楼阁,故思路亦因之弗窘。……大抵西人之为小说,多半叙其风俗,后杂入以实事。……中国文章魁率,能家具百出不穷者,一惟马迁,一惟韩愈。……哈葛德文章,亦恒有伏线处,用法颇同于《史记》。"①在译本《三千年艳尸记》的跋语中,林纾写道:"哈葛德之书,多荒渺不可稽诘,此种尤幻。笔墨去迭更司固远,然迭氏传社会,哈葛德叙神怪,取经不同,面目亦异,读者视为《齐谐》可也。"②林纾认为,虽然哈葛德的神怪小说笔法不如狄更斯,但堪比中国古代神话志怪小说《齐谐》,有其特别的阅读价值。这一短小的跋语就像是对译本《三千年艳尸记》的导读,引导读者去理解其"事赝理真"之妙:此小说情节虽怪诞离奇,原作者虽着意虚构但却旨在真实,以荒诞之笔展现社会生活和人生情感之真,一如中国古典志怪《齐谐》。从这一层面看,译者林纾倒是抓住了哈葛德小说的寓言精神。

林纾虽然不懂外文,但他对译介原著的选择并非随意,而是有其自己的选择标准。1916 年,林纾与陈家麟合译的英国作家 Charlotte Mary Yonge(1823—1901)的小说《鹰梯小豪杰》(*The Dove in the Eagle's Nest*)出版,林纾更为明确地阐述了自己对译本选择的操控,所选原著均为弘扬正气、扬善惩恶而计:"计自辛丑入都,至今十五年,所译稿已逾百种。然非正大光明之行,及彰善瘅恶之言,余未尝著笔也。"③因此,林纾对哈葛德小说的译介,并非如郑振铎、周氏兄弟所批评的那样出于猎奇或者

---

① 林纾:《洪罕女郎传·跋语》,《晚清文学丛钞·小说戏曲研究卷》,阿英编,北京:中华书局,1960 年,第 224—225 页。
② 哈葛德:《三千年艳尸记》(上、下卷),林纾、曾宗巩同译,商务印书馆《说部丛书》二集第二十一编,上海:商务印书馆,1910 年,跋。
③ 林纾:《鹰梯小豪杰·叙》,《晚清文学丛钞·小说戏曲研究卷》,阿英编,北京:中华书局,1960 年,第 641 页。

文学品味的欠缺(参见本书"绪论"所述),而是有其明确的政治目的和社会改良意图。对此,张俊才作了十分中肯的评述:"1905年至1906年间,林纾翻译了不少探险小说,如《埃及金塔剖尸记》(英国哈葛德著)、《斐洲烟水愁城录》(著者同前)、《鬼山狼侠传》(著者同前)、《蛮荒志异》(著者同前)、《雾中人》(著者同前)、《鲁宾逊漂流记》(英国笛福著)等。这类小说最遭后人批评,谓林纾一味猎奇,不慎选择对国人没有教益的译本。其实,这都是些人云亦云、隔靴搔痒的学舌式的批评。大而言之,林纾之所以也翻译此类书,正是近代人'向西方学习'未免饥不择食、兼容并收的表现之一,无需过多指责;小而言之,即使翻译此类小说,林纾的初衷也绝不在猎奇。"①

第二节 林译小说:借"译"而"言"的话语实践

一、林纾的一生:激情爱国,终身不仕

林纾的爱国热情、对国家命运的关注贯穿其一生。林纾1882年(30岁时)中举,此后虽六次参加礼部会试,但屡试屡败,一直未能进士及第。林纾年轻时曾为塾师,后在福州创办福州苍霞精舍并任汉文总教习。1899年应杭州府仁和县的知县陈希贤之聘,执教于杭州东城讲舍。1901年,林纾应聘入京,任金台书院讲席,此后在五城学堂(为当时全国规模最大、名望最著的中学)、京师大学堂等处任教,晚年因与革命派发生分歧和思想冲突,林纾撰文攻击章炳麟等革命党人,被开除出北京大学,靠字画为生。

---

① 张俊才:《林纾评传》,北京:中华书局,2007年,第88—89页。

第五章 林译小说:林纾的救国之道

林纾年轻时虽为自己的不第时感沮丧,但他把教书和翻译当作自己的毕生事业,爱国热情从未由此减弱,国家命运、民族存亡是他牵挂一生之事。1894年中日甲午战争爆发,清军惨遭战败,日本取得了制海权。林纾悲叹中国命运,作《徐景颜传》一文,纪念在大东沟海战中阵亡的北洋水师将领徐景颜以及林少谷、杨雨亭两位闽籍将领,颂扬他们为国捐躯的壮举以及英勇不屈的精神。

1897年,林纾的《闽中新乐府》出版,第一首便是"国仇",林纾在诗中痛陈中国自甲午战争以来遭受各国列强侵略的苦难,在"为奴为虏须臾至"的民族存亡关头,以"我念国仇泣成血"的爱国呼声,唤起同胞的民族志气,激发同胞奋力抗争、抵御外侮。

1898年戊戌变法运动被清廷用武力强行镇压,林纾的同乡好友林旭等六君子在菜市口被斩首的噩耗传至福州,林纾震惊不已,半夜三更直闯老友黄芸淑家,一同悲愤哭泣,声震屋宇:"予最记戊戌年,畏庐先生僦居东街老屋前进,一夕三鼓,先生排闼入后厅,大呼先君起,诧语哽咽,声震屋瓦。予惶骇屏气,久之,始知得六君子就义之讯,扼腕流涕,不能自己也。"①

1901年,林纾与魏易合译《黑奴吁天录》,在中华民族遭人奴役的时刻,"为大众一号",以在"变政之始",以书中黑奴之惨状警示国人,"亦足为振作之气,爱国保种之一助。"林纾在杭州译完这部小说后,写信给他当年的经学老师、福州名儒谢章铤(字枚如,1820—1903),陈述自己报国无门,以学堂教学救国的思想:"顾国势颓弱,兵权、利权悉落敌手,将来大有波兰、印度之惧(按:此两国当时均已沦为殖民地)……纾江湖三载,襟上但有泪痕、望阙心酸,效忠无地,计惟振刷精神,力翻可以警觉世士之书,以振吾国人果毅之气。或有见用者,则于学堂中昌明圣学,以挽人

---

① 黄濬:《花随人圣庵摭忆》,李吉奎整理,北京:中华书局,2008年,第371页。

心,他无所望矣。"①

1908年,林纾、魏易从英文本转译日本小说《不如归》,借日本名师之口,叙述中国将士的骁勇不屈,激励国人振作自强、不甘"陆沉"。

林纾青年时代,因其性情刚直、带剑任侠之气,与同乡林述庵、林庚园一起被称为"福州三狂生"。②同为福州籍的末代帝师陈宝琛曾评价林纾说:"君少以任侠闻,事亲至孝,顾善骂人,人人以为狂生。"③林纾也以"狂生"自称,他在《亡室刘孺人哀辞》中回忆自己年轻时因"狂狷"而遭乡人侧目:"余病起,益困。亲故不相过问,遂恣肆为诗歌,乡人益目为狂生,不敢近。"林纾在七十岁寿辰写的一首自寿诗中,总结了自己的"狂狷"一生:"少年里社目狂生,被酒时时带剑行。列传常思追剧孟,天心强派作程婴。忍寒何必因人热,趋义无妨冒死争。到此一齐都忏悔,道书坐对短灯檠。"④

"狂狷"的林纾一生从未入仕。他拒绝为官,并非因为早年在礼部会试中的屡屡失败,而是他刚正不阿的品格使然。林纾30岁中举后曾受官府延揽,但他力拒不就,这在他写于1886年左右的《答某公书》中有所记录:"幕府之要,原以用才为极策,顾文章之士,动多夸诞,如纾之类是尔。矧纾之所长,又未必足名为文章者,执事竟欲岁縻千金,辟为参佐,窃以执事为过听。纾年十八即侍先君于台湾,童幼不自赶勉,回念宿过,惭沮万态,固不足以益执事也。乃欲辟致旧时无识少年引据戎幕,无论非纾所料。即执事回念纾童騃之状,亦必以进纾为过举矣。"⑤

---

① 林纾:《上谢枚如师》,《畏庐尺牍》手抄本,福建省立图书馆藏本。
② 朱晓慧、庄恒凯:《林纾:近代中国译界泰斗》,福州:福建人民出版社,2016年,第32页。
③ 朱羲胄:《贞文先生学行记卷二》,《民国丛书》(第四编 94)(影印本),上海:上海书店出版社,1992年,第2页。
④ 林纾:《七十自寿诗(二)》,《林纾选集·文诗词卷》,林薇选注,成都:四川人民出版社,1988年,第385—386页。
⑤ 林纾:《答某公书》,《畏庐文集》,《民国丛书》(第四编 94),上海:上海书店出版社,1992年影印本第8页。

第五章 林译小说:林纾的救国之道

1901年,林纾长子林珪将远赴东北任职做官,到杭州看望父亲,林纾力劝其弃官,无奈林珪决心已定。此后林纾时常写信告诫林珪,后结集为著名的《示儿书》。林纾回忆自己当年看透官场的腐败和黑暗,对官僚政客间狗苟蝇营、尔虞我诈的丑恶极为反感,不愿同流合污,因而"宦情扫地而尽"。他为林珪身处官场而时时担忧,并告诫林珪要爱国爱民:"己亥,客杭州陈吉士大令署中,见长官之督责吮吸属僚,弥复可笑。余宦情已扫地而尽。汝又不能为学生,作此粗官,余心胆悬悬,无一日宁贴。汝能心心爱国,心心爱民,即属行孝于我。"①

1901年,林纾应聘入京执教不久,清廷开经济特科,礼部侍郎郭曾炘(字春榆)上书朝廷,举荐林纾为特科人才,林纾得知后坚辞不赴。次年,林纾写《上郭春榆侍郎辞特科不赴书》,表明自己并非不要功名,而是自己所学不适于世、学问积蓄不足,故不以赴试:"纾七上春官,汲汲一第,岂恶争之人哉?果一第为吾分所宜获,矫而让之,亦适以滋伪。而纾之省省不敢更希时名,正以所业莫适世用,又患辱之累至,故不欲竞进以自取病耳。……今纾行不加修而业益荒落,奈何贪美名,觊殊赏,冒进以负朝廷并以负公也?"②1903年,林纾同乡——邮传部尚书陈璧又推举林纾为郎中,林纾再次坚辞不允,"先生走告之曰:疏朝上,吾夕出都,后此勿相见也。"③此后,再无人举荐林纾为官。

林纾一生拒绝入仕,致力于教育和翻译大业,即使在晚年也不与官家为伍。民国初年,北洋政府设立清史馆和国史馆,1914年,清史馆馆长赵尔巽聘林纾为名誉纂修,但遭林纾婉言谢绝,此事记于1915年初

---

① 林纾著:《林纾家书》,夏晓虹、包立民编注,北京:商务印书馆,2016年,第15—16页。
② 林纾:《上郭春榆侍郎辞特科不赴书》,林薇选注,《林纾选集·文诗词卷》,成都:四川人民出版社,1988年,第78页。
③ 朱羲胄:《贞文先生学行记卷二》,《民国丛书》(第四编94),上海:上海书店出版社,1992年影印本,第6页。

在《中华小说界》发表的林纾自撰长篇小说《劫外昙花·序》中:"时清史馆方征予为名誉纂修,余笑曰:畏庐野史耳,不能参正史之局,敬谢却之。"①1915年年底,袁世凯宣布复辟帝制,"袁世凯借重林纾的名声,特派徐树铮前去说服林纾入其幕僚,委以参政之职,林纾拒绝入阁,对徐树铮说:'将吾头去,吾足不能覆中华门也。'"②1916年,当时的国务总理段祺瑞亲临林纾家中,欲聘其为顾问,林纾作诗一首《段上将屏从见枉即席赋呈》,巧妙地回绝了段祺瑞。1923年,吴佩孚51寿辰时,有人出巨资请林纾作画当寿礼,林纾拒不为之。③对于权势,林纾表现出始终如一的不屈气势。

二、林纾的翻译:善刀而藏的智慧

林纾对西洋小说的译介,除了改良文化、救国保种的目的,实际上还隐含着另一层动因,那就是:面对晚清压抑的政治氛围,林纾参与变法言路不畅、直言救国无门,不得不隐身而退,以善刀而藏、自敛其才的智慧,用译介西洋小说的方式曲线救国。

光绪戊申年(1908年),林纾之友胡瘦堂屡次直谏朝廷无果,悲愤无奈中归隐庐山,林纾在《送胡瘦堂侍御归庐山序》一文中悲叹政治关怀和社会参与可能招致的杀身之祸:"有明处谏官,酷廷杖、瘐死及陷不测之刑,而直臣仍辈出,谏草流布天下,前僵后踵,不以祸怵。今则措语切直者,咸留中不之罪,于是直谏者转弗显于时,而疏草亦无复见之。"④

---

① 林纾:《劫外昙花》序,钱谷融主编:《林琴南书话》,吴俊标校,杭州:浙江人民出版社,1999年,第139页。
② 张俊才:"林纾年谱简编",薛绥之、张俊才《林纾研究资料》,福州:福建人民出版社,1982年,第43页。
③ 张旭、车树昇:《林纾年谱长编(1852—1924)》,福州:福建教育出版社,2014年,第252、261—262页。
④ 林纾:《送胡瘦堂侍御归庐山序》,《畏庐续集》,《民国丛书》(第四编94),上海:上海书店出版社,1992年,第22页。

第五章 林译小说:林纾的救国之道

晚清官场黑暗,达官显贵的无德言行,让林纾"宦情扫地而尽",在1917年出版的林纾创作的剧本《蜀鹃啼传奇》中,林纾托剧中人物之口言自己对腐败官场的憎恶:"卑人连书,表字慰间,东越人也。生平冷僻,提起'做官'两字,如同恶病来侵,说到交友一途,即便拼命无惜。"①其中的"连书""慰间",正是"林纾""畏庐"的谐音。

林纾不阿谀权贵、不屈从权势,一生都保持了这份读书人的纯真气节。这既是他"狂狷"品性的体现,也是他儒者气节的傲骨。林纾将一腔爱国热情付诸笔端,以译笔实现自己的救国理想。对于文字的社会效应,林纾深有认知,在《离天恨·译余剩语》中,林纾引书中所言,结合中国历史事件,深悟语言之力量,认为话语的力量远高于皇帝的威力:"书中之言曰:'文家者,立世界之范,使暴君乱臣,因而栗惧。而己身隐于草莽之间,忽生奇光,能掩盖帝王之威力。'呜呼!孔子作《春秋》,非此意乎?前清文字之狱,至于族诛。然私家记载,至今未能漫灭。即以元人之威力,而郑所南之《心史》,居然行诸人间。则文人之力,果足以掩盖帝王之威力也。"②

在民族存亡的紧要关头,林纾一边执教一边译书,寄希望于改良立宪,即使在"百日维新"失败之后,林纾仍然幻想光绪皇帝能够重新执政、重振维新大业。但随着局势的日益颓败,林纾看到了晚清政府的昏聩、腐败,他愤懑哀痛,发出了"时有所不利,势有所不可"的感慨。

林纾在《续司马文正〈保身说〉》一文中,发泄了对清廷暴政的不满,"清议者,其善号而取杀者钦!天下鸣其冤而宫中不知;台谏争其命而执法不赦;狱哭市奠、哀感行路而瞠若无睹焉!何所仇而至是也?——抉

---

① 林纾:《蜀鹃啼传奇》,《庚子事变文学集》(下),阿英编,北京:中华书局,1959年,第860页。
② 林纾:《离天恨·译余剩语》,《晚清文学丛钞·小说戏曲研究卷》,阿英编,北京:中华书局,1960年,第272—273页。

藩而唾其匿,发覆而爪其溃;索幽隐而践其蛇虺之宅,求逃所噬不可得矣。"他进而引司马光论述东汉党锢的史实,阐述韬光养晦、设法自保的重要性:东汉李膺、杜密参与政事、引来杀身之祸,而同代的郭泰、申屠蟠却避免危言骇论,退而闭门教授学生,因而未受禁锢,反而形成了巨大的社会影响。"危吾言,张吾气,盛吾党,前颠而后踬,既振而复踣,以万金之躯市一字之史,无救于国,徒戮其身,此何为者?呜呼!此李、杜之所以亡,郭、申之所以存也。夫一往无前,厉害不计,似郭、申易而杜、李难;善刀而藏,不为苟试,则又郭、申难而李、杜易。……曰:志在讨贼,才不至焉不可;才足讨贼,权不属焉不可;权属矣,而不得其时,据其势尤不可。"①林纾的"保身说"并非只是关注其个人的生命安危和利益得失,而是在戊戌维新失败后的险恶政治语境下,认识到应该谨慎从事、保存力量,以审慎的策略有效参与社会政治。

林纾的《续司马文正〈保身说〉》一文为解读林纾致力于译介西洋小说的实践提供了另一种解读视角。林纾的这一文章的具体写作年月不详,但被收于《畏庐文集》之中,该书汇集了林纾于1882年到1909年间写就的109篇古文;1910年由上海商务印书馆出版。根据文中关于"清流派"改革敢言的陈述,可以推断《续司马文正〈保身说〉》一文大约写于19世纪80、90年代。也就是说,在林纾大量译介西洋小说之前,他就已经看到了晚清政治的险恶和残酷。1898年,林纾目睹清廷对戊戌维新志士的血腥镇压之后,更是领悟了韬光晦迹、深藏若虚的重要性。

林纾深悟文字的力量,在晚清压抑的政治氛围中,林纾对文字可能引发的灾祸有着清醒的认识:"前清文字之狱,至于族诛。"对于前清的"文字狱",林纾引清朝大臣查嗣庭案为前车之鉴,作《查慎行》一文,阐述

---

① 林纾:《续司马文正〈保身说〉》,《林纾选集·文诗词卷》,林薇选注,成都:四川人民出版社,1988年,第60—61页。

第五章 林译小说:林纾的救国之道

"文字狱"对文人的残酷迫害:查嗣庭因出乡试试题不慎被告,抄家被查出的日记中因"语多悖逆"而获罪,自杀于狱中后遭戮尸枭首;其亲族、弟子多人受株连,其兄查慎行(也称查初白)也受株连入狱惨遭折磨,放回后不久即亡。"初白诗笔,七律直追放翁,多佳句。雍正间以查嗣庭之狱,几罹不测。迨内阁议以查嗣庭所著日记,大逆不道,应凌迟处死。今已病故,应戮尸枭示。查嗣庭之兄,查慎行、查嗣琅,子查沄,侄查克念、查基,应斩立决。然初白先生,家居久,南北隔绝,实物知情之理,得免究,然亦濒于险矣。"①

因此,尽管林纾品性"狂狷",但他对文祸之险有着十分清醒的认识,认识到要参与政治,只有自敛其才、谨慎行事,才能达到有效目的。百日维新失败后,林纾便不再直接参与政治,而是寻觅了一条不同的救国之道,他在创办新式学堂和翻译西书中找到了启发民智、拯救民族的途径,以文字的力量和韬养的智慧,实现自己的爱国理想。

林纾曾以吴国妇人炫耀衣饰招致杀身之祸为喻,陈述隐耀韬光的重要:

> 吴人之妇有绮其衣者,衣数十袭,届时而易之,而特居于盗乡。盗诞而妇弗觉,犹日炫其华绣于丛莽之下,盗遂杀而取之。盗不足论,而吾甚怪此妇,知绮其衣而不知所以置其身。夫使托身于荐绅之家,健者门焉,严扃深居,盗恶得取?惟其濒盗居而复炫其装,此其所以死耳。天下有才之士,不犹吴妇之绮其衣乎?托非其人则与盗邻,盗贪利而嗜杀,故炫能于乱邦,匪有全者。杜袭喻繁钦曰:"于若见能不已,非吾徒也。"钦卒用其言,以免于刘表之祸。呜呼!袭可谓善藏矣,钦亦可谓善听矣,不尔,吾未见其不为吴妇也。②

---

① 林纾:《林纾笔记及选评两种》,北京:知识产权出版社,2012年,第41页。
② 林纾:《书杜袭喻繁钦语后》,《畏庐文集》,《民国丛书第四编94》,上海:上海书店出版社,1992年,第7页。

吴国妇人炫耀自己绮丽的衣服,丧命于贪图钱财又杀人成性的盗贼之手。天下有才之人,如果像吴国妇人炫耀自己绮丽的衣服那样炫耀自己的才华,也不能保全自身。林纾引三国才士杜袭和繁钦善藏待时的故事,告诫人们:乱世之中,如果不善于藏身,必招来杀身之祸,结局之悲惨无异于吴国妇人。

从这一意义看,林纾选择译书救国,也体现了他在晚清政治险恶环境下,放弃官途,回避直接的政治参与,曲线救国的智慧。林纾的这种自我审慎,不仅体现了他对晚清时局的清醒认识,也体现了他对话语力量的认知。在艰难时世中,林纾的这种韬养态度并非因为贪生怕死,而是为了善刀而藏、保存一己之力以效力于国家。林纾的译书是一种特殊的话语置换方式,也是那个时代特有的思想言说策略。

林纾以翻译为实业、救民族于亡国灭种危难之中的爱国热情贯穿其一生,即使在辛亥革命之后,他依然不懈呼吁:1913年2月2日,林纾在《平报》"社说"栏发表《译叹》一文,哀叹中国被列强侵略的悲惨国运,呼吁国人要自省自咎,并强调翻译有助于了解西方列强的本性:"呜呼!《译叹》何为而作也?叹外人之蔑我、铄我、蹂践我、并吞我。其谬也,至托言爱我而怜我,谋遂志得,言之无检,似我全国之人均可儿侮而兽玩之。呜呼!万世宁可忘此仇哉!顾不译其词,虽恣其骂詈轻诋,吾人木然弗省,则亦听之而已。迨既译其词,讥诮之不已,加以鄙哆;鄙哆之不已,加以污蔑;污蔑之不已,公然述其瓜分之谋,而加我以奴隶之目。呜呼!此足咎外人乎?亦自咎耳!"①林纾将翻译看作唤醒民众、抵御外敌的一种手段,是救国保种、改良文化的一条途径,站在话语的角度来度量,林纾意识到了话语的力量,话语对社会意识的建构、对民族文化的重塑作用。

---

① 陈福康:《中国译学理论史稿》,上海:上海外语教育出版社,1992年,第136页。

三、林纾的教育事业:"倡新学,学西学"

林纾一生致力于教育事业,除几次短暂中断外,几乎没有离开过学堂。"1872年,21岁的林纾开始在村塾教书,25岁设观课蒙,46岁时任'苍霞精舍'汉文总教习,一心教书。1901年,50岁的林纾举家由杭州迁居北京。在京期间,他先后任金台书院、五城书院、京师大学堂、高等实业学堂、闽学堂等学校讲席或总教习,讲授'国文修身''大学经验'等课程。1915年,任徐树铮创办的正志学校教务长。1923年,72岁高龄的林纾还应励志学校讲席。"[①]

林纾秉持"教育为立国之本"的理念,通过倡导新式教育将自己的救国理想付诸实践。1897年,林纾与几位同乡旧友合作,利用自己在福州城南苍霞洲的旧居"苍霞精舍后轩",共同创办了新式学堂"苍霞精舍",不仅讲授传统经学与史学,还讲授英文、算学等课程:"孙幼毂太守、力香雨孝廉即余旧居为苍霞精舍,聚生徒课西学,延余讲《毛诗》《史记》,授诸生古文,间五日一至。"[②]后随着学科的增设,校舍日显局促,"苍霞精舍"便迁到了道山路乌石山蒙泉山馆,更名为"绅立中西学堂";1907年,学堂又迁到了华林坊越山书院的旧址,增建房舍扩大规模,改称为"苍霞中学堂"。此后又历经了多次的分分合合,最终演变成了今天的福建工程学院。[③]当时的"苍霞精舍"请林纾为汉文总教习,讲授《毛诗》《史记》。"苍霞精舍"为福建最早的新式学堂,首开风气引入西学,在传播中国传统文化的同时,传播西方文明,对近代新式教育产生了积极的影响。

[①] 朱晓慧、庄恒凯:《林纾:近代中国译界泰斗》,福州:福建人民出版社,2016年,第74页。

[②] 林纾:《苍霞精舍后轩记》,《林纾选集·文诗词卷》,林薇选注,成都:四川人民出版社,1988年,第42页。

[③] 朱晓慧、庄恒凯:《林纾:近代中国译界泰斗》,福州:福建人民出版社,2016年,第75页。

为资助家乡创办实业学堂,林纾还捐出自己的稿费和书画稿酬。1899年,《巴黎茶花女遗事》在上海铅印出版前,林纾从汪康年经营的《中外日报》(4月24日)广告宣传中得知汪康年将出资购买该译本的版权,他随即专函向汪康年表示愿捐献出此笔稿酬用以办学,并要求汪康年再行登报说明他捐款办学一事:"昨阅《中外日报》,有以巨赀购来云云。在弟游戏笔墨,本无足轻重,唯书中虽隐名,而冷红生三字颇有识者,似微有不便。弟本无受赀之念,且此书刻费出诸魏季渚观察,季渚亦未必肯收回此款。兹议将来赀捐送福建蚕学会,请足下再行登报,用大字写《茶花女遗事》,每部价若干,下用小字写:前报所云,致巨赀为福建某君翻译此书润笔,兹某君不受,由本处捐送福建蚕学会。合并声明。"①此后,林纾与其同乡挚友高凤谦,②又多次致信汪康年,表达捐款意愿。据此,汪康年请高凤谦拟写了《巴黎茶花女遗事告白》,分别于1899年5月18日至21日、26日的《中外日报》上连续刊登5天,说明译者林纾将所得稿费全部捐给了福州蚕桑公学:"《巴黎茶花女遗事告白》:此书闽中某君所译,本馆现行重印,并拟以巨赀酬译者。承某君高义,将原板寄来,既不受酬赀,又将本馆所偿板价捐入福州蚕桑公学,特此声明,并致谢忱。昌言报馆白。"1899年,福州蚕桑公学采用乡绅集资、文人捐资等方式创办并招生,领民间创办实业学堂之先。③

　　在林纾看来,只有致力于实业教育,多培养实业人才,才能救民族于危难之中,因而他评判国人轻视实业的积习,主张多办各种新式学堂:"……西人之实业,以学问出之。吾国之实业,付之无知无法之伧荒,

---

① 上海图书馆编:《汪康年师友书札》,上海:上海古籍出版社,1986年,第1159页。
② 高凤谦,1870—1936,号梦旦,福州长乐人,著名教育家和出版家,也是翻译家,曾任浙江大学堂总教习、商务印书馆编译所所长等职。《巴黎茶花女遗事》是通过高凤谦向汪康年推荐,在上海铅印出版。
③ 关于福州蚕桑公学的创办,见吴仁华:《林纾捐赠〈茶花女遗事〉稿酬助办福州蚕桑公学考论》,《福建论坛》2014年第7期;该文以翔实史料对此做了考证。

且目其人其事为贱役。……国不患受人贱篾,受人剥蚀,但使青年人人有志于学,人人务其实业,虽不能博取敌人之财,亦得域其国内之金钱不令外溢。……今日学堂几遍十八行省,试问商业学堂有几也?农业学堂有几也?工业学堂有几也?医学学堂有几也?朝廷之取士,非学法政者,不能第上上,则已视实业为贱品。中国积习,人非得官不贵,不能不随风气而趋。……吾但留一日之命,即一日泣血以告天下之学生,请治实业自振。"①林纾以"倡新学,学西学"的理念,呼吁教育救国,倡导新的教育理念实践他的爱国理想。

林纾不仅身体力行创办新式教育,而且还动员乡里富豪出资兴办学堂。1906年,在《橡湖仙影·序》中,林纾陈述自己恳求乡里的两位富豪出资办学,但他们却迟迟未能兑现承诺:"吾乡有二豪,拥资百万,其力均可以兴学。余作书数万言哀之,乞其合群力为中学堂。在势二豪之力可举也,顾乃人许六百金,久乃弗出,学堂之议遂罢。余始为乡人哀,究乃自哀其愚。"林纾为他们的冷漠深感激愤,指责他们不为乡里子弟教育出力:"须知可为公益而不为,则是人即贼公者也。……呜呼! 余之言此,非有所私乞于二豪而不得者;其愤者,愤公益之不立,余乡子弟无以趣于学也。"②

林纾倡导教育,还倡导女学。晚清维新派人士经元善、郑观应、梁启超等人积极推广女学,把女子教育与民族兴盛和国家强弱联系起来:"我中国欲图自强,亟于广兴学校,而学校中本原之本原,尤莫亟于创兴女学。"③当时较为开化的南方沿海各地纷纷兴办女子学堂和教会女校,拉开了女子教育社会化的序幕。林纾1897年出版的《闽中新乐府》中,有一首《兴女

---

① 林纾:《爱国二童子传·达旨》,《晚清文学丛钞·小说戏曲研究卷》,阿英编,北京:中华书局,1960年,第244—246页。
② 林纾:《橡湖仙影·序》,《晚清文学丛钞·小说戏曲研究卷》,阿英编,北京:中华书局,1960年,第231页。
③ 夏晓虹:《晚清女性与近代中国》,北京:北京大学出版社,2004年,第187页。

学》,颂扬女学的兴起:"兴女学,兴女学,群贤海上真先觉。……果立女学相观摩,中西文字同切磋",肯定了女学对民族兴旺的重要性:"……母明大义念国仇,朝暮吾儿怀心头。儿成便蓄报国志,四万万人同作气。女学之兴系非轻,兴亚之事当其成。"林纾开明的女性意识,在晚清社会难能可贵。根据林纾女弟子王芝青的回忆,林纾在民国初年私人招收的学生中,将近一半为女生,这在当时是颇开风气的。[①]直至1907年,清政府才正式将女性教育纳入国家教育体制。

本章小结

历史学家蒋廷黻在《中国近代史》"总论"中,将中国能否走出封建状态,步入民族国家之林作为全书的立论:"近百年的中华民族根本只有一个问题,那就是:中国人能近代化吗?能赶上西洋人吗?能利用科学和机械吗?能废除我们家族和家乡观念而组织一个近代的民族国家吗?能的话,我们民族的前途是光明的;不能的话,我们这个民族是没有前途的。因为在世界上,一切的国家能接受近代文化者必致富强,不能者必遭惨败,毫无例外。"[②]这一涉及民族生死存亡的"根本问题",是晚清中国面对的时代命题,也是林纾等一代文人试图通过译介西学,唤起民众致力于推进中国近代化进程而不懈努力的目标。

林纾借翻译小说激发士人阶层爱国保种的热情,使他们"蠲弃故纸,勤求新学",从而推进晚清社会维新图强的变化。西方社会的变革动力是哲学思想,社会变革受思想史的驱动;而晚清社会的变革以文学为驱

---

① 王芝青:《我的绘画老师林琴南》,《林纾研究资料》,薛绥之、张俊才编,福州:福建人民出版社,1982年,第122页。
② 蒋廷黻:《中国近代史》,上海:上海古籍出版社,1999年,第2页。

第五章 林译小说:林纾的救国之道

动,原有的中国传统思想体系维护的是旧体制,无法从内部产生新的思想,只能通过外借来催发变化。中国封建社会的文字狱使变革者的言说方式更加隐晦,以借喻的方式呈现新思想,虚构文本的文字一直是首选的途径。

林纾的翻译对当时社会的影响从其好友陈熙绩的评述中可见一斑:"吾友林畏庐先生夙以译述泰西小说,寓其改良社会、激劝人心之雅志。自《茶花女》出,人知男女用情之宜正;自《黑奴吁天录》出,人知贵贱等级之宜平。若《战血馀腥》,则示人以军国之主义,若《爱国二童子》,则示人以实业之当兴。凡此皆荦荦大者,其益可案籍稽也。其余亦一部有一部之微旨。总而言之,先生固无浪费之笔墨耳。"①

林纾的西洋小说译介,尽管是立足于中国传统文化的话语实践,但在晚清中国,依然起到了深刻的启蒙作用,其颠覆式的社会影响可以从以下轶事中得以展示:据说有一次辜鸿铭在宴会中与素昧平生的严复、林纾等相遇,酒酣耳热时,他竟然说:"如果我有权在手,必定杀二人以谢天下。"别人问他要杀谁,他回答说:"就是严又陵、林琴南。"严复佯装没听见,林纾问:"这两人有何开罪足下之处,愿足下念同乡之谊,刀下留人吧。"辜勃然曰:"严译《天演论》主张物竞天择,于是国人只知有物竞而不知有公理,以致兵连祸结,民不聊生。林琴南译《茶花女》,一般青年就侈言恋爱,不知礼教为何物,不杀此人,天下将不会太平也"。②

话语建构现实,修辞话语可以成为人类意志与现实的桥梁:话语按照言说者的意志建构现实、引发行动,对社会意识和世界秩序进行重构。

---

① 陈熙绩:《〈歇洛克奇案开场〉叙》,《晚清文学丛钞·小说戏曲研究卷》,阿英编,北京:中华书局,1960年,第289页。
② 孔庆茂:《辜鸿铭评传》,南昌:百花洲文艺出版社,1996年,第177—178页。

第六章 《三千年艳尸记》:林译哈葛德小说 She 的话语意义

> 翻译过程本质上包括了人类理解世界和社会交往的全部秘密。
>
> ——伽达默尔①
>
> 当人们使用或者接受一个概念的时候,可以通过对这个概念现成意义的修辞化来重新接近主体所认知的世界。这实际上是人在修辞认知中创建自己的精神家园。
>
> ——谭学纯②

第一节 《三千年艳尸记》:林纾笔下的哈葛德小说 She

一、《三千年艳尸记》的译介

哈葛德小说《她》(She)于1898年首次由曾广铨在《时务报》上以《长生术》为书名译介给晚清读者,12年后,由林纾和曾宗巩合译,以《三千年

---

① 伽达默尔:《伽达默尔集》,严平编选,邓安庆等译,上海:上海远东出版社,2003年,第182页。
② 谭学纯:《问题驱动的广义修辞论》,北京:人民出版社,2016年,第196页。

第六章 《三千年艳尸记》:林译哈葛德小说 *She* 的话语意义

艳尸记》为书名,1910年由上海商务印书馆分两册出版。

根据日本学者樽本照雄的考证,①林译《三千年艳尸记》在晚清期间一共出版过6个不同的版本,依次为:

1. 1910年9月,《三千年艳尸记》(神怪小说)2册,(英)赫格尔德著,林纾、曾宗巩同译,商务印书馆出版。

2. 1910年10月,《三千年艳尸记》(神怪小说)上下卷,(英)哈葛德著,林纾、曾宗巩同译,商务印书馆出版。

3. 1910年10月,《三千年艳尸记》(神怪小说)2卷上下卷,(英)哈葛德著,林纾、曾宗巩同译,上海商务印书馆,说部丛书,2—21。

4. 1914年2月,《三千年艳尸记》上下册,(英)哈葛德著,林纾、曾宗巩同译,上海商务印书馆,小本小说,32—33。

5. 1914年6月,《三千年艳尸记》上下卷,(英)哈葛德著,林纾、曾宗巩同译,上海商务印书馆,林译小说丛书,1—39。

6. 1915年8月再版,《三千年艳尸记》(神怪小说)2卷上下卷,(英)哈葛德著,林纾、曾宗巩同译,上海商务印书馆,说部丛书,2—21。

本研究采用的文本是上列第6个版本:1915年8月再版的《三千年艳尸记》(上下卷),署英国哈葛德原著、林纾笔述、曾宗巩口译,上海商务印书馆说部丛书第二集第二十一编,归入说部丛书的"神怪小说"类别。

从1910年首版至1915年最后一次再版,林译《三千年艳尸记》连续多次再版,其影响力可见一斑。与林纾合作翻译的曾宗巩同为福州人,是"唐宋八大家"之一曾巩的后人。曾宗巩能文能武,1892年以全班第一名的成绩毕业于天津水师堂,后在海军界任多种要职。曾宗巩通英语、法语,能文能武。根据张俊才"林纾翻译目录"的例证,②曾宗巩与林纾的

---

① 樽本照雄:《新编清末民初小说目录》,贺伟译,济南:齐鲁书社,2002年,第608—609页。

② 张俊才:《林纾评传》,北京:中华书局,2007年,第268—293页。

合作始于1904年,此时,曾宗巩与林纾同在京师大学堂译书局,他们首次合作译介的是描述拿破仑两次战役的《利俾瑟战血余腥记》和《滑铁卢战血余腥记》,分别于1904年4月和5月由上海文明书局出版。此后,两人合作翻译了14部作品,其中哈葛德小说有7部:1905年出版的《埃及金塔剖尸记》(Cleopatra)、《鬼山狼侠传》(Nada the Lily)、《斐洲烟水愁城录》(Allan Quatermain),1906年出版的《蛮荒志异》(Black Heart and White Heart, and Other Stories)、《雾中人》(People of the Mist),1908年出版的《钟乳髑髅》(King Solomon's Mines),以及1910年出版的《三千年艳尸记》(She)。《三千年艳尸记》是林纾与曾宗巩合作翻译的最后一部小说,辛亥革命后,曾宗巩脱离京师大学堂,成为一名海军军官,青云直上的仕途生涯使他无暇再顾及翻译,与林纾的翻译合作就此终止。

二、书名《三千年艳尸记》的文化信息

林译书名《三千年艳尸记》蕴含了丰富的文化信息。哈葛德小说原著题名为《她:一部冒险史》(She: A History of Adventure),"她"既特指小说所塑造的女主角——统治非洲一个土著部落两千多年的女王阿霞,又作为第三人称女性代词来泛指所有女性,其含义在本书第二章已有详述。1898年曾广铨首次将此小说译入中国时,取《长生术》为书名,就阿霞女王永生不死这一层面的意涵来说,也入情入理,但对于一部冒险传奇小说,这一书名不仅文采欠缺,还多少有些牵强;但鉴于《时务报》报人群体有以翻译间接传递变革意图以避"文字狱"的缘由,《长生术》这一不出彩的书名本身或许就是一种修辞包装,以隐遁译者借题发挥的政治目的。而林纾、曾宗巩译本取名《三千年艳尸记》,固然有以书名的惊悚吸引读者的意味,但也体现了林纾将中国叙事传统融于西洋小说译介的特点。在中国传统小说史上,叙事文类涵盖了丰富复杂的文体,纪传体、志怪志人、杂史杂传、传奇话本等不同文体杂陈,以"记""传""录"为名的叙

第六章 《三千年艳尸记》：林译哈葛德小说 *She* 的话语意义

事文类极为普遍。①林纾5岁开始读《孝经》，7岁进入私塾读书，10岁读《毛诗》《尚书》《左传》《史记》，一生饱读经典诗书，有着深厚的国学功底和诗学素养。他熟悉中国古典小说传统，特别是对魏晋南北朝的志怪小说，更是稔熟于心。因此，林纾借中国叙事传统中"记"所蕴含的"志怪小说"特征，来对应哈葛德的历险小说《她》。林纾在为《三千年艳尸记》所写的"跋"中，对此有所指涉："哈葛德之书，多荒渺不可稽诘，此种尤幻。笔墨结构去迭更司固远，然迭氏传社会，哈葛德叙神怪，取径不同，面目亦异，读者视为《齐谐》可也。"林纾将哈葛德的这部小说比附为中国的"齐谐"，而所谓"齐谐"，就是记载奇闻逸事的志怪书籍。因此，林译书名《三千年艳尸记》以生动的文笔将哈葛德这一奇特的历险故事纳入了中国传统的志怪文类，符合晚清读者的阅读期待和接受美学视野；而令人惊悚的"艳尸"二字，虽含艳俗之义，倒也符合哈葛德小说的"俗文学"定位。

1910年林纾和曾宗巩合译的《三千年艳尸记》出版时，哈葛德小说已深为晚清读者熟知。这一年已是林纾从事西洋小说译介的第13个年头（林纾首次译介西洋小说是1897年与王寿昌合译、1898年出版的《巴黎茶花女遗事》），这也是林纾翻译的第12部哈葛德小说了〔林纾首部翻译的哈葛德小说是与魏易合译的《埃司兰情侠传》（*Eric Brighteyes*，1904年秋由商务印书馆出版）。经过了10多年的翻译实践，林纾的翻译生涯（1898—1924）已经至半（林纾翻译的最后一部译作是托尔斯泰的《三种死法》，口译者不详，发表于1924年1月出版的《小说世界》上）〕，翻译技能日趋娴熟，对哈葛德小说的风格也已了然于心。追溯历史语境，剖析林译小说《三千年艳尸记》的修辞话语特点，新旧杂陈，这既与林纾在社会转型期亦新亦旧的思想意识相契合，又与这一历史转折期中国的经世思想相呼应。

---

① 杨义：《中国叙事学》，北京：人民出版社，1997年，第15页。

第二节 《三千年艳尸记》的修辞话语设计及其社会意义

一、《三千年艳尸记》的"强者"话语及其思想意识

与曾广铨译《长生术》的节略和大幅削删不同,林译《三千年艳尸记》完整保留了原著的各个章节和情节,但略去了各章标题。细析林译本的修辞特征及其话语意义,林译本包含的政治词汇并不少于曾广铨的译本,体现了晚清历史转折期,一代文人志士对民族存亡、国家命运的集体焦虑。

在哈葛德小说原著的第17至第18章,阿霞女王确认利武(Leo)①正是她等待了两千多年的转世情人,当她得知土著姑娘安司德尼(Ustane)深爱利武时,阿霞决意要杀死安司德尼,以扫除自己与利武之间的感情障碍。何利(Holly)(即"霍利")质问阿霞,安司德尼何罪之有?阿霞以王者身份阐述了关于善与恶、是与非的观念。而阿霞女王的这一长篇宏论,处处凸显强者生存的法则。如前章所述,该章是小说叙事的高潮,故事情节和人物情感冲突都达到了顶点,对小说殖民主题的建构起着不可或缺的作用。对阿霞质疑现行善恶观念的宏论,林纾、曾宗巩对此作了详细的传译,对照原文,可以看到译文对个别句子的翻译偏离了原著的语义,但暂且搁置传译上的这种偏离,从他们详尽的译文来看,其话语指向与曾广铨的简略译文有着高度的一致性——即在传译原文语义的基础上,突出了"强者"与"弱者"的关系:强权逻辑替代了"天道主宰"的善

---

① 关于男主人公 Leo 之名的译法:曾广铨将之译为"立我",似可看出他立国立民的政治意图;而林纾则将之译为"利武",似乎呼应了他译介哈葛德、激发国人"尚武"精神的意图。本章陈述采用所述译本的译名。

第六章 《三千年艳尸记》：林译哈葛德小说 She 的话语意义

恶逻辑。下面就林译本与曾广铨译本的话语进行比较，分析译文话语背后的思想意识和历史理据。

哈葛德原文（1991:253）（下划线为本书作者所加）	林纾、曾宗巩译文（1915:154）（下划线为本书作者所加）	曾广铨译文（《时务报》65 册，1991:4410）（下划线为本书作者所加）
... since in this world none save the <u>strongest</u> can endure. Those who are <u>weak</u> must perish; the earth is to <u>the strong</u>, and the fruits thereof. For every tree that grows a score shall wither, that <u>the strong one</u> may take their share. We run to place and power over the dead bodies of those who fail and fall; ay, we win the food we eat from out of the mouths of starving babes. It is the scheme of things. Thou sayest, too, that a crime breeds evil, but therein thou dost lack experience; for out of crimes come many good things, and out of good grows much evil. The cruel rage of the tyrant may prove a blessing to the thousands who come after him, and the sweeteartedness of a holy man may make a nation slaves. Man doeth this, and doeth that from the good or evil of his heart; but he knoweth not to what end his moral sense doth prompt him; for when he striketh he is blind to where the blow shall fall, nor can he count the airy threads that weave the web of circumstance. Good and evil, love and hate, night and day, sweet and bitter, man and woman, heaven above	此世界中亦唯<u>弱肉强食</u>而已，功罪胡言者彼<u>茌弱</u>无用之人，势宜销歇，须知此地球中务留以居<u>强健之人</u>，尔不观果树之实，更二十番之实者树且彫，唯<u>强健之人</u>方长食此果，且能以<u>强健</u>之身欺彼<u>茌弱之人</u>而夺之食，彼<u>茌弱之人</u>不得食而死。其事由何与我，此天心安排如是，夫何待言。今据尔所言，蒙大恶者似得奇罚，然足见尔之无识。不知於无罪恶中，后人或收其益，若熙熙于仁而后果之不善真隐伏期间，未可料也。古固有残忍之霸王，树恶种种，见者寒心，而后此永永之子孙长受其福。若温裕如僧之流，民初便其政而国人俄倾将悉化为奴隶。吾人亦恣吾性所为耳，又何遏抑，使人莫惩，盖彼之恣欲时，初亦不计后来之收局，亦无鼓励之人。譬如一拳之下，中与不中，或触坚物而创，咸不知审，又不能以緜渺之思细审其变局如何。善也恶也，爱	天下事惟<u>强者</u>得之，<u>强者</u>无敌，<u>弱者</u>必亡。譬如一树结果之后，新长之枝，其力必胜于旧，又如坟墓在地，生人在地面行走，死者无如之何。小孩食物，<u>强者</u>向其口中夺之，虽啼哭不顾也。狠毒本非美德，但云狠毒所为非美事则识见太浅。谈下狠毒人亦有为美事者，有善人行为狠毒者。人生作事，美恶都从心出。譬如两人相争，<u>强者</u>争胜之权何在，<u>弱者</u>不能知也。凡人世之好恶甘苦憎爱饮食男女，天地之日月昼夜，皆世上应有之事，此后若何归结，人不能知也。好恶二字君今且漫分别。天地有时夜气胜于日光，岂能好日光而恶夜气哉。余见其语不伦，无暇辩论，倘其立意如此，世上五伦道德被其毁灭无遗，人无五伦，与禽兽又何别焉？当然之理，彼既毫不知觉。

续表

哈葛德原文(1991:253)（下划线为本书作者所加）	林纾、曾宗巩译文（1915:154）（下划线为本书作者所加）	曾广铨译文（《时务报》65册,1991:4410）（下划线为本书作者所加）
and the earth beneath—all these things are necessary, one to the other, and who knows the end of each? I tell thee that there is a hand of fate that twines them up to bear the burden of its purpose, and all things are gathered in that great rope to which all things are needful. Therefore doth it not become us to say this thing is evil and this good, or the dark is hateful and the light lovely; for to other eyes than ours the evil may be the good and the darkness more beautiful than the day, or all alike be fair.	也恨也,夜也日也,甘也苦也,男也女也,天地中既生此物则彼此牵擎联络,生灭互见不穷,谁复能预料其所以然者？实告汝人,但乘气运而行,荣枯之事循此一线而行,故吾辈深不能辨析其事之善恶,即不以长夜之漫漫为恨,亦不能以白日之昭昭为爱。世固有别具之知识,以恶事为善,以长夜为旦,反人之所为以称惬,汝亦闻之乎？	

从阿霞女王的这段宏论中,不难听到1898年严复所译赫胥黎《天演论》中的观点：社会发展以人类的生存竞争为核心,"物竞天择、适者生存",优胜劣败是人类社会进化的自然法则："天行者倡其化物之机,设为已然之境,物各争存,宜者自立。且由是而立者强,强者昌；不立者弱,弱乃灭亡。"①阿霞的话语仿佛是对残酷的社会进化论观点的阐述,人类无异于动物,为自我生存而同类厮杀,弱肉强食、赢者通吃；因而在这样的历史进化观之下,传统的人性善恶观念被彻底颠覆,没有善恶而言,只有强弱优劣。

哈葛德原著《她》中关于强弱竞争、文明野蛮的话语指向是十分明确

---

① 严复：《天演论》,《中国现代学术经典·严复卷》,石家庄：河北教育出版社,1996年,第25页。

的:从小说主人公何利一行踏上非洲土地,目睹惊心动魄的狮鳄大战,一开始就展示了非洲旷野上你死我活的生存竞争。何利一行以英国白人的身份来到"黑暗大陆"非洲,寻找传说中由女王统治的"阿玛哈格"土著部落,以白人殖民主义者的视角审视非洲大陆的一切,这在前文已有详述。在此需要特别阐述的是小说描述的残忍"杀戮":何利一行在探访阿霞女王的路上遭遇了非洲食人土著部落,土著遵循阿霞女王的指示,不敢伤害何利等一行白人,但对随行的有色人种阿拉伯人"穆罕默德"却将烹而食之,幸得何利等白人奋起救助,虽"穆罕默德"免于被烹食,但在混战中死亡。阿霞女王的杀戮手段同样残忍,她出于妒忌,用意念魔力将利武的土著妻子安司德尼杀死,真可谓"杀人不见血"。然而,阿霞统治的如此野蛮的非洲大陆实际上是曾经的"科尔"文明的所在之地,辉煌的科尔文明留下的只有阴森的地下废墟和生活其上的野蛮土著,还有以文明手段杀人的不死女王阿霞。文明与野蛮仅一土之隔、瞬间之异,在历史的长河中,文明从辉煌到毁灭再到重建、人类从野蛮走向文明,又从文明退回野蛮,如同阿霞女王曾经从死亡中重生,又从绚烂之美返祖为丑陋的猴子直至死亡,一切均起起落落,生与死相互孕育,相互轮回。善恶不再确定,白人殖民主义者可以随自己操纵的权力对此重作界定,殖民主义丛林法则的道德缺失与非洲丛林中的"食人生番"毫无二致。正如哈葛德所述:"文明只是镀了一层银子的野蛮,文明如同从野蛮土壤里生长出来的一棵树,迟早会重归泥土,就像埃及文明、希腊文明、罗马文明一样,最终回归土壤。"①

晚清对"物竞天择、适者生存"的认知,不仅来自遭受西方列强的连连欺凌和奴役的直接体悟,也来自当时文人译介的西学话语。早在1895

---

① Pocock, Tom. *Rider Haggard and the Lost Empire*. London: Weidenfeld & Nicolson, 1993:246.中译文由本书作者提供。

年,严复就撰写发表了《原强》一文,借达尔文的进化论阐述西方的社会进化观念,认为人世界与自然界相同,操纵生存竞争的是弱肉强食、优胜劣败的丛林法则:"达尔文者,英国讲动植之学者也。……垂数十年而出一书,名曰《物类宗衍》。其书自出,欧美二洲几于无人不读,而泰西之学术政教,为之一雯变焉。……民民物物,各争有以自存。其始也,种与种争,及其成群成国,则群与群争,国与国争,而弱者当为强肉,愚者当为智者役焉。"①1897 年,严复译介的赫胥黎的《天演论》(Evolution and Ethics and Other Essays)在《国闻汇编》刊出;1898 年,曾广铨、章炳麟在《昌言报》发表斯宾塞尔的《论进境之理》和《论礼仪》两篇社会学论文,介绍西方的历史进化观点。至此,晚清文人对西方的强权政治、强者逻辑已是感同身受,并开始反思民族与国家的生存命运。

前文所引哈葛德小说原文与林译、曾译文的比较显示,哈葛德原文用以表述"强"之语义的,有 2 个单词:"the strong"和"the strongest",而表现"弱"的只有一个单词"weak";在曾广铨的译文中"强者"出现 4 次,"弱者"出现 2 次;在林译文中,"强"字与"弱"字各出现了 4 次;林译以"强健"对应"荏弱",以词语的复现强化话语指向:对原文表述的"强者生存、弱者灭亡"的理念展开了反复演绎。

观照林纾在其《修身讲义》中关于"竞争"的陈述,不难看到林纾借小说译介展现西方列强弱肉强食的世界观念秩序,以改变国人"荏弱""忍让"的习性:"吾辈身处今日,尚有作用之时。人人各存一国家思想,无惮强邻之强。亦正由彼中有男子,解得人事,故国力雄伟至此。我黄种人思力志节,何一稍逊于彼族?彼以强大之故,目我为贱种,蔑我以属国,据我之权利,夺我之土地,此仇真不共戴天!纾老矣,无拳无勇,徒为晨

---

① 严复:《原强》,《中国现代学术经典·严复卷》,石家庄:河北教育出版社,1996 年,第 540—541 页。

第六章 《三千年艳尸记》:林译哈葛德小说 She 的话语意义

鸡之鸣,于事何济?今幸得陪诸子讲席,罄我所欲言之隐,与诸君子言之:须知强国在人心,全不在天数。彼罗马时代,西班牙、法国及日耳曼诸部落,尚为野蛮。即百余年前英政之漫无法纪,亦一黑暗世界。乃今日各国人人自振,讵天意专佑白种而不佑我黄种耶?亦在讲人事与不讲人事耳。今一言以蔽之曰:讲人事者,于富强可十得八九;讲天数者,但有亡国灭种,此外别无言说。"基于"强国在人心,全不在天数"的思想,林纾以爱国之诚呼吁同胞以"不让"为自己的生存权抗争、人人自强以抵御外族的侵凌:"程子言'不让',即今日时彦所谓'竞争'。物竞也,争存也,长日喧闹,且不管他。但老实说到切身事件,第一等人是万万不可让人,尤万万不让于白种,亦万万不能让于同种。须知爱群保种,是排外语;不让二字,是强种语。让白种做第一等人,我为无耻,让同种做第一等人,我为无己。国之能强,是合万己为一己,且人人各争第一等之人为一己,合此无数第一等人,而吾国立矣……'让'字须认得清切,让产于兄弟可也,让衣食于朋友可也。'学问志趣'四字,即兄弟亦不能让。凡人有报国念头,则尤息息不愿让于外人。外人之日冀我让,即日肆其吞噬之雄心。我亦丈夫,何为退缩至于无地?然以蛮法抵御,势无不败,道在于学问中求抵御,合群上求抵御。人人各以第一等人自命,庶几深造有得,果铸出第一等人矣。林纾不肖,然爱国之诚,几于无涕可挥,愿我同胞同泽同仇之青年君子,知得人间有第一等人,方为得环球上第一等国。拭目俟之,稽首祝之。"①

林纾的"不让"是对晚清国力荏弱、国民忍让软弱的批判,面对西方的"强国之威",国民性格中的"荏弱"、"退缩"决定了民族必然遭受强者侵凌侮辱、国家必然遭受蚕食鲸吞、国权丧失的痛苦。林纾将深刻的社会危机归因于外患的同时,对本国文化和民族个性中的劣根性进行了反

---

① 林纾:《修身讲义》(卷上),北京:商务印书馆,1916年,第17页,第23—24页。

思和批评。林纾对传统文化的反思和批判、对"竞争"的推崇,实际上呼应了晚清经世思想的转变:鸦片战争后洋务派遵循"中体西用"的原则,以中国传统伦常名教为原本,引进西方的富强之术,"师夷长技以制夷",自救自强。但1894年中国在中日甲午战争中惨败、1895年《马关条约》的签订,激发了国人对"中体西用"经世模式的反思,"吾国四千年大梦之唤醒,实自甲午战败割台湾偿二百兆始也。"①面对西方强权,基于传统纲常名教建立起来的传统道德政治观念发生了动摇,以"礼让"为核心的经世思想转向以"尚力"为核心的经世观念,因为晚清一代先行者已经清醒地认识到:进化论的核心是生存竞争、是以"力"为核心建构的世界秩序。中国传统的生存哲学——以礼立身、立德立言所建构的政治秩序和社会人伦正在失去其正当性,转而推崇"力",推崇以"力"竞争,"人人自振",以竞争之"力"强国保种。

对于社会进化,林纾所述的"须知强国在人心,全不在天数","讲人事者,于富强可十得八九;讲天数者,但有亡国灭种",与《三千年艳尸记》中阿霞女王关于强弱之辩、善恶之辩的观点多有相似之处,但小说中阿霞女王阐述的是殖民主义者的强者逻辑,而林纾阐述的,是基于对西方强权感同身受的认知。林纾以强烈的爱国文人责任,以"人人各存一国家思想"的意识,把翻译看作是重要的救国实业,以译文警醒国人,让人们看到迫在眉睫的亡国灭种危险,呼吁国民奋起反抗外强入侵,不当任人宰割的亡国奴。林纾的这种亡国焦虑和救国情怀贯穿于他译介西书的整个阶段。1916年,在译完孟德斯鸠的《波斯人信札》(林译《鱼雁抉微》)后,林纾在序言中强调自己译书是为了让国人了解西方,并提醒读者要全面认识西方,特别是西方文明的阴暗面:"余于社会间为力,去

---

① 梁启超:《戊戌政变记》,《饮冰室合集》专集之一,北京:中华书局,1989年,第1—102页。

第六章 《三千年艳尸记》:林译哈葛德小说 She 的话语意义

孟氏不啻天渊。孟氏之言且不能拯法,余何人,乃敢有救世之思耶!其译此书,亦使人知欧人之性质,不能异于中华,亦在上者能讲富强,所以较胜于吾国;实则阴霾蔽天,其中藏垢含污者,固不少也。"①

哈葛德小说从一个侧面展示了英帝国殖民的文化史,社会转型期的观念意识转变史;以寓言的方式展示了这一历史时期从混乱中脱胎而出的新秩序,质疑殖民过程中崛起的关于道德人伦、社会发展、历史进步的所谓新文明新思想。哈葛德原著《她》以奇特的传奇历险故事,指向小说的主题:对殖民扩张时期英国人的善恶观念、种族优劣,以及殖民带来的财富遮蔽下的文化危机的质疑。小说《她》之话语展示了对善恶的道德关怀,对种族进化的关注以及对世界文明新秩序走向的焦虑。

1887 年,哈葛德应邀在爱丁堡作关于祖鲁文化的演讲,在演讲中,他反思当下对文明与野蛮的界定,认为"我们从野蛮中脱颖而出,但今后可能又沦陷于野蛮之中,基于这一视角,我们应该重新度量所谓的野蛮——这些所谓的野蛮是英国及其他文明之母……"②关于文明与野蛮,林纾在 1905 年译介的另一部哈葛德小说《埃及金塔剖尸记》(Cleopatra)时,在译余剩语中指出:"是书好言神怪之事,读者将不责哈葛德,而责畏庐作野蛮语矣。不知野蛮之反面,即为文明,知野蛮流弊之所及,即知文明程度之所及。"③这是林纾与哈葛德的思想共鸣,也是他们在各自历史文化语境下对人类命运的思考焦点。对此,李欧梵这样评论林纾对哈葛德的译介:"此句隐含的也是一种时间和历史的吊诡:一个国家的文明愈古老,其野蛮的流弊愈多,埃及乃久奴之种,中国何尝不也如是? 其奴性

---

① 林纾:《鱼雁抉微·序》,《晚清文学丛钞·小说戏曲研究卷》,阿英编,北京:中华书局,1960 年,第 642 页。
② Haggard, Lilias Rider. *The Cloak That I Left: A Biography of the Author Henry Rider Haggard K.B.E.*, London: Hodder and Stoughton, 1951:5.
③ 林纾:《埃及金塔剖尸记·译余剩语》,《晚清文学丛钞·小说戏曲研究卷》,阿英编,北京:中华书局,1960 年,第 211 页。

到处可见。所以他翻译哈葛德笔下的古埃及和埋藏非洲的失落文明,也是为了悯其亡而令国人警醒。在这个比较历史的视野中,哈葛德和林纾显然殊途同归了。"①林纾在译介过程中,时常以批判的眼光将所译介小说的思想与本国文化进行比较,借此反省自我文化中存在的问题,话语间闪烁的智慧和睿智值得敬佩。

林纾作为古文家,译笔之精彩非其同代译者能及,范烟桥曾赞誉林纾的译笔"其笔能曲曲传出作者心意,虽外国文字,别有组织,林氏能运用自如,绝不见扞格之迹"。②钱锺书曾说:"发现自己宁可读林纾的译文,不乐意读哈葛德的原文。理由很简单:林纾的中文文笔比哈葛德的英文文笔高明得多。"③尽管林译小说以其独到的文学审美性吸引了一代读者,但驱使林纾投入西洋小说译介的动力依然是政治目的。"在晚清这个时期,翻译的动力完全是非文学性的,提倡译介西方小说的人只是为了知识传播和文化输入,文学作品成为这场运动的主要工具可以说只是某种巧合而已。"④实际上,从广义修辞学的研究视角来看,文学之所以成为政治运动的工具,是由文学话语深处的思想意识所决定的,正是文学文本修辞话语蕴含的意识形态性,使文学成为晚清一代文人追求思想文化现代性的一个途径。因此,王德威这样阐述晚清翻译的历史意义:"翻译竟被用成一种似是而非的诠释手段,通往神秘的'现代性'的捷径。"⑤

实际上,林纾的翻译并不仅限于西洋小说。据张俊才考证,1912年至1913年间,林纾在北京《平报》的"译论"专栏上发表了56篇译自外国

---

① 李欧梵:《林纾与哈葛德——翻译的文化政治》,《东岳论丛》2013年第10期。
② 范烟桥:《中国小说史》,苏州:苏州秋叶社,1927年,第230页。
③ 钱锺书:《林纾的翻译》,《林纾的翻译》,钱锺书等著,北京:商务印书馆,1981年,第45页。
④ 孔慧怡:《还以背景,还以公道——论清末民初英语侦探小说中译》,《翻译与创作——中国近代翻译小说论》,王宏志,北京:北京大学出版社,2000年,第91页。
⑤ 王德威:《翻译"现代性"》,《翻译与创作——中国近代翻译小说论》,王宏志,北京:北京大学出版社,2000年,第278页。

报刊的评论,又在该报"海外通讯"专栏中发表了 2 篇新闻编译,均署"畏庐",但原文作者与口译合作者均不详。这些时文主要包括:《论中国铁路新政策》《论中国财政及借款》《论中国时局之危》《论中国官场结习之未化》《论中国宪法》《论中国盐税》《论列强处置巴尔干之态度及联邦义和条款》等,这些译文大多是针对中国局势所作的评论。林纾所翻译的时文总计约有 20 余万言之多。①在晚清国难当头的历史时刻,林纾译介的西洋小说和时文话语中,无不体现出他对民族命运的焦虑和对国家强盛的期盼,"闪现着我们民族在悲剧年代里不甘陆沉的国魂"。②

二、《三千年艳尸记》的"帝王"话语及其思想意识

林纾虽然不懂外语,但他的翻译态度是很认真的:"曾与林氏合作译过几部书的吴县毛文钟(观庆)先生有一次和我谈起,林氏自己虽然不懂外文,他的所谓译实际上是采用小学生做作文那样的'听写'方式来写作,但他的态度是相当认真的,稍有怀疑,就要叫口译者从头再讲,有时候甚至要讲上好几遍,他才认为满意。同时,他却十分固执,中文稿一经写定,口译的人如发现了什么不妥之处,要求他修改,就难如登天,纵然以不符合原书本意为理由,同他力争,他老先生的倔脾气一发,往往也会置之不理。"③秦瘦鸥的这一记载还说明,林纾在翻译过程中操纵着译本的话语权,按照他自己的观点和思路行文,不受口译者意图的左右。

林纾基于救国保种的翻译目的,在译文中时常掺入自己的观点和评述,甚至不惜改变原文话语意义,这在林译小说中是常有之事。在小说《三千年艳尸记》原著第 20 章中,阿霞女王出于嫉妒以意念杀死了前世情人利武的土著妻子安司德尼,并以妖艳的舞姿勾引利武,利武无力抵御

---

① 张俊才:《林纾评传》,北京:中华书局,2007 年,第 288 页。
② 同上书,第 249 页。
③ 秦瘦鸥:《小说纵横谈》,广州:花城出版社,1986 年,第 175 页。

阿霞的美貌，当即投入她的怀抱。哈葛德原著以叙事者的口吻，对这一情节做出评论，抨击那些屈从王权、不知羞耻地出卖自己灵魂的人将永无救赎之日，终将会为自己种下的恶果付出代价。对勘林译发现，林纾在此处借题发挥，将原文对于情欲和道德的评判改变为对中国封建体制下君臣关系的类比：

哈葛德原文（1991：230）	林纾、曾宗巩译文（1915：177—178）	本书作者译文
I looked up again and now her perfect form lay in his arms, and her lips were pressed against his own; and thus, with the corpse of his dead love for an altar, did Leo Vincey plight his troth to her red-handed murderess light it for ever and a day. For those who sell themselves into a like dominion, paying down the price of their own honour, and throwing their soul into the balance to sink the scale to the level of their lusts, can hope for no deliverance here or hereafter. As they have sown, so shall they reap and reap, even when the poppy flowers of passion have withered in their hands, and their harvest is but bitter tares, garnered in satiety.	余复引首视利武，见女王已投身利武之怀，唇吻相接。利武已贡其全身于杀人之人，自是夕为始，永永鬻诸女王，不留寸肤矣。大类忠臣舍身为国，尽瘝其所有，而惟国是为，并舍其灵魂，填彼欲窟，犹树艺之求收获。情欲之华，纳诸女王之手中。	我再次抬头，只见女王美艳的身躯已投入利武怀抱，两人久久相吻。如此，利武以亡妻尸体为祭坛，向沾满鲜血的杀人女魔立下了海誓山盟。那些向王权出卖自己，付出自己尊严、为满足欲望而出卖自己灵魂的人，将永无获得救赎之日。他们将自食其果，当欲望之花在手中枯萎，他们所收获的只是饱腹一时的苦涩稗子。

林译文在基本传译了原著话语意义的基本上，增加了"忠臣""舍身为国""尽瘝其所有""惟国是为"等语词，对原叙事者的话语指向进行了改写，将读者的认知方向引向"君臣、父子、上下、尊卑"等级有序的中国封建体制：在"三纲五常"为主导的社会伦理和道德体系中，"尊王忠君"是封建社会政治思想的核心概念。虽然"君使臣以礼，臣事君以忠"（《论语·八佾》）也对君臣关系伦理有所界定，表面上似乎有一定程度的相互尊重，但"王权至尊""君为臣纲"的封建臣民思想根深蒂固，封建专制下，

第六章 《三千年艳尸记》:林译哈葛德小说 She 的话语意义

王权的压迫性坚不可摧,正所谓"臣事君,子事父,妻事夫,三者顺则天下治,三者逆则天下乱,天下之常道也,明王贤臣而弗易也。"(《韩非子·忠孝》)对帝王愚忠、为国舍身的"忠臣",为"国是"竭尽全力、不惜献出自己的灵魂,但实际上却只是满足了帝王的个人欲望,于国家无补。就林纾个人而言,尽管其晚年走向了对清帝愚忠的顽固,先后 11 次拜谒光绪陵墓,但林纾主张君主立宪、倡导维新改良。西方式的君臣关系冲击着晚清中国的封建忠君思想,林纾连续添加的这几个语词并非简单的传译失误,而显然有借题发挥之意,传达出林纾对当时政局的不满幽愤和竭力针砭。正是这一增补,改变了话语的内涵指向:林译文是对君权的一种愤懑和质疑,也是对新的君臣关系的渴望,由此读者的认知路向与原著发生了根本性的转向。尽管林纾一生坚守儒家传统,但这并非冥顽不化的抱残守缺,而是以开明的心态接受西方价值体系中的部分内容为前提的。

"王""臣"等词语在林译《三千年艳尸记》中的出现频率颇高,原著中的比拉利(Billali)是阿霞女王统治下的非洲土著族长,尽管原著中的土著族长以"阿霞""她"等指称阿霞女王,但在林译本中,比拉利却自始至终以"臣"自称,而称阿霞为"王"。林译本中增加的"王""臣",指向晚清君主专制下的君臣关系,揭示了林译本话语背后的深层思想意识。谢天振将这类误译归入"创造性叛逆"的范畴,并从文化交流的视角重释其存在的意义:"一旦一部作品进入了跨越时代、跨越地理、跨越民族、跨越语言的传播时,其中的创造性叛逆就更是不言而喻的了,不同的文化背景、不同的审美标准、不同的生活习俗,无不在这部作品上打上各自的印记。这时的创造性叛逆已经超出了单纯的文学接受的范畴,它反映的是文学翻译中的不同文化的交流和碰撞,不同文化的误解与误释。创造性叛逆的这一性质,使得文学翻译的创造性叛逆在比较文学研究中具有了特别的意义。"①

---

① 谢天振:《译介学》,上海:上海外语教育出版社,1999 年,第 141 页。

统治着非洲土著的阿霞女王充满了野心,她一心想征服英国、和转世情人凯利克雷特一起统治英国,对何利等人描述的英国现行民主政治不屑一顾,放言自己的王权高于任何法律,并用比喻说明法律和王权的关系:"人间律法对于我们而言,好比北风对于山峰:是北风让山峰屈从?还是山峰让北风改道?"而林纾对于"王权""帝王"的政治主张在译文中也得以呈现:他将 monarch,democracy 分别译为"帝王事权之变"和"共和之政体":

哈葛德原文(1991:255)	林纾、曾宗巩译文 (1915:199) (下划线为本书作者所加)	本书作者译文
Again we explained that it was the character of monarchs that had changed, and that the one under whom we lived was venerated and beloved by all right-thinking people in her vast realms. Also, we told her that real power in our country rested in the hands of the people, and that we were in fact ruled by the votes of the lower and least educated classes of the community. "Ah," she said, "a democracy—then surely there is a tyrant, for I have long since seen that democracies, having no clear will of their own, in the end set up a tyrant, and worship him." "Yes," I said, "we have our tyrants." "Well," she answered resignedly, "we can at any rate destroy these tyrants, and Kallikrates shall rule the land."	余曰:此非世界之变,直帝王之事权变也。惟其帝王事权之变,而凡为百姓乃益尊其王。余且语阿尔莎:以英国之权,实落百姓之手,兴革之政,皆由投票而成。女王曰:然则共和之政体耳,是必先有暴君,故改革如是之异然,以吾思共和政体亦必不可持久。余曰:暴君固有,良如王言。女王曰:既有暴君,吾力皆能除之,使英国归我掌握。余曰:欲乱英国之法,为事良难,犯之即缢于木架之上。女王哂曰:是名为法耶?何利,汝乃不知吾之权力足以戡法,即利武亦然。凡人类之刑罚加之于我,直等北风之撼巨岑,汝试思,风来作势而吹山耶,或山卓立以抵风?	我们再次解释说是君主制度的本质发生了变化,我们现有的君王管辖着广袤的领土,其领土上的人民,凡思维正常者都拥戴和尊重君王。我们还告诉阿霞,真正的权力掌握在人民手中,英国真正的统治权实际上是广大下层及受教育不多的普通民众通过选举方式来实施的。 "啊,"阿霞说道:"一个民主国家——那就一定会产生一个统治者,历史上我所看到的民主国家,缺乏明确的国家意志,最终还是确立起一个统治者来加以崇拜。" "是啊,"我说:"我们也有我们的统治者。" 阿霞不加辩解地说道:"我和凯利克雷特将摧毁这些统治者,最终由我们来统治英国。"

第六章 《三千年艳尸记》:林译哈葛德小说 She 的话语意义

续表

哈葛德原文(1991:255)	林纾、曾宗巩译文 (1915:199) (下划线为本书作者所加)	本书作者译文
I instantly informed Ayesha that in England "blasting" was not an amusement that could be indulged in with impunity, and that any such attempt would meet with the consideration of the law and probably end upon a scaffold. "The law," she laughed with scorn—"the law! Canst thou not understand, oh Holly, that I am above the law, and so shall my Kallikrates be also? All human law will be to us as the north wind to a mountain. Does the wind bend the mountain, or the mountain the wind?"		我当即告知阿霞,在英国,"摧毁"不是游戏,将受严重处罚,任何这方面的企图都可能受到法律制裁,也许会被送上绞刑架。 "法律,"阿霞轻蔑地笑道:"法律!何利,你难道不明白?我高于一切律法,因此,我的凯利克雷特难道不也高于一切律法吗?人间律法对于我们而言,好比北风对于山峰:是北风让山峰屈从?还是山峰让北风改道?"

林纾将原文中的"monarch"译为"帝王事权之变",传达了西方现代"君主立宪政体"与中国世袭的君主专制的不同本质。林纾是一个开明的改良派,他主张维新,笃信君主立宪的政治改革方案;他反对革命,也不主张共和,他将"democracy"译为"共和之政体",隐含了丰富的话语指向。对照曾广铨将"democracy"译为"民权",林纾的译文深受其时社会背景及其个人政治理念的驱动:曾广铨将"democracy"译为"民权",体现了戊戌维新派的政治改良主张。而林纾的《三千年艳尸记》出版于 1910 年,林纾将"democracy"译为"共和之政体",契合了当时历史语境中人们对西方民主制度的认知变化。

根据金观涛、刘青峰的研究,1864 年美国传教士丁韪良(William Alexander Parsons Martin, 1827—1916)译介惠顿(Henry Wheaton)的著作

《万国公法》(Elements of International Law)时,最早使用了"民主"一词,以粗略地对应英文的"republicanism"和"democracy",来传达与世袭君主制相对立的民主政治制度。此后"民主"一词的使用频率一直高于"共和"一词。但到1901年,情况发生了变化:1901年,晚清赔款数目最大、主权丧失最严重的不平等条约《辛丑条约》签署,标志着中国已完全沦为半殖民地半封建社会,晚清政府已完全沦为帝国主义统治中国的工具。晚清社会精英意识到社会体制不改革,就无以改变中国饱受西方列强欺凌的状况,中国积弱积贫的现状更不可能得到根本性的改变。因此,引进西方政治社会制度势在必行,随着晚清社会精英对西方政治制度的了解,士绅阶层对"共和"与"民主"开始加以区分了:"republicanism"一词强调政治为一种有别于私领域活动的公共事务,强调参政者的道德水平;而"democracy"一词则强调由大多数人民来统治国家。随着国家意识、民众意识的不断增强,1901年后,用"共和"一词对应"democracy",传达"民主"之意,其使用频率数已超过了最初使用的译文"民主"一词。①

林纾反对君主专制,甚至将"君权尊"视为亡国之祸端:"墨之亡,亡于君权尊,巫风盛,残民以逞,不恤附庸,恃祝宗以媚神,用人祭淫昏之鬼;又贵族用事,民逾贱而贵族逾贵。"②林纾倡言维新改良,但他并不主张"共和",他在《〈玉楼花劫〉前编序》中,对法国国王路易十六的覆亡深为惋惜:"究竟法国初变共和,昏乱之事,亦惨无天日。"③在《英国大侠红

---

① 金观涛、刘青峰:《观念史研究:中国现代主要政治术语的形成》,北京:法律出版社,2009年,第266页。
② 林纾:《〈英孝子火山报仇录〉·序》,《英孝子火山报仇录·译余剩语》,《晚清文学丛钞·小说戏曲研究卷》,阿英编,北京:中华书局,1960年,第213页。
③ 林纾:《〈玉楼花劫〉前编序》,《晚清文学丛钞·小说戏曲研究卷》,阿英编,北京:中华书局,1960年,第263页。

蘩露传·序》中,林纾明确表达了自己反对革命、对"共和"不满的政治立场:"然古无长日杀人,而求其国之平治者。鲁意十四之横暴,用一纸诏书,驱十余万新教之人于境外,百姓痛心疾首于贵族,故酿成此九月之变。然报之过烈,遂动天下之兵,而拿破仑亦因而起事,复遵贵族故轨,驱数十万人伏尸于异域。……要在有宪法为之限制,则君民均在轨范之中,谓千百世无鲁意十六之变局可也。……以流血为善果,此史家所不经见之事。吾姑译以示吾中国人,俾知好为改革之谈,于事良无益也。"①林纾的政治理想是"君主立宪",在《爱国二童子传·达旨》(1907年)中,林纾指出:"天下爱国之道,当争有心无心,不当争有位无位。有位之爱国,其速力较平民为迅。然此亦旧专制政体而言,若立宪之政体,平民一有爱国之心,及能谋所以益国者,即可立达于议院。……嗟夫! 变法何年? 立宪何年? 上天果相吾华,河清尚有可待。"②林译将"democracy"译为"共和之政体",呼应了他所处时代的话语特征和思想意识。因此,对于"democracy"一词,曾广铨将其译作"民权"呼应的是戊戌维新派的政治主张,而12年后,林纾将其译为"共和",则体现了晚清末期对西方政治体制的认知变化。

三、《三千年艳尸记》中的西洋新词及其话语意义

林纾对原著中富有西方特色的词语,并未全部采用归化的方式进行改写,而常常刻意保留原著的修辞表述特征。原著第26章,阿霞赤身裸体进入火柱沐浴长生之火,原著用"夏娃"形象,林纾译文保留了这一形象:

---

① 林纾:《〈英国大侠红蘩露传〉·序》,《晚清文学丛钞·小说戏曲研究卷》,阿英编,北京:中华书局,1960年,第260—261页。
② 林纾:《爱国二童子传·达旨》,《晚清文学丛钞·小说戏曲研究卷》,阿英编,北京:中华书局,1960年,第246—247页。

哈葛德原文(1991:291)	林纾、曾宗巩译文 (1915:228)	曾广铨译文 (《时务报》69册, 1991:4664)
As she heard it, Ayesha swiftly threw off her gauzy wrapping, loosened the golden snake from her kirtle, and then, shaking her lovely hair about her like a garment, beneath its cover slipped the kirtle off and replaced the snaky belt around her and outside the masses of her falling hair. There she stood before us as Eve might have stood before Adam, clad in nothing but her abundant locks, held round her by the golden band ...	女王闻声即撤去其纱幕,脱其金蛇之带,摇首散发,发长如被纱帔,裹服尽脱,复以金带束其发如腰际,大类夏娃在乐园中立于亚当之前<u>一丝不挂</u>。	女王闻声即将所衣斗篷卸下,散解其发,如初劈乾坤时神人之状……

1898年,曾广铨译介《长生术》时,将此处的《圣经》比喻采用归化的方式进行了改写,"初劈乾坤时神人之状"不仅将伊甸园里的夏娃改换成中国形象,而且以更为含蓄的方式,传译了阿霞女王赤身裸体的形象。而林译文的直白令人刮目,不仅保持了原文中"夏娃""乐园""亚当"等词语,而且用"一丝不挂"一词直译,更为直接地传达了原著的形象特点。

当阿霞步入火柱、沐浴长生之火,她并没有获得长生的魔法,而是瞬间退化返祖,原著用"羊皮纸"描述其干皱枯萎的面容:

哈葛德原文(1991:293)	林纾、曾宗巩译文 (1915:230—231) (下划线为本书作者所加)	曾广铨译文 (《时务报》69册, 1991:4665)
... she was shrivelling up; the golden snake that had encircled her gracious form slipped over her hips and to the ground; smaller and smaller she grew; her skin	阿尔莎果缩身如猴矣,金蛇之带亦脱落于地。体尚锐缩,肤色亦立变,其初肤白如雪,今乃浑浊而作黄色。<u>犹陈</u>	身材亦缩小如猴形,芙蓉之面皱如鸡皮,麻姑之爪状如鸟喙,旋见其身体发颤,攸倒于地,身体愈缩

第六章 《三千年艳尸记》：林译哈葛德小说 She 的话语意义

续表

哈葛德原文(1991:293)	林纾、曾宗巩译文 (1915:230—231) (下划线为本书作者所加)	曾广铨译文 (《时务报》69册， 1991:4665)
changed colour, and in place of the perfect whiteness of its lustre it turned dirty brown and yellow, like a piece of withered parchment. She felt at her head: the delicate hand was nothing but a claw now, a human talon like that of a badly-preserved Egyptian mummy, and then she seemed to realise what kind of change was passing over her, and she shrieked—ah, she shrieked!—she rolled upon the floor and shrieked! …	<u>旧之羊皮纸，指瘦如爪，似埃及之木默</u>。女王尚自觉身之变相，仍啾啾作声旋转于地上。	愈小，习惯面貌，虽与女主无异，宛如将死时之状。

对比林纾与曾广铨的这段译文，两人所选的表述语词截然相反。林译文的表达显然更加生动，富有文学意味，而"羊皮纸"一词以及用音译"木默"直接传达原文的"木乃伊"概念，富有西洋修辞表述的面貌。但曾广铨将原著中的"羊皮纸"这一表述归化为"皱如鸡皮"，而"麻姑之爪状如鸟喙"将原文的"爪子"改为了"鸟喙"，用"鸟嘴"的形象替代了"鸟爪"的形象；而"麻姑"一词，则是中国道教中修炼得道、长生不老的美丽女仙形象。

对勘原文，发现林纾虽然用古雅的文言译介西洋小说，但其行文中以直译方式保留西方表达或音译的情况屡见不鲜，试选例如下：

哈葛德原文	林纾、曾宗巩译文(页码)	说　　明
BC	耶稣降生前(1915:9)	此条及以下3条均为直译，保留了原著的表达方法。
swear to my God	托上帝之灵立誓(1915:12)	
at twenty-one he took his degree	二十一岁已得学位(1915:20)	

299

续表

哈葛德原文	林纾、曾宗巩译文(页码)	说　　明
shrug my shoulders	耸肩(1915:60,83)	
good-bye	姑拜姑拜(1915:13,74)	此条及以下2条均为音译。
brandy	白兰地(1915:43)	
mummy	木默(1915:60)	
Leo	赖安狮(1915:112)	此条及以下各条均以音译加解释的方法传达原文语义。
Apollo	罗马天神阿波罗(1915:1)	
Vindex	威特斯三字,寓报仇之意(1915:31)	
Charon	查伦者,引人灵魂渡河之神也(1915:2)	
Venus Victrix	情圣威纳斯(1915:115)	
Quinine	魁宁,即金鸡纳霜(1915:47)	

林纾在典雅的文言行文中,不仅借用汉语中通俗的口语表达和礼俗词来翻译,而且还采用了音译的方法直接传达原著语义。"林纾译书所用的文体是他心目中认为较通俗、较随便、富于弹性的文言。它虽然保留若干'古文'成分,但比'古文'自由得多;在词汇和句法上,规矩不严密,收容量很宽大。"① 林译本对小说中人名的翻译,采用了音译和解释相结合的方法,甚至还出现了音译连绵的句子:

原文:… his Roman ancestors finally settled in Lombardy, and when Charlemagne invaded it, returned with him across the Alps, and made their home in Brittany, whence they rossed to England in the reign of Edward the Confessor.(Haggard,1991:38)

---

① 钱锺书:《林纾的翻译》,《林纾的翻译》,钱锺书等著,北京:商务印书馆,1981年,第39页。

林译:"居罗马之先世人,曾迁龙巴地,及查利门来征时,复越爱而迫斯山,家于不列颠,及爱德哇御宇时,遂及英吉利。"(林纾、曾宗巩,1915:31)

林纾对于外国新词的翻译并非随意,而是有其独到的见解。1914年,他在为《中华大字典》写的序言中指出了汉字与西文的不同用法,并倡议由政府对译名新词进行统一规范:"中国则一字但有一义,非联合之,不能成文,故翻译西文,往往词费。由无一定之名词,故与西文左也。""然鄙意终须广集海内博雅君子,由政府设局,制新名词,择其醇雅可与外国之名词通者,加以界说,以惠学者。则后来译律、译史、译工艺、生植诸书,可以彼此不相龃龉,为益不更溥乎! 虽然,中国文明方胎,即请以中华书局之字典为萌芽可也。"①林纾认为,汉语应以开放的心态接纳西方语言的精华,相信中西语言如能奇妙结合,会使中文更放异彩:"哈葛德文章,亦恒有伏线处,用法颇同于《史记》。予颇自恨不知西文,恃朋友口述,而于西人文章妙处,尤不能曲绘其状。故于讲舍中敦喻诸生,极力策勉其恣肆于西学,以彼新理,助我行文,则异日学界中,定更有光明之一日。或谓西学一昌,则古文之光焰熸矣。余殊不谓然。学堂中果能将洋、汉两门,分道扬镳而指授,旧者既精,新者复熟,合中西二文熔为一片,彼严几道先生不如是耶?"②

对于林译文中包含的不少的欧式表达,钱锺书曾作过评述:"好些字法、句法,简直不像不懂外语的古文家的'笔达',却像懂外文而不甚通中文的人的硬译。那种生硬的——毋宁说死硬的——翻译是双重的'反

---

① 林纾:《〈中华大字典〉叙》,《林琴南书话》,钱谷融主编,吴俊标校,杭州:浙江人民出版社,1999年,第173—174页。
② 林纾:《〈洪罕女郎传〉跋语》,《晚清文学丛钞·小说戏曲研究卷》,阿英编,北京:中华书局,1960年,第246页。

逆',既损坏原作的表达效果,又违背了祖国的语文习惯。"①然而,西洋小说中的新事物新概念在文言中难以找到对应的词来传译,林纾以开明的心态调遣文字,以欧式新词引入新的概念和思想,让读者通过新的语言形式,感受到不同的西方世界,展现了林纾亦旧亦新、融新派学人和老式学究为一体的性格特征。从广义修辞学的研究视角来看,新词带来的是新的文化意识,林译小说对晚清民众的思想启蒙正是从这一词一句中缓缓渗透而出,正如谭学纯所述:"当人们使用或者接受一个概念的时候,可以通过对这个概念现成意义的修辞化来重新接近主体所认知的世界。这实际上是人在修辞认知中创建自己的精神家园。"②通过林译本中的这些新词,我们看到了林纾作为译介西洋文学先驱的新思想、新意识,因而林纾被誉为是"中国新文学运动所从而发生的不祧之祖"。③

然而,林纾对于西方新思想新观念的译介,是立足于中国传统的儒家学说来解读的。他常常将西方观念纳入儒学框架,面对西方强势文化的威胁,坚守儒家意识形态观念是林纾译介西学的原则,但同时他认为中学西学可以兼而通之,通过"合中西二文熔为一片",达到启蒙民众、推进社会革新的目的。因此,凝聚着儒家道德伦理内涵的词语在林纾译文中随处可见,作为核心的修辞符码,建构译本的深层语义。

> 原著:There I met my beloved wife, who might well also have been called the "Beautiful", like my old Greek ancestor. There I married her, and there, a year afterwards, when my boy was born, she died.(Haggard,1991:28)
>
> 林译:"是间遇尔至爱之母,遂以礼娶之。俄而生汝,汝母病逝矣。"(林纾、曾宗巩,1915:25)

---

① 钱锺书:《林纾的翻译》,钱锺书等著:《林纾的翻译》,北京:商务印书馆,1981年,第40页。
② 谭学纯:《问题驱动的广义修辞论》,北京:人民出版社,2016年,第196页。
③ 锡金:《关于林琴南》,《江城》1983年第6期,第42—47、44页。

第六章 《三千年艳尸记》:林译哈葛德小说 She 的话语意义

"以礼娶之"是一个值得推敲的译法。中国儒家文化以礼乐倡导文明,"礼"是个人的立身之本,所谓"不学礼,无以立"。"礼,不妄说人,不辞费。礼,不逾节,不侵侮,不好狎。修身践言,谓之善行。行修言道,礼之质也。""礼"是维持社会秩序的准则,也是达到天下太平的手段:"夫礼者所以定亲疏,决嫌疑,别同异,明是非也。""君臣上下父子兄弟,非礼不定。……礼尚往来。往而不来,非礼也;来而不往,亦非礼也。人有礼则安,无礼则危。故曰:礼者不可不学也。夫礼者,自卑而尊人。虽负贩者,必有尊也,而况富贵乎? 富贵而知好礼,则不骄不淫;贫贱而知好礼,则志不慑。"(《礼记·曲礼》)因此,中国传统文化中的"礼"蕴含了"礼制法度"和"道德规范"之义,是实现"修身、齐家、治国、平天下"所必备的人伦道德和社会行为规范。《礼记·昏义》界定了男女相处时以"礼"约束行为的重要性:"敬慎重正而后亲之,礼之大体,而所以成男女之别,而立夫妇之义也。男女有别,而后夫妇有义。"因此,林纾的"以礼娶之"体现了中国传统文化的价值取向。

原著:In this country the women do what they please. We worship them, and give them their way, because without them the world could not go on; they are the source of life ... We worship them, ... up to a point, till at last they get unbearable, ... we rise, and kill the old ones as an example to the young ones, and to show them that we are the strongest. My poor wife was killed in that way three years ago. (Haggard, 1991:114)

林译:吾国之俗,允否悉听妇人,以国俗崇妇人,听其自由,盖世间非女子不育亦不成为人世。女子者生命之发源也……吾辈礼妇人甚至,听其自由至于不能忍而止。此无世无之……吾辈怒时则取老醜者杀之以儆少年之妇女,示我男子本强于妇人。

嗟,吾老妻前三年已殒命矛下。(林纾、曾宗巩,1915:83)

小说原著中阿霞女王统治的非洲土著"阿玛哈格"族,是一个表面看似尊重女性,但实质以男权为核心建构的族群。林纾译文中的"礼妇人"体现了儒家道德核心体系下男女性别秩序有别的思想;从这一层面看,林译"礼妇人"貌似以中化西的曲解,但却抓住了哈葛德小说话语的原本内涵。

诚然,维护儒家道统理想是林纾保守的一种表现。但儒学,作为一种政治理想,作为维护社会和人伦秩序的准则,既是林纾坚定的思想信念,也是这一历史时期社会生活的主导。尽管已有新的一代文人对中国传统文化开始进行反思和批判,但晚清依然尊奉儒学,反孔反儒学是辛亥革命以后发生的事,晚清时期中西观念的融会混合,使思想意识新旧陈杂,在守旧中求变,既保留传统文化,又在批判中借鉴西方思想发展本土文化。对于这一历史现象,金观涛、刘青峰曾作过分析:"第一,要在中国学习和引进西方社会制度,就必须改变正当性观念。在中国传统社会,儒学为社会制度提供正当性论证,如要改变正当性观念,就必须在某种程度上放弃儒家意识形态。第二,学习西方社会制度的改革,是由清廷和社会精英(绅士)自上而下推行的。儒学是清廷和绅士统治的合法性根据,部分地放弃儒学,会导致社会统治阶层某些权力的丧失。表面上看,这两点是相互矛盾的。实际上,该时期思想是同时满足这两个要求的,我们称之为中西二分二元论意识形态的形成。所谓中西二分,是指儒学退出公共领域,仅在家族内部和原有社会关系中有效;而在公共领域则全面学习西方价值,将其作为引进西方现代政治制度的正当性根据。"①

在晚清"陆沉"话语所营造的亡国灭种的忧惧之下,一代文人滋生了

---

① 金观涛、刘青峰:《观念史研究:中国现代重要政治术语的形成》,北京:法律出版社,2009年,第98页。

第六章 《三千年艳尸记》:林译哈葛德小说 She 的话语意义

对儒家道德沦丧的恐惧以及对皇权专制的恐惧。"……儒家伦理的崩溃与现实的腐败和文化历史传统的毁灭紧紧联系在一起。制度的崩溃与礼乐人生的沉沦是同步的。晚清士大夫(例如曾国藩)试图在皇权专制制度衰亡的历史趋势中,竭力坚持一种高度道德化的个人生活方式,以此来维系儒家文化精神的绵延长存。"①民族生存危亡时刻,晚清文人士大夫依然恪守儒家文化体系,幻想着仍然以此来维护民族精神:"1916年,梁启超和蔡锷专门辑录曾国藩的文字书信,编成一本《曾文公嘉言钞》,作为士人'治身,治学,治家,治世,治政,治军'的行为准则……"②林纾虽然未撰写专文阐述小说与社会的关系,但他认为小说的社会功效是十分显益的:"迭更司竭力抉摘下等社会之积弊,作为小说,俾政府知而改之。……故英之能强,能改革而从善也。吾华从而改之,亦正易易。所恨无迭更司其人,能举社会中积弊,著为小说,用告当事,或庶几也。"③正因为对文学话语力量有所认知,林纾才投身于西洋小说译介,以翻译启发民智、探求改良文化之道。

林纾在译本中展现的对儒学的尊奉与坚守,一方面是受其个人学养所致,另一方面是出于对晚清社会内外交困中社会混乱、道德滑坡的忧虑,这种焦虑渐次增进,至新文化运动期间便升级为与一代新青年的思想对抗:"方今人心丧敝,已在无可救挽之时,更侈奇创之谈,用以哗众。少年多半失学,利其便己,未有不糜沸鬣至而附和之者,而中国之命如属丝矣。晚清之末造,慨世之论者恒曰:去科举,停资格,废八股,斩豚尾,复天足,逐满人,扑专制,整军备,则中国必强。今百凡皆遂矣,强又安在?于是更进一解,必覆孔孟、铲伦常为快。呜呼,因童子之羸困,不求

---

① 单正平:《晚清民族主义与文学转型》,北京:人民出版社,2006年,第102页。
② 同上书,第104页。
③ 林纾:《〈贼史〉·序》,《晚清文学丛钞·小说戏曲研究卷》,阿英编,北京:中华书局,1960年,第256—257页。

良医,乃追责其二亲之有隐瘵逐之,而童子可以日就肥泽,有是理耶! 外国不知孔孟,然崇仁、仗义、矢信、尚智、守礼,五常之道未尝悖也,而又济之以勇。弟不解西文,积十九年之笔述,成译著一百二十三种,都一千二百万言,实未见中有违忤五常之语,何时贤乃有此叛亲蔑伦之论! 此其得诸西人乎? 抑别有所授耶?"① 然而,在晚清历史的转折期,文化思想上的彷徨与矛盾形成了中西二分二元论意识的特点,林译本旧见中掺杂着新知,既体现出他接纳新知的开明,也展现了他旧思想的顽固,但正是在这种文化自洽和自我逻辑的推演中,酝酿出重塑中国文化精神的新的思想动力。

本章小结

小说以其虚虚实实的叙述,捕捉和展现了史学家没有或者无法记录的社会历史变迁过程。19世纪后期的英国,机械文明带来了前所未有的社会冲击,导致了新旧社会之间的断裂,旧体制遭到摈弃,而新体制却来不及诞生——对秩序的追求成为一代人关注的焦点,也成为哈葛德等一代作家的焦虑。同一时期的晚清中国,也处在新旧交替的历史时刻,中国从封建走向现代的过程,是从中国中心主义到欧洲中心主义的世界观的抗衡,凸显一代文人对中华民族生存还是灭亡的焦虑。曾广铨与林纾对哈葛德小说《她》的译介,都出自他们对晚清社会政治的痛苦感受,是以译介现代观念的政治启蒙为目的而进行的。

曾广铨《长生术》对哈葛德小说《她》的译介,着意于引进新的西方观

---

① 林纾:《致蔡鹤卿书》,《林琴南书话》,钱谷融主编,吴俊标校,杭州:浙江人民出版社,1999年,第205—206页。

第六章 《三千年艳尸记》：林译哈葛德小说 *She* 的话语意义

念和思想，通过对译本内容的筛选增删，凸显西方新词语描述的政治蓝图，以新的思想观念倡导维新改良，瓦解旧思想、旧意识，推进新的世界观念秩序。曾广铨对小说中各种叙事细节的削删、对政治词语的强化言说，与其说是以译介文学文本为目的，不如说是将文学文本看作政治和社会学文本，只关注其中重点展现思想意识的内容，体现了曾广铨作为晚清一代新兴知识分子救国抗争的主体自觉。因此，曾广铨译文中包含了更多的表现国家概念、民主政治体制的新词，意在通过对国家力量的建构——以新的政治体制和治国理念，在列强入侵的危急时刻保存中华民族和中华文化；这是《时务报》译介哈葛德小说的初衷，是曾广铨译介《长生术》的目的，也是戊戌维新时期站在变法前沿的一代志士的政治理想。

林纾、曾宗巩的译本《三千年艳尸记》本着"合中西二文熔为一片"的原则，以儒家文化术语弘扬儒家道德行为准则、融西方新词新思想与中国传统道德为一体，在本土认同的文化观念框架内引入西方思想和新观念，意在本土文化的土壤中重新催生民族生存的思想力量。林译文的话语新旧混杂，既有对旧文化的批判，也有对旧文化的坚守。旧，意味着历史和传统，意味着一代人曾经赖以生存的文化智慧，林纾对旧文化难以割舍的情结，既是他的文化顽固，也是他的文化自信。林纾之新，在于对"旧"的反思和批判，在于对新的民族生存理念的期待和对民族未来的展望。

曾广铨和林纾代表的社会群体不同，思想观念和对西方的认知程度不同，致使他们对哈葛德小说演绎出不同的译本修辞状态和话语意义，但贯穿两部译本的共同之处是：晚清历史转折期，面对西方列强对中国的欺凌、面对原有社会秩序的分崩离析，他们以爱国热情反思和批判封建文化，借西方新思想启蒙民众，推进渐进式的社会改良，以拯救危难中的中华民族。尽管两个译本修辞话语所呈现的西方思想和文化观念的程度不同,但都试图拓展中国传统的文化视野,在世界秩序巨变的语境下,以异域文化作为参照,建构启蒙思想改良社会的新话语,树立起一代新的格局,为民族生存探索路径。他们不同话语形态的译本展现了共有的忧国忧民焦虑,彰显了他们共有的人文关怀,体现了在世界进入现代体制的历史洪流中,晚清一代社会良知以一己之力为民族生存挣扎奋斗的努力。

晚清翻译是一种政治性活动,是一种企图通过话语改变民众意识、改变世界——是为了改变社会而进行的话语实践。翻译催生批判精神,引发对本土文化的反思。"一个有深厚文化基础的民族,与异型文化所触,会自然地回观自己固有的文化,乃至重新估量其价值,提炼其精华,实是文化新生与复兴的契机。"①曾广铨和林纾的不同译本指向了启蒙话语言说的多种可能性。从他们的译本话语中可以洞见晚清一代士人思想意识的变化以及文化转型的踪迹。因为,思想,可以通过一定的术语、概念和范畴言说得以成形,思想寓于话语之中,历史沉积于话语之中。中国现代话语的形成,是在中西两套不同话语对话、冲突、融合中完成的。话语的变化意味着思想的变化、社会的变化。新的思想和文化正是在保守、进取与调和中获得新生力量、传承发展。

福柯认为,现代性是一种态度:"所谓'态度',我指的是与现代现实相联系的模式;一种由特定人民所做的自愿的选择;最后,一种思想和感觉的方式,也是一种行为和举止的方式,在一个相同的时刻,这种方式标志着一种归属的关系并把它表述为一种任务。无疑,它有点像希腊人所称的社会的精神气质。"②对于晚清中国,现代性不是一个时间的起始概念,而是一套新的话语所展现的新的视野和新的文化精神:以新的视域

---

① 王尔敏:《中国近代思想史论》,北京:社会科学文献出版社,2003年,第129页。
② 福柯:《什么是启蒙?》《文化与公共性》,汪晖、陈燕谷主编,北京:生活·读书·新知三联书店,2005年,第430页。

放眼世界、回看中国,以新的话语认知西方、认识自我;以新的话语言说自我、言说世界。正是这种新的话语言说方式,在旧的中国文化体系的内部形成了一种张力,产生了批判性的思维,催发了社会意识的变化、从而引发社会的最终变革。这种新的时代精神、新的思想进阶,构成了晚清开始走向现代性的基础,在这一过程中,译者,是新思想的传播者,旧时代的掘墓人,也是未来社会的建构者。

第七章　世纪末的价值追寻:哈葛德小说 *Joan Haste* 与女性生命意义言说

> 文学可以告诉我们世界是什么样子的。文学可以给出标准和传承知识,以语言、以叙述来体现。
>
> ——苏珊·桑塔格①
>
> 修辞受制于认知体系,但又决定、改变着人的认知。
>
> ——谭学纯、朱玲②

第一节　19世纪英国社会与"新女性"

一、迦茵:女性在爱情中发现自我

哈葛德小说《琼·黑斯特》(*Joan Haste*)是1895年出版的一部爱情小说。在晚清,首先由包天笑与杨紫驎合译的半部小说,以《迦因小传》为书名译入中国;后又有林纾与魏易合译的全译本,以《迦茵小传》为书

---

① 苏珊·桑塔格:《文学就是自由》,《同时:随笔与言说》,黄灿然译,上海:上海译文出版社,2009年,第208页。
② 谭学纯、朱玲:《广义修辞学》,合肥:安徽教育出版社,2008年,第110页。

第七章 世纪末的价值追寻:哈葛德小说 Joan Haste 与女性生命意义言说

名出版。为方便陈述,以下统一用林译书名《迦茵小传》指哈葛德原著《琼·黑斯特》。哈葛德的这部畅销小说风靡整个欧洲,讲述了一个为爱赴死的感人故事:女主人公迦茵是一个孤女,从小不知生父为谁,两岁时母亲身亡,由姨妈抚养长大。迦茵受过教育,立志要依靠自己的力量独立谋生。因机缘巧合结识了贵族出生的海军上校亨利,迦茵与亨利一见钟情、两人相亲相爱、私订终身。因亨利家族濒临破产,父母安排亨利与家拥厚资的债主女儿爱玛结婚,以门当户对的联姻抵清家族债务、挽救家族命运。迦茵不愿连累亨利、更无意伤害深爱亨利的爱玛,无奈中她远离家乡,只身前往伦敦独立谋生。当迦茵从亨利母亲处得知亨利家族面临的危机,迦茵主动退出以成全亨利家族的经济利益。在伦敦,迦茵孤独生下她与亨利的私生女,但不久女婴便夭折。为了彻底了断与亨利的情感纠葛,她与令她厌恶但追她不舍的土豪洛克结了婚。得此消息,亨利误以为迦茵贪财负心,一怒之下与爱玛成婚以示报复。疯狂的洛克妒忌迦茵对亨利的爱恋,设计在路上伏杀亨利,迦茵为救亨利,代为饮弹,在亨利怀中死去;直到此刻,亨利才得知迦茵为自己所作的一切牺牲。

在自传《我生命中的日子:我的自传》中,哈葛德介绍了《迦茵小传》的灵感与创作缘起:一次,他偶尔来到英格兰东部萨福克郡的一个教堂墓地,静谧的氛围赋予他强烈的创作灵感,脑子里涌现出一个感人的爱情悲剧,随即,他一气呵成完成了这部小说。《迦茵小传》出版后,当地就有读者发现,这部小说的情节与发生在当地一显赫家族内的真实爱情故事十分相似。哈葛德的一位朋友是当地人,他为此十分担心,因为这部小说触犯了这一显赫家族的隐私,担心他们会怀疑是他向哈葛德透露了这个家族的隐秘爱情故事。哈葛德后来得知,在他造访的那个教堂墓地里,埋葬着与迦茵有相似情缘的当事人;相信神灵感应的哈葛德坚信,在冥冥之中,是墓地下的这些亡灵把他们家族的这段非凡爱情故事传授给了自己。①

小说《迦茵小传》一出版就得到读者追捧,多次重印,成为一部畅销不衰的小说。直至今日,《迦茵小传》仍是深受西方读者喜爱的一部畅销小说。

哈葛德这部小说所展现的,是19世纪末期英国女性自我意识的觉醒,她们反抗男权压迫,以自爱和自立找回自我、实现女性作为个体的"人"的价值。女性尊严、爱情与婚姻观念、女性在爱情中的独立地位和权利,构成了这部小说的主题。哈葛德笔下美丽的女主人公迦茵,抗拒以金钱门第为基础的婚姻,拒绝男性庇护下的所谓幸福婚姻,坚守以爱情为基础的婚姻伦理,将婚姻视为男女人格平等基础上的情感沟通和心灵契合。为了爱情,她孤身一人从小渔村到大都市伦敦谋生,以一份服装店试衣模特的微薄收入自食其力,走出了一条改变自身命运、实现自我生存价值的自尊自强之路。她深爱亨利,但为了亨利的幸福和他家族的前途,她以善良的心灵、宽容的胸怀和高尚的情操接受了亨利母亲的祈求,默默地克制自己的情感离开了亨利,甚至最终为亨利献出了自己的生命。迦茵的自我牺牲,不是基于传统的贤淑屈从的女性美德,而是对女性在爱情婚姻中附属地位的倔强顽抗、是基于女性实现生命自由的人生理想而做出的自主选择。然而,在男权主导的19世纪英国社会语境下,尽管迦茵自我牺牲,找到了发现女性"独立自我"的一条途径,但却未能找到实现"自我"的最终依托,这是迦茵的悲哀,也是男权社会中女性命运的悲哀,这正是哈葛德这部小说的社会意义所在。

二、19世纪末的英国女性:从"家庭天使"到"新女性"

小说《迦茵小传》的主题涉及维多利亚后期英国社会的女性观念及

---

① Haggard, Rider. *The Days of My Life*. Web edition published by http://ebooks.adelaide.edu.au/, 2009:334.

第七章 世纪末的价值追寻:哈葛德小说 Joan Haste 与女性生命意义言说

爱情道德伦理。维多利亚前期,工业革命改变了社会生产方式,以工厂为中心的大机器生产替代了以家庭为中心的作坊式生产活动,劳动分工更强化了社会的性别意识,使男女不同性别的社会角色发生了更为清晰的分界:男性构成了产业大军的主体,女性则成为"家庭天使"(angel of the house)。但"家庭天使"这优雅的名号蕴含的是对女性的歧视和对女性人身自由的禁锢:它界定了男性与女性在社会和家庭两个截然不同界域中的职责,圈定了女性的生活只能是围绕家庭,在家操持家务、伺候丈夫、抚养孩子;而将男性职责定位于在社会中创造财富、为家庭提供经济保障,即所谓"挣钱养家的人"(bread-winner)。下面的这首诗反映了维多利亚时代对男女分工的普遍看法:①

男人耕田地,女人守锅台。

男人佩刀剑,女人拿针线。

男人有头脑,女人有心地。

男人发号令,女人愿听命。

在家庭中,男性是财产的拥有者、权力的主宰者,男性是否有能力独立支撑家庭的经济,让妻子赋闲在家操持家务,也是衡量男性社会地位的一个标准。女性从属于男性,应该以温良驯服的姿态服务家庭;因而对于女性来说,生存状态的好坏取决于婚姻,婚姻成为女性的生活目标,家庭成为女性生活的全部内容。英国历史学家对维多利亚英国的两性关系作了如此总结:"维多利亚时代的男人视女人为低劣人等,并令她们相信这一点。当时最有名的艺术评论家约翰·拉斯金,曾宣称男子是做事者、创造者、发明者;而女人则是'好看的,供人欣赏的,供陈列用的',供赞美吹嘘的。"②

---

① 阿萨·勃里格斯:《英国社会史》,陈叔平等译,北京:中国人民大学出版社,1991年,第298页。
② 戴维·罗伯兹:《英国史:1688至今》,鲁光桓译,广州:中山大学出版社,1990年,第278页。

男女性别角色的这种社会—家庭,即公共—私人两个领域的不同分工,是工业革命后社会劳动分工的结果,也是福音主义在维多利亚后期复兴的结果。主导英国18世纪末、19世纪初英国宗教生活的福音主义强调女性的道德操守、强调女性作为养育后代和维护家庭的社会职责。男女性别的角色期待逐渐形成了一种社会观念,影响着人们的行为模式。但这只是针对上层社会和中产阶级而言,生活在社会底层的无产阶级女性为生活所迫,与男性一样在工厂等岗位上劳作谋生。

尽管男权意识主宰了英国社会的男女性别观念,但到19世纪中期,传统上男性专属的社会领域逐渐崩溃:女性走出了家庭,他们接受教育,加入到了劳动力大军之中,逐步进入工业、教育、医学、文学创作等各个领域,参加有酬工作的劳动女性和中等阶级女性开始自食其力地生活,不再依附于男人,女性开始独立生存于社会之中。自19世纪中期开始英国颁布的一系列法律法规,从根本上保证了女性的人身自由,提升了女性的社会地位。

1857年通过了《婚姻法案》(The Matrimonial Causes Act),离婚案不再由宗教法庭管辖,而是由世俗民事法庭来判决。但在此之前,法律保障的是男性在婚姻中的单方面统治权,规定如果丈夫证明妻子通奸,即可申诉离婚;而反之,如果妻子证明丈夫通奸,妻子则没有结束不幸婚姻的权利。1878年的婚姻修正案又赋予女性更大的离婚自由,特别是在保护女性免受家庭暴力、人身侵犯方面,保障了女性的生存权利。新的婚姻立法保障了女性在个人自由、婚姻自主、夫妻平等方面的权利,为女性摆脱从属地位、独立自由生活提供了保护。

1870年及1882年先后通过了两个《已婚妇女财产法》(The Married Women's Property Act),使已婚妇女有权独立获得、独立拥有、自由处置不动产或个人财产。而此前,英国已婚女性不享有任何财产权,女性依靠丈夫的财产和收入生活,即使是女性婚前财产和个人劳动所得,其所

第七章 世纪末的价值追寻:哈葛德小说 *Joan Haste* 与女性生命意义言说

有权也归属丈夫。《已婚女性财产法》从法律上保障了女性享有独立的经济权,为一代女性摆脱对男性的依附,追求以爱情为基础的婚姻、以平等相爱的理念进入家庭生活提供了法律保障。

1873年和1886年补充修订了《幼儿监护法》(Guardianship of Infants Act),赋予女性在丈夫去世后单独监护儿女的权利,并允许犯有通奸罪的母亲监护幼儿。而在此前,法律剥夺了母亲对孩子的监护权,而父亲则拥有绝对的权利,如果父亲去世前立遗嘱指定了孩子的监护人,父亲去世后,孩子的母亲也无权监护自己的孩子。这一系列的立法保证了女性的独立人格,推进社会向着两性平等的方向发展。

1865年,剑桥大学首次向女性开放地方考试,而在此前,地方考试只为地方中学的男生设立,女性获得地方考试的权利为她们进入大学深造提供了机会。隶属剑桥大学的女子寄宿学院格顿学院(Girton College)和纽汉姆学院(Newnham College)分别于1869年和1871年成立,女性开始享有接受高等教育的权利。此后又分别在牛津、伦敦等地设立女子学院,女性接受高等教育逐步成为一种社会共识。

1870年,《初等教育法》(Elementary Education Act)的颁布,标志着英国现代国家教育体制的确立,紧接着的一系列教育法修正,保障了强制性义务教育的实施,初等教育开始普及,使女性获得了受教育的平等权利,为女性从事社会职业,特别是教师行业提供了机会。

这一系列新的立法保障了英国女性在婚姻平等、财产继承、幼儿监护、接受教育等不同方面的平等权利,使女性有可能冲破家庭牢笼,开始在社会上独立谋生、承担社会义务。历来处于从属地位的女性开始拥有自己的生活空间,提升了女性融入社会的能力,激发了她们自尊自强的勇气,使她们感受到了一种前所未有的生命自由。维多利亚时代的后期,女权意识觉醒、女性地位发生了天翻地覆的变化;维多利亚时代早期社会推崇的那种以侍奉丈夫、繁衍后代为天职的"家庭天使"型女性,不再是受人推崇的女性典范,英国社会以全新的女性价值观念推崇自尊自立、个性独特的女性;女性从事社会工作的能力;女性对个体存在自由的追求得到了社会的充分肯定。英国社会涌现出一批勇于反抗传统价值体系、倡导女权的"新女性"(New Woman),盛行一时的传统女性观念受到冲击,占统治地位的男权意识受到了挑战。社会对女性角色和地位的评判发生了变化,但男权的挑战也引发了男性的焦虑。

关于"新女性"(New Woman),英国卡迪夫大学的维多利亚小说研究专家安妮·海尔曼做出了这样的界定:"什么是'新女性'?'新女性'是正在发生的社会进化的产物。'新女性'有什么特征?……'新女性'为取得与男性机会均等的权利、享受生活而不懈奋斗,她争取自我决策和决定自己命运的权力。……'新女性'这一术语最早出现在1865年,英国季刊《威斯敏斯特评论》为其时流行的奇情小说(sensation novels)塑造的反传统的叛逆女主角贴上了'新女性'的标签,称她们'不再是家庭天使,而是家庭魔鬼',蕴含着一种道德恐慌的含义。"①

1883年,英国女作家施莱娜(Olive Schreiner,1855—1920)以男性名字拉尔夫·艾恩(Ralph Iron)为笔名发表了带有自传色彩的小说《一个非洲农庄的故事》,描述了聚集在南非殖民地的欧洲人,包括英国人、德国人、布尔人的农场生活。小说体现了殖民语境下的宗教信仰危机,小说中独立自强的女主角林黛尔(Lyndall)发出了"女性应该自立生活""爱情不是金钱买卖的结果"的强烈呼声,成为维多利亚后期"新女性"的原型。这部思考女性命运的小说被视为女性反叛男权社会的首部英国文学作品,引发了人们对性别政治的讨论。一时间,女权问题成为英国读者普遍关注的问题。1888年1月,英国《每日电讯报》(*The Daily Tele-*

---

① Ann Heilmann. *New Woman Fiction: Women Writing First-Wave Feminism*. London: Macmillan Press Ltd., 2000:22-23.

第七章 世纪末的价值追寻:哈葛德小说 Joan Haste 与女性生命意义言说

graph)发表了署名"莫娜·卡尔德"(Mona Caird)的一封读者来信,宣称婚姻已经过时,把男性描述为没有道德感的性爱狂魔,指责男性对女性实施双重道德标准;随即,《每日电讯报》收到了 27 000 封读者来信,展开了关于贩卖女童、妓女、婚姻、女性就业等相关社会问题的热议。1888 年 8 月,伦敦出现了连锁的妓女被杀案,先是伦敦东区街头出现了一具被捅得稀烂的妓女尸体,接着又连续有 4 个妓女以同样方式被残杀。这一事件对 19 世纪最后 10 年的小说创作产生了深刻影响,男女性别秩序、女权问题成为作家们的关注热点。①此后,经过 19 世纪末期小说家们的不断演绎,"新女性"为自己争取独立自由生活、挑战男性中心主义社会价值观念的形象不断得到强化,最终在挪威戏剧家亨利克·易卜生塑造的一系列无视社会传统的自由女性形象中达到了高潮。

"新女性"是对父权制的一种挑战,也是对传统家庭秩序观念的一种突破。"在男权社会结构中,女性的自然和社会作用都是通过男性标准制定的,女性作为一种身份,只是男性这一社会理想形象的反衬。"②19 世纪后期,女性主义者从天赋人权的视角,强调男女人权平等,否定了女性从属于男性的思想。女性主义者认为女性在承担生育责任的同时,与男性一样,对国家和社会负有相同的责任和义务,也享受相同的权利。在这一社会思潮下,19 世纪中后期的英国,开始涌现出一批职业女性。受过良好教育的女性进入的主要行业有:教师、护士和职员。特别是在一些新兴的工业城市中,各商业公司和地方政府部门聘用受过良好教育的女性作为职员,女职员人数的增加更加迅速。这些"新女性"把人格独立、生命自由看作是人生的最高目标。她们不再沉沦于依附丈夫的生活,不再甘于为家庭做出一味的忍让和自我虚耗,通过自我牺牲而获得

---

① Adams, James Ali. *A History of Victorian Literature*. West Sussex: Wiley-Blackwell, 2009:368-371.
② 王晓焰:《18—19 世纪英国妇女地位研究》,北京:人民出版社,2007 年,第 204 页。

家庭地位和男性的认可。她们走出家庭,融入社会,以自己的能力独立生活,渴望基于爱情和人格平等的婚姻,追求自由、平等的新生活。她们的出现打破了传统的两性分工模式,颠覆了传统的男性霸权下的社会道德理念,促进了女性社会地位和家庭地位的提高,推进了女性个性解放、性别公平和社会公正的现代化进程。

哈葛德小说《迦茵小传》以一个独特的爱情悲剧再现了维多利亚后期英国社会剧变时代,女性独立意识的觉醒和女性社会角色的变化,以小说回应了这个时代的社会观念和思想意识,展现了男性作者对性别意识和社会秩序的探索。迦茵生活的时代,是英国女性主体意识觉醒、自我实现意识萌生的时代。迦茵对爱情的执拗和献身、对个体生命自由的向往,体现了女性对生命意义的体悟和追问,对主体人格和生存自由理想的追求和抗争。迦茵与现实生活的抗争,对纯洁爱情的渴望,对旧价值旧观念的反叛,以及她为爱情献身的勇气,是小说叙事得以展开的基础,也是对激变中的维多利亚后期英国社会的全景展示。哈葛德通过对迦茵生命激情、独立自尊及其张扬个性的呈示,建构了内在于小说文本的伦理审美话语,展示了维多利亚末期英国社会价值观念、性别意识形态的变化。

三、19世纪英国贵族的衰落

工业革命给英国带来了政治、经济、社会阶层等各个方面的巨大变化。随着机器大工业的发展以及英国海外殖民地的建立,传统的以保护土地贵族利益为主的重商主义受到了挑战,发展贸易、聚集财富、对外扩张成为英国国策,经济发展日趋市场化、自由化。随着新兴的工业资产阶级力量的日益壮大,以保护工业资产阶级利益为主的自由放任主义(laissez-faire)开始大行其道,否定了先前的重商主义主张的国家对经济的干预和保护,特别是经过了1832年议会改革、1846年废除《谷物法》

第七章 世纪末的价值追寻:哈葛德小说 Joan Haste 与女性生命意义言说

(Corn Laws)全面放弃保护关税政策以后,工业资产阶级的利益成为英国公认的民族利益,传统土地贵族的政治和经济地位明显下降。

经济上的"自由放任主义"推进了英国经济的飞速发展,但也引发了不正当的竞争关系,商业繁荣的背后是尔虞我诈的相互倾轧和传统道德良知的沦丧。随之而来的是暴发新贵不断产生,这更加速了英国社会阶级的变化。特别是在维多利亚后期,英国传统的大地产体制开始瓦解,新经济发展突飞猛进,金钱暴力之下,英国社会经济结构发生巨变,越来越多的旧式贵族随着资产的销蚀而沦为无名,而资产阶级新贵则随着财富的攫取和聚集不断获得权势和社会地位。一些英国贵族的奢华生活变得难以为继,特别是对一些不善理财、仅靠祖上资产生活的旧式贵族,经济状况更是捉襟见肘。

1832年,英国通过了《1832年改革法案》(Reform Act 1832),这是英国议会制度的一次重大变革,旨在重新分配议席,削减贵族阶级的权力。这一法案扩大了下议院选民基础的实力,加入了中产阶级的势力,传统的贵族议员人数开始减少,传统上由无需经过选举的贵族把持的上议院(House of Lords)的权力被大大减弱,英国老式贵族的社会地位和话语权受到了前所未有的削弱。英国社会阶层的重组,使传统的贵族体系日渐式微,贵族特权日益衰弱,资产阶级新贵开始步入并逐渐主导政英国的治舞台。"大致而言,1880年是英国贵族封赐的重要转折点。是年,制铁业资本家乔赛亚·格斯特爵士首先成为温伯恩勋爵,进入上院。数年之内,商业银行家罗斯柴尔德勋爵(第一位犹太贵族)巴林家族的雷维尔斯托克和3位啤酒商人——亚瑟·吉尼斯、亨利·奥尔索普和米歇尔·巴斯——接踵而进。……上院的门户一旦对工商业资产阶级打开,许多富商、制造业主、矿业主、报业老板、银行家、保险业经理、铁路业股东、建筑承包商、海外投资家、捐客等陆续进入。……上院不再是地主阶级的独占性讲坛。贵族不再是大地产者的同义词。""工业革命以来,英国资本主义经过长期发展,工商业、金融业等资产阶级无论是总体实力,还是个体实力,都远远超过了世世代代垄断上院爵位和其他贵族封号的地主阶级。"① 在自由放任主义思想的驱动下,追求利润最大化、追求金钱和财富积累成为主导社会的主要思潮,导致了英国社会的物欲横流和道德滑坡。在《文明的忧思》中,卡莱尔以辛辣的笔调抨击了当时普遍存在于英国社会中的拜金主义和利己主义倾向:"……使所有人都陷入了利己主义、唯利是图、崇尚享乐与虚荣之中!这是一种使人绝望的信仰!人们因此而变得贪心不足:除了无穷的物欲之外,他们将一切都已置之度外。"②

因此,哈葛德笔下"迦茵"时代的英国,是传统土地贵族衰败、工商业资产阶级新贵爆发、社会价值观念发生巨变的社会转型期。在这个社会发展突飞猛进的时代,旧的价值体系已经崩溃,而新的尚未确立,金钱裹挟的经济大潮之下,维系千年的传统道德成了伪德,传统的社会秩序、人伦关系被彻底颠覆。基于基督教伦理核心的传统美德既未能由旧贵族延续,也未能为新贵族所拥有,社会道德依托的这种双重否定,给英国社会良知带来了焦虑,也提供了一种寻求新价值体系的迫切性、一种追问新的社会伦理的可能性。这是贯穿哈葛德小说《迦茵小传》的一个主题,也是弥漫于这部小说中的人文情怀,《迦茵小传》展示了维多利亚时代后期英国社会中现实变化、新旧冲突、道德焦虑的特点。

《迦茵小传》中的男主角亨利出生贵族,家族传承下来的贵族头衔是"从男爵"(Baronet)。虽然这在英国传统的世袭贵族等级中,只属于低级贵族"乡绅"(gentry)的顶层,③但以拥有土地为生的亨利家族一直过着锦衣玉食、仆人相伴的贵族生活,有着自视不凡的贵族心态,直到亨利逝去的败家哥哥因赛马和奢靡生活几乎将家族地产败尽,全家人陷入了面

---

① 阎照祥:《英国贵族史》,北京:人民出版社,2000年,第316—317页,第322页。
② 卡莱尔:《文明的忧思》,宁小银译,北京:中国档案出版社,1999年,第51页。
③ 阎照祥:《英国贵族阶级属性和等级制的演变》,《史学月刊》2000年第5期。

第七章 世纪末的价值追寻:哈葛德小说 *Joan Haste* 与女性生命意义言说

临破产的窘迫之中。正因为此,亨利在父母的逼迫下不得不离开服役的海军,回到家乡生活以振家业,父母又逼迫他与债主女儿成婚以保全家产、保全家族的贵族名声,维持体面的生活方式。小说《迦茵小传》原著的结尾意味深长:迦茵为救亨利而死,而当亨利回家将这一不幸的消息传达给自己的母亲和妹妹时,得到的反应却十分冷漠,尤其是亨利的妹妹,因为担心这一丑闻爆发后可能影响自己丈夫参加地方议会的竞选,慌忙催促全家离开这一是非之地,以避开记者的追踪。哈葛德小说结尾的这一笔,是对当时衰落、虚伪、自私的英国贵族的辛辣讽刺,从另一个侧面展现了哈葛德小说的社会意义。

第二节 迦茵"新女性"形象建构的关键词:"石楠"

一、"荒野中的石楠"与迦茵的出场方式

哈葛德小说《迦茵小传》中的女主人公迦茵个性桀骜,反叛而又独立。她受过教育,有自己的生活憧憬,不甘于姨妈为钱财试图将她嫁给本地土豪的安排,她渴望平等真诚的爱情,决意按照自己的意愿生活,并愿意为爱情牺牲自我。小说对迦茵这一"新女性"形象的塑造通过丰富的"石楠"隐喻实现,"石楠"为迦茵这一人物的主体建构提供了一个重要的意象。从修辞技巧的维度来看,小说借"石楠"这一能指的自然属性,建构其潜在所指的多义性:"石楠"可以隐喻生命旅途中的丛丛荆棘和人生的苦难;贫瘠山野上倔强生长的片片"石楠"可以特指迦茵桀骜的性格,也可以指向迦茵不屈的生命意志;荒野上丛生的美丽"石楠"可以指向以迦茵为代表的19世纪"新女性",也可以指向英国文学中特有的文化符号——作为英国女性桀骜精神的文化符号。从修辞的诗学层面看,小

说对"石楠"的渲染在文本中主要出现了3次,与小说叙事情节的发展相得益彰,分别是:迦茵的出场、迦茵与亨利的相遇相识,以及迦茵为亨利赴死这三个情节之中。哈葛德以十分细腻的笔触,通过"荒野中的石楠"这一在小说叙事的首、中、尾相互呼应的意象,为迦茵的爱情悲剧从开始到结束作了场景渲染,为迦茵形象的个性特点作了隐喻性的言说。"荒野中的石楠"成为贯穿小说叙事结构的一个重要修辞策略,指向小说的深层主题——女性的爱情自由和生命自由,从而参与建构了以迦茵为代表的一代英国"新女性"的主体精神。

原著《迦茵小传》的背景是英格兰东北部的约克郡,迦茵与男主人公亨利的首次相遇,是在荒野古塔之下的一片石楠丛中。生长在荒凉野地的"石楠"是一种生命力极强的常青灌木,在最贫瘠的荒野上倔犟生长,漫山遍野,即使在凛冽的严冬也不凋萎枯槁。因此,英语中"石楠"(heath, heather, briars)的语义,不仅仅限于这一植物之名,其本身就负有泛指的"荒野"之义。在无垠的荒野之地,"石楠"微小而茂密的深紫色花朵,给荒芜凄凉的原野带来生命,因此在西方花语中,"石楠"蕴含着"勇敢""无私"和"寂寞孤独"的喻义。在英国文学传统里,"石楠"已经固化为一种蕴含着"生命顽强""放任自由""桀骜不驯""勇敢无私"的文学意象。生长着片片"石楠"的荒野是莎士比亚笔下的麦克白听到女魔召唤的地方;司各德笔下"石楠"茂密的高地是苏格兰英雄为自由而战的战场;遍布"石楠"的约克郡荒野是勃朗特姐妹笔下一个又一个故事的背景;"石楠"盛开的荒原是小说《呼啸山庄》孤独主角的葬身之地,也是小说《简爱》中女主人公勇敢与命运抗争,找回自我身份的场所;"石楠"成为勃朗特姐妹坚毅风骨、高傲禀性的象征。借助英国文学传统中"石楠"的深层话语意义,不难领悟哈葛德在《迦茵小传》中通过对"石楠"这一意象的修辞设计来建构迦茵形象的深层意图。

小说《迦茵小传》原著开场采用了"连续透视"的叙事技巧来展示叙

第七章 世纪末的价值追寻:哈葛德小说 Joan Haste 与女性生命意义言说

事的空间场景。俄国批评家厄斯彭斯基(B.Uspensky)在《结构诗学》中,对"连续透视"(sequential survey)的叙事方法专门做了阐述①:"连续透视"指叙述者的视角连续不断地从一个人物转向另一个人物、从一个细节转向另一个细节,读者需要将这些细节一一拼缀起来,才能展现一幅完整的画面。实际上,"连续透视"的叙事视角与电影中对某一场景的连续透视拍摄相似,其效果仿佛是电影中的长镜头:首先展现大全境,然后将镜头渐渐推近,逐步聚焦于某一人物或场景的特写。通过对空间场景的推进,完成了由宏观到微观的视觉感知,将读者引入某个特定的叙事时空,往往以第一人称全知叙事者的视角,向读者呈示出故事背景的一幅鸟瞰图和大特写。《迦茵小传》开场的连续透视视角将读者引入故事发生的背景:英格兰东部咆哮的北海、山石嶙峋的海岸和岸边残破的古寺、高耸突兀的陡崖、荒残的坟冢以及生长着片片石楠的荒野,临海那一片由错落有致的红色屋顶形成的村落,就是女主人公迦茵生活的小渔村。从微观的修辞特征来看,原著英文叙事行文采用的是一般现在时态,给读者以时空场景的临场感和真实感。紧接着,原著转而使用过去时态,开始对故事展开叙述。

小说展现了故事背景的全景之后,将叙事视角推向了迦茵的出场:和煦的夏日阳光下,海面平静如镜,四野鲜花锦簇、鸟儿飞鸣,面对自然美景,迦茵却心生悲戚,独自来到村外的"石楠"荒野之中,她要静静地思考自己的坎坷命运,默默化解心中的烦恼苦闷。面对一片荒坟野地,她仿佛听到了地下亡灵和她的对话"我们的苦恼结束了,你的苦恼还在后头……"。人物出场的背景是建构人物性格的一种指向性话语,荒寂原野暗示着迦茵的凄凉处境,也衬托出迦茵那令人生畏的胆识和富于抗争

---

① Uspensky, B. A.. *Poetics of Composition*. Trans, Zavarin, V. and Witting. S. Berkeley: University of California Press, 1973:60.

的个性——荒野坟场给迦茵的不是孤独和恐惧,而是一份远离尘嚣的宁静,一种理性思考的自由,一股对抗现实和命运的力量。迦茵是个渔村姑娘,她从小不知生父为谁,自幼母亲去世,靠贫穷的姨妈抚养长大,她所受的教育不多,但这有限的教育却引发了她对现实生活的不满和对美好生活的憧憬。她出生卑微,却富有美貌,有着不失深邃的思想和相当坚强的意志力。迦茵渴望改变平庸的生活,但她不愿意听从姨妈对她的婚姻安排——嫁给当地土豪洛克,靠"夫荣妻贵"来实现自己的生活理想。迦茵在荒野坟冢边的出场,赋予迦茵非同一般的性格魄力,"石楠"丛生的荒野也预示了迦茵充满坎坷的生命之旅。叙述者也借此预言:迦茵所拥有的那种超越她身份地位的生活热望和未来幻想,虽然成为精神得以提升的动力,但也成为她失去幸福的祸根——一个出生卑微而又心气过高的姑娘,对生活越是充满了憧憬幻想,命运也将越是痛苦坎坷。

二、"荒野中的石楠"与男女主人公的相遇

小说第3章,迦茵与海军军官亨利首次相遇,迦茵是从"石楠"花丛中突然走出的:在荒野古塔之下,迦茵从一片盛开着茂密小花的石楠丛中突然出现,仰头凝望着塔顶的鸟巢,她想攀爬上塔顶取下这窝鸟巢。显然,原著作者在这一场景中的修辞设计,对于文本主题的建构和人物形象的刻画有着深刻的寓意:在男主人公亨利见到迦茵的第一眼中,荒野里生机勃勃的石楠花丛与美丽的迦茵相互映衬,隐喻了迦茵的与众不同之美;石楠花丛中的迦茵有着野性不羁之美——迦茵体态丰满温润,散发着英国乡村女子的健康活力;石楠花丛映衬出迦茵别样的优雅气度。同时,那片片石楠花丛也隐喻了迦茵坚韧、顽强的性格。亨利为迦茵登塔取鸟巢,却不慎跌落摔折了腿,无法行走的亨利只得就近在迦茵姨妈家短暂修养,这促成了亨利与迦茵的炽热爱情。

三、"荒野中的石楠"与迦茵的为爱赴死

小说结尾处,哈葛德通过修辞设计,再次把迦茵赴死的场景设置在遍布"石楠"的荒野之上,在小说叙事的终端再次呼应了叙事初始的"石楠"意象。迦茵的丈夫洛克无法得到迦茵的爱,他妒火中烧,满怀着对亨利的仇恨,守候在亨利回家的必经之路准备枪杀亨利。迦茵感知到了洛克变态的杀性,决意替亨利代为受死,她从被洛克反锁的屋子里跳窗逃出,拼命跑到村外海边那长满"石楠"的荒野,在"石楠"丛中来回狂奔,寻觅着亨利的身影,但却一无所获,那空寂的"石楠"原野和嶙峋的山崖仿佛是她寂寞心灵的最后归宿。最后,一心为亨利赴死的迦茵身着男装,来到亨利回家必经的十字路口,那正是洛克设伏的地方。一身男装的迦茵学着亨利的样子跛脚前行,充满嫉恨的洛克误以为来人就是亨利,便开枪射杀,迦茵倒地,洛克才意识到自己杀死的不是亨利,而是自己深爱的妻子迦茵,他意识狂乱,在原野上狂奔哀号。而刚刚到达这里的亨利发现了倒在血泊之中的迦茵,在迦茵断断续续的低语中,亨利获知了事情的全部真相,在痛苦中看着迦茵死去。

梯尼亚诺夫认为:"词没有一个确定的意义。它是变色龙,其中每一次所产生的不仅是不同的意味,而且有时是不同的色泽。"[①]因此,如果说迦茵出场时那长满"石楠"的无垠荒原是迦茵独自沉思、追问生命意义的地方,是迦茵遇到生命之爱的地方,那小说结尾处迦茵为爱赴死时那长满"石楠"的荒野,就成为了迦茵情感和生命的最后归宿。贯穿小说叙事的这三处修辞意象,相互呼应,负载着丰富的话语信息。哈葛德原著对"石楠"这一隐喻的设计隐含着作者的双重修辞意图:在维多利亚社会世

---

① 尤里·梯尼亚诺夫:《诗歌中词的意义》,《俄国形式主义文论选》,维克托·什克洛夫斯基等著,方姗等译,北京:生活·读书·新知三联书店,1989年,第41页。

俗势利的语境下,迦茵出生卑微,生活处境就像那长满"石楠"的荒芜原野,孤寂凄凉、险恶逼人;迦茵那富于抗争的生命热忱,又恰似荒野中的"石楠",不屈不挠、坚忍顽强。而男主人公亨利也富有桀骜不羁的个性特征:他出生贵族,但不计门第倾情于出生卑微的迦茵,即使在自己父亲临终时哀求他答应与富家女爱玛的婚事,他也断然拒绝,绝不虚伪,坚守自己的爱情。贯穿小说叙事始终的"石楠"构成了一个核心意象,作为一个极为重要的修辞元素,在小说叙事结构中集结,以丰富的话语指向,推进了小说的叙事进程,支撑起小说的主题建构:作为现代"新女性"的迦茵,以其独特的方式完成了自我生命价值的自由实现。文本修辞是通向文本深层思想意识、小说精神世界的路径;小说中的"石楠"是19世纪末英国女性面对男权统治自我意识觉醒、为生命抗争的一种象征,也是英国文化精神的一种象征。

本章小结

19世纪末期的英国,是性别意识深刻变革的时代,这既通过法律法规、职业化女性的涌现、女性教育权利的获得等一系列外化于社会现象的方式来展现,也通过文学的方式,进入女性内心,解读女性、探究女性寻找自我身份的行为,赋予女性新的生命言说方式和社会定位。在这一历史瞬间,迦茵正是无数个为自己生命寻找位子、为自己人格寻找尊严的女性之一。迦茵之死,不是对男性的屈从、对世俗价值的自我献祭,而是以其柔弱的暴力,展现了女性为解放自我而牺牲自己的不屈抗争,表征了一代女性不甘沦为男权牺牲品、奋起反抗、争取权力平等,甚至不惜以生命换取自我诗意栖居的生命意志。

"文学是对话,是回应。文学也许可被描述为人类随着各种文化的

第七章 世纪末的价值追寻:哈葛德小说 Joan Haste 与女性生命意义言说

演变和彼此互动而对活生生的事物和行将消亡的事物做出回应的历史。……文学可以告诉我们世界是什么样子的。文学可以给出标准和传承知识,以语言、以叙述来体现。"① 哈葛德小说《迦茵小传》以一个爱情悲剧展示了 19 世纪末期英国"新女性"为生命自由而抗争的故事,描绘了那个时代特有的社会情感、道德理念和精神风貌,展示了一代人对时代的独特感悟、心灵体验和生存哲学。同时,文学又以审美的话语建构起一代人对社会未来的憧憬和期待,在冷酷无情的历史现实与人类希冀的美好生存理想之间,架设起一座桥梁。

---

① 苏珊·桑塔格:《文学就是自由》,《同时:随笔与言说》,黄灿然译,上海:上海译文出版社,2009 年,第 208 页。

第八章　包天笑与《迦因小传》：新旧之间的现代性追求

无论如何，我们不会停止阅读小说，因为正是从小说中，我们才能找到赋予自己存在意义的普通公式。

——安贝托·艾柯①

成功的修辞活动，不仅在于表面上修辞信息的传输和接收线路畅通，更在于深层主体经验世界对接的成功。

——谭学纯、朱玲②

第一节　半部《迦因小传》：意识形态引发的历史公案

一、《迦因小传》进入中国：杨紫驎、包天笑的半部译本

哈葛德小说《琼·黑斯特》(*Joan Haste*)于1901年由杨紫驎、包天笑首次译入中国，取书名为《迦因小传》，但实际上这只是小说原著的下半

---

① 安贝托·艾柯著：《悠游小说林》，俞冰夏译，北京：生活·读书·新知三联书店，2005年，第149页。
② 谭学纯、朱玲：《广义修辞学》，合肥：安徽教育出版社，2008年，第348页。

第八章 包天笑与《迦因小传》：新旧之间的现代性追求

部译本。这下半部小说叙述了迦因与亨利热恋、怀孕生下女婴、私生女夭折等情节，但杨、包译本对这些情节进行了大刀阔斧的削删，塑造了一个冰清玉洁、白璧无瑕、贤良忘我的女性形象，使迦因以"清洁娟好，不染污浊，甘牺牲生命，以成人之美"的完美形象受到晚清读者的赞誉。①

对杨、包译本《迦因小传》的探讨，首先应对译者作一简介。译者之一的包天笑（1876—1973）出生于苏州城内一个衰败的豪门，原名包清柱，又名公毅，字朗孙，常用的笔名为天笑、笑、钏影等。包天笑一生从事文学翻译、小说创作，是"鸳鸯蝴蝶派"言情小说的开山祖师之一，被誉为"通俗文学之王"。包天笑也是早期新闻报刊事业的代表人物，他创办了《励学译编》《苏州白话报》，相继主编了《小说时报》《小说大观》《小说画报》《星期》等刊物，并在这些刊物上大量发表自己译介和创作的小说。

以"五四"一代新文学作家的评判标准来衡量，作为"鸳鸯蝴蝶派"主要代表人物的包天笑是旧思想旧意识的代表，创作的才子佳人小说都是封建的陈词滥调。然而，在晚清历史转型期，包天笑爱国维新，以译者、作家、报人、电影公司编剧等多种身份，加入到了抵抗西方列强、救亡图存的历史潮流之中。与当时的一代爱国青年一样，包天笑也通过译介西洋小说来警醒国人对西方列强侵略本性的戒备。

"1896年8月，维新派在上海创办《时务报》，梁启超任主编。这好像是开了一个大炮，惊醒了许多人的迷梦。变法图强、兴办新学、废止缠足、研究科学、筹办实业、开设医院、转变风俗……《时务报》上的一言一词，都被包清柱等一班学子奉为圭臬。"②深受《时务报》影响的包天笑于1897年夏与几位志同道合的友人一起成立了励学会，励学会定期聚会讨论种种社会问题、交流各自撰写的时政文章，在古城苏州激起了不小的浪花。

---

① 寅半生：《读〈迦因小传〉两译本书后》，《晚清文学丛钞·小说戏曲研究卷》，阿英编，北京：中华书局，1960年，第285页。
② 栾梅健：《通俗文学之王包天笑》，上海：上海书店出版社，1999年，第22页。

1901年,包天笑又在家乡与志同道合的励学会朋友们共同集资创办了《励学译编》,这本杂志为月刊,因当时苏州没有铅字印刷所,励学会便与苏州最大的刻字店"毛上珍"接洽,用木刻的办法出版了《励学译编》。①这本月刊虽每期仅30余页,但刊发内容却包含了历史、地理、政治、科学知识、小说在内的诸多题材的译稿,主要译自日文和英文刊物。创办这本翻译杂志的目的是引介西学、启蒙民众,宣传富国强民的思想。"在编辑《励学译编》时,由于励学会同仁的共同主张,主要走精英文化的路子,着力推出高品位、最新求的开风气之作。""《励学译编》出版后曾轰动了苏州文学界。有饱学硕儒之士来订阅的,也有年轻学子到书店购买的,最多时销量达到七、八百份。"②《励学译编》从1901年2月创刊后,因经费问题仅维持了不到一年,发行第12期即停刊了,其中最有影响的译稿就是包天笑和杨紫驎(蟠溪子)合译的半部哈葛德小说《迦因小传》,在《励学译编》第1期至第12期连载。这是包天笑翻译的第一部文学作品,也是他走上漫长文学之路的起点。

　　1903年,受到读者追捧的《迦因小传》由上海文明书局出版了单行本,文明书局支付的稿酬十分丰润,两位译者"分而润之",包天笑除了用稿费支付了到上海的旅费外,还用稿费维持了几个月的家用。这让包天笑意识到翻译小说是"自由而不受束缚的工作",于是他就"把考书院博取膏火的观念,改为投稿译书的观念了。"③《迦因小传》的成功让包天笑看到了新的谋生之道:"我起初原不遇见猎心喜,便率尔操觚,谁知后来竟成了一种副业,以之辅助生活,不了在人家做一教书先生,自由而惬意的多了。"④此后,包天笑便走上了文学翻译的道路,成为清末民初译介西

---

① 包天笑:《钏影楼回忆录》,香港:大华出版社,1971年,第66页。
② 栾梅健:《通俗文学之王包天笑》,上海:上海书店出版社,1999年,第31、29页。
③ 包天笑:《钏影楼回忆录》,香港:大华出版社,1971年,第220页。
④ 同上书,第175页。

第八章　包天笑与《迦因小传》：新旧之间的现代性追求

洋小说的主要译者之一,他与人合作译介的西洋文学作品主要包括:凡尔纳的《铁世界》(1903),雨果的《侠奴血》(1905),《铁窗红泪记》(1907),哈葛德的《大侠锦披客传》(1909),契诃夫的《六号室》(1910)等。其中,他与人合作译介的意大利作家德·亚米契斯的小说《馨儿就学记》(1909)在当时的影响尤为突出。

1904年,包天笑又与杨紫驎合作译介了英国小说《身毒叛乱记》,书中叙述了印度("身毒"为中国古代对印度地区的称呼)沦为英国殖民地、惨遭奴役的惨痛教训,译者借此故事告诫国人警惕亡国之危。在译本序言中,包天笑以激愤的心情回顾了中国惨遭西方列强野蛮欺凌,呼吁国人不当亡国奴:"……向者庚子之役,拳乱初起,各国报章,交喙争诋,等我于野蛮最下等之国。夫我民野蛮固也,曾亦思联军据京、津时,凡兹种种,果自居于文明地位否乎?愿藉我震旦言,虽国权随落,民气雕伤,于表面上犹不失为自主之虚称。……虽然,身毒古文明国也,今乃澌然为人奴矣,彼自诩神明之胄者,曷足恃乎?既又念雪国耻,伸民气,舍夫人人励学问,养实力外,奚有他道?迨至国墟人奴,则虽欲求一日昂首伸眉,宁可得耶?蟠溪子口译是编,授天笑记之,书成,凡十万言。嗟夫!瓜分惨祸,悬在眉睫,大好亚陆,将成奴界。今者,美禁华工,至惨酷无人理,同胞为奴之朕兆,不已见乎?每一念及,血为之冷!"①与林纾一样,包天笑译介西洋小说的目的同样是为了启蒙民众,救国家于危难之中。

包天笑还创作了大量的长篇小说和短篇小说,如《留芳记》《上海春秋》等。抗战爆发后,包天笑积极以报人和作家身份投入其中:1936年1月,他参与了卜可夫、萨空了等一批著名报人、记者联合署名,发表了《上海新闻记者为争取言论自由宣言》,要求新闻记者联合起来,共同揭露日本帝国

---

① 包天笑:《〈身毒叛乱记〉序》,《晚清文学丛钞·小说戏曲研究卷》,阿英编,北京:中华书局,1960年,第293—294页。

主义的罪行。1936年10月,包天笑更是联名参加了那篇富有影响力的《文艺界同人为团结御侮与言论自由宣言》。发出为抗日救国而联合起来的这份宣言由巴金、鲁迅、陈望道、郭沫若、郑振铎、谢冰心、丰子恺等21位作家署名,"其中所谓'鸳鸯蝴蝶派'作家仅只有包天笑与周瘦鹃。这一方面固然说明他们两人在抗日思想上的进步,同时另一方面也表明了他们两人作为通俗作家在新文学工作者心目中的重要地位。"①包天笑以抗战加言情为主要题材内容创作的小说《烟篷》《小说家的审判》《换巢鸾凤》《新白蛇传》《燕归来》等,均拥有大批读者,富有很大的社会影响力。

与包天笑合译《迦因小传》的杨紫驎(笔名"蟠溪子"),是包天笑的通谱兄弟,当时在传教士林乐知创办的上海中西书院读书。杨、包两人合译《迦因小传》成功后,经包天笑介绍,杨紫驎在康有为弟子狄楚青等主办的《时报》馆任翻译,包天笑任副刊主编,可是两人相处不快,不久杨紫驎便辞职离去。"他(杨紫驎)为人刚直,颇尚气节,晚景不很好,六十不到即逝世。他和天笑合译的小说,除《迦因小传》外,尚有《身毒叛乱记》等书。"②

杨紫驎在旧书店偶然买到哈葛德的小说 *Joan Haste*,但并非完整版,只是小说原著的下半部。其时正在上海的包天笑,听了杨紫驎对这半部小说故事的讲述,深受感动,建议把它翻译出来。周末,两人就在公园里开始翻译,杨紫驎口授,包天笑则把故事写下来。不久,包天笑回到苏州,两人的合译模式发生了变化:杨紫驎在上海写出初草的译稿,将草稿寄到苏州,由包天笑润饰定稿。包天笑晚年在《译小说的开始》一文中,追忆了他与杨紫驎一起翻译此书的情形:"他在旧货店买到一册外国小说,读了很有兴味,他说:'这有点像《茶花女遗事》,不过茶花女是法国

---

① 栾梅健:《通俗文学之王包天笑》,上海:上海书店出版社,1999年,第197—198页。
② 郑逸梅:《书报旧话》,上海:学林出版社,1983年,第36页。

小说,这是英国小说,并且只有下半部,要收集上半部,却无处收集,也曾到别发洋行去问过。'……于是两人就在公园中,一支铅笔、一张纸,他讲我写,我们当时便译了一千多字。两人觉得很有兴趣,因此约定了明天再来。……他在课余时间,常把他译出来的寄给我,我便加以润饰。"①《迦因小传》半部译本完稿后,受到了苏州励学会同人的一致称赞,便在《励学译编》上正式连载刊出。

1901年,杨、包译本《迦因小传》在《励学译编》上连载后,深受读者喜爱,1903年便年由上海文明书局出版了单行本,署"译者蟠溪子、参校者天笑生、代表者老骥氏(马仰禹)"。杨紫驎家住苏州盘门,"盘同蟠,故别署蟠溪子。"②《迦因小传》不仅促使包天笑走上了翻译和小说创作之路,也奠定了包天笑在当时文学界的地位。恽铁樵认为:"吾国新小说之破天荒,为《茶花女遗事》《迦因小传》。"③阿英在《晚清小说史》末章对晚清"翻译小说"进行评述时指出:"就译家方面说,除林纾而外,有几个人是很值得注意的……有包天笑,他译的书,近乎演述,以教育方面的为多……"④当代学者对包天笑的翻译成就也十分肯定:"从1901年与人合译《迦因小传》起,到1916年为止,大约出版翻译小说三十六七种(包括合译)。除了林琴南,译作数量无出其右者。包天笑文言译文轻灵秀逸,再加身兼小说家,译作可读性较强,一时大受欢迎。"⑤

二、《迦茵小传》:林纾、魏易足译本引发的道德纷争

杨紫驎、包天笑的半部译本《迦因小传》也引起了林纾的兴趣,此时

---

① 包天笑:《钏影楼回忆录》,香港:大华出版社,1971年,第171—172页。
② 郑逸梅:《书报旧话》,上海:学林出版社,1983年,第36页。
③ 铁樵:《作者七人·序》,《小说月报》1915年第6卷第7期。
④ 阿英:《晚清小说史》,北京:人民文学出版社,1980年,第185页。
⑤ 陈平原:《二十世纪中国小说史第一卷1897—1916年》,北京:北京大学出版社,1989年,第51页。

的林纾已译出两部哈葛德小说:林纾翻译的第一部哈葛德小说是与魏易合译、1904年秋由上海广智书局木刻印行的《埃司兰情侠传》;林纾翻译的第二部哈葛德小说是与曾宗巩合译的《埃及金塔剖尸记》,但从出版时间来看,《埃及金塔剖尸记》的出版时间为1905年3月,而稍后翻译的《迦茵小传》足本的出版要比《埃及金塔剖尸记》早一个月。在为《迦茵小传》写的"小引"中,林纾赞誉杨、包译本《迦茵小传》"译笔丽赡,雅有辞况",为他们未能译出足本而深感遗憾。林纾试图将小说原著足本邮寄给译者,"以期译全足本",可惜的是,"蟠溪子""天笑生"只是笔名,林纾不知译者真名,足本无处可寄:"悲健作楚声,此《汉书·扬雄传》所谓'抗词幽说,闲意眇旨'也。书佚前半篇,至以为憾。甲辰岁译哈葛德所著《埃司兰情侠传》及《金塔剖尸记》二书,则《迦茵全传》赫然在《哈葛德丛书》中也,即欲邮致蟠溪子,请足成之,顾莫审所在。""特哈书精美无伦,不忍听其沦没,遂以七旬之力,译成都十三万二千言,于蟠溪子原译,一字未敢轻犯,示不掠美也。"①林纾不愿任这部感人的小说沦没,便与友人魏易合作,于1904年秋开始翻译该小说的足本,他们译完小说足本后,在杨紫麟、包天笑所译《迦因小传》的女主角名字中的"因"字上加了一个草字头,以表示译本的区别。后来,林纾"辗转探得了紫麟和天笑的地址,特地写信给他们两人打招呼,并言亦用《迦因小传》为书名,但'因'字加'艹'头为《迦茵小传》。信寄到《时报》馆,当时天笑在《时报》馆主持副刊,紫麟担任翻译,恰为同事。"②对此,包天笑晚年在其回忆录中也作了记载:"后来林琴南觅得了这书的全部,在商务印书馆出版,取名为《迦茵小传》,只于我们所译的书名上的'迦因'二字,改为'迦茵',并特地写信给我们致意,好像是来打一招呼,为的是我们的《迦因小传》,已在上海文

---

① 林纾:《迦茵小传·小引》,《迦茵小传》,哈葛德著,林纾、魏易译,北京:商务印书馆,1980年,第3页。
② 郑逸梅:《书报旧话》,上海:学林出版社,1983年,第36页。

明书局,出了单行本了。当时我们还不知原书著者是谁,承林先生告知:原著者为英人哈葛得,曾印有全集行世。"①林纾、魏易的全译本《迦茵小传》由商务印书馆于1905年春出版,小说受到了读者的追捧,仅1906年一年内便发行了3版,1913年、1914年又多次再版,商务印书馆还先后将其编入了《说部丛书》和《林译小说丛书》。

林纾、魏易的全译本《迦茵小传》基本保留了原著的全貌,迦茵未婚先孕、生私生女等情节均得完整保留,林纾雅驯的译笔更为小说增添了勾魂摄魄的魅力,当时的著名文人夏曾佑②深受《迦茵小传》感染,专为之题词:"会得言情头已白,捻髭想见独沈吟。"③当时的文学月报《著作林》,于1906年第2期在该刊主编陈蝶仙④主持的"雁来山馆诗钞"专栏下刊登了"读《迦茵小传》有感":"毒雾蛮烟隔爱河,生天无法退情魔,旧游回首浑如梦,惆怅西风唤奈何。"陈蝶仙为鸳鸯蝴蝶派主要作家之一,《迦茵小传》对他的创作有着很大的影响。

《迦茵小传》这部言情小说为晚清一代青年寻求个性解放、追求恋爱自由,向往基于爱情的新型婚姻关系提供了一种新的价值引导。因此,这部在哈葛德通俗小说中原本并不出名的作品,却成为晚清中国家喻户晓的一部小说,影响了一代人的爱情婚姻观念,也对中国社会思想意识产生了积极的影响。郭沫若曾说:"《迦茵小传》有两种译本,林琴南译的

---

① 包天笑:《钏影楼回忆录》,香港:大华出版社,1971年,第172页。
② 夏曾佑(1861—1924)为清末著名诗人、历史学家、学者,曾与汪康年、梁启超等人在上海一起创办《时务报》,宣传"变法图存";后又与严复一起在天津创办《国闻报》,宣传西方政治思想,倡导变法维新。
③ 夏曾佑:《积雨卧病读琴南迦茵小传有感》,《迦茵小传》,哈葛德著,林纾、魏易译,北京:商务印书馆,1981年,前言。
④ 陈蝶仙(1879—1940),浙江杭州人。原名寿嵩,字昆叔,后改名栩,号蝶仙,别署天虚我生。是鸳鸯蝴蝶派的代表作家,著有:《雨花草堂诗选》《雁来山馆诗钞》《骈花馆文集》,长篇小说《泪珠缘》《嫣红劫》《玉田恨史》等。陈蝶仙曾任《著作林》主编和主要撰稿人。陈蝶仙也是民族实业家,1918年成立家庭工业社股份有限公司,生产"无敌牙粉",后又设日用化学品制造厂,提倡国货。

在后。在前的一种只译了一半。这两种译本我都读过,这怕是我读过的西洋小说的第一种。这在世界的文学史上并没有甚么地位,但经林琴南的那种简洁的古文译出来,却增了不少的光彩……我最初读的是 Haggard 的《迦茵小传》。那女主人公的迦茵是怎样的引起了我深厚的同情,诱出了我大量的眼泪哟。我很爱怜她,我也很羡慕她的爱人亨利。当我读到亨利上古塔去替她取鸦雏,从古塔的顶上坠下,她引着两手接受着他的时候,就好像我自己是从凌云山上的古塔顶坠下来了的一样。我想假使有这样爱我的美好的迦茵姑娘,我就从凌云山的塔顶坠下,我就为她而死,也很甘心。"①《迦茵小传》对郭沫若的文学创作产生了深刻的影响:"在郭沫若的《叶罗提之墓》《喀尔美萝姑娘》《落叶》《瓶》等作品中,我们都可以找到这部缠绵悱恻的爱情悲剧的影子。"②

林纾译介的《迦茵小传》与《巴黎茶花女遗事》,被认为是"林译小说"中最具影响力的言情小说。1908 年 4 月,话剧先驱王钟声将林译《迦茵小传》搬上话剧舞台,由他和任天知分别饰演男女主角,轰动一时。当时侧重戏剧介绍的《国华报》(1908 年第 1 期)用一个版面刊登了这五幕话剧的剧照。③甚至有人说中国的革命是由两部小说引发的,一部是《茶花女》,另一部是《迦茵小传》;也有人把《迦茵小传》看作是"才子佳人"小说的滥觞。④

然而,林译《迦茵小传》足本出版后,"失去贞操"的迦茵引发了强烈的道德争议,译者也因此备受责难,成为晚清的一段著名公案,其中折射

---

① 郭沫若:《沫若自传第一卷——少年时代》,《郭沫若全集》,文学编第 11 卷,北京:人民文学出版社,1992 年,第 122—123 页。
② 邹振环:《接受环境对翻译原本选择的影响——林译哈葛德小说的一个分析》,《复旦学报》1991 年第 3 期。
③ "沪上演戏界记略:通鉴学校演戏真影:钟声扮装之迦茵(迦茵小传):照片",《国华报》1908 年第 1 期(1908 年 5 月)。
④ 邹振环:《影响中国近代社会的一百种译作》,北京:中国对外翻译出版公司,1996 年,第 188 页。

第八章 包天笑与《迦因小传》:新旧之间的现代性追求

的话语意义和思想意识值得深究。

阿英在回忆林译《迦茵小传》的社会反响时,生动地概述了当时的情形:"那进步一些的,对于迦茵未嫁而孕的事,自然是予以原谅。那守旧的呢,起初读了蟠溪子、天笑生的翻译,是极口称赞,到这时却态度一变,不值迦茵之为人,把她打下了九渊。这真可以说是哈葛德的不幸,也确实是迦茵小姐的无名的悲哀。"①阿英之所以发出如此感叹,是因为当时的一些卫道士坚守封建伦理和贞操观念,对林译本大加挞伐:林纾、魏易的全译本一出版,先遭到了以"女界卢骚"著称的金天翮(松岑)的指责:"女子而怀春,则曰我迦茵赫斯德也,而贞操可以立破矣。《迦因》小说,吾友包公毅译。迦因人格,向为吾所深爱,谓此半面妆文字,胜于足本。今读林译,即此下半卷内,知尚有怀孕一节。西人临文不讳,然为中国社会计,正宜从包君节去为是。"②

接着,林译又遭到了寅半生的漫骂:"吾向读《迦因小传》而深叹迦因之为人,清洁娟好,不染污浊,甘牺牲生命以成人之美,实情界中之天仙也;吾今读《迦因小传》而后知迦因之为人,淫贱卑鄙,不知廉耻,弃人生义务,而自殉所欢,实情界中之蟊贼也;此非吾思想之矛盾也,以所见译本之不同故也。盖自有蟠溪子译本,而迦因之身价忽登九天;亦自有林畏庐译本,而迦因之身价忽坠九渊。""蟠溪子不知几费踌躇,几费斟酌,始将有妊一节,为迦因隐去……至于迦因与亨利,以前若何互结爱情,皆削而不书,以待读者意会。"寅半生认为,小说的社会功能是传德传品:"且'传'之云者何谓乎?传其品焉,而使后人景仰而取法者也",他认为蟠溪子译本达到了传"品"传"德"的标准:"今蟠溪子所谓《迦因小传》者,传其品也,故于一切有累于品者,皆删而不书。""不意有林畏庐者,不知

---

① 阿英:《翻译史话》,《小说闲谈四种》,上海:上海古籍出版社,1985年,第245页。
② 松岑:《论写情小说于新社会之关系》,《晚清文学丛钞·小说戏曲研究卷》,阿英编,北京:中华书局,1960年,第33页。

与迦因何仇,凡蟠溪子所百计弥缝而曲为迦因讳者,必欲历补之以彰其丑。……是皆蟠溪子所删而不叙者也,第混言之曰:'由后度前,思过半矣,可勿赘焉。'不解林氏何心,而必欲一一赘之!"因此他指责林纾、魏易的足译本毁坏了蟠溪子塑造的美好迦因形象、社会影响恶劣:"知有情而不知有欲者,蟠溪子所译之迦因是也。""知有情而实在乎欲者,林畏庐所译之迦因是也。""试问未嫁之女儿,遽有私孕,其人为足重乎? 不足重乎? ……而林氏之所谓《迦因小传》者,传其淫也,传其贱也,传其无耻也……"①

杨紫麟、包天笑的半部《迦因小传》和林纾、魏易全译本《迦茵小传》引发的这段文坛公案,反映了晚清历史转型期新旧道德的冲突、本土传统与西方意识形态的对抗,"《迦茵小传》两译本的出现及其引起的论争,实为本世纪初资本主义文化与封建文化撞击所激起的第一次狂澜。"②

杨紫麟、包天笑的《迦因小传》与林纾、魏易的《迦茵小传》两译本之争提升了包天笑在晚清文坛的知名度,包天笑的其他译本和创作小说也备受广大读者的追捧。尽管包天笑也推崇文言:"但那时候的风气,白话小说,不甚为读者所欢迎,还是以文言为贵,这不免受了林译小说的熏染。"③但杨、包译本《迦因小传》的语言并没有林纾那么雅驯古奥,而是介于文言与白话之间的浅显文言,可读性强,这也是译本深受读者追捧的原因之一。

尽管这两部译本引发了如此剧烈的道德争议,但译者林纾与包天笑之间却一直保持着真诚的友谊。1922年,包天笑以梅兰芳为原型创作的历史演义小说《留芳记》由上海中华书局出版,林纾为此小说作弁言一篇,简述与包天笑由文缘而相识的经历,称赞《留芳记》替他完成了康有

---

① 寅半生:《读〈迦因小传〉两译本书后》,《晚清文学丛钞·小说戏曲研究卷》,阿英编,北京:中华书局,1960年,第285—286页。寅半生评述中统一用"迦因"来指两个译本中的"迦因"和"迦茵"。
② 林薇:《百年沉浮——林纾研究综述》,天津:天津教育出版社,1990年,第20页。
③ 包天笑:《钏影楼回忆录》,香港:大华出版社,1971年,第175页。

为(康南海)嘱托林纾以辛亥革命为主题创作一部小说的任务;并赞誉作者包天笑可比司马迁、孔尚任。林纾的评论虽有友人间相互捧颂的过誉之嫌,但也传达出了两人的友好情谊:"前此十余年,包天笑译《迦因小传》,甫得其下半部,读而奇之。寻从哈葛得丛书中,觅得全文,补译成书。寓书天笑,彼此遂定交焉,然实未晤其人。前三年,天笑入都,始尽杯酒之欢,盖我辈中人也……今年天笑北来,出所著《留芳记》见示,则详载光绪末叶群小肇乱取亡之迹,咸有根据。中间以梅氏祖孙为发凡,盖有取于太史公之传《大宛》,孔云亭之成《桃花扇》也……今天笑之书,正本此旨。去年,康南海至天津,与余相见康楼,再三嘱余,取辛亥以后事编为说部。余以笃老谢。今得天笑之书,余与南海之诺责卸矣。读者即以云亭视天笑可也。"①

三、残缺还是隐瞒:半部《迦因小传》论争背后的意识形态

值得特别关注的是,以寅半生为代表的封建卫道士们认为:杨紫驎、包天笑之所以只译半部《迦因小传》,并非因为得不到小说足本,而是译者为维护迦因形象而谎称只有半部小说:"至于迦因与亨利,以前若何互结爱情,皆削而不书,以待读者意会。其自叙云:'残缺其上帙,而邮书欧、美名都,思补其全,卒不可得',非真残缺焉,盖曲为迦因讳也。"②1931年,在《上海文艺之一瞥》一文中,鲁迅断定蟠溪子之所以只译半部《迦因小传》,是故意而为,并非得不到足本:"然而才子+佳人的书,却又出了一本当时震动一时的小说,那就是从英文翻译过来的《迦因小传》,但只有上半本,据译者说,原本从旧书摊上得来,非常之好,可惜觅不到下册,无可奈何了。果然,这很打动了才子佳人的芳心,流行得很广很广。后

---

① 钱谷融:《林琴南书话》,吴俊标校,杭州:浙江人民出版社,1999年,第172页。
② 寅半生:《读〈迦因小传〉两译本书后》,《晚清文学丛钞·小说戏曲研究卷》,阿英编,北京:中华书局,1960年,第285—286页。

来还至于打动了林琴南先生,将全部译出。仍旧名为《迦茵小传》。而同时受了先译者的大骂,说他不该全译,使迦茵的价值降低,给读者以不快的。于是才知道先前之所以只有半部,实非原本残缺,乃是因为记着迦茵生了一个私生子,译者故意不译的。其实这样的一部并不很长的书,外国也不至于分印成两本。但是,即此一端,也很可以看出当时中国对于婚姻的见解了。"①

关于《迦因小传》为何只译半部的争议持续了一个多世纪,其中蕴含的意识形态因素显而易见。1988年,江苏社科院文学所的王学均教授基于对杨紫麟、包天笑译本与林纾、魏易译本的对照,并参照相关史料,明确论证了杨、包译本为原著的下半部,纠正了鲁迅将该译本判定为上半部的错误,但他仍然认为上半部译本的欠缺是因为译者顾及中国"礼仪"传统、故意隐而不译:"如用中国固有的'礼仪'之网来过滤这样一部小说,只好舍去上半部。因为删去迦茵与亨利的恋爱故事,上半部将等于无有。但把小说的下半部独立出来,并删去上述第二十五和第三十六章中的几句交代,这样做既很方便,也不损伤其中心内容和情节的完整。杨、包节译本正是这么做的。他不仅只译了原著的下半部,而且对下半部也做了如是删节"。②

20世纪50年代,阿英谈及林译《迦茵小传》足本时,也认为杨紫麟、包天笑宣称只有半部原著是出于维护本土道德的需要:"……至迦茵于亨利恋爱之恋爱受孕经过,则全不说及。虽然经过如此的删动,但他们为对哈葛德表示责任,并说明此译稿并非全璧起见,又弄了一回玄虚,在叙里骗读者道:'此书残缺其上轶,而邮书欧美名都,思补其全,卒不可

---

① 鲁迅:《上海文艺之一瞥》,《鲁迅全集第四卷》,北京:人民文学出版社,1982年,第294页。
② 王学均:《也谈〈迦茵小传〉两种译本——对新版〈鲁迅全集〉一条注释的补充订正》,《鲁迅研究月刊》1988年第4期。

第八章 包天笑与《迦因小传》：新旧之间的现代性追求

得。'这样,就似乎是'天衣无缝'了。"①

晚清学界认为:杨紫驎、包天笑之所以只译出半部小说,并非事实上的残缺所指,而是出于道德立场故意隐而不译。一个多世纪后的今天,这一观点仍被不少学者认同。林薇认为:"蟠溪子所谓'残缺其上帙',乃是托词,他是有意的删去书之前半部,隐讳迦茵与亨利热恋、有一私生子等情节,以全'迦茵'的贞操,使她白璧无瑕、玉洁冰清,用心可谓良苦。蟠溪子在引言中所谓的'然迦茵之原委,以后度前,亦思过半矣,可勿赘焉。'乃是故弄狡狯。"②杨联芬认为:"杨、包译本为了'保护'迦茵的道德形象,隐讳了迦茵与亨利未婚先孕有私生子的细节,只译了下半部,并在序言中谎称原著的前半部丢失。"③韩洪举认为:"……《迦茵小传》算不上名著,但在一偶然机会为上海虹口中西书院学生杨紫驎发现于旧书铺内(杨这样声称,未必如此)……这部小说只译了一半,托言'惜残缺其上帙。而邮书欧美名都,思补其全,卒不可得'。其实这是欺世之谈,是译者有意删节的,其目的是为隐去迦茵和亨利热恋怀孕并有一私生子的情节,以保全迦茵之'贞洁'。"④郝岚也认同这一观点:"……事实上是包天笑和杨紫驎的策略,他们害怕读者不能接受,故意谎称小说只得下半部。翻译事业正如日中天的林纾没有看透其中奥秘,三年以后的1905年2月13日,上海商务印书馆出版了林纾与魏易合作翻译的全本《迦茵小传》,结果引来一段文坛公案。"⑤郭延礼在《中国近代翻译文学概论》一书中,认为鲁迅关于《迦茵小传》的论断无误:"最近有论者说,鲁迅先生大约记

---

① 阿英:《翻译史话》,《小说闲谈四种》,上海:上海古籍出版社,1985年,第244页。
② 林薇:《百年沉浮——林纾研究综述》,天津:天津教育出版社,1990年,第206页。林薇未区分"迦茵"和"迦因"。本书所引其他学者对两译本女主角的评述时,尊重其原始译法。
③ 杨联芬:《晚清至五四:中国文学现代性的发生》,北京:北京大学出版社,2003年,第104页。
④ 韩洪举:《林译小说研究——兼论林纾自撰小说与传奇》,北京:中国社会科学出版社,2005年,第143页。
⑤ 郝岚:《林译小说论稿》,天津:天津社会科学出版社,2005年,第121—122页。

错了,杨、包二氏所译不是上册,而是下册。林纾在《迦茵小传·小引》、包天笑在《钏影楼回忆录·译小说的开始》中也曾说是惜'佚其前半篇'(或'只有下半部')。但是查林纾译的《迦茵小传》,迦茵有孕和生私生子的情节均在小说的下半部,首次出现迦茵有孕的文字在小说第25章(按全书共40章),据此看,蟠溪子、包天笑所译《迦因小传》当是前半部,鲁迅先生的说法是对的。"①

关于《迦因小传》的半部译本是事实残缺所致还是故意隐瞒不译,原本并不难考证;但却历经了一个多世纪仍然说法不一,其中折射的题外信息也是一个值得思考的问题。

事实是:杨紫麟、包天笑译介的半部《迦因小传》确为小说原著的下半部,只要通过原、译著的对勘便可得出明确结论。且当时连载《迦因小传》的《励学译编》曾在"本社告白"一栏上,专门为未能译全足本向读者致歉:"本译编《迦因小传》一种,从下卷译起,深抱不全之憾,惟以情文并至不忍割爱,姑译印之。他日或得完璧,自当补全。识者谅之。"② 1903年《迦因小传》单行本由上海文明书局出版时,包天笑为此写的《序》清晰记录了译介这部小说时体验的凄凉情感,在小说译本正文的开头,交代了译介该小说的缘起,说明"惜残缺其上帙,而邮书欧美名都思补其全,卒不可得",因此只能将此残本译出,并希望"复当觅其全帙以成完璧"。③

1905年林纾、魏易全译本《迦茵小传》出版后,《中外日报》(光绪三十一年四月二十八日,西历1905年5月31日)刊载了商务印书馆新出林译足本的销售广告,明确说明蟠溪子译本为下帙,上帙残缺:"足本《迦茵小传》(每部二册,大洋一元):是书为英国文豪哈葛德所著。下卷旧有蟠溪子译本,惜阙其上帙,致草蛇灰迹,羌无所丽,阅者知其果而莫审其因,未

---

① 郭延礼:《中国近代翻译文学概论》,武汉:湖北教育出版社,1998年,第425页。
② 《本社告白》,《励学译编》第2期,1901年5月。
③ 《迦因小传》,上海:文明书局,光绪二十九年四月,第1—2页。

第八章 包天笑与《迦因小传》：新旧之间的现代性追求

免闷损。闽县林君琴南得是书足本，于哈葛德丛书中特为迻译，以曲折生动之笔，达渺緜佳侠之情，不愧旷代奇构。于蟠子原译本未尝轻犯一字，纤悉详尽，足补原译之不及，想能餍阅者之意也。……"①晚清至今围绕蟠溪子半部译本是事实残缺所致，还是故意隐去不译，实际上已有足够史料可以澄清，原译著对勘也可以确认事实，不应该出现如此"扑朔迷离"之说，但这一现象本身就体现了意识形态驱动下的文本解读特征和思维惯性，从一个侧面展现了小说话语引发的深层思想意识冲突。

　　杨紫麟、包天笑的《迦因小传》究竟是原著上半部还是下半部的译本？他们之所以只译介半部小说，究竟是因为小说残缺所致还是故意避开不译？20世纪末以来，这两个问题再次引发中外学者的关注，并产出了一系列的研究结果。顾志敏在《〈迦茵小传〉先译本及其他——鲁迅〈上海文艺之一瞥〉有关论述和注释正误》一文中，结合史料进行论证，认为蟠溪子半部译本实为原著的下半部，未译的上半部是事实上的残缺所致。②栾梅健在其专著《通俗文学之王包天笑》中，说明蟠溪子《迦因小传》译本为原著的下半部，他们并非不译上半部，"实在是没有搜求到上册而已"。③范伯群在《包天笑、周瘦鹃、徐卓呆的文学翻译对小说创作之促进》一文中，澄清了鲁迅对《迦因小传》半部译本的误判，论证了蟠溪子译本确为原著下半部的译本，且林纾足译本《迦茵小传》出版后，并未出现鲁迅所说的先译者"大骂"后译者的情况，论证了对林译足本持有异议的是金松岑，大骂林译的是寅半生。④

---

① 刘颖慧：《晚清小说广告研究》，北京：人民出版社，2014年，第259页。
② 顾志敏：《〈迦茵小传〉先译本及其他——鲁迅〈上海文艺之一瞥〉有关论述和注释正误》，《上海师范大学学报》1993年第4期。
③ 栾梅健：《通俗文学之王包天笑》，上海：上海书店出版社，1999年，第35页。
④ 范伯群：《包天笑、周瘦鹃、徐卓呆的文学翻译对小说创作之促进》，《翻译与创作——中国近代翻译小说论》，王宏志主编，北京：北京大学出版社，2000年，第231页。

343

日本大阪经济大学的樽本照雄教授是中国晚清小说研究的知名学者,2005年,他在其主编的《清末小说通讯》上(7月和10月号)连续发表了两篇论文《鲁迅关于迦茵的误解(上)(下)》,通过史料查证、版本互勘等,论证了蟠溪子的《迦因小传》为小说原著下半部的译本,上半部为事实残缺,并非故意不译。①沈庆会也通过史料考证及原、译本对照研究,确认蟠溪子译本为下半部,没有译出的上半部为事实残缺。②至此,晚清的一桩译本悬案得以澄清,然而,一个多世纪以来围绕蟠溪子为何只译半部《迦因小传》的各种纷争和误判,反映了意识形态在文本解读中的顽固。

第二节 《迦因小传》:译本修辞重构的诗学研究

林纾、魏易的全译本《迦因小传》引发道德争议的焦点在于迦茵未婚先孕、生育私生女等情节,在晚清语境之下,这是大逆不道、惊天骇俗的行为。然而,尽管当时林纾的全译本因此备受卫道者们的指责,却为何又深受读者追捧,获得如此高的接受度并产生深远的影响?这将在下一章中通过对林译本的具体分析进行探讨。在此,首先需要阐述的是,杨紫驎、包天笑笔下的迦因,究竟以何种形象译出?对于迦因未婚先孕等情节,杨紫驎、包天笑在译本中用什么修辞手段对此"百计弥缝"?卫道士们推崇的杨、包译本的所谓"传其品""传其德",究竟传了什么品?什么德?又以何种话语方式"传其品""传其德"?归根结底,作为译者的杨紫驎、包天笑,以怎样的话语方式建构起符合那个时代的价值体系、道德

---

① 樽本照雄:《「迦因小伝に関する魯迅の誤解上」》,《「迦因小伝に関する魯迅の誤解下」》,《清末小説から(通訊)》,No.78,2005年7月1日;No.79,2005年10月1日。
② 沈庆会:《谈〈迦因小传〉译本的删节问题》,《华东师范大学学报》2006年第1期。

第八章　包天笑与《迦因小传》：新旧之间的现代性追求

评判和社会秩序？

对勘哈葛德原著 *Joan Haste*，小说下半部对迦茵未婚先孕、生下私生女、女婴夭折等情节的叙述十分明确，并多次复指、贯穿小说的全部叙事，但杨、包译本对此的削删，不仅幅度很大，而且以精心设计的话语重组，重新塑造了一个完全不同于原著的迦茵形象，完全颠覆了原著的人文精神。下面将回溯晚清历史语境，将杨、包译本《迦因小传》与原著进行对勘、并与林纾、魏易的全译本《迦茵小传》进行比照，分析杨、包译本围绕女性美德、婚姻爱情等主题而精心打造的修辞话语特征，展示其话语背后的价值理念及道德内涵，揭示在晚清引发道德纷争的《迦因小传》和《迦茵小传》两个译本，如何以不同的话语方式建构起不同的精神世界，呈示出译本话语主体对本土世界与西方世界人伦道德的认知特点，进而管中窥豹，阐述文学话语引发新思想新理念、从修辞事件转变为社会事件的能量驱动，探讨翻译的思想传播和实现功能，论证"修辞以话语形态介入了人的现实存在"[①]的功能。

一、修辞重构之一：变"怀孕焦虑"为"思念成疾"

平民迦茵钟情于贵族出生的亨利，但因家境地位悬殊而难成姻缘，迦茵姨妈又贪钱财，威逼她与当地土豪成婚，为忘却亨利，也为躲避姨妈的逼婚，迦茵[②]离开家乡独自到举目无亲的伦敦谋生，在一家女装店做售衣模特，寄居在心地善良的房东般突太太家里。但女装店的工作很快让迦茵倦怠厌恶：她每天面对的，不是相貌平平却欲靠奢华衣装增添姿色的虚荣女人，就是年老色衰却一掷千金想靠衣饰找回青春的愚蠢女人；再者，因为迦茵美貌出众，经常受到店里男职员的骚扰，尤其是店长不怀

[①] 谭学纯:《问题驱动的广义修辞论》，北京：人民出版社，2016年，第101页。
[②] 因杨紫驎、包天笑译本《迦因小传》和林纾、魏易译本《迦茵小传》中人名译法不同，本书自述文字统一采用"迦茵"，引述译本原文时，还原为不同译本的"迦茵"和"迦因"。

好意的挑逗及遭拒后恼羞成怒的挑剔,对她无中生有的种种指责和刁难。因此,迦茵在伦敦的生活是痛苦不堪的:她既要面对为自立谋生而忍受的种种屈辱,更要默默承受对亨利的思念之苦,郁郁寡欢中她又意外发现自己怀有身孕,这无疑是雪上加霜,几乎让她失去了生活下去的勇气。

杨紫驎、包天笑的译本《迦因小传》为小说原著的下半部。原著第一次出现迦茵怀孕的信息就是在小说下半部的第25章,迦茵在伦敦独自谋生,她白天在一家服装店做试衣模特,晚上寄居在房东家里,叙事者以十分含蓄委婉的语气呈示迦茵怀孕的事实:

> 随着时间的推移,迦茵又为新的恐惧所震慑,起初只是一种隐隐约约的感觉,但周复一周,这种感觉愈加确定、愈发令人惧怕。起初,她几乎难以相信,因为这种事情是她无法想象的,但不久,她不得不承认这一事实,这个令人恐惧但又无法更改的事实。这件事至今尚是她的个人隐私,但不久将大白于天下。确认这一事实的那个夜晚,迦茵感到了从未有过的焦虑和痛苦,她感到自己濒临疯癫,时而哭泣时而祈祷,不时呼唤着爱人亨利的名字,尽管亨利是自己痛苦的源头,但此刻却反而倍感亲爱。最后,迦茵沉沉睡去,或者说是失去了意识,让她得以暂时的解脱。然而,当睡眠与长夜一同退尽,迦茵发现这件事依然如幽灵般杵立床边,挥之不去,迦茵知道,它将陪伴身边直至那最后结局的来临。①

此后,即使在服装店上班忙碌,迦茵也总是心神不宁,有孕在身的可怕事实缠绕心头,使她惶惶不可终日。一天,迦茵下班后没有直接回客居的寓所,而是到伦敦街头闲荡,当她来到威斯敏斯特桥头,竟产生出跳入河中一死了之的念头。但一想到腹中胎儿,她不想让亨利背上"谋杀"的罪

---

① 原文见:Haggard, H.R.. *Joan Haste*(New Edition). London: Longmans, Green, and Co., 1897:265.中译文为本书作者所译。

第八章　包天笑与《迦因小传》：新旧之间的现代性追求

名,更不想让胎儿因为她而失去生命,经过痛苦的内心挣扎,迦茵决计生下孩子,坚强地面对生活。原著中的一系列措辞明确陈述了迦茵怀孕的事实:"他的孩子"(his child)、"成为母亲"(to become a mother)、"孕育她的孩子"(bear her baby)、"他不会让她或者他的孩子挨饿"(He would not leave her to starve, or his child either),等等。①

对于这一情节的处理,可先比较一下杨紫麟、包天笑译本与林纾、魏易译本的差异:

杨、包改写(1903:34—36)	林、魏易译文(1981:162—163)
无聊至极,欲借书以消愁,时或废书太息,终日忽忽如有所失。尤难忘怀者,旧日情景,如在目前,故中心所眷恋者,如日在天中,无日不悬心目。虽深不愿见此人,反增惆怅。然钟情如迦因,此人已深印脑髓,岂能挥之即去者?故柔肠九转,如轴旋轳,萃数刻而为一时,萃数时而为一日,萃数日而为一礼拜,以至数礼拜旁皇踽踽,坐立不宁,一无分钟安定也。(天笑生曰,人至愤懑失意无可告语,及思虑过度时,往往有此种境界:脑筋失纽,百骸任冷,坐则如针刺毡,立则如虎履尾,熟视无睹,倾耳不闻。迦因以娇荏女郎,久藏深闺尤恐被风吹左,一旦遭此磨折,何能忍此摧辱?我知其即不遇意中人,其病象亦已流露,然由是而病而死,玉陨花销,汶汶黄土。造者虽以恩迦因,实以酷迦因也。名山大泽,动多奇态,丽景苍苍者,决不以庸福界,非常人明矣。)……一日愤气出门,亦不往行中,遂造伦敦一游。亦不自知其为何至此,独立西存桥,凭栏凝眺,第见云水苍茫,烟波辽阔,车走虹腰,声如雷霆,徘徊半响。夕阳西下,拟欲他往,又苦于路途不熟,终以无处可适,乃雇一亨斯美车,告御者令往云边一转,然后回金路。	且近日新有所触,为事至丑,前犹模糊,近乃日形其确,其事初止一身知之,思及后日,则必哄传不可掩讳。方第一日,自觉有身时,夜中焦灼,至不能贴席;思极而哭,或呼天自救,或屡呼亨利之名。明知亨利为己祸根,而思及恩意,则又热血如沸。既而酣睡,然睡即能醒,而祸根终无自脱之日。……如此亦惟有自裁之一途。一日行佣既罢,亦不归寓,惘惘中至惠司敏司德桥,桥上闲行久之。欲图死复惜,踌躇不能自决。已而独行赴水,谓水性清冽,可以濯我羞容。此时以手扶阑,欲踊身直跳,又念我死,宁非嫁亨利以恶名耶?且我腹中之儿何罪?我决,奈何并儿而亦决之?

林纾、魏易全译本中的措辞与原著比较接近,以同样委婉的言辞呈示

---

① Haggard, H.R.. *Joan Haste* (New Edition). London: Longmans, Green, and Co., 1897:266.

了迦茵得知自己怀孕的焦虑,以及迦茵想跳入泰晤士河以死求得解脱,但最终决定坚强面对命运的决心。然而,从林译文中可以明确看出译者对迦茵未婚先孕的贬抑态度:原著的用词是"新的恐惧"(a new terror),对怀孕一事并不蕴含贬抑之意,而在林纾的眼中这是一桩丑事,"为事至丑",而迦茵的这桩丑事是由亨利引起的,因此亨利是"祸根",而不是原著所述的中性措辞"她痛苦的源头"(the author of her woe)。林译笔下迦茵和亨利之间的感情,不是爱情,而是恩情:"思及恩意"——虽然汉语中的"恩"也含有"情爱"之意,但其指涉的"恩惠"之意更强,蕴含了情爱的"施""受"关系,显然在一定程度上附带着男女间的不平等关系。

再看杨紫麟、包天笑的译文,他们对行文措辞作了很大的改变。首先,译者删除了迦因发现自己怀孕的段落,然后将迦茵得知自己怀孕后的焦虑以及由此难以面对今后生活的郁闷改写成为她对亨利的思念,并且"相思成疾",以夸张的措辞——"柔肠九转,如轴旋舻""旁皇踯躅,坐立不宁,无一分钟安定",强化了迦茵为情所困引发相思之疾的情节,并以译者身份闯入译本("天笑生曰"),以夹注点评的方式进一步渲染迦茵的"相思成疾",用词铺陈夸张:"脑筋失纽,百骸任行,坐则如针刺毡,立则如虎履尾,熟视无睹,倾耳不闻"。而迦茵在威斯敏斯特桥上的生死抉择,也被删削干净,但为衔接叙事,译文硬是无中生有地增加了一段对伦敦街头繁忙景象的描述,似乎迦茵是为观景散心而游荡伦敦街头的。更值得关注的是:紧接此文,译者又删除了描述迦茵第二天上班时为自己怀孕而郁郁寡欢的多个段落,为在叙事时间上不至突兀,把原著随后一段中的"一天下午"(one afternoon)改写为"明日下午"。凡此种种修辞设计,正展现了寅半生所述的译者为维护迦茵的贞洁形象而"百计弥缝"的努力。

二、修辞重构之二:变"告知怀孕"为"为君祈福"

一天,迦茵在服装店上班,意外发现来选购衣饰的两位顾客正是亨

第八章　包天笑与《迦因小传》：新旧之间的现代性追求

利的妹妹和亨利的未婚妻。迦茵难以抑制复杂的心情，但作为店里的试衣模特，迦茵只能强颜欢笑代她们试穿衣服、展示服饰之美。① 猛然间她看到亨利也出现在了现场，但亨利竟然只见迦茵身上展示的衣服，没有关注迦茵其人，迦茵正欲上前招呼，亨利妹妹认出了迦茵，在她耳边偷偷警告她不得靠近亨利。迦茵失神落魄、伤心欲绝，借口身体不适要求提前下班，油头粉面的店长因平日向迦茵调情被拒早已对她心怀嫉恨，此时便借机解雇了她。迦茵回到寓所，高烧不止、一病不起。恍惚之中，迦茵给亨利写了一封信，真情告白，并将自己怀孕一事告知亨利。

杨、包译文（1903:44）	林纾、魏易译文（1981:169—170）
……迦因此生别无他望，亨利足下，惟愿吾死时，君犹以臂枕吾首，又得以口亲吾额，则此身属君不吝，生生世世永遂伉俪，而吾心纵有万种悲切、吾身纵受万种苦恼，亦所甘心忍受。呜呼！此实迦因未生以前既生以后所积无穷罪愆，因而受此苦厄，与君无与者，惟日夕祈祷，默求苍苍者之佑我亨利起居无恙耳。今日之事，倘君在我侧，必来问疾，君知我病必深念我，然此别恐成千古。未死以前得见君面与否，恐迦因福薄未能如愿。呜呼！将见君梦中衣白绔之衣，披发垂肩，其所以披此发者，以君之见，爱我发也。然君亦必有去此世界之一日，君入冥中，无须寻觅，迦因自能寻君，迦因生为罪人，然于此世界已受诸苦恼，已倍尝荼毒，谅上帝仁慈，必能鉴我、宥我也。虽然亨利，吾与君尚有相见之一日，岂非大佳乎？岂非大佳乎？吾欲（书至此，迦因不能成句，字亦模糊不可辨）。	今尚有幽闭不忍宣之隐事，必以告君，即果闻之，亦当不以我为恨、吾姑矣，且晚且免身。甚愿得子雄硕如君，蔚蓝其睛，气宇纠纠也。当吾初觉有身，惊极几晕，此间似有无穷责我之人，朝梦既震，夜梦复左，竟梦阿姨策杖驱我，戟指肆詈，至于无地；今则概然无所复恐。恐何为者？天下以无名无姓之女子，生一无名无姓之婴儿，孰复罪我？且吾将以终身抚此婴儿，抚儿即所以事汝。……人既云亡，子将安育？伤哉！亨利君，将不复面斯人矣。想斯人一殇，腹子亦无由生；即使能生，或诞育于上界清都之地，否则混入妇人羁囚之地，试啼声。……然尚有私心希望者：我死之后，君当时时念我，并念我未育之儿。脱令吾魄仍毅，则必披吾柔长之发，经君生平所理栉者，被吾莹洁之胸，左抱沉睡之死儿，于君梦中相见。

---

① 19世纪的英国贵族女装款式繁复，饰物层层叠叠，还有撑起裙摆的支架等，试穿十分麻烦；因此服装店常常雇用身材姣好的年轻营业员代人试穿，以展示服装之美，这既方便顾客，更是一种促销手段。迦茵在伦敦服装店的工作就是这样的试衣模特，专为顾客试穿衣服，展示服装款式之美。

对勘原文,①发现两个译本的修辞设计大不相同。在林译本中,林纾使用了一个十分古雅的词"姶"来传译迦茵怀孕一事,并追加了"且晚且免身"来强化迦茵即将产子(I am going to have a child)这一信息;用"子""婴儿""腹子""未育之儿"等措辞来传译原文中指涉孩子的"child","baby","it"等词。但林译也对原文作了改写:迦茵在信中仅希望自己的孩子像亨利一样有一双蓝色的眼睛,但林译却将"孩子"改译为"儿子",还增补了新的措辞:"雄硕如君""气纠纠也"。林纾此改,事出有因:小说中的亨利,有着蓝色双眸,虽称不上英俊,但神态冷峻、不露声色;虽个子不高,但作为海军军官,透着一股不容违抗、气昂轩宇的英武之气。在林译本第 1 章中,林纾对亨利的外貌描述较之原著着墨更多,突出其"将家风范":原著仅描述其眼睛的颜色为蓝色,林纾则着墨于其双眼炯炯有神的神态:"目睛尚光耀",还增加了原文中没有的"而将家风范,亨利尚为近之"一句。②最为关键的是,在第 14 章,亨利决计为迦茵着想,离家而去,林纾在传译亨利坚毅性格时,甚至以译者身份闯入译本,增添了自己对英伦海军将士品德的推崇:"亨利一生长于水师,染濡习尚,故有此坚钢不贰思想。英之将士,惟有此思想,故能防卫国家。"③林纾出于"救亡图存"目的的译介西洋小说,特别推崇哈葛德小说中蕴含的"尚武""侠义"之气,在译文中时时不忘借题发挥。因此,林译添枝加叶地以"雄硕如君"将"孩子"改为"儿子",也就顺理成章了。原著中迦茵为腹中胎儿是爱情结晶而发誓将加倍宠爱这个孩子,林译将此改写为"将以终身抚此婴儿,抚儿即所以事汝",将迦茵对亨利的纯粹"爱情"转化为"以事汝",传达出女性以生儿育女尽妇道、伺奉夫君的中国传统思维,尽管林纾有

---

① 原文见:Haggard, H.R.. *Joan Haste* (New Edition), London: Longmans, Green, and Co., 1897:277.
② 哈葛德:《迦茵小传》,林纾、魏易译,北京:商务印书馆,1981 年,第 15 页。
③ 同上书,第 91 页。

着译介西学济世救国的思想,但他内心深处的儒家人伦观念依然是他译文价值参照的重要标准。

再看杨紫驎、包天笑的译文,迦茵写的这封信是杨、包译本中改动最大的一处,译者几乎按照自己的逻辑重新设计修辞话语,重新为迦茵写了一封信,使迦茵写信的目的不再是告知亨利自己怀有身孕一事,而是接着译本前文已经改写的"相思成疾"情节设计,续写迦茵思念亨利至极、几乎病亡,迦茵临死前的真情告白以及为亨利的祈福。在信的结尾,译者以十分夸张的口吻插入点评,传达迦茵此时此刻泣不成声、悲不能书的境地。至此,迦茵相思成病、几近病亡的叙事逻辑已编织完成,随后,译者又将房东太太看到迦茵信后表露的对迦茵腹中婴儿(a baby unborn)的同情,改写为对迦茵病体的忧虑:"病深若此,恐将不起",进一步对改写后叙事的合理性"巧为弥缝"。

从原著中迦茵写信给亨利旨在"告知怀孕"到杨、包译本中改写为"为君祈福",叙事情节的改变将文本内涵的意识形态差异展露无遗:被削删的迦茵怀孕情节及被改变的小说话语,表征了晚清时期欲新还旧、传统与现代剧烈对抗的思想意识,印证了包天笑后来的自我言说:"大约我所持的宗旨,是提倡新政制,保守旧道德,老实说,在那个时代,也不许我不作此思想。"[①]

三、修辞重构之三:被译者"隐匿"的婴儿

在此后的叙事中,哈葛德原著出现了多处陈述迦茵腹中之儿、迦茵产下私生女、婴儿早夭等情节,杨、包译本对此均一一削删干净,原著中的婴儿在译本中被彻底"隐匿"了,同时,译者还对相关情节作了修改,以理顺叙事逻辑,其设计之精心可谓滴水不漏。

---

① 包天笑:《钏影楼回忆录》,香港:大华出版社,1971:391。

(1) 被删删之情节一

亨利母亲为保证儿子亨利与富家女成婚,只身前往伦敦找到迦茵,请求她离开亨利。迦茵忍痛答应以成全亨利家族的利益,但面对亨利母亲,她也将自己的痛苦和尴尬处境和盘托出、直言不讳:虽然她离开亨利会对腹中之儿未来的生活带来莫大痛苦,自己也将悔恨一生,但她依然表示愿意牺牲自己和孩子,以保全亨利及其家族今后的贵族生活,为了爱情,她心甘情愿。

哈葛德原著 (1897:335—336)	杨、包改写 (1903:81)	林译文 (1981:202)
And if, as you wish, I inflict all this upon him by refusing to marry him, what will be my reward? A life of shame and remorse for myself and my unborn child, till at length I die of a broken heart, or perhaps—'and she stopped ... Well, Lady Graves, I will do as you wish, I will not accept your son's offer. He never made me a promise of marriage, and I never asked or expected any. Whatever I have done I did for love of him, and it was my fault, not his—or as much my fault as his—and I must pay the price. I love him so well that I sacrifice my child and myself, that I put him out of my life—yes, and give him to the arms of my rival!	"夫人尔言甚是,然尔云渠所爱者,真耶?否耶?又渠岂我一弱女子所能救耶?恐舍此身亦无用也。"曰:"果尔,则老身当日夕顶礼以谢之。密司特,恐爱情难割此事,未必能决然耳。"迦因依然起立曰:"夫人,我意已决,我决不受公子之聘,我视彼若与我渺不相涉者。然我亦无所需于夫人,凡我所为,我无他意,我所欲实显我爱之摅者,惟有舍我命以救我亨利也。"	……"且夫人今日之来,哀我决其旧爱,亦未思我若听夫人者,则后此一身,前顾茫茫,恐夫人亦未为我计及,我一身何惜?试问此怀中之儿,生时不特有无告之悲,而且蒙无父之辱,必致孤寒以殉。……前此之过,因爱而生,非公子之罪,均我罪也。吾今以公子旧恩,请拼吾一身,及吾未乳之儿,同付一掷。"

林译本以"怀中之儿""未乳之儿"对应原著中的腹中之儿(my unborn child),保留了迦茵将自己怀有身孕的信息告知亨利之母这一情节。这一情节安排在小说叙事的推进中,不仅为塑造迦茵桀骜独立的个

性服务,也揭示了没落贵族为自身利益、为维持旧日的奢华生活而毫不顾忌他人的自私和冷血。杨、包译文完全删除了这一情节,取而代之的是增补了迦茵毫不犹豫的承诺,这一改写使迦茵的自我牺牲显得更加毫无顾虑、毅然决然。

(2) 被削删之情节二

迦茵得知亨利已和爱玛结婚,更加绝望,且得知亨利也已知道自己嫁给了当地土豪,猜想亨利一定会因此蔑视她;她无法言说的是自己即将成为亨利孩子的母亲。想到此,迦茵感到生不如死。冬去春来,迦茵意识到分娩期即将临近,这对她是一个严峻的考验,愈加焦虑不安。

哈葛德原著(1897:370)	杨、包译本	林译(1981:222)
How pitiable was her state! — scorned by Henry, of whose child she must be the mother, but who was now the loving husband of another woman, and given over to a man she hated, and who would shortly claim his bond. ... One by one the weary days crept on till at length the long London winter gave way to spring, and the time of her trial grew near. In health she remained fairly well, since sorrow works slowly upon so vigorous a constitution ...	完全删除,无任何改写。	宛转思维,亨利既见绝,而怀中儿即属见绝人之嗣胤,吾乃为是儿无父之母,此情又胡以堪?时序侵寻,已易冬而春,免身之期且至,幸躯干尚伟,纵为殷忧中,而侵剥亦稍缓,以元气素固,不易摧残也。

(3) 被削删之情节三

迦茵产期将临,想到今后生活无依无靠,愈发绝望、痛不欲生,她边做针线边祈祷上帝,祈求自己和胎儿一起死去,以求解脱。迦茵作好了死亡的准备,她写好遗嘱,将自己仅有的 30 英镑留给将来如果有幸存活的婴儿,嘱托房东代为抚养,如果婴儿亡故,则将此笔费用转赠给房东太太。林译通过"胞中之儿""怀中儿""孤儿""儿"等措辞将原文中的信息全部传达给了读者。而杨、包译本则删除了迦茵的临产焦虑及嘱托房东抚养其婴儿的遗嘱,将译文改写为迦茵得知亨利结婚后深受刺激,在痛苦中祈求速死。

哈葛德原著(1897:371)	杨、包改写(1903:101)	林译(1981:223)
But while she sat and sewed for hour after hour, a new desire entered into her mind—that most terrible of all desires, the desire of Death! Of Death she became enamoured, and her daily prayer to Heaven was that she might die, she and her child together, since her imagination could picture no future in another world more dreadful than that which awaited her in this ... All the rest of her property, of any sort whatsoever, whereof she might die possessed—it amounted to about thirty pounds and some clothes—she devised to Mrs. Bird for the use of her unborn child, should it live, and, failing that, to Mrs. Bird absolutely.	迦因因日为缝纫,亦坐视般突等皆闷闷不欢,愈觉无味,而欲死之心乃益坚。又数日,般突偶购一报纸,迦因借阅之,内载有新闻一则,云:海军男爵亨利君与其新娶绝丽之夫人同游埃及,寓居开罗某大客寓内,一对玉人,人皆羡之。又曰:彼等将同游圣地,归期约在五月之秒。迦因阅之,不忍卒读,遽仰天而呼曰:"嗟乎!吾之愿望毕矣!吾之义务尽矣!自此惟日夜祷告苍天,求此身之速死。"	迦茵长日治事,亦不挥生忧烦,顾每下一针,恒觅死机,匪特自死其身,且欲并死其胞中之儿。……笥底存金钱三十镑,嘱钵特,若怀中儿生者,金授孤儿;脱儿不生,则赠钵特。

(4) 被削删之情节四

迦茵顺利产下了一女婴,原著以十分简练的笔触叙述了这一情节:产后的迦茵苍白无力,而怀中女婴,由于迦茵孕期的长期抑郁,体质十分孱弱,出生不到三周便夭折,被埋到了伦敦的一个公墓里,留下迦茵独自品尝人生苦酒。然而,迦茵很快就为婴儿离她而去感到庆幸,因为如果婴儿存活下来,今后生活将与她一样悲苦,而且如果落到她那土豪丈夫石茂的手里,免不了将惨遭虐待。女婴死后,周围人再也看不到迦茵的

第八章　包天笑与《迦因小传》：新旧之间的现代性追求

笑容了。林译本以更为简练的语言，陈述迦茵新的不幸，而杨、包译文则将这一情节完全删除了。

哈葛德原著(1897:372)	杨、包改写(1903:101)	林译(1981:223—224)
At last the inevitable hour of her trouble came upon her, and left her pale and weak, but holding a little daughter in her arms. From the first the child was sickly, for the long illness of the mother had affected its constitution; and within three weeks from the day of its birth it was laid to rest in a London cemetery, leaving Joan to drink the cup of a new and a deeper agony than any that it had been her lot to taste. Yet, when her first days of grief and prostration had gone by, almost could she find it in her heart to rejoice that the child had been taken from her and placed beyond the possibilities of such a life as she had led; for, otherwise, how would things have gone with it when she, its mother, passed into the power of Samuel Rock? Surely he would have hated and maltreated it, and, if fate had left it without the protection of her love in the hands of such a guardian, its existence might have been made a misery. Still, after the death of that infant those about her never saw a smile upon Joan's face, however closely they might watch for it.	完全删除，无任何改写。	追免身后，儿，女也；既生而病。母氏多愁，儿遂不举，至第三日，已瘗之伦敦礼拜堂义园中。自是，迦茵又啜一杯苦茗矣。儿死数日，尚悲哽，既而又念儿不死者，其佗傺当如其母；即不然，一落洛克之手，尤无生法。旁观者，觉迦茵殇儿后，竟日竟月，恒无笑容，而风貌之美，较前尤绝。

(5) 被削删之情节五

迦茵私生女夭折不久，收到丈夫——土豪石茂的来信，请求她回家

355

乡与他团聚,开始新的生活。林译基本传译了原著的信息,但将石茂要求迦茵尽妻子之责,归化为符合晚清读者理解的"五伦名义"。杨、包译文用"前事往矣"替代信中关于迦茵孩子的内容,突出了其丈夫石茂请求迦茵回乡的措辞。

哈葛德原著(1897:373)	杨、包改写(1903:102)	林译(1981:224)
It's all over now; the child's dead, you tell me, and the man's married, so let's turn a new leaf and begin afresh. After all, Joan, you are my wife before God and man, and it is to me that your duty lies, not to anybody else. Even if you haven't any fondness for me, I ask you in the name of that duty to listen to me, and I tell you that if I don't I believe that I shall go mad with the longing to see your face, and the sin if it will be upon you.	且前事往矣,彼嫁者嫁,娶者娶,卿岂无闻见耶?迦因,迦因,我于尔为夫妇,名分既定,而卿乃坚持不与予同处,何耶?	今尔来书,孩子已殇,其人亦娶,则尔我不了之事皆毕,何妨重续因缘?迦茵乎,到底尔我二人,业为夫妇,天地闻之,尔今生须一力为我,不旁及他人;即使尔不见爱,吾亦以五伦名义,责尔来归。尔若不来,令我痛发,则罪在尔躬……

(6)被削删之情节六

哈葛德原著第37章,当迦茵得知自己的生父就是新贵李文(Levinger)时,悲愤地将自己和亨利相爱、因受亨利母亲祈求不得不离开亨利、私生女夭折等悲苦经历一一向亲生父亲详细陈述,并指责生父不仅自己不承担父亲之责抚养她成长,还强行拆散她和亨利的婚姻,置她于悲苦之中。在此,林译将父女间的对话一一传译出来,尽管有一处信息与原文不符:原文说亨利得知迦茵为孤儿后并未由此歧视她,而是更坚定地要娶她为妻,给她新的生活,林纾在传译这一信息的基础上,又增加了"知儿有身"。杨、包译文删去了迦茵对其父亲坦陈自己与亨利相爱、有私生女一事,译本行文始终保持迦茵的清白。

第八章　包天笑与《迦因小传》：新旧之间的现代性追求

哈葛德原著(1897:386—387)	杨、包改写(1903:108)	林译(1981:231—232)
Your daughter's husband, Sir Henry Graves, and I loved each other, and I have borne his child. He wished to marry me, though, believing myself to be what you have taught me to believe, I was against it from the first. When he learned my state he insisted upon marrying me, like the honourable man that he is, and told his mother of his intention. She came to me in London and pleaded with me, almost on her knees, that I should ward off this disgrace from her family, and preserve her son from taking a step which would ruin him. I was moved by her entreaties, and I felt the truth of what she said; but I knew well that, should he come to marry me, as within a few days he was to do, for our child's and our love's sake, if not for my own, I could never find the strength to deny him … And now, that my cup may be full, my child is dead, and tomorrow I must give myself over to my husband according to the terms of my bond.	然则父亦知我之决绝亨利乎？曰：未知。因述林南夫人来金路之事，且谓，苟不如是余，又何至强捐所爱之人，而委身于一无赖耶？	实告翁，格雷芙夫人之夫，亦我所欢；且为之生子矣。本欲娶，亦不丑吾为无父之人。迨后此知儿有身，更欲图践前诺，此盖当世之有心人也。已以其意告知其母，母大悲，独身奔至儿家，几欲五体投地，令我勿嫁彼儿，以拯门业，儿为所感，亦许之矣。若当日知于数日之中，将亲莅伦敦娶我，并抚我怀中之儿，则吾焉能轻许格雷芙老媪也？……今儿厄已到极处，乳抱之婴亦殇，明日即须以遗体照律法属彼荒伧。

（7）被削删之情节七

迦因失去新生女后，时常陷于悲痛之中，原著第38章中，迦因做噩梦，梦见了自己在海浪汹涌的巨石上听到婴儿的哭声，杨、包译文完全删除了这一情节。

哈葛德原著(1897:392—393)	杨、包改写(1903:111)	林译(1981:235—236)
She dreamt that she stood alone upon a point of rock, out of all sight or hope of shore, while round her raged a sea of troubles ... Nearer it surged and nearer, till at length it flowed across her feet, halving itself against them; then the one half shouted with laughter and the other screamed in agony, and joining themselves together, they rose on the waters of that sea, which of a sudden had grown red, and, smiting her upon the breast, drove her down and down and down into the depths of an infinite peace, whence the voice of a child was calling her. Then she awoke, and rejoiced to see the light of day streaming into the room; for she was frightened at her nightmare, though the sense of peace with which it closed left her strangely comforted.	……将迦因卷入海心,迦因猛喊狂嘶,骇极而醒,睁眼一观,则日光射入窗棂,天已晓矣。	见一身立于孤石之上,海水四涌而来,而天又大风……巨面一临,立触己身坠海,沈沈中忽造一安乐之地,微闻有婴儿啼声,因而惊醒,见阳光射榻,惊魂仍未定。

杨、包译文通过反复削删和改写,"隐匿"了原著中的婴儿,而译本中婴儿的"缺席"本身,就形成了一条新的话语线索,贯穿于小说叙事之中,可谓草蛇灰线,虽隐于不言、细入无间,但却昭示着叙事话语背后的思想意识驱动,即译者包天笑自述的"保守旧道德"。

四、修辞重构之四:变"女婴之发"为"迦因之发"

在小说第38章,迦茵将亨利母亲求她离开亨利、她为成全亨利家族与自己憎恨的石茂结婚、婚后分居、她与亨利的女儿出生不久即夭折的实情——详告亨利,并将早夭女儿的一缕头发交给亨利留作纪念。

第八章 包天笑与《迦因小传》：新旧之间的现代性追求

哈葛德原著(1897:399—400)	杨、包改写(1903:115)	林译(1981:237,239)
"I forgot, Henry, I have something to give you that you may like to keep," and she took a tiny packet from her breast. "What is it?" he said, shrinking back a little. "Only—a lock of the—baby's hair." And she kissed it and gave it to him. He placed the paper in his purse calmly enough. Then he broke down. "Oh! my God," he said, with a groan, "forgive me, but this is more than I can bear." Another second, and they were sobbing in each other's arms ...	迦因复曰："我有一物当赠君，"复从怀中取一纸裹与之。亨利曰："何物？"曰"以君相爱，取以持赠，见此如见迦因也。"因以口吮之，而递于亨利。亨利以手接之，则一缕香云，如轻烟薄雾，亦以口吮之而置入衣袋中。于是二人相对唏嘘。	"幸上天垂悯，尔我之女已早殇矣。"亨利闻言色顿变，作微语曰："吾儿生耶？"迦茵曰："儿生极肖汝，吾即名之曰：迦茵，大概名此，亦君所许。"亨利以手掩面，曰："迦茵，我垂晕矣。不能更诘，尔可一一告我以状。"……"亨利，吾忘之矣，吾尚有物赠君，吾少几忘之。"乃就衣囊中出小函。亨利见而却步曰："此何物耶？"迦茵期期不能出口，久之，始曰："此瘆女雏发也。"与之亲吻后，遂授诸亨利。亨利以发纳诸银囊之内，以身倚柱，嘘曰："天乎，我罪至巨，天其赦我乎？"二人乃相抱而哭。

杨、包译文将迦因殇女之毛发改写为"一缕香云"，含糊其词间令读者误以为这是迦因自己的头发，"见此如见迦因也"一句更是巧妙地转化了原著中殇女的存在。原著阐述亨利得知亲身女儿已亡，悔恨痛苦中与迦茵相抱而泣，杨、包译文将此改写为晚清读者更易接受的"相对唏嘘"，避免了男女主人公之间的肢体接触。杨、包译本削删了男女主人公肉体的爱，保留了精神之爱，这种不逾越礼教的故事情节，使迦茵这一人物显得"清洁娟好，不染污浊"，深受寅半生一类之读者的称道。

五、修辞重构之五："腼腆""羞涩"的西方女性

杨、包译本在塑造女性人物时，时时按照中国传统理念，将原著中的

迦茵这位富有主见、个性十足的女性打造为腼腆羞涩、含羞带娇的中国传统的驯良女性。

有一天,迦茵在服装店上班时意外看到陪妹妹和未婚妻来选购衣物的亨利,但亨利只关注试衣模特迦茵穿在身上展示的衣服,竟然没有认出迦茵其人,迦茵惊愕得几乎摔倒,赶紧扶住椅子稳住自己。此刻,亨利妹妹也认出了迦茵,暗中警告她不许靠近亨利。叙述者从亨利妹妹的视角呈示了当时迦茵脸色苍白、失神落魄、无奈祈求的可怜表情。

哈葛德原著(1897:271—272)	杨、包改写(1903:39)
Next moment she was clinging to the back of a chair to save herself from falling headlong to the floor, for the man was speaking … And what a despairing face it was! so much so, indeed, that it touched even Ellen's imagination and moved her to pity. The great brown eyes were opened wide, the lips were set apart and pale, the head was bent forward, and from beneath the rich folds of the velvet cloak the hands were a little lifted, as though in entreaty.	见其两颊晕霞羞愧无地,敛眉垂颈,进退不能自由,时欲启口与亨利接谈,又碍于稠人广众中有所不便。彳亍椅后,殊不自安。

杨、包译文修改了迦茵此刻的反应,"两颊晕霞"凸显了女性脸红心跳的娇羞表情,"敛眉垂颈"则指女性羞羞答答、不敢正眼看人的羞涩之态,"又碍于稠人广众中有所不便"将原文"惊愕""无奈"神态下迦茵心有不甘但又不知所措的心理改变为迦茵主动的退避,"彳亍椅后,殊不自安"一句则更强化了迦茵自动退却、驯良屈从的心理。迦茵的个性由此改变。

在小说第35章,当亨利得知迦茵已和石茂成婚,一怒之下便向钟情于他的富家女意茂(Emma)求婚,承诺做一个负责任的好丈夫。意茂答应了他的求婚,直率地表示,自己两年前就喜欢上了他,尽管当时的亨利对她毫无关注。

第八章 包天笑与《迦因小传》：新旧之间的现代性追求

哈葛德原著(1897:368)	杨、包改写(1903:100)
"If you choose to take me, I promise you that no woman shall ever have a better husband than I will be to you, for your happiness and welfare shall be the first objects of my life. The question is, after what I have told you, can you care for me?" Emma stopped, for all this while they had been walking slowly, and looked him full in the eyes, a last red ray of the dying light falling on her sweet face. "Sir Henry," she said, "you have been frank with me, and I honour you for it, none the less because I happen to know something of the story. And now I will be equally frank with you, though to do so is humbling to me. When I stayed in the same house with you more than two years ago, you took little notice of me, but I grew fond of you, and I have never changed my mind …	意茂伫步，在夕阳返照中两颊绯霞，细语亨利曰……

原著的语义是：夕阳映衬之下，意茂愈显美丽，接着便写意茂的直接表白。但是杨、包译文却为意茂的脸上增添了一抹红晕——"两颊绯霞"，刻画出一副"羞涩娇媚"的女性神态；进而，译者又添加"细语"一词，使意茂不仅含羞带娇，而且温良顺从。译文展现的是晚清中国男性视野中羞涩动人、温柔驯良的理想女性形象。

六、修辞重构之六："一缕香魂""离恨天"

杨、包译本删除了哈葛德原著结尾的部分内容：迦茵为亨利赴死，中弹后在亨利的怀中死去，亨利悲痛万分，回家将这一不幸告知母亲和妹妹，并揭晓了迦茵实为新贵李文(Levinger)之女的真实身世及迦茵代他赴死的实情，悲叹自己的生活由此遭毁。亨利母亲深为迦茵悲叹并为自己对他们爱情的干预感到后悔，但亨利妹妹却无动于衷，认为迦茵之死并非他们引起，而是上帝的旨意，劝告母亲说过些时日亨利便会恢复常态，她安排马车让家人全部离开此地，以避开警察和记者，因为她的丈夫

361

即将参加地方议会竞选,不希望因此丑闻而受到牵连。但杨、包译本删除了这些情节,以"迦因一缕香魂遂入离恨之天界也"收束全篇叙事,小说在迦茵的死亡中戛然而止。译本通过精细的修辞设计,削删了男女主人公的肉体之爱,凸显了精神之爱的高尚,特别是迦茵一往情深的纯洁情感和自我奉献的精神。原著的结尾十分残酷:亨利妹妹的无情反应和道德冷漠似乎削减了迦茵自我牺牲的意义,也削弱了这个爱情故事的高尚内涵,因而杨、包译本删去了这一内容,让小说叙事保持在"一缕香魂遂入离恨之天界"的哀伤氛围之中。"离恨天"原本指佛教中的一个世界,比喻相爱男女不得相见、抱恨终身的境地。而"一缕香魂"则以其哀怨情绪引发读者对林黛玉之死的联想:《红楼梦》第 98 回的回目为"苦绛珠魂归离恨天,病神瑛泪洒相思地",传达了"此恨绵绵无绝期"的林黛玉式的郁郁情感。"一缕香魂""离恨天"这一中国传统爱情悲剧常用的修辞话语,展现了封建礼教下爱情无法实现、相爱男女在愁恨悲戚中终老一生的生存状态,这一话语指向已经完全不同于原著中女主人公为爱情牺牲、实现自我生命价值的理想追求。

从以上对杨、包半部译本中关于迦茵怀孕生子情节的修辞处理可以看出,译者不只是简单地对情节进行了削删,而是在话语表述方式、叙事衔接等方面都进行了全面而精细的修辞重构,正如寅半生所言:"百计弥缝而曲为迦茵讳"。原著所表现的迦茵作为自由个体的爱情和个人生命价值的自由实现,在杨、包译本中已被纳入晚清的封建伦理体系之中,而那些在思想观念上无法与之弥合的内容则被削删干净。这些修辞重构,敷衍出了一幅不同于原著的叙事风景,展现出一幅男女性别关系、人伦道德秩序的真实生动的观念世界图景,揭示了晚清新旧社会转型期,西方观念冲击下的中国式应对,话语深处蕴含的是中西不同的生存之道。但经过削删的故事,从叙事审美来看,也削减了小说叙事的冲突性和合理性,迦茵的内心世界变得单调,内心的矛盾痛苦、情绪起伏显得突兀,人物丰富的情感世界也受到局限。

尽管如此,《迦因小传》所展现的不计门第的纯真爱情、迦茵和亨利为自我情感的勇敢抗争,冲击着晚清的封建婚姻观念和人伦传统,是对晚清泯灭人性的礼教道统的对抗,《迦因小传》以新的价值观念,启引着新的婚姻观念和人伦价值模式,成为清末民初言情小说创作所效仿的主题和追求的特点。因此,这部经过大刀阔斧修改的半部译本仍然值得赞颂,它为中国传统言情小说引入了新的叙事灵感,激发了后代作家,正如袁进所述:"中国古代的'才子佳人'小说基本上叙述的都是一个浪漫的故事,是现实生活中不可能发生的。……近代改变小说界创作面貌的,是翻译小说。……当时翻译的外国言情小说,很多都是运用现实主义方法描写真实爱情,尤其是当时著名的影响较大的翻译言情小说,几乎都是如此。假如考虑到晚清翻译小说数量之大,一度超过当时的创作小说,更可以想象得到翻译言情小说对中国言情小说的创作的冲击。正是在这种冲击之下,言情小说作家往往运用现实主义的创作手法,很少再叙述浪漫故事。"①

关于《迦茵小传》的这两个译本,作为林译小说爱好者的周作人,曾一语道破其中的冲突核心所在,即女性的"贞操"观念:"及至林译的《迦茵小传》出来,才知道汉文虽有两册,原文就只是一本,假如不被老鼠咬坏,那是不会得只有半部的,其所以如此的显然是译者所干的事,即是他只翻译了一半。为什么要把上半删除了呢?我们拿林译的上卷来看,才明白这是因为说迦茵与人私通了,想不到中国译书人倒要替外国小说里的女郎保守贞操,虽是好意,却也未免是太多事了。那时林先生毅然决然的将全部补译出来,这种精神实在很可佩服,至今也还是值得表扬的。"②

---

① 袁进:《试论近代翻译小说对言情小说的影响》,《翻译与创作——中国近代翻译小说论》,王宏志编,北京:北京大学出版社,2000年,第214—215页。
② 周作人:《迦茵小传》,原载1951年3月11日《亦报》,见《周作人书话》,黄乔生选编,北京:北京出版社,1996年,第45页。

"中国译书人替外国小说里的女郎保守贞操",体现的是封建意识形态的顽固。就包天笑个人的女性观念来说,他十分推崇任劳任怨、为家庭牺牲自我的传统女性,视自己的母亲为妇德表率:"我的母亲,在我的内心中,在我的敬爱中,直到如今,我颂她是圣者。我未见世上女人道德之高,过于吾母者。她不认字,不读书,未受何等教育,然而事姑,相夫,教子,可以说是旧时代里女界的完人。这不独是她儿子如此说,所有亲戚朋友中,没有一人不称赞她贤德的。"①包天笑有很多笔名,但最常用的是"钏影楼",而这个笔名就是为了纪念母亲的一段盛德:包天笑儿时的一个除夕,父亲的旧友上门借钱救急,衰败的包家已无现金可借,母亲便主动把自己的黄金首饰拿出,其中有一对金绞丝手镯,每只差不多有二两重,母亲就用这对手镯帮助友人渡过了难关,"钏影楼"这一笔名便源于此。包天笑 17 岁时父亲去世,母亲守寡尽孝,且因家道中落,全家老小靠母亲夜以继日为人绣花的收入来维持生活。母亲自己身患肺病,不仅日夜为生活操劳,还要伺候半身不遂、溲溺在床的婆婆,为此她常常是夜里衣不解带、和衣而睡。母亲勤劳朴素、驯良守节,是包天笑眼中的理想女性,包天笑的这一女性观也可以从一个侧面解释其在译本中对迦茵形象的巧计弥缝,试图重塑一个符合当时读者期待的理想女性。

包天笑"提倡新政制,保守旧道德"的价值观念与他个人的读书经历也密切相关,他 5 岁就开始在私塾读《三字经》《孝经》《论语》等,尽管他后来创办了中国第一份商业化的女子刊物——《妇女时报》,其竭力倡导的妇女观和家庭观,虽融入了女子的学识、自立等新品德,但从根本上说还是因循传统女德。作为鸳鸯蝴蝶派的主将,包天笑创作的小说《一缕麻》《孤雏感遇记》《富人之女》等,均以反对包办婚姻、提倡恋爱自由为主题;但传统的价值理念根深蒂固,使他始终趋新而不破旧,保守而不封闭。

---

① 包天笑:《钏影楼回忆录》,香港:大华出版社,1971 年,第 3 页。

这种文化心理,是他译介《迦因小传》时大刀阔斧削删有违传统人伦情节的驱动,也是晚清社会转型期新旧意识形态冲突下的必然选择。

"中国译书人替外国小说里的女郎保守贞操",有其深刻的社会和文化根源,揭示出修辞话语背后属于晚清中国的女性生存逻辑。在男女情爱方面,儒家的准则是"发乎情,止乎礼",强调男女情爱和婚姻的社会功能,扼杀人的欲望,提倡克己守礼、讲究忠信节义。封建道德伦理要求女性奉行贞节道德,"贞操"成为对女性行为规范的核心标准,贞操观包括女性在婚前对处女贞操的守护,婚后的为夫守节以及夫死不嫁、从一而终的要求。这是封建社会双重标准的道德伦理:贞操观是单方面为女性确立的伦理标准,保持贞节被视为女性的最高美德,而男性则不受此约束。贞操观的背后是潜在的社会规则和价值体系:中国以血缘为基础的宗法制度下,父权至上、夫为妻纲、男尊女卑。然而,"假仁以效己,凭义以济功",贞操观的目的是维护男性的绝对统治地位,为男权专制寻找合理的价值体系支撑。

在家国一体的理念下,女性的"贞操观"也为治理国家提供了道德秩序:"积家而成国,家恒男妇半。女顺父母,妇敬舅姑,妻助夫,母长子女,姊妹娣姒,各尽其分。人如是,家和;家如是,国治。……使凡为女若妇者,循循各尽其职。则且广之为风俗,永之为名教。有国者之事,以权始,以化终。权故行,化故成,国以治平。"①因此,"贞操观"顺应了维护夫权—父权—君权这一国家秩序的需要,在"家国同构""家齐国治"理念的支配下,妇女奉行贞节道德、遵守人伦纲常观念实际上成为一种制度化的政治意识形态,所谓"忠臣不事二君,贞女不更二夫",女性的贞节德行成为家国治理的道德保障。因此,有学者指出:"明清两代盛行的以明代

---

① 赵尔巽等:《清史稿》(第46册卷五百八,列传二百九十五,烈女一),北京:中华书局,1977年,第14019—14020页。

尚死烈清代倡守节为特征的要求妇女接受的贞节道德,主要是出于齐家治国的伦理需要,而不是由于对人欲特别是妇女欲望的控制。国家、社会、家庭共同在贞节道德方面塑造妇女,妇女也在接受塑造、适应需要而牺牲自己以成全家国。"①

包天笑不仅是一个充满才情的文人,也是一个有着浪漫天性的诗人。译本《迦因小传》所展示的中国礼教下的西式浪漫爱情,也是包天笑向往但又无法实现的。包天笑18岁时,在家人撮合下,与同乡一位书香家庭的女儿陈振苏订了婚,25岁结婚。在此之前,他曾几次经历了朦胧的爱情:他少年时钟情于私塾先生邻家一位小名为"好小姐"的女孩,师母见两个孩子情投意合,去包家竭力说合,但因"好小姐"出自家道厚实的官宦之家,其时包家已是家道中落,祖母不想高攀,少年包天笑只能默默忍受情窦初开的情感煎熬,这是包天笑最刻骨铭心的一段情缘,后来写诗纪念。此后,包天笑爱上了年长自己3岁的房东女儿,但这段单相思恋情很快就结束了。20岁那年,包天笑因经营书店常到上海办事,结识了客栈街上一家妓院的侍女阿金,两人又在旅途邂逅,阿金美丽开朗,激起包天笑的一腔深情,因阿金早已订婚,这段一厢情愿的感情经历也就没了下文,后来他不仅写诗寄情,还将这一美好经历写成小说《烟篷》,发表在《小说月报》上。②尽管包天笑的思想深处有着浓浓的封建道德观念,但对自由恋爱美好情感的向往、对男女婚姻自由的追求,在包天笑的译本《迦因小传》以及他后来的创作小说中时时流露出来。

尽管经过杨、包削删后的半部《迦因小传》完全改变了原著的思想和情感,已经成为一个中国化的故事,尽管如此,它传播的男女间自由、浪漫的爱情,冲击了晚清"父母之命、媒妁之言"的传统婚姻观念,给封闭的

---

① 杜芳琴:《明清贞节的特点及其原因》,《山西师大学报》1997年第4期。
② 栾梅健:《通俗文学之王包天笑》,上海:上海书店出版社,1999年,第37—40页。

第八章 包天笑与《迦因小传》：新旧之间的现代性追求

晚清中国注入了启引现代情感追求、激发新的生存理念的动力，感动了当时的一代读者。《迦因小传》出版后，当时与陈三立、谭嗣同、丁惠康并称"清末四公子"的吴保初（1869—1913，字彦复，号君遂，晚号瘿公）读了包天笑赠送的《迦因小传》，作诗表达对真挚爱情的向往，其时年近四十的吴保初仕途失意，郁郁寡欢，结识了沪上名伶金菊仙，并出资为她治病。金菊仙为读书才女，为日趋衰败的时局忧心如焚，两人经常促膝长谈，互为知音，情真意笃，但吴保初因发妻悍妒异常不敢纳妾，深为此情痛苦。最终金菊仙改名彭媛，作为外室与吴保初相守一生。①后来，包天笑戏称吴保初读《迦因小传》作诗是因为触景伤情："那个时候，彦复的如夫人彭媛，正是下堂求去，他不免借他人的酒杯，浇自己的块垒，而任公也知之，所云'因果'者，乃以掩扬出之耳。"②梁启超曾对此有专录："十年不见吴君遂，一昨书丛狼藉中，忽一刺飞来，相见之欢可知也。相将小饮，席间出示近稿十数纸，读之增欷。顾靳不我畀，惟以别纸题《迦因传》一首见遗，录以记此因果。诗云：'万书堆里垂垂老，悔向人来说古今。薄酒最宜残烛下，暮云应作九洲阴。旁行幸有娄迦笔，发喜难窥大梵心。会得言情头已白，矗矗相见久沉吟。'"③而梁启超自己也将《迦因小传》与林译《茶花女》相提并论："迦因传者，近人所译泰西说部，文学与《茶花女》相埒者也。"④《迦因小传》也打动了林纾，称赞它"译笔丽赡，雅有辞况"，促使他译出了小说足本，进而影响了诸多后代作家。半部《迦因小传》以其话语力量，在晚清中国文学和思想现代性的征程中留下了难以抹去的一道风景。

---

① 林克光：《彭媛与吴保初的纯真爱情》，《近代名人趣闻轶事》（图文本），郑州：河南人民出版社，2007年，第227—229页。
② 包天笑：《钏影楼回忆录》，香港：大华出版社，1971年，第227页。
③④ 梁启超著，郭绍虞、罗根泽主编：《饮冰室诗话》，北京：人民文学出版社，1959年，第126页。

《迦茵小传》不仅对不符合当时人伦道德的情节大加斧砍,将小说传达的男女爱情纳入晚清封建意识形态内,而且思想表达也立足于本土视角,如:小说第37章,迦茵真实身世揭露,原来她的生父正是富商李文,李文与迦茵生母实际为合法夫妻。杨、包将"合法"(legitimate)译为:"汝非独我女,且我正室所出者也。""正室"指"元配妻子"(或称"结发妻子"),与之相对的是"侧室""偏房""妾"。"正室"是应父母之言媒妁之约明媒正娶的妻子,在封建家庭中享有一定地位,而"侧室""偏房""妾"则不属于正式婚配,不可称之为"妻",在封建家庭中地位低下。"中国从周代以后,在礼制和法律上开始承认一夫一妻制为婚姻的正型。所说礼制和法律上的一夫一妻制,就是仅仅在礼制和法律上按照名分只准许一男有一妻,实际上男人占有多个女子作为玩物只能成为媵妾,都不能取得妻的名分。所说正型,是普通公认一男只能有一妻,但是例外也承认一个男人可以有两个以上的妻。在宗法观念下,为了延续宗嗣,不仅在一妻之外公开允许纳媵、纳妾,而且上层统治阶级中'双妻'与'二嫡'的情况也不在少数。"①因此,虽当时的法律和家庭人伦道德都规定不能娶二妻,但却并未规定不许纳妾,在本质上与"一夫多妻"没有任何区别。杨、包译文以中国封建家庭人伦关系下"正室"的地位置换了西方法律保护下的"合法"子女地位,为迦茵的身份贴上了晚清中国的家庭伦理道德理念。相对而言,林纾的译文更富现代意义:"尔不但为吾儿,且为法律上之儿女。"同样,杨、包译本中把西方法律制度下的"重婚罪"(bigamy),依照中国封建家庭人伦理念译为"重妻之罪";林纾将其译为"犯双娶""二妻之罪",但"重妻"与"重婚"并非同一概念,其法律和道德内涵完全不同。"重妻"揭示的是晚清男权体制下男性可以"一妻多妾"的道德自由,而"重婚"是在法律保护的"一夫一妻"制下,明知他人有配偶而与之结婚的

---

① 史凤仪:《中国古代婚姻与家庭》,武汉:湖北人民出版社,1987年,第70页。

第八章 包天笑与《迦因小传》：新旧之间的现代性追求

犯罪行为。

《迦因小传》译本中的这些修辞特点与当时历史语境下的价值体系有着内在联系，展现出跨文化认知方式特有的冲突性和矛盾性，因为"我们无论列举哪一个表现—表述的因素，它都是由该表述的现实环境所决定的，首先是由最直接的社会氛围所决定的。……可以说，最直接的社会氛围和更广泛的社会环境从内部完全决定着表述的结构。"①翻译的历史条件决定了译本的修辞形态和话语意义指向，译本中所蕴含的话语政治即在于此。正如刘禾所述："当概念从一种语言进入另一种语言时，意义与其说发生了'转型'，不如说在后者的地域环境中得到了（再）创造。在这个意义上，翻译已不是一种中性的、远离政治及意识形态斗争和利益冲突的行为。相反，它成了这场冲突的场所，在这里被译语言不得不与译体语言对面遭逢，为它们之间不可简约之差别决一雌雄，这里有对权威的引用和对权威的挑战，对暧昧性的消解或对暧昧的创造，直到新词或新意义在译体语言中出现。"②

第三节 《迦因小传》新话语：新词的异质性与话语建构

一、《迦因小传》新词语：现代观念与新思想

杨紫驎、包天笑译本《迦因小传》通过众多新词，引入现代西方观念。

---

① 巴赫金：《马克思主义与语言哲学——语言科学中的社会学方法基本问题》，《巴赫金全集·第二卷（周边集）》，李辉凡等译，石家庄：河北教育出版社，1998年，第435、437页。
② 刘禾：《语际书写——现代思想史写作批判纲要》，上海：上海三联书店，1999年，第36页。

词汇是文化构成的基本成分,在特定历史节点上,新概念新思想是由新词汇所建构的,词汇以其具象性展现出社会政治文化的特点。译本中丰富的新词昭示了晚清转型期新的价值观念和取向,冲击了晚清读者的现代感受。下面通过与林纾、魏易全译本的对照,分析杨、包译本《迦因小传》对西洋器物的译介特点及其话语意义,阐述《迦因小传》亦新亦旧的思想意识,揭示晚清文学翻译对社会意识重构的潜在作用。

杨、包译本中主要新词举例及与林译本的对比

实例序号	英文原著(页码)	杨、包译本(页码)	林译本(页码)
例1	She is of age, and I have no control over her actions.(223)	彼已岁,有自主权(8)	彼年已愈壮,老夫何能强羁勒?(139)
例2	Savings Bank(250)	赛文银行(24)	惠贫银行(154)
例3	Messrs. Black and Parker's (259等)	赫姓潘姓股开之行 潘姓黑姓股开之行(31,48等)	包拉克巴格肆,衣肆(159,169等)
例4	Mr.Waters(260)	经理人(34)	肆主(162)
例5	a free country(346)	我国法律人人均得自由(88)	自由国(209)
例6	registrar(346)	律师处(88等)	官中(209)
例7	marriage certificate(356)	婚书(100)	婚官批牍(215)
例8	certified copies(351)	婚书(91,95等)	婚约(212)
例9	workhouse(371)	贫老院(101)	卑田之院(223)

西方子女成年后拥有受法律保护的行为自由。例1中,杨、包译文"自主权"一词冲击了晚清"父父子子、君君臣臣"人伦理念下的"孝道",而林译传达的仅仅是子女成年后父母难以管束的概念,而非西方意义上的人权观念。

在例2中,杨、包译问文将"储蓄银行"(Savings Bank)误解为银行名而译为"赛文银行"。汇丰银行是第一家将总行设在中国领土上的外国

第八章 包天笑与《迦因小传》：新旧之间的现代性追求

银行，1865年开业，总行设在香港，同时在上海设立分行。晚清民间从事支付结算的是各类钱庄和票号，因此对普通百姓来说，银行是陌生的西方金融制度设施。而林译为"惠贫银行"，虽接近其原意，但也同样体现了对西方银行的陌生。无论何种误译，不同于中国传统"钱庄"的西方"银行"概念在译本中得到了传达。

西方的股份制于洋务运动期间开始逐步传入中国，杨、包译本中对此的译法虽然前后不一，但将这一新的企业组织形式传播给了晚清读者，引进了先进的西方理念。而林译中的古雅之词"衣肆"并未传达这一新的西方理念。

例4讲述迦茵到伦敦的一家大服装店求职，先面见了服装店的经理沃特斯先生（Mr. Waters）。"经理人"一词要比林译的"肆主"更富现代气息，指向西方现代商业管理制度。

例5中，杨、包译文强化了个体受法律保护的人身自由这一观念，而林译"自由国"未能突出这一含义。

在例6、例7和例8中，杨、包将"结婚登记处"译为"律师处"，措辞虽嫌笼统，但无疑传达了西方婚姻受法律保护、不可侵犯的观念，其语义中的现代内涵远胜于林译所用的"官中""婚官"。"婚书"蕴含了婚姻在法律意义上的合法性，而林译中的"牒"字，蕴含着封建官僚体系下的"公文"之义。

19世纪中期，英国根据《济贫法修正案》（The Poor Law Amendment Act of 1834），在各地逐步设立了"济贫院"（workhouse），收容生活无法自立的老弱病残、孤儿寡母。杨、包译文"贫老院"基本对应了原著所指的西方现代社会福利机构的观念，而林译"卑田之院"则指旧时佛教僧人收容老弱病残的地方，文化内涵显然不同。

二、《迦因小传》西洋器物形象：现代生活体悟与话语意义

器物是人为之作，带有特定的实用功能，但在其物质功用之外，器物

还承载着深厚的文化寓意,富有符号色彩。器物,作为一种文化存在,是一个时代社会文明程度的标志物,体现生产力程度、言说一代人的审美特征和生活方式,因而器物是一种修辞符号,指向其内在的深层文化——器物所展示的生活方式背后的价值理念和制度文化。

杨、包译本通过对西洋日常生活细节的点滴呈示,让晚清读者感受到了一个不同于本土的生活场景,推进了读者对异域文化的认知,因为:"现代性,标明的远远不只是一种单纯的思想转型,而是整个生活方式或生活世界的转型,它涉及的不仅有思想或认识,而且有更为基本的日程生活方式、价值规范、心理模式和审美表现,等等。这些因素又是与人的日常生活状况,包括器物需要密切相关的,而正是这些因素共同构成了人对现代生存境遇的切身体验——现代性体验。这种现代性体验是任何现代性思想得以发生的更基本的地面,如果没有对现代性生活的活生生的体验,何来现代性思想?"①

下面通过与林纾、魏易译本《迦茵小传》的对照,分析杨、包译本《迦茵小传》中主要西洋器物形象及其话语意义,以管窥译本中器物文化所建构的生活场景及其背后的生活哲学,照见人与物、物与文化、文化与社会、社会与思想意识之间的关系。

杨、包译本保留的西洋器物形象及与林译本的对比

实例序号	英文原著(页码)	杨、包译本(页码)	林译本(页码)
例1	dropped it into the post-box(215)	出投邮筒(2)	付诸邮者(134)
例2	note-paper(276)	新闻纸(43)	素纸(168)
例3	ink-stand(215)	墨水瓶(3)	墨盒(134)

---

① 王一川:《中国现代性体验的发生——清末民初文化转型与文学》,北京:北京师范大学出版社,2011年,导论第2页。

续表

实例序号	英文原著（页码）	杨、包译本（页码）	林译本（页码）
例4	pull the bell(242)	扯门铃(17)	以手挽其铃(150)
例5	the gas was burning(276)	煤气灯光(43，56等)	灯光(168)
例6	hansom(267)	亨斯美车(36)	车(163)

在例1中，杨、包译本保留了原著中的"邮筒"形象。邮筒的发源地是英国，19世纪中期，西方现代邮政体系成熟，邮筒成为现代通讯的标记。中国至1896年开办大清邮政官局，结束了中国的邮驿时代，此后逐步在各大城市设立邮筒。至杨、包译本《迦因小传》出版的1901年，邮筒对于普通百姓，还是一个新的概念，也标示着一种全新的通信方式和理念。而林译本中的"邮者"一词所展现的依然是传统的"邮驿"概念。

例2中的"note-paper"实际上是指"便签纸"。杨、包译文"新闻纸"不应该简单地解读为误译：晚清书写用纸一般为与毛笔砚墨搭配的"宣纸"，而"新闻纸"是指以机械木浆或化学木浆为原料生产的纸张，吸墨性能好，为报刊印刷用纸，不宜用于普通书写。在新闻报刊刚刚开始进入中国的晚清，"新闻纸"是一个富含现代意义的时尚词，杨、包译本用"新闻纸"来传译"写字用的纸张"，虽然不当，但引入的却是一种全新的西洋书写方式和现代通信方式。而林译"素纸"表达的仅为"白纸"之意，汉语中"素"的原义为"用作写字的丝绸或纸张"，传达的是中国传统的书写习惯。可见，一页小小的纸张背后，实际上表征了西方和中国不同的文化特点。

同样，西方的"ink-stand"不只是"墨水瓶"，而是包含了墨水池（ink-well）、笔、拭笔布等一整套书写用具的笔具台。杨、包译文"墨水瓶"虽然有欠精准，但依然传达出了西方书写器具的现代意义，其内涵不同于林译"墨盒"所传达的中国的毛笔书写传统。

两个不同译本对例 4 中"pull the bell"的译法也值得关注:传统中国只有大户人家才在大门上装有门环,来客可用门环叩击环下的门钉来叫门。杨、包译文"扯门铃"蕴含了不同于中国传统习俗的西方风尚,较之林译"以手挽其铃"更富有西方和现代色彩。

据记载①,1865 年煤气灯开始出现在上海街头,到 19 世纪 80 年代,煤气灯在上海的酒楼、茶肆、戏馆、大型商铺等公共场所已较为普及,但普通家庭照明靠的仍然是蜡烛和油灯。"煤气灯"在 20 世纪初的民众眼中,仍然是西洋的奇巧制器。例 5 中杨、包直译的"煤气灯光"呼应了译本中其他的西洋器物形象,赋予读者对西方现代科技带来的新的生活想象。而林译"灯光"则消减了原文"煤气灯"的现代指向。

同样,例 6 中的"hansom"指一马二轮的有盖双座小马车,杨、包音义结合的译文,让读者更感受到了这一独特的西洋交通工具,尤其是在晚清以人力车为主要城市交通工具的时代,具有一种潜在的对比和人伦启示,对中国传统文化中"尚勤弃巧"的道德理念产生了不同的影响。

在对西洋器物的传译方面,与林译本相比,杨、包译本展现出了更为现代的形象呈示和积极主动的传译尝试。自五口通商以来,西方商品逐渐进入中国市场,晚清民众对西洋器物的认知,从更早时期的"奇技淫巧"开始转向新的体认。杨、包译本《迦因小传》对贴近生活的西方现代器物形象的译介,不仅赋予译本异域文化的元素,更重要的是从生活体验层面引导了一代读者的西方想象,让读者通过文本体验了西方现代化的生存方式。在此,西洋器物形象作为一种符号,表征的是西方文化和社会意识,因为,"文化总是体现为各种各样的符号,举凡人类的器具用品、行为方式,甚至思想观念,皆为文化之符号或文本。文化的创造在某

---

① 李长莉:《晚清上海社会的变迁——生活与伦理的近代化》,天津:天津人民出版社,2002 年,第 74、76 页。

第八章　包天笑与《迦因小传》：新旧之间的现代性追求

种程度上说就是符号的创造。从符号的角度看，它的基本功能在于表征（representation）。符号之所以被创造出来，就是为了向人们传达某种意义。因此，从根本上说，表征一方面涉及符号自身与意图和被表征物之间的复杂关系，另一方面又和特定语境中的交流、传播、理解和解释密切相关。这么看来，所谓文化，究其本质，乃是借助符号来传达意义的人类行为。"①

对勘原著，杨、包译本《迦因小传》不仅对原著中展现西方日常生活的一些器物形象给予了直接传译，而且还出现了刻意添加的现象，译本中无中生有的西洋器物形象是一个发人深省的细节。

杨、包译本中添加的西洋器物形象

实例序号	英文原著（页码）	杨、包译本（页码）	林译本（页码）
例1	there is water in the jug(250)	旋自来水管注水于盆洗手(24)	此细节删减未译
例2	the box ... shut it down, thrust it under the bed(215)	至箱口扃闭加键安藏床下……故不得不加密焉(3)	木箧……置之床下(134)
例3	a pair of spectacles(246)	钢丝凸光眼镜（21，63等）	眼镜
例4	gold spectacles(350)	金丝眼镜(91)	挂金丝眼镜(211)
例5	double-barreled gun(417)	来复枪(122)	枪(247)

在例1中，原文只是陈述房间里备有装满水的水罐，杨、包译文"旋自来水管注水于盆洗手"完全为译者所添加，刻意译介了西方现代化的生活设施，并增加了原文中没有的"洗手"行为，现代卫生观念凸显。中国的第一个自来水厂于1879年由清政府在大连创建。1882年，英商自来

---

① 斯特里纳蒂著：《通俗文化理论导论》，阎嘉译，北京：商务印书馆，2014年，周宪、许钧总序：i—ii。

水公司在上海租界里铺设了自来水管道,开始供应自来水。①但自来水开始在城市普及已是20世纪20年代了。从中可见杨、包译文对西方生活方式及其带来的卫生新理念作了着力的译介。

杨、包译文对例2的处理意味深长:迦因独自离家前整理行囊,将自己的衣物和个人物品,含亨利赠送的书籍等一一放入木箱之中,因担心被姨妈发现,她将箱子藏到了床下。杨、包译文不仅添加了原文中没有的"加键"一词,赋予箱子按键闭合的现代化设计,而且以"加密"一词引入了个人"隐私""私密"等西方观念。而林译中的"木箧"传达的依然是古老的中式器物概念。

例3和例4的译文值得关注:眼镜是西方文明的产物,眼镜作为光学器物于明代中后期由欧洲传教士传入中国。哈葛德原著只笼统提及"眼镜",林译文对此未作添加,但杨、包译文却显然以过度传译的方法,添加了"凸光"一词:"凸光眼镜"指"凸透镜",即老花镜,因小说中的戴眼镜者为年长的房东太太,杨、包此译倒也符合人物身份,但译文似含刻意普及科技知识的意图。

杨、包译文用"来复枪"来对译原文中的"double-barreled gun"是一个值得推敲的细节。"来复枪"为19世纪中后期西方军队的正式武装配备,为当时西方先进军械的代表。哈葛德原著全文并未出现所谓的"来复枪"(rifle),只出现了"双筒枪"(double-barreled gun)一词。"双筒枪"是一种猎枪,在19世纪的英国,贵族或富有家庭以狩猎为乐,家庭中普遍备有双筒猎枪,但不可能、法律也不允许配备军队专用武器"来复枪"。小说中迦因丈夫出于嫉妒枪杀亨利,用的是双筒猎枪。杨、包将此译为"来复枪",不能完全排除误译的可能,但根据译本中不断出现的西方器物形

---

① 李长莉:《晚清上海社会的变迁——生活与伦理的近代化》,天津:天津人民出版社,2002年,第87页。

象,更有刻意译介西方最新科技产品的可能意图。

杨、包《迦因小传》译介的西洋器物,在译本中形成了一个醒目的系列文学形象,连贯成一个独特的修辞话语场,参与了译本话语意义的建构。《迦因小传》中的西洋器物形象指向话语的社会功能,揭示出文学话语参与社会认知和社会现实建构的基本功能。

器物是一种媒介,反映文化理念、价值体系和制度文化。晚清社会所看到的西洋器物是西方现代技术的成就,是强大的西方世界的象征,是炮舰背后的另一个世界。《迦因小传》中富有现代色彩的西洋器物,如"自来水管","带按键的箱子"以及"金丝眼镜"等形象,为读者营造了一个个西方生活的生动场景,成为一种符号化了的心理意象,展现了晚清这一历史瞬间现代启蒙和西方生活想象的一个片段。探讨译本中的器物形象及其意义,对于解读晚清的现代性认知十分重要:"以往的关于中国的现代性问题的研究,常常只是触及现代性的思想层面,而忽略体验层面;而在涉及思想层面时,又仅仅触及政治家和思想家的言论和活动,而很少论及平民百姓的日常生活,以致人们在谈论鸦片战争以来的中国现代性进程时,似乎那段历史就只是由林则徐、魏源、李鸿章、康有为、梁启超、谭嗣同等精英人物书写成的,但却忘掉了一个简单而又基本的事实:中国的现代性转型首先和归根到底是中国人,尤其是普通中国民众的生存境遇的转型,即是他们对中国人在现代世界的地位的新体验。"①

中国探寻现代性的征途是在西方列强的枪炮声中开始的,晚清对西方的认知既有饱受欺凌后的切肤之痛,也有对西方现代制度、思想观念的憧憬,更有对西方现代生活设施便捷舒适的向往,正如王一川所说:"现代性在中国的发生体现出一种奇特而又必然的历史辩证法。一方

---

① 王一川:《中国现代性体验的发生——清末民初文化转型与文学》,北京:北京师范大学出版社,2001年,第31页。

面,现代性是以外来侵略的强暴方式压抑中国人;另一方面,它同时又以西方器物的输入和使用打动中国人,即以新奇而丰富的物质性诱惑的魅力方式,给予中国民众以混合着痛楚的甜蜜的召唤。……这种强暴是令人痛苦的,这种痛苦性在于,现代性是以中国的战败和中国古典文化的衰亡为标志的,这在长期习惯于'中国中心'和'中优外劣'的中国人心里当然会激发深切哀痛和捍卫心理;而这种诱惑又是甜蜜的,这种甜蜜性在于,现代性毕竟与新奇的西方'洋货'等器物联系在一起,向中国人昭示这先进、幸福和美好的新生活。它怎能不在中国人内心深层激起巨大的情感波澜?"①与洋枪洋炮相比,西方现代器物以润物细无声的和风化雨,作用于晚清中国人。"正是来自西方的商品改变了中国社会的面貌。它没有大炮那么可怕,但比大炮更有力量,它不像思想那么感染人心,但却比思想更广泛地走到每一个人的生活里去。当它改变了人们的生活之后,它同时成了人们生活的一个部分了。旧与新,中与西,于是乎难分难割。"②

《迦因小传》中的西洋器物形象,以一种特殊的话语方式,为晚清读者提供了间接的西方日常生活体验,使一代读者以新的感悟质疑固有的生活方式和价值理念,建构起晚清民众对未来生活的想象和憧憬。

三、《迦因小传》西洋风俗译介:西方生活的文化想象

杨、包译本还保留了大量的西洋风俗,如:"饮咖啡或吸雪茄""以口吻接其额""以口吮圣经""执圣经立誓""牛油面包""行握手礼",等等,甚至通过改写或插入注释等手法,详细介绍西洋风俗,翻译作为一种文化建构的手段,形塑译者的文化主体身份。杨、包译本还通过增补和改写的

---

① 王一川:《中国现代性体验的发生——清末民初文化转型与文学》北京:北京师范大学出版社,2001年,第31—32页。
② 陈旭麓:《近代中国社会的新陈代谢》,上海:上海人民出版社,1992年,第217—218页。

手法译介西洋风俗,将西洋社会生活的特点展现给晚清的中国读者,赋予译本一种特别的西洋气息。从另一方面来说,这样的译本形态也展示出译者渴望认知西方社会、译介西方"现代"社会特征的"趋新"文化心态。

杨、包译本中的西洋风俗举例及其话语意义简析

哈葛德原文(页码)	杨、包译文(页码)	话语意义简析
the coffee and cigarettes had been brought in(235)	侍者进咖啡雪茄(15)饮咖啡或吸雪茄(16)	原文仅出现1次的咖啡与香烟,但在杨、包译本中却出现了2次,显然体现了译者对咖啡和香烟这一西洋饮品和烟草制品的关注。
fried eggs and bacon and bread and butter(250)	咸肉彩蛋牛油面包(24)	以中式"咸肉"对应西方的"培根",且"煎蛋"变成了"彩蛋",在当今读者眼中也许显得不伦不类,但在当时历史语境下,这种勉强的对应却让读者看到了西方人不一样的生活方式,营造出一种对西方生活的想象可能。
kissed it several time(214)	以舌舔封口(2)	原文陈述迦茵写完给亨利的信后,亲吻信封几遍,但译本中却被改写为"以舌舔封口"。按照口译者杨紫驎的英文水平推断,不致误读这一简单的英文句子,"以舌舔封口"的添加不能排除译者刻意介绍这一西方习惯的意图。
原文无,为译者增补的注释。	同名之人如亨利者(西人同名甚多,亨利、威廉比比皆是)。(43)	译者显然想通过这一注释帮助读者认知西方人名的特点。
Go and put on your hat.(257)	般突与其女戴帽披套衣伴迦因同出(西俗妇女在室不戴帽)。(30)	译者在行文中插入的注释"西俗妇女在室不戴帽",通过对西方生活方式的细节说明,译介不同的习俗。
Miss(242)	密斯(尊称未嫁之女。)(17页)	注释"尊称未嫁之女"中的一个"嫁"字展现了译者的本土文化立场,尽管如此,这一注释依然让晚清读者看到了西方世界中称呼这一身份符号的社会意义。

续表

哈葛德原文(页码)	杨、包译文(页码)	话语意义简析
nurse(280)	看护妇人(西俗凡病者,往往用看护妇人专调护病者及司理汤药。)(47)	在"护士"概念及职业尚未进入中国之时,杨、包译本的这一注释虽不确切,"司理汤药"显然蕴含了以中医习俗对应西医理念的勉强,但对于晚清读者闻所未闻的西俗即由此得以输入。
原文无,为译者添加的注释。	按习俗,凡与人有隙,生前必欲所其罪者面恕语,则死后谓可免受冥愆,故李文必欲得迦因一言也。(108)	迦茵生父临终前向迦茵坦诚迦茵的真实身份,并得到了迦茵的宽恕。译者增补对此西俗的解释,刻意译介西方社会生活方式和观念的意图清晰可见。
原文无,为译者插入的点评。	天笑生恒语蟠溪子:近欧西妇人,其雄谭高辩无一甘蜷伏男子下,然其学问见识又实,足以折服男子,不然则震旦钗裙勃豀,诟誶之风不大蔓于高乳细腰者耶?(11)	亨利家族竭力想促成亨利与富家女意茂的婚姻,亨利妹妹因亨利对意茂小姐缺乏热情而对他冷嘲热讽,而受到冷落的意茂小姐对亨利说话也绵中带刺。对此情节,译者闯入文本增插评论,表露出对西方女性富有学问、敢于与男子争辩(雄谭高辩)的赞赏,而对中国妇女(震旦钗裙)则以贬义词"勃豀"(女性间的无理争吵)、"诟誶"(辱骂)相加。由此展示的不仅是译者的翻译特点,更是译者崇尚西洋女性学识的文化态度。

"中国的现代性,有两个鲜明特征:一是确立了以'进步'为指向的社会文化的线性发展图式;二是确立了以西方物质文明、制度文明和精神文明为典范的坐标。追求现代性,成为20世纪中国现代文化思想的主流。"[①]中国探寻现代性的征途是在西方列强的枪炮声中开始的,晚清中国对西方的最初体验由西方坚船利炮的硝烟裹挟而至,对于衰败荏

---

① 杨联芬:《晚清至五四:中国文学现代性的发生》,北京:北京大学出版社,2003年,第11页。

弱的天朝来说,西方具备了不言而喻的进步性和现代性,而天朝传承几千年的古国文明,在西方强者入侵战争的硝烟中,在一个又一个不平等条约中备受质疑和挑战,封闭的封建文化开始动摇,新与旧、先进与保守、中华文明与西方文明的关系成为一代爱国人士思索、探求的核心问题。

杨、包译本通过对西洋风俗的译介,让读者感受西方社会。对文学译著意义系统的解读,追溯其历史语境是一个重要的前提。对杨、包译本话语特点的分析,揭示出译者包天笑既趋新又恋旧、既崇洋又保守的文化心态,也展现出他中庸、兼容与并包的思维方式和处世特点。

哈葛德小说,不仅为晚清一代读者带来了新的价值认知和生存观念,也以其通俗小说的叙事魅力启发了以包天笑为主的后来一批"鸳鸯蝴蝶派"作家。

本章小结

文学文本展示的是一个社会特有的精神、情感和道德,反映他们的思维方式、心理状态和生存哲学。同理,译本展现的,是译语社会在某个历史时刻的文化图景。围绕哈葛德小说 Joan Haste 两个译本在晚清引发的剧烈争议,是本土文化对西方意识形态接受过程中的一段插曲,显示了译本内涵、译本接受与西方认知建构及意识形态重构的关联及互动关系。

"翻译的误读,并非偶然,它植根于历史与文化的深处。"①翻译的误

---

① 赵稀方:《翻译现代性:晚清到五四的翻译研究》,天津:南开大学出版社,2012年,第175页。

读展现的是中西两种文化的鸿沟,以及对人性向善普世价值的追求。尽管杨紫麟、包天笑按中国传统女德标准为保全迦茵的贞洁形象巧为弥缝,以译、著参半的修辞方式重新打造出一个符合儒家伦理的迦茵形象,且经过削删的译本话语指向也完全不同于原著,但译本展示的纯真爱情、迦茵为爱情奋不顾身的自我牺牲精神,以强大的文化力量,实现了翻译活动与主体文化之间的互动,引导了全新的情感体验和价值理念的重铸。译本《迦因小传》叙述的爱情自由、个人自尊和个体生活道路的自由选择等现代理念,为晚清中国的一代读者认知西方社会提供了有效的途径,也为改变中国禁锢人性自由的封建价值体系打开了一个缺口。

哈葛德小说以其通俗文学的魅力吸引了杨紫麟、包天笑等一代晚清青年的关注,承担了中国历史社会转型期思想启蒙的功能。而杨、包译本,体现了晚清中国在西方认知过程中文化选择和文化抗拒的特点,译者以封建卫道立场削删了小说中与中国传统不相兼容的道德话语,维护了由道德所施加的规范性社会秩序,避免了中西文明冲突中的道德困境,这既是时代的局限,也是时代的一种进步。1973年5月,年近百岁的包天笑在接受美国青年学者林佩瑞的书面访谈时说:"我的思想,随时代的转移,我不是个超时代的人,也不愿意落在时代之后。"①包天笑的这一回答,也可以解读为对他早年译介《迦因小传》所体现的思想意识的一种注解。

在晚清中国思想文化的转型期,翻译承担着传输现代观念、更新中国传统世界秩序观念的重任。通过引入西方的新名词、新概念和新思想,选择性地吸收西方现代文明的部分成果,部分地转化为中国文化的

---

① 丝韦(罗孚):《包天笑答外国学者问》,《通俗文学之王包天笑》,栾梅健,上海书店出版社,1999年,第228页。

一部分。有学者将这一现象表述为"翻译中生成的现代性"[1]。而对翻译塑就的现代性的展示,在译本修辞话语中得以明确,也在语言对现实的建构中得以实现。

---

[1] 刘禾:《跨语际实践:文学、民族文化与被译介的现代性(中国 1900—1937)》,宋伟杰译,北京:生活·读书·新知三联书店,2008 年;赵稀方:《翻译现代性:晚清到五四的翻译研究》,天津:南开大学出版社,2012 年。

第九章　林译《迦茵小传》：封建礼教下的西式浪漫

文学是由各种标准、各种抱负、各种忠诚构成的系统——一种多元系统。文学的道德功能之一，是使人懂得多样性的价值。

——苏珊·桑塔格①

修辞使有些难以表达的表达成为可能，也使有些难以接受的接受成为可能。

——谭学纯、朱玲②

第一节　林译《迦茵小传》：一个世纪的话语争纷

一、林纾对《迦茵小传》道德攻击的回应

《迦茵小传》是林纾译介的第三部哈葛德小说。根据林纾《迦茵小传》小引所记"甲辰岁译哈葛德所著《埃司兰情侠传》及《埃及金塔剖尸

---

① 苏珊·桑塔格：《同时：随笔与演说》，黄灿然译，上海：上海译文出版社，2009年，第153页。
② 谭学纯、朱玲：《广义修辞学》，合肥：安徽教育出版社，2008年，第52页。

第九章 林译《迦茵小传》：封建礼教下的西式浪漫

记》二书",①林纾先译介了哈葛德的《埃司兰情侠传》和《埃及金塔剖尸记》；甲辰岁指"光绪三十年甲辰"，即1904年。林纾译介的第1部哈葛德小说是与魏易合译、1904年秋由上海广智书局木刻印行的《埃司兰情侠传》；译介的第2部哈葛德小说是与曾宗巩合译的《埃及金塔剖尸记》，1905年3月由商务印书馆出版。《迦茵小传》足本的翻译要稍后于《埃及金塔剖尸记》，但出版时间却早于其一个月，于1905年2月由商务印书馆出版。

邱炜萲《新小说品》对林纾的20部译作进行了点评，其中对《迦茵小传》的评述为："足本《迦茵小传》，如雁阵惊寒，声声断续。"②"雁阵惊寒"取意于唐代诗人王勃《滕王阁序》中的诗句"雁阵惊寒，声断衡阳之浦"，邱炜萲的点评着意于《迦茵小传》所引发的惊天反响，如同在寒气中飞过的雁阵，一声声哀鸣惊彻人心。林纾译笔下的迦茵形象，在晚清语境下可谓石破天惊、发人深省。那么，作为新旧交替时代正统文人的林纾，究竟为什么要译介迦茵这一与中国传统文化如此格格不入的"异类"形象呢？

1904年（光绪三十年）秋，林纾、魏易完成了《迦茵小传》足本的翻译，在"小引"中明确陈述翻译这一足本的缘起："特哈书精美无伦，不忍听其沦没，遂以七旬之力，译成都十三万二千言，于蟠溪子原译，一字未敢轻犯，示不掠美也。"③杨紫麟、包天笑所译的半部《迦因小传》深深打动了林纾，他决意要译出足本，所谓"以七旬之力"，是指耗时七十多天完成译作的意思（按古代天干纪日，每十日周而复始，称作"一旬"）。其时的林纾已是一个53岁的中年人，几年内连续遭受了几位亲人亡故的痛楚：发妻刘琼姿1897年病逝，长女林雪1898年病逝，次子林钧1899年病逝，哈葛德小说《迦茵小传》传达的美好情感、营造的悲凉氛围，更增添了他的悲

---

① ③ 林纾：《迦茵小传·小引》，《迦茵小传》，林纾、魏易译，北京：商务印书馆，1980年，第3页。
② 张旭、车树昇：《林纾年谱长编（1852—1924）》，福州：福建教育出版社，2014年，第142页。

苦之情。译罢足本,不禁悲从中来,作《买陂塘》题词并序,记叙他对亡妻的怀念,哀婉动人:"而《迦茵》一传,尤以美人碧血,沁为词华。余虽二十年庵主,几被婆子烧却,而亦不能无感矣。"①其中的"二十年庵主,几被婆子烧却"是引述朱普济《五灯会元》中所载"亡名道婆"的故事:有婆子供养一庵主二十年,让妙龄女子每日给他送饭,一日,女子抱定庵主问其感受,庵主答曰:"枯木倚寒岩,三冬无暖气",婆子大怒,认为自己二十年只供养了一条俗汉,遂将其驱逐,烧了庵堂。林纾借此典故阐述自己虽经命运波折不断修炼,早已心如止水,但还是为迦茵的爱情所动,触景伤情,不禁回忆起与亡妻的恩爱生活场景:"卿试省,碧潭水,阿娘曾蘸桃花影。"但悲戚的秋声将他从回忆中唤醒("商声又警,正芦叶飘萧,秋魂一缕,印上画中镜。"),伶仃凄凉之景让他倍感落寞孤独。可见林纾是饱含着真挚的情感译介这部哈葛德小说的。

1905年,足本《迦茵小传》出版后即引发了激烈的道德争议,译者遭受猛烈的人身攻击,这是林纾始料未及的。但面对攻击,林纾并没有急于为自己辩白,直至1906年2月,林纾、魏易合译的另一部哈葛德小说《洪罕女郎传》(Colonel Quaritch, V.C.)出版,林纾才在译序中对此做出了回应,也说明了他对为什么要译介《迦茵小传》足本的一个解释:林纾首先讲述了一个佛教故事:佛教师大弟子之一阿难陀屡屡受到迷恋于他的摩登伽女的引诱,但他梵行坚定、不为所动,世尊便以神咒解救了他。林纾以这一佛教故事比拟自己对西洋爱情小说的译介,称所译《茶花女遗事》《迦茵小传》《洪罕女郎传》等西洋爱情小说,好像是无形的摩登伽女,引诱侵害了无数戒规,按佛法应该入地狱("泥犁"):"前十年译《茶花女遗事》,去年译《迦茵小传》,今年译《洪罕女郎传》,其迹与摩登伽近。

---

① 林纾:《迦茵小传·小引》,《迦茵小传》,林纾、魏易译,北京:商务印书馆,1980年,第3页。

第九章 林译《迦茵小传》:封建礼教下的西式浪漫

居士以无相之摩登伽坏人无数戒体,在法当入泥犁;不知居士固有辞以自辩也。"但作为译者,他却欲为此一辩,因为真正坏人戒体的根源,不在他人的诱惑,而在自己缺乏坚定的操守之心;如果自己能够坚守志操,则不会惧怕身外之惑:"然则畏庐居士所译之茶花女、迦茵、洪罕女郎,又干涉众生甚事耶?世尊之告阿难曰:认悟中迷。……是学者不能固其妙明心,宝其妙明性,与畏庐居士何干涉之有!须知无外道之扰,亦不足以见正法眼藏。寂照之义,何尝非心?学者之误,不误在迷,误在悟中之谜。幻妄之来,不自外来,以本有之心镜,收此五蠱万怪,使之为幻妄也。……世尊鉴之,花眼相荡,结而成翳。弟子守定涅槃常住之义,花当奈何!翳当奈何!所愿读吾书者,常持此心如畏庐也。"① 林纾并没有对自己所受到的道德指责做出愤怒的回击,只是引据典故为己一辩。

此后,林纾在不同译本的序言中,为自己因译介《迦茵小传》而遭到的攻击而辩解。1906年5—6月间,林纾与魏易合译的另一部哈葛德爱情小说《红礁画桨录》(Beatrice)由商务印书馆出版,为防该小说像《迦茵小传》一样受到道德攻击,林纾在译序中特别声明译介这一爱情故事的目的是兴女权、救国于危难,告诫读者不要舍译本之大用而纠结于译本中男女之情的细微之处,这实际上也是对《迦茵小传》足本引发争议的一种抗辩:"综言之,倡女权,大纲也;轶出之事,间有也。今救国之计,亦惟急图其大者尔。若挈取细微之数,指为政体之癥痏,而力窒其开化之源,则为不知政体者矣。余恐此书出,人将指为西俗之淫乱,而遏绝女学不讲,仍以女子无才为德者,则非畏庐之夙心矣。"②

1906年11—12月间,林纾与魏易合译哈葛德小说《橡湖仙影》

---

① 林纾:《洪罕女郎传·序》,《晚清文学丛钞·小说戏曲研究卷》,阿英编,北京:中华书局,1960年,第223页。
② 林纾:《红礁画桨录·序》,《晚清文学丛钞·小说戏曲研究卷》,阿英编,北京:中华书局,1960年,第227页。

(*Dawn*)由商务印书馆出版,林纾在序言中借宋儒讽刺那些貌似守礼实则龌龊的卫道士们,宋儒为了死后能够进入孔庙受人祭祀,表面克己从礼,实则不忘女色:"宋儒嗜两庑之冷肉,宁拘挛曲跼其身,尽日作礼容,虽心中私念美女,颜色亦不敢少动,则两庑冷肉荡漾于其前也。"①

1907年12月,林纾、魏易合译的司各特小说《剑底鸳鸯》(*The Betrothed*)由商务印书馆出版,在译序中,林纾引《左传》中晋文公杀其侄娶其妇——叔纳侄媳的故事,反诘那些斥其译本"传其淫"的名教之徒,阐明《左传》并未因此而被列为乱伦之书:"然中外异俗,不以乱始,尚可以礼终。不必踵其事,但存其文可也。晋文公之纳辰嬴,其事尤谬于此。彼怀公独非重耳之姪乎? 纳嬴而杀怀,其身尤列五霸,论者胡不斥《左氏传》为乱伦之书! 实则后世践文公之迹者何人? 此亦吾所谓存其文不至其踵其事耳。《通鉴》所以名'资治'者,美恶杂陈,俾人君用为鉴戒;'鉴'者师其德,'戒'者祛其丑。至了凡、凤洲诸人,删节纲目,则但留其善而悉去其恶,转失鉴戒之意矣。"②关于西洋小说中男女私情的叙述,林纾告诫读者"不踵其事,但存其文",也是对1905年林译足本《迦茵小传》出版后受到道德攻击的一种回应。

1913年,林纾与王庆骥合译法国作家森彼得(Bernardin de Saint-Pierre,1737—1814)的小说《离恨天》(*Paul et Virginie*),在译余剩语中,林纾再次强调他译介西洋爱情故事不在男女之情,而在其中深厚的人生哲理:"读此书者,当知森彼得之意,不为男女爱情言也,实将发宣其胸中无数之哲理,特借人间至悲至痛之事,以聪明与之抵敌,以理胜数,以道力

---

① 林纾:《橡湖仙影·序》,《晚清文学丛钞·小说戏曲研究卷》,阿英编,北京:中华书局,1960年,第230页。
② 林纾:《剑底鸳鸯·序》,《晚清文学丛钞·小说戏曲研究卷》,阿英编,北京:中华书局,1960年,第251页。

胜患难,以人胜天,味之实增无穷阅历。"①林纾推崇西洋小说的思想内涵,引导读者感受小说所承载的生命体验和思想意识,这与作为文人的林纾意识中"文以载道"思想是一致的。

尽管《迦茵小传》引发了如此激烈的争议,但它还是以精妙的译笔赢得了当时读者的好评。晚清名士、商务印书馆创始人之一高凤岐(字啸桐,1858—1909),赞扬了林纾充满神韵的译笔:"又与先生书,《评迦茵小传》曰:'此书时时用柳州生峭之笔,又时时有东坡文字之光。其见气节,见神采出,皆以凛凛之笔出之。又曰:吾敢断言此书,自挚甫去后,亦唯我能看澈,能知作者本领之到那许地步。又与书有曰:畏庐绝有癖气,极恳服善。'"②实际上,林纾身后,并未因译介《迦茵小传》而"失贞",而是因其"清白守节曰贞,道德博闻曰文"而获得了谥号"贞文"。③当然,"贞文"这一谥号也呼应了前清逊帝溥仪赠送给林纾的匾额"贞不绝俗"。

二、《迦茵小传》的当代评价:意识形态的顽固

尽管林纾笔下的迦茵,在晚清被封建卫道士们斥责为"淫贱卑鄙,不知廉耻"的"蟊贼",但《迦茵小传》对晚清社会的影响意义深远:译本为读者提供了一幅全新的西洋社会生活场景,在晚清"灭人欲"的封建思想意识下,迦茵的爱情故事让晚清读者看到了纯真爱情、生命自由的美好,启蒙了一代青年人对爱情这一美好现代情感的体验和对人生意义的思考。一个多世纪后的今天,林译小说研究不断展开,译本《迦茵小传》再度受到了学界的关注,不少研究成果赞誉林纾的反封建意识,肯定了迦茵形

---

① 林纾:《离恨天·译余剩语》,《晚清文学丛钞·小说戏曲研究卷》,阿英编,北京:中华书局,1960年,第272页。
② 朱羲胄:《贞文先生学行记卷一》,《民国丛书》(第四编94)影印本,上海:上海书店出版社,1992年,第5页。
③ 同上书,第1—2页。

象的现代性意义及其对中国女性解放的启蒙意义。

林薇认为:林纾"第一次将现代的性爱意识,——伴随着人格独立、个性解放的强烈要求的现代性爱意识——引入了封建专制的黑暗王国,在这古老的、阴霾四布的王国上空不啻投掷了一枚重磅的精神炸弹。……他在人们饥渴、荒漠的心田上浇注了一盏爱情的甘泉,带来了青春的萌动,人性的复苏。"①

"近代中国人追求个性解放,渴望恋爱自由,要求婚姻自主,向往那种以爱情为唯一基础的浪漫型男女关系。但他们的这种爱情理想在传统的礼教文化中找不到立足点,且时时受到封建禁欲主义与道学家们的扼杀与抨击,真正能够揭示近代爱情心态的中国作家的小说尚未诞生,于是这部在英国小说史上找不到位置的小说却在中国独享大名也就不是偶然的了。"②

郭延礼指出:"由寅半生的攻击,正可窥见林纾鲜明的反封建思想。在林纾的笔下,迦茵是资本主义社会中一位备受凌辱、轻蔑而又富于反抗精神、热烈追求爱情幸福的女性,林纾以饱蘸感情的浓墨重彩,描写了这样一个美丽、善良而又甘愿牺牲个人成全他人幸福的女郎,表现了林纾不同于世俗的反传统的进步意识,以及反封建的思想。"③

韩洪举表达了同样的观点:"在林纾的笔下,迦茵是资本主义社会中一位饱受凌辱、轻蔑而又富于反抗精神、热烈追求爱情幸福的女性……"④

"翻译文学在人物形象上改变了中国传统言情小说'才子佳人'的模

---

① 林薇:《百年沉浮——林纾研究综述》,天津:天津教育出版社,1990年,第249—250页。
② 邹振环:《影响中国近代社会的一百种译作》,北京:中国对外翻译出版公司,1996年,第188页。
③ 郭延礼:《中国近代翻译文学概论》,武汉:湖北教育出版社,1998年,第283页。
④ 韩洪举:《林译小说研究——兼论林纾自撰小说与传奇》,北京:中国社会科学出版社,2005年,第149—150页。

第九章　林译《迦茵小传》:封建礼教下的西式浪漫

式,首先是增加了人物的牺牲精神和忏悔意识。中国古代言情小说一般不描写男女之间的一方为了成全对方的利益,牺牲自己乃至生命。《红楼梦》中林黛玉至死说出'宝玉,你好……'可以有各种不同的解释,但是绝无自己牺牲以成全宝玉利益之意。爱情就是自私的,为自己的。但在《茶花女》与《迦茵小传》中,女主角都是为了成全男方的利益,主要是成全男方家族的利益,而牺牲了自己,包括神圣的爱情。牺牲往往意味着道德的崇高,在中国当时礼教偏见相当盛行之时,正是这些女性崇高的牺牲精神衬托出他们周围贵族的自私卑劣,促使中国读者同情这些逾越礼教的女性。"[①]

罗列认为:林纾"对迦茵的塑造,认可了爱情,实际上已僭越了'礼'的规范,在旧道德的基础上生发出了新道德的萌芽,参与到对中国传统性别秩序的结构进程中。……林纾的迦茵形象,违背了中国礼法制度对女性行为标准和角色的规定。"[②]

以上评述肯定了林译《迦茵小传》足本对晚清社会的积极意义,肯定了林纾开明的一面。

但对于林译《迦茵小传》也出现了令人疑惑,甚至难以认同的评价:"通过考察我们认为,林纾的译作基本上是忠实于原著的,他往往将原文中较完整的故事及女性形象加以保留,对女性的态度也比较宽容与开放。《迦茵小传》是全文翻译,没有将性爱描写的文字大量删掉,以迎合中国传统的封建礼教。他也没有要求女性的行为必须严格符合中国的传统的封建伦理道德,真实地将迦茵的出轨行为大胆公之于众;那个感人的爱情故事、那种敢爱敢恨的自主个性,在小说中表现得非常鲜明而动人,因此所翻译的小说成为大众阅读的焦点。"[③]这段评论展现的一个

[①] 袁进:《试论近代翻译小说对言情小说的影响》,《翻译与创作——中国近代翻译小说论》,王宏志编,北京大学出版社,2000年,第213页。
[②] 罗列:《女性形象与女权话语:20世纪初叶中国西方文学女性形象译介研究》,成都:四川辞书出版社,2008年,第55—56页。
[③] 梁桂平:《林译言情小说中的女性观》,《求索》2006年第8期,第204页。

实质性问题是:对译本及其意义的评价究竟应该以什么为基础?林译迦茵形象在晚清受到了封建卫道士的猛烈抨击,是否可以由此推断译本"没有将性爱描写的文字大量删掉"?仅从接受反应来推断译本的思想意识和人物形象特点是否具有合理性?林纾古雅的译笔究竟塑造了怎样的迦茵形象?林译足本对小说原著情节的保留是否可以反证迦茵形象与原著的一致性?林纾,作为新旧交替时代的正统文人,以怎样的思想意识和修辞话语对应了哈葛德原著的人物形象和文本精神?译者主体的知性参与如何造就了译本的修辞重构,在当时社会文化语境下,如何示范了一种调和中西思想意识的文本修辞话语?而这种话语模式又如何以其修辞的力量影响了当时的一代读者?

译本批评需要有力的理据支撑,采用译本与原著对勘分析的方法,并追溯译本的历史语境,可以探究译本与原著话语建构的不同特点,通过对文本深层话语意义的挖掘,阐发译本话语建构过程中各种社会思潮、权力和力量的复杂博弈,理清译本修辞话语与社会历史语境相互建构的特征。下面从林译"迦茵"形象的修辞幻象、《迦茵小传》人物身份建构的修辞特征以及林译《迦茵小传》对传统道德话语的重构这三个方面切入,揭示林译《迦茵小传》的话语特点及其思想意识,展现一定历史语境下,译本修辞话语沟通中西、影响本土思想现代化进程的特点。

第二节 修辞幻象下的林译"迦茵"形象

一、林译迦茵形象:从坚毅到柔弱

小说原著这样描述迦茵之美:迦茵身材高挑,体态丰满柔美,优雅中透着健康活力,但迦茵"算不上真正漂亮"(not truly beautiful)。迦茵拥

第九章 林译《迦茵小传》:封建礼教下的西式浪漫

有英国女子特有的体貌特征,但也有其独特之美:她双唇圆润、笑意盈盈,下巴显得尤为刚毅,新月般的秀眉下有一双棕色的深邃双眸;迦茵的栗色秀发、简朴的纯白衣裙更衬托出她的自然清新之美。迦茵气质非凡,秀美中透着坚毅,深深打动了贵族男子亨利。亨利眼中的迦茵之美,有着一种只有在古典雕塑中才能看到的典雅意态,迦茵仿佛是希腊神话雕像"爱神丘比特与普绪克之吻"中美丽的女神普绪克。

孔慧怡曾分析过西方文学中女性外貌与性格呈示的关系:"英语文化中流行的典雅美人形象,都是金头发,五官合乎所谓的标准比例(regular features)的;除此以外,所谓金发笨美人(dumb blond)也深入人心;还有一点,就是传统描绘的天使,头发也是金黄色的。"而"极聪明的女性和性格刚强兼有独特见解的女性,通常都不是金发蓝眼的,她们的五官也不是所谓的 regular features。"[①]因此,迦茵"漂亮的栗色秀发""深邃的棕色眼睛""带着笑靥却意态刚毅的下巴"等特征都是她性格坚毅、个性独特的象征。因此,小说中迦茵的外貌描写隐喻了人物的性格特点,为这一爱情悲剧奠定了基调,随着叙事情节的推进,迦茵坚毅刚强、理性独立的个性得以全面展示。

对勘原、译著不同的修辞话语特点,可以看到林纾笔下的迦茵之美与原著描述的迦茵之美有着显著的区别:

哈葛德原著(Haggard,1897:19)	林纾、魏易译文(1981:15)
... he was employed in studying the appearance of the loveliest woman that he had ever beheld. Perhaps it was only to him that she seemed lovely, and others might not have rated her so highly; perhaps his senses deceived him, and Joan was not truly beautiful; but, in his judgment, neither before nor after did he see her equal, and he had looked on many women in different	迦茵顾而长,面温嫩不类村女,修臂下垂,两手莹洁作玉色,面容尤庄贵不佻。大抵英人闺秀,似此者亦多。而亨利见时,迦茵为年恰二十二岁,樱口绛色,唇下作小窝,秀眉媚眼,睛

[①] 孔慧怡:《翻译·文学·文化》,北京:北京大学出版社,1999年,第34、37页。

续表

哈葛德原著(Haggard,1897:19)	林纾、魏易译文(1981:15)
quarters of the world. She was tall, and her figure was rounded without being coarse, or even giving promise of coarseness. Her arms were somewhat long for her height, and set on to the shoulders with a peculiar grace, her hands were rather thin, and delicately shaped, and her appearance conveyed an impression of vigour and perfect health. These gifts, however, are not uncommon among English girls. What, to his mind, seemed uncommon was Joan's face as it appeared then, in the beginning of her two-and-twentieth year, with its curved lips, its dimpled yet resolute chin, its flawless oval, its arched brows, and the steady, tender eyes of deepest brown that shone beneath them. For the rest, her head was small and covered with ripping chestnut hair gathered into a knot at the back, her loose-bodied white dress, secured about the waist with a leather girdle, was clean and simple, and her bearing had a grace and dignity that Nature alone can give. Lastly, though from various indications he judged that she did not belong to his own station in life, she looked like a person of some refinement. Such was Joan's outward appearance. It was attractive enough, and yet it was not her beauty only that fascinated Henry Graves. There was something about this girl which was new to him; a mystery more beautiful than beauty shone upon her sweet face——such a mystery as he had noted once or twice in the masterpieces of ancient art, but never till that hour on human lips or eyes. In those days Joan might have posed as a model of Psyche before Cupid kissed her.	作棕色,发栗色作椎结,衣缟色宽博之衣,系以白鞓,妆饰严净。亨利眼中度之,早决其非小家之女,意态似有学问者。然迦茵固美,而能撩发亨利之感情,尚非尽籁其美貌;盖亨利眼中见刻像多,以为是女者,可方罗马古烈中之爱神。 笔者注:普赛克(Psyche)是爱神丘比特爱恋的女子,林纾在此误译为爱神。

"我们的审美观其实是非常受文化局限的,而每一种语言描写美的词汇,也同时表现出这种文化局限。"①中国古典美女以杨柳细腰、瓜子脸、柳叶眉、杏核眼和樱桃小口为特征,所谓"樱桃樊素口,杨柳小蛮腰"。

---

① 孔慧怡:《翻译·文学·文化》,北京:北京大学出版社,1999年,第41页。

第九章 林译《迦茵小传》:封建礼教下的西式浪漫

林译本经过修辞重置,将迦茵之美纳入了中国传统的女性审美维度:"樱口绛色""秀眉媚眼",使人物外貌与原著完全不同。

林译对迦茵外貌描写的修辞选择及其话语指向

林译修辞	话 语 指 向
庄贵不佻	凸显中国传统文化对女性端庄稳重的要求
英伦闺秀	对原著中迦茵的渔村女身份作了修改
樱口绛色	体现了汉语文化中古典美人的特征
唇下作小窝	淡化了原著中迦茵的坚毅意态
秀眉媚眼	凸显了汉语文化中的娇弱美人特征
非小家之女	暗指迦茵出生高贵
意态似有学问者	为原本没有什么学问的迦茵增添了学问才智

在小说的后半部,迦茵痛失私生女婴,爱情的折磨、生活的历练使她更加成熟、透着神圣不可侵犯的凌然之气,迦茵之美由少女时的优雅、桀骜之美转为成熟高贵、尊严之美。

哈葛德原著(Haggard,1897:373)	林纾、魏易译文(1981:224)
Perhaps she was more beautiful now than she had ever been, for the chestnut hair that clustered in short curls upon her shapely head, and her great sorrowful eyes shining in the pallor of her sweet face, refined and made strange her loveliness; moreover, if the grace of girlhood had left her, it was replaced by another and a truer dignity—the dignity of a woman who has loved and suffered and lost.	旁观者,觉迦茵殇儿后,竟日竟月,恒无笑容,而风貌之美,较前尤绝。似剪发新齐,覆额作旋螺状,秀媚入骨;且病后眉痕,及一双愁眼,已非生人之美;殆带愁带病,似仙似鬼之佳人也。

原著行文的核心修辞话语是"充满伤感的眼神""不同寻常的美丽""真正的尊严"。相比之下,林译对修辞作了调整,把迦茵变成了中国传统小说中带着病态的娇弱美人,还添了几分"似仙似鬼"的脱俗神韵:"秀

媚入骨""病后眉痕""一双愁眼""带愁带病"等词,把性格坚毅的迦茵变成了林黛玉式的病态美人,忧郁而哀婉;译文"非生人之美""似仙似鬼"赋予迦茵一种恍若天仙的出尘飘逸、清丽脱俗之美。

二、林译迦茵个性:从"石楠"到"弱柳"

如本书第七章所析,哈葛德原著中的"石楠"意象贯穿了小说开头迦茵登场、迦茵与男主人公相识及小说最后迦茵为爱赴死的场景,成为小说叙事结构中一个重要的修辞布局,指向小说的深层主题——爱情自由、生命自由。"石楠"作为一个重要的修辞元素,推进小说的叙事、隐喻迦茵坚毅不屈的性格。

对勘原著,林译《迦茵小传》开场部分的风景描写被压缩,译文中没有出现"石楠"这一意象,"石楠荒野"被译为"草碛":"寺之东偏为草碛,碛外海也"。更有意义的是,迦茵首次出现在亨利面前时,伴随她的不再是古老废墟中倔强生的"石楠",而是被改写为中国园林中柔美的"弱柳":"忽不见塔上之女,以为已颠于塔中,乃疾趋塔边,而美人已分花拂柳而行,然背面但见其执冠于手,徐徐款步去。"①"分花拂柳而行"——林译中的"鲜花弱柳"的意象完全颠覆了原著中"石楠"的话语指向,原著塑造的荒野上桀骜不驯的迦茵被改造为中式花园里的柔弱佳丽。迦茵首次登场时,林译对其的性格描述中就通过增补修辞话语,赋予她温文尔雅、知书达理的品性:"美文而通""赋秉绝厚,容姿既媚,复涉猎文史";而"分花拂柳"则呼应了林译迦茵的柔弱气质。按此逻辑,小说结尾处迦茵为爱赴死,场景中的"石楠"意象自然也没有传达。

目前,我们尚无以推断通英文的口译者魏易是否理解"石楠"在英国

---

① 哈葛德:《迦茵小传》,林纾、魏易译,北京:商务印书馆,1981年,第15、14页。

文学中的独特意象及其象征意义,无以追寻魏易是否传达了这一文学意象蕴含的审美意义,也无需苛求晚清刚刚开始睁眼看世界的先行者林纾和魏易必须对西方文学有深刻的领悟。林译小说以其特有的修辞形态展示了晚清世纪之交中国人对西洋文学的阐释,其中的意识形态碰撞、文化差异的磨合,远比我们今天能够想象的要丰富。

林译《迦茵小传》对场景描写的概略化处理与中国传统小说重情节、轻景物描写的叙事特征相符合,对小说中"枝蔓涣散"的细节叙述进行了压缩或删除,加快小说情节的发展,符合古文家林纾的修辞逻辑。译者眼中的迦茵,虽有"学问富足"的现代追求资本,但依然是男权体制下温顺柔弱和自我克制的传统女性。原、译著对勘分析表明:林译对"石楠"这一意象的削删,不管是出于何种原因,与其译本话语建构的整体精神内涵是相一致的,也是与晚清中国的意识形态相一致的。

比勘原著与林译本描述迦茵外貌的不同修辞话语,不难看出林纾笔下的迦茵完全不同于原著带着桀骜坚毅气质的迦茵,从"如剪秋水"的"双蛾"到"樱口""匏犀",再到"带愁带病"的"一双愁眼",林纾描述女性美的本土化措辞,以不同的修辞效果赋予迦茵不同于原著的气质:美丽端庄、柔弱哀婉、多愁善感。

三、林译迦茵性格:"学问"与"闺秀"

哈葛德原著中的迦茵伴随着荒芜凄凉的景色出场,小说开头对迦茵的性格描写中有三个相互关联的表述:"不失深邃的思想"(not lack for depth)、"高尚的追求"(noble dissatisfaction)和"有相当的意志力"(a considerable power of will),凸显迦茵性格中理性、刚毅的一面。然而,林纾笔下迦茵的出场描述则以一套完全不同的修辞选择,营造出迥然不同的话语效果,尤其是译者增补的"悲秋"意境及对迦茵"学问"的渲染。

哈葛德原著(Haggard,1897:2—3)	林纾、魏易译文(1981:5—6)
Though on the day in that June when this story opens, the sea shone like a mirror beneath her, and the bees hummed in the flowers growing on the ancient graves, and the larks sang sweetly above her head, Joan felt this sadness strike her heart like the chill of an autumn night. Even in the midst of life everything about her seemed to speak of death and oblivion: the ruined church, the long neglected graves, the barren landscape, all cried to her with one voice, seeming to say, Our troubles are done with, yours lie before you. Be like us, be like us … Moreover, although Fate had placed her humbly, Nature gave to her, together with the beauty of her face and form, a mind which, if a little narrow, certainly did not lack for depth, a considerable power of will, and more than her share of that noble dissatisfaction without which no human creature can rise in things spiritual or temporal, and having which, no human creature can be happy.	吾书开场之首章,事在夏之六月。时天气清佳,赤日无云,海水澄碧,光景奇丽,游蜂作声于坟茔野花之上求蜜,黄莺飞鸣树间。有女子迦茵者,坐于风光之中,如感秋思,虽当盛年,而生此家乡,所接于目,半皆窀穸。 似此荒寺古坟,咸若来告此女,意谓秋患之事,吾辈已前经,今皆成过去,特汝之忧患,正未有穷期,行方来耳。迦茵者,非名门闺秀,盖村墟中一好女子,美文而通;文通之弊,其忧患转基于目不知书者;顾蹇运虽乖,而赋秉绝厚,容姿既媚,复涉猎文史,操守至严。以清傽之才,乃所托不类,因是颇鞅鞅于造化之弗公……迦茵此时怀抱,虽非殷忧,然女子善怀,是其恒状。

对勘哈葛德原著发现,林译增加了"坐于风光之中,如感秋思"一句,改变了迦茵此刻的心境,也使迦茵的性格随之而变:原著迦茵的出场是在六月夏日,由于地理环境的特殊,英国的夏季晴爽明朗,是一年中最为宜人的时节,但面对夏日美景,迦茵却悲从心来,"好像感到了秋夜的寒意"。林译虽也用"秋"来传译,但"如感秋思"所营造的意境是基于中国特有的文化经验之上的:"在中国人的心目中,'秋'是一个物候名词,也是一个文化象征符号……'秋'的本意是庄稼成熟,但是从自然规律来看,成熟往往意味着生命力将开始下降、减弱,草木也正是在秋季凋零,于是,'秋'又有了萧条、破败的意思,这自然地引发出中国古人关于'秋'的悲伤意识……'秋',由此成为蕴含绵绵愁绪和惊恐之情的文化语象。"[①]原著中的迦茵,

---

① 谭学纯、朱玲:《广义修辞学》,合肥:安徽教育出版社,2008年,第299—300页。

第九章　林译《迦茵小传》：封建礼教下的西式浪漫

虽心境凄凉，但面对大海、荒野、坟冢，沉入对自己命运的抗争、对生命意义的思考，并非为绵绵愁绪和哀怨自怜的情绪所包围。"如感秋思"与译者增补的"以清倩之才，乃所托不类，因是颇鞅鞅于造化之弗公"以及"然女子善怀，是其恒状"互为呼应，赋予迦茵中国传统女子多愁善感、哀怨纠结的气质。在林译的修辞增补中，刚刚登场的迦茵，不再是原著中那个默默承担生活烦恼、不屈抗争的英国女性，而是一个哀怨易伤、多愁善感、不堪风霜的中国传统弱女子。

林译对迦茵"柔弱"形象的塑造也通过后续的修辞话语得以呼应：原著第 14 章开始，迦茵因爱情难以如愿而备受折磨，此处林译增添了"自念吾命胡为人凌践至此？"一句，①致使译本的话语指向再度逆转。在中国封建家族里，族人往往依仗父权凌弱暴寡、对孤儿寡母横加欺凌，"凌践"一词折射出"父权"社会中，失去男性庇护的孤儿寡母在封建大家庭里丧失地位、丧失尊严的悲惨命运。但迦茵孤零的身世反而形塑了她顽强坚毅的性格，并无自怜自卑的哀怨情结。显然，林纾笔下迦茵的情绪心态、自我定位与原著相去甚远，投射出中国封建体制下女性以弱者姿态生存的无奈。

林纾译笔下的迦茵还是个"复涉猎文史""美文而通""学养富足"的女子。对勘原著，林纾对迦茵性格的修辞重构显而易见。

哈葛德原著与林译对迦茵性格描述的修辞对勘

哈葛德原文/汉语语义	林译修辞
a village girl/乡村姑娘	非名门闺秀，盖村墟中一好女子
enjoyed a certain measure of education/受过一点教育	美文而通、复涉猎文史
fate had placed her humbly/出生卑微	蹇运虽乖

---

① 哈葛德：《迦茵小传》，林纾、魏易译，北京：商务印书馆，1981 年，第 89 页。

续表

哈葛德原文/汉语语义	林译修辞
beauty of her face and form/貌媚体美	容姿既媚
a mind which, if a little narrow, certainly did not lack for depth/稍显狭隘但不失深邃的思想	赋秉绝厚、清儁之才
a considerable power of will/有相当的意志力	操守至严

迦茵是19世纪末自我意识觉醒的英国"新女性"代表:她受过教育、富有理性、思想独立、个人意志力坚强。林译所添加的"清儁之才""复涉猎文史"等措辞,突出了迦茵的"学识"与"操守",有违原著对迦茵独立思想和意志力的强调;而"操守"一词更是蕴含了浓浓的道德要求。同时,林纾通过对迦茵"学问"的增补,将原著中受过有限教育的渔村女子迦茵改变为富有学问和才智的大家闺秀。

林译对迦茵"学问"增补的修辞话语一览

林译增补的修辞话语	相 关 语 境	林译本章节和页码
美文而通,复涉猎文史,操守至严	小说开场叙事者对迦茵的介绍	第一章,1981:6
自审年岁既富,而学问复足自活……	迦茵的自我思考	第二章,1981:13
早决其非小家之女,意态似有学问者	亨利对迦茵的初次印象	第三章,1981:15
而容色愈,落落有大家风范	叙事者对迦茵的评价	第九章,1981:55
似尊贵人家之闺秀,非伧人女也。……	爱玛对迦茵的评价	第九章,1981:57
吾闻此女学问,高逾其身……	来文杰对迦茵的评价	第九章,1981:57

然而,迦茵的实际学识远非林译所描绘的那么深厚。迦茵虽得其生父来文杰暗中资助受到了高于她所处社会地位的教育,但她在学校的表现十分平庸,这在原著第1章尾有明确交代:迦茵离校后到处寻找工作机会,她想谋一个家庭女教师的职位,却难以如愿,一是因为她学识平庸,

第九章　林译《迦茵小传》：封建礼教下的西式浪漫

难以满足这份职业的要求；二是因为她过于美貌，很难得到从教家庭女主人的接纳。经过一段时间的努力，迦茵最终得到了一份教幼儿的家庭教师工作，但9个月后，那家男主人开始对美貌的迦茵有了非分之想，迦茵便遭女主人辞退，不得不回到渔村继续和姨妈一起生活，小说开场迦茵独坐荒野沉思正是她被辞退回家的第二天。

林纾反复用"学问"塑造原著中并无太多"学问"的迦茵形象，使迦茵融中国古典女性贤淑之美与现代女性学识之美为一身，有其深刻的思想根源：西学东渐背景下，晚清社会大兴女学，倡导女子不缠足，兴办女学堂、创办女报以推进女性教育，晚清的女性观念开始发生变化，女性教育被提到了强国保种、培育国民之母的重要地位。林纾竭力倡导女学，把女性教育和报国仇、兴民族联系起来："兴女学，兴女学，群贤海上真先觉。……果立女学相观摩，中西文字同切磋。……母明大义念国仇，朝暮话儿怀心头。儿成便蓄报国志，四万万人同作气。女学之兴系匪轻，兴亚之事当其成。"[1]林纾倡导女学，他收于门下习画的女弟子"有十五人之多，如骆树华、罗真如、顾孙诵等，都是当时的名人"。[2]在林纾所收的女弟子中有一位是与他合作翻译《巴黎茶花女遗事》的口译者王寿昌的侄女王芝青，据她回忆："'林译小说'风行民国初期的文坛，先生名气很大，国内外许多人慕名想拜他为师，都被他拒绝了。但他收的学生中女学生竟占大半。在清政府倒台不久的中国社会里，当时的社会名流学者像他这样大胆收女学生的，可屈一指的了。这与他重视女子教育是分不开的……"[3]

林纾在其译序跋中也反复强调女学的重要："但仪西俗之有学，倡为女权之说，而振作睡呓，此有志君子之所为，余甚伟之……倡女权，兴女

---

[1] 林纾：《闽中新乐府·兴女学》，《林纾选集·文诗词卷》，林薇选注，成都：四川人民出版社，1988年，第277—278页。
[2] 龚任界：《林纾书画集》，北京：中国书店，2016年，第235页。
[3] 王芝青：《我的绘画老师林琴南》，《林纾研究资料》，薛绥之、张俊才，福州：福建人民出版社，1982年，第122页。

学,大纲也;轶出之事,间有也。今救国之计,亦惟急图其大者耳。若挈取细微之数,指为政体之瘢疵,而力室其开化之源,则为不知政体者矣。"①林纾旗帜鲜明地反对"女子无才便是德"的陈腐观念,这是他思想中进步和开明的一面,但林纾的思想意识深深植根于传统儒家体系之中,在他倡导女性平等接受教育的背后,依然是顽固的男权立场:"学成即勿与外事,相夫教子得已多。"(《兴女学》)林纾认为,女子求"学问"、有"才智"是为了提升"礼"与"德"的水准,女子拥有学问才有理性制约其行为,才能有更好的道德操守:"……又为才媛,深于情而格于礼,爱而弗乱,情极势逼,至强死自明。"女子如果缺乏才智学问,终将可能越礼失节、贻误终身:"惟无学而撒其防,无论中西,均将越礼而失节。故欲倡女权,必讲女性。凡有学之士,必能核计终身之利害,知苟且之事,无利于已,唾而不为。"因此,林纾认为只有"积学之女"方能自律、做到"爱而不乱":"人爱其类,男女均也。以积学之女,日居荒伧中,见一通敏练达者,直同日星鸾凤之照眼,恶能佛爱?爱而至死,而终不乱,谓非以礼自律耶?"林纾进而举卓文君与司马相如一例加以说明:"文君、相如,又皆有才而积学者也""人振其才,几忘其丑"。②

这就是林纾在译本中为迦茵增补"学问"和"才气"的思想逻辑。甚而言之,林译本中增加的"美文而通",还有更为深刻的文化内涵:在中国传统文化中,"文"是知识修养的象征,也是儒家规范中的一个重要概念。"根据儒家的观点,才,即属文(这种'文'业已定型,并紧系于文化传统和道德目标)的能力,反映了一个人的道德价值。"③儒家文化中的"文"是制

---

① 林纾:《红礁画桨录·序》,《晚清文学丛钞·小说戏曲研究卷》,阿英编,北京:中华书局,1960年,第226—227页。
② 此段所引均出自:林纾:《红礁画桨录·序》,《晚清文学丛钞·小说戏曲研究卷》,阿英编,北京:中华书局,1960年,第227页。
③ 艾梅兰:《竞争的话语——明清小说中的正统性、本真性及所生成的意义》,罗琳译,南京:江苏人民出版社,2005年,第100页。

约个人欲望和行为的规矩和规范,因此,"自觉"和"克己"是"文"的核心内容,持"学问"者以"文"立身,既维护了自身的操守,也遵循了社会道德规范。因此,林译为迦茵形象增添这浓墨重彩的一笔并非偶然,而有其深刻的文化根源,体现了林纾这个旧式文人在新旧交替时代倡导新女性典范的用心:林纾所推崇的理想女性并非刚毅自立、桀骜不驯的西方女性,而是知书达理、操守至严、洋溢着儒家文秀之美,融新意识与旧道德为一体的女性。在译本这个经过修辞重构而呈现的虚拟世界里,林纾对迦茵性格的刻画别具一格,体现了译者对封建的女性观的批判,也体现了译者对新的女性人格的审美期待和理想社会秩序的重构,投射出新旧世纪之交处于统治地位的男性话语特点。

四、林译迦茵性格:"操守"与"胆干"

林纾有着根深蒂固的道统思想,奉行礼教训条,这使他从"守礼"角度解读西洋小说中的男女关系,在他对迦茵性格的刻画中,"操守"一词贯穿始终:在小说叙事初始对迦茵的介绍中,林译通过增补"复涉猎文史,操守至严",强调贤淑女性应有"操守"。林译对迦茵"操守"的渲染还可以从下面这个修辞情境中观察:

哈葛德原著(Haggard, 1897:138)	林纾、魏易译文(1981:87)
"Good gracious! girl, what have you been doing?" she asked. "Ain't you ashamed to walk about half stripped like that?"	尔何作?袒襟行路,讵闺女所为者?

迦茵路遇土豪洛克纠缠,她奋力挣脱,在厮打中上衣被撕破,迦茵逃回家中,姨妈见此愤然责问道:"你这样赤裸着上身到处乱走,难道不害臊吗?"迦茵姨妈责问中的"赤裸着上身"只是针对当时的场景而言,并不蕴含对女性行为的道德要求,但林译中的"讵闺女所为者",潜藏着对女性操守的规定。

林译不仅改写了迦茵的美貌、增加了迦茵的才智学问,还对迦茵的

"胆略"进行了渲染。迦茵摆脱洛克的纠缠后,独自面对山川旷野,思考自己的前途和命运。迦茵自我追问:面对洛克的威逼,自己是否会就此出卖自己的情感、屈从命运为金钱而嫁给洛克?但迦茵即使身处绝境也依然心智坚毅:想到对亨利的爱,她认定自己绝不会向命运屈服,宁可承受痛苦、宁死也不会屈服于洛克的淫威。也许将来有一天她可能不得已而成为洛克的妻子,但至少目前还能把握自己的命运、享受现时的自由幸福:哪怕今后沦入人间地狱、身心遭受苦难折磨,也至少可以拥有对此刻的美好回忆,重温与亨利相亲相爱的美好时光。原著中还有叙述者对迦茵此时心理的点评"正如很多女子那样,迦茵是个机会主义者,她活在当下,也只为当下活着。"这是对19世纪末英国女性意识开始觉醒、女性群体睿智成熟的生活态度的点评,迦茵,作为一个具有现代意识的女性,绝不会因对将来生活的恐惧而牺牲当下的爱情。下面试对原、译文进行比较:

哈葛德原著(Haggard,1897:137)	林纾、魏易译文(1981:87)
She could not conceive any circumstances in which a thing so horrible might happen, for however sore her necessity, though she shrank from death, it seemed to her that it would be better to die rather than to suffer such a fate. Yet so deeply did this terror shake her, that she turned and looked upon the black waters of the mere, wondering if it would not be better to give it the lie once and for all. Then she thought of Henry, and her mood changed, for her mind and body were too healthy to allow her to submit herself indefinitely to such forebodings. Like many women, Joan was an opportunist, and lived very much in the day and for it. These things might be true, but at least they were not yet; if she was destined to be the wife of Samuel Rock in the future, she was her own mistress in the present and the shadow of sorrow and bonds to come, so she argued, suggested the strongest possible reasons for rejoicing in the light and liberty of the fleeting hour. If she was doomed to an earthly hell, if her hands must be torn by thorns and her eyes grow blind with tears, at least she was minded to be able to remember that once she had walked in Paradise, gathering flowers there, and beholding her heart's desire.	自面潭水,思欲投身其内。忽尔念及亨利,复又中止。该迦茵体质坚实,且有胆干,不类弱妇人,一临窘逼,遂即死路。然终为妇人,颇崇信天命,即使后此妇于洛克,而今日仍然还我自由;后此沦我犴狱,而今日仍然居之天堂;乃冒雨归。

第九章 林译《迦茵小传》：封建礼教下的西式浪漫

　　这段心理描写是对迦茵个性的细腻刻画，行文措辞强调了迦茵在情感饱受痛苦之时仍有毅力坚守理性、坚守生活信念。林译添加的"有胆干"一词，对迦茵"不类弱妇人，一临窘逼，遽即死路"提供行为支撑。此处的"自面潭水，思欲投身其内"，虽难以断定是林译添加，还是对原文"是否就此违心屈从命运的安排"一句的错译，但从随后的译文"然终为妇人，颇崇信天命"中不难看出林译修辞话语的内在逻辑：原著以虚拟语气，用假设反衬出迦茵敢于抗命的性格：即使以后命运注定她要嫁给洛克，但至少今天她还是自己命运的主人——她至少为自己的生命自由努力争取过；而林译"终为妇人，崇信天命"的语义与原著恰恰相反。可见，尽管林译文赋予迦茵才智和胆识，体现了译者一定程度上开明的女性意识，但在译者的思想意识深处，迦茵依然是中国封建社会中听天由命的弱女子，而不是以个人生命感悟为本位的西方现代女性；而林译用"妇于洛克"这一表述来传达原著中的"成为洛克的妻子"，也折射出了女性在婚姻中的从属地位。

　　在原著第13章，迦茵与姨妈的争吵充分展示了迦茵的个人本位意识：迦茵拒绝洛克的求婚，贪财的姨妈为此暴怒，以侮辱性的言辞斥骂迦茵："你个不知好歹的东西！这就是你玩的把戏？洛克身价百倍于你，你倒还瞧不起他、还得罪他！他向你求婚是看得起你！你算什么东西，连个家庭名分都没有！洛克腰缠万贯，足以娶个千金小姐回去，娶她十个八个都没问题！我告诉你，你就得给我嫁给他……"①面对姨妈的厉声叱责，迦茵奋起抗辩，表明自己坚决不为财富而嫁，还用国家法律进行

---

① 原文为："You good-for-nothing baggage!" she said, "so that is your game, is it? To go turning up your nose and chucking your impudence in the face of a man like Mr. Rock, who is worth twenty of you, and does you honour by wishing to make a wife of you, you that haven't a decent name to your back, and he rich enough to marry a lady if he liked, or half a dozen of them for the matter of that. Well, I tell you that you shall have him …"(Haggard, 1897：138-139)。

自卫:"国家律法没有规定我必须嫁给自己不爱的人!",体现了19世纪末英国新女性的自我意识以及基于个人生命感受的个体主义精神。然而,林译淡化了人物的个体意识,强化了家族本位的生存意识:尽管迦茵对亨利的爱情炽烈,但为了亨利她甘愿牺牲自我。迦茵的自我牺牲是基于个人情感和自由人格尊严的理性选择,张扬了生命自由、尊重个人利益的道德观念。而林纾笔下迦茵的自我牺牲,是父权体制下女性的一种自我献祭,蕴含了中国封建社会以家族为本位、泯灭人性的宗法观念。

儒家学说中的"自我"是以在其赖以生存的社会关系中来定义的,社会是家庭的延伸,个人是相互依存的大群体中的一个有机体,和谐的家庭式的群体聚集,需要个体以道德自律、自我超越来调剂人际关系,在封建传统中,西方式的个体生命自我实现的意识是没有位置的。西方社会中的个体是独立、自治的个体,与群体的关系是相对立的,个体与群体存在着相互冲突的权力和利益关系,需要通过社会契约、法律上的公平正义来平衡,人际间的公共道德标准也需要通过基督教倡导的博爱平等自由理念得以维系。德国汉学家卜松山(Karl-Heinz Pohl,1945—)对中西道德观念差异做了如下概述:"与西方把伦理解释为'道德品质的学说'不同,中国人的伦理是'人际义务关系的理论',即所谓'五常'。它建立在等级和互利的基础上,或者说是以负责和信任为前提的。"[①]林纾正是通过将译本伦理置于中国传统价值体系的框架内,以增补的"操守""胆干"这样的修辞话语,体现了对迦茵性格的审美幻象,呼应了晚清世纪之交文人所倡导的女性意识,也体现了译者既立足于本土传统、又向往西方现代思想意识的矛盾文化取向。

---

① 卜松山:《与中国作跨文化对话》,刘慧儒、张国刚等译,北京:中华书局,2000年,第41页。

第三节 《迦茵小传》人物身份建构：中西称谓的修辞对抗

一、称谓的背后：个体尊严与父权统治

称谓富有人际语用功能，蕴含了社会生活中交际双方的社会身份及相互间存续的权势关系，反映了社会群体的价值观念、思想意识和生存哲学。在对小说修辞话语的阐释中，可以通过对称谓的分析解释人物的生存状态、精神世界及社会权力关系。对勘《迦茵小传》与原著在称谓方面的差异，可以管窥林译本展现的人际关系及社会权力关系，探究林译修辞的深层话语意义及其对晚清社会的影响。

（1）自谦语与迦茵身份的自我定位

称谓分为自称和他称两种，晚清语境下的汉语自称一般为谦称，反映了封建体制下"君臣、父子、夫妻、长幼"这一社会等级秩序，含有封建礼制中上下有异、贵贱有分、长幼有序的特点。

原著的迦茵以"我"（I）自称，"我"的独立身份论证，体现了女性的个体尊严。林纾译笔下的迦茵以一套完全不同的自称，为自己重新进行了身份定位，颠覆了原著迦茵的性格内涵和思想意识。林译迦茵的自称，除了遵循原著中的"我"（"吾"），还用了众多的富有中国传统特色的自谦语，如"薄命人""贫女""漂泊人"等。

迦茵向亨利之母讲述亨利不幸从塔顶坠落受伤的过程："夫人，是均贫女之过也；女初不料公子竟至塔上。"①此时的迦茵用"贫女""女"自称。

自谦语的背后是鲜明的社会等级意识：是中国封建社会中女子常用

---

① 哈葛德：《迦茵小传》，林纾、魏易译，北京：商务印书馆，1981年，第56页。

"女""贫女"作为自谦之辞,指向封建社会父权主宰下的性别观念:女性的地位卑贱低下,这是不可逾越的人伦秩序。

在林译本中,迦茵的另一自称方式是"薄命人",迦茵孤身一人到伦敦谋生,幸遇好心的房东收留,迦茵以"薄命人"自称:"居停待我善,薄命人安得有此?"①

迦茵用"小人物","不为人知"(I am nobody)向亨利倾诉自己的孤零身世,指涉自己的卑微出生,林译以"薄命人"对应这一表达:"盖问君子曾否有人语薄命人身世如落溷之花者?……薄命人生世,既无父母,复无兄弟,一身漂泊,寄食姨氏……"②

封建社会中,女性的命运为男性所掌控,女性不能决定自身的生存状态,"薄命人"负载着女性的哀怨无奈心理。原著中的"小人物"是迦茵相对亨利的贵族家世而言的,但林译中的"薄命人"蕴含了自哀自怜、幽怨的弱女子心理。

"侍儿"原指地位低下的"丫环""婢女",也用来作为女性的自谦辞。迦茵写信给亨利时,在信末署"侍儿"。男权统治下的封建社会,男女性别关系是如同主人与奴婢一般统治与被统治的关系。男权社会中,女性的生存以接受男性主宰、任由男性奴役为前提,女性是男性的"侍儿",女性没有独立的自我身份。

"人名和称谓往往反映高度等级化的社会结构,引发对社会尊重、权力、社会地位的联想。"③原著迦茵用主体性很强的"我"来展示自我,而林译本中则掺入了"侍儿""贫女""薄命人"等自谦辞。称谓的变化意味着对人物身份的重新界定,这些富有封建礼教色彩的自谦语,削弱了原著

---

① 哈葛德:《迦茵小传》,林纾、魏易译,北京:商务印书馆,1981 年,第 168 页
② 同上书,第 93 页。
③ Francine, F. & F. Anshen. *Language and the Sexes*. Albany: State University of New York Press, 1983:55.

第九章 林译《迦茵小传》：封建礼教下的西式浪漫

迦茵渴求生存自由和爱情平等的自我意识，这是林译本之"失"，但由此得到的却是晚清读者的价值认同和接受，迦茵对爱情的追求、女性自尊自立的价值观念正是通过这些富有封建色彩的话语而引入的。

林译迦茵的自谦辞及其语用频率

林译迦茵的自称变异	使用的语境	语用频率（次）
贫　女	面对长者或地位高者的自称	9
薄命人	对情人亨利或长者的自称	7
漂泊人	对长者（钵特夫人）的自称	1
孤飘女子	对爱人亨利的自称	1
羁寒之女	对爱人亨利的自称	1
孤露之人	对爱人亨利的自称	1
侍　儿	写给爱人亨利的信末署名	1

"人自称正是'对自己存在的解说'！"①在原著中迦茵的自称"我"与译本中迦茵的自称"女""贫女""薄命人""侍儿"所形成的话语张力之间，展现了修辞符号背后不同的价值体系，文化权力在修辞上的角逐由此可见一斑。

19世纪的英国社会等级，有贵族和平民之分，但基督教崇尚人格和精神的平等，没有繁复的名分观念，习惯上不用自我贬损的自谦语。"我"，作为社会个体的语言生存方式，表征了个体的独立生命意志及对自我身份的论证。

晚清宗法社会以家庭血缘关系为基础，父系嫡长子继嗣制度规范了家族中的等级，长幼有序、内外有别，男性是家庭和社会的主体。封建语境下的人际交往遵守"自谦敬人"的理念，需要通过自我贬抑来表示对他人的尊重，因此，基于纲常人伦的汉语自谦辞不只是一种单纯的礼貌用语，而是体现了一种社会道德和伦理要求。林译迦茵使用的种种自谦辞，遵循了人伦

---

① 钱冠连：《人自称、人被称与物被称》，《外语学刊》2010年第2期。

主导下的汉语称谓敬谦尊卑系统,是男尊女卑社会心理的写照。

林纾笔下的迦茵自谦辞,形成了一个富有文化内涵的修辞网络,重新建构了迦茵的自我身份认知,即男权主宰下,女性生存的非主体性。对照原著,林译迦茵自我存在的语言解说方式发生了变化,展现了中西语境下个体的不同自我认知模式及隐藏于后的政治文化权力差异:"人们使用语言,是为了将自身置于某种多维社会空间之中。从说话者着眼,此乃交流有关其本人的信息——关于他是(或有可能是)哪种人,以及他在社会里面地位如何的一种方式。"①译者以本土价值体系对应西方社会,将称谓进行了本土化修辞处理,反映了晚清父权体系内女性对自我身份的认知特点。支撑林译迦茵这种"非我"性自我认知的,是封建宗法社会的意识形态,以及译者本身对社会价值的认知特点。

(2) 他人对迦茵的称谓和身份认证

《迦茵小传》原著中不同人物对迦茵直呼其名,或以"她""那姑娘"等词来指称,但在林译本中,他人对迦茵称谓方式的变异体现了浓浓的封建纲常和人伦意识:

他人对迦茵的称谓变异	语　境	语用频率/次
薄命人	叙述者或长者对迦茵	2
贫女/贫贱之女	长者对迦茵	3
弱女子	迦茵同辈及叙述者对迦茵	2
贫罄之女	长者对迦茵	1
寒人之女	迦茵同辈人物对迦茵	1
飘零女子	长者对迦茵	1
痴　婢	长者对迦茵	1
女中豪杰	迦茵同辈人物对迦茵	3
女将军	叙述者对迦茵	2

---

① 赫德森:《社会语言学》,卢德平译,北京:华夏出版社,1989年,第230—231页。

第九章 林译《迦茵小传》：封建礼教下的西式浪漫

迦茵姨妈将迦茵的坎坷和不幸归咎于命运。林译用"薄命人"对应原著中的"不幸"(unlucky)一词，蕴含了封建体制下女性无力把控自我命运的一种集体哀叹。

下例中原译著修辞话语的不同更凸显了中西女性观念的冲突：亨利的妹夫自私势利，他担心亨利与迦茵的私情暴露后可能对自己的仕途不利，指责亨利不为家族着想，竟然为出身贫寒的迦茵放弃了与富家女联姻、对即将陷入债务困境的家族不予救赎："且尔无志，昵近一贫贱之女，竟欲引为正室，可愧极矣！"①

原文措辞相对含蓄，对作为"体面的绅士"的亨利进行讥讽，说他"不体面地与女招待私通"。实际上，迦茵并非酒吧女招待，而是女装店的试衣模特，但英语中的"女招待"(barmaid)一词也用来泛指从事服务行业、社会身份低下的女性。林译增加了"竟欲引为正室"这一句，体现了中国封建体制下对婚姻的认知方式：封建社会中富有的男子可以妻妾成群，但"正室"在家族中是有一定身份和地位的。但在19世纪的英国，婚姻法规定了一夫一妻制，女性的婚姻地位得到了保障。

实际上，"正室"一词的背后也体现了译本话语主体林纾个人的性别立场：林纾在发妻刘琼姿病逝后，与扬州女子杨道郁再婚，婚后两人恩爱有加，杨道郁为他生了四女五男，林纾对她心怀感激，但"循分守理"的林纾始终视她为"箧室"，即"妾"。林纾与发妻的长子林珪感动于杨道郁对林家的无私付出，多次恳求父亲将她扶为"正室"，但林纾执拗于传统的人伦等级观念，始终没有答应。杨道郁50岁寿辰时，心怀感激的林纾撰寿文纪念，但仍然称她为"箧室"：寿文标题为"箧室杨道郁五十初度为文纪其生平"，开篇言："古无以文寿其箧者；有之，自畏庐始。"②这既是因为

---

① 哈葛德：《迦茵小传》，林纾、魏易译，北京：商务印书馆，1981年，第106页。
② 林纾：《林纾家书》，夏晓虹、包立民编注，北京：商务印书馆，2016年，第214页。

林纾出于对发妻的专情,也体现了林纾对旧道统身体力行的维护。

林译文中的"弱女子"一词则传达了男权下的女性定位:女性屈从于男性,女性以忍让驯良的姿态,在男权世界里以"弱"换取男性赐予的生存空间,因此"弱女子"成为广为接受的女性身份认同。

"我们以言说使世界中的一物(实体或虚体)现身的同时,也使自己在世上出场或现身。"[1]"弱女子""薄命人""贫贱之女"等身份措辞,作为一个重要的修辞元素,参与译本话语意义的建构,湮没了原著女性作为独立个体的生命感受和主体身份认知,林译对小说女主人公身份的认知方式已被纳入晚清语境之中。

二、称谓修辞的意识形态:男女尊卑的社会秩序

(1)"君家人"的话语蕴含

称谓不是一个单纯的能指符号,当它与性别、阶层、社会结构等联系起来,便负载了丰富的所指意义,凸显其背后的社会权势关系。《迦茵小传》中亨利的妹妹答应了富家子的求婚,向他表明愿意与他结婚。原著的措辞是"我愿意做你的妻子"(I will be your wife)。林译文为:"我今许汝,永为君家人矣。"[2]"君家人"一词值得推敲,将其置入一定的社会语境之中,这一身份符码便显现出复杂的话语意义。原著中的"我愿意做你的妻子",是言说者以一个独立女性的身份,宣称了自我主宰婚姻和命运的自由。而林译"君家人"体现的,是男权社会中女性对自我从属定位的认可。在男权本位的中国封建社会,婚姻制度是宗法制的产物,夫妻关系无平等可言,男性拥有主宰权和话语权,女性不过是其附属品。以夫家为本位的婚姻关系使女性受夫家的支配,在受到夫家更多庇护的同

---

[1] 钱冠连:《语言:人类最后的家园》,北京:商务印书馆,2005年,第 i 页。
[2] 哈葛德:《迦茵小传》,林纾、魏易译,北京:商务印书馆,1981年,第42页。

时,对丈夫的家族也负有更多的责任和义务。"君家人"界定了女性出嫁后与自己父母家、与夫家的不同关系,预设了传统伦理制度对家庭伦常、女性地位的约束,折射出社会权力关系对女性生命的支配。

"我们赋予这个世界的名称不只是现实的反映,也不是约定俗成的标签,面对一个充满各种可能意蕴的无序世界,名称是用来界定什么是现实的一种方式。"①"君家人"界定的社会认知是:在封建体制下,父系、父治、父居是社会生活的核心,在家庭人伦秩序中,女性受父权和夫权的双重操控,女性以男性为"天"为"尊",而天尊地卑,卑微的女性要服从"三从四德"的道德规范,女性的生命价值在于对男性及其家族的奉献和牺牲。"在男权社会中,女性自我只能处于一种无名、无称谓、无身份,无表述话语的状态,她要表述自己的梦,就只能借助于男性所创造的一切:名分、称谓、身份、话语等等。"②

(2)"异性而称"的话语意义

"异性而称"是汉语文化中特有的现象——以指称男性的称谓指称女性或相反,在称呼中对指称对象做出性别置换,以表现尊重之意。如:林译将原著中的"妹妹""父女""女儿"等"异性而称",用"吾弟""女弟""父子""女公子"等进行重新表述。

男权社会中,称谓以父系为尊。"异性而称"反映的是男性为尊的宗族观念。用男性称谓来指称女性,表面看是对女性的尊重,但实际上恰恰表现了男性为本位的社会等级认知及性别秩序意识,这种迂回曲折的指称方式,以对男性中心主义价值观的妥协,反证了女性地位的低下:女性只有以"男性"姿态在场时,才能获得社会的认可与尊重。在男权主宰下,女性的生存黯淡无光,女性的主体身份是一个空洞的能指,只能任由

---

① Cameron, D. (ed.). *The Feminist Critique of Language*: *A Reader*. London: Routledge, 1990:12.
② 乐黛云:《跨文化之桥》,北京:北京大学出版社,2002 年,第 251 页。

男性来指称与定义。"在以男性为主角的社会秩序中,……女性的自我承认往往要通过男性的承认来实现,女性的价值往往要交付男性评判,既然女性所进入的,是男性文化为她们预设的'他者'秩序,这就意味着女性不得不委屈地借助男性话语而'在场',意味着女性无法摆脱男性话语为自己命名。"①译本中"异性而称"的"女公子""女弟"等,以富有中国封建色彩的方式论证了女性的身份,体现了父权专制的话语特征及其权力关系。

(3) 迦茵与亨利的互称及其话语意义

原著中迦茵与亨利的互称以直呼其名为主,或以"你""我"相称,虽然他们的阶级地位悬殊,但两人都有着强烈的人格平等意识,都有着对追求生命自由的自觉追求,这是他们爱情的基础。而林译对亨利与迦茵之间称呼的处理却截然不同:亨利对迦茵的称呼采用了直呼其名的方法,或以"汝"称之;但迦茵对亨利却以"君""君子"相称,不仅社会地位差别、贫贵等级之分表现得淋漓尽致,而且还体现了以男性为尊的性别等级。

然而,值得特别关注的是,林译对称谓的处理有一个特殊现象:林译直接用音译"密昔斯洛克"保存了原著中亨利对迦茵的称呼。林译本中对西洋称呼的直译仅有5处,除这1处外,其他4处为:"马丹"(Madam)、"加必丹"(Captain)、"密斯来文杰"(Miss Levinger)和"密昔斯来文杰"(Mrs. Levinger)。迦茵嫁给土豪洛克是为了成全亨利与富家女的婚姻,但亨利却误以为迦茵是贪财而嫁,气愤不已。当他再次遇见迦茵时,刻意用"洛克太太"(Mrs Rock)来称呼迦茵,语气刻薄、充满讥讽。林纾直接用音译"密昔斯洛克"来保留这一称呼方式,与此前林纾以本土习俗归

---

① 谭学纯:《话语权和话语:两性角色的"在场"姿态》,《宁波大学学报》2001年第6期。

化各种人物称呼形成了鲜明的对照,在这一语境中,用音译贴切地传达出人物情绪的变化及对两人关系界定的变化。这一翻译处理,在小说情节组织和结构中具有推进叙事的意义。这一情节出现在小说叙事即将进入高潮的时刻,预示小说中矛盾冲突高峰即将到来,而亨利对迦茵的误解更增加了故事的悲剧性。从林纾的这一音译可以看出:作为译者的林纾,对这一称谓在小说叙事结构中所起的文体意义有着清晰的认知,也由此可以推断:林纾在译本中对各类称谓的改写并非盲目无知,而是刻意设计的修辞结果。

三、长幼有序的称谓及其话语意义

(1) 长者的称谓方式

林译将原著中年长者自称的"我"归化为"老身""老夫""老朽"等;将小说中他人对长者的直接称呼"你"(you)归化为"丈人""阿翁"等。

称谓	使用语境	语用频率/次
老夫	男性长者自称	60
老朽	男性长者自称	3
老身	女性长者自称	16
老父	儿女对父亲及长者的指称	16
老母	儿子对母亲及长者的指称	16
主翁	晚辈对男性贵族长者的称呼	19
丈人	晚辈对男性长者的称呼	71
阿翁	晚辈对男性长者的称呼	18

在古典汉语文化中,老年男女常以"老身""老夫"自称;以"老朽"作为自我谦称。子女对自己的父母用"老父""老母"指称,但"老父""老母"也可用来泛指老年男女。"丈人""主翁""阿翁"是小辈对老年男子的敬称。封建纲常伦理体系中,"百善孝为先",小辈必须服从家族中长者的

绝对权威。封建家庭中的老年女性也具有一定的威望,但这并非女性以独立身份获得了尊严,老年女性的家族地位是通过她严格推崇父权来换取的,老年女性在家族中的职责是以长者身份维护男尊女卑的价值体系。

(2) 长辈对晚辈的称谓方式

称　谓	语　　境	语用频率/次
足　下	长者对男性晚辈的称谓	16
弱　息	长者对女儿的称谓	9
吾　儿	长者对男性晚辈的称谓	5
妮　子	长者对迦茵的称谓	3
闺　女	长者对迦茵的称谓	2

林译本对称谓的处理方法,严格遵循了封建宗法制度"长幼有序,尊卑不同"的纲常人伦规范。"足下"是长者对男性晚辈或平辈的尊称;"弱息"是长辈对晚辈女性作为"弱者"的身份定位;而用"闺女""吾儿""妮子"指称家族以外的晚辈,反映了汉语文化中亲属称谓的泛指性特点:中国传统家庭中,三世甚至四世同堂,受家庭本位传统意识的影响,"家"的概念往往被拓展到家族以外的社会关系之中,推衍出一系列亲情泛化的礼俗性称谓,即:用家族亲属称谓来指称并没有血缘关系的对方,如用"吾儿"泛称家族之外的晚辈男性,用"闺女"泛指家族之外的晚辈女性。

"文学文本是一个整体结构。这个结构中,一个元素的变化,可能引起其他元素的相应变化,从而导致结构整体的变化。"①林译《迦茵小传》通过修辞重构,将原著中的称谓体系归化为晚清中国等级森严的称谓体系,体现了对本土文化意识的服从。译本能否为本土读者所接受,取决于译本话语形态与本土文化意识的关系,话语修辞形态展现的是对一种文化权力的确认,对一种价值体系的认可及对一种社会身份的论证。贯

---

① 谭学纯:《身份符号:修辞元素及其文本建构功能——李准〈李双双小传〉叙述结构和修辞策略》,《文艺研究》2008年第5期。

第九章 林译《迦茵小传》：封建礼教下的西式浪漫

穿林译《迦茵小传》中的这张独特的中国式称谓网络，展现了译者遵循本土思想意识和价值观念的文化立场；但对于晚清这一特定的历史语境而言，以本土理念重构译本修辞话语，是换取读者对异域人伦关系价值认同的一种手段，也是推进译本接受、最终达到译介西方现代思想的一条捷径。因此，在某种意义上说，虽然林译足本话语对原著的人文内涵有所颠覆，但却正是借助这种颠覆力量获得了译本的生命依托，通过对译本修辞的调整和对其话语意义的重构，以儒家道德伦理体系完成了对译本精神的重构。尽管译本的思想内容掺入了众多封建意识和观念，但原著的人文精神还是得以渗透，让一代晚清读者认知了一个全新的西方世界。

第四节 《迦茵小传》：儒家道德伦理统摄下的译本修辞话语重构

对于林译《迦茵小传》，无论是晚清的指摘，还是当今的关注，围绕的核心都是译本所传达的思想观念和价值体系，特别是中西不同思想意识中的人伦道德观念。文本的存在依赖于一定的社会历史语境，原著的价值体系不可能原封不动地顺利进入另一种语言文化，它需要通过译者的运作和操纵，以新的诠释和修辞形态进入译语文化。从这一层面上说，翻译过程是一种修辞重构过程，面对中西两种迥然不同的文化体系，译者以修辞重构的方式改写原著呈现的价值体系，也以修辞重构的方式重新建立起译本新的价值体系，使译本在异域文化中获得新生。

原、译著对勘研究结果提示：林译《迦茵小传》深层话语意义的建构基于译者对小说伦理道德的修辞处理，特别是围绕家庭伦理、社会道德标准及男女情爱道德这三个方面的修辞特点。林译本以"孝""恩""义""礼"等关键词为主导的修辞符码，构成了独特的话语场，展示了林纾传译西方人伦道德的特点。

一、"孝":《迦茵小传》家庭伦理建构关键词

"孝"是中华传统衡量一个人道德水准的一个重要标杆,对"孝"的推崇从传统经典到民间话语一脉相承:孔子曰:"夫孝,德之本也,教之所有生也";《孝经》中有:"爱亲者,不敢恶于人;敬亲者,不敢慢于人";墨子曰:"父子不慈孝,天下之害也";孟子倡导:"老吾老以及人之老"。民间则有"乌鸦反哺""羔羊跪乳""百善孝为先"的种种孝道寓言。中国封建社会中以"孝"为核心的人伦纲常,不仅是家庭伦理秩序的重要保障;而且是儒家政治的核心:封建宗法社会体制下,人际关系受家族血亲远近亲疏关系的统摄,遵循以孝道建立的秩序,而社会政治关系也以此确立。所谓"老吾老,以及人之老;幼吾幼,以及人之幼",倡导的是儒家伦理关系准则:人际交往遵循由近及远、以己推人的关系准则;并从家庭内部的血缘关系推及整个社会关系,即所谓"家为小国,国为大家"。家庭以父子关系为血缘关系之首,而这一人伦关系推至国家,则以君臣关系为维护政治权力秩序的根本。因此,儒家文化中的"孝",负载着一种广义的道德义务和人伦规范,其基本逻辑是:父为"家君",君为"国父",君与臣的关系犹如父与子的关系——"父子有亲""君臣有义"阐述的就是这一政治逻辑。"家国同构"理念之下,"君父同伦""君父并尊""孝忠一体",这是儒家道德伦理的核心,也是主导国家政治运作的伦理基础。《孝经》所述"夫孝,始于事亲,中于事君,终于立身……夫孝,天之经也,地之义也,民之行也",①即为家国同构理念下的人伦原则:在家孝敬父母、在外侍奉君王、忠于国家,"孝道"与"修身、齐家、治国、平天下"的政治理念互为逻辑。在封建社会,以"孝"为核心的伦理道德体系,负载了政治的内涵,

---

① 胡平生、陈美兰译注:《礼记·孝经》,北京:中华书局,2007年,第221、239页。

第九章 林译《迦茵小传》：封建礼教下的西式浪漫

具有主宰一切的权威力量，而"以孝治天下"也是封建社会的为政之道。

林纾对儒家核心"孝"的文化体认始于孩童时代，他自幼饱读四书五经，少年时苦读古文经典，其思想观念的形成深受两本书的影响：一本是明代文学家吕坤所著的《呻吟语》，另一本是清代中期政治人物陈宏谋所编的《五种遗规》。这两本书是封建社会士子修身处世必读的书籍，所教导的修身治家和处世居官之道，不仅让林纾学到了立身安命之道，也将林纾塑造成一个愚忠愚孝之人："林纾十八岁时，父亲病重，乃露香稽颡告天，请以代身；父卒，痛哭逾恒；哀极而病肺。四十四岁时，母病，林纾侍疾四十九日，夜必四鼓起，焚香稽颡于庭，然后出门，沿道拜祷，至越王山天坛上，请削科名之籍，乞母终养。如是者九夕，第四夕，天降大雨，林纾仍坚伏雨中不起，木棉之裘尽湿，竟不自觉。母卒后，又居丧六十日，夜必哭祭而后归苫，哀极致病，晕厥几死。"① 在林纾原创的小说中，以"忠孝节义"为主题的小说最多，他的短篇小说《吕子成》和《葛秋娥》，都讲述了父母病重时，儿女毅然刲臂入药，以此对父母行"孝"，使父母病痛得以痊愈，据说起疗效的并非人肉，而是子女的孝心感动了天地。②

在林译《迦茵小传》中，"孝"字的复现，形成了一个重要的修辞元素，赋予文本一种强烈的儒家道德倾向，使译本远离了原著建构的西方现代道德体系。

当年幼的迦茵得知自己是私生女后，对已不在人世的母亲并没有怨恨，反而充满了一种强烈而又陌生的爱，无论是她病痛之时，还是心情低落之时，眼前总是浮现出生母前来爱抚安慰自己的幻觉。在林译本中，迦茵对母爱的向往和幻觉被转化为一种"子不嫌母丑"的孝心：迦茵明知母亲失

---

① 连燕堂：《畏庐杂色——林纾的激进与退守》，《苦境——中国近代文化怪杰心录》，北京：团结出版社，孙郁主编，2008年，第15页。
② 任访秋：《林纾论》，《林纾研究资料》，薛绥之、张俊才，福州：福建人民出版社，1982年，第372页。

419

节,却对她不存任何鄙夷之心:"迦茵性孝,终不以母失节,遂鄙其所生;又自审命薄,匪特不以为辱,转伤母氏之飘零湮没以死,于是长日恒念其亲。"①

孤女迦茵从小缺乏家庭温暖,长大后饱受遭人嫌弃的孤独,土豪洛克更因此放肆向她逼婚。但迦茵是个自尊自爱的女性,她发誓要做自己命运的主人。但林纾笔下的迦茵却是一个符合中国传统孝道标准的孝顺女儿:"惟吾不知父处,故洛克敢自高其声价,以势相胁。然余纵无父,抑尚有自由,彼农家子,安能迫我至于极地?……父母既不在,则我即为我之主人,焉能以素所不爱之人与之为偶?"②按照林译逻辑,因为父母已不在人世,迦茵可以自作其主,言下之意是:倘若父母健在,迦茵就当听从父母之命。

林译对亨利的刻画也采用了相同的修辞取向。亨利是贵族出身的海军舰长(林译"水师船主"),他对迦茵一见钟情。亨利家族家道败落,其父母威逼他与债主之女联姻以拯救家族,亨利因此与父亲发生强烈争执,林译在这一情节中添加了亨利违忤父命的道德判断。

哈葛德原著(Haggard,1897:137)	林纾、魏易译文(1981:118)
There had been some quarrel between Henry and his dying father, and in that quarrel her name had been mentioned. Strange as it seemed, it might even be that he had declared an intention of marrying her. Now that she thought of it, she remembered that he had spoken of such a thing several times.	亨利情多,必违父训,父诏不从,必诘其拒婚之由,叙我姓名,亦属情理所有,又安知亨利不质直自认,曾与我定婚;且此事亨利前此已公然语我矣。

"父训""父诏"突出中国传统家庭中父亲拥有的绝对权威。林译通过对修辞的重新设计,以"父为子纲"的传统孝道指责亨利违忤"父训",完全改写了原著所传达的情感独立、爱情自由的话语精神。但在晚清顽

---

① 哈葛德:《迦茵小传》,林纾、魏易译,北京:商务印书馆,1981年,第7页。
② 同上书,第13页。

固的封建意识下,林纾还是遭到了卫道士的厉声叱责:"乃老勋爵临终,至再至三,殷殷以迎娶爱玛为嘱;而亨利竟溺于情人,不顾父命,肆口强辩,此尚得为人子乎?是皆蟠溪子所删而不叙者也,第混言之曰:'由后度前,思过半矣,可勿赘焉。'不解林氏何心,而必欲一一赘之。"①修辞选择与社会意识的关系从寅半生对林译的批评中可见一斑。

亨利父亲临终前,请求亨利答应这门由双方父母定下的婚姻。亨利深爱迦茵,决然拒绝了父亲的临终要求。父亲去世,亨利因肢体受伤无法行走,也因父亲突然死亡深受打击而病倒,没能参加父亲的悼念仪式,事后便强撑病体默默来到父亲墓前与父亲作最后告别。想到自己在父亲临终时还因抗婚与他发生争执,给老人带来永远无法弥补的痛苦,亨利悲切万分,默默以手遮面,祈求上帝的宽恕,也祈求天堂里的父亲能够理解和宽容自己此举的无奈。

哈葛德原著(Haggard,1897:157)	林纾、魏易译文(1981:99)
Henry did not attend his father's funeral, for the good reason that he was ill in bed. In the first place, though he made light of it at the time, that slip of his on the stone steps had so severely affected his broken limb as to necessitate his lying by for at least another month; and in the second he had received a shock to his nerves, healthy as they were, from which he could not hope to recover for many a month ... In sad and solemn silence Henry gazed upon the clay that had given him life, and great bitterness and sorrow took hold of him. He covered his eyes with his hand, and prayed that God might forgive him for the pain which he had caused his father in his last hour, and that his father might forgive him too in the land where all things are understood, for there he would learn that he could not have spoken otherwise.	亨利体固牢实,既以死父垂死之言,而己乃以不孝违忤,天良不没,杌陧于中,神经为之刌敝,故病非累月,亦不即愈。……亨利遂聚其愁眼,观彼身所自来之死父,遂以手掩其目,大哭呼天,谓吾父最后之病苦实我贻之;求上帝为我忏悔,想死父此时升天,无微不烛,当知吾有不能不诉之苦衷。

---

① 寅半生:《读〈迦因小传〉两译本书后》,《晚清文学丛钞·小说戏曲研究卷》,阿英编,北京:中华书局,1960年,第286—287页。

林译对这一情节的译述作了较大的修辞调整,以关键词"孝"为主导重新理顺了这一情节的逻辑:亨利因为抗拒父亲的临终意愿而备受良心谴责:"杌陧于中,神经为之刓敝",惶惶不安的亨利由此卧床不起。亨利抱病来到父亲墓前,是因为他天良未泯、孝心尚存,因此,亨利"大哭呼天",表现出封建社会中"孝子"以"哭丧"表示"孝心"的旧习。西方文化中以克制和肃穆的葬礼和墓地氛围表示对逝者的尊重,但在林纾的笔下,被改写为旧式葬礼上的热闹哭丧,似乎不用呼天抢地的哭嚎不足以表达亨利的孝心,也就难以让读者接受亨利这一形象。

原著在家庭人伦道德上洋溢着强烈的现代意识,凸显个体主义、独立人格和人道精神;而林译增补的"孝道",以儒家道德对应西方人文价值体系,这固然是出于维护封建社会固有"道德良序"的考虑。事实上,林纾看到的只是儒家文化美好的一面,他推崇孝道,认为传统伦理纲常并没有限制个人的自由:"大杖则逃,中国圣人固未尝许人之虐子也。且父子之间不责善,何尝无自由之权?"①因此,林译本修辞以儒家"父慈子孝"的伦理观念替换了西方家庭推崇的人人"平等自由"的观念。从另一方面看,林译也有在家庭伦理上竭力弥合西洋小说与当时读者距离的考虑,林纾译介西学的动因,是为了推进西学、借西学认知西方世界,以达到抗衡西方列强、强国保种的目的。晚清社会,民众深受洋人坚船利炮之苦,在对西方列强的恐惧中,萌生出"欧洲为不父之国""西学为不孝之学"的荒谬认知。对此,试图通过译介西洋小说启蒙民众、救国保种的林纾明确表达了他的深深忧虑:"须知孝子与叛子,实杂生于世界,不能右中而左外也。今西学流布中国,不复周遍,正以吾国父兄斥其人为无父,并以其学为不孝之学,故勖阀子弟,有终身不近西学,宁钻求于故纸者。

---

① 林纾:《美洲童子万里寻亲记·序》,《晚清文学丛钞·小说戏曲研究卷》,阿英编,北京:中华书局,1960年,第209页。

第九章　林译《迦茵小传》：封建礼教下的西式浪漫

顾勋阀子弟为仕至速,秉政亦至易。若秉政者斥西学,西学又乌能昌!"①同时,他坚信中西方父子情感天性相似,竭力澄清时人对西方人伦道德的误解:"余初怪骇,以为非欧、美人,以欧、美人人文明,不应念其父子如是之切。既复叹父子天性,中西初不能异,特欲废黜父子之伦者自立异耳。"②

林纾以"孝"统摄西洋小说伦理话语,并不仅限于《迦茵小传》一部小说。他将哈葛德的另一部小说 Montezuma's Daughter 译为《英孝子火山报仇录》,以《双孝子噀血酬恩记》为书名译介英国作家 David Christie Murray 的小说 The Martyred Fool,又以《孝女耐儿传》译狄更斯小说 The Old Curiosity Shop。在《英孝子火山报仇录》的译序中,林纾反复强调"孝道"的重要:"……然则此事出之西人,西人为有父矣,西人不尽不孝矣,西学可以学矣。……虽然,吾译是书,吾意宁止在是哉！忠孝之道一也。……知行孝而复母仇,则必知矢忠以报国耻。……盖愿世仕图雪国耻,一如孝子汤麦司之图报亲仇者,则吾中国人为有志者矣。"③林纾所认知的"孝",已不是局限于普通家庭伦理范畴内的道德守则,而是国人矢忠报国、雪民族之耻的精神依托,这可以从一个方面阐释林纾在《迦茵小传》中刻意突出"孝"的意识形态动机。

二、"义"与"恩"：《迦茵小传》社会道德话语关键词

儒家文化用"五常"、"五伦"概括人伦关系:"义、仁、礼、智、信"为"五常","父子有亲,君臣有义,夫妇有别,长幼有序,朋友有信"则为"五伦"。"五常"之核心为"义","义"也是儒家最高道德标准:"君子义以为上,君

---

① 林纾:《〈英孝子火山报仇录〉序》,《晚清文学丛钞·小说戏曲研究卷》,阿英编,北京:中华书局,1960年,第212—213页。
② 林纾:《〈美洲童子万里寻亲记〉序》,《晚清文学丛钞·小说戏曲研究卷》,阿英编,北京:中华书局,1960年,第209页。
③ 林纾:《〈英孝子火山报仇录〉序》,《晚清文学丛钞·小说戏曲研究卷》,阿英编,北京:中华书局,1960年,第213页。

子有勇而无义为乱,小人有勇而无义为盗。"。"义"即正义(《论语·阳货》)。"义"是道理:"君子之于天下也,无适也,无莫也,义之与比"(《论语·里仁》)。"义"还意味着责任:"不仕无义。长幼之节,不可废也;君臣之义,如之何其废之。欲洁其身,而乱大伦。君子之仕也,行其义也。道之不行,已知之矣"(《论语·微子》)。"义"更指"道义""恩义":"君子喻于义,小人喻于利。"(《论语·里仁》)。"义"为衡量个人道德操守的准绳,即所谓"舍生取义",对"义"的操守甚至应该高于个人的生命:"鱼,我所欲也;熊掌,亦我所欲也,二者不可得兼,舍鱼而取熊掌者也。生,亦我所欲也,义,亦我所欲也,二者不可得兼,舍生取义者也。"(《孟子·告子上》)

在林纾的眼中,儒家传统始终是"与时不悖"的文化之根。甚至到1919年,林纾致信时任北大校长的蔡元培,信中表达了他对新文化激进青年"覆孔孟、铲伦常"的愤懑,呼吁保护儒家传统:"孔子为圣之时,时乎井田封建,则孔子必能使井田封建一无流弊,时乎潜艇飞机,则孔子必能使潜艇飞机不妄杀人,所以名为时中之圣。时者,与时不悖也。"①1924年是林纾生命的最后一年,林纾在陈焕章(1880—1933)办的孔教大学讲授完最后一课后,便辞去讲席职并写了《留别听讲诸子》一诗,表达他对儒家学说的坚守、对文学传统的不懈追求——"学非孔孟均邪说,话近韩欧始国文"。林纾带着儒家思想意识译介西洋小说,甚至从西方文学中看到了儒家人伦的"五常之道":"外国不知孔孟,然崇仁,仗义,矢信,尚智,守礼,五常之道,未尝悖也,而又济之以勇。"②因此,林纾以中国传统价值观念对应西方道德伦理,以本土化的译本修辞设计,沟通了西洋小说与中国读者的情感,为晚清读者建立起一个可认同的话语空间,引入

---

① 林纾:《致蔡鹤卿书》,《林纾研究资料》,薛绥之、张俊才,福州:福建人民出版社,1982年,第87页。
② 同上书,第86—87页。

第九章　林译《迦茵小传》:封建礼教下的西式浪漫

认知西方社会的思想资源。

小说中家道中落的亨利家族濒临破产,还欠富豪来文杰万镑巨债。但来文杰之女爱玛钟情于亨利,亨利父母竭力想促成他们的婚事,以免除这笔足以使他们沦为穷人的巨债。因此,亨利父亲令亨利娶爱玛以振家业。但在亨利父亲这位老贵族的眼中,靠贸易爆发的富豪来文杰古怪不值得信任(not altogether to be trusted)。在汉语文化里,不值信托之人亦即不讲道义之人,因而林纾以"道义"对应原著中的"诚信":"来文杰者,谲叟也,不能托以道义,然其人尚可语……"①

富绅来文杰(实为迦茵生父)向迦茵坦言:亨利将娶爱玛为妻,他告诫迦茵切不可执意嫁给亨利。深爱亨利的迦茵不愿听任亨利就此沦为贫民,承诺决不拖累亨利家族,来文杰盛赞其美德。原文称赞迦茵勇气非凡(you are a brave girl),但林译却将这一行文解读为一种"忠义"之德:"此语出自忠义之肠,老夫佩女郎盛德……"②

亨利母亲百般阻挠儿子与迦茵相爱,但她深知个性桀骜的儿子不会听命于她的意愿,更担忧迦茵纠缠亨利,便暗自到伦敦找到迦茵,恳求迦茵与亨利断绝关系。此时的迦茵已怀了亨利的孩子,但为保全亨利家族,还是忍痛割爱,承诺不再和亨利来往。原文用"kindness"一词传达出迦茵的驯良善意,但林译将其改为"义","义"蕴含了中国封建"五常"的道德指向,这个"义"字也淡化了迦茵生命价值自由实现的现代意识。

(Haggard,1897:333)	林译(1981:201)
"It will be a kindness, Miss Haste, if not to him, at any rate to his family." … "You are a very noble woman," said Lady Graves—"so noble that my mind misgives me …"	姑娘以义死,为吾家,为吾儿,亦不为草草……

---

① 哈葛德:《迦茵小传》,林纾、魏易译,北京:商务印书馆,1981年,第51页。
② 同上书,第125页。

亨利母亲深为迦茵感动,称她为一个"高尚的女人"(a very noble woman),但林纾的修辞运作却使迦茵变为一个有着成人之美"义"德的贤良女性、一个封建制度下道德良序的守护者:"我初不意此女子高义干云。"①

小说结尾处,丧心病狂的洛克欲设伏枪杀亨利,识破此计的迦茵甘愿代亨利赴死。迦茵被洛克锁在房内,她最终设法跳窗逃出了洛克的家。当她一路跑到洛克设伏的三岔路口时,却不见四周有任何动静,她担心亨利已遭洛克毒手,在悲愤和焦虑中踌躇四顾。

(Haggard,1897:415)	林译(1981:247)
Should she go on, or wait there, or run away? No, she *must* reach the Cross-Roads; she would not run; she would play the hand out.	吾前耶?吾退耶?吾逃耶?三种之意,辘辘于心,不能遽决。既念不如径前,天下赴义之事,安有退卸可成者?

原文中的"play the hand out"("把游戏玩到底")表明了迦茵为所爱之人和洛克一拼到底的决心,展现了迦茵决意与洛克斗智斗勇的果敢坚定。林译用一个"义"字概括了迦茵为亨利做出的种种牺牲,对迦茵最终为亨利付出生命的行为,也用"赴义之事"概述,赋予了迦茵中国式的"义"德。

林译《迦茵小传》对"义"的演绎

修辞表达(原著/林译)	修辞话语体现的价值取向(原著/林译)
trust(诚信)/道义	个人品德/"道义"体现道德责任
brave(勇气)/忠义	人物性格特点/"忠义"含人伦道德之意
bravely(勇敢)/勇义	人物行为特点/"勇义"含人伦道德之意
a kindness(善行)/义	个人品德/"义"倡导道德良序
noble(高尚)/义	个人品德/"义"含人伦道德之意

---

① 哈葛德:《迦茵小传》,林纾、魏易译,北京:商务印书馆,1981年,第201、203页。

第九章　林译《迦茵小传》：封建礼教下的西式浪漫

续表

修辞表达(原著/林译)	修辞话语体现的价值取向(原著/林译)
play the hand out(把游戏玩到底)/赴义之事	"斗智斗勇"的行为/"赴义"含道德责任之意
good heart(心地善良)/好义	个人品德、善良品行/"好义"含道德责任之意
forgive(宽恕)/义所不容	人性品德/"正义"、"道义",含道德规范之意

林纾对"义"的推崇在他译介的另一部西洋小说书名中也得以体现：1921年,林纾与毛文钟合译雨果的小说 Quatre-vingt-treize（今译《九三年》）,林纾以关键词"义"对应小说的革命主题,为小说取名《双雄义死录》。

林纾以儒家伦理标准阐释西洋社会、附会西洋小说中的道德观念,以独特的修辞建构,赋予西洋小说与中国传统文化相似的社会情感。中国文化里的"恩",蕴含"情谊"、"仁厚"和"恩惠"之意,洋溢着一种仁爱精神。中国传统文化中的"恩"也是一种处世态度："知恩图报"是一种美好的处世原则,"滴水之恩当涌泉相报"更是一种高尚的待人境界。

为追寻自由,迦茵独自来到伦敦谋生,在举目无亲、一筹莫展之时,遇到了仁慈的房东钵特夫人。钵特夫人年轻时曾得到一位妇人的好心收留和厚待,妇人病亡后,留下无法独立生活的残疾儿子。出于恻隐之心,她便嫁给了这个残疾人,担起了照顾这个残破家庭的职责。

(Haggard, 1897:253)	林译(1981:156)
Then when his mother died I married him, for I could not make up my mind to leave him alone, and this of course I must have done unless I became his wife. So you see, my dear, I took him on …	媪雌既病死,吾感恩不复离此而去。然男女居室非礼,故吾决计嫁之。

林纾将心怀基督徒自觉善良的钵特夫人改变为有"知恩图报"善良品质的人,为钵特夫人的行为加上了"责任"和"道德约束"的意味。林译还刻意增补了"男女居室非礼"一句,强调男女礼防,使行文逻辑发生了改变：钵特与残疾人成婚,不仅出于报恩,也是为了遵守道德礼教准则。

实际上,林纾自己就是一位坚守礼防的谦谦君子:林纾的发妻亡故后,有一仰慕林纾才气的名妓屡屡给他写信,时常馈赠食物表示爱慕之情,但林纾不为所动,拒绝与她相见。林纾在"七十自寿诗"中回忆这段往事:"不留宿孽累儿孙,不向情田种爱恨。绮语早除名士习,画楼宁负美人恩。"①

富绅来文杰实为迦茵生父,当时他与迦茵母亲结婚后有了女儿迦茵,但为追求财富和社会地位,他抛弃妻女另组家庭。迦茵不知实情,与来文杰谈及自己的生父,她从小遭生父抛弃,历尽生活艰辛,对未曾谋面的生父毫无敬重之意:

(Haggard,1897:197)	林译(1981:122)
"If he has wronged you, you should still honour him, for he gave you life." "Honour him, sir? Honour the man who deserted me and left me in the mud without a name?"	"即使于尔无恩,然亦当念身胡自来者。"迦茵曰:"吾父舍我而去,并隐其姓氏不言,谓于儿有恩耶?"

尊重他人的人格尊严是西方价值体系核心内容之一,林译将原文中的"honour"(尊敬、荣誉)一词转化为"恩"。林译对"恩"的道德渲染还推演到对男女主人公爱情的描述之中:为了迦茵,亨利登上古塔之顶取鸦巢,但攀顶后却不慎跌落受伤,不得不就近到迦茵姨妈家养伤,迦茵给予了悉心的照料。两个年轻人朝夕相处,产生了强烈的爱情。

(Haggard,1897:132)	林译(1981:84)
Her fresh and ever-varying loveliness was a continual source of delight to him, as it must have been to any man; but by degrees he became conscious that it was not her beauty alone which moved him. Perhaps it was her tenderness—a tenderness apparent in every word and gesture; or more probably it may have been the atmosphere of love that surrounded her, of love directed towards himself, which gradually conquered him mind and body, and broke down the barrier of his self-control.	迦茵为人,纤新灵警,对之已自心慊;迨病卧迦茵之家,则兼恋其恩,不专醉其貌矣。迦茵每一举动,咸寓柔情。此时迦茵用情之吸力,似已战胜亨利之心,兼足力撤亨利平日拘谨之藩翰。

---

① 张俊才:《林纾评传》,北京:中华书局,2007年,第66页。

第九章　林译《迦茵小传》：封建礼教下的西式浪漫

原著以含蓄的措辞传达出亨利深爱迦茵、难以自拔的情感；迦茵"一言一行中透出的柔情……战胜了亨利的身心……摧毁了亨利的自控力"。在林译中，迦茵的温柔之情被转化为负载道德意义的报恩之情，亨利爱上迦茵不只是因为她的美貌，还因为出于对她悉心照顾自己的"感恩"——"兼恋其恩"，使译本的话语意义发生了转变。

其至，迦茵为爱赴死的激情也被改写成了"恩情"：疯狂的洛克残忍地设计伏杀亨利，迦茵敏锐地识破其计并设局代亨利饮弹。迦茵中弹后倒在血泊之中，亨利赶到现场抱起迦茵，迦茵临终前回忆起当时与亨利在荒原古塔下相遇的情形，倾诉对亨利无悔的爱意，用"片刻之欢"(one hour of love)含蓄地暗指他们曾经有过的短暂激情。维多利亚时期的英国，未婚生子同样有违宗教信条、有失道德风范，同样不被社会接受，因此，负罪的迦茵以基督教徒临终前的虔诚忏悔，祈求上帝的宽恕。林译则以"一片恩情"化解了原著所隐喻的恋人之欢："……亨利尔代我求天，赦我平生罪苦，一片恩情，竟以性命易之。"①

迦茵是19世纪英国"新女性"的代表，她追求生命价值的自由实现，她的自我牺牲并非受道德义务驱使，而是出于爱与自尊。迦茵情感炽烈，但她始终受理性主导：迦茵的行为——她的激情、她选择离开亨利，和自己厌恶的洛克结婚，直到最后为亨利赴死，无一不受理性的支配，迦茵的一切所作所为均是她理智选择的结果。迦茵性格中冷峻的理性折射出贯穿西方文化进程的核心价值观念：古希腊文明由神的崇拜转向对人的尊重、文艺复兴对人性的解放，启蒙运动倡导自由平等和人权的保护……西方文化基于个体人格尊严的生命意识和生存哲学，建构了人的精神世界；个体的生存状态反映的是群体的生存哲学以及整个族群的文明进程。

---

① 哈葛德：《迦茵小传》，林纾、魏易译，北京：商务印书馆，1981年，第250页。

而林译关键词"义""恩"改变了原著的话语内涵:凸显群体利益高于个体利益的道德伦理准则,原著对个性的张扬在译本中被改变为对个性的压制;原著以个人生命感悟为中心的文本话语指向,被转化为恪守道德良序而牺牲自我的话语指向。迦茵为爱献身的行为动机随之发生变化,以家族制为社会基础的宗法社会中,迦茵的为爱赴死变成了一种道德胁迫下的自我献祭,译本的话语意义不再指向"人性至上"和"个性自由"的现代西方意识,而是指向晚清封建体制下的人伦道德秩序。

三、"礼":《迦茵小传》情爱话语关键词

《迦茵小传》足本基本保留了迦茵未孕先孕、生私生女等情节,反映了林纾在一定程度上对西方文化的推崇以及他对男女爱情开明包容的一面,正因为此,林纾遭到了同代人的指责和攻击。晚清卫道士们对《迦茵小传》的抨击招致了后人的误读,认为林纾笔下的迦茵体现了林纾"反传统反封建的进步思想",甚至认为:"《迦茵小传》是全文翻译,没有将性爱描写的文字大量删掉,以迎合中国传统的封建礼教。"①然而,基于原、译著对勘研究的结果显示,事实并非如此:(1)林纾在政治上倡导维新变法、顺应共和,但在文化上是一位保守主义者;他译介西洋小说启发民众,虽开风气之先,但他坚守儒家纲常名教,他一生不变的信念就是卫护传统文化。(2)《迦茵小传》原著出版于1895年,其时的英国正是维多利亚晚期强化宗教信仰、全面禁欲、倡导纯洁社会风气的时代,小说中根本不可能也不存在"性爱描写"。(3)哈葛德创作的爱情小说数量众多,风靡一时,但毫无以情色取宠的成分,相反,哈葛德笔下的爱情描写虽情感强烈但始终含蓄克制——哈葛德的创作目是以寓言方式揭示社会问题,而非宣扬低级趣味。(4)林译《迦茵小传》基本保留了原著的全部情节,

---

① 梁桂平:《林译言情小说中的女性观》,《求索》2006年第8期。

第九章 林译《迦茵小传》:封建礼教下的西式浪漫

包括迦茵的未婚生子等,展现了林纾开明的一面,但林纾对原著含蓄的爱情话语采用了更为谨慎保守的修辞策略,或删减或改写,以"礼"统摄、以"礼"克制,不违儒家传统道德人伦。

哈葛德原著中男女主人公互诉爱意、激情迸发的描述在原著的第 14 章。为了不拖累亨利,迦茵决意离开家乡到伦敦独立谋生,在描述迦茵与亨利临别幽会的场景时,哈葛德以委婉含蓄的话语暗示了恋人间不可抑制的激情,为后来迦茵的未婚先孕埋下了伏笔:"看到迦茵的泪水,他的心被融化了,这泪水比她所有的话语都打动他。'我的爱人!'他悄声呼唤,把她搂入怀中。"①林译删除了这些细节,仅略化为:"乃伸手为礼,而泪落如泉。"②"礼字当头"的林纾对恋人间的拥抱进行了削删,因此,有学者认为迦茵怀孕缺少情节铺垫也在情理之中:"读者在阅读林纾译本时会觉得迦茵怀孕的情节出现得比较突兀,这其实也反映了林纾在对待性爱问题上的保守态度。"③

儒家文化中的"礼"是一个人的立身之本,"不学礼,无以立"。(《论语·泰伯》)"礼"并非仅限于"礼节""礼仪""礼",是"行为规范""道德秩序""礼制法度"。林纾以"礼"统摄小说中男女主人公的恋爱行为,以修辞掌控调节爱情话语之度,赋予男女主人公礼教道德下的自律精神:小说中恋人间的亲吻、激情拥抱均被改写为对"礼"的遵守——林译本中反复出现的"执手礼""亲吻礼",等等,以独特的修辞方式,将文本的话语意义纳入传统中国的道德体系之内。

小说中的贵族密而华德向艾伦求婚成功,激动得想拥抱艾伦表达情感,但艾伦无法接受过早的亲昵,代而把手伸向密而华德,以"吻手礼"化

---

① Haggard, H.R.. *Joan Haste*. London: Longmans, Green, and Co., 1897:151.
② 哈葛德:《迦茵小传》,林纾、魏易译,北京:商务印书馆,1981 年,第 95 页。
③ 罗列:《女性形象与女权话语:20 世纪初叶中国西方文学女性形象译介研究》,成都:四川辞书出版社,2008 年,第 53 页。

解了这一尴尬。

(Haggard, 1897:67)	林译(1981:42—43)
Then it occurred to him that further demonstrations were usual on these occasions, and, dropping the handkerchief, he made a somewhat clumsy effort to embrace her. But Ellen was not yet prepared to be kissed by Mr. Milward. She felt that these amatory proceedings would require a good deal of leading up to, so far as she was concerned. "No, no," she murmured—"not now and here; I am upset." And, withdrawing her cheek, she gave him her hand to kiss.	此时,密而华德思行亲吻之礼,而艾伦尚微拒之;思此时此地,均非行礼之所,只与之执手为礼。

林纾不仅将原文的"拥抱"改为"亲吻",而且还添加"之礼"一词对此进行淡化,仿佛这"亲吻之礼"只是一个客套的社交礼节。林纾还通过添加"思此时此地,均非行礼之所",以表达人物对"礼"的自觉恪守——"动情之处,以礼制之";而最后的那个"吻手礼"也被降格为"执手礼"。

土豪洛克垂涎迦茵美貌,经常蛰伏于迦茵回家的必经之道,寻机对她进行骚扰。一天,迦茵遭遇洛克拦路强求亲吻,迦茵奋力反抗,在挣扎中被扯碎了衣襟,回家后却反而遭到贪财的姨妈的数落。

(Haggard, 1897:138)	林译(1981:87)
"He came making love to me again, as he has before, and finished up by kissing me, the coward, and when I threw him off he tore my dress." —"And why couldn't you have let him kiss you quietly, you silly girl?"	迦茵曰:"……彼要截雨中求婚,至于挟我亲吻,吾以力仆之,彼遂撕碎我衣。"姨氏曰:"尔奚为不听其行礼,宁非愚执之过?"

一心希望迦茵嫁给土豪的姨妈质问迦茵说"为什么不让他吻你一下?"林译同样也将"吻"置换为"礼"的表达,"尔奚为不听其行礼"。

虽然林译足本基本保留了迦茵与亨利热恋、生私生女等情节,但针对小说中本已含蓄委婉的爱情描写细节,林纾竭力淡化甚至削删干净,使热恋中亨利和迦茵的"爱慕之情止于礼",以使这对西洋恋人的行为方式多少接近晚清道德体系允许的范围,不致因过于越节而给社会带来道德失范。因此,在"亲吻礼""执手礼""拥抱礼"这样的话语里,译者林纾为西方恋人的激情找到了符合晚清道德伦理的安顿之所。然而,尽管林纾在译本中左抵右挡,小心翼翼地维护着封建礼教,他还是遭到了卫道士们的道德攻击,松岑宣称:"今读林译,即此下半卷内,知尚有怀孕一节。西人临文不讳,然为中国社会计,正宜从包君节去为是……欧化风行,如醒如寐,吾恐不数十年后,握手接吻之风,比公然施于中国之社会,而跳舞之俗且盛行,群弃职业学问而习此矣。"①

在小说最后的场景里,林纾未对这临终之吻作"以礼制情"的修辞化处理,而是让亨利用双唇最后感受迦茵生命的渐渐消失,虽然译文"亨利以口对其樱唇"缺少了原文"亨利将双唇紧贴迦茵之唇"所承载的炙热情感和即将失去爱人的绝望情绪,但还是基本照直译出了这最后的"死吻"。

(Haggard, 1897:422)	林译(1981:250)
"Pray God to show me mercy, Henry—pray now and always. Oh, one hour of love—and life and soul to pay!" she gasped, word by word. Then the change came upon her face, and she added in a stronger voice, "Kiss me: I am dying!" So he pressed his lips on hers; and presently, in the midst of the great silence, Joan Haste's last sobbing breath beat upon them in a sigh, and the agony was over.	"亨利尔代我求天,赦我平生罪苦,一片恩情,竟以性命易之。"此时颜色大变,呻曰:"亨利,亲吾吻,吾死亦!"亨利以口对其樱唇,似有余唏之声,少顷寂矣。

林译对这最后一"吻"的保留在整个译本中显得尤为突出,这并非林译修辞话语的自相矛盾,而是出于其深层扬"情"抑"欲"的思想意识:译者并没有抛弃其反复强调的儒家自我约束的道德戒律,而是张扬了传统

---

① 松岑:《论写情小说于新社会之关系》,《晚清文学丛钞·小说戏曲研究卷》,阿英编,北京:中华书局,1960年,第33页。

理学中"情"的内涵:中国传统理学并不否定"情"的表达:"天地若无情,不生一切物。一切物无情,不能环相生。生生而不灭,由情不灭故。四大皆幻设,惟情不虚假。有情疏者亲,无情亲者疏。无情与有情,相去不可量。我欲立情教,教诲诸众生。子有情于父,臣有情于君。"①林译《迦茵小传》对西洋男女爱情描写时以"礼"自律所要遏制的不是"情",而是"欲",体现了晚清文人的道德追求,正如有学者评述明清小说表现的"情"时所述:"他们意识到情感表达是人类生活的一个必需的方面;不过他们的确是把情感表达,及所连带的个人表达,置于礼仪化的行为之下。他们的目的不在于遏制或泯灭'情',而在于规约情感反应,使之符合于一种普遍的理想。"②面对小说男女主人公迦茵、亨利这最后的情感表达,林译没有删除亨利、迦茵的这一"失礼"行为,而是保留了原著"亲吻"的细节,因为这是迦茵生命尽头不带任何"欲"的"情"。

林译《迦茵小传》中复现的"礼"形成了一个独特的话语标记,把"情"转化为一种道德,以"礼"维系译语文化中原有道德话语建构的社会秩序。尽管如此,林译足本对原著情节的基本保留,还是让西方的现代情感和人文意识渗透进了晚清"灭人欲"的压抑之中,让一代青年读者看到了西方社会不同的爱情观念和人格尊严。尽管这种现代意识是在强烈的礼教道德话语遮掩下得以表述的,但译本中新旧交织,保守话语后的西方现代思想、人文意识,还是不可阻挡地从译本中渗透出来,启蒙了一代读者对新的生活的追求。"林纾理想的爱情境界,即是礼、情、欲三者的和谐统一。这一'发乎情,止于礼'的近代释文,恰是这个中外文化杂糅时代的产物。"③

---

① 冯梦龙:《情史·序》,青苹果电子图书,2012年,第1页。
② 艾梅兰:《竞争的话语——明清小说中的正统性,本真性及所生成的意义》,罗琳译,南京:江苏人民出版社,2005年,第69页。
③ 夏晓虹:《晚清文人妇女观》,北京:作家出版社,1995年,第152页。

四、"夫纲""夫妇倡随":《迦茵小传》婚姻伦理话语关键词

在以家族制为社会基础的晚清语境中,迦茵为实现个体生命自由而为爱赴死的故事获得了新的话语意义。林译以中国传统婚姻伦理的前理解演绎《迦茵小传》,把西方男女、夫妻关系纳入传统儒学道德体系,通过修辞话语的调整重新对其定义,改变了原著的婚姻伦理话语内涵。

富豪来文杰一心想促成女儿爱玛与亨利的婚事,他借机撮合两个年轻人,特别邀请亨利到家中小住,但他不想因此降低女儿在亨利眼中的地位,以长者的威严警告亨利举止不得轻浮,邀请他来小住不是允许他来向爱玛献殷勤,而是为了给他们提供增进相互了解的机会。

(Haggard,1897:225)	林译(1981:141)
Please understand I do not mean that I wish you to make advances to my daughter, but I should like you to grow to know each other better in an ordinary and friendly fashion. Will you come?	且非速贤来急图婚约,特请吾贤静观吾女,果否静淑,足以事君子也。

林译文离原著话语意义甚远:"静观吾女,果否静淑"将亨利置于男性特有的主导地位,而女性则被定位在受男性选择的从属地位。在封建宗法社会夫权体制下,男尊女卑,男性享有绝对的主体威严,女性是否贤淑是衡量"妇德"的一个重要标准。林译增补的"足以事君子"一句,更界定了男女不同的角色关系,体现了男权对女性的支配:在人生舞台上,女性以"事君子"的姿态在场,女性只有安分守己地以丈夫为天,只有遵守"三从四德",才能通过获得男性认可而体现其生存价值。此处行文话语的价值指向发生了根本性逆转:原著表述的青年男女平等交流被转化为男性对女性的支配选择。

为成全亨利家业,迦茵决意嫁给土豪洛克,以断亨利情愫,但迦茵婚前向洛克提出了条件,须允许她不回家乡,她要在伦敦独居一年。林译

以"夫为妻纲"的伦理对应:"必与所嫁之人定约:自今日起,随吾所住,一年为期,不得以夫纲劫制,如是者吾始嫁之。"①虽然"不得以夫纲劫制"是以中国传统伦理勉强比附,但对晚清读者不失为一条沟通的路径。

富豪来文杰年轻时的婚姻很不幸福,原著用"不成功"(did not prove successful)一言概之,而林译以"倡随之乐"界定婚姻幸福,并增加"学问性格"以支撑夫妻融洽的基础:"尔试思之,凡男女学问性格不同,既为夫妇,安有倡随之乐?前两月尚和协,寻即反目。"②"倡随"为"夫唱妇随"或"夫倡妇随"的略语,蕴含了男尊女卑伦理下女性唯夫命是从的"妇德",所谓"男女有尊卑之序,夫妇有倡随之理""天下之理,夫者唱,妇者随",女性对丈夫的屈从是家道的基础:"男女正,天地之大义也。……父父子子兄兄弟弟夫夫妇妇,而家道正。正家而天下定矣。"③

西方婚姻观深受基督教伦理影响,而基督教伦理规范是建立在对上帝信仰之上的伦理原则,认为婚姻为神赐礼物,是基于爱之上的一种盟约,体现的是上帝的旨意,人可以通过婚姻获得救赎。基督教认为:夫妻双方平等,婚姻的本质不是互惠互利的关系,而是舍己的爱、不求回报的爱:"你们要彼此相爱,像我爱你们一样;这就是我的命令。"④《圣经》对夫妻及家庭成员各自的本分作了解读:"你们作妻子的,当顺服自己的丈夫,这在主里面是相宜的。你们作丈夫的,要爱你们的妻子,不可苦待她们。你们作儿女的,要凡事听从父母,因为这是主所喜悦的。你们作父亲的,不要惹儿女的气,恐怕他们失了志气。"⑤但《圣经》所述妻子对丈夫

---

① 哈葛德:《迦茵小传》,林纾、魏易译,北京:商务印书馆,1981年,第208页。
② 同上书,第228页。
③ 王健主编:《儒学三百题》,上海:上海古籍出版社,2001年,第177页。
④ 中国基督教三自爱国运动委员会/中国基督教协会:《圣经》(和合本)(《约翰福音》,15:12),上海:中国基督教两会出版部,2007年,《新约》第192页。
⑤ 中国基督教三自爱国运动委员会/中国基督教协会:《圣经》(和合本)(《歌罗西书》,3:18—20),上海:中国基督教两会出版部,2007年,《新约》第356页。

第九章 林译《迦茵小传》:封建礼教下的西式浪漫

的"顺服",其内涵完全不同于中国封建人伦中的"三从四德":婚姻关系中的道德制约力来自对上帝的敬畏、对上帝旨意的遵从,夫妻以平等的人格关系谨守婚姻盟约,彼此信爱:"爱是恒久忍耐,又有恩慈;爱是不嫉妒,爱是不自夸,不张狂,不作害羞的事,不求自己的益处,不轻易发怒,不计算人的恶,不喜欢不义,只喜欢真理;凡事包容,凡事相信,凡事盼望,凡事忍耐。爱是永不止息。"①

因此,基督教文化中,没有表征男女地位主次、高下的"娶""嫁""入赘"等词,而是用"结婚"(marry)一言概之。在《迦茵小传》中,译者立足于封建传统人伦道德规范,在不同的语境中,将"结婚"一词分别译为"引为正室""结发之夫""女子赘婿""求赘高门"等,重新排就了婚姻中男尊女卑的等级关系。语言修辞方式中渗透出一种根深蒂固的集体无意识,展现出不同社会形态中男女不同性别群体的不同生存状况:"文化在性别意识中楔入的等级秩序和强弱观念,可以通过语言而确立。"②

林译《迦茵小传》也用创新的词语引入了西方婚姻观念:基督教徒面对上帝宣誓的婚约是神圣而纯洁的,无故离婚或抛弃无异于犯淫。中国封建社会允许一夫一妻多妾制:男权主宰下的婚姻道德要求女子从一而终,而男子却可以在妻子之外随意纳妾、不受道德约束。对于原著中出现的"重婚罪"(bigamy),林译以"兼娶二妻之罪""在律为犯双娶"对应,在当时历史语境下,原创出这样的话语来传达西方不同的婚姻观念,是多么的不易!

亨利因爱上贫家女迦茵而遭到家族的强烈反对,认为亨利的行为使他们的贵族声誉蒙羞,亨利妹妹艾伦因此将遭未婚夫密而华德背弃,亨

---

① 中国基督教三自爱国运动委员会/中国基督教协会:《圣经》(和合本)《哥林多前书》,13:4—8),上海:中国基督教两会出版部,2007年,《新约》第307页。
② 谭学纯:《话语权和话语:两性角色的"在场"姿态》,《宁波大学学报》2001年第6期。

利以兄长身份告诫虚荣的密而华德:如果他真出于此原因想与艾伦解除婚约,那么对艾伦而言反倒是一桩幸事。实际上,艾伦与密而华德只是定婚,正式婚礼尚未举办,原著的表述是"背弃我妹妹"(to throw over my sister)这一表达,但在林纾所立足的封建婚姻观念中,即使未办婚礼,定婚就是一种婚约,因此林纾用一个十分西化和现代的词"离婚"来传译此意:"尔言与吾女弟离婚,吾女弟何过者?过均在我。以我思之,尔若有意离婚,则犹吾女弟之厚幸。"①

虽然林译足本的话语指向与原著迥然不同,但"误译有时候有着非同一般的研究价值,因为误译反映了译者对另一种文化的误解与误释,是文化或文学交流中的阻滞点。误译特别鲜明、突出地反映了不同文化之间的碰撞、扭曲与变形。"②通过原译著的对勘分析,从"误译"这一"文学交流中的阻滞点"上,看到了翻译行为背后的文化行为、政治行为和意识形态驱动。

本章小结

思想通过一定的术语、概念和范畴来言说。话语,作为一种思想的言说方式,展现一种意识形态。话语视角中的现代性,与术语、概念等密不可分。从文本的关键词切入,探究文本传达的核心思想,进而探究文本与社会历史的关系。

《迦茵小传》原译著对勘发现:在林译修辞话语的删减、增补和转换背后,潜伏着一条清晰的主导脉络,即儒家价值体系的干预。作为晚清

---

① 哈葛德:《迦茵小传》,林纾、魏易译,北京:商务印书馆,1981年,第106页。
② 谢天振:《译介学》,上海:上海外语教育出版社,1999年,第151页。

第九章 林译《迦茵小传》：封建礼教下的西式浪漫

保守文人的林纾，负载着千年的文化沉重来认知和传译《迦茵小传》所展现的西方世界，译本所承载的社会伦理、道德秩序，无不渗透出浓浓的中国传统文化意识，带着深深的封建烙印。译本中富有儒家文化特色的关键词，构成了自成一体的道德话语场，在原译著深层话语差异的裂缝中展露出林纾的价值抉择：面对弥漫于西洋小说中的不同人生体验、异域道德话语，林纾没有听任中国传统道德话语的湮没，而是以自觉或不自觉的文化坚守和修辞裁剪，设定了文本道德意义的中国式指向。正如杨联芬所说：林纾译介《迦茵小传》足本，并没有"因为耽美而'忘记'了道德"，①相反，林译本的修辞话语特征处处指向中国传统道德体系。

林译《迦茵小传》足本试图向读者传播的，不是自私放纵的爱欲，而是迦茵为爱情自我祭献的勇气、迦茵"以礼克己"的牺牲精神。译者在儒家思想这一中国人文精神支柱的框架内，演绎了一个既逾越礼教又尊崇礼教的爱情故事。这似乎是一个悖论，林纾对《迦茵小传》足本的译介本身就已经僭越了儒家正统思想，而译本修辞话语却处处凸显对儒家伦理的遵守；但正是在译本的这种悖论中，读者在小说异域生命体验的叙述中对世界获得了新的意义视界，对道德伦理获得了新的感悟，使中西两个不同的精神世界得到了沟通。正是在这样的悖论中，晚清一代读者逐步走出旧观念、步入新世界；从这一层面看，林译的悖论反倒更逼近历史的真实，因为晚清本身就是新旧交替、中西冲突的矛盾时刻。正是《迦茵小传》这种亦新亦旧的话语指向吸引了无数读者，生成了强大的社会影响力。对此，袁进给予了贴切的评述："在《茶花女》与《迦茵小传》中，女主角都是为了成全男方的利益，主要是成全男方家族的利益，而牺牲了自己，包括神圣的爱情。牺牲往往意味着道德的崇高，在中国当时礼教

---

① 杨联芬：《晚清至五四：中国文学现代性的发生》，北京：北京大学出版社，2003年，第105页。

偏见相当盛行之时,正是这些女性崇高的献身精神衬托出他们周围贵族的自私卑劣,促使中国读者同情这些逾越礼教的女性。……他们逾越礼教的行为正是在这高尚情操的牺牲之中,得到读者的认可。"[①]

站在林纾文以载道、教化民众,倡导西学、救国保种的文化立场来看,推崇礼教、力延本土文化传统与传播西洋新知、启蒙民众并行不悖。然而,尽管林译《迦茵小传》足本以本土道德伦理来附会西方文化视界,以自我世界的修辞话语来传输他者世界的意义视界,译本还是为读者提供了新的价值模式,启引了一代年轻人渴望婚姻自主、实现自我生命价值的追求。正如郭延礼所说:"由《迦茵小传》的两种译本,我们不难分辨出'林译小说'新的价值观念和道德观念。"[②]

林纾译介的西方爱情故事,尽管经过了以中化西的修辞处理,但依然是一把双刃剑:引领了新的西方价值观念,建构了新的对抗现实的思想内涵,形成了一股颠覆性的话语力量,反而使译者成了他推崇的传统文化的掘墓人。在这里,我们看到了翻译带来的文化叛逆、文学承载的道义担当、话语与社会现实的互为建构,以及话语对人的精神世界的建构力量。这是潜藏于话语背后的静默的暴力:"修辞作用(rhetoricity)以没有必然联系的方式打断了连接性;通过掂量这种扰乱力,我们便感觉到如织好的布匹一般的语言的织边松脱,散落成轨道。"[③]在对原著既有话语意义的破坏之中,译本新的话语力量诞生了:林纾在颠覆原著话语深层意义,即女性生命自由之人文精神的同时,获得了译本新的意义依托,即儒家道德伦理体系下的观念秩序,基于此,译本又以新的话语力量

[①] 袁进:《试论近代翻译小说对言情小说的影响》,《翻译与创作——中国近代翻译小说论》,王宏志编,北京:北京大学出版社,2000 年,第 213 页。
[②] 郭延礼:《中国近代翻译文学概论》,武汉:湖北教育出版社,1998 年,第 277—278 页。
[③] 斯皮瓦克:《翻译的政治》,《语言与翻译的政治》,许宝强、袁伟选编,北京:中央编译出版社,2001 年,第 279 页。

重构了译本的深层思想。这一逻辑富有一定的吊诡性:林译以本土价值观念改写原著体现的西方现代思想,在误读中引入了西方人文思想;尽管较之原著,译本的话语意义已被一定程度地扭曲,但林纾正是在译本的"失去"之处"得到",让读者顺着本土的思维方式认知西方、认知西方小说内涵的人文精神。这是翻译作为一种跨文化交流方式难以避免的悖论,也是晚清文化转型期中西以文学交流相互体认过程中一道特有的风景。

结　语

　　每一种伟大文化都已具有了表达其世界感的秘密语言,这种语言只有那些心灵属于那一文化的人才能够充分地理解。

——奥斯瓦尔德·斯宾格勒①

　　承认局限,也即承认认知无极限。

——谭学纯②

一、哈葛德小说在晚清的译介：认知西方、反思自我

　　"19世纪以来,中国承受欧洲人之冲击,百余年间,实为中华民族最悲惨之经历。帝国主义者之压迫剥削,不平等条约之束缚,割地赔款之敲骨吸髓,鸦片之流毒遍地,国虽未亡,而我全国民众之劳心苦力,奔走终日之工作,无非直接间接供列强充实府库而已。然则中国当此重大变局,有无醒觉? 如何适应? 中华民族对于欧洲人之挑战,其感觉,认识,以至于适应之思考,因应之方式,均当一一探究,用以了解中国人应付世变之知识能力,以及未来之展望,乃至更可确定中国人在现时世界自

---

① 奥斯瓦尔德·斯宾格勒:《西方的没落》,吴琼译,上海:上海三联书店,2006年,第171页。
② 谭学纯:《问题驱动的广义修辞论》,北京:人民出版社,2016年,第149页。

立自存与应变之信心。"①这是时代赋予一代学人的命题,也是本书的研究意义所在。在晚清这个由传统向现代转型的大变革时代,遭受了西方列强坚船利炮的欺凌,"陆沉"是深击每个中国人心灵的灭顶恐惧:对亡国灭种的恐惧、对社会及政治失控而导致社会内部动乱的恐惧,以及对几千年来稳定中国社会的儒家道德体系崩溃的恐惧。穷途末路之际,一代文人志士以救国保种的自觉意识在创伤中反思探寻,译介西学、引入西方现代思想和制度文化以重建自身在世界格局中的地位。在这一历史节点上,翻译成为一个时代众声喧哗的启蒙方式,译者,成为这场启蒙思想运动中的话语实践者;译者与思想启蒙者身份重合,译本成为他们共用的话语资源,在国土"陆沉"之际,建构起新的话语格局,支撑起一代中国人认知自我、认知世界的新的知识体系。

晚清西学译介大潮的意义在于:凭借译本话语整合西方现代观念,以译本话语改变一代读者旧有的文化心理结构,以新的视野认知他者、认知世界秩序、重构自我文化身份。因此,晚清文学的译介,对文本话语政治性、思想性和社会实践性的关注远远高于对文学审美的关注,文学译介与思想启蒙、社会改良并轨同行。文学作品,以其诗性的话语展现历史语境下的深刻思想和生命感知,为读者提供的不仅是消遣娱乐,而是人类对生存方式、生命意义的思考,其中展现的思想意义和价值体系对于历史进程、人类社会的自我反思和完善,具有独特的建构意义。彼得·盖伊认为,小说家可以"利用文学的想象手法做到了历史学家想做或应该做却做不到的事情,……总之,在一位伟大的小说家手上,完美的虚构可能创造出真正的历史。"因为小说家"利用自己创造的一些个别的人物,描写他们的反应,继而能够栩栩如生、直接有效地再现众多的事实,这恐怕要比不加修饰的复

---

① 王尔敏:《中国近代思想史论》,北京:社会科学文献出版社,2003年,第324页。

述要有力得多。"①这也正是文学话语与社会思潮、历史意识互为建构的实质所在。

哈葛德小说走入中国正是晚清民族存亡、文化承续岌岌可危的历史时刻。以文学的诗性特征来衡量,哈葛德通俗小说也许不足以满足文学经典的种种特征,但从文学的思想史意义上看,哈葛德小说展现了英国维多利亚晚期殖民主义思潮、种族秩序、政治思想、社会文化和性别秩序等一系列历史问题。哈葛德以小说为媒介,传达了他对19世纪后期英国社会"进步""文明""先进"掩盖下的人性丑恶、善恶不分、文明陨灭以及历史倒退的焦虑,表征了一代人的思想困惑和文化焦虑,正是这种通过文学表达的思想情感结构,展现了一个时代真实的思想脉动。哈葛德小说通俗的文学话语,表征了他对一个历史时代思潮的质疑,产生的情感结构从某种程度上与晚清一代文人的文化焦虑有着众多契合。因此,要"挖掘文学作品中展现的当时人的思想情感结构,多为对正统思想的抵制、质疑,以及自身的困惑、矛盾,而这些思想史上的失踪者,他们的情感需要被正史遮蔽了,进不了社会史、政治史、经济史的范畴,所以,文学中的这些思想情感因子活化了当时的历史语境,使历史充满了质感。"②在小说所展现的历史情感中发现正史文献中缺失的部分,考察文本话语负载的思想意识、哲学内涵,阐述文学与社会历史的互动关系。

本书基于广义修辞学理论,以修辞技巧、修辞诗学、修辞哲学三个层面作为文本话语的阐释路径,追溯晚清历史文化语境及英国维多利亚时期的社会语境,采用原、译著文本对勘的研究方法,逐层考察文本话语中有迹可循的思想印记,探究文本话语揭示的思想观念、话语背后的

---

① 彼得·盖伊:《历史学家的三堂小说课》,刘森尧译,北京:北京大学出版社,2006年,第153、149页。
② 葛桂录:《思想史语境中的文学经典阐释——问题、路径与窗口》,《福建师范大学学报》2012年第3期。

结 语

目的动机,以及文本对社会意识的建构作用。基于社会历史语境框架内的原、译著对勘,从某种意义上说是基于原、译著的一种原生态的话语剖析,有助于深入文本内面,揭示晚清历史语境下译介哈葛德小说的历史意义、彰显哈葛德小说的内在价值、社会作用及其对当下的启示。哈葛德这位曾在晚清深受追捧的英国通俗作家,随着历史脚步的行进,陷入了被冷落、被批判、被遗忘的境地,这一变化本身指向的,正是因时过境迁、思想意识变迁而生成的话语权力更替的历史特点。

当我们把小说置于 19 世纪末改变人类世界秩序的全球化力量中去进行考察和质询时,可以看到:小说的叙事不再是纯粹的虚构情节叙述,小说以其"事赝理真"的话语意义,展现一个时代中一代人的生命感受和历史体验。同理,小说译本的话语,尽管可能已与原著的内涵南辕北辙,但却呈现出译者认知他者和定位自我的心理历程。译本成为一种历史现象,聚集了晚清一代学人面对西方霸权在无序中探索秩序、在压迫中寻求应对之策以保全中华文化之根的话语抗争。从这一层面上看,文本犹如思想的羊皮纸,留下了不同时空中不同作者/译者的思想印记。

本书考察的哈葛德小说 She 和 Joan Haste 在晚清的四部译本,由三个不同的译者群体完成:以驻外使节为核心的新兴知识分子群体代表曾广铨、坚守儒家体系的传统文人林纾,以及新旧杂陈、向往现代生活的青年知识分子包天笑。尽管这三个译者群体的思想意识不同,但在晚清救亡图存的历史语境下,他们本着经世致用的理想译介哈葛德小说,借助哈葛德小说的话语动力,启蒙民众,引进新的西方思想,以拯救民族衰亡,推进现代化的思想进程。以译代言是他们共有的话语方式,在晚清的这一历史时刻,翻译文学话语与公共话语融为一体。他们对哈葛德小说的译介,展现了晚清这三个不同群体理解世界、理解历史、理解西方、理解自我的独特方式,展现了他们不同程度的现代性表述,以及把握世界秩序的方式。把译本置于历史与现代的时间坐标,以及中国与西方的空间坐标之中加以审视,话语对现实世界秩序的建构清晰可见,"个人""国家""民权""民主""自由"等富有现代性特征的核心观念,在与历史语境的互动中建构起新的文化价值体系,重构对历史、当下和未来的认知,重构对自身与他者的认知。因此,译本的话语特征,不是一个简单的翻译问题,而是新的价值理念和社会秩序的建构问题。

在英、法等国受过教育、有过西方生活体验的曾广铨,对政治、文化、生活层面的西方文明耳闻目睹、感同身受,对西方的制度优势、文明优势有着切身的感知和理性的认知。曾广铨译本《长生术》展现了晚清现代化进程中"国家""民权""格致""社会"等诸多关键词,借助《时务报》等近代勃兴的媒体,赢得一定的公共话语权,以译本对西方的知识建构和思想建构,引导新的思想意识形态,推进维新变法。曾广铨译本关注的是制度化的国家意识,在译述哈葛德小说的话语中传递出强烈的政治关怀,体现了晚清新兴知识分子强烈的社会参与意识和传输政治理想的公共性。

包天笑、杨紫驎代表着晚清社会历史转折期既向往现代化生存方式、又难以摆脱传统道德人伦的一代青年群体。他们通过文本化的西方世界来认知西方,在亦新亦旧的思想意识主导下,操控译本的话语指向,历史语境下的思想束缚使他们难以越规逾礼,刻意打造出一个符合传统儒家人伦的西方女性形象,但译本所输入的西方器物风俗、新的情感体验和西方生活方式,同样引领了反传统的生活理念,展现了年轻一代对现代文明的追慕与想象,以及对新的未来的憧憬。在跨文化话语交流中,新观念的肇始、现代意识的孕育,往往就始于像《迦因小传》这样在话语意义上与原著南辕北辙的译本。

在哈葛德小说晚清译介的这三个群体中,林纾译介的西洋小说最多,译介的哈葛德小说也最多。透过西洋小说话语,林纾深深感悟到西方文明背后的野蛮,他推崇西方人的尚武气概,但始终警惕西方的"贼性"和"劫性"。林纾倡导西学,试图让西方"新理"成为改良社会的动力:"欧人志在维新,非新不学,即区区小说之微,亦必从新世界中着想,斥去陈旧不言。若吾辈酸腐,嗜古如命,终身又安知有新理耶?"①林纾译介的哈葛德小说,以西方"新理"提供了一种人性的解放力量,特别是女性作为独立个体存在的理念变化,启蒙了后代女性行为的改变:女子拒绝缠足、女子剪短发、男女同校、女性作为个体走出家庭走向社会独立谋生等女性解放的社会变化。

浸淫于儒家经史词章的林纾,在政治文化上始终保持了正统的立场,维护儒家信仰、传统意识是贯穿他一生的行为准则。但林纾的不幸在于:他"只看到纲常名教中有利于提升人类道德和稳定人伦秩序的一面,却不察纲常名教也有可以被专制之徒用来扼杀人的自由本性的一面。"②林纾无法看到中国封建传统对人性的桎梏和奴役,无法透过西方的人道主义和个体主义,看到封建传统文化的另一面,即"仁义道德"伪装下的"吃人性";他无法认清他所批判的中国人的奴性正是千年封建传统文化奴役人性的结果;而他所推崇的西方人冒险骁勇的品质,正源自对人性解放的倡导。林译本以中化西的修辞策略,展现了一种强烈的道德依托:维护中国传统道德体系及在其基础上建构起来的治国理念,同时引入西方激进的尚武和冒险精神,激活国人的抗争意识、改变中国积弱积贫的现状。

林纾的政治抱负不在个人仕途,而在国家兴亡,他对传统文化的质疑,以及富有一定近代意识的思想探索,在其有意和无意间误读的话语之中、在其生造的新词之中,时有闪烁。他以爱国情怀译介西学,以改良

---

① 林纾:《斐洲烟水愁城录》,《林纾选集·文诗词卷》,林薇选注,成都:四川人民出版社,1988年,第225页。
② 张俊才、王勇:《顽固非尽守旧也:晚年林纾的困惑与坚守》,太原:山西人民出版社,2012年,第254页。

传统文化的思想探寻救国保种出路,这是他顺应时代潮流、思想进步的一面。但林纾认知上的局限使他陷入道德伦理上的悖论:一方面他急于引入西学救亡,另一方面又无意建立新的社会伦理和价值标准,因此他竭力维护旧传统,正如他的译著话语所展现的那样,他倡导女性教育、推崇西方女性自立自强的个性;但又维护传统伦理中女性屈从于社会伦理的信念。林纾的这一悖论与他反对革命、推崇君主立宪的思想密切相关:在家国同构的传统文化体系中,个人的道德修养必须与现行道德伦理秩序、社会秩序保持一致,才能产生稳定的文化心理结构,才能建构出支撑国家合法性存在的力量。林纾对中国传统和西方现代价值的认知悖论,源于其思想上的守旧和认知上的局限,体现了晚清新旧转型期的历史矛盾。因此,至林纾晚年,当历史的脚步已经进入更为激进和进取的思想领域,林纾译介西书时的中与西的矛盾已经转化为古与今的矛盾、新与旧的矛盾时,林纾的思想保守和文化坚守便将他自己置于了新文化派的敌对阵营。

包天笑、林纾等人的思想局限不只是他们个人的局限,也是时代的局限,对于中国文化的彻底反思只能留待后来的一代。1916年,陈独秀在其创办的《青年杂志》上发表《吾最后之觉悟》一文,总结了西学东渐的过程,提出社会政治的彻底变革基于政治和伦理的觉悟,指出伦理觉悟是为"最后觉悟之最后觉悟":"自西洋文明输入吾国,最初促吾人之觉悟者为学术,相形见绌,举国所知矣。其次为政治,年来政象所证明,已有不克守缺抱残之势。继今以往,国人所怀疑莫决者,当为伦理问题。此而不能觉,则前之所谓觉悟者,非彻底之觉悟,盖犹在惝恍迷离之境。吾敢断言曰:伦理的觉悟,为吾人最后觉悟之最后觉悟。"①直至五四运动,反帝反封建的彻底性才得以实现,成为中国现代性的起点。然而,晚清

---

① 陈独秀:《吾最后之觉悟》,《青年杂志》1916年第1卷第6号。

一代译者对西学的译介,冲击了中国传统士大夫的文化心理结构,为现代性的发端种下了萌芽的种子。

哈葛德小说在晚清的译介,通过这三个不同身份的译者主体,展现出了多维的话语意义:他们以不同的思想意识和话语方式,传递出西方世界不同于中国的思维方式、行为方式、价值取向、审美情趣和生存方式,表征了一代文人的文化觉悟和爱国情怀。尽管他们的译本有着不同程度的牵强附会、错误百出,甚至人为扭曲,但中西对话、新旧对话、现实与理想的对话,就是在这译本修辞的暴力中得以展开,他们对自我文化的反思、对中国历史进程的推进就在这修辞暴力中得以进行。在传统与现代、守旧与维新艰难抉择的历史时刻,对传统的不满和卫护,对西方价值的期待和抵抗是共存于晚清知识群体的矛盾。晚清的哈葛德小说译介意在向强者文化寻求救国答案,但历史的局限,使译者难以逾越封建文化的桎梏,未能走出千年历史的重围。然而,在晚清中国对西方世界的认知和对自我文化的重构中,哈葛德小说无疑架设起了一座沟通的桥梁,成为中西对话的一种媒介,展现出人类多样化的生存哲学:"人在语言的世界里对话,也在超语言的世界里对话。因为,对话不仅是一种交际手段,更是一种生命的内在诉求;对话不仅是一种信息交换,也是一种价值交换,同时还是一种感觉交换;对话不仅是语言、思想的馈赠,同时也包括了人类生存方式的相互参照。"①

文本话语的意识形态性往往会引发翻译接受的抵抗性:翻译用译入语传达原著的话语意义,也是一种意识形态对另一种意识形态进行阐释、解构和重构的过程,翻译背后的思想动机、政治目的和政治权力的运作难以避免,赋予翻译一种文化暴力和暴力抗拒的特性。美国学者安德罗·勒费弗尔指出:"翻译不是什么'通往另一个世界的一扇窗户'或者

---

① 谭学纯:《人与人的对话》,合肥:安徽教育出版社,2000年,第ii页。

其他类似陈词滥调的界定,应该说,翻译是一条勉强打开的狭窄通道,通过它,国外的影响得以渗透本土文化、挑战甚至颠覆本土文化。雨果曾说:'当你向一国提供一个译本时,这个国家几乎总是把它看作是对本国文化的一种暴力行为'。"①文本话语承载的不同思想意识、文化历史传统使译者无法跳出自我文化的视野,而译者主体采用的话语方式也受到其译介目的的左右:"人们对任何一种文化的选择、认识和解释,常常同时又是自己观念和立场的展示,其中所凸现出的是本土的文化心理,而且任何关于他者的新信息都必须先在传统视野内重塑再造后才能被接受。这样看来,任何作家对异域文明的见解,都可以看作是自身欲望的展示和变形。"②实际上,晚清译者对于哈葛德小说的解读,展现出了这一历史时刻思想交流中的一个悖论:哈葛德创作小说的目的是不满于维多利亚晚期殖民扩张导致的道德混乱、崇拜财富、崇拜金钱带来的思想危机,他以寓言的方式批判异化的社会、警醒人们回归自然、回归人生美好的道德理想;晚清译者却并没有特别关注哈葛德小说对英国社会的批判性,而是站在本土关怀的立场,将哈葛德小说纳为改良中国社会的思想参照源。但从认知西方、启蒙思想的层面看,哈葛德小说的译介汇聚成救国家于"陆沉"危难之中的一股话语力量,起到了译者主体期待的意识形态功能。

新与旧相对,新从旧中出,曾经的新必将成为历史的旧,晚清一代译者是启蒙民众、引领中国走向新世界、新时代的思想先锋。无论从翻译话语的思想意识看,还是从翻译技巧的层面看,我们不能以今人的后见之明苛求先辈,他们那一代人的自我文化觉悟,已经在他们的西学译本中开始,而对自我文化的彻底反思只能留待后人;正是他们这些新旧杂

---

① Lefevere, A. & Bassnett, S. *Translation, History & Culture*. Shanghai: Shanghia Foreign Language Education Press, 2004:2.
② 葛桂录:《他者的眼光》,银川:宁夏人民教育出版社,2003年,第4—5页。

陈、中西合璧的译本,为后来一代彻底的文化反思提供了思想的阶梯。

二、文学话语的力量及其对当下的启示

查明建、谢天振指出:"文学翻译是一种文化选择行为,总是受到译入语文化中意识形态、文学观念、文学体制、经济等方面的影响。不同的时期,文化语境不同,文学翻译选择也就有不同的价值取向。"①清末民初哈葛德翻译小说之热,不仅起到了思想启蒙的作用,而且对其时的中国社会有着颠覆作用:"在较新的理论里,翻译被认为是政治性十分强烈的活动。透过翻译所引入的新思想,既能够破坏以至颠覆接受文化中现行的权力架构及意识形态,又能协助在接受文化中建立新的社会秩序及架构,在政治、社会、文化等方面造成重大的冲击。"②翻译文学的话语力量正在于此。因此,对翻译文学的研究不应简单地满足于对文本或文学审美现象作学院式的解说和合理阐释,而是要以更大的人文关怀、更开放的学术视野,探究文学话语背后的社会政治动机、探究语言活动与社会历史的关系,激发对社会和思想语境的思考,唤起一种政治自觉意识,以最终推进当下的思想建设、文化反思和社会的发展。

萌发于晚清的中国现代性话语,以中华文明与西方文明、古代文明与现代文明的二元对立为主要特征。然而,文明是人类历史上智慧的积淀,凝聚着一个民族对生命的认知和对生存哲学的追求,是推动人类世界有序发展、不断进步的源泉;中西方文明的差异性并不能阻碍不同文明之间的对话和交流。人类社会的文明进步、世界的和平发展,需要不同文明以开放的情怀相互交融与借鉴。在当代的全球化浪潮中,中国在

---

① 查明建、谢天振:《中国二十世纪外国文学翻译史》(上卷),武汉:湖北教育出版社,2007年,第19页。
② 王宏志:《导言:教育与消闲——近代翻译小说略论》,《翻译与创作—中国近代翻译小说论》,王宏志主编,北京:北京大学出版社,2000年,第1页。

融入世界发展的大势下,需要以真诚的文化自觉来衡量中华传统文化在世界文明格局中的地位及其积极意义,存其精华、去其糟粕,以中华文化的独特优势立足于世界。同时,在全球化的进程中,也需要警惕"全球化"话语中隐含的帝国主义意识形态性;坚持文明多元和文化自信。孟子曰:"夫人必自侮,而后人侮之;家必自毁,而后人毁之;国必自伐,而后人伐之。"随着中国的崛起和世界影响力的提升,中华文化不断走向世界,中华文化崇尚和谐、追求人与自然的融洽、人与人之间和善默契的传统不断受到国际社会的认可。坚持中华优秀文化传统、自觉引进西方先进文化、提升国家文化软实力,是当下文化建构工作的重点所在。尤其是在中西方文化剧烈论辩与交融的当下,能否正视并从传统中汲取能量,恢复中华文化自信,走向本民族精神生命的彼岸,就显得尤为重要。在这一过程中,需要在历史的进步中对自身文化的不断反思,也需要善用话语的力量,在当代世界视野下建构出中国文化的话语体系,既适应世界发展大势又坚持本土文化立场。

话语具有塑造思想意识、造就民族精神的文化力量。然而,话语的力量并不能自然而就,而是不懈努力建构的结果。晚清的西学译介是一个意在解决民族生存问题的思想启蒙工程,一代文人以富有现代色彩的话语实践,对文本的话语力量寄予了厚望。思想寓于话语之中,历史沉积于话语之中,晚清译者借助文学译本建构起来的知识话语体系,赋予一代读者超越传统的世界观念秩序和认知模式,以全新的视角和思维方式审视西方、认知世界、反思自我、解读人类文明进程中的种种问题。正是这种新的话语言说方式,在传统文化体系的内部引发了张力——产生了批判性的反思,新的话语体系与中国传统文化话语之间所形成的张力,催发了社会意识的变化、从而导致社会的最终变革。从对翻译文本话语的解读和阐释中,可以管窥中国近代思想文化转型的心理历程、传统思想观念的变化,以及现代思想的萌发。

结　语

　　话语是一种社会意识观念的预设,可以成为一个时代思想文化上的有力引导。话语可以改变人们的思想观念,重塑一代人的意识形态,成为社会变革的精神动力,从而改变社会、影响历史进程。中国当下的和平崛起需要规划合理的话语实践,这既是在全球一体化宏观语境下,国家以中华文化之精华塑造时代价值的责任担当,也是对西方文化霸权话语的有力回应。因此,当前的话语研究正从单纯的学术研究拓展到作为国家战略的"国家话语体系""国家修辞能力"的研究,进入一种新的政治理论范畴。国家话语是一个国家主流思想文化的外化,是国家作为话语主体传播国家形象、实施话语权力、提升文化软实力的国家战略,是中华文明在全球化语境下构建富有中国特色的话语表达方式和体系,以话语强大的渗透力和思想影响力,抵御西方文化话语霸权、守望中华文明、建构文化自信;逐渐使国家话语体系融入全球话语体系之中,在全球性话语场中发出中国声音,使中国真正成为建构世界文明的重要一员。

附　录

附录一　哈葛德创作的小说一览表

此表根据D.S.希金斯2013年出版的修订版哈葛德传记《赖德·哈葛德：伟大的故事家》整理列出［Higgins，D.S. *Rider Haggard*：*The Great Storyteller*（New Revised Edition），Createspace Independent Publishing Platform，2013：378-380］。该传记获得2011年世界电子出版传记银奖（The Silver Medal for Biography in the eLit Book Awards）。

编号	出版年份	书　　名	备　注
1	1884	*Dawn*	
2	1884	*The Witch's Head*	
3	1885	*King Solomon's Mines*	夸特曼系列
4	1887	*Allan Quatermain*	夸特曼系列
5	1887	*Jess*	
6	1887	*She*：*A History of Adventure*	阿霞系列
7	1888	*Maiwa's Revenge*	夸特曼系列
8	1888	*Mr. Meeson's Will*	
9	1888	*Colonel Quaritch*，*V.C.*	

续表

编号	出版年份	书　　名	备　注
10	1889	*Cleopatra*	
11	1889	*Allan's Wife*	
12	1890	*Beatrice*	
13	1890	*The World's Desire*	与 Andrew Lang 合作完成
14	1891	*Eric Brighteyes*	
15	1892	*Nada the Lilly*	夸特曼系列
16	1893	*Montezuma's Daughter*	
17	1894	*People of the Mist*	
18	1895	*Joan Haste*	
19	1896	*Heart of the World*	
20	1896	*The Wizard*	
21	1898	*Doctor Therne*	
22	1899	*Swallow*	
23	1900	*Black Heart and White Heart, and Other Stories*	
24	1901	*Lysbeth*	
25	1903	*Pearl Maiden*	
26	1904	*Stella Fregelius*	
27	1904	*Brethren*	
28	1905	*Ayesha: The Return of She*	阿霞系列
29	1906	*The Way of the Spirit*	
30	1906	*Benita*	
31	1907	*Fair Margaret*	
32	1908	*The Ghost Kings*	
33	1908	*The Yellow God*	

续表

编号	出版年份	书　名	备　注
34	1908	The Lady of Blossholme	
35	1910	Morning Star	
36	1910	Queen Sheba's Ring	
37	1911	Red Eve	
38	1911	The Mahatma and the Hare	
39	1912	Marie	夸特曼系列
40	1913	Child of Storm	夸特曼系列
41	1914	The Wanderer's Necklace	
42	1915	The Holy Flower	夸特曼系列
43	1916	The Ivory Child	夸特曼系列
44	1917	Finished	夸特曼系列
45	1918	Love Eternal	
46	1918	Moon of Israel	
47	1919	When the World Shook	
48	1920	The Ancient Allan	夸特曼系列
49	1920	Smith and the Pharaohs	
50	1921	She and Allan	夸特曼系列
51	1922	The Virgin of the Sun	
52	1923	Wisdom's Daughter	阿霞系列
53	1924	Heu-Heu, or the Monster	夸特曼系列
54	1925	Queen of the Dawn	
55	1926	The Treasure of the Lake	夸特曼系列
56	1927	Allan and the Ice Gods	夸特曼系列
57	1929	Mary of Marion Isle	
58	1930	Belshazzar	

附录二 马泰来统计的林译哈葛德小说书名表

引自:马泰来:《林纾翻译作品全目》,《林纾的翻译》,钱锺书等著,北京:商务印书馆,1981年,第61—65页。

序号	译著名	原著名	署名译者	原著出版年份	译著首版年份	译著首版出版社
1	《埃司兰情侠传》	Eric Brighteyes	林纾、魏易	1891	1904	广智书局《小说集新》本
2	《鬼山狼侠传》	Nada the Lily	林纾、曾宗巩	1892	1905	商务印书馆
3	《迦茵小传》	Joan Haste	林纾、魏易	1895	1905	商务印书馆
4	《埃及金塔剖尸记》	Cleopatra	林纾、曾宗巩	1889	1905	商务印书馆
5	《英孝子火山报仇录》	Montezuma's Daughter	林纾、魏易	1893	1905	商务印书馆
6	《斐洲烟水愁城录》	Allan Quatermain	林纾、曾宗巩	1887	1905	商务印书馆
7	《玉雪留痕》	Mr. Meeson's Will	林纾、魏易	1888	1905	商务印书馆
8	《洪罕女郎传》	Colonel Quaritch, V.C.	林纾、魏易	1888	1906	商务印书馆
9	《蛮荒志异》	Black Heart and White Heart, and Other Stories	林纾、曾宗巩	1900	1906	商务印书馆
10	《红礁画桨录》	Beatrice	林纾、魏易	1890	1906	商务印书馆
11	《橡湖仙影》	Dawn	林纾、魏易	1884	1906	商务印书馆
12	《雾中人》	People of the Mist	林纾、曾宗巩	1894	1906	商务印书馆
13	《钟乳髑髅》	King Solomon's Mines	林纾、曾宗巩	1885	1908	商务印书馆
14	《玑司刺虎记》	Jess	林纾、陈家麟	1887	1909	商务印书馆

续表

序号	译著名	原著名	署名译者	原著出版年份	译著首版年份	译著首版出版社
15	《双雄较剑录》	Fair Margaret	林纾、陈家麟	1907	1910	《小说月报》1—5期，商务印书馆
16	《三千年艳尸记》	She	林纾、曾宗巩	1886	1910	商务印书馆
17	《古鬼遗金记》	Benita	林纾、陈家麟	1906	1912.12.1—1913.5.1	《庸言》第1—11号，商务印书馆
18	《天女离魂记》	The Ghost Kings	林纾、陈家麟	1908	1917	商务印书馆
19	《烟火马》	The Brethren	林纾、陈家麟	1904	1917	商务印书馆
20	《铁匣头颅》又《续编》	The Witch's Head	林纾、陈家麟	1887	1919	商务印书馆
21	《豪士述猎》	Maiwa's Revenge	林纾、陈家麟	1888	1919.11.25—12.25	《小说月报》第10卷第11—12号，商务印书馆
22	《金梭神女再生缘》	The World's Desire	林纾、陈家麟	1890	1920	商务印书馆
23	《炸鬼记》	Queen Sheba's Ring	林纾、陈家麟	1910	1921	商务印书馆

马泰来统计未刊的2种林译哈葛德小说

引自：马泰来：《林纾翻译作品全目》，《林纾的翻译》，钱锺书等著，北京：商务印书馆，1981年，第97页。

1.《夏马城炸鬼》

2.○○（未定书名），陈家麟同译。

附录三 樽本照雄统计的清末民初哈葛德小说译作

1. 根据日本学者樽本照雄对晚清和民国期间(1840—1919年前后)译入中国的哈葛德小说的统计(樽本照雄:《新编清末民初小说目录》,贺伟译,济南:齐鲁书社,2002年),共计林译哈葛德小说23种,其他译者所译14种,合计37种。但其中有3种是不同译者对同一小说的译介,因此这一时期译介的哈葛德小说实际总数可计为34种。

2. 因 Henry Rider Haggard 在晚清有不同的中译名,因此,书中的"哈葛德""哈葛得""哈格德""赫格而德""黑格而德""解佳"等,均指"哈葛德"。

3. 根据樽本照雄的统计,分别列出"林译哈葛德小说译作"和"其他译者译介的哈葛德小说"。

樽本照雄统计的清末民初林译哈葛德小说译作

序号	译著名	原著名	署名译者	原著出版年份	译著出版年份	译著首版出版社
1	《埃司兰情侠传》	Eric Brighteyes	林纾、魏易	1891	1904	上海广智书局
2	《迦茵小传》	Joan Haste	林纾、魏易	1895	1905	商务印书馆
3	《埃及金塔剖尸记》	Cleopatra	林纾、曾宗巩	1889	1905	商务印书馆
4	《英孝子火山报仇录》	Montezuma's Daughter	林纾、魏易	1893	1905	商务印书馆
5	《鬼山狼侠传》	Nada the Lily	林纾、曾宗巩	1892	1905	商务印书馆
6	《斐洲烟水愁城录》	Allan Quatermain	林纾、曾宗巩	1887	1905	商务印书馆
7	《玉雪留痕》(亦曾作《玉海留痕》)	Mr Meeson's Will	林纾、魏易	1888	1905	商务印书馆

续表

序号	译著名	原著名	署名译者	原著出版年份	译著出版年份	译著首版出版社
8	《洪罕女郎传》	Colonel Quaritch	林纾、魏易	1888	1906	商务印书馆
9	《蛮荒志异》	Black Heart and White Heart, and Other Stories	林纾、曾宗巩	1900	1906	商务印书馆
10	《红礁画桨录》	Beatrice	林纾、魏易	1890	1906	商务印书馆
11	《橡湖仙影》	Dawn	林纾、魏易	1884	1906	商务印书馆
12	《雾中人》	People of the Mist	林纾、曾宗巩	1894	1906	商务印书馆
13	《钟乳髑髅》	King Solomon's Mines	林纾、曾宗巩	1885	1908	商务印书馆
14	《玑司刺虎记》	Jess	林纾、陈家麟	1887	1909	商务印书馆
15	《双雄较剑录》	Fair Margaret	林纾、陈家麟	1907	1910.8.29—12.26	《小说月报》1—5期
16	《三千年艳尸记》	She	林纾、曾宗巩	1886	1910	商务印书馆
17	《古鬼遗金记》	Benita	林纾、陈家麟	1906	1912.12.1—1913.5.1	《庸言》1卷1—11号
18	《天女离魂记》	The Ghost Kings	林纾、陈家麟	1908	1917	商务印书馆
19	《烟火马》	The Brethren	林纾、陈家麟	1904	1917	商务印书馆
20	《铁匣头颅》《铁匣头颅续编》(分2编出版)	The Witch's Head	林纾、陈家麟	1887	1919	商务印书馆
21	《豪士述猎》	Maiwa's Revenge	林纾、陈家麟	1888	1919.11.25—12.25	《小说月报》10卷11—12号
22	《金梭神女再生缘》	The World's Desire	林纾、陈家麟	1890	1920	商务印书馆
23	《炸鬼记》	Queen Sheba's Ring	林纾、陈家麟	1910	1921	商务印书馆

附 录

樽本照雄统计的清末民初其他译者译介的哈葛德小说

序号	译著名	原著名	署名译者	原著出版年份	译著出版年份	译著首版出版社
1	《长生术》	She	[英]解佳撰、曾广铨译	1886	1898.5.11—8.8；1898.8.17	《时务报》60—69册,《昌言报》1册单行本,素隐书屋
2	《迦因小传》	Joan Haste	蟠溪子(杨紫麟)、天笑生(包公毅)译	1895	1901.4.3—1902.2.22	《励学译编》1—12册,1903年单行本,上海文明书局
3	《爱河潮》	缺	[英]哈葛德著、奚若、许毅译	缺	1905	《小说林》第9期,上海小说林社
4	《神女再世奇缘》	Ayesha: The Return of She	[英]解佳撰、周树奎(桂笙)译述	1905	1905.11—1906.1	《新小说》2年 10—12、22—24号
5	《海星等》	缺	[英]哈葛德著、逍遥生译	缺	1907	《小说林》丛书〉上下册,上海小说林社
6	《红星佚史》	The World's Desire	1907年版署：[英]哈葛德、安特路朗合著,周逵(周作人)口译、鲁迅笔述；1912、1913、1914年再版署：[英]赫格而德著、周逵(周作人)口译、鲁迅笔述；[英]罗达哈葛德、安度兰俱著、周逵(周作人)口译、鲁迅笔述)。	1890	1907	商务印书馆

461

续表

序号	译著名	原著名	署名译者	原著出版年份	译著出版年份	译著首版出版社
7	《花月香城记》	缺	[英]哈葛德著，惜花主人译	缺	1907	上海广智书局
8	《劫花小乘》	缺	[英]哈葛德著，惜花主人译	缺	1907	上海广智书局
9	《黄金藏》	缺	[英]哈葛德著，中国日报译	缺	1907	香港中国日报
10	《大侠锦啵客传》	缺	[英]哈葛德著，蟠溪子（杨紫麟）、天笑声（包公毅）同译	缺	1909.11.13— 1910.1.11	《小说时报》2—3期，1915年单行本，上海有正书局
11	《血泊鸳鸯》	缺	[英]哈葛德著，蔡一谔、陈家麟合译	缺	1909	商务印书馆 1915年再版
12	《鸳鸯血》	缺	[英]哈葛德著，朱引年译	缺	1913	上海尚古书局
13	《秘密女子》	缺	[英]哈葛德著，贡少芹译	缺	1915	上海进步书局
14	《红楼翠幕》（又作《红楼翠嶂》）	The Blue Curtains	[英]哈葛德著，周瘦鹃译	缺	1915	《礼拜六》39期，1917年收入《欧美名家小说丛刊》，上海中华书局

附录四 阿英列出的晚清24种哈葛德小说译本

几点说明：

1. 阿英在《晚清戏曲小说目》(阿英：《晚清戏曲小说目》，上海：上海文艺联合出版社，1954年)中，分别列出了晚清(1911年之前)哈葛德小说的译本书名、原著者、译者、译本初版时间、初版出版机构等具体信息。阿英所列译本书目顺序以译本书名的首字笔画为序，以下根据译本初版时间的顺序重新进行了排列。同一年出版的译著参照《林纾年谱长编》(张旭、车树昇编著：《林纾年谱长编》，福州：福建教育出版社，2014年)和樽本照雄(樽本照雄：《新编清末民初小说目录》，济南：齐鲁书社，2002年)列出的哈葛德小说译介出版先后顺序进行了排序。

2. 因"哈葛德"在晚清的译名不甚统一，阿英统计中的"赫格尔德""黑格尔德"均为Haggard("哈葛德")的不同译名。

3. 阿英所列"蟠溪子(杨紫麟)、天笑生(包公毅)合译"的哈葛德小说应为"《迦因小传》"，而非《迦茵小传》，但因阿英原书如此，在此照录。

4. 在阿英的统计中，漏录了哈葛德首次译入中国时的一个重要译本，即曾广铨译介的《长生术》，刊于《时务报》第60至69册附编，最后一集刊于《昌言报》第1册附编，发表时间为1898年5月至1898年8月；1901年由素腾书屋出版单行本《长生术》。

5. 阿英统计哈葛德小说译本时，未提供与译本对应的原著信息。

阿英列出的晚清 24 种哈葛德小说译本一览

1.《迦茵小传》,蟠溪子(杨紫驎)、天笑生(包公毅)合译,光绪二十七年(一九〇一),励学译编本,不完。(阿英,1954:129)

2.《埃司兰情侠传》,英哈葛德著,林纾、魏易合译,严复题,光绪甲辰(一九〇四),木刻。又涛园居士叙,末附如皋冒广声《仿竹枝体八首题情侠传》,二册。(阿英,1954:140)

3.《迦茵小传》,赫格尔德著,林纾、魏易合译,光绪三十一年(一九〇五),商务印书馆刊,二册。(阿英,1954:129)

4.《埃及金塔剖尸记》,赫格尔德著,林纾、曾宗巩合译,光绪三十一年(一九〇五),商务印书馆刊,三册。(阿英,1954:140)

5.《英孝子火山报仇录》,赫格尔德著,林纾、魏易合译,光绪三十一年(一九〇五),商务印书馆刊,二册。(阿英,1954:134)

6.《鬼山狼侠传》,赫格尔德著,林纾、曾宗巩合译,光绪三十一年(一九〇五),商务印书馆刊,二册。(阿英,1954:136)

7.《斐洲烟水愁城录》,赫格尔德著,林纾、曾宗巩合译,光绪三十一年(一九〇五),商务印书馆刊,二册。(阿英,1954:150)

8.《玉雪留痕》,赫格尔德著,林纾、魏易合译,光绪三十一年(一九〇五),商务印书馆印。(阿英,1954:118)

9.《爱河潮》,英哈葛德著,奚若、许毅合译,光绪乙巳(一九〇五)小说林社刊,三册。(阿英,1954:153)

10.《洪罕女郎传》,赫格尔德著,林纾、魏易合译,光绪三十二年(一九〇六),商务印书馆印,二册。(阿英,1954:131)

11.《蛮荒志异》,赫格尔德著,林纾、曾宗巩合译,光绪三十二年(一九〇六),商务印书馆刊。(阿英,1954:172) 1906.2

12.《红礁画桨录》,黑格尔德著,林纾、魏易合译,光绪三十二年(一九〇六),商务印书馆刊,二册。(阿英,1954:131)

13.《橡湖仙影》,赫格尔德著,林纾、魏易合译,光绪三十二年(一九〇六),商务印书馆刊,三册。(阿英,1954:163)

14.《雾中人》,赫格尔德著,林纾译,光绪三十二年(一九〇六)商务印书馆刊,三册。(阿英,1954:168)

15.《黄金藏》,英哈葛德著,光绪丁未(一九〇七)香港中国日报社译印,二册。(阿英,1954:143)

16.《花月香城记》,英哈葛德著,惜花主人译,光绪三十三年(一九〇七),广智书局版。(阿英,1954:125)

17.《红星佚史》,赫格尔德著,周逴(作人)译,光绪三十三年(一九〇七),商务印书馆刊印。(阿英,1954:131)

18.《海屋筹》,英哈葛德著,逍遥生译,光绪三十三年(一九〇七),小说林社刊,二册。(阿英,1954:137)

19.《钟乳髑髅》,英哈葛德著,林纾、曾宗巩合译,光绪三十四年(一九〇八),商务印书馆刊。(阿英,1954:164)

20.《玑司刺虎记》,英哈葛德著,林纾、陈家麟合译,宣统元年(一九〇九),商务印书馆刊,二册。(阿英,1954:163)

21.《血泊鸳鸯》,英哈葛德著,蔡一谔、陈家麟合译。宣统元年(一九〇九),商务印书馆印。(阿英,1954:120)

22.《大侠锦帔客传》,英哈葛德著,蟠溪子(杨紫驎)天笑生(包公毅)合译,宣统元年(一九〇九),《小说时报》本。(阿英,1954:113)11

23.《双雄较剑录》,英哈葛德著,林纾、陈家麟合译,宣统二年(一九一〇),《小说月报》本。(阿英,1954:156)

24.《三千年艳尸记》,赫格尔德著,林纾、曾宗巩合译,宣统二年(一九一〇),商务印书馆刊,二册。(阿英,1954:112)

附录五　基于哈葛德小说 She 拍摄的电影一览表

资料出处:电影资料库 IMDb 中列出的基于 She 拍摄的电影一览表（截止到 2016 年 12 月 29 日）　网址:http://www.imdb.com/find?q=She&s=tt&exact=true&ref_=fn_al_tt_ex。

编号	电影标题	拍摄年份	导演	原作者	发行国家	备注
1	《火柱》(La Colonne de feu)	1899	乔治·梅里埃 (Georges Méliès)	赖德·哈葛德 (H. Rider Haggard)	法国	默片
2	《神奇火焰》(La flamme merveilleuse)	1903	乔治·梅里埃 (Georges Méliès)	赖德·哈葛德 (H. Rider Haggard)	法国	默片
3	《她》(She)	1908	埃德温·波特 (Edwin S.Porter)	原著:赖德·哈葛德 编剧:埃德温·波特 (Edwin S.Porter)	美国	默片
4	《她》(She)	1911	乔治·尼科尔斯 (George Nichols)	原著:赖德·哈葛德 编剧:西奥多·马斯顿 (Theodore Marston)	美国	默片
5	《埃及情人》(His Egyptian Affinity)	1915	阿尔·克里斯蒂 (Al Christie)	原著:赖德·哈葛德 编剧:阿尔·克里斯蒂 (Al Christie)	美国	默片
6	《她》(She)	1916	威廉姆·巴克 (William G.B.Barker),霍勒斯·莱尔·卢卡奇 (Horace Lisle Lucoque)	原著:赖德·哈葛德 编剧:内莉·卢卡奇 (Nellie E. Lucoque)	英国	默片

续表

编号	电影标题	拍摄年份	导　演	原作者	发行国家	备注
7	《她》(*She*)	1917	克尼恩·比埃尔 (Kenean Buel)	原著:赖德·哈葛德 编剧:玛丽·穆里罗 (Mary Murillo)	美国	默片
8	《她》(*She*)	1925	利安得·德·科尔多瓦 (Leander De Cordova), G.B.萨缪尔森 (G.B.Samuelson)	编剧:赖德·哈葛德, 沃尔·萨默斯 (Walter Summers)	英国	默片
9	《她》(*She*)	1935	兰辛·霍尔顿 (Lansing C.Holden) 欧文·皮切尔 (Irving Pichel)	原著:赖德·哈葛德 改编:露丝·罗斯 (Ruth Rose) 附加对白:达德利·尼克尔斯 (Dudley Nichols)	美国	
10	《她》(*She*)	1965	罗伯特·戴 (Robert Day)	原著:赖德·哈葛德 编剧:大卫·钱特勒 (David T.Chantler)	英国	
11	《她的复仇》 *The Vengeance of She*	1968	克里夫·欧文 (Cliff Owe)	原著:赖德·哈葛德 改编:彼得·欧德内尔 (Peter O'Donnell)	美国	
12	《她》(*She*)	1982	阿维·内舍 (Av Nesher)	原著:赖德·哈葛德 编剧:阿维·内舍 (Avi Nesher)	意大利	
13	《她》(*She*)	2001	蒂摩西·邦德 (Timothy Bond)	原著:赖德·哈葛德 编剧:彼得·乔宾 (Peter Jobin)	意大利	

附录六　哈葛德传记及生平研究书籍一览表

此表按照出版时间排列。此表收集截止时间为 2017 年 12 月。

1. Scott, J. E. *A Bibliography of the Works of Sir Henry Rider Haggard. 1856-1925*. London: Elkin Mathews Ltd., 1947.

2. Haggard, Lilias Rider. *The Cloak that I Left: A Biography of the Author Henry Rider Haggard K.B.E.*. London: Hodder and Stoughton, 1951.

3. Cohen, Morton. *Rider Haggard: His Life and Works*. London & New York: Hutchinson & Co., Ltd, 1960.

4. Cohen, Morton, ed.. *Rudyard Kipling to Rider Haggard: The Record of a Friendship*. London: Hutchinson, 1965.

5. Ellis, Peter Berresford. *H. Rider Haggard: A Voice from the Infinite*. London: Routledge & Kegan Paul, 1978.

6. Higgins, D. S. ed.. *The Private Diaries of Sir H. Rider Haggard: 1914-1925*. London: Stein & Day, 1981.

7. Higgins, D. S.. *Rider Haggard: A Biography*. New York: Stein & Day, 1983.

8. Whatmore, D. E. H.. *Rider Haggard: A Bibliography*. Westport: Meckler Publishing Corporation, 1987.

9. Long, Maureen. *The Kessingland Connection in the Life and*

Works of Sir Henry Rider Haggard. Kessingland: The Kessingland Times, printed by Bidnalls Beccles, 1990.

10. Siemens, Lloyd. *The Critical Reception of Sir Henry Rider Haggard: An Annotated Bibliography, 1882-1991*. Greensboro, N.C.: University of North Carolina at Greensboro, 1991.

11. Pocock, Tom. *Rider Haggard and the Lost Empire*. London: Weidenfeld & Nicolson, 1993.

12. Manthorpe, Victoria. *Children of the Empire: The Victorian Haggards*. London: Victor Gollancz, 1996.

13. Addy, Shirley M.. *Rider Haggard and Egypt*. A.L. Publications, 1998.

14. Coan, Stephen. ed.. *Diary of an African Journey: The Return of H. Rider Haggard*. London: C. Hurst & Co., 2001.

15. Monsman, Gerald Cornelius. *H. Rider Haggard on the Imperial Frontier*. ELT Press, 2006.

16. Higgins, D.S.. *Rider Haggard: The Great Storyteller (New Revised Edition)*. Createspace Independent Publishing Platform, 2013.

附录七　哈葛德1905年渥太华演讲英文原稿及中译文

  1905年3月,哈葛德受英国殖民地部委派到加拿大考察,应邀在渥太华对加拿大酒业俱乐部(the Canadian Club)——其时富有影响力的加拿大自治领企业做了一次重要演讲,演讲听众中有基督教慈善组织救世军统领布斯·塔克(Booth Tucker,1853—1929)和时任加拿大自治领劳工部副部长、后成为加拿大自治领总理的麦肯齐·金(William Lyon Mackenzie King,1874—1950)等人。

  哈葛德把这次演讲稿附在他的自传后,认为这份讲稿充分体现了自己的思想核心——即他一生为之付出的事业:城市使民族堕落,唯有乡村孕育文明,因此需要将英国城市的剩余人口移民到广袤的海外殖民地去。哈葛德在演讲中,表露出对自己在南非的经历及英国南非殖民的留恋;也表露出他浓重的种族主义思想:盎格鲁—撒克逊民族是优秀的白人种族,希望他们能够遍布世界、占领世界;他支持"黄祸论",认为以中国人和日本人为代表的黄种人对白人构成了一种威胁,号召白种人联合起来,积极采取移民政策,抢占领土、主宰世界。

  为了全面了解哈葛德的文学创作意图及其思想意识,特将此演讲稿原文及中译文附录于此。

哈葛德1905年渥太华演讲英文原稿

  出处:https://ebooks.adelaide.edu.au/h/haggard/h_rider/days/appendix.html。

I will begin by making a confession. The other day I had the honour of addressing the branch of your society in Toronto, and there, for one solid half-hour, did I inflict myself upon them. I began to wonder how much they would stand. Well, I sat down and thought they must bless me for doing so. The next day I saw some of the newspapers, including one which stated that your humble servant had made what they were pleased to call a very interesting but exceedingly brief address. I thought to myself: If this is called brief in Toronto, I wonder what is long. I took a few opinions on the point. I asked why they called a speech of that length a brief one. My friend's answer was that it had to do with your parliamentary institutions. He told me that it was quite common in your House of Commons throughout the country, for speeches to run from two to three hours, and therefore that is the standard and model of time by which addresses are judged.

Now, gentleman, I say to you at once that, high as might be that honour and greatly as I should desire it in any other circumstances, I feel that I should never be competent to be a member of a House of Commons of which this is true. Gentlemen, your president has made some very kind allusions to me and to my rather—what shall I call it? —varied career. He has spoken, for instance, of Africa. Well, gentlemen, it is true I began my life as a public servant in Africa, and many wonderful things I saw there.

I was in at the beginning, so to speak, of all the history we are living through today. I was with Sir Theophilus Shepstone when we annexed the Transvaal; as your president says, I had the honour of hoisting the flag of England over it. Gentlemen, I lived, too, to see the flag pulled down and buried. And I tell you this—and you, as colonists as I was, will sympathise with me—it was the bitterest hour of my life. Never can any of you in this room realise the scene I witnessed upon the market-square of Newcastle when the news of the surrender of Majuba reached us. It was a strange scene, it was an awful scene. There was a mob of about 5,000 men, many of them loyal Boers, many Englishmen, soldiers even, who had broken from the ranks—and they marched up and down raving, yet weeping like children—and swearing that whatever they were they were no longer Englishmen.

That is what I went through in those days; and I only mention it to tell you how I came to leave South Africa. For I agreed that it was no longer a place for an Englishman. Still, time goes on, the wheels swing full circle, things change. I remember that after that I wrote a book. It was a history. And in that book I went so far as to say—I remember it well, and there it stands in black and white to be read—that unless some change occurred, unless more wisdom, more patriotism and a different system altogether prevailed in African affairs, the result would be a war which would tax the entire resources of the British Empire. Gentlemen, have we not had that war? And at that time what did they say? They laughed at me, an unknown young man. And, years later, when the war was on, they dug up the book and printed these paragraphs and said, "Dear me, what a remarkable prophecy!" Three men were right: Sir Bartle Frere was right, and they disgraced him; my old chief, Sir Theophilus Shepstone, was right, and they disgraced him; and even I, humble as I was, was right, and they mocked at me. We know the end.

Thus my residential and official connection with South Africa came to an end—I would not stop there any longer. I came home and went to the bar, where I had fair prospects. And then a sad thing happened to me—I wrote a successful book.

I do not know whether to be sorry or glad that I wrote it. Other things might not have happened; and, after all, as Job the Patriarch says: "Man knoweth not his own way." You go as destiny drives you. So it was, gentlemen, I took to fiction. Having begun, I had to go on. And, after all, there is something to be said for it. After all, it is not a bad thing to have given pleasure and amusement to many who are weary or sick, and, perhaps, some instruction also. You might do worse than to write a good novel. Not that I for a moment wish to state that all of mine are good.

Of course, the time comes to every writer, I suppose, when he has an inspiration and does something which he knows to be better than he ever did before. Perhaps he sees a little higher up into heaven perhaps he sees a little lower down into—the other depths; and he creates something and knows that that thing which he has created will live, and that it will even go glittering down the generations. He knows, perhaps, that he has cut his name fairly deep upon the iron leaves of the Book of Time, which are so hard to mark. Perhaps he knows that, and for a little while he is content. Not for long—no artist, I think, is ever contented for long with what he has done. But he thinks: "At least, I have done something."

Then, perhaps, he begins to understand—it comes into his mind—that that was not his real inspiration. Not in these gauds of the imagination, these sparkling things, these plays of fancy or of eloquence or wit, was the real inspiration to be found. He turns and wonders where it is. And he turns, let us say, and looks at the dull masses of misery that pervade the globe, he looks and wonders, and he thinks: Is there nothing that I, humble as I am, can do to help to alleviate that misery, to lift up those who are fallen, to lift them up for their own good and for the good of the world? And then, gentlemen, he knows that that, not the gaudy, exciting work is the real inspiration of his life.

And, perhaps, he turns and tries to match his own single strength against the prejudices of generations, and tries to get men to think as he does, tries to show them where the evil lies and where, too, lies the remedy. Gentlemen, I have spoken, as it were, in allegory. And yet these things have some application, certainly in my humble case they have some application. Years ago, I saw what I described to you; I saw the evils with which, since then, I have attempted to cope. I recognised that it was my duty to cope with them if I could.

It is a hard task, gentlemen. It is a hard thing, in the first place, to live down the reputation of being a writer of fiction—to surmount the enormous barrier of prejudice that lies across one's path. And it is not for years, perhaps, that people will begin to listen and will begin to understand that to most men's minds there are two sides. Still, humbly, imperfectly, I did attempt it. I have not done much. Yet I have done something. They listen to me now a bit. If they had not listened to me I should not be here in my present position today as a Commissioner from the Government of Great Britain.

Well, what is it; what is this problem that moved me? I will tell you in a few words. I perceived and realised the enormous change that is coming over the Western world; how those, who for countless generations, dwelt upon the land, are deserting the land and crowding into the cities. I studied the reasons for this. For two years I studied them, going through England, village by village, county by county, town by town. And I found out what they were. In England the chief cause was lack of prospect on the land. We are cramped in England with the remains of a feudal system which works nothing but ill; and under that system it is so that no man on the land seems to have a chance to rise. The labourer on the land, say at two-and-twenty, is earning as high a wage as he can ever hope to earn.

I ask you, gentlemen, how should any of us like to know that at two-and-twenty we were doing the best we could hope to do in life? That is the lot of the labourer on the land. All that he has to look forward to at the end of his long career of forty or fifty years of toil is probably a place in the workhouse. Is that an attractive prospect? Then, no doubt, the spread of education, the facilities of travel, and other things of that kind conduce to the immigration into the cities, and this movement goes on with ever-increasing rapidity.

At the present moment in England, I believe we have but one-seventh of our population living on the land. In the United States, if the figures given me are correct, matters are very little better. And so it is in other countries—everywhere the land dwellers heap themselves into the cities. And what happens to them when they get there? How many succeed? Not one in five, I say. The rest of them, for the most part, get nothing. If sickness strikes a man, when he arises from his bed his place is gone. His children grow ill through crowding together in narrow courts and unsanitary rooms, and become decimated by disease. Bad times come and the workmen are dismissed by the thousand from their employ. Grey hairs, at any rate, come at last, and with grey hairs the notice to quit; and so they go down, and they go under and become part of that mass which is known as the submerged tenth—though I imagine there is a good deal more than a tenth. And there they are—miseries to themselves, useless to their country, and a burden upon the town that has to support them.

Gentlemen, if you think I exaggerate, ask Commissioner Booth Tucker, and he will tell you. He will tell you, he who knows, as one of the heads of the great organisation that is today dealing with this class of people. He will tell you how many children they have to feed in the morning in the big cities in order that they may go to school, how many dock labourers they have to feed, and so on. He can tell you tales you will scarcely believe of the suffering—the horrible suffering, the inconceivable misery of these great cities which the foolish peoples of the earth rush into to dwell there.

Now, that is what is going on in the great city. Let us look at the other side of the question. Let us go to places like Fort Amity, where I saw the Colony of the Salvation Army. As your president told you, I am not at liberty to forestall my report in any way; but I can say this—that there I went to the schools, as I did in other places, and saw the children. The parents of these Fort Amity children were taken from a great city, the city of Chicago, where mostly they were working as day labourers. They came with nothing; in fact, it was necessary to pay the fares of most of them. They had no prospects, nothing earned, nothing to hope for. If we could get at the facts, no doubt we should find they lived in one or two rooms, and not too well. I went and looked at these children. My daughter photographed them in the schools at Fort Amity. Never did you see a healthier, happier, more robust, more promising set of children in your life. And I wondered how these children would have looked had not the Salvation Army had the idea of starting this Colony and had they been left to wander about in the streets of Chicago. And I wondered also, gentlemen, how many of these faces—these happy, contented faces—would have been wanting, but for the change made in the condition of these children.

But you may be political economists, some of you, and we all know that political economy is a hard doctrine. And you may say: Well, these people went to the cities of their own accord; let them expiate their fault in the city; let them welter and let them perish there, dead beats, and the world is well rid of them. Well, I am going to submit, if you will allow me, another side of the argument for your consideration. If you do not want to do anything on the ground of humanitarianism to help the people, I submit to you, gentlemen, and I submit to everyone, that there is another ground on which the thing should be done; and that is the ground of the welfare of the nation.

I will start out with an axiom. If the Western nations allow this sort of thing to go on, allow their population to crowd into the cities, then, I say, the career of the Western nations is going to be short. The city folk, those who remain, will never hold their own in the world—not only because of the weakened physique and changed character, but because of another and more final reason. Gentlemen, children are not bred in the cities. There will come a time when the children bred there are too few—it is coming now. And if the children are not bred, if there is not the supply of healthy children to carry on the nation, how can the nation stand? With the people on the land it is different. Self-interest comes into play.

A large family is a valuable asset to the small-holder; in the city it is nothing but a drawback. Let any one of you gentlemen think of himself with a home consisting of a single room in a tenement in New York or a back slum in London, and with six or eight children; and then think of the contrast with those six children upon the land and able to assist in your business of caring for the cattle or carrying on many of the other operations of the farm. We must look at facts. With dwellers on the land self-interest comes in; on the land alone will the supply of children be available that is necessary to carrying on our white races. And if they are not carried on in sufficient numbers what of it? Of course, you have all heard of what they call the yellow peril, and many people have laughed at it as a bogey. Is it a bogey? Does Russia, for instance, consider that Japan is a mere nightmare? I think not; I think Russia has very definite and distinct ideas as to the prowess of Japan today. Japan is a small nation. Forty years ago the Japanese dressed themselves up in scale armour, like lobsters, and fought with bows and arrows. And look at them today, knocking Russia around the ring.

Imagine the state of affairs when, not little Japan, but, let us say, great China, with her 400,000,000 people, has also made some strides towards civilisation, has carried out, for instance, that programme which I saw announced in the papers yesterday, in the way of building warships; and imagine those 400,000,000 of stolid, strong, patient, untiring land-bred men having nowhere to live, having not earth upon which to stand, and seeking a home. And imagine them casting their eyes around for worlds to conquer, and seeing an island continent half vacant and other places with a few families scattered over the land, and a few millions heaped together in the things these white people call cities.

Imagine them saying, God—whatever gods there be, whatever gods we worship—give us the right to live; we have the right to our share of the earth; here we have not enough of the earth; we will seek the earth; we will take the earth; we will keep the earth. Then imagine the scanty peoples spread thinly over these territories saying: "But we will pass a law to keep you out." They answer: "We will come in nevertheless, we will walk through your paper law." And those who hold the ground say: "You shall not come in; we will shoot you; we will keep you out with force of arms." And their answer is: "Keep us out if you can; we have arms as well as you; we are better men than you; we will come; we will occupy; we will take; we will keep." Is that a bogey—a mere dream of the night?

I tell you it is nothing of the sort. It is the thing which will happen within one hundred years unless there are very different arrangements made amongst the Western nations from those which exist today; unless the people are moved from the cities back to the land. Population, gentlemen, is like water: where there is a hollow, thither it will flow to fill it. Therefore, it is vital to the nations that they should look into this matter and try to deal with it. I am as sure as that I stand before you that these words are true; that I get at the truth, the essence, the fibre, the marrow of the thing, and that truth, that essence, that fibre, that marrow, is that you must get your people on to the land out of the cities, and keep them on the land there to multiply as God commanded them of old.

Now, gentlemen, how does this apply to the great country in which I am today? I say that it applies very closely. I say that very soon there is going to be an enormous competition for immigration, for population, and especially for Anglo—Saxon population; that the time is coming when these people will be bid for, when they will be sought for, when they will be paid for—paid any price to get them. And I venture to say to you: Get them while you can, get them from home, get them from England.

Now, gentlemen, if I live, within a month or two I hope to be able to show you a plan I have devised and which I hope, which I even dare to think, may show you how you can get a good many of these people. I will say no more of that now, except that I trust you will agree with me when you read it, and that you will let no obstacle stand in your way, but will all put your shoulders to the wheel and for the sake of your country, and for the sake of all concerned, will try to help to bring into your splendid land Englishmen who will be made available to you, I hope, in many thousands.

I am beginning to be like one of your members of parliament, I fear I am catching the disease. I will only add this: That all the world is mad on trade, all the civilised world, at least, has got the idea that wealth is everything. I controvert that statement; I say that wealth is nothing. What is wealth without men and women to use it and spend it? I remember once writing a story in which I represented certain men shut up in a cave and surrounded by all the diamonds and all the gold of a continent. And they were starving. I would like to ask you of what use were those diamonds and that gold to them?

In the same way, of what use is wealth unless you have men and women—healthy men and women—these are the real wealth of the nation. You remember the old Greek fable of Antaeus, how, whenever he fell to earth he arose fresh and strong. So it is with us. Do not believe, gentlemen, that wealth is everything. Wealth, I maintain, is nothing compared to flesh and blood, nothing as compared to healthy children; nor is pomp nor any other thing—these are nothing. The strength of a people, gentlemen, is not to be found in their Wall Streets, it is to be found in the farms and fields and villages. I will only add just this one word—that I do hope that what I have so humbly, so inadequately tried to say before you may perhaps go deep into the minds of some of you and set you thinking. For myself, I can only say that I have tried to carry out this task—not the task of speaking, but the bigger one—with a single heart, because I believe in its necessity, because I believe that no man can serve his generation better than by trying to point out these things and try to make the people think. If I have done that, gentlemen, I have not lived in vain. All that I should ask to be said of me when I am gone is this: "He did his best."

哈葛德1905年渥太华演讲中译文（译文由本书作者提供）

在今天的演讲之前，我有一事坦陈。那天我有幸在多伦多贵学会分部作了一次演讲，我的演讲持续了整整一个半小时，我开始怀疑，听众们是否能够容忍我把如此冗长的演讲强加给他们。我坐定考量，祈愿听众能够原谅我。第二天我看到了几则新闻报道，其中有一则说我的演讲富有趣味且尤其简短。我自忖，如果我的演讲在多伦多可以称作简短，那真不知何为冗长的演讲了。我就此询问了几位友人的意见，询问他们，为什么人们会认为我的那次演讲很简短。我朋友回答说这与加拿大议会机构的传统有关。他告诉我说,在加拿大下议院,一场演讲持续 2—3 个小时是司空见惯的,因此人们往往以这样的时间长度来衡量演讲的长短。

先生们,我想要说的是,虽然这样的赞誉对我而言是至高无上的,但我自知没有能力成为下议院的一员,这是毫无疑问的。先生们,刚才主席提及我的一些情况以及我的,我该怎么说呢?——以及我的多样化的职业生涯。他提到了非洲。先生们,确实,我的生涯从英国在非洲殖民政府的一名公务员开始,我在那里的体验丰富多彩。

可以说,我始终参与了我们今天正在亲历的历史。如主席刚才所说,英国占领德兰士瓦的时候,我正和英国政府特别专员谢普斯通勋爵在一起,我有幸亲手把英国国旗升上德兰士瓦的天空。但先生们,我也在有生之年又目睹了英国国旗被降下来埋葬入土。我想告知大家的是,你们,和我一样,都是殖民地的开拓者,你们一定与我感同身受——那是我一生中最痛苦的时刻。在座的各位没有人能够想象,当英国在马尤巴战役惨败的消息传来,我在纳塔尔省的纽卡斯尔公共广场所目睹的场景,这是一个奇特的场景、一个可怕的场景:5 000 多个暴民,其中有很多是忠于英国的布尔人,也有很多是英国人,甚至还有一些是脱离了军队的英国士兵,他们深感耻辱,在街头暴怒游走,如孩童般哭泣,诅咒说自己不想做英国人了。

这就是我在那些日子里的切身经历,我告诉你们是为了说明自己为什么要离开南非。我认为那里不再适合英国人生活,时光流逝,历史的车轮滚滚向前,万物今非昔比。我记得此后,我写了一本书,这是一部记载历史的书。我在书中说——有白纸黑字为证,我依然记得,我说:除非有变革,除非有更大的智慧、更高的爱国热情,有不同的非洲事务制度,英国面对的最终结果必然是一场不可避免的战争。这场战争终将把英帝国的全部资源耗损殆尽。先生们,此时此刻,我们不是已经经历了这场战争了吗？可当时,人们是怎么回应我的呢？人们嘲笑我,嘲笑我是个不明世故的毛小子。多年后,战争爆发了,他们挖出了我的这本书,找到了其中的一些片段,说:"天哪,这是多么神奇的预言啊!"当时,有三个人的预言后来证明是正确的:开普殖民地总督巴特尔·弗里尔爵士的预言是正确的,可人们当时却嘲笑他;德兰士瓦行政长官西奥菲勒斯·谢普斯通爵士的预言正确无误,可当时人们嘲笑他;还有就是我,尽管我是个无名小卒,人们当时也嘲笑我。我们三人都预见到了这最终的结果。

就这样,我的南非生活和工作经历戛然而止——我不会继续在那里生活了。我回到了英国,从事律师职业,而且前景颇好。但随后便发生了一件令人伤感的事——我的一本书获得了成功。

我这样说是因为我不知道该为写这本书感到后悔还是高兴。否则,后来的这些事情就不会发生了,正如约伯主教所说:"人不知自己的道路。"人受命运的驱使而行。确实如此,先生们,我走上了小说创作之路,一旦开始,就要继续走下去。不管怎样,我有些话需要表明。我能为那些厌烦或者说厌倦了生活的人们提供一些愉悦和快乐,甚至生活指导,并不是一桩坏事。没有什么比创作出一部成功的小说更好的了。但我的意思并不是说我的每部小说都很成功。

当然,每位作家都有灵感一闪的时刻,他知道自己的创作超越了自己以前所有的作品。他时而展望天堂,时而探究地狱,他写就了一些作品,知道这些作品具有永久的生命力,它们将世代相传。他知道在历史之书不可磨灭的一页上,已刻下了自己的名字,这是多么来之不易。或许他明白,他一时自我满足,但这种自满转瞬即逝,没有哪位艺术家会对自己的作品永远持有满足感。然而,他至少这样认为:"至少,我做成了一些事。"

也许他随后便开始理解——他意识到这并不是他真正的灵感。真正的写作动力并非来自华而不实的想象、炫耀闪亮的东西或奇谈怪想,也非来自其滔滔不绝的口才或所谓的智慧。作家探索思考,转而关注世界上无处不在的民众疾苦,他忖思:尽管我渺小卑微,我是否能够做点什么来减少人间的苦难,解救堕落的芸芸众生,为他们自身、为这个世界去鼓舞他们?他知道,生活的动力并非来自那些虚华、刺激的东西。

也许,作家要以一己之力与世代的世俗偏见抗争,努力使人们认同自己的思想,努力向人们展示人间万恶的源头并找到补救的方法。先生们,可以说,我以寓言的方式对此做出了应答。然而,这些努力可以应用到实际之中、解决实际问题,至少就我而言,是具有现实意义的。多年前,我预见到了我刚才向各位描述的情况,我预见到了其中的邪恶,并从此与之不断抗争。我意识到自己有义务尽力与此抗争。

先生们,这是一项艰巨的任务,首先,要背着小说家的声名生活下去不是一件容易的事情,需要跨越前进道路上巨大的偏见障碍。不止需要经过几年的时间,人们才会最终倾听你的声音,并理解大多数人的心理是具有两面性的。虽然我渺小卑微,缺陷不少,但我依然试图为之努力。我的成就有限,但我还是竭尽全力。现在,人们开始倾听我的言论了。如果人们不愿意倾听我的声音,那我今天就不会在此,不会作为大不列颠政府的专员在此演讲了。

那么,是什么,是什么问题驱动了我呢?我总结几句话来告知大家。我预感并感受到西方世界正在发生的巨变,那世世代代依赖土地生活的人们,正抛弃土地,涌进城市生活。我对这一现象的原因进行了探讨。我对此研究了两年,走遍了英格兰一个又一个的村庄、一个又一个的郡,走遍了一座又一座的市镇。我找到了其中的原因。在英格兰,主要原因是因为人们看不到任何生活前景。英格兰残存的封建体制已病入膏肓,在这样的体制之下,没有人可以依赖土地获得翻身。依靠土地生活的苦力,假如他22岁,他眼前的收入就是他这一生的前景了。

试问,先生们,22岁的生活状态就是一个人一辈子能够实现的全部希望了,这是一种什么情形?依靠土地生活的苦力,他的命运就是这样。他劳作一生,到40岁或者50岁时,他就只能去济贫院了。这难道是能够吸引人的前景吗?无疑,教育的普及、交通的便捷,以及其他此类因素,驱动人们涌入大都市,而且,涌入都市的大潮日益迅猛。

当今的英国,我相信只有七分之一的人口生活在乡间土地之上,在美国,如果我得到的数据无误,情况与英国相差无几。其他国家的情况也十分相似——乡村人口大量涌进城市。但当他们涌入城市后,结果会怎样呢?有多少人会获得成功呢?依我看,五个人中有一个人获得成功就不错了,其余的人终将一无所获。如果一个人病倒了,当他病愈后,他的工作岗位已为他人所替代。他的孩子们挤在狭小的庭院或者肮脏的房间里,他因疾病而失去健康。当经济萧条时,成千上万的工人惨遭解雇。老年人的状况怎么样呢,人老体弱,就遭遇解雇,因此他们就沦落到了社会的底层,沦为贫困大众的一员,他们占了英国总人口的十分之一,虽然我认为实际上远不止十分之一这样的比例。他们生活困顿,无力服务国家,他们需要资助,他们对城市构成了一种负担。

先生们,如果你们觉得我有所夸张,可以问一问布斯·塔克专员,他可以告知大家实情,他是专责处理城市贫民事务的负责人之一。他可以告诉你们,在大城市里,每天早上需要为儿童们提供多少食物,以便他们可以填饱肚子去上学;他可以告诉你们,每天需要为码头苦力提供多少食物,等等此类情况。他可以告诉你们难以置信的人间苦难,这些城市里难以想象的生活惨状,而人世间愚蠢的人们却依然成群地涌进城市。

这就是大城市每天发生的事情。让我们来看看问题的另一个方面。让我们去看看阿米蒂堡这样的地方,那里有救世军的聚集地。正如你们的主席所说,我无权抢先一步报道我的个人观察,但我可以说的是,我参观了一些学校,就像在其他地方一样,看到了那些孩子们的生活状况。阿米蒂堡孩子们的父母大部分都在大城市生活,在芝加哥,他们大多是城市蓝领工人。他们进城时一无所有,实际上还需要别人为他们支付路费。他们毫无前途可言,他们身无分文,现在依然前途渺茫。如果我们了解了这些实情,无疑可以看到他们挤在仅有一两个房间的居所里,生活状况不是很好。我去看望了那些孩子们。我女儿为阿米蒂堡救世军营地的孩子们拍了照片,你们可以看到,那些孩子们健康、幸福、活泼、富有理想和前途。我想如果不是救世军开拓了这块集聚地,真是难以想象这些被抛弃在芝加哥街头流浪的孩子们会沦落成什么样子。我也在想,要不是救世军改变了那些孩子们的生活,那一张张幸福满足的脸上,现在该是多么潦倒无奈的表情。

也许你们中有些人是政治经济学家,我们知道,政治经济学是一个棘手的理论。也许你们会说:这些人是自愿涌入大城市的,让他们在城市里承受自己的错误吧,任由他们在大城市里自生自灭吧;让他们落魄吧,他们命该如此,如果世界摆脱了他们,会变得更好。但是,请大家允许我在此呈现观点的另一面。如果你不想站在人道主义的立场上来帮助这些人,我请求大家,请求在座的每一个人,应该从另一方面来解决问题,那就是站在国家利益的立场上来解决这个问题。

我举一个不证自明的例子来说明这个问题,如果西方国家任由此类事发展下去,任由他们的人口盲目涌入城市,那么,我可以说西方各国的事业将是短命的。城市居民,那些仍然居住在城市的贫民,根本无法保障他们自身的生活——不仅因为他们的身体变得孱弱、性格变得异常了,而且因为另一个更为深层的原因。先生们,孩子不应该在城市长大。我们很快就会发现,城市里的孩子变少了,现在已经开始出现这样的趋势。如果出生率降低了,如果没有强健的孩子来继承我们国家的事业,国家何以为继?而生活在乡村土地上的人们,情况则完全不同,这里体现出来的是人类的切身利益问题。

对于一个小土地拥有者而言,大家庭是宝贵的财富,但在大城市里,大家庭却成为一种负担。先生们,请你们想象一下,如果你们自己居住在纽约,或者伦敦的贫民区,租住在一间拥挤的屋子里,家里的6个或者8个孩子挤在一起的情形;再对比一下,如果这些孩子生活在乡间,该是什么情形?而且孩子们可以帮你看护牛群或者打理农场上的其他事情。我们必须正视现实。对于生活在乡村的居民而言,自身的利益很重要,只有在辽阔的土地上,才能孕育后代,这样,我们白人人种才能世代延续下去。如果没有足够的人口,将会发生什么呢?当然,你们听说过"黄祸论"吧,很多人都对此不屑一顾,认为这只是耸人听闻之说。但这真是吓人的谣言吗?例如,俄罗斯人是否认为日本人只是一个噩梦?我想事实并非如此,我想俄国人非常明确日本人的野心。日本只是一个弹丸小国,但40年前,日本就已经全副武装、穿上铁甲,武装到了牙齿,用刀剑作战。看看今天,日本人已经把俄国人打得趔趔趄趄站不住脚了。

大家想象一下,不要说小日本了,就说大中国吧,这个有着4万万人口的国家,也已经大踏步迈向现代文明了。我昨天在报纸上看到,中国人也开始建设战舰了,大家想象一下,这4万万在乡村生息繁衍的中国人,他们健壮、坚毅、忍耐、不知疲倦,大家可以想象一下,他们没有足够的生活空间,他们需要另找家园。他们环顾世界,寻找可以征服的对象,他们看到了我们这个空旷的西方世界,以及其他地多人稀的地方。而我们呢,成千上万的人口却聚集在称作城市的地方,这会发生什么呢?

想象一下他们向神灵祈祷的情形,不管他们称作什么神灵,不管我们崇拜的是什么神灵,他们祈祷说:赋予我们生活的权力吧,我们有权占有生活空间,我们居住的空间不足了,我们将寻找、我们将开拓新的地域、拥有新的土地。然后,大家想象一下,我们这些人口稀少、散居在这片广袤土地上的白人说:"我们将立法禁止他们进入。"但他们回答说:"不管怎样,我们还是要来的,我们将冲破你们的纸上律法。"而占据这片土地的人们则应对说:"我们决不会让你们进入我们的土地,我们会用枪炮打退你们、用武力阻止你们。"但他们的回答则是:"如果你们有能力,可以阻止我们,但我们拥有与你匹敌的武器,我们比你们更有力量,你们阻止不了我们,我们将占领你们的土地,我们将拥有你们的土地。"——难道说这只是一个噩梦,一个纯粹的噩梦吗?

我告诉你们,这并非噩梦。百年之内,这样的情况终将会发生,除非西方世界有不同的变革,除非我们把民众从城市移向乡村。先生们,人口就像流动之水:哪里有漏洞,水就流向那里。因此,西方各国当务之急,是要看清这些问题,解决这些问题。我今天面对你们,很确定我的话语的真实性,我抓住了事实的真相、抓住了问题的实质、抓住了最核心要害的东西。而这一问题的核心本质就是:我们必须把民众赶出城市,分散到乡村去,让他们生活在乡村的土地上,遵循上帝的旨意,在乡间繁衍生息。

先生们,我所在的国家今天情况又如何呢?我想说的是,英国的情况十分相似,我预言很快就会有一场争夺移民的竞争,对人口的需求,特别是对盎格鲁—撒克逊族人的需求,已经到来。很快就会有人愿意付出高昂代价来吸引他们移民,有人将采用出价竞购的方法,有人将采用主动邀请的方法,有人将采用支付劳酬的方法,总之,我可以肯定:趁着现在,去吸引他们移民,把他们从英国、从他们的家园里吸引过来。

先生们,如果我还活着,在今后的一到两个月里,我希望能够展示我制定的一个计划,通过这个计划,我想告知你们如何能够争取到这些人口。我现在不再就此发言,但我相信将来有一天当你们读到我的计划,你们会赞同我的想法;我相信你们将扫除前进道路上的阻碍,齐心协力推进历史的车轮,为了你们的国家,为了所有人,你们将会把成千上万的英国人引入你们的美丽乡间。

我现在听上去就像是你们的议员了,担心我被传染了滔滔不绝的说教陋习。我只想再补充一句:整个世界疯狂地热衷于贸易,至少整个文明世界都认为财富就是一切。我反对这种说法,我认为财富一文不值。如果没有健康的男男女女,财富有何所用？我记得我曾经写过这样一个故事:一些人被困在了山洞里,四周堆满了钻石和黄金,而他们却要忍饥挨饿。试问,这些钻石和金子对他们有什么用处？

同样,如果没有健康的人们,财富还有什么用途？健康的人民才是国家最宝贵的财富。你们还记得希腊神话中的大力神安泰吗？他每次跌倒后,站起身来就获得了新的力量,我们也应该如此。先生们,不要相信财富就是一切,在活生生的人面前,在健康的孩子们面前,财富一文不值,浮华或其他虚浮之物都一文不值。一个民族的力量,不是在他们的金融街上,而是在他们的农场上、在他们的田野和村庄里。在此,我只想补充一句话:我今天所说,尽管卑微而又意犹未尽,但我希望能够进入一部分人的心灵,启发大家深思。就我自己而言,我只能说已竭尽全力去完成这个任务,我不是指今天的演讲任务,而是指那个更为宏大的任务,因为我相信这是十分必要的,因为我相信没有什么比指出这些社会问题、引发人们思考更能服务于我们的时代了。先生们,如果我做到了这一点,此生便未曾虚度。当我离世时,我希望人们这样评说我:"他全力以赴了。"

后　记

《哈葛德小说在晚清：话语意义与西方认知》付梓之时，心情忐忑而又充满感恩。

本国家社科基金项目研究期间，也是我承担学院行政职务最为忙碌之时，学科发展的谋划和实施、各类评估的应对等等，占用了大量的时间和精力。本项目终能圆满完成，源于不懈的努力，学术赋予心灵一席宁静之地，让我在繁忙之余从不断的追问和探求中获得精神的充实和慰藉。

对于治学，从刘勰"振叶以寻根，观澜而索源"，到顾炎武"采铜于山"的信念，都体现了严谨扎实、注重对第一手材料的挖掘和考辨的特点，也展现出古之学人的人格品质：言为心声，文如其人。这正是本项目研究孜孜以求的学术理想，以敬畏之心，努力摆脱"废铜铸钱"的学术功利，以言必有据的考证、研机析理的探索，守望学术研究的底线。然而，理想彼岸的抵达，除了勤奋务实的舟筏，更需要知识生产的能力，对自我局限的认知，令我在书稿付梓之时倍感忐忑。

在此，我要特别感谢谭学纯教授，他的为人为学对我有着深刻的影响。感谢他对我书稿的指正并为此作序。

感谢谢天振教授和殷企平教授在本项目研究过程中的匡正指谬。

感谢复旦大学出版社的谷雨编辑，她严谨的风格和辛勤的付出为本书增色。

感恩我的父母,他们为人师表,桃李天下,堪为我师法之模范。感恩我那心怀"瓦尔登湖"式理想的先生,在金水湖边经营起质朴的乡居,使我们有了一块灯下夜读和学术灵感碰撞的宁静之地。值得特别纪念的是,本项目结题之时,小外孙林格出生,为我们带来了新的人生喜悦和动力。

遗憾的是,始终鼓励我走学术之路的父亲已看不到本书的出版,谨以本书献给天堂里的父亲。

潘 红

2019年5月3日于福州金水湖二豆居

图书在版编目(CIP)数据

哈葛德小说在晚清:话语意义与西方认知/潘红著. —上海:复旦大学出版社,2019.11
(福州大学哲学社会科学文库. 福州大学跨文化话语研究系列一)
ISBN 978-7-309-14705-6

Ⅰ.①哈… Ⅱ.①潘… Ⅲ.①小说研究-英国-近代 Ⅳ.①I561.074

中国版本图书馆 CIP 数据核字(2019)第 232186 号

哈葛德小说在晚清:话语意义与西方认知
潘 红 著
责任编辑/谷 雨

复旦大学出版社有限公司出版发行
上海市国权路 579 号 邮编:200433
网址:fupnet@ fudanpress.com http://www.fudanpress.com
门市零售:86-21-65642857 团体订购:86-21-65118853
外埠邮购:86-21-65109143
上海崇明裕安印刷厂

开本 890×1240 1/32 印张 16 字数 379 千
2019 年 11 月第 1 版第 1 次印刷

ISBN 978-7-309-14705-6/I·1193
定价:98.00 元

如有印装质量问题,请向复旦大学出版社有限公司发行部调换。
版权所有　侵权必究